Mordecai Richler

Joshua damals und jetzt

Roman

Aus dem Englischen
von Gisela Stege

liebeskind

Die Originalausgabe erschien 1980 unter dem Titel
Joshua Then and Now im Verlag Macmillan, London,
und bei Alfred A. Knopf, New York.

Covergestaltung: Marc Müller-Bremer, München
Covermotiv: Henri Cartier-Bresson / Magnum Photos / Agentur Focus
Typografie und Satz: Frese Werkstatt, München
Herstellung: Sieveking, München
Druck und Bindung: CPI – Ebner & Spiegel, Ulm

ISBN 978-3-95438-033-6

Für den alten Ted Kotcheff,
den jungen Ted Allan
und Miss Nina Bourne

Lay your sleeping head, my love
Human on my faithless arm;
Time and fevers burn away
Individual beauty from
Thoughtful children, and the grave
Proves the child ephemeral:
But in my arms till break of day
Let the living creature lie,
Mortal, guilty, but to me
The entirely beautiful.

W. H. AUDEN

ERSTER TEIL

1

Nun seht mich an, dachte Joshua.

Sein rechtes Bein hing zwar nicht mehr im Streckapparat, der an der Decke des Krankenzimmers befestigt war, lag aber immer noch in Gips: Mehrfachbrüche heilten – in seinem Alter – nur langsam. Es steckten auch keine Schläuche mehr in seinen Nasenlöchern, die ihn intravenös ernährten und seine Lunge dränierten. Eine Lunge, in der bei jedem Atemzug das Blut gurgelte. Dennoch machte er sich noch immer Gedanken über das fremde Blut, das in ihn hineingepumpt worden war. Sechs ganze Liter! Es überflutete seine Träume, es verunreinigte seine wachen Stunden. Die Wahrscheinlichkeit, dass ein Teil dieses Blutes von Wermutbrüdern oder Junkies stammte, die es ans Krankenhaus verhökert hatten, war groß. Bestimmt kriege ich noch Hepatitis, dachte er. Oder Schlimmeres.

Obwohl seine gebrochenen Rippen allmählich heilten – das versicherte man ihm jedenfalls –, war das Husten immer noch eine Qual. Der Gips am rechten Arm würde ihm nicht vor Donnerstag abgenommen werden; die Finger der rechten Hand konnte er jedoch schon wieder bewegen. Es gab Stellen, die er erreichen konnte, um sich zu kratzen. Legte man ihm eine Zeitschrift aufs Lesegestell, konnte er selbst umblättern. Aber *Time*, kein Gegenstand der Empörung mehr (wie damals, als sie Adlai beschimpfte, der dem Senator Joseph McCarthy seligen Angedenkens Beifall klatschte), machte ihm nun, da sie von Fairness durchdrungen war und mit seinen Lorbeeren großzügiger umging, längst nicht mehr so großen Spaß. Auch gab es nichts mehr über die eine so angenehme Selbstgerechtigkeit erzeugenden ungerechten Kriege zu lesen, bei denen man für die Unterdrückten Partei ergreifen konnte. Zum Teufel mit den Unterdrückten – Halunken alle miteinander! Die Roten Khmer, die Vietnamesen – sie waren für ihn austauschbare Rätsel, und es interessierte ihn kaum, wer diesmal gewann. Und welche Nationale Befreiungsfront etwa in Botswana siegte, oder wie immer sich dieses anmaßende Stück Afrika jetzt wieder nannte. Eine gute Nachricht: Bob Hope, so las er, habe gesagt, er wolle ein TV-Special in China drehen. Nach dem Langen Marsch, nach Jahren des Darbens, endlich der »große Sprung vorwärts«. Die William Morris Agency, Swifty Lazar, Sue Mengers oder wer sonst noch die Hoffnung – groß geschrieben – vertrat, sie alle würden binnen Kurzem dort draußen im Reich der Mitte aufkreuzen, mit Deng Xiaoping verhandeln und ihm Abenteuer in natürlichen Farben für die ehemals unbotmäßigen *chinks* offerieren. Man stelle sich vor – durch Ausfall von Virginia Mayo Auftritt der diesjährigen Miss America, im Original-Halston-Modell discotanzend vor einer Höhle in Yunnan.

Und nächstes Jahr werden uns dann vielleicht Sonny und Cher geboten – direkt aus Auschwitz, wo sie vor den geöffneten Toren eines rekonstruierten Krematoriums gemeinsam »The Way We Were« anstimmen.

Nachdem alle Brüche verheilt waren, hatte man seinen kahl geschorenen Schädel endlich aus den Verbänden geschält. Kein Ärzteteam umstand mehr besorgt sein Bett, beriet sich flüsternd mit tiefernsten Mienen, krauste beim Kontrollieren der Fieberkurven die Stirn, während sie ihn nach Namen, Wochentag oder dem Alter seiner Kinder fragten. Alex – achtzehn; Susy – vierzehn; Teddy – zehn. Ich werde nicht dümmer sein als zuvor, dachte er. Schöner Trost. Aber wenigstens hatte er das Stechbecken hinter sich. Wenn ihm jemand aus dem Bett half, schön langsam, *poco a poco*, konnte er endlich allein aufs Klo gehen.

Am letzten Dienstag dann hatte man Joshuas Bett heimlich in einen Lift geschoben; er wurde in einen Krankenwagen verfrachtet, der wartend vor dem Hintereingang des Montreal General stand, und eilig über die Champlain Bridge und die vertraute Route 10, *autoroute des cantons de l'est*, nach Hause, ins Haus am Lake Memphremagog gebracht. Seligkeit. Bei hochgekurbeltem Kopfteil des Bettes konnte er jetzt durchs Fenster tatsächlich den See beobachten statt säuerliche Siebzigjährige, die, nichts anderes im Kopf als einen guten Stuhlgang – als wäre das ein Beweis für das Nichtvorhandensein von Krebs –, mürrisch den Krankenhausflur entlangschlurften. Obwohl das Eis erst vor einer Woche getaut war, glitten schon windgeblähte Segel über die Bucht. Außerdem saßen auf der gegenüberliegenden Landspitze mehrere Männer in kleinen, fest verankerten Booten – zum Großteil ehrliche Sportangler auf der Jagd nach Flussbarschen, zum Teil aber auch solche mit Teleobjektiven auf der Jagd nach Joshua Shapiro, Esquire. Einige waren sogar aus der Fleet Street gekommen, um ihm von ihrem Quartier im Hatley Inn aus aufzulauern, wo sie zum Frühstück Räucherlachs verlangten, um sich dann lauthals zu beschweren, er sei zu zäh, während sie tief in ihren Koffern bereits die stibitzten Hotel-Badetüchter verstaut hatten.

Die Vögel waren wieder da. In den frühen Morgenstunden, bevor die anderen Hausbewohner aufstanden, beobachtete er den einzig verbliebenen Eistaucher des Sees, der, über dem Wasser kreisend, nach Sonnenfischen und Stinten tauchte. Einmal sah er sogar einen verfrühten Goldfinken zwischen den grünenden Birken umherflattern. Des Abends taten sich Rotkehlchen an großen Wasserspinnen gütlich. Susy und Teddy, die unten auf dem Bootssteg waren, konnte er nicht sehen – selbst wenn er den Hals reckte –, aber er hörte Susy jedes Mal, wenn Teddy einen Barsch gefangen hatte, laut quietschen, und segnete sie in Gedanken.

Er befand sich auf dem Wege der Besserung. Kein Zweifel. Eines Vormittags hatte er es, auf Reuben gestützt, sogar geschafft, ins Arbeitszimmer im ersten Stock hinaufzuhumpeln; um das aufkommende Schwindelgefühl zu bekämpfen, hatte er bei den vertrauten Gegenständen Halt gesucht. Bei den gerahmten Box-, Eishockey- und Baseballfotos. Cassius Clay, damals, über den am Boden liegenden Sonny Liston triumphierend. Al Weill nach dem Walcott-Kampf neben dem bandagierten Rocky Marciano mit geschwollenen Augen. Maurice »The Rocket« Richard, mit den buschigen Brauen, in vollem Lauf. Koufax beim Pitchen. Und dann, auf dem Ehrenplatz, sein kostbarster Besitz. Das Plakat.

WIR MACHEN MADRID ZUM GRAB DES FASCHISMUS
¡No pasarán!
Jedes Haus eine Festung, jede Straße ein Schützengraben,
jedes Stadtviertel ein Wall aus Eisen und Verteidigern …
Denkt an Petrograd! Der 7. November am Manzanares soll
ebenso glorreich verlaufen wie an der Newa!
FRAUEN –
VERGESST NICHT, EUREN MÄNNERN MORGEN DAS ESSEN
IN DEN SCHÜTZENGRABEN ZU BRINGEN
STATT IN DIE FABRIK
VIVA MADRID
OHNE REGIERUNG

Vom Fenster seines Arbeitszimmers aus konnte er ungehindert zum Besitz der Trimbles auf der anderen Seite der Bucht hinübersehen; zu dem Bootshaus mit den verriegelten Läden, in dem die Grew 212 untergebracht war; und zu der vor Anker liegenden Tanzer, deren Segel noch in der verschlossenen Kabine lag. Wegen der Fichten konnte er zwar den einmalig schönen Tennisplatz und den am Abend mit Flutlicht beleuchteten Steingarten nicht richtig erkennen, dafür aber die Villa selbst mit ihren von Läden geschützten Fenstern. Er kannte sie alle, die frankokanadischen Antiquitäten aus Fichtenholz, die überdimensionalen, maßgefertigten Sofas mit den dicken Daunenkissen, den Billardtisch auf seinen Klauenfüßen: Das alles lag vorübergehend unter weißen Tüchern verborgen. Was er nicht wusste, war, ob Trimble den Besitz zum Verkauf ausschreiben lassen würde – seine persönliche Form von Buße –, oder ob er, was doch wahrscheinlicher war, das Haus am Victoria-Day-Wochenende trotzig wieder öffnen und Jane damit zwingen würde, der alten Clique gegenüberzutreten … Zum Teufel mit den Trimbles! Er hatte genug eigene Probleme.

Zwei alte Männer, Reuben und der Senator, schützten ihn vor zudringlichen Schnüfflern. Der Senator genoss es, mit einer Fliegenklatsche auf der einen, einem Eiskübel mit einer Flasche Chablis auf der anderen Seite auf der vorderen Veranda zu sitzen und den neuesten Travis McGee zu lesen. Quer über seinem Schoß lag eine Schrotflinte. Reuben – alt geworden, mit leberfleckigen Händen, aber den Strohhut noch immer in flottem Winkel auf dem Kopf – war, wenn er nicht gerade die Morgenausgabe der *Daily Racing Form* studierte, hier, dort, überall. Reuben bewachte die Kinder am See und las ihnen, wenn er sie abends zu Bett brachte, aus seiner eselsohrigen Bibel vor. Er suchte die Wälder nach Eindringlingen ab und patrouillierte auf dem unbefestigten Zufahrtsweg zum Haus.

Vorgestern war Reuben auf diesem Weg von zwei Männern angehalten worden, einem Reporter und einem Pressefotografen in einem roten Mustang, die ihn für einen Handlanger hielten. *»Je m'excuse«*, begann der Reporter, *»je cherche la maison de Joshua Shapiro.«*

Reuben ließ seine Hände affektiert im Gelenk abknicken und entgegnete: »Sie sehen aber gar nicht so aus.«

Der Reporter lachte anerkennend und erklärte, er sei von der Montrealer *Gazette.*

»Nun, mein Sohn, dann haben Sie Glück, dass Sie mich getroffen haben«, erwiderte Reuben, der einen Schluck aus seinem Flachmann trank und ihn dann dem Reporter reichte.

Der Reporter, fest entschlossen, den guten Kumpel zu spielen, trank aus der Flasche, ohne den Rand vorher abzuwischen. Reuben nahm sie mit unsicherer Hand absichtlich so wieder entgegen, dass er ihm Whisky über die Jacke schüttete. »Hoppla! Oh, tut mir leid«, entschuldigte er sich.

»Ach, das macht nichts«, sagte der Reporter verkniffen.

»Sie sind auf die falsche Straße geraten.«

»Aber man hat uns gesagt …« begann der Fotograf.

»Welche ist denn die richtige?« erkundigte sich der Reporter.

»Tja, diese Auskunft wäre doch wohl zehn Dollar wert.«

Der Reporter fingerte einen Zehn-Dollar-Schein aus seiner Tasche und nahm sich vor, zwanzig von seiner Zeitung zu verlangen.

»Das Haus von Shapiro liegt eine Meile weiter die Hauptstraße entlang. Erst rechts, und dann die zweite Abzweigung links, unmittelbar hinter dem ›Patates Frites‹. Das ist eine unbefestigte Straße, und Sie müssen sich immer links halten. Dann kommen Sie schließlich an ein Schild, auf dem steht DURCHFAHRT VERBOTEN, BAUARBEITEN AN DER BRÜCKE, aber damit wollen die euch bloß hinters Licht führen. Stellt die Sperre einfach beiseite und fahrt durch. Kapiert?«

»Mann, verzapft der einen Unsinn!« sagte der Fotograf.

»Ich weiß.«

»Da hinten, zwischen den Bäumen, das ist das Haus. Ich war nämlich schon mal hier, als ich den Senator fotografiert habe.«

Reuben öffnete den Reißverschluss seiner Windjacke, um ihnen zu zeigen, dass er eine Schusswaffe trug. »Wenn ihr nicht sofort abhaut«, drohte er, »schieße ich euch die Reifen kaputt. Peng, peng, peng.«

»Wir werden wiederkommen – mit der Polizei.«

»Wenden Sie sich an Officer Orville Moon.«

Sie fanden Moon in Lapinte's General Store, wo er in einer Nummer des *Penthouse* blätterte.

»Ja«, sagte Moon, der sich die Beschwerde des Reporters geduldig anhörte, »ja«; und kehrte mit ihnen zusammen zum Mustang zurück, wo er abwartete, bis der Reporter sich ans Steuer gesetzt hatte. »Sind Sie der Fahrer?«

»Ja. Warum?«

»Weil Sie drei Meilen gegen den Wind nach Alkohol stinken und ich Sie deswegen jetzt festnehmen werde.«

Der Senator erwartete Reuben auf der Veranda; er streckte ihm die arthritische Hand entgegen. »Meinen Anteil, wenn ich bitten darf, Partner.«

»Der ist nur mit 'nem Fünfer rübergekommen«, antwortete Reuben und überreichte ihm zweifünfzig.

Reuben Shapiro war Joshuas Vater und Stephen Andrew Hornby, der Senator, sein Schwiegervater. Abends, wenn die Kinder im Bett waren, ging Reuben noch einmal zum Tor hinunter, verschloss es, hängte das Schild mit der Aufschrift VORSICHT BISSIGER HUND / CHIEN MECHANT hinaus und legte auf dem Rückweg ins Haus die Stolperdrähte. Dann spielten die beiden alten Herren im Wohnzimmer Gin Rummy, diskutierten über die Bibel oder sahen zu, wie die Expos im Fernsehen wieder einmal verloren. Dann und wann machte Reuben einen Rundgang über das Grundstück und kontrollierte seine Drähte. Am ersten Abend hatte er sie zu niedrig gespannt; es war nur ein Waschbär gewesen, der das Klappern der Töpfe und Pfannen ausgelöst und damit bewirkt hatte, dass Reuben zur Taschenlampe, der Senator zur Flinte griff.

Auch im Dorf bekamen die Reporter keine Antwort auf ihre Fragen, denn das Haus gehörte der Familie des Senators schon, seit dieser selbst noch ein Kind gewesen war, und alle im Umkreis von vielen Meilen erinnerten sich an Pauline als kleines Mädchen. »Trout« – Forelle – nannten sie sie, weil ihre helle Haut mit Sommersprossen übersät war. Jetzt hatten sie Mitleid mit Pauline, während sie Joshua verabscheuten. Kann ich ihnen kaum übel nehmen, dachte er.

Joshua durfte jetzt auch seine Post lesen, obwohl er argwöhnte, dass man gewisse Briefe noch immer zurückhielt. Gestern war Reuben ein echter Knüller durchs Netz gegangen. Er kam von der David and Jonathan Society, einer erst kürzlich gegründeten Gruppe junger, engagierter jüdischer Schwuler. Sie wünschten ihm alles Gute, »Schalom, Farbe zu bekennen fällt leichter in der Gemeinschaft von Freunden«, und luden ihn als Ehrengast zu ihrem Purims-Ball ein. Jedem seine Queen Esther. Man hielt ihn auch wieder für gesund genug, um in Zeitungen und Zeitschriften zu blättern. Im Großen und Ganzen waren seine Kollegen nicht allzu grob mit ihm umgesprungen und hatten nicht mehr Hiebe ausgeteilt, als er wirklich verdiente, doch ihm war klar, dass sein TV-Vertrag für die nächste Saison wahrscheinlich nicht verlängert werden würde. Scheiß drauf! Inzwischen hatten sich, wie zu erwarten, alle möglichen Schwulen-Zeitschriften zu seiner Verteidigung aufgeschwungen. *The Body Politic*, Kanadas Journal für Homophile, brachte ihn auf der Titelseite. Als Märtyrer. Der Glad Day Bookshop in Toronto setzte die alte Paperback-Ausgabe seines uralten Buches »The Volunteers« – eine Huldigung an jene Männer, die mit den Internationalen Brigaden in Spanien gekämpft hatten – reißender ab als den neuesten Gore Vidal. *Mandate, The International Magazine of Entertainment & Eros*, war es gelungen, seine Mutter zu interviewen, oder, wahrscheinlicher, sie hatte sich ihnen angeboten. Esther Shapiro, geborene Leventhal, bekannt unter dem Namen Esty Blossom.

O mein Gott, und seine total übergeschnappte Mutter – die sie in Winnipeg aufgetrieben hatten, wo sie inzwischen einen Massagesalon mit dem Namen ORAL IS BEAUTIFUL betrieb – hatte gestanden, es habe sie sehr überrascht, zu lesen, dass er schwul sei, und zunächst habe er ihr sehr leidgetan, weil es in dieser Hinsicht in der so spießigen jüdischen Gemeinde doch so viele Vorurteile gebe. »Und nicht nur hier. Ich meine, nehmen Sie doch mal Israel«, sagte sie. »Da gibt es einen Kibbuz für dies und einen Kibbuz für das. Alles, was man sich nur denken kann. Aber wenn's da tatsächlich auch einen Kibbuz für Schwule geben sollte, dann müssen die ihn erfolgreich versteckt haben. Aber vielleicht ist auch der Gaza Strip nicht unbedingt das, was ich mir darunter vorstelle. Ha, ha, ha.« Seine Mutter berichtete, sie sei schockiert gewesen, als seine inzwischen allseits bekannte Korrespondenz mit Murdoch ans Licht gekommen sei. »Schließlich war er eigentlich immer ein Moralapostel.« Um ihnen zu illustrieren, was sie meinte, erzählte sie ihnen von seiner Bar-Mizwa-Feier. »Aber ich habe schon genug Ärger mit ihm, also schreiben Sie das bitte richtig. Moralapostel, P-r-i-g, nicht Prick. Ha, ha, ha.« Sie bedauerte, dass ihr Sohn sich ihr entfremdet habe, doch das, versicherte sie dem Interviewer, habe nichts damit zu tun, dass er jetzt endlich entlarvt worden sei. »Zitieren Sie mich bitte nicht, aber er hat geheiratet, und ich habe seine Frau nie gemocht. Andererseits, wer kann denn wissen, was Pauline durchgemacht hat? Vielleicht gibt sie mir die Schuld.« Esther war nicht nur in der »Women's Lib« aktiv tätig, sondern auch Vorstandsmitglied der »Parents of Gays in Canada«, einer Gruppe, die, wie sie betonte, keine Zweigorganisation, sondern von der ähnlich lautenden amerikanischen Vereinigung absolut unabhängig sei. »Wir sind zum Beispiel außerdem bilingual. Ha, ha, ha.«

The Advocate, ein eher intellektuelles Blatt, meinte in Würdigung seiner gesammelten Sportabhandlungen, sie seien – im Gegensatz zu der erfrischend neuen, aufblühenden Welt schwuler Bücher – notwendigerweise unaufrichtig, ja irreführend normal (was ja, wie der Verfasser zugab, angesichts jener verklemmten Zeit nur allzu verständlich sei). »Ein wichtiger Punkt – wenigstens im Zusammenhang mit den *Advocate*-Lesern und möglicherweise mit den Schwulen überhaupt – ist die Tatsache, dass wir lesen.« Das Blatt zitierte ein paar verfügbare Ausschnitte aus der Korrespondenz und erinnerte an Audens Verhältnis zu Chester Kallman. *Christopher Street* jedoch hatte irgendwie ein paar der Briefe in die Hand bekommen. Offenbar war einer der Korrespondenten in die angeblich so sichere Rare Manuscripts Collection der Rocky Mountains University ein- oder zu Colin Fraser, dem Kurator, vorgedrungen. Oder beides.

Als Joshua nach über zwanzig Jahren zum ersten Mal ein paar von jenen obszönen Briefen wieder las, musste er über ein paar besonders kesse Passagen so laut lachen, dass ihn der stechende Schmerz in den Rippen zusammenzucken ließ. Insgesamt hatte er das Gefühl, dass sein Teil des Briefwechsels fantasievoller ausgefallen war, und das befriedigte ihn ungemein. Den Briefen vorangestellt war eine ganzseitige Fotografie von ihnen beiden, so wie sie damals, im London von 1955, ausgesehen hatten. Eine weit jüngere Aufnahme, jene, die berühmt geworden war, zeigte sie, wie sie sich an einem Swimmingpool in Beverly Hills küssten. An Markhams Pool. Es folgten drei ganze Seiten Korrespondenz sowie eine Druckspalte voll weiterer Brieftexte ganz hinten, eingeschoben zwischen Werbeanzeigen, die er ganz einfach abstoßend fand.

DER JAC-PACK
vermittelt ein so herrliches Gefühl, dass Sie schwören
könnten, er wäre lebendig!!!
Der Jac-Pack ist ein »heißes Loch«, in das Sie tatsächlich
hineinschlüpfen können!
Genau wie das natürliche Fleisch umschmeichelt der Jac-Pack
Ihre Nervenendigungen mit *erotischen Lustgefühlen.*
Er garantiert lebenslange Befriedigung mit einem totalen
Orgasmus, wie Sie ihn mit der einfachen Onanie niemals
erreichen können.
Keine Riemen, Bänder oder Schienen zum Anlegen.
Mühelos abwaschbar mit Wasser und Seife.
Bei jeder Bestellung Jac-Ream-Probe und Anleitung für
heiße Fotos – KOSTENLOS!

Von derselben Firma gab es außerdem eine Salbe mit dem schönen Namen *Jac-Up* (der Name sagt alles), und etwas, das sich Black-Jac nannte. Das ganze Set, die unübertroffene Jac-Combo, wurde für $ 19.90 angeboten – zusammen mit einem kostenlosen Katalog über Spielzeug für Erwachsene mit Jack Wrangler in Farbe auf dem Titel. Kanadier mussten jedoch zehn Prozent auf den Preis ihrer Bestellung aufschlagen.

O Gott!

Erst vor drei Wochen, als sich überall Schläuche in ihn hinein- und aus ihm herausschlängelten wie chirurgische Spaghetti, hatte Dr. Morty Zipper ihm sanft die Hand gedrückt und ihn gefragt: »Kannst du mich hören, Josh?«

Als Antwort darauf hatte Joshua die Augen auf- und zugemacht.

»Du kannst von Glück sagen, dass du noch lebst.«

Das zu beurteilen, überlass nur mir, dachte Joshua.

2

Charlie McCarthy war aus Holz. Ein Dummy. Die Hauptstadt des Landes hieß Ottawa, der Premierminister Mackenzie-King. Lux war die Seife der Stars. Die Straßenbahn der Linie 45 fuhr in die Innenstadt, die 29 nach Outremont. Mädchen, sogar jüdische, bekamen einen Busch – wie auch er ihn einst bekommen würde –, obwohl die da unten gar nichts zu verstecken hatten. Das wusste er; danach hatte er sich erkundigt. Howie Morenz war tot, es würde nie wieder einen so guten Eishockeyspieler geben. »Als der geschaffen wurde«, klagte Onkel Oscar traurig, »haben sie die Gussform zerbrochen.«

Als Joshua sechs Jahre alt war, kannte er darüber hinaus die Namen der zehn besten Leichtgewichtler, der ehemaligen Boxkategorie seines Vaters, wie sie in Mr. Fleischers Zeitschrift *Ring* aufgelistet wurden, aber er hatte keine Ahnung, womit sein Vater nun, da seine aktive Zeit vorüber war, den Lebensunterhalt verdiente. Er wusste nur, dass der Vater niemals einem Fremden die Haustür öffnete, sondern lieber die Mutter und manchmal sogar ihn, Joshua, vorschickte, während er selbst, ein Stück Bleirohr in der Faust, misstrauisch im Hintergrund lauerte. Und so war Joshua, als die Mutter ihn in der Schule anmeldete, höchst erstaunt, dass sie mit größter Selbstverständlichkeit »Geldeintreiber« antwortete, als man sie nach dem Beruf des Vaters fragte.

Geldeintreiber? »Was ist Daddy wirklich?« wollte er wissen.

»Spitzel für die Royal Canadian Mounted Police.«

»Ach, hör doch auf! Was ist er, Ma?«

»Na ja, man könnte vielleicht sagen, dass er jetzt sozusagen in Versicherungen macht.«

Finkleman, mit seinen vom Star milchig gewordenen, unsteten Augen, der einzige Versicherungsmann, den er kannte, kam einmal pro Woche vorbeigeschlurft, klagte über seine schmerzenden Füße, kassierte fünfzig Cent von seiner Mutter, leckte an seinem Tintenstift und hakte den Beitrag in seinem dicken Kontobuch ab. »Wie bei der Prudential?« fragte er.

»Weißt du, woran die Katze gestorben ist?«

»An ihrer Neugier.«

»Eben. Und jetzt die Vierundsechzigtausend-Dollar-Frage. Wen hat Max Baer, der verwegene Freibeuter der Liebe, der fantastische Schwadroneur, beim Kampf um die Krone des Schwergewichtsboxens geschlagen?«

»Primo Carnera. New York. Vierzehnter Juni neunzehnhundertvierunddreißig. K. o. in der elften Runde.«

»Und wer hat die Niederschläge gezählt, du Schlaumeier?«

»Kampfrichter Artie Idella.«

»Ladies and Gentlemen«, verkündete die Mutter, »wir freuen uns, Ihnen die Hauptattraktion des heutigen Abends vorstellen zu können: um die Weltmeisterschaft im Leichtgewicht kämpfen … mit zweiundsechzig Komma vierzehn Kilo, in weißer Hose, der Herausforderer aus Montreal, Kanada … RUBY SHAPIRO! … und sein Gegner .. einundsechzig Komma dreiundzwanzig Kilo, in purpurroter Hose … der Weltmeister im Leichtgewicht … aus New York City … SAMMY ANGOTT!«

Schon damals war seine Mutter ganz anders als die übrigen Mütter in der Straße. Seine Zeugnisse waren ihr gleichgültig, und auch über seine Buntstiftmalereien brach sie nicht in begeisterte Ahs und Ohs aus. Es interessierte die Mutter nicht im Geringsten, wann er aus der Schule nach Hause kam und wo er sich herumtrieb. Sie war nicht unbedingt davon überzeugt, dass er als Erwachsener einmal ein Mittel gegen den Krebs entdecken oder, falls ihm das nicht gelingen sollte, wenigstens ein reiches Mädchen aus Outremont heiraten werde.

Zu jener Zeit war seine Mutter außergewöhnlich schön, mit dichtem, schwarzem Haar, einem hohen, mädchenhaften Busen, zarter, weißer Haut und einem Lachen, das ihn an Honig erinnerte. Doch es war ausschließlich sein Vater, der dieses Lachen auslösen konnte, nicht er. Joshua konnte ihr nichts recht machen. Sie wusste es nicht einmal zu schätzen, dass er ihren guten Namen mit den Fäusten gegen die anderen Jungs der Straße verteidigte. Denn deren ehrgeizige Mütter, im Laufe der Jahre fett und bitter geworden, hegten heißen Groll gegen sie. Ihre Ehe war nicht, wie es sich gehörte, von den beiden Familien vereinbart worden, sondern – damals ein echter Skandal – eine Liebesheirat. Seine Mutter, eine geborene Leventhal, in Outremont-Reichtum erzogen, hatte ihrer hochkultivierten Familie die Stirn geboten, sich trotzig in den Schmutz dieser elenden Straße hinabbegeben und in eine Familie von Halsabschneidern aus Odessa hineingeheiratet, einen aufstrebenden Clubboxer zum Ehemann genommen, der froh sein konnte, wenn er in Albany das Semifinale schaffte. Und weit schlimmer: Nach sechs turbulenten Ehejahren war es nicht zu übersehen, dass sie noch immer in ihn verliebt war. Im Regent konnte man sie beobachten, wie sie zwei ganze Filme lang an seiner Schulter lehnte und ihn damit eindeutig in Verlegenheit brachte. Sie schickte seine weiß in weiß gemusterten Hemden nicht etwa in die chinesische Wäscherei, sondern bügelte sie mit eigener Hand, damit der Kragen genau richtig saß. Mit den Summen, die sie von ihrem Haushaltsgeld abknapste oder auch beim Pokern gewann, kaufte sie ihm handgemalte Krawatten und einmal eine Krawattennadel aus vierzehnkarätigem Gold mit seinen Initialen, RS. Seine Mutter war stets unanständig stark parfümiert und färbte sich die Haare mit Henna – war junges Mädchen, nur für ihn. So schien es jedenfalls. Da hatte sie noch nicht so stark zu trinken begonnen. Und zu demonstrieren. In den Augen der anderen Mütter ihrer Straße jedoch war sie bereits eine leichtfertige Person.

Joshua erinnerte sich an den Samstagvormittag, an dem es ihm zum ersten Mal gelang, seiner Mutter eine Freude zu machen. Es war elf Uhr, es war Herbst, und es waren erst zwei Monate vergangen, seit sein Vater sich wieder einmal gezwungen gesehen hatte, sie Hals über Kopf allein zu lassen und sich auf Reisen zu begeben. Die Mutter war immer unruhiger geworden, war ständig, zu allen Tages- und Nachtstunden, in der Kaltwasserwohnung umhergelaufen, weil sie nicht schlafen konnte, hatte 217er gekaut und Duke-Ellington-Platten gespielt – bei heruntergezogenen Rollos, damit sie ihre Nummer proben konnte. Sie verschlang ein Leihbibliotheksbuch nach dem anderen. *Antonio Adverso, Trader Horn*, eine endlose Flut von Ellery Queens, alles, was es von Edna Ferber gab. An jedem Freitagvormittag marschierte sie zähneknirschend mit ihm zum Fletcher's Field, verknipste mit ihrer Kodak Brownie einen ganzen Film von ihm und begab sich sodann zur Ecke Jeanne-Mance, wo ein Mann in einem Wagen wartete. Der Mann nahm den belichteten Film heraus, reichte ihr die Kamera zurück und fuhr davon. Dann entdeckten sie eines Samstagvormittags, als sie vom Einkaufen zurückkehrten, dass ihre Haustür offen stand, das Glas zerbrochen und das Holz rings um das Schloss zersplittert war. Die Mutter fluchte und stellte ihre Pakete ab. »Du wartest hier«, befahl sie ihm.

Da er aber nicht allein zurückbleiben wollte, trottete er doch hinter ihr her. Die Matratzen in ihrem und seinem Schlafzimmer waren aufgeschlitzt und spien Füllung. Desgleichen die Sofakissen im Wohnzimmer. Der Lieblingssessel seines Vaters war zerschnitten. Jede einzelne Schublade im Haus war umgekippt, die Wäschestücke überall verstreut worden. Die weiß in weiß gemusterten Hemden seines Vaters. Die Gamaschen. Die schwarzen Seidensocken. Und auch des Vaters Kleiderschrank, den er persönlich mit Zedernholz ausgekleidet hatte, war geplündert worden. Jemand hatte mit dem Fuß seinen Strohhut durchbohrt. Und auf den hellen Sommeranzug des Vaters einen Fäkalhaufen gesetzt. Das abgetretene Küchenlinoleum war aufgerollt und einige Fußbodenbretter aufgerissen.

»Soll ich die Polizei anrufen?« erkundigte sich Joshua.

Die Mutter öffnete ihre Handtasche, holte sich eine Pall Mall heraus und steckte sie an. »Du brauchst keine Angst zu haben.«

»Hab ich auch nicht«, flunkerte er.

»Sie würden es nicht wagen, wiederzukommen, solange wir hier sind.«

»Wer?«

»Ach, irgendwer.«

»Was wollen die denn von uns?«

»Der Konkurrenzkampf beim Benzincouponhandel ist ziemlich hart. Das ist wirklich kein Zuckerlecken.«

»Ach so«, antwortete er verblüfft.

»Gut. Also Josh, ich glaube, dein Daddy hat dir etwas gegeben. Einen Schlüssel möglicherweise.«

Er zögerte.

»Und den hast du sicher irgendwo hier im Haus versteckt, nicht wahr?«

»Nein. Ich habe ihn immer bei mir.«

Als er der Mutter den Schlüssel zeigte, lachte sie fröhlich und schloss ihn tatsächlich in die Arme. »Jetzt werden wir beide, du und ich ganz allein, in ein schönes Restaurant gehen.«

Die Mutter schlüpfte in ihr grünes Hemdblusenkleid, befestigte einen Strohhut auf ihrem Haar und zog sich den Mund mit rubinrotem Lippenstift nach. Dann führte sie ihn nicht etwa in ein schäbiges Delikatessengeschäft in der Nachbarschaft, sondern in ein richtiges Restaurant in der St. Catherine Street. Dinty Moore's. Wo der Manager sie, seine Mutter, auf die Wange küsste und ein Kellner ihr umgehend einen Whisky Soda an den Tisch brachte.

Es ging daneben. Ermutigt von der schönen Erinnerung an die Umarmung der Mutter, plapperte er so lange sinnloses

Zeug daher, von der Schule und seinen Erlebnissen auf der Straße, bis er spürte, dass ihr Blick trotz aller guten Vorsätze stumpf, gelangweilt wurde. Später sollte ihm allerdings klar werden, dass sie größere Angst hatte, als sie ihm gegenüber zugeben wollte, und dass sie – wäre er nicht gewesen – bei seinem Vater hätte sein können, der sich in Irish Hills, Michigan, in einer Anglerhütte verkrochen hatte und vor dem Zubettgehen niemals vergaß, die Stolperdrähte zu kontrollieren, die er auf dem Grundstück ausgelegt hatte. Ohne ihn hätte die Mutter jetzt dort sein, beim Vater sein, dafür sorgen können, dass keine andere ihm Kohl mit Corned Beef kochte oder seine Hemdkragen richtig bügelte.

Noch während Joshua sich bemühte, ihre Aufmerksamkeit zu fesseln, gesellte sich ein Herr zu ihnen, von dem er später erfuhr, dass es sich um einen Stadtrat namens Ed Ryan handelte. Mr. Ryan, ein korpulenter Mann mit fröhlichen blauen Augen und einer von einem Netz geplatzter Äderchen durchzogenen Nase, rauchte eine Havanna. Er schob sich unaufgefordert neben die Mutter auf die Sitzbank der Nische und beorderte mit einem Fingerschnippen den Kellner heran, bei dem er noch einen Dewar's mit Soda sowie das Übliche für sich selbst und einen Bananensplit für den Jungen bestellte.

»Wie schön, Sie hier wiederzusehen, Esther«, sagte er.

»Sie werden's schon überleben«, antwortete die Mutter errötend.

»Und wie geht's Ihnen so, in letzter Zeit?«

»Besser als Billy Conn. Nicht so gut wie J. Edgar Hoover.«

»Ach ja, ist das nicht traurig?« Mr. Ryans Ton wurde mitfühlend. »Eine äußerst betrübliche Situation, doch was im Bereich des Möglichen liegt, wird getan.«

»Bitte, lassen Sie das!« sagte die Mutter und rückte dichter an die Wand. »Unbefugten ist der Zutritt verboten.«

Joshua wusste nicht, was Mr. Ryan getan hatte, doch Ryan holte laut lachend seine behaarte Hand unter dem Tisch hervor und deklamierte:

»There was a young lady named Riddle
Who had an untouchable middle.
She had many friends
Because of her ends,
Since it isn't the middle you diddle.«

Die Mutter kicherte nervös und machte Mr. Ryan auf Joshuas Anwesenheit aufmerksam. Ryan zwinkerte Joshua zu und rückte noch näher an die Mutter heran. »Hat dir schon mal jemand gesagt«, fragte er ihn, »dass du die faszinierenden braunen Augen und den zarten Teint deiner Mutter geerbt hast?«

Scheiß auf dich!

»Was ist – hättest du Lust, heute Nachmittag in den Belmont Park zu gehen und die vielen neuen Karussells auszuprobieren?«

»Warum nicht?« entgegnete er; aber er hatte den Mann falsch verstanden: Er nahm an, dass sie alle drei gehen würden.

»Euclid!« rief Mr. Ryan laut, während er Joshua weiterhin zulächelte.

Ein kleiner, flinker Frankokanadier kam zu ihnen herüber.

»Würden Sie mit dem charmanten jungen Mr. Shapiro hier heute Nachmittag wohl in den Belmont Park gehen?«

Verwirrt wandte er sich an die Mutter, die von Mr. Ryan immer dichter an die Wand gedrückt wurde. »Was soll ich tun?«

»Geh. Bleib«, antwortete die Mutter mit erstickter Stimme.

Euclid ergriff ihn bereits am Ellbogen. »Komm, Jungchen, es wird dir bestimmt viel Spaß machen.«

An diesen Nachmittag im Vergnügungspark konnte er sich kaum noch erinnern, doch dass es schon dunkel geworden war, als er die Haustür öffnete, das wusste er noch. Seine Mutter schrie jemanden am Telefon an. »Ich werde ihm alles erzählen, was du mir angetan hast, du Scheißkerl!« Als sie den Hörer auf die Gabel knallte, sah sie Joshua da stehen. »Warum bist du bloß weggegangen?« fragte sie ihn.

»Du hast mir doch gesagt, ich soll.«

Im Zimmer stank es nach Zigarren. Die hellroten Federfächer der Mutter lagen auf dem Teppich. Aber es gab nur noch einen purpurnen Ballon. Der andere war geplatzt.

»Was ist passiert?« erkundigte er sich.

»Was passiert ist, das ist eben passiert.«

Die Mutter trug einen geblümten Morgenrock über ihrem Kostüm. »Und hör endlich auf, mich anzustarren!« befahl sie.

»Ich starre dich nicht an.«

»Ich müsste eigentlich bei deinem Vater sein. Ich dürfte hier nicht ganz allein rumsitzen.«

»Ich bin doch da.«

»Was kann ich mir dafür schon kaufen«, entgegnete sie.

Nachdem er gemerkt hatte, in welcher Stimmung sie war, und fest entschlossen, sich nicht wieder abschieben zu lassen, schlug er ihr gegenüber zu seiner eigenen Überraschung einen härteren Ton an. »Wenn du mich wieder zu Tante Fanny bringst, laufe ich weg.«

»Und wohin?« fragte sie interessiert.

»Ich würd's schon schaffen.«

»Das möchte ich sehen.«

Inzwischen hatte er wirklich Angst. »Wenn ich weglaufe, das würde Daddy bestimmt nicht gefallen.«

Sie starrten einander an, es war ein Moment gegenseitigen Erkennens; dann machten sie beide voll Angst einen Rückzieher.

»Was willst du zum Abendbrot?« fragte sie ihn.

»Ich habe keinen Hunger.«

»O nein, mein Freund, das gibt es nicht!« verkündete sie heftig. »Du wirst nicht nur essen, du wirst dich sogar vollstopfen! Denn wenn ich dich diesen Freitag auf dem Fletcher's Field fotografiere, möchte ich hinterher nicht gesagt bekommen, sein kostbarer Herr Sohn sähe unterernährt aus.«

Als er am folgenden Morgen erwachte, sah er, dass die Mutter, mit Eimer und Bürste bewaffnet, auf Händen und Knien den Dielenfußboden schrubbte. »Er hätte mir den Schlüssel geben sollen«, beschwerte sie sich. »Schließlich bin ich seine Frau.«

»Ich habe ihn nicht darum gebeten.«

»Kleines Großmaul! Du bist ja noch nicht mal ein richtiger Mann, wenn du überhaupt weißt, was das heißt.«

Als er eines Morgens, zwei Wochen vor seinem Unfall und ehe die Briefe aufgetaucht waren und man ihm vorwarf, ein verkappter Homosexueller zu sein, als er also eines Morgens im Bett lag und sich mit den Rätseln seiner Kindheit beschäftigte, die ihn noch immer ziemlich verwirrten, wurde Joshua plötzlich vom Schrillen der Haustürklingel aus seinen Träumen gerissen. Verdammt, er hatte noch nicht mal gefrühstückt, und als er zum Schlafzimmerfenster hinausspähte, sah er im Schneetreiben einen Polizeistreifenwagen stehen. Erleichtert, weil die Kinder schon auf dem Schulweg waren, schlüpfte er hastig in seinen Morgenrock und lief so überstürzt hinunter, um aufzumachen, dass er total vergaß, was er darunter noch immer trug. Er winkte die beiden Beamten herein; er wollte sie ihr Sprüchlein – vor allem, wenn es sich um das handelte, was er befürchtete – möglichst ohne Publikum aufsagen lassen.

»Was kann ich für Sie tun?« fragte er argwöhnisch.

»Es geht eher darum, ob *wir* etwas für *Sie* tun können, Sir.«

Aha.

»Wir haben Ihren Wagen in der Stadt gefunden; er war zwar geparkt, aber die Schlüssel steckten noch im Zündschloss.«

»Vor dem King's Arms?« erkundigte sich Joshua mit dumpf pochendem Schädel.

»Er stand in einer Abschleppzone.«

Unendlich erleichtert, doch immer noch misstrauisch erklärte Joshua: »Ich hatte gestern Abend zu viel getrunken und bin lieber mit dem Taxi nach Hause gefahren.« In Wirklichkeit hatte er den Wagen völlig vergessen gehabt. »Tut mir leid, dass ich Ihnen Scherereien gemacht habe.«

Der ältere der beiden Cops, ein Kriminalbeamter, der den Wortführer spielte, ließ Joshuas Autoschlüssel auf einen Tisch fallen und stellte sich vor: Detective Sergeant Stuart Donald McMaster.

McMaster war ein rundlicher Mann mit eiskalten blauen Augen, Pausbacken, einem winzigen, verschlagenen Mund und einem Kinn, das tief in wabbeliges Fett zurückfloh – wahrscheinlich der Preis für zu viele Riesensandwiches im Stehen. »Aber es ist uns ein Vergnügen, Mr. Shapiro«, versicherte er. »Ich bin ein großer Bewunderer Ihrer Kolumne.« Damit schickte er den jüngeren Polizisten zum Wagen zurück, schlenderte unaufgefordert ins Wohnzimmer und nahm Platz. Sofort begann er mit kritischem Blick die Möbel zu mustern. »Übrigens, Ihren Wagen haben wir auf der anderen Straßenseite abgestellt.«

McMaster trug, wie Joshua erst jetzt bemerkte, etwas bei sich, das wie ein gebundenes Manuskript aussah, und nun verriet er endlich auch das, was Joshua für den eigentlichen Zweck des Besuches hielt. McMaster besuchte einen Abendkurs der Concordia University: kreatives Schreiben; seit zehn Jahren arbeitete er an einem Roman. »Ich möchte betonen, dass es sich dabei nicht etwa um eine von Ihren kleinen Sachen mit höchstens einer Hauptperson handelt. O nein! Bei mir gibt es zehn Hauptpersonen, für die ich alle eine Biografie verfasst habe.« Er hielt inne, um Joshua aufmerksam zu mustern. »Und jetzt wollen Sie vermutlich wissen, warum gerade zehn.«

»Aber nur –«, Joshua begann sich zu amüsieren, »– wenn Sie für Ihre Idee schon das Copyright haben.«

McMaster antwortete nicht sofort. Den Augenblick gründlich auskostend, steckte er sich eine Zigarette an; sein Gesicht war blutrot vor Hass. »Sie wissen ja nicht, was für eine Ehre es ist, hier mit Ihnen zusammenzusitzen, einem Mann in Ihrer Position! Ihre Sendung im Fernsehen versäumen wir nie. O Mann, wenn ich das meinem Enkel erzähle!«

»Bitte, McMaster.«

»Stu.«

»Stu.«

»Ich habe übrigens Ihren Vater gekannt.«

»Es gibt in der ganzen Stadt keinen Cop, der ihn nicht kannte.«

»He, haben Sie damals Big Ed Ryan gekannt?«

»Nie gehört.«

»Na ja, ich hab da so meine Theorie über seinen Unfall.« McMaster knirschte mit den strahlend weißen Drittzähnen. »Irgendwo hab ich gelesen, Ihr Lieblingssport wäre Eishockey.«

»Geht uns das nicht allen so?«

»Stimmt. Aber Sie haben eine Dauerkarte, vielleicht sogar ein paar von den ganz teuren, und Sie können auch mit den Spielern mal einen saufen. Ich kann mit meinem Enkel nur ein Spiel besuchen, wenn die berühmten Washington Caps hier sind. Die Karten besorgt mir immer Ginsberg aus Upper Belmont. Und dann soll ich vor Dankbarkeit in Tränen ausbrechen und womöglich noch einmal öfter als sonst an seinem Haus vorbeifahren, wenn sie in Florida Urlaub machen. Vor allem jetzt; bei den vielen Einbrüchen.«

Bemüht beiläufig erkundigte sich Joshua: »Haben wir denn augenblicklich eine außergewöhnlich hohe Zahl von Einbrüchen in Westmount?«

»Nicht so sehr eine außergewöhnlich hohe Zahl als außergewöhnliche Einbrüche. Verrückt.«

»Wie meinen Sie das – verrückt?«

»Ich wollte Ihnen doch erzählen, warum gerade zehn Hauptpersonen.« McMaster holte tief Luft; sein verschlagener Blick strafte sein schnelles Lächeln Lügen. »Es gibt je eine Hauptperson aus jeder kanadischen Provinz.«

Joshua stieß einen bewundernden Pfiff aus. »Aber keine aus den Northwest Territories oder dem Yukon-Gebiet?«

»Weniger wichtige Personen.«

»Und wenn Quebec unabhängig wird, müssen Sie alles umschreiben?«

McMasters Lächeln erlosch. »Eine der Hauptpersonen«, fuhr er vorwurfsvollen Tones fort, »ist Jude. Und das sage ich nicht, um mich bei Ihnen lieb Kind zu machen. Ich scheiße auf die Meinung der Leute. Da können Sie ruhig rumfragen.«

»Das ist nicht nötig. Ich glaube Ihnen auch so.«

»Heutzutage macht sich keiner mehr für Leute wie mich stark. Wir haben dieses Land ja auch nur aus der Wildnis herausgehauen, mehr nicht. Bloß, wenn man heutzutage groß dastehen will, muss man entweder schwul, 'n Nigger oder 'n Jude sein. Jeder Schwule verlangt heutzutage, die Verfassung soll ihm schwarz auf weiß garantieren, dass er in der Grundschule Turnlehrer werden und die Jungs im Duschraum einseifen darf. Drängt sich ein Jude beim Schlangestehen am Kino vor und man schiebt ihn nur ein bisschen zurück, damit er sich wie ein anständiger Mensch benimmt – schon schreit er los und brüllt irgendwas von den sechs Millionen.« McMaster sprang auf seine erstaunlich kleinen, zierlichen Füße. »Damit will ich Ihnen sagen, versuchen Sie bloß nicht, mich für dumm zu verkaufen. Mag ja sein, dass ich weiter nichts bin als ein *goy*, der so dämlich ist, ein ehrlicher Cop zu sein«, fuhr er über die Maßen selbstgerecht fort, »aber ich hab noch immer meinen Grips beisammen.«

»Das merkt man, McMaster, dass Sie nicht von gestern sind.«

»Ach was, McMaster. *Stu.*«

»Stu.«

»Und nehmen Sie's mir nicht krumm. Viel Erfolg, würde ich sagen. Ich wünschte nur, dass meine Leute Ihr Köpfchen hätten. Dann würden uns die Frankokanadier nicht auf der Nase rumtanzen. Hier, geben Sie mir die Hand. Schlagen Sie ein!«

Joshua, der sich töricht vorkam, schüttelte ihm die Hand. McMasters Handfläche war feucht.

»Wenn ich heute Abend nach Hause komme, werde ich Irma erzählen, dass mir Joshua Shapiro die Hand gegeben und fest versprochen hat, meinen Roman zu lesen und mir ganz offen zu sagen, was er davon hält.« Statt Joshuas Hand loszulassen, drückte er noch fester zu. »Tut mir leid, das mit Ihrer Frau.«

»*Was genau wollen Sie damit sagen, ›das mit meiner Frau‹?*«

»He, hallo! Mann. Fragen Sie mich lieber, was ich über Westmount *nicht* weiß, nachdem das jetzt dreißig Jahre lang mein Revier ist. Sie müssen doch die Trimbles kennen. Sie wissen schon, Belvedere Road. Das Eckhaus.«

»Ja«, antwortete Joshua erschöpft, »ich kenne die Trimbles.«

»Haben Sie sich je gefragt, warum so 'n affiger Engländer in der kanadischen Armee gedient hat?«

»Seine Mutter stammt aus dem Westen. Aus Edmonton, glaube ich.«

»Calgary«, berichtete McMaster mit verkniffenem Lächeln. »Erinnern Sie sich an seine Guy-Fawkes-Partys? Da war einfach alles, was Beine hat. Zu schade, nicht?«

»Jack Trimble kann zu mir kommen, wann immer er will.«

»Gesprochen wie ein echter Gentleman.«

Joshua lächelte.

»Wenn's nicht zu unverschämt ist, Mr. Shapiro, eine Frage: Was würde wohl Ihre liebe Frau dazu sagen?«

»Es *ist* zu unverschämt. Und jetzt, wenn Sie nichts dagegen haben – meine Arbeit wartet.«

»Gut.« McMaster wischte sich mit dem Ärmel die Stirn. Das schüttere, graue Haar entblößte beim Zurückstreichen eine tiefe Narbe. »He, sehen Sie mal! Da drin hab ich noch immer eine Stahlplatte. Andenken an die Schlacht bei Falaise. Ich nenne das meine *goy-yarmulka.*«

Joshua reagierte nicht.

»Ist das nicht mal 'n kleinen Lacher wert?«

»Sie sind eine Wucht, Stu.«

»Also, was ich alles über Westmount weiß, heilige Scheiße, die Rechte daran werd' ich wohl niemals an *Reader's Digest* verkaufen. Neben dieser Luxus-Kloake wirkt Peyton Place wie die

Waltons. Ach ja, wissen Sie, was mir jedes Mal wirklich Freude macht? Wenn ich vorbeifahre und Sie tippen höre. Klicketi-klick, klicketi-klick. Ich bin Ihnen wirklich sehr dankbar, dass Sie meinen Roman lesen wollen.«

Als Joshua aufsprang, um ihn hinauszubegleiten, merkte er nicht, dass sich sein nur lose vom Gürtel gehaltener Morgenrock kurz geöffnet hatte, aber ein Blick auf McMasters entsetzte Miene genügte, um ihn daran zu erinnern, dass er, nachdem er gestern Abend betrunken ins Bett gefallen war, noch immer dieses lächerliche schwarze Seidenhöschen mit dem feinen Spitzenbesatz trug.

»Also, ich muss schon sagen!« McMaster war ehrlich überrascht.

»Aber das gehört doch nicht mir!« protestierte Joshua hastig, mit glutroten Wangen. »Das gehört Seymour«, ergänzte er, als wäre das eine Erklärung.

»Aha, Seymour«, wiederholte McMaster trocken. »Na ja, dann bis bald.«

Nachdem er McMaster mit dem voreiligen Versprechen, sein Geschreibsel zu lesen, abgefertigt hatte, fühlte sich Joshua seltsamerweise beunruhigt. Ein antrainierter Reflex, möglicherweise; schließlich war er immer noch Reuben Shapiros Sohn, und ein Cop im Haus war kein guter Tagesbeginn. Jetzt aber war er mehr als beunruhigt, jetzt hatte er Angst. Er schwitzte. Heute hatte Teddy Eishockey in der Schule. Ein verirrter Schlittschuh konnte ihn am Hals treffen und ihm die Kehle aufschlitzen. Als er gestern endlich dazu gekommen war, die Wäsche für Mrs. Zwibock auszusortieren, hatte er in Alex' Jeans ein Streichholzbriefchen gefunden. Alex rauchte aber nicht, also musste es sich um Pot handeln. Oder vielleicht brauchte er Streichhölzer, um das Zeug im Löffel aufzulösen. Er hätte nie Kinder haben dürfen, sie ängstigten ihn nur. Joshua kam sich unzulänglich vor. Einsam. Wäre Pauline da gewesen, hätte ihn eine gemeinsame Tasse Kaffee mit ihr beruhigt, sodass er ins Arbeitszimmer gehen und seine verdammte Kolumne hätte schreiben können. Aber sie war nicht mehr da und kam möglicherweise nie mehr zurück. Sieh's ein, Joshua. Nein, ich sehe es durchaus nicht ein. Sie wird sich erholen. Pauline, o Pauline, mein Liebstes!

Joshua stieg aus dem schwarzen Seidenhöschen, zog sich rasch an, stürzte einen Kaffee hinunter und flüchtete sich ins Arbeitszimmer an seine Underwood 450. Da entdeckte er, dass das Farbband zu blass war, und sagte sich erleichtert, nun könne er (ohne zu mogeln, ohne sich wirklich vor der Arbeit zu drücken) ein neues kaufen gehen. In Befolgung der Regeln jedoch musste er vorher noch in der obersten Schreibtischschublade nachsehen, und dort lag, wie es der Teufel wollte, tatsächlich ein neues Farbband. Zähneknirschend wechselte er die Farbbänder aus, wozu er nur zehn Minuten brauchte, und säuberte anschließend die Typen mit einer alten Zahnbürste. Dann trat er ans Fenster und sah hinaus, bis ein Wagen mit einer Zulassungsnummer vorbeikam, die mit einer Sieben endete – ein gutes Omen. Danach trat er an die Wand, an der die alten Boxhandschuhe des Vaters hingen, und legte die Wange daran, damit sie ihm Glück brachten.

Eines furchtbar heißen Sommernachmittags, als Joshua eine elfjährige Rotznase war, noch zu unglaublich dumm, um zu begreifen, womit der Vater wirklich sein Geld verdiente, rief Reuben ihn zu sich in die Küche. Zu jener Zeit war es jedoch die Zuneigung seiner Mutter, nach der er sich sehnte. Gott möge es ihm verzeihen, aber zu jener Zeit war ihm schon die Gegenwart des Vaters peinlich. Wenn er mit offenem Mund schnarchte, während die Mutter sich im Radio »Big Town« anhörte, wo Edward G. Robinson brüllte: »Maschinen anhalten, Lorelei!« Wenn sich der Vater am Küchentisch die Fußnägel schnitt. Oder das Frühstück mit einer Flasche Labatt's begann. Und wie er ihn jetzt, typisch sein Vater, zu sich in die Küche rief, wo er, nur mit monogrammbestickter Unterhose und Rhombussocken bekleidet, in die Hose mit der tadellosen Bügelfalte stieg, während er pausenlos auf ihn, Josh, einredete und nur hier und da innehielt, um aus einem Schnapsglas einen Schluck V. O. zu trinken. Was nicht die Art war, wie sich die Väter in Romanen von G. A. Henty benahmen. Oder im *Boy's Own Annual*. Oder sogar im benachbarten Outremont, dem wunderschönen Outremont, wo seine respektierlichen Verwandten wohnten. Die Leventhals. Die nichts mit ihnen zu tun haben wollten.

Seinetwegen.

Reuben Shapiros wegen, der sich jetzt die Hose heraufzog, um dann in seiner Baumwollunterhose mit dem Monogramm herumzufummeln und seine Genitalien zu sortieren. Der durch seine verunstaltete Nase pfiff, die öfter gebrochen war, als Joshua zählen konnte, während er seine handgemalte Krawatte band: Sonnenuntergang am Strand von Waikiki. Der Vater, das schwarze Kraushaar voll »Vitalis«, die Brauen unter vernarbtem, knotig wucherndem Gewebe vergraben, lächelte liebevoll auf ihn herab. »He, Josh! Was macht die Schule?«

Die Mutter, im Schlafzimmer, schluchzte laut.

»Lernst du auch schön?«

»Ich lerne *gut*«, gab er im überheblichsten Ton zurück.

Der Vater lächelte und trat ans Fenster, das auf das Hintergässchen hinausging. Dort draußen war nichts zu sehen. »Welches Fach hast du am liebsten?« fragte er Josh. »Grammatik vielleicht?«

»Literatur«, antwortete Joshua, zu vernagelt, um zu merken, dass der Vater ihn aufzog. »Was hast du Mutter getan?«

Er nannte sie jetzt nicht mehr »Ma«, weil er das inzwischen zu primitiv fand.

»Jetzt hör mir mal gut zu, Josh. Kennst du eine Ortschaft namens Cornwall?«

»Das ist hinter der Grenze nach Ontario. Warum weint Mutter so?«

»Also, in diesem Cornwall, an der Hauptstraße, da gibt es, na ja, eine Bank.« Mit seinen Fingerknöcheln knackend, blickte der Vater zum Fenster hinaus. »Die Royal Bank of Canada. Wiederhole das bitte.«

»Die Royal Bank of Canada.«

»In dieser Royal Bank of Canada, an der Hauptstraße von Cornwall gleich hinter der Grenze nach Ontario, gibt es, na ja, so eine Art Kästen. Weißt du, was ich meine?«

»Bankschließfächer.«

»He, ja! Stimmt. Also gut.« Der Vater zog einen langen, dünnen Schlüssel aus der Tasche. »Dieser Schlüssel hier gehört zu einem der Fächer bei der Royal Bank of Canada an der Hauptstraße von Cornwall, gleich hinter der Grenze nach Ontario. Die Nummer des Schließfachs steht auf dem Schlüssel.«

»Und?«

»Den nimmst du an dich. Und versteckst ihn für mich.«

»Warum?«

Im Hintergässchen bremste ein Wagen. Ein Mann stieg aus, hob zwei Finger an den Mund und pfiff. Der Vater hielt fünf Finger empor. »Also, ja ... Warum? Weil ich jetzt verreisen muss. Unerwartet.«

»Schon wieder?«

Sein gepackter Kleidersack stand in der Ecke. Vor Jahren hatte er ihn stets mitgeschleppt, nach Brockton, Three Rivers, Quebec City, Portland und ein paarmal sogar in den Madison Square Garden.

»Ich werde euch nicht schreiben können. Wenn ich sehr lange wegbleibe und euch das Geld ausgeht, gehst du nach Cornwall und öffnest das Fach, aber du darfst, hm, deine Mutter dabei nicht mitnehmen.«

»Und warum nicht?«

Der Mann draußen pfiff abermals.

»Die Leute sind neugierig. Sie könnten ihr folgen.«

Der Mann draußen drückte ungeduldig auf die Hupe. Der Vater ging zum Fenster und hob einen Finger. Dann, ganz ohne Vorwarnung, packte er Joshua voll Kummer und drückte seinen Sohn fest an sich. Joshua machte sich steif, wehrte sich gegen die Umarmung und zuckte vor einem Kuss zurück, der nach V.O. und Aqua Velva stank. »Na schön. Also. Auf Wiedersehen, *jingele.*« Er nahm seinen Kleidersack, verschwand im Kohlenverschlag und eilte die Wendeltreppe zum Gässchen hinab.

Der Wagen, mit dem sein Vater davonfuhr, hatte ein Nummernschild aus Michigan. Er setzte sich nicht neben den Fahrer, sondern legte sein Jackett sauber zusammen und kletterte in den Kofferraum.

Als höchstens fünf Minuten darauf die Kriminalpolizei kam, begann seine Mutter laut zu jammern und sich die Haare zu raufen. Vor den Beamten schimpfte sie auf den Vater und beschwerte sich, er habe sie einfach verlassen, dieses versoffene Schwein, mit einer anderen sei er auf und davon nach Baltimore und habe sie ohne einen Penny zurückgelassen. »Hoffentlich erwischt ihr ihn«, sagte sie und beschimpfte ihn abermals, »aber dann müsst ihr ihm eine gehörige Lektion erteilen.«

Joshua sah zu. Mit großen Augen. Verblüfft. Er hatte noch nie gehört, dass sie ein böses Wort über den Vater sagte. Doch die Kriminalbeamten zeigten sich wenig beeindruckt vom schweren Los seiner Mutter. Perreault schüttelte sogar lachend den Kopf. »Esther, Esther, Sie sollten zum Theater gehen.«

»Wirklich?« erwiderte sie erfreut und warf Joshua einen verträumten Blick zu, als wolle sie sagen: »Habe ich's dir nicht gleich gesagt?«

Und er wusste sofort, was kommen würde, sobald die Kriminalbeamten gegangen waren. Sie würde im Wohnzimmer die Rollos herunterziehen, das Licht ausmachen und die rote Glühbirne in die Lampe schrauben, die so konstruiert war, dass sie blinkte wie die elektrischen Leuchtdekorationen am Weihnachtsbaum. Und dann, während er den Teppich aufrollte und in der Mitte des Wohnzimmers die Möbel beiseiterückte, würde sie im Schlafzimmer verschwinden und ihre Requisiten heraussuchen. Sobald sie mit einem Klopfen an der Verbindungstür ankündigte, dass sie bereit sei, würde er die Schallplatte auflegen – Fats Waller mit »Snake Hips« –, mitpfeifen und mit den Füßen stampfen.

Joshua kletterte auf seinen Heimtrainer und strampelte einen fünfminütigen Radfahrsprint. Dann stieg er ab und ging erst mal pinkeln, damit er sich später nicht mitten in einem Gedankengang unterbrechen musste, sollte ihm tatsächlich ein Einfall kommen. Er schnitt sich die Fingernägel. Er stutzte sich die Härchen in den Nasenlöchern. Dann stieg er in die Küche hinab, um sich eine Kanne Tee zu machen. Er schlenderte ins Wohnzimmer, wo er im *TV Guide* nachsah, was es für einen Nachmittagsfilm gab – nicht etwa, weil er sich den ansehen wollte, was auch immer gespielt würde, aber doch für den Fall, dass er unversehens Kopfschmerzen kriegen sollte und daher nicht arbeiten konnte. Fair ist fair. Während er darauf wartete, dass das Teewasser kochte, befahl er dem Telefon, zu klingeln und ihn abzurufen. Selber zum Hörer zu greifen, eine Unterbrechung herbeizuführen, verstieß gegen die Hausregeln.

Vielleicht rief Sheldon wieder an, sein Cousin Sheldon Leventhal.

Als sie noch Kinder waren, hatte er Sheldon nur selten gesehen, vor allem, nachdem er der widerstrebenden Familie für zwei Wochen aufgehalst worden war. Sheldons Familie war sowohl reich als auch reputierlich; Joshua hatte sich fest vorgenommen, sich bei ihnen lieb Kind zu machen, aber die Ereignisse hatten sich gegen ihn verschworen. Tante Fanny, entsetzt, Joshua aufgebürdet zu bekommen, hatte ihm auf dem Dachboden eine Schlafstelle eingerichtet. Unmittelbar neben dem Zimmer der Hausgehilfin. »He«, fragte er sie empört, »weshalb legst du da 'ne Gummiunterlage rein?«

Mit abgewandtem Blick antwortete Tante Fanny: »Weil ja wohl bekannt ist, dass kleine Jungs manchmal zufällig Pipi ins Bett machen.«

»Aber ich bin doch kein Baby mehr! Ich bin acht! Wenn ich mal pissen muss, geh' ich aufs Scheißhaus.«

Tante Fanny packte ihn, steuerte ihn ins Badezimmer des oberen Stockwerks. Ein erstaunlicher Ort. Überall flauschige, weiße Teppiche, sogar auf dem Klosettdeckel. Ob die in Outremont vielleicht auf dem Klo rumliefen? Dann wusch Tante Fanny ihm den Mund mit Seife aus. Lifebuoy. »Und jetzt sagst du: ›Entschuldige, Tante Fanny, dass ich so schmutzige Wörter in den Mund genommen habe.‹«

Er fand den rundlichen, rotbäckigen Sheldon bei seiner elektrischen Eisenbahn auf dem Fußboden des möblierten Kellergeschosses. »Darf ich mitspielen?« fragte er ihn.

»Es gibt nur einen Schalter.«

»Wir könnten uns abwechseln, du Arsch mit Ohren.«

»Ich will aber nicht.«

Joshua holte aus und versetzte der heranrollenden Lionel-Lokomotive einen schnellen Tritt, dass sie laut krachend an die Wand flog. Sheldon sprang auf. Joshua täuschte mit der Linken an und erwischte ihn, bevor Tante Fanny eingreifen konnte, am Kopf, was heftiges Nasenbluten zur Folge hatte.

Er wurde ohne Abendessen zu Bett geschickt, am folgenden Abend jedoch aß er mit der Familie zusammen. Was für eine Mischpoke! So viel Geld – aber das Obst in der Schale auf dem Esszimmertisch war aus Glas. Wenn man davon abbiss, schiss man Splitter. Und die Hausgehilfin konnte trotz ihres überheblichen Gehabes nicht mal den Tisch richtig decken. Sie hatte ihm von allem zwei gegeben: Messer, Gabeln, Suppenlöffel …

Joshua hatte Sheldon seit seiner Kinderzeit kaum gesehen, wusste aber noch, dass es damals, als er zwölf Jahre alt war und bei Eaton beim Klauen erwischt wurde, Sheldons Vater gewesen war – nicht seiner –, der kam, um ihn da rauszuholen. Onkel Harvey hatte Joshua mit der Behauptung verblüfft, der Junge habe keine sehr glückliche Erziehung genossen, das werde sich aber von nun an ändern, weil das jetzt nämlich die Leventhals in die Hand nehmen würden. Sheldon saß wartend, sein Flötenfutteral auf dem Schoß, im Fond des Wagens und grinste hämisch, und dann wurden die beiden Jungs allein gelassen, weil Onkel Harvey, ein Bündel Geldscheine in der Hand, auf einer seiner Baustellen mit dem Installateur sprechen musste. »He du, rate mal!« sagte Joshua und versetzte Sheldon einen Rippenstoß. »Die haben mich eben beim Klauen erwischt.«

Sheldon sah angestrengt zum Fenster hinaus.

»Jetzt nimmt mich dein Alter mit zu euch, um mir 'ne Strafpredigt zu halten, und wenn er mir 'ne Zigarre verpasst hat, geh' ich nach oben und bums eurem Mädchen den Arsch ab.«

»Du wirst nicht zu meiner Bar-Mizwa eingeladen. Hat meine Mutter selbst gesagt.«

»Und ich wette, du kannst dir noch nicht mal einen runterholen.«

In der Villa der Leventhals führte ihn Onkel Harvey in sein Arbeitszimmer. Eben wollte er mit seiner Philippika beginnen, da rief ihn die hochrote Tante Fanny heraus. Joshua hörte sie durch die geschlossene Tür.

»Als er das letzte Mal hier war, hat er, als wir nicht da waren, alle Schubladen im Haus durchwühlt.«

»Er bleibt nicht hier.«

»Ich wage nicht mal zu baden, ohne das Schlüsselloch mit Kleenex zu verstopfen.«

Onkel Harvey kehrte zu Joshua zurück. In feierlichem Ton fragte er ihn: »Was möchtest du werden, wenn du groß bist?«

»Reich, berühmt und bei den Mädchen beliebt.«

»Und was glaubst du wohl, wie man solche Ambitionen verwirklicht – durch Stehlen oder durch harte Arbeit?«

»Durch harte Arbeit.«

»Ich möchte, dass du zur Highschool gehst. Und wenn du die fertig hast und keinen Ärger mehr machst, werde ich dir den Besuch einer guten Handelsschule bezahlen.«

»Mann! Könnte man Fallenstellen als Handel bezeichnen?«

»Ich dachte eigentlich eher an so was wie Installateur. Das ist ein höchst einträgliches Handwerk«, erwiderte der Onkel seufzend. »Bis dahin könntest du erst einmal öfter mit Sheldon zusammen sein. Ich möchte, dass du dir an ihm ein Beispiel nimmst.«

»Ich will ja nicht, dass er meinetwegen Ärger kriegt, aber als ich damals hier war, hat er dauernd in den Schubladen von seiner Mutter rumgewühlt, wenn ihr nicht da wart, und ihre Sachen anprobiert. Ja, jetzt erinnere ich mich genau. Als ich ihm gesagt habe, er soll das lassen, da hat er mir Schimpfwörter an den Kopf geworfen, die ich nicht wiederholen kann. Und jetzt –« Joshua zwang Tränen in seine Augen – »sagt er auch noch, ich darf nicht zu seiner Bar-Mizwa kommen.«

»Aber natürlich darfst du das.«

Ätsch! Ätschebätsch!

»Ich möchte, dass du mich als deinen Freund betrachtest«, erklärte Onkel Harvey gütig.

Joshua grinste zustimmend. »Und du«, antwortete er, »kannst dich auch immer auf mich verlassen.«

»Das Leben ist ein Strom, auf dem wir armen Sterblichen dahintreiben. Man kann sich von der Strömung mitreißen lassen; dann landet man mit dem übrigen Treibgut im Schilf der Unzufriedenheit. Man kann sein Kanu aber auch, mein lieber Joshua, mit eigener Kraft durch die Stürme der Versuchung paddeln – bis in den Ozean der Fülle.«

»Outremont«, meinte Joshua.

»Nun ja, mag sein.« Onkel Harvey war nicht im Geringsten unangenehm berührt. »Aber das bedeutet harte Arbeit. Es bedeutet, den Unterströmungen aus dem Weg zu gehen. Es bedeutet, dass du sofort, in diesem Augenblick anfangen musst zu paddeln. Und Schlag, und Schlag, und Schlag. Hast du mich verstanden?«

»Ja, klar. Darf ich dich was fragen?«

»Gewiss.«

»Als du gesagt hast, ich würde zu Sheldons Bar-Mizwa eingeladen, hast du da nur zum *kiddusch* in der Synagoge gemeint, oder auch nachher, zum großen Dinner?«

»Beides.«

Bei Meinungsverschiedenheiten in der Familie war Onkel Harvey stets der Unterlegene: Joshua wurde nicht zu Sheldons Bar-Mizwa eingeladen. Doch er bekam sämtliche abgelegten Kleidungsstücke von Sheldon, die seine Mutter für ihn änderte, und als sie beide Teenager waren und Sheldon ihm eines Tages im alten Classic Bookshop über den Weg lief, entdeckte er, dass es seinem Cousin untersagt war, antiquarische Bücher zu kaufen. Wegen der Bakterien. Zu jener Zeit war Joshua in Schriften über den Spanischen Bürgerkrieg vertieft. In alles, buchstäblich alles, was von dieser historischen Auseinandersetzung handelte.

»Sag bloß nicht, du liest Arthur Koestler«, bemerkte Sheldon mit einem verstohlenen Blick auf Joshuas Penguin-Buch.

»Wenn ich auf schwierige Wörter stoße, ruf ich dich an.«

Beim McGill-Universitätsball sah Joshua ihn dann wieder. Und später, vor fünf Jahren, hatte Sheldon ihn aus heiterem Himmel angerufen, um ihm zu sagen, er habe seine erstaunliche Karriere aufmerksam verfolgt, er habe auch einmal versucht, ihn in London anzurufen, die Leventhals seien, egal, was manche Leute behaupteten, sehr stolz auf ihn, und er wolle ihn und Pauline gern zum Dinner einladen. Pauline gegenüber behauptete Joshua, sie seien verpflichtet, der Einladung Folge zu leisten.

»Wir sind überhaupt nicht dazu verpflichtet«, widersprach sie, »aber du bist immer noch kindisch genug, es ihm unter die Nase reiben zu wollen.«

»Du hättest ihn am Telefon hören sollen. Gelb vor Neid. Ich finde es himmlisch!«

»Die Rache ist mein, spricht der Herr. Nicht dein, Joshua.«

»Mach dich fein, ja? Ich möchte, dass man dir deine Herkunft ansieht.«

Sheldon hatte sie in ein Restaurant in einem der neuen Hotels eingeladen, ein fast bedrückend elegantes Lokal, in dem die Kellner wie *voyageurs* des achtzehnten Jahrhunderts kostümiert waren. Die Wände waren mit Schneeschuhen, Musketen und gespannten Biberfellen geschmückt. An der zwölfseitigen Speisekarte baumelten Troddeln. Als sie, etwa zwanzig Minuten verspätet, eintrafen, hatten Sheldon und Bertha, seine voluminöse Ehefrau, sich schon an einem Tisch niedergelassen und kalte Drinks vor sich stehen. Sheldon hatte sich zu einem dicken Mann mit melancholischen Augen, langen Koteletten und einem Van-Dyck-Bart entwickelt, der offensichtlich tägliches Stutzen erforderte und ganz zweifellos mit einem *soupçon* »Grecian Formula« gekämmt war. Bertha war sowohl überdimensional als auch juwelenbehängt, ihre schwarzen Augen blickten grimmig, die flaumigen Wangen wiesen Streifen von übermäßig viel Pancake auf. Pauline, das spürte Joshua, verabscheute sie auf den ersten Blick. »Könnten Sie«, wandte sie sich an Bertha, bevor sie Platz nahmen, »mir vielleicht sagen, wo ich die Damentoilette finde?«

»Bedaure, ich gehe nur zu Hause«, gab Bertha giftig zurück, und von dieser Sekunde an konnte Joshua Pauline nicht ansehen, ohne dass sie beide in Kichern ausgebrochen wären.

Es machte die Situation auch nicht besser, dass Pauline dem Kellner, der sie, natürlich mit Perücke, nach ihren Wünschen fragte, laut hörbar antwortete: »Ich möchte einen Hamburger. Mit Pommes frites. Und eine Coke. Und vergessen Sie bitte das Ketchup nicht.«

Noch immer darauf wartend, dass der Teekessel zu kochen begann, öffnete Joshua auf der Suche nach einer Zitrone den Kühlschrank und fand überall Gemüse. Wenn er nicht sofort irgendetwas damit anfing, würde alles welken und verderben. Wohlgemerkt, es handelte sich um normales Gemüse. Im Laden gekauft.

Das Gemüse, das Pauline in ihrem Häuschen am Memphremagog-See gepflanzt hatte, war längst verspeist. Er hatte den Boden umgegraben, sie hatte den Samen gelegt, die Kinder hatten die Tomatenstöcke eingerammt, und sie alle waren anschließend zum Schwimmen in den noch bitterkalten See gesprungen. Das alte, windschiefe weiße Haus mit den grün gegiebelten Fenstern und der durchsinkenden, umlaufenden Veranda war schon seit Generationen im Besitz der Familie Hornby. Jetzt gehörte es Pauline. Hier war sie aufgewachsen. Sie kannte die üppigen Bergwiesen, wo wilde Blaubeeren wuchsen, und die Stellen, an denen man essbare Pilze fand. Außerdem konnte sie die Kinder einen ehemaligen Indianerpfad entlang zum Schacht der alten, verlassenen Bleimine und ihn zu jenen dunklen Gewässern führen, wo Anfang Juni die Schwarzbarsche standen. Sie wusste, wo die Biberdämme lagen, und fesselte die Aufmerksamkeit der Kinder, wenn sie einen Biber zu Reparaturarbeiten veranlasste. Sie brachte sie alle zusammen an einen Bach, in dem es nach dem Aufbrechen der Eisdecke Stinte zu fangen gab. Auf dem See waren sie in praktisch jeder Hinsicht auf Pauline angewiesen, die dabei aufblühte. Pauline, seine große Liebe.

Im Dorf am See, einst eine blühende Industriestadt, gegründet von *United Empire Loyalists*, wurde Pauline von niemandem gefragt, ob sie mit *dem* Joshua Shapiro verheiratet sei. Die Leute dort hatten ihren Vornamen nicht vergessen. Und ganz gewiss erklärten sie ihr nicht, was sie verpasst habe, die arme Seele, weil ihr eine jüdische Kindheit versagt geblieben sei. Hier im Dorf kannte und bewunderte man die Tochter des Senators, seit sie ein kleiner Wildfang gewesen war, und hier galt Joshua als Eindringling. Ein hochgewachsener, schlaksiger Fremder mit dichtem Haarschopf, offensichtlich erfahren in den Problemen der Straße; ein hagerer Falke mittleren Alters mit Hakennase und pockennarbigem Gesicht, der vor Jahren im darbenden Europa Gott weiß was für höllische Zauberkünste geübt haben mochte, hatte ihre Trout verführt und vergiftete möglicherweise nun auch noch die Brunnen oder machte sich heimlich mit einem ihrer Babys davon, dessen Blut er für seine Pessach-Rituale brauchte. Seht euch vor!

Jahrelang hatte es Joshua aus Vorsicht vermieden, mehr als ein gelegentliches Wochenende im Haus am See, ihrem ganz persönlichen Territorium, zu verbringen, und für ein anderes Urlaubsziel im Sommer plädiert. Hatte Zeitschriften- oder Fernsehaufträge mit Familienreisen nach Yellowknife zum einzigen Golfturnier kombiniert, das er tolerierte, dem »Tournament of the Midnight Sun«; nach Toronto zum Queen's Plate; auf die Halbinsel Gaspé, wo er eine Dokumentation über Lachsfischerei anfertigte. Dann, eines Abends im Frühjahr 1972, neun Jahre nach ihrer Rückkehr aus London nach Montreal, hatte Pauline entschlossen das Kaffeetablett im Wohnzimmer abgesetzt, den Kindern gesagt, sie sollten verschwinden, und energisch verkündet: »Du arbeitest zu viel; du bist einundvierzig und hast noch nie richtig Urlaub gemacht.«

»Aber wir wollen doch im Juli nach Cape Cod. Ich habe der CBC schon zugesagt, etwas über die Fans im Fenway Park zu machen.«

Seine Auftritte im Fernsehen – und nicht Dinge, die er als richtiges Schreiben betrachtete – hatten ihn in Kanada weitgehend bekannt gemacht. Aber er mochte das Fernsehen nicht. Und mochte vor allem diejenigen nicht, die gut darin waren.

»O ja, natürlich! Und während wir faul am Strand rumliegen, hetzt du zwischen uns und dem Park hin und her, und wenn wir nach Hause kommen, redigierst du bis in die Nacht hinein, um nur ja deinen Termin einzuhalten. Und ich vermiete unser Haus inzwischen an fremde Leute, die dort nur noch mehr Schaden anrichten. Ich möchte, dass du dir den ganzen Sommer freinimmst. Wir ziehen in unser Haus, und zum Teufel mit Jane Trimble. Wir brauchen sie ja nicht zu sehen. Mich wird sie bestimmt nicht länger vom See fernhalten.«

Damals, 1963, in dem Jahr, als sie nach Montreal zurückkehrten, war Jane Trimble der erste Mensch gewesen, von dem Pauline wieder etwas hörte. Nur eine Woche nach ihrer Ankunft, am selben Tag, an dem sie ihr neues Haus bezogen hatten – ein bescheidenes, doch ausreichend komfortables Heim, das dringend eines neuen Anstrichs bedurfte, in einer Straße mit terrassenförmig gestaffelten Häusern in Lower Westmount –, war ein riesiger Gummibaum in Geschenkverpackung, an sie beide adressiert, gebracht worden. »Mach du ihn auf«, sagte er zu ihr.

»Jetzt nicht. Wir haben noch nicht mal die Betten aufgestellt.«

»Vielleicht ist er von einem alten Jugendfreund.«

»Er ist von Jane Trimble.«

Spät am folgenden Vormittag ertönte die Türglocke, als Joshua, unrasiert und nur mit einer alten Unterhose bekleidet, gerade eine Packkiste aufstemmte; Alex hockte gemütlich irgendwo auf der Toilette und rief, er habe kein Papier; und die schwangere Pauline, in loser Bluse und weitem Rock, war mit dem Sortieren von Geschirr beschäftigt. Auf eine der üblichen Lieferungen gefasst, öffnete Joshua die Haustür und sah sich einer schlanken, überaus attraktiven Dame mit rabenschwarzem Haar gegenüber, die ihn zuckersüß anlächelte. Sie trug eine Seidenbluse und einen grünen Rock. »Sie müssen Joshua sein. Ich bin Jane«, sagte sie, als erteile sie dem Haus ihren Segen.

»Liebling!« rief er und wischte sich hastig den tropfenden Schweiß von der Stirn. »Für dich.«

Die beiden alten Freundinnen umarmten sich, vergossen ein paar Tränen, und Jane bot Pauline die Wange zum Kuss. »Herzlich willkommen daheim«, sagte sie und reichte Pauline eine Flasche Dom Perignon mit einem roten Schleifchen am Hals. »Einfach fabelhaft siehst du aus!«

Die Trimbles, das sollte Joshua bald erfahren, lebten in einer riesigen Steinvilla in Upper Westmount, in einer der Straßen hoch über ihnen, die man aus der Bergflanke herausgesprengt hatte und in denen die Reichen wohnten. Der Champagner, den Jane mitgebracht hatte, war gut gekühlt, aber Pauline erbot sich nicht etwa – ziemlich unhöflich, fand Joshua damals –, ihn sofort zu öffnen, sondern stellte die Flasche achtlos auf den Boden.

»Womit soll ich mir den Po abwischen?« brüllte Alex.

Pauline nahm sich eine Zigarette.

»Hör mal«, beschwichtigte Jane, »ich kenne solche chaotischen Situationen. Ich weiß genau, wie so was ist.«

»Ach, wirklich?« fragte Pauline gleichgültig.

»Ich bestehe darauf, dass ihr Punkt sechs alles liegen und stehen lasst; Jack und ich werden euch abholen und zu einem anständigen Dinner einladen.«

»Völlig unmöglich!« protestierte Pauline.

»Aber ich habe im Ritz schon einen Tisch bestellt.«

»Alex ist noch nicht an dieses Haus gewöhnt. Wir können ihn auf gar keinen Fall allein lassen.«

»Unsinn, mein Schatz! Natürlich könnt ihr.«

Alex machte sich wieder bemerkbar.

»Habt ihr denn überhaupt kein Klopapier im Haus?« erkundigte sich Jane.

»Doch«, gab Pauline mit Tränen der Wut in den Augen zurück. »Natürlich haben wir Toilettenpapier.«

»Wenn du jemanden zum Einkaufen brauchst«, sagte Jane. »Du brauchst mir nur 'ne Liste zu machen.«

»Wir schaffen das schon«, behauptete Joshua, dem Böses schwante. »Ehrlich.«

»Dann also bis sechs.«

»Aber wir haben nicht mal einen Babysitter«, gab Joshua zu bedenken.

»Ich sorge dafür, dass unser Dienstmädchen den Jungen hütet. Sie liebt Kinder.«

»Nein!« fuhr Pauline heftig auf. »Nein, nein«, wiederholte sie, während sie Jane hastig zur Tür führte. »Ein anderes Mal vielleicht.«

Pauline ging in der darauffolgenden Woche mit Jane zum Lunch, kam jedoch in ganz mieser Stimmung zurück und vermied geschickt weitere Dinnereinladungen, nicht nur der Trimbles, sondern sämtlicher Mitglieder der alten Clique, bis sie nach und nach ihre Bemühungen einstellten. Als Joshua protestierte, erwiderte sie: »Wir sind hierher zurückgekommen, damit du Recherchen für dein Buch machen kannst, und nicht, damit ich mich wieder mit diesen Leuten rumschlagen muss.«

Inzwischen aber, ungefähr neun Jahre später, war mit Pauline eine verständliche und, wie er fand, gesunde Wandlung vorgegangen. Nun, da sie selbst auch auf die vierzig zuging, sehnte sie sich nach den Schauplätzen und selbst den törichten Gesichtern ihrer Kindheit, und so wollten sie tatsächlich einen Sommer am See verbringen.

An Paulines See. An Janes See.

In ihrem ersten Sommer am See, 1972, hatte ihn Pauline zuweilen aus Trotz zu Abenden im Golf and Country Club mitgeschleppt, wo er den Leuten, mit denen sie einst gesegelt hatte, nicht so sehr vorgestellt als stolzgeschwellt vorgeführt wurde, den Boys, die zu Problemlösern herangereift waren, zu hart trinkenden Brokern, Anwälten und Werbemanagern, den Girls, die sowohl A. A. Milne, Dr. Spock und Julia Child absolviert (alle drei Gourmet-Köche) als auch biologisch-dynamische Gärten pflegen und Spenden für den Knowlton Pony Club sammeln gelernt hatten. Die Damen gaben sich entzückt, ihre verlorene Schwester wiedergefunden zu haben, auch wenn sie sich noch so widerborstig verhielt. Joshua betrachteten sie als Exoten: Jude, Sportjournalist, Fernsehprominenter. Sie schienen angetan zu sein von seiner brummigen, struppigen Persönlichkeit, vom unablässigen Geklapper seiner Schreibmaschine, wenn sie am Hornby-Haus vorbeikamen, und von dem durch die berechnende Pauline genährten Gerücht eines nie abreißenden Stroms wichtiger Anrufe von Redakteuren aus New York. Den Judensendern. Die Herren stellten ihn auf die Probe, versorgten ihn großzügig mit Drinks und mussten zerknirscht feststellen, dass er sie alle unter den Tisch trank, obwohl er, entsprechend betankt, auch ziemlich gefährlich werden konnte. Und dann wurden sie – unvermeidlich dies – zu einer Dinnerparty der Trimbles eingeladen. Ehrengast war ein zu Besuch weilender deutscher Industrieller, der nach neuen Anlagemöglichkeiten suchte.

»Tätowierte Kreditkarten«, schlug Joshua grinsend vor.

»Wie bitte?«

»Wie ich es sehe, besteht das größte Problem bei den Kreditkarten doch darin, dass ihre Besitzer sie verlieren oder sie ihnen gestohlen werden. Und jetzt stellen Sie sich mal vor, wie kostensparend es wäre, wenn man den Kunden die Seriennummern in den Arm tätowierte.«

Pauline wollte gerade loslachen, als sie entdeckte, dass Jane vor Verständnis geradezu strahlte.

»Man müsste«, fuhr Joshua ermutigt fort, »diese Idee natürlich erst einmal praktisch testen. Dafür wäre, glaube ich, Deutschland einfach ideal. Weil Sie doch so viele Experten haben.«

Auf der Heimfahrt in dem alten Außenborder stellte Pauline verärgert fest: »Du hast es heute Abend offensichtlich drauf angelegt, Jane zu imponieren.«

»Ach, meinst du?« gab er scharf, jedoch durchaus nicht frei von Schuld zurück.

»Allerdings, mein Liebling.«

Obwohl sie die gelegentlichen Sonntagsbarbecues der Trimbles, ein festes Ritual am See, pflichtschuldigst besuchten, mieden sie weitere Dinnereinladungen, sodass sich Joshua den Ruf erwarb, nicht nur ein schwieriger Mensch, sondern auch eine Art Einsiedler zu sein. Oft tobte er lieber daheim mit den Kindern herum, als die großzügigen Einladungen zum Dinner im Country Club oder in den anderen Häusern anzunehmen, Einladungen, die »Tassen zu heben«, den »Kater in Alkohol zu ersäufen« oder ganz einfach »einen zu kippen, sobald die Sonne unter die Rahnock sank« (und irgendwo ist sie doch immer unter die Rahnock gesunken, nicht wahr, Joshua? Ha, ha, ha). Auf Drinks in den anderen Häusern folgte, wie er feststellte, unweigerlich ein gemeinsames Abkochen, begleitet von Erinnerungen an frühere Sommer. He, wie war das doch noch damals, als Dickie Abbot eines Nachts Janes BH an die Spitze des Fahnenmastes knotete? Oder der Nachmittag, als Tim Hickey sich einen gezwitschert hatte, die neue Tanzer vom alten Jack Trimble rausholte und damit auf den Gibraltar Point krachte? Oder, fügte Jane vielleicht impulsiv hinzu, ohne Pauline aus den Augen zu lassen, erinnert ihr euch noch an den Abend, als Kevin Hornby mit seinem MG doch tatsächlich die Treppe zum Clubhaus hinauf und durch die Glastüren direkt bis an die Bar donnerte? Aber nein, das war kein MG, ein Austin-Healey war das. Es war ein MG, ich war doch dabei.

Immer, wenn Kevins Name erwähnt wurde, fiel Joshua auf, dass die Frauen in ihre Drinks starrten, während die Männer ihn verlegen angrinsten, als wisse er Bescheid, verstehe alles. Aber er wusste nur, dass Pauline kratzbürstig das Thema wechselte, sobald Kevins Name fiel. Ihr eigener und Kevins Name standen gemeinsam auf einem Tennispokal, der im Clubhaus hinter Glas aufbewahrt wurde: Sieger im gemischten Doppel, Eastern Quebec Region, 1952. Kevin, den Joshua noch nicht kennengelernt hatte, Paulines jüngerer Bruder, das schwarze Schaf der Familie Hornby. Der mitten im Abschlussexamen die juristische Fakultät der McGill University verlassen hatte. Seit einigen Jahren saß er jetzt auf den Bermudas, wo er sein Boot an Hochseeangler vermietete.

Eines späten Abends im März darauf schlug Joshua, weil die Kinder blass waren und Pauline ebenfalls Sonne brauchte, eine gemeinsame Urlaubsreise vor. »Wie wär's denn mit den Bermudas?«

»Nein«, antwortete sie und sah ihm offen ins Gesicht. »Dahin ist Vater jeden Winter mit uns gefahren. Da möchte ich nicht gern wieder hin.«

Als er an einem windigen Nachmittag nur zwei Wochen später in der Maritime Bar des Ritz-Carlton saß und plötzlich aufblickte, sah er einen beleibten Herrn im Bibermantel vor seinem Tisch stehen, der ihn unsicher anlächelte, als sei er darauf gefasst, sofort wieder weggeschickt zu werden. Es war keins jener schlaffen, enttäuschten, alkoholisierten Gesichter, die er unwillkürlich mit dem Golf and Country Club in Verbindung brachte. Es hatte Hängebacken, kleine, harte Augen und einen überraschend sinnlichen Mund. Einen Cupidomund. Jack Trimble.

Inzwischen wusste Joshua, dass Trimble, um gute zehn Jahre älter als die anderen aus der Country-Club-Clique, den Zweiten Weltkrieg mitgemacht hatte – nicht in der Royal Canadian Navy oder der Royal Canadian Air Force, wie es die anderen getan hätten, sondern im Königlichen Feldzeugkorps, bei der Demobilisierung im Rang eines Captains. Anschließend hatte er einen Posten in der City inne, zuerst bei Warburg und dann bei Lloyd, bevor er Anfang der Fünfzigerjahre in Montreal auftauchte, wo er gern sagte: »Ich habe die Zukunft gesehen; sie funktioniert nicht.« Er hatte nichts übrig für Attlees Wohlfahrtsstaat, und mochte vor allem Sir Stafford Cripps nicht, den er für total übergeschnappt hielt. Andererseits machte Trimble auch keinen Versuch, das zu verbergen, was er als seine zwar bescheidene, doch anständige Herkunft bezeichnete, wobei er genau den richtigen Ton zu treffen wusste. »Wir waren nicht gerade Kesselflicker da drüben, müssen Sie wissen. Oder auf Wohlfahrtshilfe angewiesen. Mein Vater war beim L. C. C. Bauinspektor.«

Fürs Erste ließ sich Trimble in einer bescheidenden Souterrainwohnung in der Tupper Street nieder und trat in die Börsenmaklerfirma McKay, Pitman & Routledge ein, wo er sich lautstark über die ungesunde Zentralheizung beschwerte und im Büro in Hemden mit abnehmbaren Kragen und natürlich mit aufgerolltem Regenschirm erschien. Er war nicht beliebt. Man hielt ihn für berechnend. Für einen Streber. Er litt unter Mundgeruch. Er hatte Schuppen. Niemand lud ihn zum Lunch ins Café Martin ein oder nahm ihn mit zu einem Eishockeyspiel. Doch bald schon musste man ihn ernst nehmen. Denn Trimble war, wie sich herausstellte, ein äußerst gewitzter Geschäftsmann und stieg mit atemberaubender Geschwindigkeit zum Juniorpartner auf. Erst sieben Jahre war er in Montreal, als er einen Platz an der Börse bekam und sich den Ruf erwarb, den »Midas-Touch« zu haben, alles zu Gold machen zu können. Im Grunde war er überdies ein recht begehrenswerter Junggeselle mit einer von ihm als »Flat« bezeichneten Wohnung im Château, dem damals exklusivsten Mietshaus der Stadt. Doch seine Anziehungskraft beschränkte sich weitgehend auf Westmounts Matronen, erstreckte sich nie auch auf die feinen Sprösslinge. Er war kein amüsanter Mann, hatte schon damals Hängebacken, schütteres braunes Haar und eine rosige, trocken-schuppige Haut. Dann lernte er auf einer Cocktailparty in der Residenz des britischen Handelsbeauftragten Jane Mitchell kennen, die er zu jedermanns Erstaunen sechs Monate später heiratete. Trimbles Geschäftspartner waren überrascht, weil Jane Mitchell kein Geld hatte, jedenfalls jetzt nicht mehr, und Pauline war, als sie von dieser Verbindung hörte, restlos entsetzt, weil der Trimble, an den sie sich dunkel erinnerte, ein so langweiliger Kerl gewesen war, vorzeitig ins mittlere Alter vorgerückt und eindeutig viel zu fade für eine so flotte Person wie Jane.

Jane und Pauline waren zusammen an der McGill University gewesen. Während Pauline Senatorentochter war, hatte Jane, obwohl ihr leichtsinniger Vater das Familienvermögen durchgebracht hatte, aber auch ihre – sorgfältig gepflegten – Beziehungen. Ein Großonkel war Premier von New Brunswick gewesen. Auf dem Campus waren die beiden jungen Mädchen unzertrennlich. Jane war in jenen Tagen eine verwegene Rädelsführerin gewesen und verführte die von Natur aus eher ängstliche Pauline, ihre getreue, wenn auch aufbegehrende Anhängerin, zu einem Betragen, das in ihrer Clique als unerhört bezeichnet wurde. Der Konkurrenzkampf der beiden nahm hitzige Formen an. Gelang es Pauline, mit Oscar Peterson auszugehen, so war es Jane, die Dylan Thomas eroberte, nachdem er auf dem Campus zu einer Lesung erschienen war, die ihn ins Rockhead mitnahm und, wie sie durchblicken ließ, auch in ihr Bett. Und war es Pauline, die nach dem Familienskandal nach Europa floh – nach Europa, wo sie einen erklärten Kommunisten, wenn auch aus guter Familie, heiraten sollte –, so war es Jane, die vier Jahre später jedermann wirklich in Erschütterung versetzte. Indem sie ausgerechnet Jack Trimble ehelichte. Dieser Verbindung entsprangen zwei Kinder, ein Junge und ein Mädchen: Charles und Margaret Rose. Jane blieb dennoch verblüffend schlank, ihr dunkler, leicht verlebter Typ wurde von der auffallenden grauen Strähne, die sich durch ihr rabenschwarzes Haar zog, und der lässigen, eindeutig sinnlichen Art, wie sie ihre teuren Kleider trug, noch unterstrichen. Im Jahr 1972 hielt sie noch immer ihren Platz als trotziger, aufsehenerregender *Shocker* der Clique. Sie war die Erste am ganzen See, die Kate Millett las, den *Rolling Stone* abonnierte und sich *Deep Throat* ansah. Eine tolle Nummer sei sie, meinten die Männer. Doch schließlich war sie mit einem Broker verheiratet. Einem Langweiler. Und nun war Pauline, ihre ehemalige Gefährtin, ebenfalls wieder am See und hatte sie in ihrer aufreizend stillen Art doch noch übertrumpft. Denn sie war mit einem Juden verheiratet. Dem Sohn eines Berufsboxers. Und das passte Jane nicht – ganz und gar nicht.

Pauline war scheinbar gerührt von dem, was sie für ein Sich-Fügen ihrer ehemaligen Mentorin in eine Vernunftehe hielt, doch ihre Anteilnahme war mit Genugtuung verbunden. Jane ihrerseits machte Pauline rasend, indem sie es sich angelegen sein ließ, Joshua schmeichelhafteste Aufmerksamkeit zu zollen, unangemeldet auf ihrem Rasen aufkreuzte, sich kurzerhand selbst zu Drinks einlud, ihn mit ihrem zuweilen maliziösen Esprit fesselte oder sich Bücher lieh, die ihn geformt hatten, wie Isaac Babels gesammelte Erzählungen. Ein Buch, das sie nie wieder zurückgab – weil sie es, wie sie behauptete, irgendwo verlegt hatte. Jack Trimble trübte das Verhältnis der beiden Frauen zueinander noch mehr. Sein Verhalten Pauline gegenüber war fast servil, obwohl sie unwillkürlich zurückzuckte, wenn sie ihn auf sich zukommen sah, mit diesem widerlichen Lächeln, das durch die jüngst überkronten Zähne noch abstoßender geworden war. Trimbles Flirterei hätte Jane ja noch toleriert – als eine durchaus akzeptable Konvention –, nicht aber seine Unterwürfigkeit.

Von Anfang an hatte Jack Trimble die weniger eleganten, bücherlesenden Anwohner des Sees, zumeist Akademiker, gemieden, zurückhaltende Menschen, die sich in ihren bescheidenen Häuschen vergruben, und sich stattdessen für den Status eines Mitläufers in der Country-Club-Clique entschieden. Er lief weder Wasserski, noch konnte er segeln – das überließ er Jane und den Kindern –, war aber ein adäquater Golfer, und der Club abonnierte seinetwegen sogar den *Punch*, während er sich *Country Life* bestellte, und hatte immer eine Dose Earl Grey in der Küche stehen. Doch Trimble begriff die Spielregeln der Jeunesse dorée von Westmount nicht. Es entging ihm, dass das Haus der Hornbys eben deshalb als das wahrscheinlich charaktervollste am ganzen See galt, weil sein verfallenes Bootshaus windschiefer war als die anderen, weil seine Veranda morscher und das, was man lachend als Motorboot bezeichnete, nichts anderes war als ein leckgeschlagener Holzzuber, dessen Außenbordmotor im günstigsten Fall unzuverlässig funktionierte. Trimble, der bis ins Mark britisch wirkte, liebte erstaunlicherweise die Zurschaustellung. Er hatte das zugige, alte Mitchell-Haus mit seinen planlosen Anbauten, im Laufe der Zeit jedes Mal dann errichtet, wenn es die Kinderzahl erforderte, abreißen lassen und residierte nunmehr in einer Villa – einem von Architekten entworfenen Bau im Ranchstil mit einem über tausend Fuß langen, erstklassigen Seeufergrundstück, mit überdimensionalen Panoramafenstern und einer Sonnenterrasse aus Teakholz, die größer war als alle anderen, genau wie sein Tennisplatz sich in besserem Zustand befand, seine Werkstatt auch den anspruchsvollsten Profi zufriedengestellt hätte und seine Grew 212 bei Weitem das imposanteste Boot auf dem Wasser war. Sein Steingarten wurde bei Nacht mit Flutlicht bestrahlt. Der Krocket-Rasen hätte als Billardtischplatte dienen können. Unter den Seerosen in seinem Teich schlummerten die dicksten Goldfische der Townships. Und drinnen gab es Deckengewölbe, ein Billardzimmer und eine Bibliothek. »Trimble's Folly« nannte es Jane, um jeder Kritik von anderer Seite zuvorzukommen, und als Joshua zum ersten Mal dorthin zum Dinner geladen war, hatte Trimble seine Hand ergriffen, auf den braun gebrannten jungen Mann gedeutet, der eben den Bootssteg reinigte, und erklärend gesagt: »Ich möchte Ihnen einen zukünftigen Premierminister von Kanada vorstellen.«

Charlie nickte ihnen verlegen zu, errötete und grüßte: »F-freut mich, Sie kennenzulernen, Mr. Sh-Sh-Shapiro.«

Ein anderes Mal, als er mit Joshua bei einem seiner sonntäglichen Barbecues auf der Sonnenterrasse saß, bemerkte Trimble: »Wissen Sie, all das hier hat eigentlich nur einen Fehler. Ich habe den Zaster, mit dem ich das alles bezahlt habe, selber verdient, und das ist, soweit es die Leute hier angeht –«, er deutete auf seine Gäste, die sich an der Bar versammelt hatten, »– eben unverzeihlich. Genau wie die Tatsache, dass Sie Pauline geheiratet haben.«

»Ach, wirklich?« erwiderte Joshua verkniffen. »Wieso?«

»Also, jetzt hören Sie mal zu, alter Junge!« sagte Trimble und war, ehe Joshua etwas entgegnen konnte, davongestürzt, um Jane ihren Bademantel zu holen.

Jane war gerade dem Wasser entstiegen und kam, tief gebräunt, das schwarze Haar glatt am Kopf anliegend, die Brustwarzen unter dem Bikini hart und fest, zur Terrasse herauf. Alle drehten sich nach ihr um, als sie auf einem Bein hüpfte, um sich das Wasser aus dem Ohr zu schütteln.

»Hier, Mutter«, sagte Trimble und wickelte sie schnell in den Bademantel; dann nahm er wieder neben Joshua Platz. »Sie hat keine Ahnung, wie aufreizend sie noch immer wirkt.«

Trimble lud sich (auf Janes Verlangen, wie Joshua argwöhnte) oft Gäste ein, servierte pflichtbewusst, mit gezwungenem Lächeln und dicken Speckrollen, die über den Rand seiner Bermudashorts quollen, saftige Steaks. Obwohl ihm selbst nichts lieber war als eine Flasche Guinness zum Lunch, gab es für die anderen häufig Champagner. Hummer, entsetzlich teuer, war ebenfalls nichts Ungewöhnliches. Doch wenn er dann zur Cocktailstunde zum Postamt fuhr, konnte es vorkommen, dass er in der Einfahrt der Hickeys acht Wagen entdeckte, darunter auch Janes Volvo, oder, wenn er am Abend seine Grew für einen kurzen Törn herausholte, alle bekannten Boote am Anlegesteg der McTeers versammelt sah, während Gelächter über das Wasser klang. Aber er beschwerte sich nicht. Sondern fuhr eisern entschlossen fort, die Country-Club-Clique zu hofieren.

Trimble, mit seiner Feldzeugkorps-Krawatte, der Seglermütze, dem Blazer mit den Messingknöpfen und dem britischen Slang, wurde jedoch nicht nur wegen Jane oder der noch opulenteren Partys geduldet, die er in seiner Westmount-Villa gab, sondern auch, weil er anscheinend wahnsinnig gut mit Geld umgehen konnte und den anderen beim Lösen ihrer Steuer- und Grundbesitzprobleme half, weil er ihr Portefeuille nicht selten verdoppelte, indem er sie in einen Fonds einschrieb, den er verwaltete und dessen Mitgliedschaft auf einhundert Teilnehmer beschränkt war. Ironischerweise war es für Joshua eindeutig, dass er, obwohl die anderen sich zu ihm herabließen, weit intelligenter war als sie. Und ebenso eindeutig war es, dass er ein Lügner war, ein wahrhaft unverschämter Lügner; und ganz und gar nicht das, was er zu sein vorgab.

Und jetzt forderte Joshua ihn auf, Platz zu nehmen; Trimble bestellte sich einen Glenlivet, pur, ohne Eis bitte, und begann sofort zwanghaft von Kevin zu sprechen. Kevin, erzählte er Joshua spöttisch, sei zweimal Amateurgolfsieger von Quebec gewesen. Einmal habe er versucht, an der Tournee der *Professional Golfer's Association* teilzunehmen, habe sich aber nicht qualifizieren können, der arme Teufel. »Sie hätten das erleben müssen«, berichtete Trimble mit einem wachsamen Ausdruck in den kleinen Augen, »an jenem Abend, als er mit seinem MG die Clubhaustreppe hinauf und bis an die Bar gefahren kam.«

»Ja. Schade, dass ich das verpasst habe.«

»Wissen Sie, alter Freund, wir beiden haben etwas gemeinsam. Wir sind mit umwerfenden Mädchen verheiratet. Beunruhigt Sie das gar nicht?«

»Sollte es das?«

»Als ich einmal von einer Reise nach Zürich zurückkam, habe ich in Janes Handtasche ein Streichholzbriefchen vom Les Halles gefunden. Aber ich habe da nie gegessen.«

Im Sommer 1973, ihrem zweiten Sommer am See, fühlte sich Pauline, obwohl sie sich weiterhin über die alte Clique mokierte, doch wieder mehr zum Country Club hingezogen, möglicherweise nur wegen dem Tennis. Sie deutete an, dass Joshua im Club bei ihr Hemmungen auslöse, eine jüdische Gewitterwolke, die Schatten auf ihr zugegebenermaßen nostalgisches Vergnügen werfe; und genau wie er sie bei seinen Pokerabenden der Mackenzie King Memorial Society für überflüssig erklärte, so einigten sie sich darauf, dass er, wenn er es wollte, seine Besuche im Club auf den jährlichen Dinnerball und natürlich die Schlussregatta beschränken dürfe. Welchletzteres Ritual allerdings ebenfalls von einem Dinnerball gefolgt wurde. Hitzige Paarungen auf dem Parkplatz. Verbotene Entblößungen am neunten Loch. Eine zerraufte, eindeutig beschwipste Liz Harper, die ihren Rock schürzte und die Schuhe von den Füßen schleuderte, um auf der Bartheke zu tanzen. Wiederholt ausgedrücktes Bedauern seitens Jane Trimble über die Tatsache, dass Kevin nicht dabei sein konnte. Der gute alte Kevin. Ein heftiger Krach zwischen den Friars. Die versumpften Nachzügler, die nicht aufbrechen wollten, bis man den guten alten Gavin McTeer dazu gedrängt hatte, nach Hause zu gehen, Dudelsack und Kilt zu holen und auf dem taufeuchten Rasen dem Sommer zum Abschied aufzuspielen. Und dann ein bestürzter, aber immer noch speichelleckender Jack Trimble, der in seinen Bermudashorts mit den Grübchen an den Knien draußen umherirrte und alle anflehte: »Hat vielleicht jemand Jane gesehen?«

Niemand.

»Ich fürchte, dass sie da draußen irgendwo ohnmächtig geworden ist.« Trimble, der seine Hände an den Mund legte und rief: »Jane! Hallo! Wir müssen nach Hause!«

Und selbst als die letzten Nachzügler gingen, über das köstlich betaute Gras und die ersten gefallenen Blätter zu ihrem Wagen schlenderten, die kichernden Damen mit den Schuhen in der Hand, die Herren sich gegenseitig in die Rippen stoßend, während die Damen sie zu beschwichtigen suchten und dabei stöhnten, o Gott, ihr seid furchtbar, einfach schrecklich seid ihr, ihr Männer, selbst da hörten sie ihn noch immer in den Wind rufen: »Jane! Die Party ist aus. HALLO!«

Während einer Reihe von Sommern am See gab es fortlaufend das, was Joshua in dem Versuch, die Dinge für Pauline herunterzuspielen, leichthin als »Trimble Trouble« bezeichnete.

Jane, die er noch nie zweimal in derselben Aufmachung gesehen hatte, fuhr fort, unangemeldet auf ihrem Rasen zu erscheinen, mit Vorliebe zu ihrer ganz privaten Cocktailstunde. Eines Spätnachmittags, als sie wieder einmal über den Rasen geschlendert kam und ausgerechnet vor dem Blumenbeet stehen blieb, das dringend gejätet werden musste, tauchte die tief unglückliche, eindeutig erschöpfte Pauline aus ihrem Gemüsegarten auf.

Dieser Gemüsegarten, das wusste Joshua, war Paulines ganzer Stolz. Und ihre Zufluchtsstätte, ihre kleine, stille Bar, wohin sie sich zurückziehen konnte, um dort, weit entfernt von seinen Problemen und vorübergehend befreit von den Ansprüchen der Kinder, in Ruhe nachzudenken. Er fand es wunderbar, sie vom Fenster aus zu beobachten, wenn sie sich in ihrem flappenden Strohhut eifrig bückte, ohne zu ahnen, wie bezaubernd sie dabei wirkte. Wenn sie Tomatenstauden zurückschnitt, Karotten versetzte, Erbsen begutachtete oder ganz einfach Unkraut jätete. Und im August mit rosigen Wangen und einem Korb voll hart erarbeiteter Früchte des Sommers auf die Veranda heraufgelaufen kam, während Joshua und die Kinder sich neugierig aufreihten, bewundernd pfiffen und applaudierten und voller Begeisterung ausriefen: »Es lebe unsere Ma Shapiro!« Wenn Pauline ihnen knorrige, köstliche Tomaten zum Befingern reichte, die so groß waren wie Riesenkartoffeln. Wenn sie ihnen die Gurken zum Einmachen zeigte. Die grünen Paprikaschoten, die sie zum Dinner füllen wollte. Und Weißkohl. Und Rosenkohl. Rote Bete. Möhren, die man einfach an der Hose abwischen und aus der Hand essen konnte.

In diesem Sommer jedoch hatte es viel zu viel geregnet. Ungeziefer hatte den Garten heimgesucht. Schnecken den Kohl zerfressen. Raupen die Tomaten attackiert. Und als sie nun, einen Korb voll mickriger, kranker Feldfrüchte am Arm, auf die Veranda, ihre Veranda heraufkam, saß da ihr Ehemann, der über irgendetwas lachte, stand da eine lächelnde Jane, Drink in der Hand, und sah aus wie geradewegs den Seiten von *Vogue* entstiegen. »Verdammt noch mal, Pauline, ich bewundere ja deine Energie«, verkündete sie nach einem Blick in den Korb, »aber wozu bloß heute noch so viel Mühe? *Ich* mache das schon lange nicht mehr. Um diese Jahreszeit bekommt man hier doch alles furchtbar billig. Ich kann mir kaum vorstellen, dass sich das lohnt.«

Während einer Reihe von Sommern am See entwickelte Joshua selbst ebenfalls feste Gewohnheiten. Nach der Arbeit, etwa gegen vier, verfrachtete er die Kinder, wenn Pauline Tennis spielte, in den alten Hornby-Jeep, fuhr sie zum Club und ließ sich mit ihnen auf dem Rasen vor den Tennisplätzen nieder. Ach, wie sein Herz hüpfte, wenn er Pauline spielen sah! Das honigblonde Haar von einem Reif zurückgehalten, die schlanken Arme gespannt, die langen, braun gebrannten Beine sprungbereit. Trotz ihrer züchtigen weißen Bluse und den weißen Shorts kam sie ihm unglaublich sexy vor. Eine reine Freude, seine Pauline.

Und diese Gewohnheit war es, die zu jenem Zwischenfall und seinem, wenn auch verspäteten Aufstieg zum mehr als widerwilligen Bestandteil der Country-Club-Annalen führte.

»Erinnert ihr euch noch an den Abend, als Shapiro ins Clubhaus geplatzt kam …«

Manchmal ging er, wenn sie fertig war, mit den Kindern auf den Platz hinaus, wo Pauline versuchte, ihn zu einem Ballwechsel mit ihr zu bewegen.

»Ich würde dich nur in Verlegenheit bringen, Pauline. Wahrscheinlich würde ich nicht mal den Ball treffen.«

»Du könntest mich nie in Verlegenheit bringen, und wenn du nur wolltest, könnten wir wunderbar zusammen spielen.«

»Ja, ja!« riefen die Kinder, vor Begeisterung hüpfend.

Joshua fühlte sich mehr als einmal versucht, und dann, eines Tages im letzten Sommer, gab er schließlich und endlich doch noch nach. Hätten er oder Pauline ein bisschen besser aufgepasst, an jenem schönen, sonnigen Mittwochnachmittag im August, an dem schon ein Hauch von Herbst in der frischen Luft lag und das Laub sich hier golden, da rot färbte, sie hätten vielleicht das kleine Wasserflugzeug bemerkt, das am Bootssteg des Clubs ankerte. Obwohl es früher schon Wasserflugzeuge, Mittwochnachmittage gegeben hatte.

Pauline servierte ihm einen hohen Ball, einen ziemlich trägen Aufschlag, und halli, hallo, er erwischte ihn mit dem Racket und schlug ihn über das Netz zurück. Er sonnte sich noch in diesem unerwarteten Triumph, da verfehlte er schon ihren nächsten Ball. Nunmehr versuchte er aufzuschlagen, einen gepfefferten Schuss natürlich, sein Schläger sauste durch die Luft – und fehlte schmählich. Pauline rief ihm Ermutigendes zu, servierte abermals, er wollte den Ball kurz zurückschicken und schlug ihn ins Netz. Pauline schlug noch einmal auf, flehte ihn an, dem Ball diesmal nicht entgegenzulaufen, und er schaffte es tatsächlich, ihn übers Netz zurückzubefördern. Beide hatten sie ihren Spaß, die Kinder quietschten bei jedem Patzer, der ihm unterlief, und dadurch entging es ihm, dass sie einen Zuschauer bekommen hatten. Einen einzigen. Einen hochgewachsenen, schlanken Mann mit weichem Strohhut, ein Medaillon an goldener Kette um den Hals, in weißer, unter dem Knie abgeschnittener Seidenhose und Espadrilles. Er saß, die Haut von der Sonne nussbraun gefärbt, nachdenklich auf einer Bank. Joshua bemerkte ihn nicht. Und war sich ebenso wenig der Zuschauer seines Zuschauers bewusst. Die Damen, die auf der Terrasse gesessen und getrunken hatten, waren verstummt, und die beherzteren unter ihnen rückten schon gegen den Tennisplatz vor. Joshua bemerkte es nicht, weil ihm in diesem Moment nichts wichtiger war als seine Bemühungen, den Ball zu treffen, ein zutiefst befriedigendes »Plop« zu erzielen. Aber leider, je größer sein Eifer, desto ungeschickter stellte er sich an. Und noch verwirrender: Pauline schien keinen Spaß mehr daran zu haben. Sie war hochrot, heftig erregt, und als er das nächste Mal weit danebentraf, fuhr sie ihn völlig unerwartet an: »Na, hast du jetzt genug?«

»Noch nicht«, antwortete er, der dummerweise sowohl dieses Notsignal als auch ihren nächsten Aufschlag, einen überraschend harten Ball, übersah.

»Herrgott noch mal!« rief sie verärgert. »So schwer war der doch nicht zu treffen!«

Erschrocken lief er nach vorn ans Netz. »Was ist, Pauline? Was ist in dich gefahren?«

»Verdammt!« Mehr antwortete sie nicht darauf. »Verdammt, verdammt, verdammt! Da kommt er schon.«

Der hochgewachsene, schlanke Mann mit dem strohblonden Haar und den funkelnden blauen Augen kam mit gewinnendem Lächeln, aber ein bisschen zu sehr von seiner Unwiderstehlichkeit überzeugt, auf sie zu. »Hallo!« rief er in singendem Tonfall. »Du musst Joshua sein.« Während er Joshua mit so überströmender Herzlichkeit die Hand schüttelte, als sei er lange und emsig nach ihm auf der Suche gewesen und die Freude des Wiedersehens kenne keine Grenzen, entwand er ihm gleichzeitig sanft, aber energisch den Tennisschläger – etwa so, wie Joshua Alex einmal ein Beil weggenommen hatte, für das er noch viel zu jung gewesen war.

Bevor Joshua reagieren konnte, hatte der andere den Ball

aufgenommen, ließ ihn ein-, zweimal aufspringen, glitt geschmeidig davon und schickte ihn mit einem unvermittelten Sprung und einem geschickten Schlag seines Rackets übers Netz. Pauline, die dem Ball geduckt nachsetzte, gab ihn mehr zornig als graziös zurück.

Vor Wut kochend zog Joshua sich vom Platz zurück, nur um zu entdecken, dass sich die Damen inzwischen fast vollzählig versammelt hatten – hingerissen.

»He, warum hast du dir von dem Kerl den Schläger wegnehmen lassen?« fragte ihn Alex und zeigte dadurch wieder einmal seine entnervende Begabung, immer gerade den wunden Punkt zu treffen.

»Ich glaube«, antwortete Joshua so gelassen, wie es nur eben ging, »dass dieser ›Kerl‹ zufällig dein Onkel ist.«

Joshua konnte den Blick nicht von Pauline wenden, die jetzt mehr wütend als geschickt spielte, von Zorn erfüllt nur auf den Sieg bedacht war. Dem Ball entgegenstürmend, hinterhältige Aufschläge servierend, wurde sie von einem betont toleranten, scheinbar verdutzten Kevin, der sich nicht einmal anzustrengen brauchte, mühelos an die Wand gespielt. Und dann nahm das Spiel völlig unerwartet eine Wendung zum Gefühlvollen, entstand eine Art Intimität, flog der Ball weich hin und her zwischen Bruder und Schwester, die beide ganz hervorragend spielten. Die Damen, von denen sichtlich die Jahre abfielen, die wieder zu Westmount-Debütantinnen wurden, ohten und ahten bei Kevins lässig-brillantem Spiel und den forschen Reaktionen der angeregten Pauline. Ein- oder zweimal klatschten sie sogar Beifall. Joshua erkannte mit heißen Wangen und verknotetem Magen, dass er in seinem Leben unter den Nichtjuden ein neues Stadium erreicht hatte. Denn eindeutig erwartete man jetzt etwas von ihm.

Dann plötzlich veränderte sich die Atmosphäre des Spiels von Neuem, und wieder versuchte Pauline Kevin buchstäblich vom Platz zu schlagen. Diesmal jedoch reagierte er nicht so tolerant. Er erwischte auch die bösartigsten Bälle, lockte Pauline mit trägen Returns aus ihrer Position, um den Ball sodann in eine ungeschützte Ecke zu schmettern. Pauline, atemlos hin und her hetzend, unverkennbar hektisch, machte eine schlechte Figur. Sie wurde nicht besiegt, sie wurde geschlagen. Die Damen, die sich eng an den Zaun gedrückt hatten, zogen sich allmählich vom Platz zurück. Joshua hätte verzweifelt gern eingegriffen, wusste aber nicht, wie er das anstellen sollte, ohne Pauline noch tiefer zu demütigen. Schließlich war es zum Glück vorbei, Pauline und Kevin gingen beide zum Netz. Die Geschwister umarmten sich nicht, sie berührten sich nicht einmal. »Komm, Trout«, sagte Kevin mit unbekümmertem Lachen. »Nur einen Satz noch.«

»Verdammt noch mal, Kevin, was hast du hier zu suchen?« hörte er sie in scharfem Ton fragen.

»Ich werde nur über Nacht hier bleiben. Morgen früh fliege ich weiter nach Georgian Bay, wo ich mich mit ein paar Argos-Leuten verabredet habe. Diesmal geht's um ein ganz großes Geschäft, Trout. Gigantisch.«

»Natürlich, wie immer«, erwiderte Pauline, als Joshua sich am Netz zu ihnen gesellte, während die Kinder verwirrt zurückblieben.

»Die wollen einen Auslandsfonds zusammenkriegen und brauchen da draußen einen guten Mann. Ich hab sie mal zum Angeln gefahren. Im Boot haben sie mir dann davon erzählt. Ich sagte dir ja, dass das eine gute Geldanlage ist.«

»Kevin, du bist unverbesserlich.«

»Ich gebe heute Abend hier eine Dinnerparty für die alte Clique.« Sein gewinnendes Lächeln schloss Joshua ein. »Tim Hikkey, Dickie Abbot und ein paar andere kommen aus der Stadt heraus. Sogar Janes Ehemann kommt mit.«

»Du hast's also tatsächlich geschafft. Aber erwähne denen gegenüber bitte mit keinem Wort deine großen Geschäfte, ja, Kevin?«

Ohne sie zu beachten, wandte Kevin sich an Joshua. »Soll ich denn die Kinder gar nicht kennenlernen?«

Die Kinder wurden geholt und vorgestellt.

»Wenn ihr beiden nicht zu dem Dinner kommt, das würde mich wirklich sehr tief treffen«, erklärte Kevin.

Pauline sah Joshua fragend an.

»Die Kinder werden Hunger haben«, entgegnete er nüchtern.

Ehe sie sich jedoch verabschiedeten, sagte Kevin noch: »Schampus um sieben. Und wenn's dir nichts ausmacht, Joshua – ich hab eins von deinen Büchern dabei und möchte gern, dass du's mir signierst. Du hast keinen größeren Fan auf den Bermudas als mich.«

Auf der holprigen Heimfahrt sprachen Pauline und Joshua kein Wort, aber die Kinder hörten nicht auf zu quatschen.

»Ich find' ihn dämlich«, erklärte Susy, die sich fest an Joshua klammerte.

Teddy jedoch war tief beeindruckt. »Mann, kann der vielleicht Tennis spielen!«

»Kein Wunder«, erwiderte Pauline. »Er tut ja kaum noch etwas anderes.«

Joshua mixte ihnen beiden einen Drink. Pauline kochte Mais für die Kinder. »Mann, o Mann«, sagte er, als sich die Kinder verzogen hatten. »Mein größter Fan auf den Bermudas. Wofür hält der mich eigentlich?«

»Er reist ja morgen früh wieder ab. Vielleicht sollten wir doch hingehen.«

»Er ist dein Bruder, also geh nur. Ich bleibe hier und sehe mir mit den Kindern das Baseballspiel an.«

»Ohne dich kann ich nicht gehen.«

»Wie alt ist er – ein Jahr jünger als du?«

»Vierzehn Monate.«

»Großer Gott, ein Mann in seinem Alter und zieht sich an wie Tom Sawyer. Nein, wie Peter Pan. Erbärmlich.«

»Früher war er es nicht.«

Das schmerzte.

»Hast du ihm das Boot bezahlt?«

»Ich habe ihm das Geld für die Anzahlung geliehen.«

»Und er ist so bettelarm, dass er hier in einem Wasserflugzeug aufkreuzt?«

»Er hatte Angst davor, nach all den Jahren wiederzukommen. Deshalb musste er etwas Aufsehenerregendes tun. Und hat sich ein Flugzeug gemietet.«

»Wir sind ein stolzer Menschenschlag.« Joshua schenkte sich noch einen Drink ein. »Das walte Gott. Ein stolzer Menschenschlag. Du hättest dich sehen sollen, da draußen auf dem Tennisplatz. Es war obszön, so was mitanzusehen.«

Ihre Wangen brannten.

»Ich dachte«, warf er ihr vor, »ich könnte dich nie in Verlegenheit bringen. Da draußen hast du mich aber angeschrien.«

Erschrocken starrte sie ihn an. Es war offensichtlich, sie erinnerte sich an nichts.

»Mit den Kindern da draußen, okay, das macht nichts, aber direkt vor der Nase dieses bigotten, vorklimakterischen Westmounter Heißhöschen- und Glasheberinnenclubs?«

»Tut mir leid. Entschuldige bitte.«

»Schampus mit Peter Pan«, murmelte er. »Und was soll dieser Scheiß von dem Treffen mit den Argos-Leuten und einem Auslandsfonds?«

»Nur wieder eins von seinen Luftschlössern. Die Leute haben sich auf seinem Boot wahrscheinlich die Nase begossen, und wenn er jetzt in Georgian Bay auftaucht, haben sie völlig vergessen, dass sie ihn eingeladen hatten.«

»Lebt er wirklich von Angeltouren?«

»Wenn du's genau wissen willst – er lebt von Frauen.«

»Also, das ist wirklich zum Kotzen.«

»Großer Gott, Liebling! Manchmal bist du entsetzlich spießig.«

»Wir sind ein stolzer Menschenschlag.«

»Die haben allen Grund, ihn nicht zu mögen, Josh, und wenn ich heute Abend nicht hingehe, werden sie ihn bei lebendigem Leib auf kleiner Flamme rösten, und wenn *du* nicht kommst, werden sie sich den ganzen Sommer über ins Fäustchen lachen.«

»Ich werde nicht zu diesem kleinen Scheißclub mit seinem piekfeinen Präsidenten gehen, damit die mich unentwegt belauern und darauf warten können, dass ich was anstelle.«

»Du brauchst nichts anzustellen. Was redest du da? Er ist keine Gefahr für dich. Er ist für niemanden mehr eine Gefahr. Aber mach's mir doch bitte nicht so schwer. Ich möchte wirklich nicht allein hingehen.«

»Geh du nur, Tinkerbell. Amüsiere dich. Ich habe ehrlich nichts dagegen.«

»Komm, Josh.«

»Nein.«

Als Pauline schließlich, geduscht und parfümiert, mit nur einer Andeutung von Augen-Make-up, das honigblonde Haar von dem strengen Reif befreit, aus ihrem Ankleidezimmer kam, seine Pauline, schmerzhaft schön in ihrem schlichten, weißen Leinenkleid, das ihre Sonnenbräune hervorhob, war er reumütig und zerknirscht. »Ich kann dich ja hinfahren«, erbot er sich demütig.

»Ich habe mir schon ein Taxi bestellt«, entgegnete sie ebenfalls in bedrücktem Ton.

Er kam ihr bis auf den vorderen Rasen nach. »Bleib doch hier! Ich kriege Lust.«

»Hör auf. Bitte, Josh!« Damit lief sie den näher kommenden Taxischeinwerfern entgegen und winkte dem alten Orville Moon.

Der verrunzelte, leberfleckige alte Moon mit seinen Eidechsenaugen und den gelben Zähnen mochte Joshua nicht. Einmal hatte er ihn im Dorfpostamt angehalten und gefragt: »Brauchen Sie diesen Herbst 'n Jagdschein?«

»Nein.«

»Hab ich mir doch gleich gedacht.«

Joshua blieb noch eine Weile auf dem Rasen stehen und sah

dem uralten, klapprigen Taxi nach, das in die Dunkelheit hineinratterte. Überall Falläpfel, weich und faulig. Die Bäume mussten gesprüht und beschnitten werden. Der Rasen roch süßlich nach geschnittenem Gras, Fäulnis und Paulines Parfüm. Sie hatte sich vermutlich hinter den Ohren, in den Kniekehlen und zwischen den Brüsten damit betupft. Ich bin mit einer Hure verheiratet.

Die Kinder, die seine miese Stimmung spürten, zogen sich in den Schutz ihrer Betten zurück. Bis auf Alex natürlich. Alex stellte den Fernseher an, um sich die Expos anzusehen. Joshua frischte seinen Drink auf und wollte auf die Veranda hinaus. »He, Dad. Ich möchte von der Schule abgehen.«

»Heute scheint aber auch jeder verrückt zu spielen. Alex, du bist doch erst siebzehn.«

»Das warst du auch, als du abgegangen bist.«

»Wir unterhalten uns morgen darüber.«

Wenn Reuben noch da gewesen wäre, hätte Joshua gewusst, was der Vater jetzt sagen würde. Reuben hatte es in diesem Sommer ganze zehn Tage lang bei ihnen ausgehalten, bevor es ihn juckte, wieder auf Tour zu gehen. Einmal während dieses Besuchs war Joshua nach der Arbeit in den Garten hinausgegangen und hatte seinen Vater mit Alex am windschiefen Bootshaus gefunden, beide mit Boxerhandschuhen und Kopfschutz ausgerüstet. Reuben Shapiro, einst von dem kritischen Mr. Nat Fleischer als »Hoffnung des Monats« herausgestellt, unterrichtete seinen Enkel, wie er es früher mit Joshua getan hatte, in der hohen Schule des Boxens. Assistiert von Susy und Teddy, die Handtücher und Wassereimer bereithielten; und einer kichernden Pauline, die den Ringrichter spielte.

»Und jetzt das Ganze noch einmal«, befahl Reuben. »Aber vergiss nicht: mein Kinn ist nicht hier, das ist noch einen ganzen Fuß entfernt. Während du also darauf zustößt, wirst du immer schneller, verstehst du? Auf keinen Fall langsamer werden, weil du erwartest, den Knochen zu treffen, sondern ständig in Vorwärtsbewegung bleiben, auf mich zu. Und dann, mein Junge, machst du schnell boing, boing, und schon bist du wieder weg. Okay, Pauline, lass hören.«

»Klingelingeling«, sang Pauline. »Klingelingeling.« Und Joshua dachte voller Freude, he, was sind wir doch für eine Familie! Wirklich, was sind wir für eine Familie!

Als er jetzt auf der Veranda saß, trank und finster zu den Lichtern des Country Clubs am anderen Seeufer hinüberstarrte, sah Joshua ein, dass er letztlich doch noch den Jeep klarmachen und Pauline würde abholen müssen. Mist! Und dann ertönte plötzlich ein dröhnender Donnerschlag, kam dumpfes Grollen über den See, und das Wasser zuckte im Blitz. Er wurde sofort klatschnass. Doch bevor er ins Haus floh, sah er noch, dass im Clubhaus das Licht erlosch. Kurz darauf, als der Blitz abermals zuschlug, gingen auch hier im Haus die Lichter aus, und er stieß fluchend – auf der Suche nach einer Taschenlampe – gegen die Möbel. Okay, er würde sie also abholen, aber sollte er lieber ein Messer mitnehmen? Wie damals auf Ibiza?

Ibiza, mein Gott, sinnierte er, als er zum Jeep lief; seit Monaten habe ich nicht mehr an Ibiza gedacht.

Joshua beschloss, sich eine Suppe zu machen. Das war konstruktiv. Das war kein Der-Arbeit-aus-dem-Weg-Gehen. Suppe war nahrhaft für die Kinder, seine große Verantwortung in dieser Zeit. Er goss kochendes Wasser in einen Topf. Er würfelte sechs Karotten und warf sie ins Wasser. Ach Scheiße, er hatte vergessen, sie vorher zu schrappen. Zum Teufel damit. Er hackte etwas Weißkohl, warf die schlechten Stellen weg, würfelte etwas altersschlaffen Sellerie, fügte Salz, Pfeffer, sechs Hühnersuppenwürfel, eine Handvoll tiefgefrorene Erbsen und die aus dem Abfalleimer gefischten Maiskolben vom Vorabend hinzu. Die würden jedenfalls noch ein bisschen Geschmack geben. Außerdem fand er ein paar Pilze, ein bisschen glitschig und stellenweise etwas zerfranst, und tupfte sie mit einem Küchenhandtuch trocken, bevor er sie in den Topf tat. Dann entdeckte er im untersten Fach ein paar vergessene gebackene Kartoffeln, höhlte sie aus, zerstampfte sie kräftig, wie es so schön heißt, gab sie zum Andicken ebenfalls in den Topf. Spare in der Zeit, dann hast du in der Not. Beim Zwiebelschneiden warf er einen verstohlenen Blick auf die Armbanduhr und sah, dass es erst 9.30 Uhr war. Eines hatte er sich zur Regel gemacht: Wenn er um elf Uhr vormittags wirklich ehrlich noch nichts zu Papier gebracht hatte, durfte er für diesen Tag Feierabend machen. Doch selbst wenn er jetzt eine Dose Tomaten öffnete und Petersilie hackte, selbst wenn er die Zeit hinzurechnete, die es ihn kosten würde, alles gründlich umzurühren, würde er noch vor zehn Uhr fertig sein, wenn Mrs. Zwibock zur Arbeit erschien. Mrs. Zwibock mit ihrem dämlichen Gequatsche.

Das Telefon schrillte.

»Hallo, Joshua! Hoffentlich störe ich nicht.«

»Nein, nein. Sie stören nicht.«

Es war ein Anruf, den er fürchtete. Gibson, der Bankdirektor von der Royal. Ob er wünsche, dass sein Zehntausend-Dollar-Kredit, der Überziehungsbetrag, um einen weiteren Monat verlängert werde. Kein Problem, wirklich nicht.

»Das wäre nicht schlecht«, antwortete Joshua möglichst gelassen und fügte hinzu, er werde den Saldo ausgleichen, sobald es ihm möglich sei. »Sie können sich darauf verlassen, Hugh.«

Joshua war mit dem Schulgeld im Rückstand und hatte noch nichts für die diesjährigen Steuern beiseitegelegt. Der Computer von Chargex war unzufrieden, der American Express enttäuscht von ihm. Kein Wunder, dass er nicht arbeiten konnte. Wozu auch? Wenn ich mir, argumentierte er mit sich selbst, den heutigen Tag freinehme, geht es morgen bestimmt besser voran. Dann konnte er frisch und froh mit der Kolumne beginnen. Nachdem ja das hübsche, neue Farbband bereits an Ort und Stelle, alle Typen blitzblank gesäubert waren.

Jawohl.

Da schrillte das Telefon schon wieder. Jane Trimble, dachte er; der Schweiß brach ihm aus. *Sag ihr, uns trifft keine Schuld.* Aber es war ein Ferngespräch. Peabody vom *Playboy* bot ihm einen Auftrag an, der ihn zwar reizte, der aber bedeutete, dass er nach London fliegen musste. »Ich kann nicht«, erwiderte er und erklärte Peabody das mit Pauline. Nicht alles, aber genug. »Ich kann augenblicklich überhaupt nicht verreisen. Ich kann die Kinder nicht allein lassen.«

Noch während er sprach, spürte er, wie Peabody abschaltete, seinen Namen von einer Liste auf seinem Notizblock strich. »Warte mal. Leg noch nicht auf. Wie geht's?«

»Noch geht's. Bisher nichts Lebensgefährliches.«

»Und Janet?«

»Die hat ihr Selbstbewusstsein liften lassen. Wir haben uns letzten Monat getrennt.«

»Das tut mir leid.«

»Lieb von dir. Aber ich könnte gar nicht zufriedener sein.« Die beiden hatten zwei Kinder. Die sich, wie Peabody ihm im ernstesten Ton versicherte, fabelhaft mit der Situation abgefunden hatten. »Ich meine, sonst habe ich sie jeden Abend gesehen, aber dann bin ich völlig kaputt nach Hause gekommen und wollte nur noch saufen oder mir im Fernsehen ein Footballspiel anschauen. Jetzt sehe ich sie nur noch am Wochenende, aber ich verbringe, wie es die liebe Janet mir erklärt hat, allerbeste Freizeit mit ihnen. Bist du ganz sicher, dass du nicht nach London kannst, oder willst du nur mehr Geld rausschlagen?«

»Hast du denn nichts, was ich von hier aus machen kann?«

»Von Kanada? Hast du den Verstand verloren? Du hättest nie wieder heimkehren dürfen, Josh.«

»Keiner von uns hätte heimkehren dürfen«, entgegnete Joshua zu seiner eigenen Überraschung.

»Schon möglich. Vielleicht. *A la prochaine fois, mon vieux.* He, warte mal!« Pause. Dann stieß Peabody plötzlich ein unbeschwertes Lachen aus, ein herzhaftes Lachen, und Joshua fühlte sich in seiner Wärme wohlig geborgen, reagierte sofort auf den alten Charme. »Hör mal, Josh«, sagte Peabody, »wollen wir nicht den alten Deux-Chevaux startklar machen und abends schnell nach Arles rüberfahren? Oder nach Amsterdam?«

»Ach, wenn wir das könnten!«

»Herrgott noch mal!« Peabodys Stimme klang rau. »Was ist bloß mit uns allen los?«

»Hör auf«, gab Joshua wenig überzeugend zurück. »So schlimm ist es nun auch wieder nicht.«

»Letzte Woche hat Markham in Chicago Zwischenstation gemacht. Er hat mich in seine Suite im Ambassador East eingeladen. Wir haben zusammen zu Mittag gegessen, und jedes Mal, wenn ich einen Schriftsteller erwähnte, hat er sich den Namen auf einem kleinen, schmalen Gucci-Block notiert. Und mir einen Jahresbonus, ein beschissenes *pourboire* geboten, wenn ich ihm ein paar Gefälligkeiten erweise.«

»Markham ist bis ins Mark verdorben.«

»Ja. Sicher. Aber ich bin nicht besser als er. Ich schlafe mit meiner Sekretärin. Sie ist zweiundzwanzig Jahre alt und hat dreimal »Forellenfang in Amerika« gelesen. Von Saroyan hat sie noch nie was gehört. Ach was, Saroyan – sie hält Henry James für den Kerl, der das Script für einen Montgomery-Clift-Film geschrieben hat, den wir in der Spätvorstellung gesehen hatten. Und ich habe so große Angst, sie nicht befriedigen zu können, dass ich sie mit Geschenken überschütte. Ich habe einen Haarstylisten bemüht. Wir hören uns gemeinsam Elton-John-Platten an. Elton John! Und ich werde neunundvierzig.«

Peabody, Markham und Joshua hatten sich in den Fünfzigerjahren in Paris kennengelernt. In jenen Tagen wollte Markham Romancier werden – wer wollte das nicht, dachte Joshua traurig.

O ja, ich erinnere mich an Markham. Jawohl, Sir. Einmal hatte Joshua herausgefunden, wo Samuel Beckett wohnte, und wartete nun immer wieder stundenlang, im Regen vor Kälte zitternd, auf der anderen Straßenseite, weil er hoffte, ihn aus dem Haus kommen zu sehen. Er sprach Beckett nie an, sondern sah stumm zu, wie er an ihm vorüberging, und lächelte höchstens.

He, da geht der große Sam Beckett, der Mann, der mit Jimmy Joyce zu plaudern pflegte.

»Warum stellst du dich ihm nicht einfach vor und bittest ihn um ein Interview?« erkundigte sich Markham. »Das könntest du bestimmt irgendwo an den Mann bringen.«

»Weißt du was, Bill? Schon deine Anwesenheit würde genügen, um selbst die Bergpredigt zu korrumpieren.«

Ohne eigentlich mehr Ehrgeiz als die anderen zu besitzen, beging Markham jedoch den Fehler, ihn offen zu zeigen. Hielt sich ein New Yorker Verleger in der Stadt auf, fand er heraus, in welchem Hotel er abgestiegen war, und lauerte ihm in der Bar auf. Doch um der Wahrheit die Ehre zu geben – er war auch immer gern gefällig. Hatte man gerade mal kein Haschisch, wurde es auf der Stelle von Markham besorgt, obwohl Bill selber kein Hasch nahm. Musste man umziehen, war er sogleich da, um einem zu helfen. Niemals machte er bei der Freundin eines anderen Annäherungsversuche. Doch möglicherweise gerade weil er all diese Tugenden in einem einzigen, rastlosen, begierigen Körper zu vereinigen schien, fühlte sich nahezu jeder in seiner Gegenwart unbehaglich. Man benutzte Markham, aber man vertraute ihm nicht. Peabody wurde – ohne jeden Grund – beleidigend: »Hör mal, Bill, setzt du dir eigentlich täglich ein Pensum von Wörtern, die du schreiben musst?«

Joshua hatte Peabody um ein Uhr nachts an einem berauschenden Frühlingsabend vor dem Café Royal – heute Le Drugstore – an der Place St.-Germain kennengelernt. Das war 1951 gewesen. Peabody, schlank, elegant, flott gekleidet, mit Vorliebe einen weichen Filzhut auf dem Kopf, war damals schon eine Legende im Quartier Latin; er trank sich durch eine Erbschaft hindurch, raste in seinem ramponierten Deux-Chevaux von St.-Germain zum Montparnasse und wieder zurück und erklärte jeden, den er in den Cafés antraf, weithin vernehmbar für drittklassig. Tatkraft und eine ehrgeizige jüdische Mutter reichten nicht aus, warnte er gern. Man müsse auch Talent besitzen. Neben Marcel Proust sähen sie doch alle erbärmlich aus. Jane Austen könne weit mehr als sie.

Joshua beobachtete Peabody häufig, wie er den Boulevard entlangschlenderte: als ob nicht nur der letzte Rest des Eisenbahngeldes der Familie, sondern die ganze Welt ihm gehöre. Eines Abends, lau von schräg fallendem Regen und dem Duft gerösteter Kastanien, schnappte er sich wahllos eine Lehrerin, eine mehr als unschuldige junge Amerikanerin, von einem Tisch im Mabillon und schleppte sie für eine Woche in eine *Auberge* an der Loire, die nur ihm bekannt war und wo er den Ehemann, den sie erst noch finden musste, auf ewig zur Unzulänglichkeit verdammte. An einem anderen Abend, an dem er mit der zu Besuch weilenden Tante eines alten Exeter-Mitschülers detailliert ein Rendezvous im Café de Flore verabredet hatte, blieb er bis lange über den vereinbarten Zeitpunkt hinaus gegenüber im Café Royal sitzen und beobachtete seine Beute aus den Augenwinkeln, wie sie allein an ihrem Tisch saß, mit zunehmender Erregung einen verhungerten, aufdringlichen Fremden nach dem anderen abwies, bis sie sich schließlich, alle Hoffnung fahren lassend, zum Gehen erhob. Erst da eilte Peabody vergnügt über den Boulevard, sprintete im Zickzack durch den dichten Verkehr und verschleppte sie ohne ein Wort der Entschuldigung und ohne Dinner in das schäbigste Hotel des ganzen Quartier Latin, wo er sie kaltblütig des letzten Restes ihrer Würde beraubte, sie, sobald er fertig mit ihr war, in ein Taxi verfrachtete und vor Ablauf einer Stunde wieder im Café Royal saß, um über die Sittenlosigkeit der modernen Zeit zu wettern.

Peabody finanzierte und produzierte eine kleine Zeitschrift, ein typisch versnobtes, quichottisch angehauchtes Blatt voller Erzählungen und Gedichte auf Französisch, Spanisch, Italienisch und Englisch, schmiss auch den letzten Rest seiner Erbschaft für seine Lieblingsautoren hinaus. Er hatte noch nie ein Wort mit Joshua gesprochen, grüßte ihn nicht einmal auf der Straße, daher war Joshua hocherfreut, den anspruchsvollen Peabody eines frühen Morgens im Café Royal zu entdecken, wo er eindeutig unter dem peinlichen, ewig jammernden Melrose litt – Melrose, dem aus Hollywood verbannten Drehbuchautor. Joshua, zur Abwechslung einen gewinnreichen Nachmittag im Maison Lafitte hinter sich, war – eine Seltenheit – bester Laune. Er stand sternhagelvoll an der Bartheke und lauschte unverfroren dem Gespräch der beiden. Als sie dann aufstanden, um zu gehen, nahm er Melrose kurzerhand beiseite.

»Ich frage mich«, begann er, »ob du wohl weißt, dass sich im Frühjahr 1557 die Bewohner dieses reizenden Viertels hier auf diesem Platz, vor dieser Kirche zu Tausenden versammelt haben, um einer Verbrennung zuzusehen. Zwei Hugenotten, die sich auch unter der Folter geweigert hatten, ihrem Glauben abzuschwören, wurden hierhergeschleppt, und man verhieß ihnen Gnade: Wenn sie der Ketzerei abschworen, würde man sie erdrosseln, bevor man sie grillte – *à point*, versteht sich. Falls nicht, würde man ihnen die Zunge herausreißen. Sie taten es nicht«, berichtete Joshua hämisch grinsend. »Sie besaßen so viel angeborene Würde, dass sie unmissverständlich Nein sagten. Und schon waren sie ihre Zunge los, während die Menge *da capo* schrie. Anschließend wurden sie auf den Scheiterhaufen gestellt, hoch oben, damit ihre Lenden zu Asche verbrannten, während die obere Körperhälfte intakt blieb. Und darum, mein Freund, sollte man den Senator McCarthy als komisch anmutenden Nachläufer betrachten. Als eine puerile Variation eines europäischen Themas. Und bevor er kam, bestand deine einzige Ketzerei darin, vor Produzenten zu katzbuckeln und banale Drehbücher zu schreiben, für die man dich ohne jeden Zweifel viel zu hoch bezahlt hat.«

»Also, du Schwein«, keuchte Melrose, »du krypto-faschistischer …«

Peabody aber lachte begeistert. »Schicken Sie mir doch mal eine Kurzgeschichte, Mr. Shapiro. Ich kann zwar nicht versprechen, dass ich sie veröffentliche, aber lesen werde ich sie auf jeden Fall.«

»Tja, wissen Sie, ich schreibe gar keine Kurzgeschichten. Ich bin Reporter. Und wie kommen Sie auf die Idee, dass ich überhaupt etwas in Ihrer unbedeutenden prätentiösen Zeitschrift für reiche Jungchen veröffentlichen will?«

Eines Abends, sehr viel später, lange nachdem sie Freundschaft geschlossen hatten und Joshua Stammgast an Peabodys Tisch im The Old Navy geworden war und mit ihm gemeinsam hohnlächelnd die Parade der Passanten abnahm, erzählte er ihm von seinem Wunsch, unbedingt einmal nach Spanien zu reisen. Peabody war äußerst besorgt. Er lächelte sein sanftes Lächeln und schlug ihm vor: »Versuch's lieber mal mit Ibiza.«

»Mit Ibiza?«

»Mit Ibiza«, wiederholte er.

Als Joshua sich nun erinnerte, gähnte er.

Man stelle sich vor.

Das Licht war überall ausgegangen. Während er durch die finstere Ortschaft fuhr, der Regen strömte, die Straßen voll Wasser standen, warf Joshua einen Blick auf die Uhr im Armaturenbrett. Fast zwei. Mist, die *konnten* da ja doch nur Mumpitz treiben. Diese geilen Broker und Werbefritzen mit ihren schlaffen, versoffenen Gesichtern, Weekend-John-Waynes, urplötzlich verwandelt, sobald sie Motorsägen der Canada Tire in der Hand hielten. Oder stolz wie Mr. Christian hinterm Mast ihrer Laser standen. Und ihre frechen, frisch emanzipierten Frauen, ohne BH, die dampfenden Komposthaufen, die sie als Vagina bezeichneten, mit »Misty« oder »O La La!« besprüht, diese Weiber, die sich für weltläufig hielten, weil sie jetzt Fickzensuren ebenso offen austauschten wie ihre Mütter ehemals Erdbeertortenrezepte. Was trieben die da drin im Dunkeln, diese Wüstlinge? Was wollten sie von seiner Pauline?

Joshua hielt vor dem Clubhaus, steckte sich eine Zigarette an und zählte, als der nächste Blitz den See erschütterte, neun Wagen auf dem Parkplatz. Gruppensex, das war's, was sie da drinnen trieben. Westmounts Sommer-Saturnalien. Aber das

Clubhaus war nicht vollkommen dunkel. Offenbar hatten sie hier und da Paraffinöllampen aufgestellt. Soll ich jetzt mit dem Jeep die Treppe raufjagen und durch die Fenstertüren brechen? »He, erinnert ihr euch an den Abend, als dieser verrückte Jude …«

Joshua sprang die Treppe hinauf, öffnete behutsam die Haustür und schlüpfte lautlos hindurch, ständig darauf gefasst, über kopulierende Paare zu stolpern. Goyische Jogger, die von Geritol am Leben erhaltene alte Vetteln bestiegen. In der Bar hörte er Musik und Händeklatschen. Irgendjemand musste ein Transistorradio mitgebracht haben. Oder einen Kassettenrekorder. Doch als er sich an das Dämmerlicht gewöhnt hatte, stellte er fest, dass nur Mr. Harry James mit Blasen beschäftigt war. »The Four O'Clock Jump.« Alles war um das wirbelnde Tanzpaar versammelt. Jawohl, die Sieger im gemischten Doppel, Eastern Quebec Region, 1952. Auf der falschen Seite der vierzig, alle beide, und tanzten Jitterbug. Seine Frau, sein Schwager. Und Joshua, fiebernd vor Eifersucht, stellte fest, dass seine barfüßige Frau mit ihren wehenden Haaren und den blanken, langen Beinen einfach prachtvoll aussah. Außerdem musste er zugeben, dass Peter Pan, *Esquire*, in der Tat eine Sohle aufs Parkett zu legen verstand, wie man wohl zu sagen pflegte. Mein Gott, wie graziös seine Bewegungen waren!

Joshua schlüpfte hinter die Bar, für die kein Keeper da war, und schenkte sich einen riesigen Cognac ein. Eine Stimme hinter ihm ließ ihn zusammenzucken.

»Zerquetsch ihm die Eier!«

»Du bist ja verrückt, Jack.«

»Darauf würde ich mich nicht verlassen, mein Junge«, antwortete Trimple mit belegter Stimme.

Jetzt geriet Joshua unglücklicherweise in den Lichtkreis einer Paraffinöllampe, sodass seine Anwesenheit nicht länger verborgen blieb. Nur Pauline hatte ihn noch nicht bemerkt. Und da tat Kevin etwas Unverzeihliches. Etwas, das Joshua für eine Trotzhandlung hielt. Als er nämlich Joshua entdeckte, wirbelte er Pauline so herum, dass sie ihm zutiefst erschrocken direkt in das grimmige, missbilligende Gesicht blickte.

Spontan ging Joshua auf die andere Seite der Bartheke und schaltete den Kassettenrekorder aus. Stille. Bestürzung. Rabbi Shapiro hat gesprochen. Kein Kuchen mehr, kein Bier.

Pauline, schwerlich durch irgendwelche gesellschaftlichen Situationen aus dem Gleichgewicht zu bringen, kam in seine Arme, drückte ihn an sich und sagte: »Ich wusste ja, dass du mich abholen würdest.«

Feuchte Härchen klebten an ihrem Nacken. »Als der Strom ausfiel, habe ich mir Sorgen um dich gemacht«, erklärte er.

Kevin kam ebenfalls herüber; sein Lächeln ließ Grübchen sehen, die Joshua zuvor nicht an ihm bemerkt hatte. »Und nun, da du uns endlich doch noch mit deiner Gegenwart beehrst«, sagte er, »lasse ich dich nicht wieder fort, bevor du mir dieses Buch signiert hast.«

Joshua schob Pauline von der Bar fort, damit sich niemand zwischen Kevin und ihm befand. Nur nicht vergessen: boing, boing, und schon wieder weg. »Ich sagte gerade zu Pauline, du brillierst nicht nur bei Spielen für Boys –«, das »Boys« kam fast wie »Goys« heraus, »– sondern du tanzt auch einfach hinreißend.«

»Joshua – bitte!«

Jane Trimble kam jetzt, strahlend vor Aufregung, auch zu ihnen an die Bar. Und auf Tim Hickey, die McTeers und ein paar andere, nicht minder alkoholisierte Gäste schien die Theke ebenfalls Anziehungskraft auszuüben; offenbar erwarteten sie, dass etwas passierte. Einzig Dickie Abbott, den Joshua mochte, war darauf bedacht, den Frieden zu wahren. »Schön, dass du gekommen bist, Joshua«, sagte er.

Doch Joshua ignorierte ihn. Er pflückte eine honigblonde Haarsträhne von Kevins Schulter. »He«, verkündete er, »jetzt weiß ich, wo ich dich schon mal gesehen habe. Warst du nicht das Fotomodell in der Back-to-College-Ausgabe des *Esquire* neunzehnhundertfünfundfünfzig?«

»Verflixt, jetzt komm endlich! Wir wollen nach Hause.«

»Meine Frau möchte nach Hause, aber ich habe mein Glas noch nicht ausgetrunken.«

»Das war nicht ich«, erwiderte Kevin, anscheinend nicht im Geringsten gekränkt, »aber du hättest mich in *Feuerball* sehen sollen. Du weißt schon, dem Bond-Film.«

»Heiliges Kanonenrohr! Hast du da wirklich mitgespielt?«

»Ich war einer von den Tauchern.«

»Du hast nicht den geringsten Grund, wütend zu sein«, behauptete Pauline und schmiegte sich an ihn.

»Ich bin nicht wütend.«

»Wir werden schon noch Freundschaft schließen«, versicherte Kevin ihr beruhigend.

Trimble wandte sich angeekelt von der Bartheke ab, Jane blieb. Der Regen war zu einem sanften, steten Nieseln geworden. Zuerst brach ein Paar auf, dann ein zweites. Vielleicht kam es ja doch nicht zur Keilerei. »Sag bloß nicht, die Party ist schon zu Ende! Ich bin doch eben erst gekommen«, beschwerte sich Joshua.

»Sie ist nicht zu Ende«, erwiderte Jane in weichem, mitfühlendem Ton. »Wir wollten nur den Regen abwarten und dann nackt baden gehen.«

Joshua erstarrte. »Meine Frau«, verkündete er, »geht mit niemandem nackt baden – außer mit mir.«

»Aber das haben wir doch schon als Kinder getan«, erklärte Kevin. »Es ist ganz harmlos, hat überhaupt nichts zu bedeuten.«

In der Erinnerung an das, was ihn sein Vater im Hinblick auf Kneipenschlägereien gelehrt hatte, nahm Joshua sich vor, nicht eine lange Rechte, sondern einen kurzen Haken anzubringen. Aber es war Paulines Gesicht. Weicher. Mit Augen, die zum Ausweichen neigten. Immerhin aber ihr Gesicht. Er brachte es einfach nicht fertig, hineinzuschlagen.

»Du hast einen deiner Bewunderer vor dir«, flehte Kevin mit gewinnendem Lächeln. »Ehrlich. Sie wollte ja schon lange nach Hause. Aber ich habe sie festgehalten.«

»Wir gehen jetzt sofort.« Pauline ergriff seinen Arm.

Sie fuhren schweigend, bis sie die Hauptstraße erreichten.

»Wärst du wirklich mit ihnen nackt baden gegangen, wenn ich nicht gekommen wäre?«

»Als Kinder haben sie Kevin und mich jeden Abend zusammen in die Wanne gesteckt.«

»Aber ihr seid keine Kinder mehr, und du hast meine Frage nicht beantwortet.«

»Ich glaube nicht.«

»Wieso nicht?«

»Weil du was dagegen gehabt hättest, weil ich zweiundvierzig Jahre alt bin, drei Kinder habe und mein Busen nicht mehr das ist, was er früher mal war.«

»Ich möchte wissen, was ich für dich im Tausch kriegen würde.«

Wieder zu Hause, fanden sie im Kühlschrank eine Flasche Chablis, die sie, die Füße im Wasser baumelnd, draußen auf dem Bootssteg tranken.

»Ich möchte niemals älter werden«, sagte sie.

Aber er hörte nicht zu.

»Josh?«

»Ich möchte gern wieder nach Spanien«, verkündete er zusammenhanglos.

»Wovon redest du?«

»Von Ibiza.«

»Warum?«

»Weil ich mich dort einmal schlecht benommen habe.«

»Ach, hör doch auf! *So* schlecht hast du dich nun auch wieder nicht benommen. Außerdem war das, wie es so schön heißt, vor langer Zeit und in einem anderen Land. Du kannst jetzt nichts mehr daran ändern.«

»Ich könnte herausfinden, was aus den anderen geworden ist, nachdem ich geflohen bin.«

»Vergiss es.«

»Und wenn ich das nicht kann?«

»Ich glaube, es ist gar nicht mehr Spanien, was dich so interessiert. Oder die Frage, was aus den anderen von Ibiza geworden ist. Ich glaube vielmehr, du sehnst dich nur irgendwie danach, noch einmal einundzwanzig zu sein.«

»Du verstehst mich nicht. Ich habe es gehasst, einundzwanzig zu sein.«

»Damals vielleicht; aber jetzt nicht.«

Pauline schrieb eine Nachricht für die Kinder, legte den Zettel auf den Küchentisch, und dann gingen sie ins Schlafzimmer hinauf, wo Joshua erleichtert aufs Bett sank und seine Kleidungsstücke achtlos zu Boden warf. Pauline jedoch wirkte in ihrem winzigen BH und dem rosa Halbunterrock aus Seide so provozierend auf ihn, dass er sich plötzlich eher angeregt als abgespannt fühlte. Er zog sie zu sich aufs Bett herunter. Es klappte nicht. Pauline, die das Gefühl hatte, recht rücksichtslos in Anspruch genommen zu werden, wie ein Territorium mit unklaren Besitzverhältnissen, war darüber nicht sehr erfreut. Und Joshua ärgerte sich, als sie nicht reagierte. Er schlief unruhig. Er träumte wieder von Ibiza. Von Müller. Von Monique. Von Mariano.

Am frühen Nachmittag erst kamen sie aus dem Schlafzimmer. Pauline machte Rührei und Kaffee und trug alles auf die Veranda, von wo aus sie auf den See hinausblicken konnten.

»Sein Wasserflugzeug liegt noch am Club«, stellte Joshua fest.

»Na, hoffentlich. Er hat sich noch nicht von uns verabschiedet.«

Joshua griff nach dem Feldstecher und suchte die Bucht ab. »Warte mal«, sagte er dann. »Eine Neuigkeit. Rate mal, wer mit ihm Wasserski fährt.«

»Jane Trimble.«

»Tatsächlich«, antwortete er beeindruckt, »Du hast recht. Und warte mal. Die Grew nimmt Kurs auf unseren Steg. Ich glaube, wir kriegen gleich Besuch.«

Im letzten Augenblick jedoch schwenkte die Grew, die

Nase hoch in die Luft gereckt, mit einer scharfen Kehrtwendung ab.

3 Das Jahr neunzehnhundertneununddreißig, eine schlimme Zeit für die meisten, war für die Shapiros ein gutes Jahr. Nach zweijähriger Abwesenheit – die Joshua nicht ausreichend erklärt wurde – lebte der Vater wieder zu Hause und schuftete auf dem familieneigenen Schrottplatz. Joshua war erst acht Jahre alt und hatte keine Ahnung, warum sein Vater für Onkel Oscar arbeiten musste; und keine Vorstellung davon, wie sehr er diese Arbeit hasste. Reuben Shapiro war kein besonders mitteilsamer Mann.

»Warst du nicht mal in der Alkoholbranche, Daddy? Vor meiner Geburt?«

»Na ja, hm. Stimmt.«

»Und was hast du da gemacht?«

»Na ja, ich war in der Auslieferung, könnte man sagen. So ungefähr.«

Obwohl sie in Montreal wohnten, brachte der Vater nach dem langen Arbeitstag auf dem Schrottplatz stets die New Yorker Tageszeitungen mit heim, deren Seiten voll Flecken von hart gekochten Eiern und Zwiebeln, voll hastiger Randnotizen über die Vormittagsrennen im Belmont Park waren. Die *News*, den *Mirror*. Und auch jedes Mal etwas für Joshua. *Action Comics*, eine Tafel Oh-Henry-Schokolade oder, wenn eines von seinen Pferden gewonnen hatte, einen Flugzeugmodellbaukasten. Und einmal pro Woche kam der Vater außerdem noch mit *Life* nach Hause. Lang auf dem Wohnzimmerteppich ausgestreckt, stieß Joshua eines Abends im Frühjahr 1939, als er gelangweilt in der Zeitschrift blätterte, auf ein Foto von Franco, der seinen Truppen in das schwer heimgesuchte Madrid vorausmarschierte. Im Triumphzug beendete Franco die Belagerung, die vor mehr als zwei Jahren, am 6. November 1936, begonnen hatte.

In dem wuchtigen, walnussfurnierten Radio lief gerade »Fibber McGee and Molly«. Onkel Oscar, der zu Besuch war, versicherte dem Vater, die Reklame für Johnson's Wax übertönend, Aluminium, Aluminium sei das Richtige, das werde man für die Flugzeuge brauchen, aber, warnte er ihn auch, selbst wenn es Krieg gäbe, würden die Deutschen mit Sicherheit nach höchstens sechs Monaten kapitulieren. Die Maginot-Linie sei unüberwindlich. Lass dir das von mir gesagt sein, Ruby.

Joshuas Vater nickte zustimmend, wollte keine Diskussion mit Onkel Oscar, der sich für *die* Autorität auf allen Sachgebieten hielt. Er wusste zum Beispiel, dass General Motors einen Motor konstruiert hatte, der mit einer Pipette voll Paraffin sechzig Meilen weit fahren konnte, von den Ölinteressen jedoch unterschlagen wurde. Überdies war ihm bekannt, dass Hitler nur noch zwei Doubles hatte, nachdem das dritte schon umgebracht worden war. Obwohl kein großer Baseballfan, konnte er Joshua dennoch mitteilen, Hank Greenberg trage ein Spezial-Suspensorium aus Stahl, denn wenn er auf das zweite Mal losstürmte, versuchten ihn die anderen immer *da* zu treffen, du weißt schon wo, diese Schweine, und nur, weil er als Jude geboren sei. »Und du da, he, Denny Dämlich, wenn du mein Sohn wärst, dann würdest du jetzt nicht da hocken und die Nase in die Sportseiten stecken.«

»Er ist aber nicht dein Sohn«, entgegnete der Vater.

»Sport ist für Schwachköpfe. Sieh dir doch an, wie weit es dein Vater damit gebracht hat.«

Mit hellen Augen wandte sich Joshua erwartungsvoll dem Vater zu. *Gib's ihm! Knall ihm doch eine, bitte!* Aber der Vater sagte nur: Na ja, hm. Stimmt.«

Und Reuben sah zu, wie sein Sohn, sein einziger Sohn, zum Wohnzimmer hinaus floh.

Onkel Oscar, mürrisch wie kein Zweiter, kannte nur eine einzige Gemütslage: Empörung. Empörung über die gezinkten Karten, die ihm diese Welt zugeteilt hatte. Defekte Rohrleitungen. Sodbrennen. Entzündete Fußballen. Verstopfte Nebenhöhlen. Hartleibigkeit. Ingrimmig, ständig kurz vor dem Siedepunkt, stapfte er auf dem Schrottplatz herum und trieb seine Männer an, die mit dem Vorschlaghammer Messingbettstellen zerlegten, fünfundzwanzig Cent das Pfund, wegen des Gusseisens Franklin-Öfen zerschlugen, zwanzig Jahre alte Gray-Dort-Sportwagen und Frontenac-Coupés demolierten, alles, was diese verrückten Farmer anbrachten und das, nachdem die Metalle sortiert worden waren, nur einen frustrierend niedrigen Gewinn eintrug. Er streifte durch seinen Müllhaufen von Spucknäpfen, prähistorischen Nähmaschinen, lächerlichen, alten Barbierstühlen, Marmorwaschbecken, die wegen der Armaturen aus Messing zerlegt wurden, Waagen und anderen Gegenständen aus ländlichen Gemischtwarenläden, die während der Eiszeit eingerichtet worden waren, stapfte in diesem Mist herum, den alle Welt bei ihm ablud, und zerbrach sich den Kopf nach einer einträglichen Idee, die ihn von diesem furchtbaren Schrottplatz erlösen und ihm den Weg nach Outremont mit all seinem Glanz ebnen würde.

Einmal stolperte Reuben, vom Schrillen des Telefons geweckt, während der frühen Morgenstunden noch ganz benommen in den Flur hinaus, nur um von Onkel Oscars bellender Stimme zu hören: »Werbung an Hotelzimmerdecken.«

»Was?«

»Da wird doch schrecklich viel Platz verschwendet, nicht wahr? Ein Reisender kommt ins Hotel, er ist einsam, er legt sich aufs Bett, und da steht alles für ihn an der Decke. Restaurants, Nightclubs, Striplokale, Kinos. Alles da. Was sagst du dazu?«

Obwohl jünger als der Vater, trug Onkel Oscar stets einen dunklen Straßenanzug und saß repräsentierend im Schrottplatzbüro. Das war zwar kaum mehr als ein besserer Schuppen, aber er saß immerhin an einem Schreibtisch, hielt eine »House of Lords« zwischen den Zähnen und brütete über Penny-Kuxen, während sein Vater den Lkw fuhr oder seine Tage damit verbrachte, mit den Frankokanadiern durch den Matsch des kleinen Platzes zu waten und Metalle auszusortieren. Eigentlich der geborene Dandy, kam Reuben schmutzig wie ein Kohlekumpel nach Hause, um sich von seiner besorgten Frau das Abendessen servieren zu lassen.

»Du brauchst doch nur noch vierzehn Monate auszuhalten, Reuben; dann kannst du machen, was du willst.«

»Na ja, hm. Stimmt.«

Anschließend machte es sich sein Vater gewöhnlich im Ohrensessel bequem, nickte über einem Heft »Black Mask« ein oder rief Joshua, wenn es ein Freitagabend war, zu sich herein, um sich mit ihm die Boxkämpfe anzuhören, Don Dunphy, der durch das walnussfurnierte RCA-Radio zu ihnen kam. Und jedes Mal, wenn einer von Coluccis Leuten erschien, machte sich die Mutter im Türrahmen breit, stemmte die Arme in die Hüften und behauptete, er sei nicht da.

Joshuas Vater fuhr mit dem Lastwagen nach Hause. Onkel Oscar jedoch, der die höhere Handelsschule absolviert hatte, besaß einen Personenwagen, war im Verwaltungsrat der Synagoge und spielte, wenn auch nur auf einem öffentlichen Platz, mit nichtjüdischen Kunden Golf. »He, Heeney, wie wär's, wenn Sie im Januar den St. Lawrence auftauen würden, damit der Hafen ganzjährig offen bleibt?«

Mann, diese Juden! Clever. »Aber wie?« erkundigte sich Heeney.

»Anwärmen durch Unterwasserkabel.«

Onkel Oscar nahm an einem Fernkurs für Ingenieure teil und hatte im Wohnzimmer in einem Glasschrank die gesamte Encyclopedia Britannica stehen. Wenn nicht viel zu tun war, auf dem Schrottplatz, entwarf er Briefe an den Chefredakteur des *Star* – über die Weltsituation, die Möglichkeit von Leben auf dem Mars und die Leiden der Juden in Europa. Einmal hatte er eine neue Art Kreuzworträtsel entwickelt, konnte es aber in New York nirgends an den Mann bringen, kein Syndikat wollte sich damit befassen. Natürlich nicht, er war ja nur ein

Kanadier. Er fuhr nach Ottawa, um dem Verteidigungsministerium einen Kriegsplan vorzulegen – umsonst. Er erfand ein geniales Hörfunkspiel nach dem anderen und ging mit seinen Einfällen nach Toronto, doch kaufte die CBC etwa von einem Juden? Nie. Im Jahre 1940 war er aber noch immer dabei. Schmiedete Pläne, wetterte. »Wie wäre das wohl«, hörte Joshua ihn sinnieren, »wenn man in Washington aus dem Zug steigen, schnurstracks zu einer Regierungsstelle gehen und sich das Scheiß-Alphabet patentieren lassen könnte. Stell dir das vor: fünfundzwanzig Buchstaben nur, aber die müssen ein Vermögen wert sein!«

Eines Nachmittags, Joshua war gerade zehn, war die Sekretärin aus dem Schrottplatzvorzimmer, ein junges Mädchen aus der Nachbarschaft, erkrankt und deswegen zu Hause geblieben. Joshua, der sich nach der Schule zufällig dort aufhielt, fühlte sich ungeheuer geschmeichelt, als Onkel Oscar ihn bat, sich um das Telefon zu kümmern. Beim ersten Anruf sagte er: »Einen Augenblick bitte«, und reichte den Hörer seinem Vater. »Ja?« meldete sich der Vater, nickte, entschuldigte sich bei dem Anrufer und gab den Hörer an Onkel Oscar weiter. Onkel Oscar fing erst einmal an, endlos zu quasseln, wie sonst auch immer – verbreitete sich ausgiebig über die einzig richtige Methode des Tabakbeizens und darüber, dass nur ganz wenige, wichtige Personen wüssten, dass Mussolini die Syphilis habe –, bevor er auf den Zinkpreis zu sprechen kam. Als er schließlich auflegte, wandte er sich mit tadelndem Blick an Joshua. »Wen hat der Mann sprechen wollen?«

»Mr. Shapiro«, erwiderte Joshua trotzig.

»Wenn in diesem Büro Mr. Shapiro verlangt wird, dann bin ich das. Wenn die Leute deinen Vater sprechen wollen, fragen sie: ›Ist Ruby da?‹«

Der Vater, dessen Narbe über den Augenbrauen schneeweiß wurde, sagte kein Wort.

»Leck mich am Arsch, Onkel Oscar.«

Onkel Oscar scheuerte ihm eine. Der Vater sprang mit einer Geschwindigkeit auf, die Joshua in Schrecken versetzte, stürzte sich auf Onkel Oscar und nagelte ihn an die Wand.

»Nicht, Ruby! Um deinetwillen«, flehte Onkel Oscar noch, als er schon wimmernd zu Boden sank.

Der Vater kehrte ihm den Rücken und verließ wortlos das Büro. Onkel Oscar nahm seine Nickelbrille ab und wischte sich die Augen. Dann stand er auf, staubte seine Hose ab und wandte sich an Joshua. »Du bist nichts als ein kleiner Scheißer«, erklärte er, »und wenn er diesen Job aufgibt, hast du die Schuld, nicht ich. Und jetzt verschwinde, Denny Dämlich«, fügte er noch hinzu, während er schon die Telefonnummer der Mutter wählte.

Zu Joshuas Erstaunen machte ihm die Mutter keine Vorwürfe, als er nach Hause kam. Aber der Lastwagen des Vaters stand noch nicht draußen. Ohne ihn zu beachten, blieb seine Mutter wartend am Fenster stehen. Der Vater kam nicht zum Abendessen, sondern erst lange, nachdem Joshua schon zu Bett gegangen war, und als Joshua am nächsten Morgen aufstand, um zur Schule zu gehen, sah er verwundert, dass der Vater noch zu Hause war. Außerdem trug er gar nicht sein Arbeitszeug, das immer so streng nach Wagenschmiere roch. Nein, Reuben trug seinen Adam-Hut, ein weißes Hemd, eine handgemalte Krawatte, ein kariertes Sportjackett, sauber gebügelte braune Hosen, Rhombussocken und Lackschuhe.

»Tut mir leid, wenn ich was falsch gemacht habe«, sagte Joshua.

»Du hast mir sogar einen Gefallen getan«, erwiderte der Vater.

»Schöner Gefallen.« Die Mutter funkelte Joshua böse an. »Jetzt ist es aus mit der Bewährung.«

Joshua wusste damals noch nicht, was »Bewährung« war, wagte aber nicht zu fragen.

Der Vater ging nie mehr zum Schrottplatz. Stattdessen wandte er sich wieder der Versicherungsbranche zu, ein Gebiet, auf dem Sonny Colucci noch immer seine Fachkenntnisse brauchte. Knapp drei Monate später musste sein Vater die Stadt abermals Hals über Kopf verlassen. Esther folgte ihm unter Missachtung strengster Befehle, und Joshua wurde wieder einmal bei Tante Fanny untergebracht.

Die Sache ging schlecht für Reuben aus. Es kam zum Prozess.

Das Problem war Pinskys Jubilee Outfitting, eine Firma in der Jean-Talon Street, die eines späten Samstagabends bis auf die Grundmauer niederbrannte. Gottes Wille, erklärte Pinsky – zur Abwechslung mal im positiven Sinne, denn zu dem Zeitpunkt war Pinsky seinen Gläubigern nur noch um einen winzigen, atemlosen Schritt voraus. Der Brandinspektor, ein griesgrämiger Typ, argwöhnte Brandstiftung, konnte aber keine schlüssigen Beweise finden. Trotzdem weigerte sich die Versicherung, Pinsky die ihm zustehende Summe zu zahlen, sodass er sich zur Klage gezwungen sah. Bei der Verhandlung machten die Anwälte der Versicherung zahlreiche sarkastische Bemerkungen über Pinskys Geschäftsbücher, die ziemlich eindeutig erkennen ließen, dass die Firma Jubilee am Rande des Bankrotts dahinstolperte. Außerdem wurde großes Theater um die Tatsache gemacht, dass Pinsky erst eine Woche vor dem Brand 1500 Dollar von seinem Konto abgehoben hatte. Diese Abhebung blieb unerklärlich, möglicherweise sogar kompromittierend – bis Reuben Shapiro in den Zeugenstand trat.

»Beruf?« wurde er gefragt.

»Metallhändler und so, wissen Sie … Boxtrainer.«

»Boxtrainer?«

Nun wurde erläutert, dass Mr. Shapiro, ein ehemaliger kanadischer Leichtgewichtschampion, es für seine Bürgerpflicht hielt, unterprivilegierte Jugendliche, die sonst vielleicht zu Verbrechern wurden, im Neighbourhood House A. C. in der mannhaften Kunst der Selbstverteidigung zu unterweisen. Er tue das freiwillig, ohne Vergütung.

Reubens ziemlich wirrer Bericht, der sich nur bruchstückweise ergab, lautete dahingehend, dass er eine Woche vor dem

Brand rein zufällig in Pinskys Büro gewesen sei und sich mit ihm unterhalten habe. An jenem Morgen, erklärte er, habe er im Fenster von Ogilvy einen absoluten Traum von einem Pelzmantel gesehen, genau die richtige Größe für seine Frau, und Pinsky habe ihm die 1500 Dollar geliehen, damit er ihn ihr kaufen konnte. Die Geschworenen tauschten verständnisinnige Blicke und schmunzelten. Reuben grinste, zwinkerte, spielte den Dummen, genau wie es der Anwalt ihm eingetrichtert hatte, und behauptete, Pinsky sei ein begeisterter Boxfan, ein alter Bewunderer seiner heroischen Taten im Ring. Und Pinsky ergänzte herausfordernd ernst, Shapiro, der offenbar einmal zu viel in den Ring gestiegen sei, habe ihm leidgetan, und ganz gleich, wie nachteilig das hier für ihn vor Gericht aussähe, er werde es niemals bereuen, ihm hilfreich unter die Arme gegriffen zu haben. Außerdem würde er so etwas, sollte sich die Gelegenheit ergeben, jederzeit wieder tun, denn das sei nun einmal seine Natur. Doch Mr. Justice Boyer ließ sich davon nicht beeindrucken. An die Geschworenen gewandt, fasste er zusammen: »Genauso wie ich werden auch Sie Mr. Shapiros Geschichte möglicherweise unglaubwürdig finden. Sollte Mr. Shapiro einen Pelzmantel kaufen wollen, würde er so, wie er ist, bestimmt nicht zu Ogilvy gehen. Sondern den Mantel im Großhandel kaufen.«

Die Jury entschied zugunsten der Versicherung, und Pinskys Klage wurde abgewiesen. Doch Pinskys empörte Anwälte gingen sofort in die Berufung, mit der Begründung, Mr. Justice Boyer habe die Jury mit einer üblen, unentschuldbaren Rassenverunglimpfung beeinflusst. Der Berufung wurde stattgegeben, und die Versicherung zahlte Pinsky nach vielen Verzögerungen die geforderte Summe lieber aus, statt noch einmal vor Gericht zu ziehen und sich womöglich die jüdische Kundschaft zu vergrämen.

Pinsky, jubelnd vor Freude, konnte den Mund nicht halten, und sein Sohn, Joshuas Klassenkamerad, kam mit der Geschichte zur Schule. »Wenn ihr mal ein schönes Feuerchen braucht, sagt mein Vater, wendet euch nur an den alten Shapiro. Ein echter *jold*!«

Auf dem Schulhof ging Joshua auf den kleinen Pinsky los, warf ihn zu Boden, hockte sich auf seinen Bauch und bearbeitete wütend sein Gesicht, bis Seymour Kaplan und Morty Zipper ihn schließlich packten, damit Pinsky sich befreien konnte.

Reuben sollte sich, so wurde beschlossen, für eine Weile aus dem Versicherungsgeschäft zurückziehen. Und so wurde er mit Coluccis Hilfe nunmehr sozusagen im Druckereigewerbe tätig.

Benzincoupons.

4 Es war erst 10.30 Uhr, und er hatte immer noch nichts geschafft, als Joshua endgültig entschied, er könne doch wohl, zum Teufel noch mal, seine selbst festgesetzten Hausregeln brechen, wenn ihm danach war. Er ging spazieren.

Die Straße mit den terrassenförmig gestaffelten Häusern in Lower Westmount, in der sie wohnten, war jetzt ein ganzer Wald von Schildern mit der Aufschrift A VENDRE / FOR SALE – zu verkaufen; überall Matsch, und auf dem Schnee zerbröckelnde, gefrorene Hundescheiße. Joshua wohnte in einer Stadt, mit der es bergab ging, einer kränkelnden Stadt, in der viele schimmernde, neue Bürotürme nach Mietern schrien, die Baumaschinen schwiegen, die Börse verstummt war. Nahezu jeder, den er kannte, war nervös, trank mehr als sonst, wälzte sich unter Umständen um drei Uhr morgens aus dem Bett, um auf einem Briefkuvert eine Liste von verkäuflichen Werten anzulegen. Oder französische Vokabeln zu pauken. Viele englischsprachige Einwohner packten die Koffer, trafen Vorbereitungen zur Flucht. Bankschließfächer wurden geleert, Bankguthaben abgehoben. Anwälte verzichteten zwanzig Jahre nach ihrem Universitätsabschluss auf ihre mittägliche Squashpartie, um für die Zulassungsbedingungen in anderen Provinzen zu büffeln. Ärzte brüteten über ihren von plötzlichem Siechtum befallenen Grundbesitzportfolios, nunmehr endlich mit Gesundheitsproblemen befasst, und seien es die eigenen.

Der kanadische Dollar fiel weiter. Gerüchteweise verlautete, er werde erst innehalten, wenn er auf achtzig amerikanische Cent gefallen sei. Für viele eine Katastrophe, nur nicht für Izzy Singer. Izzy hatte sein Vermögen durch internationale Währungsspekulationen vermehrt. Doch Izzy, der in La Belle Provence ansehnliche Beteiligungen sein Eigen nannte, war keineswegs in bester Verfassung. Er hatte sich eine Gürtelrose zugezogen, die seinen mageren, kleinen Körper mit einem Ring von Ausschlag überzog. Becky behandelte ihn jeden Abend mit einer Salbe auf Atropinbasis, einem dem Kokain verwandten Gift, das jedoch die Krankheit nur noch verschlimmerte, weil Izzy insgeheim fürchtete, süchtig davon zu werden. Ständig das Italien-Syndrom vor Augen, fürchtete er außerdem, entführt zu werden, und fuhr zur Vorsicht jeden Abend zu einer anderen Zeit und auf einem anderen Weg nach Hause. Er öffnete weder dicke Kuverts, noch bestieg er den Lift mit einem Japaner zusammen. Er trug stets ein Attest seines Hausarztes bei sich, in dem, notariell beglaubigt und adressiert an »Alle, die es angeht«, bescheinigt wurde, dass er gegen Daunenkissen allergisch sei, eine salzlose Diät einhalten müsse und übermäßig schmerzempfindlich sei; beigefügt war je eine japanische, französische und arabische Übersetzung. Izzy versperrte seine Türen dreifach, und seine Fenster waren mit Doppelriegeln versehen. Er hatte die Alarmanlage erneuern lassen und sich zwei neue Deutsche Schäferhunde gekauft. Und so schlich er jetzt nur noch auf Zehenspitzen im Haus umher – nicht nur mit furchtbarem Juckreiz am ganzen Körper, sondern auch noch von der Angst erfüllt, von seinen eigenen Hunden zerfleischt zu werden. Kam er aus dem Büro nach Hause, rutschte er schon tief geduckt aus dem Cadillac, um ihnen freundliche Gaben, Hacksteak oder Kalbsleber von Dionne, darzubieten, und tat überhaupt alles, um sich bei ihnen beliebt zu machen. »Hier, mein Junge. Sooo. Schön ruhig. Ich bin's doch nur. Euer Izzy.«

In dieser Stadt, Joshuas Montreal, richtete sich keiner von seinen Bekannten mehr neu ein. Oder renovierte. Alle dachten angestrengt nach. Die Kultivierteren kauften Sterlingsilber, Brillanten, Jade, Gold und andere Mobilien; die Primitiveren Saturday Night Specials – Pistolen.

Und viele lebten in der Furcht, die Stadt hänge auf der Kippe über einem gähnenden Abgrund.

Die Wertnormen waren eindeutig auch nicht mehr das, was sie mal waren. Das schöne Ritz-Carlton zum Beispiel, das luxuriöseste Hotel der Stadt.

Das Ritz, entheiligt.

Das unvergleichliche Ritz. Wo einst untadelig geschulte Broker bei Malzwhisky und Schalen voll geräucherten Mandeln Tricks aushecken konnten, um unsichere Kuxe in schwindelnde Höhen zu treiben. Wo sich Matronen aus guten Familien nach Schneideranproben im benachbarten Holt Renfrew im Gartencafé zum Lunch mit kaltem Gaspé-Lachs und gemischtem Salat treffen konnten. Wo sogar der Hotelportier, ein geborener Menschenkenner, in halkyonischen Tagen bewirken konnte, dass er sich jüdisch fühlte. Unter so schweren Zeiten litt das Ritz, dass es inzwischen zu Besuch weilenden Eishockeyspielern Zutritt zu seinen vergoldeten Schlafgemächern gewährte – sogar Spielern zweitklassiger Mannschaften. Das Café de Paris, die Maritime Bar – sie würden nie wieder die alten sein. In diesem Winter sahen sich die kostbar parfümierten Damen in ihren Nerzmänteln, die Herren im Biberpelz, die nach dem Eishockeyspiel hereinkamen, tatsächlich gezwungen, die Gesellschaft der Sportler zu dulden. Junge Männer mit entzündeten Furunkeln am Hals, die sich, vor einer Saison erst aus den Bergwerkssiedlungen des Nordens gekommen, lärmend an der Bartheke drängten, umschwärmt von nach billigem Parfüm riechenden Groupies, Mädchen in viel zu engen Pullovern, mit Bikini-Höschen, die zwischen den Beinen die gestickte Aufschrift DYNAMITE trugen. O mein

Gott, dachte Joshua, dort, wo sich einst nur das allerfeinste Westmount zu diskreten Tête-à-têtes traf, kann jetzt ein einziges Groupie die Starspieler zu Billigstpreisen bedienen und den Strafzeitabsitzern mit Überstunden Genüge tun.

Joshua bewunderte Montreal mehr denn je.

In dieser Stadt, seinem Montreal, wenige Wochen nachdem die *Parti Québécois* mehr zu ihrer eigenen Überraschung als zum Erstaunen anderer an die Regierung gelangt war, baute ihr neu gewählter Premier René Lévesque einen Autounfall. Als er um vier Uhr früh an der Flanke des Mount Royal die Côtes-des-Neiges Road herunterraste, überfuhr er versehentlich einen Landstreicher, der auf der Straße lag und pennte. Der Mann starb. Montreals tapfere Polizei, die in den Tagen, da auf der Straße noch demonstriert wurde, mit ihren Schlagstöcken munter auf Separatistenschädel eingedroschen hatte, passte sich flugs der neuen Machtstruktur an. Die Beamten wussten am Unfallort die Sachlage richtig einzuschätzen und erkannten, was ihre Pflicht war. Fürsorglich geleiteten sie den bekümmerten Premier samt seiner Geliebten beiseite, retteten sie vor den verhassten Reportern und brachten die anstößige Leiche fort, schickten sie zum Bluttest ins Krankenhaus, um feststellen zu lassen, ob der Mann betrunken gewesen war.

Auf seinem täglichen Weg zu einer beliebten Bar in der Innenstadt, wo Joshua sich mit seinen Freunden, darunter gelegentlich auch zu Besuch weilende Mitglieder der *William Lyon Mackenzie King Memorial Society*, zwanglos zu einem Spätnachmittagsdrink traf, zählte er nunmehr die Möbelwagen, die anscheinend an allen Ecken und Enden auftauchten. Die Bar, in der er verkehrte, lag gut versteckt in einem echt viktorianischen Gebäude, einem Hotel, ehemals erstklassig, inzwischen jedoch heruntergekommen. Bei seinen Stammgästen hieß es noch immer das King's Arms, zur Vorbeugung gegen negative Vibrationen jedoch prunkte es nun mit einem auffallenden neuen Namensschild »Armes du Roi«. Einer der Stammgäste, der griesgrämige Robbie MacIntyre, ein kräftiger Mann Anfang sechzig, mit harten blauen Augen, gab ein monatlich erscheinendes Informationsblatt für eine Versicherungsgesellschaft heraus. Persönlich ein eher träger Typ, hegte Robbie eine so große Verachtung für alle Körperertüchtigungsfans, dass er regelrecht Buch über sie führte, eine Art Götterdämmerungsbuch, in das er den Tod all jener eintrug, die allzu früh dahingeschieden waren. Als Lloyd Percival, der Leiter von Kanadas Körperertüchtigungs-College, eines Morgens beim Jogging einer Herzattacke erlag, schmiss der sonst so knauserige MacIntyre eine Runde nach der anderen und legte buchstäblich einen Freudentanz aufs Parkett.

Ein anderer Stammgast, der sanfte Roger Goyer, ein äußerst beliebter Saufkumpan, weilte nach einer Abwesenheit von mehr als einer Woche endlich wieder unter ihnen: mit zitternden Händen, weil er einen Kurs gegen Alkoholmissbrauch überstanden hatte – ebenso überstanden wie schon einmal zwei Wochen Sanatorium, wohin man ihn zum Entzug geschickt hatte. Roger, Redakteur in der Lokalredaktion des *Star*, trat der Welt, die ihn gedemütigt hatte, mithilfe einer Ale-Diät gegenüber, die er mit einem ersten Glas zum späten Frühstück in Toe Blake's Tavern begann. Einmal, als Joshua mit ihm zum Lunch ging, sah Joshua auf der anderen Seite der St. James Street, tief gegen den Schneeregen gebeugt, einen gemeinsamen Bekannten gehen. »He, da drüben ist Finley«, sagte er. »Wollen wir den nicht mitnehmen?«

Roger maß Joshua mit einem von tiefstem Abscheu erfüllten Blick. »Der isst«, entgegnete er nur.

Zu den Stammgästen des King's Arms gehörten auch zahlreiche in Aufwärtsrichtung mobile Syndici, Werbefachleute und Broker, von denen viele schon Digital-Armbanduhren trugen, als es so was in Kanada längst noch nicht gab. Ihre Gespräche, zumeist über Stereo-Anlagen und Wertpapier-Termingeschäfte, verwirrten Joshua. Mit »Dylan« meinten sie Bob, nicht Thomas. Sie waren zu jung, um sich daran zu erinnern, wie Maurice Richard über die Drittellinie des Spielfeldes gerast war, oder um Oscar Peterson in der Alberta Lounge gehört zu haben. Doch war es ihre allzeit geschäftige Präsenz, die die emanzipierten jungen Sekretärinnen, vor allem während der Happy Hour, aus den umliegenden Bürotürmen hervorlockte. Eine ganze Reihe von diesen flotten Damen offerierte, wie der Flopper Joshua versicherte, Gratisverkehr, allerdings nicht Leuten wie MacIntyre, Goyer oder den anderen, die es nach ihrer Ansicht ja doch nicht weit bringen würden. Aber die Sportsfreunde, die brachte natürlich der bierbäuchige Flopper mit.

Der legendäre Flopper, der seinen Namen von der unnachahmlichen Manier hatte, in der er einstmals die Netze der Boston Bruins gehegt hatte, war der Prärie-Armut entsprossen. Stupsnasig, die grauen Augen hart wie Kiesel, das freche Mondgesicht von mehr als hundert Nähten übersät, trug er das stahlgraue Haar noch immer im Bürstenschnitt: eine Erinnerung an den Tag, da man ihn als Spieler für den großen Eddie Shore nach Springfield geschickt hatte. Der Flopper, in einer Lehmhütte als fünftes von sieben Kindern geboren, war bis zum Alter von neun Jahren in einem Mehlsack rumgelaufen, mit eingeschnittenen Löchern für die Arme. Bevor er lesen lernte, erntete er für zehn Cent pro Stunde Karotten, und auch jetzt noch pflegte er sein Englisch mit höchst eigenwilligen Ausdrücken zu spicken. Einmal, als er in einem Buch über den Holocaust blätterte, das Joshua sich gekauft hatte, betrachtete der Flopper entsetzt die Fotos von Überlebenden aus Dachau. »Die haben aber weiß Gott nicht genug zu essen gekriegt«, stellte er fest. »Ich meine, sieh dir doch an, wie abgelagert die sind.«

Als eingefleischter Konservativer war der Flopper strikt gegen Abtreibung, Eisspeerfischen und ein unabhängiges Quebec. »Dagegen opportuniere ich«, sagte er immer wieder. »Dagegen opportuniere ich auf das Entschiedenste.«

Der Barkeeper, ein ansonsten recht liebenswürdiger junger Mann aus Griffintown, war ebenfalls ein energischer Verfechter des vereinigten Kanada. Er hatte seit einiger Zeit, für seine Gäste deutlich sichtbar, einen Baseballschläger, einen Louisville Slugger, in Reichweite liegen. Er prangte drohend hinter der Theke, direkt unter einer gerahmten Fotografie der Queen. George, der seinen Schläger »meinen Pepsi-Zähmer« nannte, hatte auch eine ganze Serie von Witzen über die Frankokanadier auf Lager. »He, habt ihr schon gehört, dass sich der junge Berkowitz, ihr wisst schon, Sams Sohn, einen Pepsi-Anwalt genommen hat?«

»Ach, wirklich?«

»Ja. Der will die sechs Morde zugeben, und gegen den Strafzettel wegen falschen Parkens Einspruch erheben.«

Stand aber Joshua an der Bar, hielt George sich ihm zuliebe ein bisschen zurück. Denn Pauline war von ihrer Mutter her eine Gaspé Benoit. Durch ihre zarten Adern floss das Blut der Seigneurs. George hatte, wie auch die Stammgäste des King's Arms, Pauline sehr gern und erkundigte sich täglich nach ihrem Befinden, nun, da sie in der psychiatrischen Abteilung des Royal Victoria Hospital lag.

Dahinsiechte.

Beflügelt vom Scotch – im Allgemeinen zwei kurze, manchmal aber auch wohl mehr –, ging Joshua jeden Nachmittag Pauline besuchen. Las ihr vor. Erzählte ihr mit großer Behutsamkeit von den Kindern. Von ihrer Liebe, ihrem Glück. Von der scheinbar uneinnehmbaren Festung, die sie um sich errichtet hatten, bevor ihr Bruder aufgetaucht war. Doch Pauline, einst so wunderbar gepflegt, mehr als schön: aufregend, bürstete sich nicht mehr das weiche, honigblonde Haar. Es war zerzaust, verschmutzt. Er bürstete es ihr. Dann sah er, dass ihre ehemals makellosen Fingernägel hier abgebrochen, dort abgekaut waren. Auf ihrem Negligé prangten Speiseflecken. Joshua beschwerte sich bei den Krankenschwestern, aber er wusste, dass sie nichts daran ändern konnten. Es war ihr gleichgültig. Seine Frau dämmerte im Bett dahin, ließ sich selbstsüchtig, die blauen Augen stumpf, das Gesicht kränklich-weiß, vom Valium treiben. Starrte ihn an. Einmal hatte er ärgerlich versucht, sie aus ihrem Dämmerzustand aufzurütteln. »Sie will dich unbedingt besuchen. Sie lässt nicht locker.«

Pauline zuckte nicht mit der Wimper.

»Morgen bringe ich sie mit.«

Nichts.

»Sie möchte dir alles erklären.«

Noch immer fragte sie nicht, wer.

»Jane Trimble.«

Pauline begann lautlos, mit bebenden Lippen zu weinen. Joshua sprang auf, ergriff ihre erstaunlich kalte Hand und sagte: »Mein Gott, es tut mir leid! Es tut mir ja so leid, mein Liebling!«

Erst eine Woche nach Paulines Aufnahme ins Royal Victoria wurde Joshua ins Sprechzimmer des Psychiaters gebeten.

Der ehrenwerte Dr. Jonathan Cole, Autor von »My Kind, Your Kind, Mankind«, ein rundlicher Mann mit traurigen braunen Augen, entpuppte sich – ausgerechnet! – als Yossel Kugelman. Schon damals in der St. Urbain Street, als sie beide noch Kinder waren, hatte Yossel seine Bibliothek von Big Little Books katalogisiert. Wer sich eins ausleihen wollte, musste unterschreiben. Um fair zu sein: Sie hatten alle als Kriegsbeitrag Altmaterial an den Haustüren gesammelt, aber nur Yossel hatte seinen Kram nicht zu Debrofskys Schrottplatz an der St. Dominique Street gebracht und dort verkauft. Nein, Sir, dieser Angeber war kein Kriegsgewinnler, der lieferte seine Beute tatsächlich in der Schule ab. Und jetzt war Yossel, wie Joshua sah, noch immer ein Sammler. Vom Altmaterial allerdings war er zu den Höhen der Kunst aufgestiegen. Canadiana. An der einen Wand hing ein Pellan, an der anderen ein William Ronald.

Cole (oder Kugelman) erwiderte Joshuas hinterhältiges Erkennungsgrinsen mit einer plumpen Salve von Witzeleien. Aber Joshua hörte nicht zu. Er versuchte sich zu erinnern, ob Yossel derjenige gewesen war, der an Bea Rosens sechzehntem Geburtstag mit einem weichen Filzhut erschienen war, als ihn eine direkte Frage hochschrecken ließ. »Hat sie irgendeinen Grund, böse auf dich zu sein?« erkundigte sich Yossel milden Tones.

Tief gekränkt fuhr Joshua ihn an: »Ich hinterlasse einen Rand in der Badewanne. Und ich kann so gründlich wischen, wie ich will, es gibt immer Flecken in meiner Unterwäsche.«

Yossel, offenbar unerschütterlich, fuhr fort: »Dann würde ich noch gern wissen, wie es um euer Sexualleben bestellt war, bevor ...«

»Verdammt noch mal, Kugelman, das geht dich nichts an!«

Yossel warf den Federhalter auf den Schreibtisch. »Du nimmst dieses Problem nicht ernst genug. Ich versuche ja nur zu helfen.«

»Du steckst bis obenhin voll Scheiße, wie immer. Du bist mit einem Filzhut auf dem Kopf zu Bea Rosens sechzehntem Geburtstag erschienen. Ha, ha. Du Arschloch.«

Yossel seufzte ergeben, strich sich mit der molligen Hand die Haare zurück und fragte Joshua, was er von einer Schockbehandlung halte.

Joshua sprang auf, packte ihn bei der Krawatte und zerrte heftig. »Wag es ja nicht, ihr mit den Elektroden zu nahe zu kommen! Wenn du auch nur einen Gedanken daran verschwendest, bring' ich dich um!«

Mit hochrotem Kopf befreite sich Yossel. »Bist du verrückt?« schimpfte er.

»Wer ist denn hier wohl verrückt, wer wohl? Komm, sag's mir, Dr. *Cole.*«

»*Ich* habe den Namen nicht geändert. Meine Mutter war das. Und mein Sohn nennt sich wieder Kugelman.«

»Ach, wirklich?«

»Er studiert jetzt Musik. Klavier. Am Juillard. Und da wir gerade davon sprechen: Ich war das auch nicht mit dem Filzhut bei Beas sechzehntem Geburtstag. Das war Izzy.«

Izzy Singer, der, damals bereits an der Börse, seine Kriegssparbriefe als Sicherheit benutzte.

»Und bitte«, fuhr Yossel fort, »wenn wir hier irgendetwas erreichen wollen, darfst du nicht mehr so feindselig sein.«

Joshua glaubte das erklären zu können. »Ich habe dich einmal am Flughafen gesehen«, entgegnete er. »Du hast am Gepäckförderband gewartet. Und als dein Koffer kam, hatte der unten kleine Räder und oben einen Griff. Du hast ihn gezogen wie einen Karren.«

»Na und?« Yossel war verdutzt.

»Also bist du ein Lackaffe.«

»Ich habe einen schlimmen Rücken«, protestierte Yossel. »Ich darf nichts heben.«

»Hör zu, Yossel, ich will meine Frau zurückhaben. Ich will, dass sie wieder gesund wird. Ich will weder Elektroden noch Urschreitherapie oder was ihr Scharlatane sonst noch an Mist verzapft. Und außerdem kannst du bei ihr sofort die Medikamente absetzen.«

»Ich will dir was sagen. Wir werden ihr jeden Morgen Joghurt geben. Meinst du, das wird ihr helfen?«

»Bist du sicher, dass das Izzy war, mit dem Filzhut?«

»Jawohl, ich bin sicher. Wusstest du übrigens, dass Bea Rosen tot ist?«

Nein, das wusste er nicht.

»Gebärmutterkrebs. Im letzten Mai. Drei Kinder hat sie hinterlassen. Das jüngste ist autistisch.«

»He, Yossel, du bist eine wahre Quelle des Frohsinns, nicht wahr? Wie alt bist du jetzt?«

»Siebenundvierzig. Genau wie du.«

»Was ist mit deinem Rücken?«

»Nichts. Bandscheiben.«

»Ich hab jetzt Schwangerschaftsnarben am Arsch. Ich dachte immer, das kriegen nur Frauen.«

»Oi weh, Joshua, was bist du doch für ein Wrack! Hast du schon immer so viel getrunken?«

»Wir müssen uns allmählich vorsehen, Yossel. Dies ist ein gefährliches Alter für unsere Clique. Siebenundvierzig. Scheiße. Ich mag das nicht, was mit uns vorgeht.«

Yossel musterte Joshua betreten und anscheinend ehrlich beunruhigt. »Was hat er dir erzählt, dieses Klatschmaul?«

»Wer?«

»Moish.«

Moish musste Morty Zipper sein, der in Klasse 42 zwei Reihen von ihm entfernt gesessen hatte und nun sein Hausarzt war. »Ich wusste gar nicht, dass du auch zu seinen Patienten gehörst.«

Yossel rieb sich die müden Augen.

»Ich dachte, es wären nur die Bandscheiben.«

Seufzend gestand er: »In letzter Zeit leide ich nach dem Geschlechtsverkehr auch unter Kurzatmigkeit.«

Joshua konnte sich nicht helfen. Er musste kichern.

»Lass nur«, schimpfte Yossel böse. »Von mir aus.«

»Bei allen, oder nur bei deiner Frau?«

»Furchtbar witzig! Ha, ha. Noël Coward rotiert bestimmt vor Neid im Grab. Bessie und ich«, fuhr er verkniffen fort, »führen eine hundertprozentig monogame Ehe.«

Jetzt lachte Joshua laut heraus. Ohne Hemmungen. »O mein Gott!« keuchte er. »Soll das heißen, dass du Bessie Orbach geheiratet hast?«

»Ich freue mich, deine Frage mit Ja beantworten zu können.«

Abermals vor Lachen zitternd, wischte sich Joshua die Tränen aus den Augenwinkeln. »Ich bin mal mit ihr ausgegangen. Outremont. Ihr Vater war Zahnarzt. Ein schlechter Verlierer. Ihre Mutter hatte die Sofas mit Plastiküberzügen geschützt. Wenn man mit ihr knutschte, blieb einem das Zeug am Rücken kleben.«

»Großmaul! Du bist nie an sie rangekommen.«

»Also, jetzt hör mal, Yossel! Alle Maccabees haben bei Bessie Punkte gemacht.«

»Den Teufel haben sie, und du hast schon am Schlagmal danebengehauen.«

»Ach ja?«

»Du hältst dich wohl für besonders schlau, Joshua – wie? Und uns andere alle für Idioten. Du mit deinen Freunden von dieser albernen Mackenzie King Memorial Society. Aber ich will dir mal was sagen: Deine Pseudo-Artikel mögen dir ja im Ausland zu Lorbeeren verholfen haben, aber wir wissen, wer du bist. Ich erinnere mich noch genau an das Foto von deinem Vater auf der Titelseite des *Herald* – in Handschellen. Ich war bei deiner Bar-Mizwa und weiß noch sehr gut, was damals passiert ist. Wir kennen dich und wissen, wo du herkommst. Und noch etwas will ich dir verraten: Bessie hat mir von ihrem *einzigen* Rendezvous mit dem großen Mr. Shapiro erzählt. Zu tun, als wärst du ein McGill-Student! Dich Robert Jordan zu nennen! Armselig fand sie dich, damit du's weißt.«

Bei dieser Erinnerung errötete Joshua.

»Sie zehrt heute noch davon«, fuhr Yossel fort.

»Und ich erinnere mich«, erwiderte Joshua mit erstickter Stimme, »dass ihre Mutter auch die Lampenschirme mit Zellophan überzogen hatte. Eine Frage übrigens, macht Bessie …«

»Meine Bessie ist eine vorbildliche Hausfrau.«

»Aber geil, eh, Yossel? Ich meine, weil sie dich doch außer Atem bringt.« Wieder brach er in Lachen aus. Gezwungenes Lachen, dieses Mal.

»Meine Ehe funktioniert großartig. Deine Frau dagegen, die liegt im Krankenhaus, oder?«

Joshua erwiderte kein Wort.

»Es tut mir leid«, entschuldigte sich Yossel.

Joshua zog ein Päckchen Zigaretten heraus und riss das Zellophan ab. Dann suchte er in einer Tasche nach der anderen nach einem Streichholz, verweigerte jedoch das Feuerzeug, das Yossel ihm reichte. Als er die Zigarette endlich in Brand gesetzt hatte, warf er das verkohlte Streichholz auf den Teppich. Dann sah er Yossel mitleidig an. »Ich wollte ja nichts sagen, aber Moish macht sich Sorgen um dein Herz.«

»Du lügst, wenn du den Mund aufmachst.«

»Ich wollte, es wäre so.«

»Bleib sitzen. Ich werde ihn sofort anrufen.«

»Aber überleg doch mal! Er würde dir kein Wort verraten.«

»Lügner, Lügner, Lügner!«

»Reg dich nicht auf, das bekommt dir nicht. Er wird dir nichts sagen, weil er nicht will, dass du mitten in einem Solo mit Bessie abkratzt. Bis bald, Yossel.«

Das war im Februar gewesen, eine Woche nachdem Pauline ins Krankenhaus gekommen war.

Verstimmt, erregt, doch absolut nicht in der Lage, der Clique im King's Arms unter die Augen zu treten, ging Joshua, nachdem er Yossels Sprechzimmer verlassen hatte, die ganze Strecke zur St. Denis Street zu Fuß. Die erste Bar, an die er kam, hieß Chez O'Neil. Überall Chrom. Plastikpflanzen mit angestaubten Blättern. Über gekreuzten Québécois-Flaggen ein Poster von René Lévesque. *Un vrai chef.* An den imitierten Backsteinwänden Poster von einheimischen *vedettes.* Pauline Julien, Gilles Vigneault, Yvan Deschamps. Das neue Dreigestirn. Joshua suchte und fand ein wenig Trost in einem doppelten Scotch, bestellte sich einen zweiten und rief Morty Zipper an. »Schäm dich! Wie ich gehört habe, redest du außerhalb deiner Praxis über deine Patienten.«

»Na klar doch. Aber nur über die interessanten Fälle. Ich erzähle allen, dass ich dich wegen Syphilis behandle.«

»Wusstest du, dass Yossel Kugelman am Royal Vic ist?«

»Natürlich. Er hat mich in der letzten Stunde zweimal angerufen.«

»Kann ich mir denken. Du machst dir nämlich Sorgen um sein Herz.«

»Tu ich das?«

»Allerdings. Und jetzt erzähl mir, wie gut er in seinem dubiosen Beruf ist.«

»Es gibt Patienten, die auf ihn schwören.«

»Er trägt hohe Absätze. In seinem Sprechzimmer steht so eine dämliche Goldtrophäe. Und er ist mit Bessie Orbach verheiratet. Erinnerst du dich an Bessie?«

»Mann!«

»Würdest du ihm deine Frau anvertrauen?«

»Ja. Nein. Vielleicht.«

»Dann sag mir, ob mit mir vielleicht was nicht stimmt, wovon ich nichts weiß.«

»So, wie du lebst, müsste deine Leber auf doppelte Größe angeschwollen sein. Aber so weit, so gut. Und nun, wenn du nichts dagegen hast …«

»Halt! Warte. Erinnerst du dich an Bea Rosens Party zu ihrem sechzehnten Geburtstag? Wir waren alle da. Pratt Avenue.«

»Ihr Vater kam dauernd in den Keller gerannt, um nachzusehen, ob wir auch nicht das Licht ausgemacht hatten.«

»Genau.«

»Okay. Ich war auch da.«

»Und jetzt denk bitte sorgfältig nach. Es ist wichtig. Hat Yossel da nicht einen Hut getragen?«

»Draußen warten meine Patienten, Josh.«

»Im Hutband steckte so eine Art Pinsel. Bunt. Wie eine Fliege für Angler.«

»Ruf mich heute Abend zu Hause an. Wiedersehen, Josh.«

5 »Na ja, hm. Stimmt. Weißt du, was diese Zeit ist?«

»Ziemlich kalt.«

»Nein, nein. Das weiß doch jeder. Wenn du ein Jude bist, meine ich.«

»Noch kälter.«

»He, furchtbar komisch. Ha, ha!«

»Was denn, Daddy?«

»Die Zeit der Besinnung. Morgen ist Rosh Hashanna, unser Neujahr, und eine Woche später ist Jom Kippur, wo du, wenn du im Laufe des Jahres jemanden beschissen haben solltest, das Recht zur Reue hast. Und Gott vergibt dir. Morgen gehen wir in die Synagoge.«

»Ooch, Daddy.«

»Nix ›ooch, Daddy‹. Diesmal gehen wir wirklich hin. Das gehört sich so, Josh. Wir sind Hebes, du und ich, vergiss das nicht.«

Joshua saß mit dem Vater im Garten. An einem feuchtkalten Oktobervormittag im Jahre 1946, der Himmel blau schimmernd, das wirbelnde Herbstlaub schon schlüpfrig vom Frost. Sein Vater hatte ihn gebeten, ihm beim Einsetzen der Doppelfenster zu helfen. Doch als Joshua ihm in den verfallenen, altersgrauen Schuppen gefolgt war, wo sie die Fenster sortieren wollten, zog der Vater eine Flasche Labatt's Ale und zwei Gläser hervor und forderte ihn auf, mit ihm in den Garten hinauszugehen. Zusammen setzten sie sich auf ein altes Sofa, das längst ausrangiert war und dort, wo es von Ratten angenagt war, Polsterfüllung spie.

»Wie alt bist du jetzt?«

»Fünfzehn.«

»Schon? Na ja, hm. Stimmt. Dann wird's aber Zeit, dass wir mal miteinander reden.«

»Worüber?« erkundigte sich Joshua.

Reuben warf ihm einen tiefernsten Blick zu. »Über das Ficken und die jüdische Tradition.«

»In dieser Reihenfolge?«

»Werd bloß nicht frech, sonst kriegst du eine gescheuert.«

»Och, Daddy, du hast mich doch noch nie gehauen.«

»Na ja, hätt' ich vielleicht lieber tun sollen. Du hättest nicht sagen sollen, dass du von der Schule abgehen willst, das ist eine Schande.«

Sein Vater war nervös, verlegen und hielt jetzt, wie Joshua sah, eine Bibel in der Hand. Wahrhaftig. Die King-James-Ausgabe. Und überall hatte er Lesezeichen reingelegt.

»He, Daddy! Sag bloß, dass du *die* gelesen hast.«

»Warum denn nicht?« gab Reuben indigniert zurück.

Joshua schlug sich an die Wange und stieß dazu einen Pfiff aus.

»Hör zu«, sagte der Vater, »wir wollen nicht streiten. Du hast keinen Grund, wütend zu werden. Sag mal, willst du wirklich so 'n Pressefritze werden, oder ist das nur so was, weißt du, wie damals, als du Baseballspieler werden wolltest?«

»Na ja. Ich weiß nicht. Sportreporter vielleicht.«

»Sportreporter sind Säufer. Das sind Strolche, einer wie der andere.« Reuben dachte an alte Kränkungen.

»Aber ich könnte anders werden.«

»Ich will dir was sagen.« Begeistert fuchtelte der Vater mit der Bibel herum. »Dieses Ding hier ist voll von Buchtiteln und klugen Sprüchen. Ich meine, früher, da dachte ich immer, wenn man Schriftsteller ist, denkt man sich alles, was man schreibt, selber aus, aber du würdest staunen, wie viele Buchtitel und Sprüche die hier geklaut haben, dabei ist immer noch 'ne Menge übrig, also könntest du's weit schlechter treffen als …«

»Warum reden wir nicht lieber erst vom Ficken?«

»Woran hattest du denn gedacht?«

»Ich? An gar nichts. *Du* hast das Thema doch angeschnitten.«

»Na ja, hm. Stimmt. Weißt du schon, wie man das macht?«

»Ja.«

»Das *weißt* du?«

»Worauf du dich verlassen kannst.«

»Hast du's schon mal mit einer gemacht?«

»Nein.«

»Okay. Das wär's.«

»Was soll das heißen, ›das wär's‹?«

»Wenn du weißt, wie man's macht, wirst du's auch irgendwann mal kriegen. Ist doch logisch. Was soll ich denn sonst noch dazu sagen?«

»Krieg ich denn keine brauchbaren Informationen?«

»Kommt nicht infrage, dass wir hier Schweinkram reden, kapiert?«

»Schrei mich nicht an. Ich hab ja nicht davon angefangen.«

»Man tut's auf keinen Fall in der Nacht vor einem Boxkampf, das zehrt an den Kräften, hat Al Weill immer gesagt.«

»Ich will aber kein Boxer werden.«

»Hör mal, es gibt Wichtigeres auf der Welt als das Ficken.«

Der Vater ließ seine Knöchel knacken. »Ich hätte dich strenger erziehen sollen.«

»Wie soll ich's denn aber nun kriegen?«

»Verdammt noch mal, ich bin kein Zuhälter!« Der Vater schenkte noch einmal Labatt's nach. »Siehst du die vielen Pickel, die du im Gesicht hast?«

»Ja. Und?«

»Keine Sorge. Die werden schon wieder verschwinden. Du wirst zwar hier und da so kleine Löcher in den Backen behalten, aber was macht das schon.«

»Du meinst, das Ficken zehrt zwar an den Kräften, ist aber gut gegen Pickel?«

»Verdammt noch mal, Josh! Ich weiß gar nicht, wie wir auf dieses Thema gekommen sind.«

»Du hast davon angefangen.«

Mit gesenkter, fast flüsternder Stimme sagte der Vater: »Wenn du von einer Dame in ihr Boudoir eingeladen wirst, dann nimmst du, na ja, wenn du 'n Gentleman bist, nimmst du als Erstes mal den Hut ab.«

»Aha, damit fängt man also an.«

»Du faltest deine Hose ordentlich zusammen, weißt du, und du trägst unbedingt saubere Socken, das ist wichtig, und wenn du 'ne Brieftasche bei dir hast, legst du sie unters Kopfkissen. Hast du das verstanden?«

Joshua nickte.

»Und du musst unbedingt frische Unterwäsche tragen. Ohne braune Flecken. Aber trotzdem wäschst du dich vorher gründlich, und sei es auch nur, um ihr mit gutem Beispiel voranzugehen, denn manchmal riechen die wirklich nicht gut, da unten.«

»Wo unten?«

»Wir werden keinen Schweinkram reden!«

»*Du* hast ›da unten‹ gesagt, nicht ich.«

»Ich versuche dir die Etikette für so was beizubringen, nicht die Sache selbst.«

»Du bist mir 'ne schöne Hilfe.«

»Also gut. Okay. Weißt du, was das ist?« Ein bisschen errötend reichte er ihm eine Dreierpackung Sheiks.

»Ja.« Joshua grinste.

»Sobald dein Ding steif wird, streifst du davon eins über. Aber bitte vergiss das nicht!«

»Und dann?«

»Warum liest du nicht lieber ein Buch über das Thema und lässt mich in Ruhe?«

»Aber du bist mein Vater.«

»Na ja, stimmt. Also, dann ...«

»Ja, dann?«

»Also dann hinterher vergiss nicht, dich gründlich zu waschen, mit Seife und heißem Wasser. Aber wenn's dir dann später, sagen wir, zwei Wochen danach, beim Pissen wehtut oder mit 'ner falschen Farbe rauskommt, dann gehst du sofort zum Arzt, hörst du? Auf gar keinen Fall warten.«

»Ja.«

»Also, das wär's. Alles Gute.«

»Och, komm doch, Daddy!«

Widerwillig fasste der Vater einen Entschluss. Er suchte in seiner inneren Jackentasche und entfaltete ein anscheinend aus einem medizinischen Buch herausgerissenes Blatt Papier. »Deinetwegen war ich extra in der Bücherei«, erklärte er und drückte ihm die Buchseite in die Hand. »So sieht das von Nahem aus.«

»Was?«

»Ihr *Ding*. Das Loch.«

Joshua stöhnte; es wirkte wahrhaftig nicht einladend.

»Weißt du«, fuhr der Vater sanfter fort, »das da ist nur eine wissenschaftliche Zeichnung. Ungefähr so wie eine Landkarte.«

»Hm-hm.«

»Pass auf, wenn ich dir eine Reliefkarte von den Rockys zeigen würde, in Schwarz-Weiß, würde das großen Eindruck auf dich machen?«

Der Vater hatte früher mal in Calgary geboxt. Und ein anderes Mal im Banff Springs Hotel. Er liebte die Berge.

»Na ja«, begann Joshua.

»Siehst du dieses winzige Ding hier?«

Er nickte.

»Wenn du das mit dem Finger kitzelst, das haben die so richtig gern, dann fangen die an zu schnurren.«

»Ohne Scheiß?«

»Du wirst dich wundern.« Er grinste selig. »Aber hinterher«, fügte er hinzu und wurde rasch wieder ernst, »wäschst du dir die Hände mit heißem Wasser und Seife, bevor du dir mit den Fingern ins Gesicht gehst.«

»Scheint ja 'ne Menge Waschen dazuzugehören, Daddy.«

»Heutzutage kann man nicht vorsichtig genug sein.« Dann seufzte er erleichtert auf und wandte sich wieder der Bibel zu. »Wie viele Gebote gibt es?«

»Zehn.«

»Na, ja, hm. Stimmt, stimmt. Kannst du sie aufsagen?«

»Ach komm, Daddy!«

»Aber du könntest die Schlagfolge der Royals aufsagen. Oder der Dodgers. Mit dem Durchschnitt.«

»Ja.«

»Wir müssen öfter solche Bildungsgespräche führen, sonst wirst du noch mal so 'n Dummkopf wie ich.«

»Ich finde nicht, dass du ein Dummkopf bist«, protestierte Joshua erschrocken.

»Na ja, hm.« Der Vater war erfreut. »Aber was weißt du denn?«

»Ich würde vor allem gern mehr über das Ficken erfahren.«

»Also, das ist 'n weites Feld, da geht man am besten Schrittchen für Schrittchen vor. Ich meine, wir haben jetzt doch einen guten Anfang gemacht, oder?«

»Schon.«

»Gut. Und jetzt hör zu.« Er schlug die Bibel bei einem der Lesezeichen auf. »Zitat: Und Gott redete alle diese Worte und sprach: Ich bin der Herr, dein Gott, der ich dich aus dem Lande Ägypten, aus dem Sklavenhause, herausgeführt habe, Zitat Ende. Also wenn du das ganze Buch liest, was ich von dir natürlich erwarte, dann wirst du feststellen, dass die Hebräer, na ja, generationenlang in Ägypten waren. Zu jenen alten Zeiten waren sie noch nicht in der Kleiderbranche, oder im Schrott, oder Alkoholschmuggel, oder Boxen, oder so. Da waren sie meistens im Baugeschäft. Backsteine. Geschuftet haben sie wie die Nigger und keinen Penny dafür gekriegt. Sie waren wie Sklaven, im *Sklavenhaus.* Kapiert?«

»Ja.«

»Zitat: Du sollst keine anderen Götter haben neben mir, Zitat Ende. Weißt du, es gab da viele Herausforderer, andere Götter, meistens unwichtige Idole, Penner des Jahres, bevor unser Gott Jehova den Titel für sich allein errang und mit unseren Vorvätern, denen er zur Flucht aus Ägypten verholfen hatte, einen Bund schloss. Ein Bund ist ein Vertrag. Also, wo war ich? Ach ja, Zitat: Du sollst dir kein Gottesbild machen ...« Er kam bis: »Du sollst nicht ehebrechen«, wobei er ein bisschen stolperte, um sodann hastig herauszusprudeln: »Zitat: Du sollst nicht stehlen. Du sollst nicht falsches Zeugnis reden ...«

»Darf ich nicht irgendwo unterbrechen?«

»Sicher.«

»Du sollst nicht stehlen?«

»Hör zu«, setzte ihm der Vater auseinander, »es gibt zehn Gebote. Stimmt's? Also, das ist wie bei einem Examen. Ich meine, wenn du acht von zehn Punkten kriegst, bist du schon Klassenbester, stimmt's? Und vergiss nicht, Gott ist kein Dummkopf, also ist da 'n Haken bei dem Bund. Zum Beispiel, dies ist jetzt die Zeit der Besinnung, und du brauchst nur zu bereuen, sogar Ehebruch, *aber aufrichtig*, dann fängst du wieder schuldenfrei an, in seinem großen Kontobuch. Gott rechnet deine Sünden nicht auf.«

»Und woher weiß Gott, dass man's ehrlich meint?«

»Hör mal, ich bin kein Rabbi. Ich tu nicht so, als wüsste

ich alles. Wenn du bereust, dann bereust du aufrichtig. Kapiert?«

»Ja.«

Nach dem zehnten Gebot sagte der Vater: »Da wir in einer modernen Zeit leben, möchte ich noch ein elftes hinzufügen. Interessiert es dich?«

»Klar.«

»Du sollst deine Spielschulden bezahlen.«

Vor allen Dingen, dachte Joshua, wenn Mr. Colucci Reuben Shapiro zum Kassieren schickt.

Sein Vater, zu Hause so liebevoll, hatte noch ein anderes Leben, eines, von dem Joshua zwar von Zeit zu Zeit hörte, immer jedoch nur rein zufällig. Er hatte zahlreiche Funktionen in diesem Leben fern von zu Hause, und wurde in allen nicht nur geachtet, sondern sogar gefürchtet. Unter anderem trieb sein Vater für Sonny Colucci bei säumigen Spielern Geldschulden ein, und genau das war es, was nur zwei Wochen später zufällig Joshuas erstes Rendezvous mit einem Mädchen aus Outremont vermasselte. Mit seinen fünfzehn Jahren war er bei den Qualifikationsrunden für die Golden Gloves bereits ein Versager, dafür aber ein überdurchschnittlicher Billardspieler und, nach dem Vorbild seines Vaters, stets piekfein gekleidet. Das Mädchen hieß Bessie Orbach, die er bei einer Tanzveranstaltung im »Y« kennengelernt hatte. Als er sie fragte, ob sie am Samstagabend mit ihm ins Kino gehen würde, sagte sie Ja, und er erschien, geschniegelt in seinem Einreiher, handgemalter, von seinem Vater ausgeliehener Krawatte (Vollmond über Miami Beach, die Strahlen streichelten Palmen und Wellen) und hypermoderner Hose, an der Haustür der Villa in der Pratt Avenue, wo er von einer schniefenden Bessie mit rot geweinten Augen empfangen wurde. »Ich darf nicht mit dir ausgehen«, erklärte sie.

»Und warum nicht?«

»Ich darf eben nicht. Bitte geh.«

Plötzlich erschien ihr Vater. Dr. Orbach. Ein großer, schwerer, dunkler Mann, dessen Gesicht puterrot wurde. An der rechten Hand hatte er einen Gips, den er in einer Schlinge trug. »Wie kannst du es wagen, hierherzukommen?« herrschte er Joshua an.

»Wieso?«

»Bist du nicht der Sohn von diesem Verbrecher?«

»He, Augenblick mal! Sprechen Sie etwa von meinem Vater?«

»Wenn du noch einmal hier erscheinst, schlage ich dir den Schädel ein, und deinem Vater kannst du ausrichten, dass ich mit ihm noch nicht fertig bin. Der wird bald hinter schwedischen Gardinen sitzen – genau dort, wo er hingehört. Und jetzt hau ab, du kleiner Gossenaraber.«

Bessie sah er erst nach Jahren wieder und erfuhr auch dann erst, was eigentlich geschehen war.

Dr. Orbach war anscheinend nicht nur ein begabter Zahnarzt, sondern auch ein leichtsinniger Glücksspieler. Pferdewetten, Baseballwetten und Sonny Coluccis Barbotte-Tische. Er hatte Schulden gemacht, hohe Schulden, und war nicht nur mit seinen monatlichen Zahlungen in Rückstand geraten, sondern hatte seine Wetten auch anderswo platziert, wo er ebenfalls eine Latte auflaufen ließ. Sonny Colucci war gekränkt und schickte Joshuas Vater los, der Dr. Orbach, nachdem der letzte Patient gegangen war, in seiner Praxis aufsuchte. »Dr. Orbach«, begann Reuben, »ich muss mich doch sehr über Sie wundern. Sie sind ein hochgeachteter Mann.«

»Ich bezahle keinen weiteren Penny.«

»Aber Doktor! Sie schulden uns elftausend Dollar – plus Zinsen.«

»Was Sie bisher von mir gekriegt haben, reicht.«

»Aber Sie haben sich mit Mr. Coluccis Bedingungen einverstanden erklärt. Sie haben sich per Handschlag verpflichtet.«

»Ich bin bankrott. Die Quelle ist ausgetrocknet.«

»Vielleicht wäre es Ihnen lieber, die Sache mit etwas günstigeren Bedingungen zu erledigen.«

»Die Sache *ist* für mich erledigt. Aus. Beschäftigen Sie sich mit Ihrem Ding; davon haben Sie mehr, als wenn Sie mit mir zu handeln versuchen.«

»Wie ich vermute«, gab Reuben würdevoll zurück, »denken Sie dabei an Onans Sünde.«

»Aha, ein Bibelexperte, wie?« fragte Dr. Orbach belustigt.

»Sagen wir, sieben fünfzig pro Monat. Damit würden wir uns zufriedengeben.«

Dr. Orbach missverstand Reubens Angebot als Zeichen der Schwäche. »Ihre Tätigkeit ist absolut illegal«, erklärte er. »Sie werden mit Ihrer Forderung nie vor Gericht gehen können.«

»Wir schlagen Ihnen lediglich vor, sich mit einem bestimmten Zahlungsmodus einverstanden zu erklären. Sagen wir, sechshundert im Monat.«

»Wissen Sie, wie viel Geld dieser Blutsauger mir im Laufe der Jahre aus der Tasche gezogen hat?«

»Haben Sie denn nie gewonnen?«

Dr. Orbach antwortete nicht.

»Und hat Ihnen Mr. Colucci dann etwa gesagt, die Quelle ist ausgetrocknet, oder Sie haben keine Beweise, keine Zeugen, nur einen Telefonanruf – oder hat er Ihnen am nächsten Vormittag einen Boten mit einem Kuvert geschickt?«

»Colucci gehört ins Kittchen, und das ist genau, wohin ihn Pax Plante jetzt, wo die Stadt endlich gesäubert wird, Gott sei Dank hinbringen wird.«

»Meine Anweisungen lauten, Ihre Praxis nicht ohne Geld zu verlassen. Bitte seien Sie vernünftig, Doktor. Sogar fünfhundert Dollar pro …«

»Ich scheiße auf Sie und Ihre Anweisungen!« schimpfte Dr. Orbach kühn. »Und jetzt machen Sie, dass Sie hier verschwinden, Sie mieser, kleiner Ganove, bevor ich die Polizei rufe.«

»Na ja, hm. Bitte, Dr. Orbach, glauben Sie mir, ich tue das wirklich nicht gern.«

»Was tun Sie nicht gern, Sie Würstchen?«

»Meinen Job.«

»Das kann ich Ihnen nicht verdenken. Ein bibelkundiger Jude, der für goyische Mobster Geld eintreibt. Schämen sollen Sie sich, Shapiro.«

»Aber ich habe keine Berufsausbildung.«

»Das hätte Bernard Gursky auch sagen können. Und sehen Sie sich an, wo er jetzt steht.«

»Glauben Sie, ich hätte nicht gern mit Alkoholschmuggel Millionen verdient?«

»Dazu haben Sie nicht genug Grips.«

»Ich hätte auch nichts dagegen gehabt, Zahnarzt zu werden.«

»Und was zum Teufel soll das nun wieder heißen?«

»Ist doch ein schöner, sicherer Beruf, nicht wahr?«

Orbach musste lachen. »Hören Sie, ich würde ja gern hier sitzen bleiben und mit Ihnen plaudern, aber ich bin ein viel beschäftigter Mann.«

»Das sehe ich ein, Dr. Orbach. Nur kann ich jetzt leider noch nicht gehen. Ich muss Ihnen zuvor noch die Finger der rechten Hand brechen. So lautet mein Auftrag.«

»Leere Drohungen helfen Ihnen auch nicht weiter.«

»Das ist mir klar.«

Orbach, der endlich begriff, was ihm bevorstand, wurde kalkweiß.

»Meinen Sie das etwa im Ernst?«

»Tut mir leid, es geht nicht anders.«

»Ach bitte!« flehte Dr. Orbach. »Bitte, geben Sie mir noch eine Chance!«

»Tut mir leid«, wiederholte Joshuas Vater. »Ehrlich.« Er langte über die Schreibtischplatte, packte die rechte Hand des laut schreienden Dr. Orbach und begann zuzudrücken.

Um fair zu sein: Joshuas Vater stand in Coluccis Schuld. Er hatte seit seiner Jugend immer wieder einmal für ihn gearbeitet, hatte sich vom Botenjungen hochgedient. Als Reuben dann Profi wurde, hatte Colucci ihn finanziert, und als seine Boxerzeit vorüber war, hatte er ihn wieder aufgenommen.

Joshua selbst hatte den Vater nie boxen sehen: Als Reuben aufhören musste, war er erst drei Jahre alt gewesen; aber es gab Fotos aus jener Zeit, die er wie einen Schatz hütete. Ein Bild, aufgenommen für eine der wenigen Reklameanzeigen, die Reuben gemacht hatte, zeigte ihn in Kampfpose mit dem Davidstern auf den Everlast-Boxershorts. In eine Ecke draufkopiert war ein Porträtfoto von Reuben mit weichem Hut und der Überschrift: »›Zu jeder Tagesrunde trage ich einen ADAM-Hut.‹ Ruby Shapiro, Leichtgewichtschampion von Kanada.« Eine andere Aufnahme, in Stillman's Sportschule gemacht, zeigte seinen scheu grinsenden Vater mit Lou Ambers, Henry Armstrong und Whitey Bimstein. Und einen Schnappschuss aus dem *Tic Toc* hatte Joshua von ihm, auf dem zu der Tischrunde auch Al Weill, Frankie Carbo, der junge Johnny Greco und ein paar Showgirls gehörten.

Außerdem besaß Joshua ein Album mit Zeitungsausschnitten, die bis in die sogenannte Amateurzeit seines Vaters zurückdatierten. So genannt, weil der Vater, als er noch nicht älter als siebzehn war, unter falschem Namen bereits als Profi für zwanzig Dollar pro Kampf in Bergbausiedlungen des nördlichen Ontario wie etwa Peoria und Albany auftrat. Sein erster wichtiger Amateurkampf, ein Titelfight, fand im Athletic Club von Griffintown statt. »Diesmal wird sich die Jubeltruppe von Emerald Isle für das kleinere von ›zwei Übeln‹ entscheiden müssen, wenn Ruby Shapiro und Solly ›The Ghetto Kid‹ Bergman, zwei Hebes, sich um den kanadischen Titel im Amateur-Federgewichtschlagen …« Dann kämpfte er in Toronto gegen Mick Sullivan um den kanadischen Titel im Amateur-Leichtgewicht. »Der Traum eines jeden Promoters ist wohl ein auf echter Feindschaft beruhender Kampf zwischen einem Sohn Moses' und einem Sohn Aarons! Das Musterbeispiel eines solchen Kampfes brachte gestern Abend Pete ›Side-Door‹ O'Hara auf die Matte der Arena Gardens: den Kampf zwischen Mick Sullivan und Ruby Shapiro, beide in Vorbereitung auf den Profistatus. Ein Blick auf Shapiros *ponim*, und man wusste, wer von den beiden der Hebe war! Jedenfalls waren 4952 begeisterte Fans gekommen, von denen 4620 schon an der Kasse ihre Stimme abgaben ... Es war vom ersten Gong an ein hitziger Kampf. Shapiro schickte stehenden Fußes einen heftigen Schwinger an die Adresse des Kelten, sodass Sullivan beinahe nach seiner Mama geschrien hätte. Doch als er nachstieß, um ihn endgültig kaltzumachen, konterte der Kelte mit einem linken Haken, der den kleinen Judenbengel in einen Schlaraffenlandtraum von Mutters Hühnersuppe schickte ...«

Der Vater zog ein weiteres Lesezeichen aus der Bibel und erzählte Joshua, wie Abraham Jehova beinahe seinen Sohn Isaak geopfert hätte, was Jehova anscheinend enorm freute. »Zitat: Weil du das getan und deinen Sohn, deinen einzigen, mir nicht vorenthalten hast, darum will ich dich segnen und dein Geschlecht so zahlreich machen wie die Sterne des Himmels und wie den Sand am Gestade des Meeres, bla, bla, bla, Zitat Ende. Also, nun haben wir diesen altehrwürdigen Bund mit Gott, und der geht immer weiter. Das und das sind die Bedingungen, und die sind ziemlich hart, kann ich dir sagen. Aber – und nicht *ein* Wort davon zu deinem Onkel Harvey, verstanden? –, aber wenn ich heutzutage auf der punktierten Linie unterschreiben müsste, ich weiß nicht, ob ich das auch tun würde. Gott hört eben nie auf zu sticheln, zu testen, und sein Zorn wird immer heftiger. 'n richtiger Angeber ist das. Damals in Ägypten, zum Beispiel, als wir in Sklavenbanden lagen, da hätte er die Hebes auch schon mit einer einzigen Plage befreien können; aber nein, nach jeder Plage musste er wieder das Herz des Pharaos verhärten, nur damit er seinen ganzen Sack voll Tricks ausspielen konnte. Und später, als wir dann frei waren, hat er kein einziges Mal mit Moses geredet, ohne ihn daran zu erinnern –«, hier suchte der Vater das nächste Lesezeichen heraus, »– Zitat: Ich bin der Herr, dein Gott, der ich dich aus dem Lande Ägypten, aus dem Sklavenhause, herausgeführt habe, Zitat Ende. Also, wenn du im Leben mal schwere Zeiten durchmachen musst und du musst dir Geld leihen, dann leih dir niemals was von so einem wie dem, denn die machen dich rein verrückt, weil sie dir jeden Tag unter die Nase reiben, was sie alles für dich getan haben. Nein, nein, für solche Typen hab ich noch nie etwas übriggehabt!«

Der Vater mochte auch Esau lieber als Jakob.

»Esau war ein prachtvoller Bursche, ein Jäger, der seinem Dad Wildbret zum Essen brachte. Aber der Jakob, sein Bruder, das war so 'n verschlagener kleiner Gauner, ein Muttersöhnchen, ein eifersüchtiges. Eines Tages jedenfalls kommt Esau, ganz schwach vor Hunger, von der Jagd nach Hause und bittet seinen Bruder um was zu essen. Und Jakob, ein echtes Outremont-Früchtchen und immer auf der Suche nach Möglichkeiten, wie er weiterkommen kann, Jakob also sagt, wenn du was essen willst, verkauf mir dein Erstgeburtsrecht. Und der arme Esau, der schon fast umkommt vor Hunger, verkauft ihm tatsächlich sein Erstgeburtsrecht gegen ein bisschen Brot und Suppe. Und später macht Jakob, dieser hinterhältige Mistfink, mithilfe seiner Mutter, diesem Biest, etwas noch viel Schlimmeres. Als der Alte stirbt, ist ihm Esau, so ein dicht behaarter Kerl, immer noch lieber als unser schöner Mr. Milch-und-Honig. Da geht Jakob hin zu ihm – der Alte ist blind – und legt ihn rein, tut einfach so, als wäre er Esau, damit er ihm seinen Segen gibt. Aber verdammt noch mal, *Jakob* ist einer von unseren heiligen Vätern, nicht Esau, und der wird wieder von diesem Laban reingelegt, so einem richtigen Ausgefuchsten, als er bei dem eine Frau für sich sucht. Damals durfte ein Hebe übrigens mehr als eine Frau haben, und auch Konkubinen, das sind so Huren, und wenn eine Frau ihm keine Kinder schenken konnte, boten sie ihm die Dienstmagd zum Bumsen an, ganz einfach so.«

»Und haben die sich auch vorher und nachher gewaschen?« erkundigte sich Joshua.

»Jetzt hör aber auf! Wir haben es hier mit ernsthaften Dingen zu tun. Weil dies die Zeit der Besinnung ist.« Er öffnete noch eine Flasche Labatt's. »Ich glaube, wir lassen die Fenster bis morgen.«

»Gehen wir morgen denn nicht in die Synagoge?«

»Ach ja, stimmt. Na, dann eben übermorgen.«

»Klar.«

»Diese Ausgabe von dem Buch hier, weißt du, die enthält auch das Neue Testament, den Kerl am Kreuz, und ich muss sagen, der war von Natur aus sanfter als die meisten anderen von den alten Propheten. Aber um Gottes willen kein Wort davon zu Onkel Harvey.«

Am nächsten Morgen weckte Reuben Joshua schon sehr früh; sie stiegen beide in ihre besten Anzüge und wienerten ihre Schuhe, bis sie glänzten. Dann machten sie sich auf den Weg zur B'nai-Jacob-Synagoge in der Fairmount Street. Je näher sie kamen, desto langsamer wurde der Vater, desto mehr wuchs seine Unruhe.

»Halt mal. Wenn wir da reingehen, dann geben sie dir so eine Art Schal zum Umlegen, einen *tallis.* Pass genau auf, was ich damit mache. Ich zeige dir, wie man ihn umlegt.«

»Aber das weiß ich doch. Von meiner Bar-Mizwa.«

Bei der Erwähnung seiner Bar-Mizwa, inzwischen eher Legende als Skandal, wurde der Vater blass. »Wenn dich da drin irgendjemand danach fragt, streitest du ab, dass es jemals passiert ist. Deine Mutter hat so was nie gemacht. Okay?«

»Okay.«

»Ach ja, und hör zu: Bei bestimmten Gebeten steht man auf, bei anderen bleibt man sitzen. Wenn ich dich einmal mit dem Ellbogen anstoße, stehst du auf, bei zweimal setzt du dich hin. Verstanden?«

»Ja.«

Draußen vor der Synagoge standen im Sonnenschein viele Gläubige beisammen. Rauchten, tratschten.

»Ist denn drinnen kein Platz mehr?« erkundigte sich Joshua hoffnungsvoll.

Der Vater fingerte am Rand seines Adam-Hutes herum.

»Ich will dir was sagen. Wir gehen jetzt auf die andere Straßenseite und laufen drüben ein paarmal auf und ab – um uns auf die Atmosphäre einzustimmen.«

Sie überquerten die Straße.

»Da ist Dr. Orbach«, sagte Joshua.

»Wo?«

Joshua deutete auf eine Gruppe Männer in Gebetsmänteln, die auf den Stufen der Synagoge standen. Dr. Orbach hatte den rechten Arm in der Schlinge. »Da drüben«, sagte er.

»Ich sag dir was.« Der Vater beschleunigte den Schritt. »Ich werde dich heute noch mal verschonen.«

»Ach ja?«

»Aber verdammt! Deine Mutter erwartet uns erst um ein Uhr zu Hause.«

Jetzt war es zehn.

»Hast du ›Union Pacific‹ schon gesehen?« fragte der Vater.

»Nein.«

»Läuft jetzt im Palace. Ich lade dich ein.«

»Jetzt, während der Zeit der Besinnung?«

»Ja. Genau.«

6 Am nächsten Nachmittag startete das Wasserflugzeug, kreiste immer wieder über dem See, verschwand in der Sonne, schien auf und davon zu sein. Um dann zu Joshuas Überraschung mit lautem Gedröhn hinter ihm wiederaufzutauchen und mit wackelnden Flügeln auf das Hornby-Haus hinabzustoßen, bevor es sich auf dem See niederließ und statt auf den Country Club auf den Anlegesteg der Trimbles zuhielt. Joshua sah vom Fenster des Arbeitszimmers aus zu, obwohl er mit den Gedanken woanders war.

Nämlich bei Murdoch.

Vor ihm auf dem Schreibtisch lag Murdochs siebter Roman, ein Buch mit bitterem Inhalt und elegantem Schutzumschlag. Es war ein mechanisch geschriebenes Buch, seicht, mit der noch nicht vergessenen Kunstfertigkeit eines guten Schriftstellers formuliert. Joshua wäre gern schwimmen gegangen. Unten sah er Pauline und die Kinder im Wasser herumtoben. Stattdessen spannte er einen Bogen Papier in die Schreibmaschine, holte sich eine Dose Bras d'Or aus dem eigenen kleinen Kühlschrank (ein Weihnachtsgeschenk von Pauline) und setzte sich hin, um an Murdoch zu schreiben – mit dem festen Entschluss, ihn zu belügen.

Bevor er den längst fälligen Brief begann, rief er sich Murdoch vor Augen, stellte sich vor, wie er die Treppe zur Tür seiner Wohnung in der Lonsdale Road hinabwankte. Schnaufte, Schleim aushustete, während an seinen bläulichen Lippen eine Gauloise klebte, sein dicker behaarter Bauch hüpfte und er einen fahren ließ, als er sich bückte, um mit der übrigen Morgenpost auch Joshuas Brief aufzuheben. Keuchend wieder die Treppe emporklomm, es sich an dem langen Esszimmertisch bequem machte, das Geschirr vom Abend zuvor beiseiteschob, den Teekessel mit dem dick angekohlten Boden vom Gasofen holte, um sich eine Tasse Instant aufzugießen, in die er statt Zucker Courvoisier rührte, und sie mit ein paar After Eights oder einem Stück Abführschokolade, was gerade zur Hand war, hinunterzuspülen. Wie er versuchte, sich an den Namen des Mädchens zu erinnern, das zweifellos in seinem Bett lag, und überlegte, ob er ihr noch einmal klarmachen musste, dass der Murdoch-Vertrag auf gar keinen Fall ein gemeinsames Frühstück beinhaltete. Verschwinde, Schätzchen.

»Eine von denen«, berichtete er Joshua einmal empört, »hat mich doch tatsächlich angesteckt. Und ausgerechnet ein Rodean-Girl. Ich sage dir, es gibt heutzutage kein Niveau mehr. Meine Tochter Jessica, sie ist jetzt siebzehn, hat neulich vormittags doch tatsächlich einen von diesen grässlichen Fulbrights mitgebracht. Einen New Yorker Juden. Einfach deprimierend ernst. Er sei, *na ja, Sie wissen schon, Mann, so eine Art Schriftsteller*, sagte er, und ich bot ihm also einen Drink an, und er sagte, nein danke, der Rotzjunge, aber Kaffee und Schokoladenkuchen würde er gern nehmen. Jeans trug er. Hosen mit Schlag. Plateausohlen. Ach Joshua, von was für Leuten stammst du nur ab?«

Als Joshua das letzte Mal in London gewesen war und die renovierte Wohnung sah, die von Murdochs allzu flüchtigem Wohlstand sprach, war sie mit schwarzen Ledermöbeln auf niedrigen Chromrohrgestellen von Heal eingerichtet. Über dem Kamin, der ihm als Abfalleimer für leere Smarties-Schachteln diente, für Champagnerkorken, Hühnerknochen und Kleenexknäueln, in die er hineinonaniert hatte, hing eine Hockney-Zeichnung, ein Geschenk von Angela. An den Wänden statt der gewohnten alten Holzbretter und Ziegelsteine eingebaute Bücherregale. Ein lang gestreckter Rauchtisch aus Glas, an dessen viel zu vielen vorstehenden Ecken und Kanten man sich nur schmerzhafte Knieverletzungen holte, kam aus der Casa Pupo. Und von Sansui gab es eine Hi-Fi-Anlage, deren Knöpfe ihm, bis auf den Lautstärkeregler, allesamt ein Rätsel waren. Auf jeder erreichbaren Fläche standen und lagen Zeitungsausschnitte aus Durrant's, Exemplare von *Beano* und *Dandy*, Korrekturfahnen und Trinkbecher herum. Der eine Becher enthielt abgestandenen Kaffee, während in einem anderen nassschlaffe Gauloise-Stummel schwammen. Denn in ganz NW 1 gab es nicht eine Putzfrau mehr, die zu bewegen gewesen wäre, in Murdochs Wohnung sauber zu machen.

Vor seinem inneren Auge sah Joshua Murdoch, wie er sich geistesabwesend zwischen den Beinen kratzte, die Morgenzeitungen aufschlug – *Times, Guardian* und *Daily Mail* – und in den Klatschspalten gierig nach einer kleinen Verbeugung suchte. Wie er sich über die Post hermachte, alle Kuverts in Scheckgröße herausschüttelte und anschließend nach imposanten Einladungen zur Präsentation auf dem Kaminsims fahndete, Rechnungen, Fanpost und Einkommensteuermahnungen energisch beiseiteschob, um schließlich auf Joshuas dicken Brief zu stoßen. Hocherfreut, wie Joshua hoffte.

Für eine Kurzbiografie im *Guardian* wurde Murdoch einmal gefragt: »Sind Sie verheiratet?«

»Manchmal«, lautete seine Antwort.

Es gab in Murdochs Wohnung ein Gästezimmer für seine Sprösslinge aus den verschiedenen Ehen, sollte es tatsächlich einer von ihnen wagen, zu ihm zu Besuch zu kommen.

»Letzte Woche hat Ralph mich besucht. Der kleine Rotzbengel ist jetzt in St. Paul's. Weißt du, was mich das kostet? Ach, lass nur. Er wollte wahrhaftig einen Rat von mir. Ein Gespräch zwischen Vater und Sohn. Großer Gott, ich bin doch selbst noch ein Kind. Ich lutsche am liebsten an den Titten von einem Mädchen rum und lass mir vor dem Einschlafen von ihr ›Pu der Bär‹ vorlesen. Erteilst du deinen Kindern Ratschläge? Doch, ich glaube schon, dass du das tust. Die Jahre haben aus dir einen Klugscheißer gemacht, mein Lieber. Nun ja, ich glaube, es gibt keinen Ersatz für den Verlust des Talents. Bei uns beiden hat der Alkohol die Gehirnsubstanz zerstört, und die Jugend kennt keine Gnade.«

Na schön, dachte Joshua, gab den Versuch zum Briefschreiben auf und lief barfuß den Hang zu seiner im Wasser spielenden Familie hinab.

»He, sieh mal!« quietschte Susy. »Da kommt Daddy!«

Alle winkten oder lächelten ihm zu. Sogar Alex. Sie freuten sich, dass er kam. Ich, Joshua Shapiro. Meine Familie. Wer wäre jemals auf so einen Gedanken gekommen, dachte er mit freudig pochendem Herzen, während er sich nass spritzen, ins Wasser ziehen und untertauchen ließ.

In dieser Nacht jedoch, als Joshua sich im Bett umdrehte, sah er, dass Pauline am Schlafzimmerfenster stand und das im Mondlicht daliegende Wasserflugzeug betrachtete. »Warum verschwindet er nicht?« fragte sie flehend. »Warum fliegt er nicht wieder weg?«

»Vielleicht hast du Janes Charme unterschätzt.«

»Es ist nicht Jane, die ihn hier festhält. Darauf kannst du dich verlassen.«

»Was dann?«

»Geld.«

Das Wasserflugzeug flog weder am nächsten Morgen noch am übernächsten weiter, und Kevin kam nicht zu ihnen ins Haus. Dann läutete am späten Nachmittag das Telefon. »Das ist bestimmt Lady Jane«, prophezeite Pauline.

Joshua griff nach dem Hörer, nickte Pauline bestätigend zu, um ihr zu zeigen, dass sie recht gehabt hatte, und sagte, während er die Sprechmuschel zuhielt: »Dinner. Heute Abend.«

»Verdammt!« schimpfte Pauline.

Jawohl, dachte Joshua, verdammt noch mal! Ihm war ein Erlebnis eingefallen, von dem er Pauline nie etwas erzählt hatte, ein Erlebnis vor etwa fünf Jahren, im Winter nach ihrem ersten Sommer am See. Es war drei Wochen vor Weihnachten gewesen, Pauline und die Kinder waren in Ottawa zu Besuch beim Senator, und er war allein, hockte am Abend zumeist im King's Arms und trank und blieb nur zu Hause, wenn es im Fernsehen ein Eishockeyspiel gab.

Dann, eines schneidend kalten, windgefegten Vormittags, musste Joshua, nachdem er seine Kolumne beendet hatte, ganz schnell in die St. James Street hinunter, um den Text nach Toronto durchzukabeln. Da sein ramponierter alter Toyota nicht anspringen wollte, weil die Batterie wieder mal leer war, musste er ein Taxi nehmen. Die Taxifahrer von Montreal zogen es jedoch vor, sich in die nächste Kneipe zurückzuziehen, wenn feiner Pulverschnee über die vereisten Straßen geweht wurde. Der Anschluss Westmount Taxi war besetzt; man hatte anscheinend den Hörer danebengelegt. Bei Diamond meldete sich zwar jemand, das hochnäsige junge Mädchen am anderen Ende konnte ihm aber frühestens in einer halben Stunde einen Wagen zusagen. Joshua bot dem ersten Taxi, das innerhalb der nächsten zehn Minuten vorfuhr, einen Fünfer über den Fahrpreis hinaus. Knapp fünf Minuten darauf kam ein Taxi die Straße entlanggeschlittert und bremste weich in einer Schneewehe vor der Haustür. »He«, rief der Fahrer, »sind Sie nicht Joshua Shapiro?«

Als sie mit auf dem Eis und dem Streusalz durchdrehenden

Rädern anfuhren, musterte der Fahrer Joshua neugierig im Rückspiegel. »Mein Vater, wissen Sie, der sieht immer fern, und der sagt, Sie würden die Leute immer nur so mit Dreck beschmeißen.«

Im Taxi stank es nach Joy. Irgendjemand hatte eine große Rindsledertasche von Hermès auf dem Rücksitz liegen lassen. Joshua öffnete den Reißverschluss: eine Tube Vaginalgel. Ein Massagestab im weißen Gummietui. Ein winziger Flakon Vaginalspray. Anscheinend hatte sich die Dame, bevor sie zu ihrem Rendezvous eilte, da unten eingesprüht. Sein Vater hätte das sicher gebilligt.

»Wo haben Sie Ihren letzten Fahrgast abgesetzt?«

»Am Ritz.«

»Die Dame muss das hier vergessen haben.« Joshua hielt die Tasche empor. »Und ich habe das bestimmte Gefühl, dass sie Ihnen überaus dankbar wäre, wenn Sie es ihr möglichst schnell hinbringen.«

Nachdem er die Kolumne abgeliefert hatte, ging Joshua auf einen Drink ins King's Arms und anschließend auch noch ins Ritz, weil er sich sagte, dass eine halbe Flasche Chablis und ein Champignon-Omelette keine Völlerei, sondern sein wohlverdienter Lohn seien. In Anbetracht des unfreundlichen Wetters war er kaum überrascht, dass er die Maritime Bar nahezu leer vorfand. Nur zwei Tische waren besetzt. Und an der Bar saß eine sehr elegant gekleidete Dame, mit langen Beinen, das schwarze Haar von einer Spur Grau durchzogen. Auf dem Barhocker links von ihr ruhte eine große Rindsledertasche. Den Hocker zu ihrer Rechten hatte ein hochgewachsener Mann mit schütterem, sandfarbenem Haar und gerötetem Specknacken inne. Er redete flehend auf sie ein, während sie hochmütig den Kopf schüttelte und die Olive in ihrem Martini kreisen ließ. Nun flüsterte er ihr etwas zu und ergriff ihre Hand auf der Bartheke, die sie ihm jedoch sofort wieder entzog. Mit hochrotem Kopf rutschte er zögernd von seinem Hocker. Während sie sich zu ihm umdrehte und in stahlhartem Ton sagte: »Jawohl. Hier und jetzt. Also los!«

»Ich kann nicht.«

»Los!«

Die Gäste an den anderen beiden Tischen waren in ihr Gespräch vertieft, und Joshua gab vor, intensiv mit seiner *Gazette* beschäftigt zu sein. Der Mann, offensichtlich eingeschüchtert, versetzte dem Zigarettenpäckchen, das auf der Bartheke lag, einen beabsichtigten Stoß, sodass es zu Boden fiel und er sich bücken konnte, um es aufzuheben. Dabei ergriff er mit blutrotem Gesicht und zitternder Hand ihren pendelnden Fuß beim Knöchel und streifte die Schuhspitze mit den Lippen. Woraufhin sie ihm ihren Martini über den sandfarbenen Schädel kippte.

Während der Mann sich mit entsetztem Blick das Gesicht mit dem Taschentuch abtupfte und schnell zur Bar hinausfloh, hatte sie dem Raum schon wieder den Rücken gekehrt. Es war alles so schnell gegangen, dass Joshua unmittelbar darauf schon nicht mehr recht wusste, ob es tatsächlich geschehen war. In diesem Moment jedoch drehte sich Jane auf dem Barhocker zu ihm um und begrüßte ihn freundlich: »Ja, hallo!«

»Hallo«, grüßte Joshua zurück.

»Ich bin Jane Trimble, erinnern Sie sich?«

»Selbstverständlich erinnere ich mich.« Er sprang auf. »Äh, würden Sie mir auf einen Drink Gesellschaft leisten?«

»Und was würde Pauline wohl dazu sagen?« Ihr Blick war spöttisch-herausfordernd.

»Ich rufe sie an«, sagte er rasch. »Vielleicht kommt sie auch rüber.«

»Aber ist sie denn nicht in Ottawa?«

»Doch«, gab Joshua mit erstickter Stimme zu. »Das stimmt.«

»Ehrlich, ich würde mich gern zu Ihnen setzen, aber ich bin nur ganz schnell aus der Kälte auf einen kurzen Drink reingekommen. Ich bin hier mit Prissie Hooper verabredet. Wir wollten zu Holt's.« Sie hielt inne. »Ich glaube kaum, dass es sehr günstig wäre, wenn sie uns hier zusammen sähe.«

Warum zum Teufel eigentlich nicht, dachte er.

»Ich werde zu ihr hinaufgehen«, erklärte sie und schob sich graziös das Haar zurecht. »Ach ja, und einen schönen Feiertag noch.«

Feiertag?

»Ist diese Woche denn nicht Chanukka?«

Sie sprach es aus wie den »Chinook«, den Westwind, nur mit einem »a« am Ende.

»Doch, ich glaube schon.«

»Also dann«, sagte sie, nahm ihre Rindsledertasche und verschwand, ließ ihn mit einem gewissen Rühren in den Lenden zurück, hin und her gerissen zwischen Wut und Bewunderung und mit der Frage beschäftigt, wie sie es nur geschafft hatte, die Wahrheit so zu verdrehen, dass es aussah, als hätte er versucht, sie aufzureißen, und sie hätte ihn eiskalt abblitzen lassen.

Dunkle Wolken trieben über den See und verhüllten die Bergspitzen, als sie sich mit dem Boot auf den Weg zu den Trimbles machten, wo sie gerade anlegten, als ein schwerer Regenvorhang über das Wasser zu peitschen begann, der sie noch auf dem Rasen einholte. »Und jetzt sprich mir nach«, verlangte Joshua. »Jane Trimble ist ein ausgemachtes Biest, aber es wird ihr nicht gelingen, mich zu provozieren.«

»Natürlich nicht.« Aber Pauline kochte schon.

Das Erste, was Joshua auffiel, als er und die ebenfalls völlig durchnässte Pauline durch die Terrassentür ins Wohnzimmer platzten, war, dass Kevin – in blauem Blazer mit dem Wappen des Royal Bermuda Yacht Club, weißer Leinenhose und Sandalen – es sich mit dreister Selbstverständlichkeit in Jack Trimbles Lieblingssessel bequem gemacht hatte.

My name is George Nathaniel Curzon,
I am a most superior person,
My face is pink, my hair is sleek,
I dine at Blenheim twice a week.

Joshua lächelte Trimble mitfühlend zu, aber sein Gastgeber, mit geröteten Wangen und strahlendem Blick, reagierte nicht darauf. Irgendetwas war geschehen. Die Atmosphäre knisterte. Trimble, dessen fürchterliche karierte Bermudashorts einen Äquator in seinen Tonnenbauch schnitten und knapp über den wabbligen Knien endeten, schien bester Laune zu sein, und das war ungewöhnlich in jenem Sommer, einer Saison, die Joshua immer als diejenige in Erinnerung blieb, in der er, unglaublich blind, sämtliche Signale missachtet hatte, die möglicherweise ihre Rettung gewesen wären.

Die Saison hatte völlig normal damit begonnen, dass Trimble lange vor allen anderen in den noch zähneklappernd kalten See sprang. Verglichen mit dem Wasser in Blackpool, wohin er, wie er behauptete, am Bank Holiday immer mit seinem Vater gefahren war, sei »dies«, wie er es gern formulierte, »ein wahres Dampfbad«. Er bewirtete, wie üblich, die alte Clique auf seiner Sonnenterrasse, war aber irgendwie abgelenkt und vergaß sogar, sein obligates Lächeln aufzusetzen. Sobald ihre körperlichen Bedürfnisse gestillt waren, zog er sich entweder ins Haus zurück und überließ es ihnen, sich zu amüsieren, oder er blieb und trank weit mehr, als sie es an ihm gewohnt waren. Und zwar nicht Guinness, sondern Canadian Club mit Eis und Gingerale, eine koloniale Mischung, die er sonst zu verabscheuen vorgab. Und Trimble, schon nüchtern kein besonders liebenswürdiger Mensch, erwies sich betrunken als noch unzugänglicher. Er starrte die Leute verständnislos an. Oder verblüffte die Herren mit zotigen Bemerkungen über die anwesenden Damen.

Joshua und Pauline, die sich zuweilen um Mitternacht noch in ihr Boot setzten und Scotch tranken, während sie über das stille, schweigende Wasser dahintrieben – bevorstehende Schulgebühren gegen freiberufliche Einkünfte aufrechneten, die er nie richtig vorauszusagen wusste, über den gegenwärtigen Aufenthaltsort seiner wanderfreudigen Mutter spekulierten, Susys Probleme mit Teddy diskutierten und sich fragten, was sie mit Alex machen sollten –, Joshua und Pauline fiel aber noch etwas anderes auf. Dass in Trimbles Arbeitszimmer nämlich recht oft bis zwei Uhr morgens Licht brannte. Und da um diese Nachtzeit der Schall sehr weit über das Wasser trug, hörten sie ihn bisweilen ins Telefon schreien. Und nun erst erinnerten sie sich daran, dass er in diesem Sommer ständig nach Zürich oder London zu fliegen und außerdem einen Großteil seiner Zeit in New Yorker Konferenzzimmern zuzubringen schien. Sie waren zwar nicht die Einzigen, die diese Feststellungen machten, doch da es am ganzen See keine Menschenseele gab, der etwas an Jack Trimble lag, erkundigte sich auch niemand bei ihm, was eigentlich mit ihm los sei, ob man ihm vielleicht helfen könne. Genau wie Joshua und Pauline zuckten sie lediglich die Achseln und fuhren fort, sich um wichtigere Dinge zu kümmern. Bootshäuser zu reparieren. Birkenstämme mit Ringen zu bemalen. Holz für den Winter zu hacken und es zu stapeln.

Heute Abend jedoch wirkte Trimble, wie Joshua bemerkte, unzweifelhaft jovial, und Jane, unauffällig gekleidet, war ungewohnt liebevoll zu ihm, streichelte ihm den faltigen Nacken oder berührte sacht seine Knie. Kevin, ebenfalls in prächtiger Laune, versuchte Joshua mit Anekdoten über die Zeit zu gewinnen, als er versucht hatte, eine Karte für die Tournee des *Professional Golfer's Association* zu ergattern, Storys, mit denen er sich selbst in ein immer negativeres Licht stellte. Außerdem gab er zu verstehen, dass irgendjemand einmal eine Kurzgeschichtensammlung von Isaac Babel auf seinem Boot in den Bermudas liegen gelassen hatte und er von jener Zeit an süchtig danach sei.

»Jeden Winter«, lamentierte Trimble, »sage ich zu Jane, in diesem Jahr fahren wir auf die Bermudas, sie war immer so gerne dort, aber dann habe ich eben doch wieder mal keine Zeit. Nicht wahr, Mutter?«

Abermals musste Joshua Janes Selbstbeherrschung bewundern. Sie gab Suppe auf die Teller und unterbrach sich dabei keinen Moment.

»Hmmm. Fantastisch!« seufzte Kevin.

Joshua probierte einen Löffel und wurde blass. Heilige Scheiße, das war ja eine Abwandlung von Paulines höchsteigener Fischsuppe, ein köstliches Rezept, das sie persönlich im Laufe jahrelanger Versuche und Fehlschläge entwickelt hatte! Sie hätte Jane dieses Rezept auf gar keinen Fall gegeben.

»Würde es dir sehr viel ausmachen, mir die Pfeffermühle zu holen?« flötete Pauline.

Trimble sprang auf, brachte ihr die Pfeffermühle, und sobald Pauline ihre Suppe praktisch mit Pfeffer braun gefärbt hatte, reichte sie sie mit warnendem Lächeln an Joshua weiter: »Liebling?«

Joshua nahm die Pfeffermühle, mahlte drauflos und dachte bei sich: Ich gebe die Frauen auf. Ich werde Mönch.

Plötzlich stand, mit gesenktem Blick und unsicherer Miene, Charlie an der Esszimmertür. »V-v-verzeihung, wenn ich s-s-störe, aber w-w-wir treffen uns heute Abend alle im P-p-pub in Knowlton.«

Ohne aufzublicken, erwiderte Jane: »Ihr trefft euch jeden Abend im Pub in Knowlton. Wir haben Gäste, Charlie.«

»K-k-kann ich den Volvo nehmen?«

Jane nickte flüchtig.

»Moment mal, mein Sohn«, mischte Trimble sich ein; er fingerte in seiner Tasche herum und zog einen Zwanzigdollarschein heraus. Verdutzt griff Charlie nach dem Schein und wollte entfliehen.

»Gute Nacht, alle zusammen«, ermahnte ihn Jane.

»G-g-gute Nacht«, stammelte er und eilte hinaus.

»Du verwöhnst ihn«, tadelte Jane.

»Was meinst du dazu, Pauline?« erkundigte sich Jack. »Warte nur, Kevin, bis du *ihre* Kinder kennenlernst.«

»Falls er mal Zeit hat«, warf Pauline ein.

»Das sind die intelligentesten, besterzogenen Kinder vom ganzen See. Ehrlich. Also wie ist es, Pauline – findest du auch, dass ich Charlie verwöhne?«

»Ich finde, dass mich das nichts angeht.«

»Gesprochen wie eine echte Dame. Meinst du nicht auch, Liebling?«

Jane begann die Suppenteller zusammenzustellen.

»Ich habe dich was gefragt.«

»Ja. Natürlich. Wie eine echte Dame.«

Der Suppe folgten Brome-Lake-Enten, die unter der Gabel kaum nachgaben. Pauline wartete, bis die anderen ebenfalls mit dem Fleisch kämpften, und sagte dann: »Also, das hier ist wirklich gut! Gewöhnlich neigen die Leute dazu, eine Ente zu lange zu braten. Aber das ist völlig falsch.«

Trotzdem ließ sie die Hälfte ihrer Portion auf dem Teller zurück, und Joshua folgte ihrem Beispiel.

»Joshua«, ermahnte ihn Jane, »du isst ja kaum was.«

»Niemand isst«, stellte Trimble giftig fest.

Jane beugte sich zu Joshua, damit er ihr Feuer für ihre Zigarette geben konnte, und hielt seine Hand länger fest, als es unbedingt notwendig war.

»Alle finden die Ente zu zäh, sind aber zu wohlerzogen, es auszusprechen.«

Kevin kam ihr zu Hilfe, begann anbiedernd lustig von seiner Begegnung mit Joshua auf dem Tennisplatz zu erzählen und fragte, wenn es nicht allzu aufdringlich wäre, ob er nicht vielleicht an ein oder zwei Unterrichtsstunden interessiert sei, solange er sich noch hier am See aufhalte.

Bevor Joshua antworten konnte, erklärte Trimble: »Und mir könntest du bessere Tischmanieren beibringen.«

»Liebling, bitte!«

Pauline wandte sich an Kevin. »Und mir könntest du jetzt mal erzählen, was du noch immer hier zu suchen hast, nachdem du doch nur über Nacht bleiben wolltest.«

»Warum wird Trout von uns allen so sehr geliebt?« fragte Kevin rhetorisch. »Weil sie immer so offen und freimütig ist. Wie unser Vater.« Sein Blick war forschend.

»Ich habe ihm nicht gesagt, dass du wieder da bist.«

»Aha, jetzt verstehe ich, warum er nicht sofort von Ottawa hergeeilt ist, um mich in die Arme zu schließen.«

»Würdest du mir bitte sagen, was aus deinem großen Geschäft mit den Argos-Leuten in Georgian Bay geworden ist?«

Ein Grübchen erschien in seinem Kinn, als er antwortete: »Andere, vorteilhaftere Angebote haben mich bewogen, diese Angelegenheit vorderhand zurückzustellen.«

»Und zwar mit Recht«, warf Trimble augenzwinkernd ein.

»Was für Angebote?«

»Liebling, bitte!« wiederholte Jane und deutete an, die Weingläser müssten nachgefüllt werden.

Doch diesmal sprang Trimble nicht auf. »Weißt du, Joshua«, sagte er mit belegter Stimme, »zwischen uns und denen gibt es einen großen Unterschied. Denen macht es nämlich nichts aus, dem Oberkellner in einem feinen Restaurant, der viel älter ist als sie, ein Trinkgeld zu geben. Der Wein steht hinter dir auf dem Sideboard. Die Flasche ist offen. Er *atmet,* wie du immer sagst.«

Mit verkniffenem Lächeln füllte Jane die Weingläser, und ehe Joshua wusste, wie ihm geschah, regte sich Trimble furchtbar auf und begann Richard Nixon zu verteidigen, dessen Name am Tisch überhaupt nicht gefallen war.

»Das arme Schwein hat nur dasselbe getan wie Kennedy und Roosevelt vor ihm auch, aber er war eben kein Patrizier, ihm fehlte der feine Stil. Roosevelt konnte es sich leisten, den Supreme Court mit eigenen Leuten zu durchsetzen. Na und? Kennedys Vater war Alkoholschmuggler. Sein Bruder Bobby hat für McCarthy gearbeitet. Was soll's? Kennedy selbst hat sich im Weißen Haus mit Schauspielerinnen und ganz ordinären Flittchen verlustiert. Wie *risqué!* Was für ein Teufelsbraten! Aber wenn Tricky Dick einer Dame auch nur in den Ausschnitt geschielt hätte, ihr hättet alle zusammen gestöhnt: ›Wie primitiv!‹ ›Nein, dieser widerliche kleine Mann!‹ Ihr habt Nixon nicht für das gehasst, was er vertrat, sondern für seine Herkunft. Er kam aus dem Nichts und hat für alles, was er besitzt, schuften und knausern müssen. Unverzeihlich! Erinnert ihr euch an Alger Hiss? Ein wahrer Gentleman! Die richtigen Schulen. Die richtige Einstellung. Wie kann diese miese Ratte es wagen, ihn als verlogenes Kommunistenschwein zu bezeichnen! Aber die miese Ratte sagte die Wahrheit, und der Gentleman log, dass sich die Balken bogen, und das habt ihr Nixon niemals vergessen. Schließlich pflegte Dick ja auch nicht Pablo Casals zum Musizieren ins Weiße Haus einzuladen. Nein, der holte sich lieber Bob Hope. Wie furchtbar spießig! Was für ein primitiver Geschmack! Und dann waren da noch die Tonbänder. Skandalös! Man hatte Nixon doch tatsächlich dabei erwischt, dass er sagte: ›Die italienische Lira kümmert mich einen Scheißdreck.‹ O du liebe Zeit, waren wir da entsetzt! Doch hätte Kennedy so etwas gesagt – wie ungeheuer komisch, wie clever! Der gute, alte Jack«, schloss er keuchend, mit weit aufgerissenen Augen, zutiefst erschrocken über die dröhnende Stille rings um den Tisch. Trimble wurde kalkweiß. »Entschuldigt mich«, stammelte er und entfloh.

Jane fragte Pauline, ob sie einen guten Tischler kenne.

»Nein«, antwortete Pauline mit kleiner Stimme.

Das Gespräch wandte sich nun dem Beschneiden von Bäumen und den Schwierigkeiten auf der Suche nach anständigem Hauspersonal zu. Schließlich verkündete Jane: »Den Nachtisch nehmen wir im Sonnenzimmer.«

Trimble war bereits dort und erwartete sie; er lächelte. »Tut mir leid. Ich muss mich entschuldigen, Pauline. Ich weiß gar nicht, was in mich gefahren ist.«

Eine strahlende Mrs. Jack Trimble aus Westmount und Georgeville verteilte aus einer riesigen Kristallschale Himbeeren. Trimble kämpfte mit dem Korken einer Champagnerflasche. Dom Pérignon.

»Gib her«, sagte Kevin.

»Wird hier vielleicht etwas gefeiert?« fragte Pauline.

»Kevin tritt in meine Firma ein.«

»*Was* tut er?«

»Ja, freust du dich denn gar nicht darüber?« Trimble war fassungslos.

»Komm, komm, Liebling. Du bist jetzt ein großer Junge. Du brauchst nicht für alles, was du tust, Paulines Segen.«

»Aber ich war fest überzeugt«, er sah Jane mit einer Andeutung von Vorwurf an, »du würdest dich furchtbar darüber freuen.«

»Aber natürlich freue ich mich. Prost.« Pauline hob das Glas.

»Er wird einen Investmentfonds für mich leiten …«

»Trout traut mir so was eben nicht zu.«

»… etwas ganz Neues, und wenn Joshua klug ist, kauft er sich gleich am ersten Tag ein.«

»Er ist klug, Jack, klüger als wir alle, es sei denn, es geht um Pferde; aber er ist auch pleite.« Und mit einem offenen Blick zu Kevin: »Soll das heißen, dass du den ganzen Winter über in Montreal bleiben wirst?«

»Sollte er das nicht tun«, erklärte der wiederauflebende Jack Trimble, »wird er's mit mir zu tun kriegen.«

Ausgelassen sprang Kevin auf, um zackig vor Trimble zu salutieren. »Jawohl, Sir!« sagte er.

»Stehen Sie bequem, Hornby«, erwiderte Trimble. Nun erst recht angeregt, holte er sich einen Schürhaken aus dem Kamin. Mit dem Haken als Offiziersstöckchen marschierte er mit verächtlichen Bemerkungen über die Länge seiner modisch geschnittenen Haare, die nicht ganz blitzblanken Blazerknöpfe und die Sandalen um den weit größeren Kevin herum. »Sie sind eine himmelschreiende Schande!«

»Jawohl, Sir.«

»Sie sind kein Mann, Sie sind eine Scheiß-Katastrophe!«

»Sir!«

Mit dem Schürhakenende hob er Kevins Kinn. »Sie sind ein wandelndes Stück Scheiße!«

»Sir!«

»Wiederholen Sie: Ich bin ein wandelndes Stück Scheiße.«

Aus Paulines Wangen wich das Blut. Ihre Augen waren feucht.

»Das reicht!« rief Joshua und nahm Trimble den Schürhaken aus der Hand.

»Wie bitte?«

»Joshua findet, dass du zu weit gegangen bist«, erklärte Jane. »Ich auch.«

Von seinem hohen Ross heruntergeholt, grinste Trimble verlegen. Dann lachte er betreten auf. »War doch alles nur Spaß. Uralter Muskoten-Quatsch. Tut mir leid, aber heute hab ich anscheinend kein Glück. Was meint ihr zu einer zweiten Flasche Kribbelwasser?«

»Wir werden jetzt gehen«, verkündete Joshua. »Ich bin todmüde. Pauline auch.«

Zum Glück hatte es aufgehört zu regnen. Obwohl die dahinjagenden Wolken noch nicht abgezogen waren. Um in ihr Boot einzusteigen, mussten sie sich unter die Flügel des kleinen Wasserflugzeugs ducken. Pauline pützte. Als sie weit draußen auf dem See waren, stellte Joshua den Motor ab. »Also, ich glaube, diese Dinnerparty reicht mir fürs Erste wieder mal. Jesus!«

»Mir wäre beinahe schlecht geworden. Schwindlig war mir jedenfalls ein paarmal.«

»Ich begreife nicht, was da eigentlich los ist. Neulich erst wollte Jack, dass ich Kevin die Eier zerquetsche, und jetzt …«

»Wirst du nach Spanien fahren?«

»Möglicherweise«, erwiderte er verwundert.

»Das wird aber ein Metzgergang werden«, sagte sie überraschend scharf. Joshua starrte sie erstaunt an.

»Ich will nicht allein zu Hause bleiben«, erklärte sie. »Ich höre jedes Knarren im Haus. Und dann träume ich, ich läge im Sarg.«

»Wenn ich tatsächlich fahren sollte, kommst du selbstverständlich mit.«

»Ach Josh, du weißt doch, dass das nicht geht.«

Er wusste auch ohne zu fragen, wo das Problem lag. Die Kinder. Die würde sie niemals allein zurücklassen. »Sie verschlingen dich mit Haut und Haar«, sagte er.

»Oder sie halten mich bei Verstand. Oder beides.«

»Hältst du mich für einen unzulänglichen Vater?«

»Ich glaube, dass du hervorragend mit ihnen auskommen wirst, solange sie noch in Teddys Alter sind und du nur mit ihnen rumzutoben brauchst; aber sobald sie größer sind und Schwierigkeiten machen wie Alex, verschwindest du im King's Arms und überlässt es der armen Pauline, sich mit ihnen rumzuschlagen.«

»Alex mag mich nicht mehr.«

»Ich glaube eher, dass er sich von dir nicht mehr runterputzen und belehren lassen will. Geh nicht nach Ibiza, Josh.«

Aber ich muss, dachte er. »Ich fange wieder an, von ihm zu träumen.«

»Von Müller?«

»Ich muss mit ihm abrechnen. Außerdem möchte ich sehen, ob ich die Freibergs nicht finden kann.«

»Bleib doch lieber hier bei uns! Ich mache auch *latkes.* Ich bügle deine Hemdkragen genau richtig. Ich komme über.«

Er lachte.

»Nennt man das nicht heute so?«

Sie vertäuten das Boot, und Joshua, der noch nervös, aber nicht im Geringsten mehr alkoholisiert war, machte auf der Veranda Drinks. »Liebling, ich weiß nicht, wie oft wir im Laufe der Jahre unsere Jugend verglichen haben. Ich habe mit nichts hinterm Berg gehalten. Nicht mal mit Ed Ryan. Aber bei dir hat es immer so eine kleine Lücke gegeben.«

»Kevin?«

»Ja.«

»Ich will nicht, dass er hierbleibt.«

»Warum?«

»Trimble macht mir Angst. Und Jane. Und dann ist da noch mein Vater. Es könnte ihn umbringen.«

»Wieso, Liebling?«

»Wieso?« fragte sie lachend. »Wieso?« Und dann erzählte sie es ihm, stockend zuerst, und unter mehr als nur ein paar Tränen, dann jedoch flüssig und glatt, und als die Sonne aufging, saßen sie immer noch auf der Veranda.

7 Er erinnerte sich an Onkel Oscar, der sich, die stumpfbraunen Augen hinter stahlumrandeten Gläsern versteckt, endlos über die Aussichten des Krieges erging, während Joshua unverwandt das Foto von Franco anstarrte, einem korpulenten kleinen Mann mit elegantem Bärtchen, der eine breite, von zerbombten Gebäuden gesäumte Straße entlangschritt. Damals, im Jahre 1939, war Joshua mehr an der Vervollkommnung seines Bolospiels interessiert als an Politik und konnte daher nicht einmal so tun, als ersticke er an seinem Zorn oder erkenne die wirkliche Bedeutung des Fotos, doch aus einem für ihn unerfindlichen Grund haftete von allen Bildern ausgerechnet dieses eine in seinem Gedächtnis.

Einmal erwähnte Joshua das Foto zufällig Sidney Murdoch gegenüber, dessen Onkel selbst im Attlee-Bataillon der Internationalen Brigaden gekämpft hatte. Sidney konnte sich nicht erinnern, es jemals anderswo gesehen zu haben. Möglicherweise war es nie in der *Picture Post* erschienen.

In London, während der Fünfzigerjahre, suchten Murdoch und Joshua zuweilen diesen Onkel Willy in einem Pub in der Cold Harbour Lane auf. Ein grau gewordener, alter Mann, irgendwie ein wenig verschlagen, ließ er Joshuas atemlose Fragen nach dem Spanischen Bürgerkrieg über sich ergehen und fütterte ihn mit lauter Lügen, aber nur, damit das Bier weiterströmte und er ihn beim Abschied um ein, zwei Pfund angehen konnte. Onkel Willys Erinnerungen an Spanien waren undeutlich; er bereute es offenbar, überhaupt dort mitgekämpft zu haben. Und jetzt interessierte er sich weder für Nye Bevan noch für Edens Suez-Schande, die Märsche nach Aldermaston oder all den anderen Unsinn. Was ihn aufregte, waren vielmehr diese verdammten Schwarzen, die in Brixton wie die Affen aus allen Bäumen zu fallen schienen. Ein träges Volk, was ihn anging, die meisten kleine Spitzbuben oder »auf Stütze« oder, noch wahrscheinlicher, sogar beides. Dennoch verehrte Murdoch den alten Mann, war außerordentlich liebenswürdig zu ihm und kam in seiner Gegenwart schnell wieder in seinen alten Arbeiterslang hinein. Joshua begleitete Murdoch zur Beerdigung, die nur eine recht spärliche Teilnehmerzahl aufwies. Am Grab las Murdoch mit nassen Augen ein paar Zeilen von Auden:

»Sie hingen wie die Kletten an den langen Eilzügen, die
durch die treulosen Länder rumpelten, durch die Nacht,
durch den Alpentunnel;
sie marschierten über die Pässe: Sie waren gekommen,
ihr Leben zu geben.«

1939.

»Joe DiMaggio, der größte Star des Baseballs, beginnt ein Jahr, das sich als sein bisher bestes erweisen müsste«, schrieb Noel F. Busch eine Woche nach dem Fall von Madrid in *Life.*

In der vorangegangenen Saison war DiMaggio als Verweigerer von den Fans im Yankee Stadion ausgebuht worden. DiMaggio hatte das Spiel auf Anraten seines Bruders Tom verweigert, des Vizepräsidenten der Fisherman's Union von San Francisco. Als Tom erfuhr, dass man seinen Bruder zwingen wollte, einen Vertrag über 25 000 Dollar zu unterzeichnen, einen winzigen Prozentsatz der Summen, die er den Kassen einbrachte, drängte er Joe empört, etwas dagegen zu tun. Joes Streik wurde ein Schlag ins Wasser. »Pech für alle DiMaggios ist es«, so schrieb Busch weiter, »dass das Nationalspiel der Vereinigten Staaten streng faschistisch reglementiert ist. Der Diktator ist Judge Kenesaw Mountain Landis. Solidarität zwischen den Baseballspielern ist unmöglich, da rivalisierende Mannschaften einander aufgrund der Natur dieser Sportart erbittert hassen müssen und jede Kooperation zwischen ihnen den Teams ihren Daseinszweck rauben würde.«

Madrid fiel im April und beeinträchtigte damit seine Freude an Fibber McGee. Der fette Franco und seine vier Kolonnen besetzten eine ausgehungerte Stadt; die fünfte Kolonne, pflegte er sich zu brüsten, sei dort schon längst fest etabliert. Franco sei, so erfuhr Joshua aus *Life,* ein schlichter Mensch, ein ganz und gar durchschnittlicher Mann, der wenig lese, aber das Essen sehr schätze. Es sei ihm im Moment leider nicht möglich, eine Siegesparade abzuhalten, da die Kulisse nicht dazu angetan sei und die Madrileños weiterhin durch die pockennarbigen Straßen der Ruinenstadt zögen und rebellisch nach Brot riefen. Endlich, am 19. Mai 1939, vor einem Triumphbogen, der ein Mal den *Sieg* und sechs Mal *Franco* feierte, »nahm Spaniens siegreicher Generalísimo die größte Parade des spanischen Heeres seit den Conquistadores Philips II. ab«. An der Spitze des Zuges marschierten zehntausend Italiener. Den Schluss bildeten fünftausend deutsche Luftwaffensoldaten unter Baron von Richthofen, einem Vetter des ehemaligen Kampffliegerasses.

Madrid fiel im April, Barcelona noch früher, am 25. Januar. Auf der Flucht aus Barcelona strömten etwa 300 000 Loyalisten über den Pyrenäenpass Le Perthus – einen Pass, über den einst schon Napoleon gezogen war, und vor ihm Hannibal und Karl der Große – nach Frankreich hinein.

Im winzigen Arbeitszimmer seines Vaters auf dem Fußboden hockend, um sich herum ganze Stapel von *Life,* ein Rasiermesser und einen Kleistertopf, schnitt Joshua Fotos für sein Album aus.

»Dieser beinlose Veteran schützt seinen Körperstumpf beim Vorwärtsrutschen mit einem Stück Autoreifen.«

»Ein Mann stirbt, von seiner Tochter betreut, kurz vor der französischen Grenze. Dem langen Marsch und der Kälte fielen zahlreiche Flüchtlinge zum Opfer.«

»Die Kinder des Krieges haben ihre Beine verloren. Auf Krücken schleppen sie sich langsam durch die Olivenhaine in Richtung Frankreich.«

In Perpignan bereitete man den Männern von Guadalajara, Belchite und dem Ebro, erschöpften Spaniern, zitternden Überlebenden der Internationalen Brigaden, das traditionelle französische Willkommen: Unter den wachsamen Augen des Präfekten von Perpignan befreite man sie unversehens von ihren Gewehren und Brotbeuteln, den Unterkleidern und vereinzelten Nahrungsmittelresten. Die sparsamen Franzosen trieben sie in kalte, verdreckte Lager, wo ihnen zum Zudecken bei Nacht nur ihre Flanellcapes blieben. Manche überlebten mit dem Fleisch toter Maulesel, andere starben an Ruhr oder unversorgten Wunden.

Sechs Monate später hatte die Materialquelle für *Hogan's Heroes, Das dreckige Dutzend, SS Sex Kitten* und andere Ergötzlichkeiten begonnen: der Zweite Weltkrieg.

Spike Jones sang:

»Ven de fuhrer sagt,
ve are ze master race,
sieg heil (spit), heil (spit),
right in ze fuhrer's face.«

Und Onkel Oscar hatte endlich einmal recht: Aluminium, das war *der* Knüller. Und Zink. Und Gusseisen. Und Messing. Die Schrotthandlung, gegründet von Joshuas Großvater, nachdem die Prohibition aufgehoben worden war und seine Dienste als Fahrer über Nebenstraßen bis nach Vermont nicht mehr benötigt wurden, hatte endlich begonnen, das einzubringen, was für die Shapiros das ganz große Geld war. Onkel Oscar, der unermüdlich strebsame Oscar, fing ernsthaft an, nach günstigen Gelegenheiten Ausschau zu halten. WIR INVESTIEREN IN ERFINDUNGEN, lautete seine Annonce im *Star,* eine Aufforderung an alle Spinner, ihn in seiner Bruchbude von Büro in der King

Street zu belagern. Onkel Oscar war fasziniert von einem Plan, den er dann allerdings doch ablehnte, dem Plan nämlich, über Dover Wolken anzuhalten, sie mit Bomben zu spicken, die sie über den Kanal mitnahmen und die, nachdem sich die Wolken aufgelöst hatten, über Berlin explodierten. Er entdeckte aber auch sofort den Haken daran und hielt dem Erfinder unwirsch vor: »Eines haben Sie übersehen, Sie Idiot!«

»Ach ja? Was denn?«

»Dass der Wind sich dreht.«

»O nein, das habe ich keineswegs übersehen«, fauchte der Mann ihn an. »Die Wolken werden natürlich von Propellern angetrieben.«

»Von Propellern? Wollen Sie mich verarschen? Nehmen wir doch mal an, ich wäre mit der Luftverteidigung von Berlin beauftragt«, sagte Onkel Oscar, »und eines Donnerstagmorgens, als ich aufstehe, stelle ich fest, dass alle Wolken am Himmel in Richtung Nordsee jagen, von mir weg also. Doch dann sehe ich noch mal hin und muss entdecken, dass vier anscheinend verrückt spielende Wolken direkt auf mich zusteuern. Na, und was mache ich da? Mir ist natürlich sofort klar, dass es sich um feindliche Wolken handelt, also schicke ich Flugzeuge mit Heißwasserbomben los, damit sie sich auflösen, bevor sie meine Stadt erreichen. Oder noch besser, Sie kleiner *schmock*, ich lasse Greifklauen aus Flugzeugen herab und schleppe sie nach England zurück.«

Im Jahre 1943 nahm Onkel Oscar, der auf dem Schrottplatz zu Wohlstand kam, Lou Springers Tochter Hetty zur Frau und wurde der erste Shapiro, der in Outremont ein eigenes Haus bezog. Dieser Wechsel machte Joshua traurig, denn sosehr er Onkel Oscar verabscheute, sosehr hatte er es genossen, in dessen Wohnung in der St. Dominique Street umherzuschlendern, die bis obenhin mit Trödel vom Schrottplatz vollgestopft war. Da gab es eine deutsche Pickelhaube aus dem Ersten Weltkrieg. Schuhkartons, die von Orden und Taschenuhren überquollen. Einen funktionsunfähigen, doch echten Colt Peacemaker, dessen Griffschalen mit Gold eingelegt waren. Den Beichtstuhl einer alten Kirche aus der Gaspé. Stapelweise Ölgemälde, die Onkel Oscar wegen der reich verzierten Goldrahmen aufbewahrte. Mit Einlegearbeiten verzierte chinesische Paravents. Lampenschirme aus farbigem Glas, die, wie er schwor, aus einem wirklich erstklassigen Puff stammten. Ein elektrisches Klavier. Eine Schachtel voll alter Spazierstöcke und Säbel. Buntglasfenster, für die er keinen Abnehmer fand, weil potenzielle Kunden sich beschwerten, sie würden nicht nur das Licht aussperren, sondern auch eine wahre Plage beim Saubermachen sein. Eine solide, alte Schiffstruhe, angefüllt mit reich uniformierten Grenadieren, Spielzeugsoldaten, die er schließlich wegen dem Blei einschmelzen ließ. Ein Regal mit Bügeleisen, die nicht mal elektrisch waren, sondern mit kochendem Wasser gefüllt werden mussten, bevor man sie benutzen konnte. Ein Grammofon zum Aufziehen, das mit Metallwalzen Musik machte. Zwei hölzerne Schaukelpferde und eine Wiege aus Fichtenholz, angefertigt von Frankokanadiern, die sich nichts Besseres leisten konnten. Standuhren, für deren Reparatur er niemals Zeit fand. Ein Schrank voll alter Telefone und Schreibmaschinen. Eine uralte Registrierkasse. Vollgepisste, alte Flickendecken, handgenäht von *yentas* aus den Maritimes, damit sie über den langen Winter kamen. Häkeltischdecken aus der alten Heimat, die zu nichts nütze waren, weil man den Tisch durch die Löcher sah.

Hetty, eine durch und durch praktische Frau und mit einer echten Ader fürs Dekorative begabt, stöberte in dem Gerümpel herum und rettete, was zu retten war. Den Colt Peacemaker ließ sie auf eine Silberplatte schweißen, was einen interessanten Aschenbecher ergab. Aus den bleiverglasten Lampenschirmen wurden farbige Glasquadrate geschnitten, die nun einen »wirklich süßen« Teetisch zierten und gleichzeitig als Schachbrett benutzt werden konnten. Ein eingelegter chinesischer Wandschirm wurde ebenfalls in Quadrate zerlegt und verwandelte sich, bambusgerahmt, in einen Satz Gläseruntersetzzer. Der Beichtstuhl, ausgeweidet und weiß gestrichen, wurde zu einem netten kleinen Geräteschuppen für den Garten. Aus der soliden alten Schiffstruhe machte sie einen Pflanzenbottich. Und selbst für die Buntglasfenster fand sie eine praktische Verwendung: Zu Scherben zerschlagen, wurden sie senkrecht auf die Gartenmauer betoniert, um Einbrecher und Nachbarskinder abzuhalten. Alles Übrige, verlangte sie, dürfe nicht mitgenommen werden nach Outremont. Woraufhin Onkel Oscar ihr frohlockend erklärte, er habe wahrhaftig einen Goy gefunden, einen Schwulen, der ihm für den restlichen Krempel eintausendfünfhundert Dollar gegeben und sich im Übrigen einverstanden erklärt habe, ihn sogar auf eigene Kosten abtransportieren zu lassen. Mit diesem Geld kaufte sich Hetty bei Eaton einige wirklich bezaubernde Dinge, unter anderem ein Kaminscheit, das rot glühte *und* richtige Wärme ausstrahlte, sobald man es einschaltete. Und es gab überhaupt keine Asche.

Etwa einen Monat vor der Hochzeit überraschte Joshua Onkel Oscar am Esszimmertisch, wo er in einen Pfirsich biss und sich, offenbar leidenschaftlich erregt, Notizen aus einem Buch machte, in dem er las. Als Joshua ins Zimmer kam, klappte Onkel Oscar das Buch zu, nahm es vom Tisch und schob es sich mit böse funkelndem Blick unter die Sitzfläche. Auch als Joshuas Mutter ihn ans Telefon rief, vergaß er nicht, das Buch mitzunehmen, ließ seine Notizen jedoch seltsamerweise liegen. Aber er war nicht sehr weit gekommen. Alles, was Joshua mit einem hastigen Blick in das Notizbuch entdeckte, war:

Vorspiel
a.
b.
c.
d.
Empfohlene Zeitspanne für jede Phase

1.
2.
3.
4.

»Wer«, fragte ihn die Mutter ab, »war der härteste Gegner, mit dem der Alabama Assassin jemals gekämpft hat?«

»Billy The Kid Conn. Polo Grounds, 18. Juni 1941. K. o. in der dreizehnten Runde durch den Braunen Bomber. Vierundfünfzigtausendvierhundertsiebenundachtzig Zuschauer. Schiedsrichter Eddie Joseph.«

Mort Cooper erzielte einen *one-hitter* gegen den Dodgers, und Charlie Keller gelangen am selben Tag für die Yankee sieben Runs mit zwei Homeruns. In der National League führte Brooklyn vor den Cards mit dreieinhalb Punkten, und die Boys wetteten, dass sie in der World Series gegen die Yankees spielen würden.

Die Boys, die Boys. Gott schütze sie, bitte.

Seymour Kaplan, Max Birenbaum, Morty Zipper, Grepsy Segal, Yossel Kugelman, Eli Seligson, Al Roth, Lennie Fisher, Bobby Gross, Benny Zucker, Larry Cohen und die anderen.

Von Schulen in Fairmount und Bancroft oder der Talmud Torah zur FF-Highschool gekommen. Klasse 42. Klassensong *Men of Harlech.* So wurden sie die Boys vom Fletcher's Field High Cadet Corps.

Wir sind Fletchers Kadetten
Und rauchen Zigaretten.
Lausige Zigaretten,
So lausig wie wir Kadetten.

Die Boys, die Boys. Er erinnerte sich, wie sie an einem Freitagnachmittag im Frühling in ihren kratzenden Grover Knit-to-Fit-Pullovern *ihren* Boulevard entlangtrotteten, die lauten Stimmen ausnahmsweise gedämpft und im Auftreten eher schüchtern, weil sie sich nämlich in Westmount befanden. Wo laut Morty jede Familie ein Dienstmädchen und manche sogar einen Butler hatte, wo unter dem Esszimmertisch eine Klingel angebracht war, damit das Personal angetrabt kam. Und wo, wie Izzy schwor, die Grundstückspreise einsame Spitze waren. Und was ist mit den Weibern, erkundigte sich Seymour.

Psst! Nichts für dich, *bubele.* Wir sind hier in Westmount. Hier feilschen die Mütter nicht, und die Väter schummeln nicht beim Pinochle. Die Töchter sind blond und langbeinig, sie lernen früh reiten, und sei es auch nur, um sich folgenlos ihres Jungfernhäutchens zu entledigen, während die Söhne am Sonntagvormittag nicht etwa Fleischerrechnungen kassieren gehen, um sich das Geld für ein eigenes Fahrrad zu verdienen, sondern einen Sportwagen geschenkt bekommen. Einen englischen. Das Beste vom Besten.

Die Boys standen vor dem Selwyn House herum und sahen staunend, wie die Schüler von mächtigen Wagen, einige sogar mit Chauffeur, abgeholt wurden. »Wenn die zu Fuß nach Hause latschen müssten«, sinnierte Joshua, »würden sie ja nur Durst kriegen, und so.«

Rosige Wangen hatten sie, trugen marineblaue Blazer und graue Flanellhosen; und hatten für die Eindringlinge der St. Urbain Street nicht einen Blick.

»Habt ihr schon mal solche Angeber gesehen?« fragte Joshua. »Ich meine, würdet *ihr* morgens freiwillig in so 'nen affigen Anzug steigen?«

»Das soll dein Problem nicht sein«, erwiderte Max. »Die nehmen hier nämlich keine Juden.«

Nein, nicht in Westmount, mit dem Kricketplatz und der eigenen Polizei. Wo der Schnee schnellstens geräumt wurde, und wo sofort, wenn sich im Straßenbelag der kleinste Riss zeigte, geschweige denn ein richtiges Schlagloch, ein Frankokanadier mit einer Schaufel voll heißem Teer angerannt kam – »Jawohl, Sir. Sofort, Boss.« Wo jedoch andererseits auch keiner eine Bar-Mizwa feierte.

Elis Vater, ein fanatischer Zionist, zeigte den Boys auf der Bar-Mizwa-Party seines Sohnes einen Dokumentarfilm über das Leben im Kibbuz. Auf Max' Party wurden Kurzfilme von Charlie Chaplin vorgeführt. Seymours Vater verfrachtete sie samt und sonders in seinen Obst-und-Gemüsetransporter, in dem es nach fauligem Kohl stank, und fuhr sie auf einen Doppeldecker zum Delorimier Downs. Bei Izzys Bar-Mizwa gab es einen Abbott-und-Costello-Film, und Izzy begann am nächsten Tag alle Geschenke zu verramschen, die ihm nicht gefielen. Zur Feier von Morty Zippers Bar-Mizwa wurden sie zu einer Party in Levitt's Delicatessen geladen. Erstaunlicherweise wurde es jedoch Joshuas Bar-Mizwa-Feier, die keiner von ihnen jemals vergaß.

Jawohl, Sir.

Das war neunzehnvierundvierzig.

GROSSANGRIFF DER ROYAL AIR FORCE
AUF KÖLN UND HAMBURG
2000 Tonnen Bomben regneten auf die Stadt am Rhein

Und in der St. Urbain Street, Ecke Ontario, wurde Vic »The Torch« Rizutto niedergeschossen.

»He, Daddy, war das nicht ein Freund von dir?«

»Na ja, hm. Stimmt. Aber das war 'n Familienstreit.«

In wilder Aufregung schlossen die Cops überall Buchmacher-, Barbotte- und Freudenhäuser. Colucci wurde beschuldigt, mit Schwarzmarktzucker zu handeln – ausgerechnet –, und Joshuas Vater, dessen Aussage gebraucht wurde, war nirgends zu finden.

»Ich habe keine Ahnung, wo er steckt«, sagte die Mutter zu Perreault.

»Also Esther, Sie sind ein Herzchen.«

Nun, da der Vater wieder untergetaucht war, sank Joshuas Mutter in ihren gewohnten Stumpfsinn zurück. Kaute 217s, verschlang Romane und Filmzeitschriften, trank Dewar's mit

Soda und hörte sich in ihrem walnussfurnierten RCA-Radio »Ma Perkins« und »Pepper Young's Family« an. Nur noch selten machte sie sich die Mühe, sich richtig anzuziehen, sondern stakste in einem schwarz glänzenden Unterrock, eine Pall Mall zwischen den Lippen, in der Wohnung herum. Die Betten blieben ungemacht, die Laken wurden nicht gewechselt. Wenn sie sich überhaupt noch rührte, dann nur, um ihre Nummer zu proben. Eines Nachmittags, als Joshua nach Hause kam, war der Wohnzimmerteppich aufgerollt, die Jalousien herabgelassen und die intervallgeschaltete rote Birne in die Lampe geschraubt; an einem anderen Nachmittag erwartete ihn, als er die Haustür öffnete, eine Überraschung.

»He«, begrüßte sie ihn. »Klingelingeling!«

»Mann!«

»Wie findest du mich?«

Die Mutter trug einen Zylinder, ein glitzerndes Trikot und dazu lange, schwarze Netzstrümpfe. Ein Stöckchen wirbelnd, tänzelte sie mit wackelndem Hintern vor ihm her ins Wohnzimmer, während das Grammofon Jack Teagardens »Anybody Seen My Baby?« krächzte.

In der Küche türmten sich Teller und Pfannen. Im Flur sammelten sich leere Milchflaschen. Das Auffangbecken unter dem Kühlschrank floss immer wieder über, und der Schrank selber enthielt keinen einzigen Leckerbissen. Einen Zipfel harte Salami. Alten, verschimmelten Hüttenkäse. Einen schlaffen Kopfsalat. Anfangs bekam Joshua jeden Abend fünfzig Cent und wurde zum Essen weggeschickt; es schien ihr nichts auszumachen, sie war vermutlich sogar dankbar dafür, dass er erst nach Stunden wiederkam. Dann entwickelte sich eine Art Routine: Sie ließ ihm das Geld frühmorgens auf dem Küchentisch liegen, und er machte es sich zur Gewohnheit, das Haus um acht Uhr zu verlassen und abends erst um elf wiederzukommen.

Als er sich dann eines Nachmittags im Juni fieberheiß fühlte und nach der Schule sofort nach Hause ging, musste er feststellen, dass man ihn ausgesperrt hatte. Auf der anderen Straßenseite war Euclid damit beschäftigt, Mr. Ryans schwarzen Buick zu polieren.

»He, Junge! Möchtest du nicht 'n bisschen Auto fahren?«

»Na klar«, antwortete Joshua mit gewinnendem Lächeln und schob sich so nahe heran, dass er mit einem Stein die Windschutzscheibe des Wagens zerschmettern konnte. Erschrocken rannte Euclid ihm nach.

Er lockte ihn ins Seitengässchen, wo er ihm mühelos entwischte, indem er über Zippers verrotteten Gartenzaun kletterte und auf dem Tomatenbeet des Alten landete. Er hastete die Hintertreppe zum Verschlag empor, griff sich Hammer und Nägel, schoss durch das unverschlossene, leere Haus und tauchte auf der St. Urbain Street wieder auf, wo er die Nägel in die Reifen des Buick zu hämmern begann. Als er gerade beim dritten war, blickte er auf und sah den keuchenden Euclid auf sich zugehetzt kommen. Joshua schlug einen Haken, entwischte ihm abermals und lief weiter zum Fletcher's Field, wo er sich mit jagendem Herzen ins hohe Gras warf. Das Angebot, sich an einem Softballspiel zu beteiligen, lehnte er ab und begab sich stattdessen ins gegenüberliegende »Y«, wo er in der Turnhalle einem Basketballspiel zusah. Als er wieder nach Hause kam, war der Buick verschwunden. Die Haustür war unverschlossen. »Das hier ist kein Haus«, schrie Joshua unversehens die Mutter an, »das ist ein verdammter Schweinestall. Kannst du nicht mal 'n bisschen gründlicher putzen?«

Die Mutter gab ihm keine Ohrfeige. Sie starrte ihn nur sprachlos an.

»In einem Monat hab ich Bar-Mizwa«, fuhr er, kühner geworden, fort. »Und nichts ist vorbereitet. Werden wir sie nun feiern oder nicht?«

»Was ist denn so wichtig für dich – an einer Bar-Mizwa?« erkundigte sich die Mutter mit kleiner Stimme.

»Na ja, wenn man Jude ist, muss man sie eben feiern. Glaubst du denn nicht an Gott und so?«

»Feh!«

»Was soll das heißen?«

»Ich hätte die Welt besser gemacht.«

»Ich will aber meine Bar-Mizwa!«

»Okay, okay, wenn das so wichtig ist für dich, dann sollst du deine Bar-Mizwa kriegen«, gab sie nach und erhob sich, um den Stapel Geschirr im Spülstein in Angriff zu nehmen.

»Na ja, hm. Schön. Und hinterher gibt's 'ne Party für meine Freunde.«

»Wer würde denn schon zu uns kommen?« fragte sie ihn belustigt.

»Na, die Boys.«

»Ach ja? Denen würden das doch ihre Mütter verbieten.«

»Warum denn?«

»Weil mir die Titten nicht bis auf die Kniescheiben hängen, und weil dein Vater keiner geregelten Arbeit nachgeht.«

Die anderen Mütter sprachen nicht mehr mit ihr und packten ihre Kinder fester bei der Hand, wenn sie vorbeiging. Einige wechselten sogar auf die andere Straßenseite hinüber. Mrs. Sivak aus der unteren Etage beschwerte sich beim Hausbesitzer über ihre Stepptanzerei um zwei Uhr nachts, wenn Louis Armstrong dazu auf dem Grammofon drauflostrompetete, doch als der alte Dowkin in die Wohnung geschlurft kam, schlug Esther ihn mit einem Strom zotiger Kraftausdrücke in die Flucht. Auch den Sozialarbeiter, den die *Baron de Hirsch Society* vorbeischickte, um sich nach Joshuas Wohlergehen zu erkundigen, brachte sie prompt zum Rückzug. Und je mehr sie gesellschaftlich geächtet wurde, desto mehr wuchs bei ihr der Trotz, und als Revolutionsbanner diente ihr die Wäscheleine im Garten. Während nämlich an anderen Wäscheleinen Liebestöter aus kräftiger Baumwolle und melonengroße BHs voll Würde im Wind wehten, flatterten an der ihren kokett frivole, kleine schwarze BHs und Spitzenhöschen mit unglaublich schmaler Taille. Ganz offen, draußen am Hintergässchen, wo es die Ehemänner, die den Mülleimer hinausbrachten, deutlich sehen konnten und daraufhin schwer schlucken mussten. Wo nichts vor den heranwachsenden Kindern verborgen blieb.

Joshua erzählte ihr von den anderen Partys. Den Filmen. Den Doppeldeckern bei Delorimier Downs. »Und was wirst du auf meiner machen?« fragte er sie.

»Ich lasse Mr. Teagarden herfliegen. Und backe einen Marmorkuchen.«

Mist.

»Keine Angst, mein Junge. Du sollst deine Party kriegen. O Mann, was wirst du für eine Party kriegen!«

8 *Sind Sie ein Mann oder eine Maus,* fragte Müller herausfordernd und kaute auf seiner Elfenbein-Zigarettenspitze herum. *Mann oder Maus,* spöttelte er. *Mann, Maus.* Und Joshua, erwachend, stellte fest, dass er in Schweiß gebadet war.

Ibiza. Ibiza.

Aber er war nicht wieder auf der Insel, er saß vielmehr in einem Flugzeug. Flug 274, Air Canada. Wieder einmal auf dem Heimweg von einem Fernsehauftrag. An einem Junimorgen im Jahre 1976.

»Ist das nicht Joshua Shapiro?« erkundigte sich ein Passagier bei seiner Frau.

»Bei dieser Beleuchtung sieht jeder krank aus«, sagte sie.

Joshua begann sich bei der Stewardess doppelte Scotchs zu bestellen, fragte sich, wie er, einstmals ein vielversprechender kleiner Dieb aus der St. Urbain Street, zu einer prominenten Fernsehpersönlichkeit hatte werden können, zum mit Widersprüchen gespickten Ehemann und Vater von drei Kindern. Er schickte seine Kinder auf eine Privatschule, beschwerte sich jedoch bei anderen Leuten darüber, dass er der Vater von Kindern sei, die eine Privatschule besuchten. Jeden, der vor der Kamera gut war, verabscheute er und verdankte dem Fernsehen doch seine Berühmtheit.

Ibiza.

Monique war unwichtig. Die wollte er gewiss nicht wiedersehen. Doch zunehmend hatte er das Bedürfnis, einmal noch Müller gegenübertreten und einen letzten Versuch machen zu müssen, die Freibergs zu finden. Die mausgrauen Freibergs, die er mit Sicherheit ruiniert hatte.

Eines Abends in London, es musste 1953 gewesen sein, etwa ein Jahr nachdem er von der Insel geflohen war, hatte er seinen ganzen Mut zusammengenommen und ein Ferngespräch mit dem Hotel Casa del Sol in San Antonio angemeldet. »Ich möchte Mr. Freiberg sprechen«, hatte er klopfenden Herzens gesagt.

Pause. Knacken. »Bei uns ist kein Mr. Freiberg abgestiegen.«

»Nicht als Gast«, hatte Joshua wütend erwidert. »Mr. Freiberg gehört das Hotel.«

»Sie müssen sich irren. Der Besitzer hier ist ein Señor Delgado.«

»Wie zum Teufel kann ich dann aber die Freibergs erreichen?«

»Mir ist keine Familie Freiberg bekannt.«

Vom Flughafen aus hastete Joshua stehenden Fußes zum Selwyn House, hatte den Anfang der Abschlussfeier jedoch schon verpasst. Teddy, damals erst acht, sollte die Schule zwar noch nicht verlassen, für seine Erfolge in der zweiten Klasse aber eine Belobigung bekommen, und so schob sich Joshua gerade noch rechtzeitig auf einen Klappstuhl neben Pauline, um mitzuerleben, wie Teddy mit seinem Lockenkopf aufs Podium kletterte. *Ich bin einmal davongelaufen,* dachte Joshua. *Ich, dein Vater. Und habe zwei graue Mäuse zurückgelassen.*

In der Turnhalle wimmelte es bereits von Eltern. Zumeist Broker, Syndici oder Finanzberater, die sich auf Steuern spezialisiert hatten. Die Neuigkeiten, die ihnen vom Podium herab verkündet wurden, waren nicht gut. Sollte die Parti Québécois jemals an die Macht gelangen, konnte niemand mehr mit Sicherheit sagen, wie die Zukunft der englischen Privatschulen in der Provinz aussehen würde, zu erwarten waren jedoch höchstwahrscheinlich verminderte Zuschüsse und ein entsprechend hoher Aufschlag auf die Schulgebühren. Dann stand der Festredner vor ihnen. Untersetzt, kläräugig, rotgesichtig. Leitender Angestellter einer Treuhandgesellschaft, der im Zweiten Weltkrieg bei einem guten Regiment gedient hatte und nun im Aufsichtsrat eines Krankenhauses, einer Wohlfahrtsstiftung und der McGill University saß. Geschickt Beruhigungspillen aneinanderreihend, wandte er sich schließlich an die Abschlussklasse und bot den Schülern einen feierlichen, auf Schulerfahrung beruhenden Rat. In diesen Zeiten entfesselter Gewerkschaften, sagte er, heißt es lernen, sich auch zu Hause nützlich zu machen, den Umgang mit Farbtopf und Holz zu lernen, denn das wird euch gut zustattenkommen, wenn ihr euch in die Welt hinauswagt. Über Westmount hinaus. Dorthin, wo die Kinder noch immer kratzende Knit-to-Fit-Pullover tragen.

Verdammt, was habe ich hier zu suchen, fragte sich Joshua.

Einmal hatte er Alex, Susy und Teddy gezwungen, sich einen Fernseh-Dokumentarfilm über den Zweiten Weltkrieg anzuschauen, und als Hitler nach der französischen Kapitulation im Wald von Compiègne seinen berühmten Siegestanz begann, fingen sie an herumzualbern und zu lachen. Unverzeihlich: Joshua verlor die Beherrschung. »Das ist nicht komisch! Setzt euch hin und seht endlich zu!«

Er belaste seine Kinder auf höchst primitive Art mit seiner eigenen Vergangenheit, fand er. Aber er konnte einfach nicht anders. Und so befahl er Alex, als dieser, ein begeisterter Bastler von Flugzeugmodellen, ganz unschuldig einmal ein Messerschmitt-Modell mitbrachte, das Ding sofort ins Geschäft zurückzutragen. So etwas wolle er nicht im Haus haben. Peinlich berührt, weil er Alex zum Weinen gebracht hatte, setzte er sich hinterher mit dem Jungen hin und erzählte ihm ausführlich von Guernica – alles, was er noch davon wusste. Von der berühmten Eiche, unter der sich das Parlament der baskischen Senatoren zu versammeln pflegte. Von dem Luftangriff am

26. April 1937, als die kleine Stadt mit Flüchtlingen und rückflutenden Soldaten vollgestopft war. Er versuchte ihm zu erklären, dass er in ihrem Alter in der Wohnung in der St. Urbain Street gesessen hatte, während sein Vater auf dem Kurzwellenband des Radios herumsuchte, bis sie Hitler hereinbekamen, der vor dem Reichstag redete, den rasenden Hitler, der ganze Wogen von Sieg-Heils und Statik übertönte. Er schilderte ihnen, wie der Krieg in Spanien begonnen hatte, und er erzählte von Dr. Norman Bethune von den Internationalen Brigaden, und von der Einheit, die der Doktor aufgestellt hatte, dem *Servicio Canadiense de Transfusión de Sangre,* der Bluttransfusionen unmittelbar auf dem Schlachtfeld ausführte.

Wenn er heute noch Helden verehre, erklärte er seinem Sohn, so seien es jene Männer, die bei den Internationalen Brigaden gekämpft hätten.

Spanien.

> Auf diesem ausgedörrten Quadrat, diesem Fragment, vom heißen Afrika abgesprengt und grob ans erfindungsreiche Europa geschmiedet,
> Auf diesem Tafelland, von Flüssen durchzogen,
> Sind die bedrohlichen Schatten unseres Fiebers klar und lebendig.

Seine Erziehung, auf den Seiten von *Life* begonnen, wurde in der Highschool fortgesetzt, unterbrochen allerdings von dem obligatorischen Zwischenspiel in der Boy's Farm, weil man ihn beim Autoklauen erwischt hatte, und begleitet von den zahlreichen Jobs seiner Jugendjahre. Er bemühte sich, das politische Alphabet zu erlernen, besorgte sich eine ideologische Dr.-Seuss-Ausrüstung für Angehende Linke. Durchstöberte Antiquariate nach Büchern über den Spanischen Bürgerkrieg. Las Alvah Bessie, die Duchess of Atholl, Barea, Orwell, Gustav Regler, Malraux und Geoffrey Cox. An seine Zimmerwand pinnte er eine Karte von Guadalajara mit dem Frontverlauf vom März 1937, auf die Charles Donnelly, ein irischer Freiwilliger, einige kurze Zeilen gekritzelt hatte.

Es gibt ein Tal in Spanien, das heißt Jamara.
Es ist ein Ort, den wir alle nur zu gut kennen,
Denn dort haben wir unser Mannestum gelassen.
Und den größten Teil unseres Alters.

In *Casablanca,* das er sich drei Mal ansah, war es ein unumstößlicher Beweis für Bogarts Integrität und eine Garantie für seine letztliche Rettung, dass er einst Waffen für die Republikaner geschmuggelt hatte. Während er Hemingway verschlang, vor allem »Wem die Stunde schlägt«, konnte er nie mit einem Mädchen knutschen, ohne sich, wenn auch nicht sie zu fragen, o Riva Mandelbaum, o Hanna Steinberg:

»Aber hast du gespürt, dass sich die Erde bewegt?«
»Ja. Als ich starb. Leg bitte deinen Arm um mich.«
»Nein. Ich habe deine Hand. Deine Hand ist genug.«

Wie Seymour Kaplan, der seine Begeisterung für Spanien teilte, träumte auch Joshua, sobald er in den Schlaf sank, nicht etwa, wie James Thurber einst gemeint hatte, dass er die Schlagfolge der New York Yankees veränderte, sondern von Gary Cooper in »Wem die Stunde schlägt« als Robert Jordan, der mit zerfetztem Bein seinen Platz hinter dem Maschinengewehr einnahm, um den Rückzug von Ingrid Bergman, Akim Tamiroff und den anderen Partisanen zu decken.

»Was hast du, Roberto?«
»Das Bein ist gebrochen, guapa.«

Seymour und Max, Izzy, Al und Eli waren jetzt alle an der McGill University und trugen die rot-weißen Sweater, doch Joshua, der nicht mal ein Abschlusszeugnis der Highschool vorzuweisen hatte, aber schon damals fest entschlossen war, eines Tages nach Spanien zu gehen, verschwand für eine Saison in einem Bergwerkscamp im nördlichen Busch, um zwar mit einem Hals voll Kriebelmückenstichen, jedoch mit dicker Brieftasche wiederaufzutauchen. Zu jener Zeit hatte Reuben Esther bereits verlassen. Er machte mit Colucci Havanna unsicher, sie bauchtanzte sich durch New Jersey. Joshua mietete sich ein Zimmer am Dorchester Boulevard. Während er abends im Selbststudium Pitman's Kurzschrift erlernte, besuchte er tagsüber heimlich Vorlesungen der Universität, schlich sich in einen spanischen Sprachkurs ein, und in einen anderen über die Geschichte der Iberischen Halbinsel. McGill war, soweit er das beurteilen konnte, eine wahrhaft unglaubliche Szene. Hoch aufgeschossene Boys mit Monatsscheck, vollkommen eins mit sich und der Welt, karriolten, mit weißen Cardigans angetan, in ihren Cabrios unter lautem Gehupe und hörbarem Herunterschalten zu den Roddick Gates hinaus. Golden Girls trugen Kaschmir-Twinsets, karierte Faltenröcke, Babbysox und abgelatschte Mokassins. Er selbst beging den großen Fehler, ungeladen zum sogenannten Harvest Moon Dance zu erscheinen und sich an eines der Mädchen heranzumachen. Fat Sheldon erspähte ihn auf der Tanzfläche.

»He, Joshua! Was tust du denn hier?«

Er versuchte das Mädchen ans andere Ende der überfüllten Tanzfläche zu dirigieren, doch Sheldon hatte sich voll Bosheit bereits an ihre Fersen geheftet.

»Hier dürfen nur Studenten rein.«

Plötzlich hatte er das Gefühl, dass alle Anwesenden über ihn, den Eindringling, grinsten. Westmount-Gesichter. Outremont-Gesichter. Er ließ das junge Mädchen stehen und floh. Gedemütigt. Am nächsten Morgen brach er, vor Wut kochend, einen Schrank im Umkleideraum auf, fand drinnen eine Eishockeykluft, die ihm passte, und bluffte sich den Weg aufs Eis hinaus, um mit den Anwärtern für die Mannschaft der Universität zu trainieren. Die besser erzogenen Jungs waren mit

Recht über seinen Umgang mit dem Schläger schockiert. In alle Ecken hineinstürmend, schien er nur noch aus Ellbogen und Schläger zu bestehen. Bei irrwitzigen Verfolgungsjagden mit schnelleren Läufern, die im Besitz des Pucks waren, schob er den Gegnern den Schläger zwischen die Füße und legte sie lang aufs Eis. Dann wieder holte er sich unschuldige Pausierer aufs Eis, jagte sie und schickte sie krachend gegen die Bande. Die übrigen Spieler waren alles andere als erfreut über sein flegelhaftes Benehmen. Im Umkleideraum begannen sie miteinander zu tuscheln, und schließlich stellte ihn einer zur Rede. »Wer zum Teufel bist du eigentlich?« erkundigte er sich.

Übermütig erwiderte Joshua: »Also, ganz genau weiß ich das auch noch nicht. Aber ich werd's wohl noch erfahren.« Damit zog er sich, den Schläger schwingend, vorsichtig aus dem Umkleideraum zurück.

Am Nachmittag bekam er seinen ersten Job ohne körperliche Arbeit, das heißt, sogar einen, der ihm einen richtigen Titel einbrachte: Außendienstler. Schon früh am folgenden Morgen hämmerte er an Haustüren. »Hallo, hallo! Ich komme von der CMC Limited, das ist ein amerikanisches Marktforschungsinstitut, und wir haben Sie ausgewählt, um uns bei Ihnen ...«

»Nein.« Die Dame schlug ihm die Tür vor der Nase zu.

An der zweiten und dritten Tür war er nicht erfolgreicher, beim vierten Mal jedoch gelang es ihm, sich in die Wohnung einer Mrs. Burns hineinzudrängen und ihr zu erklären, er führe eine Untersuchung über Brotverbrauch durch. »Warum essen Sie Brot?« fragte er sie.

»Um die Mahlzeit zu vervollständigen.«

»Warum essen Sie stattdessen nicht etwas anderes?«

»Was würden *Sie* denn stattdessen essen?«

»Wenn Sie zu einer Mahlzeit Brot reichen«, fragte er weiter, »wie servieren Sie es dann?«

»Ich stelle es auf den Tisch, und jeder nimmt sich eine Scheibe.«

»Ich möchte Sie jetzt bitten, an das letzte Mal zu denken, als Sie Brot gekauft haben. Denken Sie eine Weile nach und erzählen Sie mir dann haargenau, wie sich das abgespielt hat – von dem Moment an, als Sie sich dem Brotregal näherten. Achtung. Fertig. Los!«

»Ich betrat das Geschäft, kaufte ein Brot und ging wieder hinaus.«

»Gut. Und jetzt noch eine letzte Frage. Eine Art Testfrage. Ideenassoziation.«

»Ich habe die Highschool absolviert«, erklärte sie ihm.

»Schön. Wenn ich jetzt sage, ›Lebensspender‹, woran denken Sie dabei?«

»Wenn Sie nicht sofort machen, dass Sie rauskommen«, fuhr Mrs. Burns ihn an und griff sich einen schweren Kristallaschenbecher vom Tisch, »rufe ich die Polizei!«

Joshua sprang auf und floh zur Tür.

»Ich werde mir den Namen Ihrer Firma notieren«, rief sie ihm nach. »Sie werden noch von meinem Mann hören.«

»Ich liebe Sie auch«, rief er zurück und warf ihr eine Kusshand zu.

»Scheißkerl!«

Über seinem Spülstein klebte ein Pressefoto von El Campesino. Darunter standen ein paar Zeilen des ermordeten García Lorca:

Was fühlst du in deinem Mund
scharlachrot und dürstend?
Den Geschmack der Knochen
meines großen Schädels.

Obwohl er nie auf die Idee gekommen war, er könne schreiben, richtig schreiben, rechnete er sich aus, dass er, falls er nach Spanien wollte, irgendetwas können musste, womit er sich durchschlagen konnte, und so entschied er sich für den Journalismus. Doch er begriff, dass seine Grammatik unsicher war, sein Stil abgedroschen. Darum erwarb er einen Fowler, einen Thesaurus sowie ein paar andere Bücher über Stil und studierte sie bei Nacht im Bett, bis die Buchstaben vor seinen Augen tanzten. Er kaufte die *New York Times,* die *Post, Collier's*, nahm die Storys auseinander und machte sich Notizen über ihren Aufbau. In einer Pfandleihe in der Craig Street fand er eine klapprige, doch immer noch funktionsfähige Reiseschreibmaschine. Mit einem Ausweis, aus einem Studentenspind geklaut, verschaffte er sich Einlass in die McGill-Bibliothek. Hier las er Mencken, sämtliche erreichbaren Journalismus-Anthologien, den *New Statesman* und vor allem A. J. Liebling. Anschließend, als er sich den Tageszeitungen von Montreal zuwandte, wurde ihm klar, dass er sich die falschen Vorbilder gewählt hatte. Also machte er sich über die New Yorker Boulevardzeitungen her, die *News* und den *Mirror*; und abonnierte *Reader's Digest.* Sechs Monate darauf schrieb Joshua ein schonungsloses, in der ersten Person abgefasstes Exposé über die Marktforschungsbranche, über die Methoden, mit denen sie profitbringend das Denken unschuldiger Hausfrauen manipulierte. Mit diesem Artikel ging er zum Chefredakteur der einzigen Boulevardzeitung in der Stadt, des Montrealer *Herald.* Zum Glück war die CMC kein Werbesponsor des Blattes, sodass der Chefredakteur, ein barscher Mann, sich bereit erklärte, den Artikel für fünf Cent pro Druckzeile zu kaufen, falls die Details sich als zutreffend erwiesen. Doch Joshua schluckte einmal schwer und sagte dann Nein, wenn er den Artikel drucken wolle, müsse er ihn fest anstellen.

Ob Joshua Berufserfahrung habe.

Allerdings, entgegnete dieser, beim *Sudbury Nugget*; und präsentierte ein Empfehlungsschreiben des Redakteurs auf einem Blatt Firmenpapier, das er dem alten Säufer stibitzt hatte.

»Wie alt bist du, mein Junge?«

»Neunzehn.«

»Den Teufel bist du. Aber ich will's mit dir versuchen.«

»Was zahlen Sie mir?«

»Vorderhand fünfundzwanzig Dollar die Woche.«

»Ich spreche Spanisch. Ich kann Französisch. Ich bin Experte in Boxgeschichte.«

»Nimm's oder lass es bleiben.«

Das war 1944 gewesen, und er begann, indem er weiterhin frugal lebte, Geld für seine Spanienreise zu sparen. Madrid. Der Ebro. Teruél. Guernica. Aber zuerst ein Besuch in Paris.

Paris, France.

Wo Hemingway gelebt hatte.

Wo ein gewisser Josip Broz, später als Marschall Tito bekannt, einst von einem Hotel auf der Rive Gauche aus einen ganzen Strom rekrutierter Partisanen durch seine sogenannte »Untergrund-Eisenbahn« geschleust hatte. Das erste Freiwilligenkontingent für die Internationalen Brigaden, etliche Fünfhundert Mann, war am 14. Oktober 1936 in Albacete eingetroffen. Ihr Führer war »General« Emilio Kléber, ein Rumäne, der eigentlich Lazar hieß und in Propagandaveröffentlichungen als »Glücksritter mit angenommener kanadischer Nationalität« beschrieben wurde. Und, erinnerte sich Joshua grinsend, schon damals hieß es, die *lingua franca* der Internationalen Brigaden sei Jiddisch.

In Paris ging Joshua mit seinem Album voll Zeitungsausschnitten zur *Herald Tribune*; wo der Chefredakteur ihn seufzend bat, ein Formular auszufüllen.

»Ich dachte, Sie wären vielleicht an einer Serie über Spanien interessiert. Mein Hauptfach an der McGill University war spanische Geschichte. Außerdem spreche ich auch fließend Spanisch.«

»Unser Mann in Madrid ebenfalls.«

Joshua mietete sich in einem kleinen Hotel an der Rue Mouffetard, nicht weit vom Wochenmarkt, ein Zimmer und saß nachmittags zumeist lesend im Garten der St.-Ménard-Kirche, wo Jean Valjean einst zufällig Javert begegnet war. Wo der Jansenist François Pâris im Jahre 1727 begraben wurde und junge Mädchen herbeiströmten, um die Erde von seinem Grab zu essen. Sich dort zu geißeln, sich die Zunge durchstechen oder Brüste und Hüften zertreten zu lassen, bis sie ohnmächtig niedersanken. Fünf Jahre später sah die Regierung sich gezwungen, den Friedhof ummauern und bewachen zu lassen, und am fest verschlossenen Tor tauchte auf geheimnisvolle Weise ein kurzer Reim auf.

De par le roi, défense à Dieu
De faire miracle en ce lieu.

Spanien war nahe, schmerzhaft nahe, doch überwältigt von Paris, vermochte er sich nicht vom Fleck zu rühren. Er lernte Markham kennen, freundete sich mit Peabody an. Dann, eines Nachmittags im Herbst 1951, saß er mit Peabody auf der Terrasse des The Old Navy.

»Versuch's doch mal mit Ibiza.«

»Mit Ibiza?«

»Mit Ibiza.«

Er gähnte.

»Wenn du die Pyrenäen überquerst«, dozierte Peabody, »lässt du Europa hinter dir. Dieses Gebirge ist eine Zeitmaschine. Auf der anderen Seite ist es noch hundert Jahre früher als hier. Stellenweise sogar noch mehr.«

Spanien winkte. Ja. Doch inzwischen hatte er den größten Teil seines Einsatzes verspielt, teils bei den Pferden in Longchamps und Maisons-Laffitte, den dicksten Batzen jedoch im Laufe einer wilden Saufnacht mit Peabody an den Roulettetischen eines Clubs in der Nähe der Oper. Also machte er sich stattdessen nach London auf, wo er wenigstens ohne Arbeitserlaubnis arbeiten durfte. Die Zeitungsausschnitte in der Hand, machte er die Runde. Reuter, UP, AP, CP. Er sprang hier kurzfristig für einen Urlauber ein, half dort vierzehn Tage für einen anderen aus und diente nebenbei als Korrespondent mehrerer kanadischer Zeitungen, denen er den obligatorischen Mist schickte. Bekam etwa eine füllige kanadische Schauspielerin in der Shaftsbury Avenue eine Statistenrolle, schrieb er SCHÖNHEIT AUS TORONTO VERZAUBERT WEST END. Überdies wandte er sich dem Plagiarismus zu. Er riss eine Kurzgeschichte mit einem gewissen Clou am Ende aus *Collier's* heraus, schrieb sie um, ließ sie in Calgary spielen und schickte sie dem *Star Weekly* mit einem Begleitbrief nach Toronto, in dem er erklärte, er sei ein aufstrebender kanadischer Künstler, der sich schlichtweg weigere, sein stolzes Erbe für eine Handvoll Yankee-Dollars zu verkaufen. Die beigefügte Story sei von der *Saturday Evening Post* angenommen worden – unter der Bedingung, dass er amerikanische Ortsnamen verwende. Dies, schrieb er, sei eine Verletzung seiner Integrität; lieber werde er von einem kanadischen Blatt weniger Geld nehmen. Zu seinem Erstaunen trug ihm die Story einen Scheck über 300 Dollar sowie eine Bitte um weiteres Material ein. Dann wurde er von einem Montrealer Redakteur gebeten, nach Cambridge zu fahren und ihm 750 Wörter über kanadische Studenten für eine Bildungsbeilage zu liefern.

Cambridge. Wohin er sah, Kricketschläger auf Fahrrädern. Schlechte Zähne. Doch dort begegnete er an einem nassen, nebligen Samstagvormittag auf dem Market Square zum ersten Mal Murdoch, rannte buchstäblich in ihn hinein, als sie beide in David's Bookstall nach frühen Penguins, alten Everymans suchten, die höchstens sechs Pence kosten durften. In jenen Tagen las der noch zu verlegende Murdoch anderer Leute Romane noch in der Erwartung, Freude daran zu finden, und für Joshua waren sie noch nicht ausschließlich Stoff für seine empörenden Rezensionen, die fast nur aus Schmähungen bestanden. Joshua griff nach einem Hardcover, einem 1934 veröffentlichten Roman: Die Beurteilung des Kritikers auf dem verblassten Schutzumschlag war enthusiastisch. »Ein Muss für jeden Bücherschrank.« »Ein kleines Meisterwerk.« »Einfach brillant.« Er hatte noch nie von dem Autor gehört.

Murdoch – mit seiner Gabe, anderer Leute Gedanken zu lesen – grinste ihn an. »Scheißspiel«, sagte er.

Joshua las den ersten Abschnitt laut vor, beide wieherten sie vor Lachen und suchten Zuflucht bei einem Bierchen bei Morley.

Seelenverwandtschaft.

Murdoch war damals noch drahtig, mit einer Krankenkassen-Stahlbrille auf der anspruchsvollen Nase, einem Schopf fettigem, schwarzem Haar, erstaunten braunen Augen und dem üblichen praktischen Tweedjackett. Aber schon wild entschlossene Energie und bissige Bosheit aus allen Poren verströmend. »Und jetzt sag mir mal, wer eigentlich dieser Adlai Badly ist, von dem da drüben alle so viel reden.«

Als Council-School-Absolvent aus Bradford und Stipendiat musste Murdoch am King's College in zwei verschiedenen Fächern mit Auszeichnung abschließen. Einmal, als sie dort vorbeigingen, um Murdochs Post abzuholen, bat er Joshua, vor der Portierloge zu warten. »Tut mir leid«, erklärte er, »aber du bist kein College-Mitglied. Im Grunde bist du mir sozial überhaupt in jeder Hinsicht unterlegen.«

»Wie schön für dich, Sidney.«

»Ach, wenn du wüsstest!« erwiderte Murdoch grinsend.

Später jedoch fiel er in Melancholie. »Glaubst du, dass es einen Platz für uns geben wird?« fragte er Joshua.

»Wo?«

»Auf dieser Welt. Ich denke nicht daran, Schlange zu stehen. Ich denke nicht daran, in Restaurants zu essen, die Lunchgutscheine akzeptieren. Oder ein Postscheckkonto zu eröffnen. Ich will alles.«

»Wir werden es bekommen, Sidney.«

»Du verstehst dieses beschissene Land nicht. Es reicht nicht aus, in zwei Fächern mit Auszeichnung abgeschlossen zu haben. Hier muss man sich nach oben boxen.

»Wir sind was Besonderes.«

»Gott schütze dich. Aber du hast keine Ahnung. Wenn ich den Nobelpreis gewänne, würde die Schlagzeile in der *Times* lauten: ›Sohn eines Zeitungsverkäufers gewinnt …‹ und woher in Gottes Namen«, fuhr er Joshua an, »nimmst du eigentlich dein Selbstvertrauen?«

Joshua knöpfte sich das Hemd auf und zeigte ihm einen langen, dünnen Schlüssel, den er an einer silbrigen Kette trug.

»Was ist das?«

»Das ist der Schlüssel zu einem Bankschließfach der Royal Bank of Canada in der Hauptstraße von Cornwall unmittelbar hinter der Grenze nach Ontario.«

»Im Ernst, Joshua – wie kommt es, dass du so selbstsicher bist?«

Ich – und selbstsicher? Er musste lachen. »Nun gut«, sagte er, »ich werd's dir erklären. Als ich ein Junge war, nahm mich mein Vater häufig mit in die Stadt, und jedes Mal, wenn wir jemanden trafen, den er kannte, hielt er ihn an und sagte zu ihm: Ich möchte Ihnen meinen Sohn Joshua vorstellen. Das ist mein Sohn. Und als ich alt genug war, nahm er mich mit zu Colucci in den La Scala Barbershop und sagte: ›Deine Tage sind gezählt, Sonny.‹ ›Wieso?‹ fragte ihn Colucci. ›Das hier ist Joshua, mein Sohn. Fühl doch mal seine Muskeln.‹ Zu meiner Bar-Mizwa war mein Vater nicht da, er hatte anderswo zu tun, doch als er zurück war, nahm er mich mit in seinen Billardsalon, ging mit mir zum Queueständer, gab mir einen Schlüssel und sagte: ›Der da schließt dein Queue auf. Es gehört dir. Niemand anders darf es benutzen.‹ Dann wandte er sich an den Boss und sagte: ›Beweg deinen Hintern, Stash, und bau sie auf, für mich und meinen Sohn.‹«

»Was willst du, Joshua – was willst du wirklich?«

»Nun, mein Vater erzog mich in dem Glauben, dass man nur eine Runde lang lebt. Also wünsche ich mir ein gutes Leben, realisierbar zu Bedingungen, die keine Beleidigung für mich sind. Außerdem beabsichtige ich mich zu amüsieren.«

Joanna, ein bezauberndes Girton Girl, das nach altem Geld und Landhäusern roch, drängte sich zwischen sie. Joanna begriff nicht, dass Murdochs Beleidigungen eine verzweifelte Form des Flirtens waren; Joshua seinerzeit allerdings auch nicht. Er verstand sich prächtig mit Joanna und kam zu Murdoch, um ihn zu fragen, ob er ihm seine Wohnung für den Nachmittag überließe. »Aber sicher«, antwortete Murdoch steif, doch als Joshua mit Joanna wiederkam, musste er feststellen, dass Murdoch ihnen eine Flasche australischen Sherry und ein Kuvert mit Joshuas Namen drauf hinterlassen hatte. In dem Kuvert steckte ein boshafter Brief. Außerdem hatte er es geschafft, die Gasheizungszuleitung zu unterbrechen, sodass ihn Joshua heftig beschimpfte, als er ihn später bei Morley traf.

»Ach, hör doch auf! Was habt ihr getrieben?« erkundigte sich Murdoch mit rotem Kopf. »Wie fängt man so was überhaupt an?«

»Was denn?«

»Du weißt schon. Diese komischen Sachen.«

Joshua bestellte sich noch ein Bier und zuckte zusammen, als jemand zufällig seinen Rücken streifte.

»Was ist?« wollte Murdoch sofort wissen.

Mit leiser Stimme erwiderte Joshua: »Kratzer.«

»Großer Gott – wirklich?«

»Hm-hm.«

»Hat sie Strumpfhalter getragen? Ich stehe unheimlich auf Strumpfhaltergürtel. Na?«

»Das«, gab Joshua zurück, »wäre eine Indiskretion.«

Total blau, wieder zum Kind geworden, beichtete Murdoch, dass er seit Monaten auf Joanna scharf sei, aber nicht gewusst habe, wie oder ob sie überhaupt … »Ehrlich, wie fängt man so was an?«

Joshua, der nicht zugeben mochte, dass sie in Murdochs subarktisch kaltem Zimmer, beide von einer Gänsehaut bedeckt und vor Kälte zitternd, kaum mehr getan hatten als einander zu befummeln, berichtete: »Also, angefangen haben wir damit, dass sie mir die Zehen abgeleckt hat. Das ist ein alter Brauch bei den orthodoxen Juden, wusstest du das?«

»Scher dich zum Teufel!«

»Wie viel«, erkundigte sich Joshua hinterhältig, »weißt du

überhaupt davon, was bei einer Bar-Mizwa-Feier so alles passiert?«

Früh am nächsten Morgen hämmerte eine völlig verstörte Joanna an Murdochs Tür. Mit seiner Hilfe drehte sie alle Kissen um, rollte den Teppich auf und rückte die Möbel beiseite, suchte in allen Ecken und Winkeln, sogar hinter dem Bücherregal nach ihrer verlorenen Perlenkette. Die nirgends zu finden war. Als Joshua später am selben Tag Murdoch begegnete, war dieser zutiefst betrübt. »Das waren keine falschen Perlen«, erklärte er Joshua. »Die waren von Asprey.«

»Wahrscheinlich ist die Schnur gerissen«, meinte Joshua. »Und sie hat sie unterwegs verloren, als sie nach Girton zurückradelte.«

Joanna setzte eine Annonce in die Zeitung. Die drei Tage lang erschien, aber kein Resultat zeitigte. Joshua kehrte nach Paris zurück, beriet sich mit Peabody über Ibiza und kaufte sich eine Eisenbahnfahrkarte dritter Klasse nach Sevilla.

Er musste Sevilla sehen. Am 18. Juli 1936 hatte dort ein verblüffender Handstreich stattgefunden. General Queipo de Llano, Kommandeur der Carabinieri, verhaftete tollkühn und nur von seinem Adjutanten sowie drei anderen Offizieren mit fünfzehn Falangisten begleitet, die republiktreuen Offiziere einer Infanteriekaserne und übernahm den Oberbefehl. Damit hatte er ein Regiment von nicht mehr als einhundertdreißig Soldaten zur Verfügung – bei einer Stadt von zweihundertfünfzigtausend Einwohnern, die noch nicht unterworfen war. Zum Glück für Llano versprachen Offiziere der Artilleriekaserne, die Rebellion zu unterstützen, der Flughafen fiel, und es leisteten nur noch die Arbeitervororte der Erhebung Widerstand.

The stars are dead; the animals will not look:
We are left alone with our day, and the time is short and
History to the defeated
May say Alas but cannot help or pardon.

Von Sevilla aus fuhr er per Anhalter nach Granada. Bei Motril verließ er die Sierras; hier stieß er auf die Hauptstraße, die von Malaga kam, und folgte nunmehr, genau wie geplant, der Route der retirierenden republikanischen Armee. Am 17. Januar 1937 war, wie er sich erinnerte, der Angriff der Nationalisten auf Malaga von italienischen Panzereinheiten eingeleitet worden. Die Küstenstadt wurde tagtäglich von zwei deutschen Kreuzern beschossen, und am 6. Februar, als Howie Morenz, Stolz der Kanadier, im Krankenhaus lag und Joe Louis den Vertrag für den Kampf mit Tommy Farr unterschrieb, wurde befohlen, die Zivilbevölkerung aus der Stadt zu evakuieren, und zwar über die Straße nach Almería. In Ronda warfen republikanische Eiferer mehrere Hundert einheimische Bourgeois über die Klippen in den Tod. Inzwischen massakrierten verfolgende Nationalistentruppen, unterstützt von Panzern und Luftwaffeneinheiten, die Nachzügler der auf dem Rückzug befindlichen republikanischen Kolonnen. Auf dieser Straße, Joshua, auf dieser Straße. Die Männer wurden umgebracht, die Frauen jedoch verschont, und sei es auch nur, um die Lebensmittelknappheit der Republikaner zu verschlimmern. Dr. Norman Bethune war dort. Drei Tage und drei Nächte lang geleiteten er und drei andere Männer die Überlebenden nach Almería.

> … je weiter wir kamen, desto furchtbarere Dinge sahen wir. Tausende von Kindern – wir zählten allein fünftausend unter zehn Jahren –, und mindestens tausend von ihnen barfuß, viele nur mit einem einzigen Kleidungsstück bekleidet. Sie hingen über der Schulter ihrer Mütter oder klammerten sich an ihre Hand. Hier wankte ein Vater dahin, zwei Kinder von ein und zwei Jahren auf dem Rücken, in den Händen Töpfe und Pfannen oder anderen kostbaren Besitz …

Ein paar Abende später, als Almería mit Flüchtlingen vollgestopft war, als etwa vierzigtausend Menschen einen sicheren

Hafen erreicht zu haben glaubten, wurde die Stadt von deutschen und italienischen Bombern angegriffen. Die Flugzeuge machten keinen Versuch, das regierungseigene Schlachtschiff im Hafen oder die Kasernen zu treffen, sondern warfen ihre Bomben absichtlich ins Stadtzentrum, wo sich die erschöpften Flüchtlinge versammelt hatten. Während ich, dachte Joshua, Bolo spielen lernte und Bostons Krauts zujubelte: Milt Schmidt, Bobby Bauer, Woody Dumart.

Touristen waren, wie Joshua feststellte, im Spanien von 1952 selten, vor allem junge, umherzigeunernde Kanadier, und er merkte staunend, dass er, nachdem er die geizigen Franzosen über sich hatte ergehen lassen, in Almería überall wie ein willkommener Gast behandelt wurde. Sogar Barkeeper luden ihn zu einem Drink ein. *Como su casa.*

Barcelona.

In Barcelona schien es auf den ersten Blick einige wenige sehr, sehr Reiche zu geben, zahllose unaussprechlich Arme, doch kaum eine erwähnenswerte Mittelschicht. Die Reichen waren, wie er feststellte, zum großen Teil überaus amüsante Burschen, die in ihrem Leben noch keinen Handschlag Arbeit geleistet hatten und schon bei dem Gedanken daran beleidigt waren. Jede Menge Oblomovs. Unter ihnen der charmante, doch ziemlich geistlose Antonio, der einen Anzug aus der Savile Row trug und einen schneeweißen Austin-Healey fuhr. »Nach ein paar Drinks«, erklärte Antonio, »sind wir alle hier Republikaner. Nach ein paar weiteren, ziemlich steifen, sind wir Kommunisten. Kommt man aber um vier Uhr morgens – Mann, dann ist ein jeder Spanier mit einem Funken Selbstachtung ein hundertprozentiger Anarchist. Deswegen brauchen wir unseren Franco. Kapiert?«

Ja. Gewiss. Am nächsten Abend brach Joshua per Schiff auf nach Ibiza.

9 Bis Pauline, an ein Bett im Royal Vic gefesselt, hilflos dem Valium ausgeliefert war, hatte sich Joshua selbst im tiefsten Winter in Montreal amüsieren können, indem er des Abends durch die Straßen streifte, in denen überall dicke Schneehaufen lagen, die schwarzen Bäume nackte und kahle Äste reckten. Mit prickelnden Ohren, knirschend-pulvrigen Schnee unter den Sohlen, stieg er den Berg nach Upper Westmount hinauf, hielt hier und da inne, um dreist durch Wohnzimmerfenster zu spähen und Familien zu beobachten, die um knisternde Kamine versammelt waren und, gut geschützt gegen eisige Stürme, die Tagesereignisse Revue passieren ließen oder, Frühlingssamenkataloge betrachtend, Verbesserungen für ihren Garten planten. Was er jedoch am meisten genoss, waren Begegnungen mit ehemaligen Mitschülern, die er provozierte. St.-Urbain-Lausbuben, die zu großem Geld gekommen waren. Vor allem Pinsky. Irving Pinsky. »Wenn ihr mal ein schönes Feuerchen braucht«, pflegte Pinsky auf dem Schulhof zu erklären, »wendet euch nur an den alten Shapiro, sagt mein Vater. Was für ein *jold!*«

»Joshua, was machst du denn hier?«

»Ich schnappe ein bisschen frische Luft, Irving. Du hast ja keine Ahnung, wie es da unten bei uns stinkt. Sogar Nigger haben wir jetzt in unserer Straße.«

»Heutzutage sagt man ›Schwarze‹. Hättest du's vielleicht gern, wenn man *kike* zu dir sagt?«

»Ich bin ein Jude, Irving. Du bist ein *kike*.«

»Also, du hast dich kein bisschen verändert.«

Was man von Pinsky nicht behaupten konnte. Der pickelige, knochige Pinsky war zu einem schlanken Herrn mit lockigem Grauhaar herangewachsen. Distinguiert wie auf einer Whisky-Werbung. Er trug seine Persianermütze in flottem Winkel, dazu einen schwarzen Kaschmirmantel, Seidenschal, Glacéhandschuhe und pelzgefütterte Wildlederstiefeletten. Zum Weltreisenden avanciert, wusste er, was man sich bei Brennan in New Orleans zum Frühstück bestellte, war bei

Davidoff in Genf zu Hause, fand sich am ersten Tag, an dem Frühspargel zu haben war, in London im Guinea ein. Außerdem hielt er sich für einen Frauenliebling. Und einen Monat nachdem Joshua und Pauline in ihr Haus eingezogen waren, entdeckte Pinsky Pauline, der er bei einem Konzert vorgestellt worden war, an einer Haltestelle, wo sie auf ihren Bus wartete. Er stoppte seinen Mercedes 450 SL und erbot sich, sie in die Stadt mitzunehmen. Pauline willigte zwar ein, machte sich später jedoch mit Joshua lustig darüber. Ermutigt rief Pinsky sie in der folgenden Woche an, um sie für Dienstag zum Dinner einzuladen.

»Und wie«, erkundigte sich Pinsky bei Joshua, nachdem die Drinks serviert worden waren, »hat es ein Kerl wie du geschafft, sich eine so zauberhafte Frau zuzulegen?«

»Oh, vielen Dank«, sagte Pauline und versetzte Joshua verstohlen einen Rippenstoß.

Pinsky war Mitglied eines Gourmetclubs. Er sammelte Jahrgangsweine. Daher wurden sie von ihm und seiner ehrgeizigen Frau Gilda auch erstklassig verköstigt – auf einem Tischtuch aus Brüsseler Spitze. Irving Pinsky, einstmals bewundert wegen der Turnschuhe, die er in Klasse 42 der FFHS trug, bis sie ihm fast von den Füßen fielen, nunmehr prachtvoll herausgeputzt in einem Dinnerjackett aus burgunderrotem Samt mit schwarzem Rollkragenpullover darunter, und Gilda mit ihren dicken Armen, an denen zahllose Goldreifen und -bänder klirrten. Die Gesichter ins tanzende Kerzenlicht silberner Leuchter getaucht, tranken sie Wein aus farbigen Kelchen, fünfundzwanzigjährigen Cognac aus vogelbadgroßen Schwenkern. Bevor sie sich jedoch zum Essen setzten, lud Pinsky sie zu einer Besichtigung seines Weinkellers ein, wobei er auf der Treppe unnötigerweise Paulines Körper streifte. Durch eine Waschküche mit zwei Wannen gelangten sie ins Allerheiligste, dessen moderner Thermostat auf dreizehn Grad Celsius eingestellt war. Und hier gestattete es der vor Stolz strahlende Pinsky dem vor Zorn kochenden Joshua mit der Warnung, sie ja nicht zu schütteln, seine geheiligten Flaschen Château Mouton-Rothschild '61 und Château Lafite '66 zur Hand zu nehmen. Auf einem Lesepult, das er in einem Lissaboner Antiquitätengeschäft aufgetrieben hatte, lag aufgeschlagen ein in Leder gebundenes Register, in das er jede Flasche mit dem Datum ihrer Entnahme und ein paar kurzen Bemerkungen über Körper und Beschaffenheit des Weines eintrug. Zur späteren Bezugnahme. Eine Flasche Forster Kirchenstück '67 in der Hand, sagte Pinsky: »Rate mal, was dieses Baby hier auf dem heutigen Markt wert ist.«

»Na ja, fünfundzwanzig Dollar, würde ich sagen.«

»Hundert käme wohl eher hin«, berichtigte Pinsky ihn freudestrahlend. »Frag mal deine hinreißende Frau. Die wird's wissen.«

Zu Hause erzählte Pauline ihm belustigt: »Als du auf dem Klo warst, hat er mich gefragt, ob er mich zum Lunch einladen darf.«

Als Joshua Pinsky das nächste Mal traf, war dieser am Tag zuvor von seinem Winterurlaub in einem kleinen, exquisiten Hotel auf einer entlegenen und bisher noch unentdeckten westindischen Insel zurückgekehrt und führte seinen russischen Wolfshund spazieren. Unter der glatten, gebräunten Haut lagen deutlich Furcht und angstvolle Nervosität verborgen. »Hast du schon gehört?« erkundigte er sich.

»Nein. Was denn?«

»Es ist furchtbar! Einfach unglaublich! Man hat bei mir eingebrochen.«

»Was haben sie denn mitgenommen?«

»Gar nichts.«

»Gar nichts?«

»Viel schlimmer. Komm mit«, forderte er Joshua bekümmert auf.

Pinsky führte ihn zum Hintereingang und gleich in den Weinkeller hinunter. »Sieh dir das an«, sagte er. »Und das. Und das.« Dabei zeigte er ihm eine kostbare Flasche nach der anderen.

Joshua wusste nichts anderes zu sagen als: »Sie sind nicht mehr so staubig wie das letzte Mal, als ich hier war.«

»Idiot! *Sieh dir das an!*«

»Großer Gott, die hat ja kein Etikett!«

»Irgendeine heimtückische Person, ein ganz gemeiner, perverser Mensch hat von jeder einzelnen Flasche das Etikett abgewaschen. Außerdem hat dieses Schwein die Flaschen durcheinandergebracht.«

»Hoffentlich bist du versichert, Irving.«

»Selbstverständlich bin ich versichert. Aber was soll ich der Versicherung sagen? Die Polizei – die haben mir so einen Dummkopf von Kriminalbeamten geschickt, McMaster heißt er – erklärt, es sei schließlich nichts gestohlen worden. Wie kann man mir nur so etwas antun? Warum nur, frage ich mich immer wieder.«

»Ein Glück, dass ein Mann mit einem so fein ausgebildeten Gaumen wie du bloß eine Flasche zu öffnen braucht und nicht nur die Lage, sondern auch den Jahrgang herausschmeckt.«

»Das ist schon wahr. Aber woher soll ich wissen, welche Flasche ich aufmachen soll?«

»Rot zu Fleisch. Weiß zu Fisch.«

»Ich wünschte, ich hätte deinen primitiven Geschmack.«

Diese Spaziergänge waren Joshuas einziges Bewegungstraining. Selbst an den kältesten Abenden, wenn alle Straßen verlassen lagen, überall jedoch Lichter brannten, machte es ihm noch Spaß, zu Fuß in die Stadt hinunterzugehen, am Forum vorbei zum International News Store, um für sich und Pauline als Bettlektüre ein paar Zeitschriften zu besorgen. Jetzt aber, da Pauline im Krankenhaus lag, war alles anders. Die Kinder waren verständlicherweise durcheinander, und wenn er von seinem Spaziergang heimkehrte, wurde er mit den Problemen ihrer Hausaufgaben konfrontiert, die er nicht begriff, oder musste Streit schlichten, wozu er nicht die nötige Geduld aufbrachte.

Als er eines Nachmittags aus dem King's Arms zurückkam, hockte Susy verzweifelt auf dem Teppich des Arbeitszimmers inmitten eines Durcheinanders von Lexika und anderen Nachschlagewerken, aber mit gähnend leeren Heftseiten.

»Na, was gibt's denn für ein Problem?« fragte er sie liebevoll.

»Mein Aufsatz. Ich weiß nicht, wie ich anfangen soll.«

»Ich helfe dir«, erklärte er. Dabei fiel ihm auf, dass Alex ihn zweifelnd musterte.

»Sag ihm, was du dir eingebrockt hast«, forderte Alex Susy auf.

»Die höhere Schulbildung im heutigen China.«

»Wie kommen sie nur auf ein solches Thema?«

»Es hat geheißen, höhere Schulbildung irgendwo. Und da hab ich eben China genommen.«

Joshua stöhnte.

»Du hast uns gesagt, wir sollen uns mehr für andere Gesellschaftsformen interessieren«, erinnerte ihn Alex.

»Wann musst du abliefern?«

»Morgen früh. Soll ich dir einen Scotch holen?«

»Nein. Ja. Ich sag' dir Bescheid.« Er mied Alex' Blick.

Die Pizzas, die Joshua bestellt hatte, trafen ein, und sie setzten sich erst mal zum Essen. Über Teddys Wangen kullerten Tränen. »Was ist los?« fragte Joshua.

»Sie guckt mich an.«

»Du guckst ihn an, sagt er.«

»Weil er nicht mit aufgestützten Ellbogen essen soll.«

»Warum denn nicht? Mach' ich doch auch.«

Teddy strahlte.

»Du ergreifst immer seine Partei«, beschwerte sich Susy und lief hinaus.

Joshua wandte sich an Teddy und befahl ihm, nicht so hämisch zu grinsen.

»Ich hasse sie«, verkündete Teddy und rannte davon.

»Na?« wandte sich Joshua lächelnd an Alex. »Hast du mir gar nichts zu sagen?«

»Aber klar. Bloß, du würdest es mir ja doch nicht erlauben.«

»Versuch's doch mal.«

»Darf ich meinen Führerschein machen?«

Joshua griff nach einem Scotch.

»Ich könnte dir beim Einkaufen helfen. Ich könnte Teddy zum Schwimmunterricht fahren.«

»Okay. Warum nicht?«

»O ja! Ich meine, ehrlich?«

»Ja. Ehrlich. Ich meine, was ist ein echter Junge in deinem Alter ohne fahrbaren Untersatz?«

»Aber du hast doch erst einen Wagen gekriegt, als du dreißig warst, und in meinem Alter hast du Dostojewski gelesen.«

»Ja, weil es so unsterbliche Werke wie ›Angst vorm Fliegen‹ noch nicht gegeben hat.«

»Ich habe mir das Buch nicht gekauft. Ich hab's mir von Carol geliehen.«

»Ist das die rührend sensible *gamine* mit den abgekauten Fingernägeln, die ihre Selbstfindung betreibt, wie man das jetzt wohl nennt?«

»Das ist Penny.«

»Dann muss Carol die lange, muffig Riechende mit den krausen Haaren und dem grünen Nagellack sein.«

Alex lachte anerkennend, und Joshua grinste zurück, überlegte, was wohl passieren würde, wenn er jetzt aufstand und ihn umarmte. »Einmal«, erzählte er, »als ich elf Jahre alt war, wollte mein Vater mir einen Kuss geben, aber ich zuckte vor ihm zurück. Wäre er nur fünf Minuten länger geblieben, um mit mir darüber zu reden, hätten ihn die Cops erwischt.«

Alex wartete; er hoffte auf mehr. Aber Joshua sagte nur: »Lauf nach oben und sieh zu, was du bei ihnen ausrichten kannst, okay?«

»Okay«, antwortete er und berührte im Vorbeigehen Joshuas Schulter. »Übrigens, weißt du …«

»Ja?« fragte Joshua begierig.

»Grandpa fehlt mir. Ehrlich. Wann kommt er aus Florida zurück?«

Nachdem alle zu Bett gegangen waren, schenkte sich Joshua

noch einen Scotch ein und stellte den Fernseher an. Es lief gerade der letzte Teil des Eishockeyspiels.

Er war auf dem Sofa schon halb eingeschlafen, als das Telefon zu schrillen begann, ihn hochschreckte. Nur nicht das Krankenhaus, dachte er. Bitte nicht!

»Weißt du, von wo ich anrufe?«

»Nein«, antwortete er enttäuscht.

»Aus dem King's Arms«, sagte Jane Trimble mit schwerer Zunge. »Warum bist du nicht hier?«

»Weil es ein Uhr früh ist und ich um sieben Uhr aufstehen muss, um meinen Lieben ein anständiges Frühstück vorsetzen zu können.«

»Ich bin nur hier, weil ich gehofft hatte, dass du da bist. Jetzt habe ich mich von einem jungen Mann, der in Computern macht, anmachen lassen. Er stinkt nach Old Spice. Ich wette, er trägt kurze Jockey-Unterhosen.« Sie kicherte. »In bunt. Er hat meine Hand auf sein Ding gelegt und mich gefragt, ob ich schon jemals einen so Großen gefühlt hätte.«

»Der Ärmste! Er wusste nicht, mit wem er's zu tun hatte.«

»Oh, vielen Dank! Ich danke dir sehr. Er sagt, ältere Frauen törnen ihn an. Ich bin erst zweiundvierzig, Joshua.« Sie fing an zu weinen.

»Geh nach Hause, geh ins Bett, Jane.«

»Aber ich habe Angst vor ihm. Wenn ich jetzt gehe, kommt er mir nach.«

»Dann ruf Jack an.«

»O ja, natürlich, ruf Jack an. Vor dem habe ich noch mehr Angst. Komm du mich abholen.«

»Ich bin nicht mal richtig angezogen.«

»Ich warte.«

»Nein!«

»Ich möchte Pauline besuchen.«

»Wenn du dich auch nur in die Nähe von dem Krankenhaus wagst, breche ich dir sämtliche Knochen im Leib! Das gilt auch für Jack.«

»Bitte, komm mich doch abholen! Bitte, Joshua! *Ich muss jetzt Schluss machen. Er kommt.*«

Unmittelbar darauf rief Joshua die Bar an und sprach mit George, dem Barkeeper. »Bei Ihnen sitzt, glaube ich, eine Dame.«

»Ja. Sie hat nach Ihnen gefragt.«

»Hat sie vielleicht Schwierigkeiten?«

»Na ja, sie hat mit diesem Schnorrer hier rumgeschmust, ihn aber nur an der Nase herumgeführt, und jetzt weint sie, und er sagt, sie wäre 'n Schwanzfopper.«

»Glauben Sie, dass Sie ihn rausschmeißen und sie mit einem Taxi nach Hause schicken können?«

»Na klar«, antwortete er.

Erledigt, dachte Joshua. Aber er hätte es besser wissen müssen. Eine halbe Stunde später klingelte es an der Haustür. »He«, sagte sie, »Sir Galahad ist zu Hause.« Sie fegte an ihm vorbei ins Arbeitszimmer, erleichterte ihn mit einem schnellen Griff um seinen Scotch und setzte hinzu: »Ich dachte, du wärst schon ausgezogen. Wie schade!«

Von einem Sujet zum anderen springend, einander misstrauisch mit gezückten Messern umkreisend, ließen sie kein Thema aus. Den Abend jener seltsamen Dinnerparty am See. Ihre Version der vorausgegangenen Ereignisse. Kevin. Jack. Pauline. Den unglücklich gewählten Zeitpunkt seiner Spanienreise. Seinen »Metzergang«. Eine Stunde später endete es naturgemäß mit einer Katastrophe.

Sie reizte ihn so sehr, dass er ihr mit dem Handrücken einen Schlag ins Gesicht versetzte, der sie durch die offene Haustür der Länge nach auf den Rasen warf.

Jane saß im Schnee; ihre Nase blutete.

»Ich hole dir ein Handtuch«, erbot er sich müde.

»O nein, das tust du nicht!« widersprach sie, rappelte sich auf und verlor, als sie dem näher kommenden Taxi entgegenlief, einen Schuh.

Eine Woche darauf erfuhr er, dass sie nicht nach Hause, sondern zu Dickie und Wendy Abbott gefahren war und den Rest der Nacht mit ihnen durchgetrunken hatte. Mit nur einem Schuh. Lang ausgestreckt und den Kopf weit zurückgelegt, damit das Nasenbluten aufhörte.

Wo warst du?

Bei Joshua.

Yossel Kugelman, Alleinerzeuger von *Your Kind, My Kind, Mankind,* hatte den Fall abgegeben. Aber der neue Arzt, ein fröhlicher junger Mann, den Joshua im Verdacht hatte, ein Einfaltspinsel zu sein, machte ebenfalls keine Fortschritte.

Pauline, Pauline.

Warum hatte er die Anzeichen nicht früh genug erkannt? Eingesehen, dass Kevins Rückkehr das Fass zum Überlaufen brachte? Ihr Gleichgewicht, ihr labiles Gleichgewicht störte? Sodass sie plötzlich wieder mittendrin war, überall putzte, vollgestopfte Schränke leerte, Bücher abstaubte und zwanghaft Listen von allem anlegte, was noch getan werden musste. Listen, und Listen von Listen. Statt den Dämon zu erkennen und ihr bei seiner Austreibung zu helfen, hatte er sich in seinen Ärger zurückgezogen, war um fünf Uhr aus seinem Arbeitszimmer gekommen, hatte sie mürrisch vorgefunden und ihr den Vorwurf gemacht: »Du hast schlechte Laune!«

»Na und?«

»Warum trinken wir vor dem Dinner nie mehr was?«

»Möchtest du hören, wie ich den Tag verbracht habe?«

»Aber gern«, erwiderte er ahnungsvoll.

»Ich habe mit Eaton telefoniert und eine Stunde auf die Leute eingeredet, damit sie einen Fehler in der Rechnung vom letzten Monat berichtigen. Man stellte mich von einer Abteilung zur anderen durch, und jedes Mal musste ich die ganze Geschichte wiederholen, aber sie haben sie immer noch nicht kapiert. Dann bin ich neue Schlittschuhe für Teddy kaufen gegangen. Vor Mr. Tony musste ich in der zweiten Reihe parken, und als ich rauskam, hatte ich ein Strafmandat. Dann bin ich ganz raus nach Ville St. Laurent, um ein neues Messer für den

Garburator zu kaufen, aber unser Modell ist ausgelaufen. Sie wollten mir einen Neuen verkaufen. Also bin ich zum Swiss Repair Shop zurück und habe die dort überredet, das alte Messer zu löten und zu schleifen. Als ich bei Troy deine Hemden abholen wollte und auf die Straße hinaustrat, hat mir ein Auto meinen Wildledermantel mit Schneematsch und Streusalz vollgespritzt. Er muss vollständig gereinigt werden. Damit und mit dem Parkzettel ist fast das ganze Geld futsch, das ich mit dem Garburatormesser eingespart habe. Bei Miss Westmount wollte ich einen Kaffee trinken. Warum auch nicht, den habe ich mir verdient, dachte ich mir. Ein dicker, fetter Mann setzte sich neben mich an die Theke und behauptete, ich hätte herrliche Titten. Bei Steinberg habe ich dann die Lebensmittel bestellt, und das dauerte auch wieder eine Stunde. Dann fiel mir der Toaster hinten im Wagen ein, also bin ich wieder zum Swiss Repair Shop gefahren, habe wieder Schlange gestanden und ihn zur Reparatur dort gelassen. Im »Y« habe ich Teddy für den Schwimmunterricht im Frühjahr angemeldet. Für Alex habe ich die neue Frank-Zappa-Platte gekauft, um die er mich gebeten hatte. Bei Howarth habe ich für Susy drei Schulhöschen gekauft. Die Höschen haben nicht den richtigen Farbton. Alex hat die Frank-Zappa-Platte bereits. Teddy gefallen die Schlittschuhe nicht, die Jungs in der Schule tragen jetzt ganz andere. Dann kamen die Lebensmittel von Steinberg, und irgendein Esel hatte den Joghurt verkehrt herum eingepackt, und alles war voll davon, und jetzt habe ich gerade sämtliche Dosen abgewaschen, damit ich sie wegpacken konnte. Inzwischen ist es fünf, und du erwartest von mir, dass ich mich lieb und sexy gebe, und gleich willst du auch dein Abendessen. Na schön, ich habe noch keinen Handschlag dafür getan.«

»Pass auf, wir beide gehen einfach irgendwo essen. Die Kinder können sich eine Pizza kommen lassen.«

»Die Kinder essen schon genug Mist, auch ohne dass ich ihnen eine Pizza kommen lasse. Susy braucht heute Abend Hilfe bei ihrer Geschichtsarbeit, und Alex geht wieder mit dieser grässlichen Sally aus, also kommt er bestimmt total aufgeregt nach Hause und möchte in der Küche allein mit mir sprechen. Seit mehr als einem Monat habe ich kein Buch mehr gelesen. Ich komme mir dumm vor. Meine Haare sind fettig. Du hast wieder diesen verklemmten Blick, der besagt: ›Jetzt geht's wieder los.‹ Ich bin ein Arbeitskuli. Ihr habt einen Arbeitskuli aus mir gemacht. Ich bedaure, dass ich die Kinder in die Welt gesetzt habe. Ehrlich. Ich wünschte, ich wäre Kassiererin oder ein Callgirl mit geregelter Arbeitszeit und Männern, die mir Rosen bringen statt Hosen, die repariert, oder Schlittschuhe, die umgetauscht werden müssen. Ich will nicht zum Essen ausgehen.«

»Na schön, dann gehe ich eben allein«, gab er zurück.

An der Bar des King's Arms hockte mit geistesabwesendem Blick der Flopper.

»Es gibt drei Dinge, Joshua, die mich auf dieser Welt beunruhigen. Der Terrorismus. All diese wild gewordenen Araber, die rechts und links Flugzeuge entführen. Und die Inflation. Weißt du, was Tomaten jetzt kosten?«

»Drei Dinge, hast du gesagt.«

»Jawohl. Stimmt. Und Effie.«

Effi war seine Frau.

»Was ist mit Effi?«

»Ich habe ihr versprochen, heute Nachmittag um zwei Uhr nach Hause zu kommen. Wie viel Uhr ist es jetzt?«

»Zwanzig nach sieben.«

»Mist! Habe ich mir gedacht. Kaufst du mir einen Drink?«

Pauline wartete im Bett auf ihn, wo sie endlich die Morgenzeitung las.

»Tut mir leid«, entschuldigte sie sich. »Ich hab's nicht so gemeint.«

»Ich liebe dich«, sagte er.

»Ich habe dir nicht alles erzählt.«

Er wartete.

»Auf der Green Avenue habe ich Jane getroffen, und wir haben im Jockey Club ein Glas getrunken. Sie will wieder arbeiten.« Pauline hielt mühsam die Tränen zurück.

»Als was denn? Als Brunnenvergifterin? Die allen Männern die Eier abschneidet und sie sich um den Hals hängt? Erzähl doch mal. Das interessiert mich.«

»Bei Crombie and McTeer. In der Werbeabteilung. Sie hat früher schon dort gearbeitet, und jetzt nehmen sie sie wieder.«

»Warum regt dich das so auf?«

»Du hättest sie sehen sollen. Sie kam gerade vom Friseur. Sie hatte ein neues Kleid an. Und sie sagte, sie will wieder arbeiten, weil ihre Kinder heranwachsen und sie bald nicht mehr brauchen werden, und weil sie keine Haussklavin sein will. Wir wären verrückt, von allen guten Geistern verlassen, sagt sie, dass wir uns von unseren Ehemännern zu einer Kombination von Mutter, Dienstmädchen und Köchin machen, uns von ihnen die Lebenskraft aussaugen ließen, und dann würden sie uns eines Morgens ansehen und uns ins Gesicht sagen, wir seien langweilig geworden, sie fänden andere Frauen aufregender. Sie würde jedenfalls dafür sorgen, dass ihr das nicht passiert, hat sie gesagt.«

»Verdammt noch mal! Dieses Scheißweib! Jane hat noch nie Zeit für ihre Kinder und ihren Mann gehabt und in ihrem ganzen Leben noch nie eine anständige Mahlzeit zustande gekriegt. Ich würde dich kein bisschen interessanter finden, wenn du irgendeinen trübseligen Job bei einer Werbeagentur hättest oder in die Sozialarbeit gingst. Die Kinder brauchen dich hier. Ich brauche dich hier. Ich könnte mir anderswo ein Büro mieten. Aber ich arbeite zu Hause, weil ich gern in deiner Nähe bin.«

»Jane ist viel interessanter als ich. Sie hat mehr Esprit.«

Joshua setzte sich zu ihr aufs Bett und streichelte ihr übers Haar. »Du und ich, wir beide kommen auch aus zwei völlig verschiedenen Montreals, daher nehme ich an, dass dir der Name Tony Vitto nichts sagt.«

»Nein.«

»Tony wurde vor einiger Zeit nach dem Mord an Crazy Joe Gallo in einem Brooklyner Restaurant erschossen. Ich lernte ihn kennen, als er noch ein junger Gangster war. Damals fragte ich meinen Vater: ›Was macht er?‹ ›Nun‹, antwortete mein Vater, ›Colucci, weißt du, der hat Probleme. Also, mit seinen Schuhen.‹ ›*Mit seinen Schuhen?*‹ ›Ja, er kriegt Steine in die Schuhe, weißt du, und die holt Tony für ihn raus. Nehmen wir mal an, er hat ein Problem in der Stadt, dann sagt er zu Tony: *Livari na patra di la scarpa!* – Hol mir diesen Stein aus dem Schuh! Und das ist es, was Tony macht.‹ Nun, Jane ist der Stein in deinem Schuh, und ich wünschte, ich könnte ihn für dich herausholen. Mach Schluss mit ihr.«

»Aber wir kennen uns, seit wir in Susys Alter waren. Es ist lustig, wenn wir zusammen sind.«

»Tatsächlich?« fragte er überrascht.

»Wenn du nicht dabei bist, oder andere Männer, ist sie ganz anders. Ehrlich, sie kann wahnsinnig komisch sein. Sie bringt mich zum Lachen.«

»Ich begreife weder die Frauen noch ihr Verhältnis zueinander. Ehrlich. Aber ich will nicht, dass sie sich in unser Leben einmischt.«

Nachdem Detective Sergeant Stuart Donald McMaster einen alles andere als freundlichen Tagesanfang hinter sich gebracht und anschließend seine Dienstvorschrift missachtet hatte, um vormittags um zehn Uhr dreißig einen Spaziergang zu machen, hegte er eigentlich die Absicht, Pauline im Royal Vic einen Besuch abzustatten, doch als er sich dem Krankenhaus näherte, machte er unwillkürlich kleine Umwege, um das Unvermeidliche hinauszuschieben. Pauline war nicht nur abgrundtief deprimiert, sie war auch äußerst deprimierend, und diese täglichen Besuche in ihrem Krankenzimmer begannen ihn allmählich zu strapazieren.

Joshua, der sich zur großen, ewig währenden Liebe bekannte, staunte selbst darüber, dass er achtzehn glückliche Lebensjahre lang so viele Ressentiments hatte nähren können, eine Reserve an kleinlichen Nörgeleien, auf die er in der Stunde ihrer Not zurückgreifen konnte. Pauline hatte sich nie Mühe gegeben, zu Seymours Frau höflich zu sein, und das schmerzte ihn als alten Freund. Sie hatte das Kleid, das er ihr zum letzten Geburtstag geschenkt hatte, höchstens einmal getragen. »Es steht mir nicht. Meine Taille ist hinüber. Ist dir das noch nicht aufgefallen?« Sie machten nie eine Urlaubsreise, protestierte sie, es sei denn, er selbst brauche Erholung. Ihre Bedürfnisse zählten nicht. Überdies gelte in gesellschaftlichen Fragen immer nur sein Geschmack. Und wenn er am Telefon auch noch so betteln müsse, es gelänge ihm stets, Karten für mindestens ein Spiel des Stanley-Cup-Finale zu ergattern, nach Stratford aber sei er nie mit ihr gefahren.

Wie wahr, wie wahr.

Pauline, die Senatorentochter, war mit der Kunst aufgewachsen, während er mit der primitiven Gerechtigkeit von Mr. Nat Fleischers »Ring«-Bewertungen aufgewachsen war. Sehen wir es doch mal so: Während sie lernte, wie man vor dem Generalgouverneur knickst, brachte ihm der Vater bei, wie man einen Boxhieb anbringt und dabei das Kinn zurücknimmt.

Aber das ist jetzt alles unwichtig, nicht wahr, Joshua? Wäre deine unnötige Rückkehr nach Spanien nicht gewesen – diese dumme, egoistische Reise, die dir nichts, aber auch gar nichts einbringen sollte –, läge sie jetzt nicht im Krankenhaus und er könnte, wenn man es recht bedenkt, vielleicht noch leben. Du hättest in der Stunde ihrer Not zu Hause bleiben sollen. Stattdessen bist du auf und davon, nach diesem verdammten Ibiza, um dir zum zweiten Mal zu beweisen, was für ein Idiot du bist.

Einen »Metzgergang« hatte sie es genannt; und sie hatte recht gehabt.

Als er endlich am Spätnachmittag ins Royal Vic kam, sah er, dass Pauline schlief. In der Ruhe, ohne den Ausdruck von Anspannung oder Vorwurf im Gesicht, sah sie eigentlich großartig aus, wirklich großartig, und er fühlte sich sehr versucht, sich auszuziehen und zu ihr unter die Decke zu schlüpfen. Stattdessen saß er über eine Stunde lang im Sessel am Fenster, während Pauline tief, gleichmäßig atmete, bis er in unvermittelter Panik auf den Korridor hinauslief, um ihre Krankenschwester zur Rede zu stellen. »Sie haben mir doch fest versprochen, dafür zu sorgen, dass sie keine Tabletten horten kann.«

»Das habe ich auch getan, Mr. Shapiro.«

»Ich habe Ihnen gesagt, dass Sie jedes Mal bei ihr am Bett warten und sich definitiv vergewissern sollen, dass sie die Pillen auch geschluckt hat.«

»Wir sind hier nicht auf den Kopf gefallen.«

»Warum schläft sie dann jetzt so fest?

»Weil sie eine sehr unruhige Nacht gehabt hat. Sie hat fast überhaupt nicht geschlafen. Deswegen hat Miss Hodges ihr vor ungefähr einer Stunde etwas gegeben, damit sie endlich zur Ruhe kommt.«

»Na schön.« Er trat den Rückzug an. »Ich will ja nur, dass Sie auf sie achtgeben.«

»Wir geben auf alle unsere Patienten acht, Mr. Shapiro. Sogar auf jene, die sich kein Zimmer erster Klasse leisten können.«

»Was zum Teufel soll das heißen?«

»Dass Sie überaus unhöflich sind.«

»Verzeihung.« Joshua floh den Gang entlang.

Aber er wollte das Krankenhaus nicht verlassen, bevor sie aufwachte. Er telefonierte mit Susy, um ihr zu sagen, dass er erst später nach Hause komme.

»Daddy, wo bist du?«

»Im Krankenhaus. Ist Teddy da?«

»Er füttert seine Fische.«

»Und Alex?« erkundigte er sich.

»Der ist noch nicht zu Hause. Ein Polizist hat drei Mal angerufen.«

Alex hat ein Sparschwein gestohlen. »Was wollte er denn?«

»Hat er nicht gesagt. Aber er hat seinen Namen hinterlassen. McMaster.«

»Hat er eine Telefonnummer angegeben?«

Sie gab sie ihm durch.

»Stimmt irgendwas nicht?« fragte sie ihn.

»Nein. Ist schon gut, Susy. Aber ich sollte ihn wohl sofort anrufen.«

Joshua rief auf dem Revier an und ließ sich McMaster geben. »Warum«, wollte er von dem Polizisten wissen, »haben Sie drei Mal bei mir angerufen?«

»Sie klingen gereizt, Mr. Shapiro.«

»Ist das nicht verständlich?«

»Wir hätten Ihren Wagen auch abschleppen können.«

»Ich stehe in Ihrer Schuld.«

»Ich frage mich, ob Sie schon Gelegenheit hatten, wenigstens einen kurzen Blick in mein Manuskript zu werfen.«

Joshua lachte.

»Hab ich was Komisches gesagt?«

Er konnte nicht aufhören zu lachen.

»Mr. Shapiro?«

»Das würden Sie ja doch nicht verstehen«, antwortete Joshua.

»Also, was ist? Haben Sie reingeschaut?«

»Das ist ein Genuss, den ich mir fürs Wochenende aufhebe. Auf Wiederhören.«

Später stellte es sich heraus, dass McMaster, kaum hatte er aufgelegt, eine White Owl aus seiner Schreibtischschublade kramte und die Spitze abbiss. »He, Henri! Ich möchte mir ein paar Akten ansehen.«

»Was für welche?«

»Listen von gestohlenen Möbeln. Liegt aber schon einige Zeit zurück. Und ach ja, lass uns mal sehen, was dabei rauskommt, wenn wir den Computer mit Reuben Shapiros Namen füttern.«

Es war schon neun Uhr abends, als Pauline stöhnend, unruhig, mit flatternden Händen erwachte. Sie setzte sich kerzengerade auf und starrte Joshua ausdruckslos an. »Jetzt kriechen die Würmer aus seinem Mund«, sagte sie. »Sein Fleisch fault.«

Und er, leicht schwitzend, rekapitulierte abermals die Gründe dafür, dass er sie im Stich gelassen hatte, als sie ihn so eindeutig brauchte.

Murdoch. Die neue Einleitung zu seinem Buch. Aber es hatte keinen Zweck. Er wusste jetzt, dass er niemals nach Spanien hätte zurückkehren dürfen, um … ja, um was eigentlich zu suchen? Geister, die sich als aufreizend schwer zu fassen erwiesen. Den unreifen Jungen, der er einst gewesen war.

ZWEITER TEIL

1 Am Tag zuvor hatte schon wieder ein Reporter zum Haus vorzudringen versucht, diesmal einer von *Maclean's,* bekleidet mit Pilotenbrille, Safarianzug und Chelsea-Stiefeln.

»Suchen Sie jemand?« erkundigte sich Reuben, der ihn auf dem Zufahrtsweg anhielt.

»Das Haus von Shapiro.«

»Aha.«

»Ich bin ein persönlicher Freund von ihm.«

»Na ja, hm. Also.« Reuben maß ihn mit zweideutigem Grinsen von oben bis unten. »Also, das brauchen Sie mir nicht erst zu erklären, Schätzchen. Das sieht man gleich.«

»He, Moment mal!« protestierte der Reporter empört. »So habe ich das nicht gemeint.«

»Na ja, hm. Sicher. Also, ich arbeite hier bloß, aber sehen Sie den Alten da oben auf der Veranda, der mit der Schrotflinte direkt auf Ihre Familienjuwelen zielt? Also, wenn Sie noch einen einzigen Schritt weitergehen, bepudert der da sie Ihnen mit Pfeffer und Salz.«

»Kann ich denn wenigstens Sie mal kurz sprechen?«

»Kommen Sie mit.« Reuben zog ihn hinter einen Baum.

»Ich möchte Ihnen ein paar Fragen stellen.«

»Ich darf keine Fragen beantworten.« Reuben trank einen Schluck aus seinem Flachmann und bot ihn dann dem Reporter an.

»Nein, danke.«

»Sie trinken nicht?« Reuben war tief gekränkt.

»Nicht so früh am Tag. Also, wenn Sie mir ein paar Fragen beantworten, Opa, gebe ich Ihnen zwanzig Dollar.«

»Mist!« Reuben wischte sich mit dem Ärmel den Mund ab.

»Wissen Sie, was die mir bezahlen, damit ich hier alles in Ordnung halte? Beschissene drei fünfzig die Stunde. Und ich bin gut, das sage ich Ihnen!«

»Gewiss, gewiss. Und ich wette, Sie wissen auch eine ganze Menge.«

»Ich will dreißig Dollar.«

Der Reporter zählte die Scheine ab und reichte sie ihm. »In was für 'ner Verfassung ist er denn?« erkundigte er sich.

»Ganz mies.«

»Wissen die Kinder davon?«

»Denen Fragen zu stellen wäre Zeitverschwendung. Von denen tischt Ihnen eins dickere Lügen auf als das andere.«

»Ist seine Frau bei ihm, oder ist sie fort?«

Hinterhältig erwiderte Reuben: »Also, dass Sie eifersüchtig sind, das hätte ich nicht gedacht.«

»Ich bin gar nicht richtig mit ihm befreundet, eher bekannt. Und auch nicht so, wie Sie denken«, fügte er hastig hinzu, während er ihm ein Foto von Pauline unter die Nase hielt.

»Ach, die. Seine Frau. Wollen Sie sie sprechen?«

»Ja.«

»He, ich hab schon immer was über so Leute wie Sie wissen wollen. Bleibt ihr beim Pinkeln stehen, oder geht ihr in die Hocke?«

»Himmel Herrgott noch mal! Ich bin verheiratet!«

»Shapiro auch.«

»Wenn ich mit ihr gesprochen habe, kriegen Sie noch mal Geld von mir.«

»Kommen Sie mit, mein Sohn.«

Er führte den Reporter ins Gebüsch, genau dahin, wo es am dichtesten war, und dann weiter in den sumpfigen Teil, sodass zuerst sein Safarianzug von den Brombeersträuchern zerrissen und anschließend seine Chelsea-Stiefel von grünlichem Brackwasser und schleimigem Schlamm durchtränkt wurden. Als sie dicht am Bach herauskamen, sagte Reuben: »Sie sitzt da drüben, hinter dem dicken Baum, und liest.«

Vorsichtig, auf einem moosüberwachsenen Stein balancierend, trat der Reporter um Reuben herum. Und fühlte plötzlich, wie ihm ein Stoß in den Hintern versetzt wurde, der ihn kopfüber ins Wasser schickte. Als er wieder auftauchte, stand Reuben mit seiner Harke in der Hand am Ufer. »Sie sind bestimmt nicht mit Josh persönlich befreundet«, stellte er fest. »Und außerdem ist dies *propriété privée*. Baden verboten. Also kommen Sie sofort heraus und ziehen Sie Leine. Oder ich breche Ihnen die niedlichen Fingerchen.«

Fortschritt. Am Donnerstag war ihm der Gips vom mitleiderregend verkümmerten rechten Arm abgenommen worden, und nun durfte er jeden Nachmittag eine Stunde lang mit seinem Vater und dem Senator auf der Veranda in der Sonne sitzen. In Trimble's Folly mähte ein Hausverwalter den Rasen und pflegte den Steingarten. Einmal, als Joshua durchs Fernglas blickte, sah er verblüfft, dass auch Trimble selbst, eine gramgebeugte Gestalt, dort drüben umherwanderte, und da wusste er, dass es nur noch eine Frage der Zeit sein konnte, bis er ihn aufsuchte. Na, wie geht's, alter Junge?

Trimble hatte, wie er erfuhr, die Mitgliedschaft seiner Familie im Golf and Country Club erneuert, und Joshua fragte sich, ob er wohl zur Eröffnungsregatta und dem anschließenden Ball kommen würde. Um es ihnen zu zeigen. Jedes Mal, wenn das Telefon klingelte, zuckte Joshua zusammen, bot stumm ein ganzes Jahr seines Lebens an, wenn es nur seine umherirrende Pauline sei. Aber sie war es nie. Dennoch engagierte er einen Mann, der den Gemüsegarten umgraben sollte, und beschloss, bei der Gärtnerei in Knowlton alles zu bestellen, was Pauline auch bestellt hätte, sozusagen als telepathischen Lockruf.

Komm nach Hause, Pauline. Pauline, mein Liebstes.

Eines Nachmittags kam – unvermeidlicherweise – Reuben zu ihm ins Zimmer und teilte ihm mit, Detective Sergeant Stuart Donald McMaster werde um Punkt 8.30 Uhr am folgenden

Morgen eintreffen, um ihre gemeinsame große Aufgabe in Angriff zu nehmen, da Joshuas gegenwärtiger Gesundheitszustand keine Ausrede für einen weiteren Aufschub mehr bot. Als Vorbereitung für seinen Besuch stellte Reuben Joshuas Sony-Tonbandgerät mit nicht weniger als zwei Dutzend Leerkassetten bereit.

»Wirst du's auch schaffen!« fragte Reuben.

»Ich wünschte, ich wüsste, wo Pauline ist.«

»Ich auch.« Reuben wandte rasch den Blick ab.

»Als ich unter dem Morphium stand, mit dem sie mich im Krankenhaus vollgepumpt hatten, habe ich immer geträumt, sie wäre da.«

»Ja. Hm.«

»Wie konnte sie es nur fertigbringen, mich nicht zu besuchen?«

»Sie braucht nur noch ein bisschen Zeit für sich allein, Josh. Bestimmt.«

»*Wenn* sie allein ist. Woher soll ich das wissen, ob sie nicht bei einem anderen ist?«

»Wie wär's mit 'nem Scotch?«

»Ja, bitte.«

Reuben holte ihm ein Glas.

»He, Josh! Da ist noch was, was ich gern wüsste. Über den Seligman-Einbruch.«

»Was denn?«

»Bist du ganz sicher, dass du einen großen Teil von den alten Banknoten auf seinem Schreibtisch verstreut liegen gelassen hast?«

»Ja. Tut mir leid, Daddy.«

»Kannst du dich erinnern, ob sie von dem Stapel stammten, der fortlaufende Nummern trug?«

»Ja, allerdings. Warum?«

»Ach, nichts.« Seine Miene hellte sich auf. »Nicht weiter wichtig.«

»Hör mal, sollten wir nicht den Senator holen?«

»Der schläft.«
»Wie alt bist du jetzt, Daddy?«
»Dreiundsiebzig, glaube ich.«
»Ich bin siebenundvierzig.«
»Prost!« Reuben hob das Glas.
»Es ist absurd. Es ist einfach lächerlich. Ich *kann* noch nicht siebenundvierzig sein. Ich bin noch nicht so weit.«
»Du solltest dich damit abfinden.«
»Wie ist es eigentlich, wenn man dreiundsiebzig ist?«
»Na ja, man muss dauernd aufstehen und pinkeln gehen. Und dann kommen höchstens ein paar Tröpfchen.«
»Sonst noch was?«
»Man entwickelt eine Vorliebe für Pornofilme. Ich jedenfalls.«
»He, erinnerst du dich an Ma in *Trader Horny*?«
»Es ist mir stets gelungen, allem aus dem Weg zu gehen, was sie gespielt hat«, entgegnete Reuben steif.
Der Senator kam mit verquollenen Augen herein. »Störe ich?« fragte er.
»Nein, nein! Aber jetzt können wir nicht mehr schweinigeln. Ich hole dir einen Drink.«
»Danke. Wie geht's dir, mein Junge?«
Joshua musste lachen. »Weißt du, wie ich mir vorkomme?« antwortete er. »Wie ich mir in diesem Moment vorkomme? Wie der blinde Lotterielosverkäufer.«

2 In das Hafencafé, in dem er Stammgast werden sollte, pflegte Ibizas blinder Lotterielosverkäufer zu kommen, indem er sich mit seinem Stock unsicher durch den Perlenvorhang tastete. Die Fischer liebten es besonders, ihn in den hinteren Teil des Cafés zu locken und dann schnell, aber geräuschlos Tische und Stühle so umzustellen, dass sie ihm den Weg hinaus versperrten. Wenn der Alte dann verzweifelt mit dem Stock nach rechts und links fuhr, um einen Ausweg aus

dem sich ständig verändernden Labyrinth zu finden, bogen sich die Fischer vor Lachen.

Ibiza. Ibiza.

Nicht er, o nein, ein anderer Mensch namens Joshua Shapiro, ein Junge, an den er nur errötend dachte, hatte sich dort einst niedergelassen und ausgetobt.

Und doch, und doch, dachte er, noch während er jenen anderen Joshua verleugnete, würde ich in diesem Moment viel geben, wenn ich nur ein Gran seiner damaligen Begeisterung verspürte.

Ibiza.

Vier Inseln bilden die Gruppe der Balearen: Mallorca, Menorca, Ibiza und Formentera.

Ibiza besteht aus Kalksteinbergen, dichten Fichtenwäldern, fruchtbaren Ebenen und bezaubernden Sandstränden. Und Salzgärten. Hier gedeihen Wacholder und Steineichen. Die knorrigen Oliven-, Feigen- und Mandelbäume sollen eintausend Jahre alt sein. Auch Orangen werden auf Ibiza gezüchtet, sind aber nicht annähernd so süß wie die aus der Provinz Valencia. Der Ibiza-Bauer, ein harter Mann, ist nicht sehr anpassungsfähig. Er überlebt, das ist alles. Viele Seeleute von der Insel jedoch, Fahrensmänner mit großer Erfahrung, haben die ganze Welt bereist. Und es gab einmal eine Zeit, da waren Ibizas Fischgründe märchenhaft reich.

Die Hauptstadt der Insel heißt ebenfalls Ibiza und bietet von See her einen unvergesslichen Anblick. Würfelförmige, sonnengesprenkelte weiße Häuser. Die Oberstadt erhebt sich mit ihrer Mauer aus dem sechzehnten Jahrhundert hoch über den natürlich entstandenen Hafen. Durch die Mauer führen gewundene Zugangswege, und wenn der Ausguck ein Piratenschiff der Berber am Horizont meldete, suchten die Ibizencos eilig dort oben Zuflucht. Die Verteidiger nahmen ihre Stellungen auf der Mauer ein, wo sie die Zugänge zur Oberstadt von oben im Auge behalten konnten, als spähten sie in einen Brunnenschacht. Und kaum tauchten unten die *corsarios* auf, wurden sie schon mit Steinbrocken bepflastert. Meinem Vater hätte das sicher gefallen, dachte Joshua. Richtige Bomber, hätte er gesagt.

Als er eines Abends im Jahr 1952 die Gangway der »Jaime II« hinabstieg, wurde der freudig erregte, einundzwanzigjährige Joshua Shapiro von einem Mann in Empfang genommen, der sein Mentor auf der Insel werden sollte. Juanito Tur-Guerra, auch als Juanito Pus bekannt, Besitzer von zwei ramponierten Fischerbooten und einer *barraca,* einem Lagerschuppen an der Pier, sowie unumstrittener König des Hafens.

»Venga, hombre. Aquí!«

Juanito klopfte Joshua auf den Rücken und rief ein paar andere Fischer herbei, die ihm mit dem Gepäck helfen sollten; dann brachte er ihn in einem kleinen, abblätternden Hotel am Kai unter und steuerte ihn anschließend auf ein Glas Fundador in eine Bar. Juanito war ein kleiner, wendiger Mann mit ledrigem Gesicht und blauen, spöttisch gefleckten Augen. Er besaß nicht nur Energie, er war ein regelrechter Hochofen. Stundenlang standen sie an der Bar, während immer mehr Fischer in Gummistiefeln sich zu ihnen gesellten, und es wurde sehr viel gelacht. Joshua erklärte, er sei ein *Canadiense.*

»Ja, aber was machst du?«

»Ich bin Reporter. So ungefähr.«

Juanito, der wie Onkel Oscar auf allen Gebieten Bescheid wusste, wollte das nicht akzeptieren. Er biss in eine frische Zigarre, spie auf den Boden und verriet den Männern, Joshua sei offensichtlich der Sohn eines reichen Mannes, nach Ibiza geschickt, um der Einberufung zum Kriegsdienst in Korea zu entgehen. Joshua protestierte, in Kanada gebe es keine Wehrpflicht, aber erfolglos, sodass ihm die Story bis zum Ende seines Aufenthalts auf Ibiza anhing.

Gegen Mitternacht bekannte Joshua sich – groggy, sturzbetrunken – zu absoluter Erschöpfung und erkundigte sich nach seinem Zimmer, doch Juanito bestand darauf, dass sie alle gemeinsam und auf der Stelle noch in die Casa Rosita hinaufgingen.

Flüsternd, damit nur ja keine Ehefrau sie hörte, klommen sie eine unglaublich schmale, gewundene Felsgasse empor, die zwischen den vornübergeneigten, weiß getünchten Häusern von Sa Penya hindurchführte, dem Fischerviertel auf einer Felsenhalbinsel am Hafeneingang. Die Casa Rosita war das örtliche Bordell, in dem Juanito und seine Kumpane von den Mädchen mit Freudenschreien begrüßt wurden. Die Mädchen, eine muntere Schar, trugen offene, verschmutzte Hauskittel über zerrissenen Unterröcken oder BH und Höschen. Wenn sie mit dem einen oder anderen der betrunkenen Fischer in eines der Schlafzimmer hinaufstiegen, schleppten sie einen überschwappenden Eimer heißes Wasser, ein Stück scharfe Seife und ein frisch ausgekochtes, aber zerfranstes Handtuch mit.

»Ist das ein geweihtes Medaillon?« erkundigte sich das Mädchen und griff nach dem langen, dünnen Schlüssel, der an der Silberkette um seinen Hals hing.

»Das ist mein Erbe.«

Der Schlüssel zum Königreich Shapiro.

»Wenn mir etwas zustoßen sollte«, hatte Reuben beim Abschied gesagt, »gehört dir alles, was in diesem Schließfach ist. Hast du was dagegen, wenn ich dir einen Kuss gebe?«

»Natürlich nicht.«

»Man kann nie wissen. Ich wollte lieber erst fragen.«

Bei seiner Ankunft auf der Insel hatte Joshua verwundert festgestellt, dass es am Hafen von Spaziergängern wimmelte, doch bald schon merkte er, dass allein das Schiff, das einmal die Woche von Barcelona, Valencia oder Alicante kam, schon ausreichte, um zahlreiche Neugierige hervorzulocken. Und eine noch verheißungsvollere Gelegenheit war es, wie er entdeckte, wenn Juanito verlauten ließ – und es von einer Bar zur anderen weitergetragen wurde –, das Schiff werde diesmal eine frische Ladung Damen für die Casa Rosita mitbringen. Die mageren, käsig-weißen jungen Mädchen mit ihren grell geschminkten Gesichtern waren nicht zu verkennen, wenn sie, mit dem Gewicht bindfadenverschnürter Koffer kämpfend, auf hohen Absätzen trotzig die Gangway herabstöckelten. Die Fischer, bis obenhin voll Fundador, musterten sie von der Terrasse des Hafencafés aus, meldeten erste Ansprüche an und gaben Einschätzungen ihrer vermuteten Qualitäten zum Besten. Obwohl sie es kaum abwarten konnten, die Mädchen kennenzulernen, wussten die Fischer, dass es für die Nutten – nachdem Rosita ihre Schützlinge davongeführt und die anständigen Leute ihnen verächtlich Platz gemacht hatten – an diesem Abend heißen würde, schnell in die Federn, und zwar allein. Denn der Natur der Dinge entsprechend, waren sie auf der Überfahrt von Spanien her der Mannschaft im Kesselraum zu Diensten gewesen.

Bei Rosita traf Joshua auch zum ersten Mal Mariano, den Geheimpolizisten, und trank etwas mit ihm. An einem stürmischen Nachmittag im Dezember saßen sie am Esszimmertisch, zu ihren Füßen ein Becken voll glühender Holzkohle zum Wärmen, plauderten und neckten einander voll Übermut. Mariano, ein drahtiger Mann mit krummen Beinen und bronzefarbener Haut, hatte kleine, graue Knopfaugen. Er stammte aus Estremadura, der Provinz der Conquistadores, und zwar direkt aus Trujillo, der Geburtsstadt Pizarros. Zwanzig amerikanische Nationen, sagte er gern, seien in Trujillo gezeugt worden.

Während des Bürgerkriegs hatte Mariano unter General Mola in der Armee des Nordens gedient. Wenn sie beim Vormarsch durch das Tagus-Tal ein Dorf eingenommen hatten, war es stets seine Aufgabe gewesen, herauszufinden und aufzuzeichnen, was für Gräueltaten die fliehende Miliz begangen hatte. Dann sonderte er alle jungen Männer aus, die noch im Ort waren, und befahl ihnen, den Oberkörper zu entblößen. Diejenigen, deren Schultern blaue Flecken vom Rückstoß eines Gewehrkolbens aufwiesen, wurden auf der Stelle füsiliert. Dann wurden die Kirchen wieder zur Messe geöffnet und alle im vorangegangenen Monat Neugeborenen getauft. Mariano presste den Busen des Mädchens auf seinem Schoß so fest, dass es aufschrie. »Du verstehst die spanische Seele nicht. Wir haben Karl den Großen gestoppt. Wir haben Napoleon dorthin zurückgeschickt, woher er gekommen war. Falls nötig, werden wir Stalin an den Pyrenäen aufhalten.«

Dies – verdientermaßen, wie Joshua annahm –, nachdem er sich über die Truppen mokiert hatte, die er vom Aussichtspunkt eines Hügels in ihrem Manöverlager beobachtet hatte. Von gemütlichen Betongräben aus feuerten sie mit Gewehren auf einen Panzer. Die Kugeln waren Platzpatronen, der Panzer bestand aus Sperrholz. In Kanada, erklärte er Mariano, gebe es keine Wehrpflicht. »Denn wir haben keinen Faschistenstaat, der ständig Angst vor einem Volksaufstand haben muss.«

Mariano schüttelte sich vor Lachen. »Wenn wir hier keine Wehrpflicht hätten«, entgegnete er, »würden die Bauernburschen niemals lernen, wie man sich die Zähne putzt.« Dann stieg er fröhlich die Treppe hinauf, wobei er den beiden quietschenden Mädchen, die er vor sich herscheuchte, muntere Klapse auf den Hintern versetzte.

Die Nutten waren alle von außerhalb. Sie kamen aus den Slums von Granada, Cadiz und Alicante. Während des Jahres zogen sie Eimer mit heißem Wasser und ausgekochte Handtücher schleppend, von Stadt zu Stadt, immer hinter den Fiestas her, bei denen die berühmtesten Matadores auftreten sollten. Litri, Aparicio, Dominguín. Den Aufenthalt auf dem ruhigen Ibiza genossen sie als eine Art Atempause, ganz sicher als eine Zeit der Erholung.

Leider entpuppte sich Joshuas Nachmittag mit Mariano als der Tag des geheimnisvollen Mannes aus den Bergen, daher bat man sie, die Casa Rosita zu verlassen. Der Mann aus den Bergen – ein verschlagener, unrasierter, fettleibiger Kerl – verdiente sich den Lebensunterhalt mit der Kunst, den Hammeln die Eier abzubeißen und die Wunde mit seinem heilsamen Speichel zu verschließen. Nur einmal im Monat kam er aus seinen Bergen ins Bordell herunter. Die Mädchen umschmeichelten ihn mit vor Erregung geröteten Gesichtern. Die Fischer aber musterten ihn voll Abscheu, spien aus und verließen das Haus. Hinter ihnen verriegelte Rosita die Tür. Selbst Juanito weigerte sich, ihm zu erklären, welche Dienste der Mann aus den Bergen den Mädchen leistete.

Joshua genoss die Sonne und das Bewusstsein seiner neuen Freunde; in seinem Hotelzimmer studierte er vor dem Zubettgehen Landkarten von Spanien, zeichnete ehemalige Frontlinien ein und plante Ausflüge auf die Halbinsel – Touren, die er mit dem Verfremden weiterer *Collier's*-Geschichten mit einem gewissen Kniff am Ende für den *Star Weekly* von Toronto zu finanzieren beabsichtigte. Doch dann ereignete sich etwas.

An einem milden Sommerabend, als er mit Juanito auf der Terrasse des Hafencafés saß und zusah, wie das Schiff aus Valencia in die Hafeneinfahrt glitt, fiel ihm ein hochgewachsener, melancholischer Mann auf, der, eine Elfenbeinzigarettenspitze zwischen den Zähnen, das schmale, kantige Gesicht von Sonne und Wind gegerbt, an der Decksreling lehnte. Er trug einen weißen Leinenanzug. Erst nachdem alle anderen Passagiere von Bord gegangen waren, ließ er sich herbei, die Gangway herabzusteigen – gefolgt von vier mit zwei Schiffskoffern kämpfenden Matrosen. Anschließend wurde noch mehr Gepäck auf einen Karren geladen: Koffer, ein Sattel, ein Gewehr im Segeltuchfutteral und etwas, das wie ein aufgerolltes Zelt aussah. Träger hasteten, ohne gerufen worden zu sein, an seine Seite, doch er ignorierte sie ebenso wie die beiden Schiffskoffer, die seiner Befehle harrten. Sondern ging auf und ab, bis sich quietschend die Türen des Laderaums öffneten, verschwand im Schiffsbauch und führte, als er zehn Minuten darauf wieder zum Vorschein kam, einen schönen, braunen Hengst am Zügel. Er bugsierte den Hengst auf die Ladefläche des einen Lastwagens, band ihn mit seinem Zaumzeug fest und fütterte ihn mit Äpfeln aus seiner Tasche, bis das Gepäck auf den anderen Lastwagen verladen war. Dann ratterten beide Wagen in Richtung San Antonio davon.

»Wer zum Teufel war denn das?« erkundigte sich Joshua.

Juanito konsultierte einen der Gepäckträger und berichtete, als er zurückkam: »Das war, soviel ich weiß, ein Deutscher. Ein gewisser Dr. Dr. Mueller.«

3 Ein Jahr nach dem Ende des Zweiten Weltkrieges sagte Premierminister Mackenzie King: »Für die Juden besaß dieser letzte Krieg eine besondere Bedeutung. Durch die Aggression der Nazis und Faschisten wurde die Lebensform aller freien Menschen bedroht. Die Juden dagegen standen vor der noch schrecklicheren Erkenntnis, dass für sie nicht nur eine Lebensform, sondern das Leben selbst auf dem Spiel stand.«

In munterer Laune erinnerte Joshua einmal seinen Schwiegervater an diesen sehr typischen, weisen Ausspruch des Senators Wee Willie. Der ehrenwerte Senator war belustigt, fand die Mackenzie King Memorial Society – eine von Joshua erfundene Organisation, deren Sekretär er auch war – noch immer ein wenig ehrenrührig und weigerte sich standhaft, vor ihr zu sprechen. Schade, wie Joshua fand, denn sein Schwiegervater hatte Kings Kriegskabinett angehört.

Der Senator war jetzt neunundsiebzig, unendlich hager, gebrechlich und arthritisch. Er war es müde, alte Kollegen zu beerdigen, und hatte sich, bis Reuben ihn unter seine Fittiche nahm, immer mehr in eine gewisse Melancholie sinken lassen. Trotz der vielen Fehler und der großen Strenge des Senators, hatte Joshua gelernt, den alten Herrn zu bewundern, und sei es auch nur, weil er sich jedes Mal, wenn Susy mit wehenden Haaren in sein muffiges Wohnzimmer in Rockcliffe gehüpft kam, mit rührender Grandezza, auf sein Malakkarohr gestützt, aus seinem Armsessel erhob, um sie zu begrüßen. Der Senator hatte kein glückliches Leben gehabt. Madeleine de Gaspé Benoit, die Frau, die er in seinen mittleren Jahren geheiratet hatte und die zu ihrer Zeit eine fast legendäre Schönheit gewesen war, betrog ihn notorisch und neigte in ihren späteren Jahren zum Alkoholismus. Sie starb in einem Pflegeheim im Delirium, während er ihre Hand hielt, sie aber den Namen eines anderen rief. Auch Stephen Andrew Hornbys politische Hoffnungen waren enttäuscht worden, verraten von Mackenzie King, dessen Gedenken er noch immer ehrte. In seiner Gegenwart durfte der Name seines einzigen Sohnes Kevin nicht ausgesprochen werden. Und selbst Pauline, seine Tochter, hatte ihm vom Augenblick ihrer Geburt an Kummer bereitet. Seine einzigen Enkelkinder, ihre und Joshuas Ableger, waren Mischlinge. Joshua war der Sohn eines Berufsboxers und dazu Jude. Dennoch lud der Senator ihn zum Lunch in den Rideau Club ein, als er erfuhr, dass Joshua seine Tochter heiraten wollte.

Das war 1959 gewesen, kurz bevor Paulines Scheidung von Colin Fraser rechtskräftig wurde; Joshua und Pauline planten bereits ihre Rückkehr nach Montreal, weil er von dort aus sowohl in den Vereinigten Staaten als auch in Kanada umherreisen und Überlebende der Internationalen Brigaden interviewen konnte, deren Berichte er zum Abschluss seines längst fälligen Buches noch brauchte. Es war September, und Joshua, der im Auftrag einer Zeitschrift von London nach New York fliegen musste, hatte sich kurzerhand entschlossen, den Flug zu einem hastig einberufenen Jahrestag der Mackenzie King Memorial Society in Ottawa zu unterbrechen – um dem Senator seine Aufwartung zu machen, den er bisher noch nicht kennengelernt hatte.

Ottawa, Ottawa.

Der Gründer der Landeshauptstadt war – durchaus passend – ein unternehmungslustiger Yankee-Kolonisator gewesen: Philemon Wright aus Woburn in Massachusetts. Im Winter 1806, sieben Jahre nachdem er die Wildnis am Ottawa River zum ersten Mal besichtigt hatte, begann er dort Kiefern zu schlagen und verband die »Hölzer« unterhalb der Chaudière Falls zu großen Flößen. Das Holz war für die englische Flotte bestimmt, die durch Napoleons Blockade vorübergehend von ihren traditionellen Lieferanten an der Ostsee abgeschnitten war. Die Schlacht bei Waterloo mag auf den Spielplätzen von Eton gewonnen worden sein, die Schlacht bei Trafalgar jedoch wurde auf einem Bett aus kanadischer Fichte ausgetragen. Was heißen soll, dass Kanada, lange bevor es zur eigenständigen Nation wurde, bereits seine Rolle als Holzfällerland zudiktiert worden war, bezeichnenderweise von einem Amerikaner, der primär auf seinen eigenen Vorteil bedacht war. Um das Holz liefern zu können, musste Wright etwas tun, was noch keinem Menschen vor ihm gelungen war: Er musste den Carillon, den Long Sault und den Lachine überwinden, jene beängstigenden Stromschnellen, die zwischen ihm und Quebec City lagen. Warum den Lachine nicht einfach umgehen, dachte er sich, und das Holz am Nordufer entlang transportieren? »Die Einwohner, die seit nahezu zweihundert Jahren dort angesiedelt waren, erklärten mir, es sei unmöglich, das Holz auf der Nordseite der Isle of Montreal nach Quebec zu flößen, aber ich antwortete ihnen, das glaube ich erst, wenn ich es selbst versucht habe.« Wright versuchte es und konnte im Frühjahr 1807 einen spektakulären Erfolg verbuchen.

Die Existenz dieses blühenden Holzfäller- und Transportwesens war es, die einen gewissen Colonel By veranlasste, in der Nähe der Chaudière im Jahre 1826 eine Stadt zu gründen. Und aus Byton wurde 1855 die Stadt Ottawa.

Dann kam wieder ein Yankee nach Ottawa, diesmal ein geborener Vermonter namens Ezra Butler Eddy, eröffnete eine Sägemühle und begann mithilfe seiner Frau Sicherheitsstreichhölzer herzustellen. Innerhalb von zwei Jahrzehnten war er Millionär geworden, und bald darauf der führende Streichholzfabrikant der Welt.

Hauptstadt der Vereinigten Provinzen von Kanada wurde Ottawa erst, als Queen Victoria es 1875 aus einer Anzahl bescheidener, doch ehrgeiziger Kolonialsiedlungen dazu erwählte. Sieben Jahre später wurde es von den Vätern der Konföderation zähneknirschend abermals zur Hauptstadt eines Dominions gewählt, das sich von einem Ozean zum anderen erstreckte. »Das Westminster der Wildnis«, höhnte ein Don aus Oxford, »ein subarktisches Holzfällerdorf, durch königliches Mandat in ein politisches Cockpit verwandelt.« Auch die Amerikaner waren nicht freundlicher. Mit der bissigen Bemerkung, Ottawa sei nur deswegen statt Montreal oder Toronto gewählt worden, weil dort die Gefahr amerikanischer Überfälle geringer sei, behaupteten sie, die Lage der Stadt sei einzig deswegen so sicher, weil die amerikanischen Truppen sich auf der Suche nach ihr hilflos verirren würden. Dennoch offerierte ein amerikanischer Journalist einen Tipp, wie man sie mühelos finden könne: »Man beginne am Nordpol, nehme Kurs auf den Ontariosee, und dort, wo der Eisgletscher endet und die Vegetation beginnt – dort findet man Ottawa.«

Der Schwefelgestank von E. B. Eddys Fabrik durchzog noch immer die Straßen der Stadt, als Joshua, ein wenig benommen von dem langen Transatlantikflug, zum Lunch mit Senator Hornby in Ottawa eintraf. Der Senator verschwendete keine Zeit mit Höflichkeitsfloskeln.

„Wie Sie wohl wissen, bin ich entschieden gegen diese Ehe«, begann er.

»Aha.«

»Sollte sie jedoch länger halten als die erste, was ich sehr stark bezweifle, werde ich die Ausbildungskosten für etwaige Kinder übernehmen.«

»Das ist sehr freundlich von Ihnen, Senator, aber die Ausbildung unserer Kinder bezahle ich.«

»Ich wünsche, dass sie die richtigen Schulen besuchen.«

»Welche Schulen die richtigen sind, werden Pauline und ich entscheiden.«

»Die Hornbys haben ihre Ausbildung seit Generationen am Bishop's erhalten.«

»Sie scheinen etwas zu vergessen, Senator. Unsere Kinder werden Shapiro heißen.«

»Welche Schulen haben Sie besucht?«

»Dürfte ich mir noch einen bestellen?«

»Bitte sehr.«

»Einen doppelten?«

»Natürlich.«

»Ich habe die Fletcher's Field Highschool besucht und anschließend einige Zeit auf der Boy's Farm in Shawbridge abgedient.«

»Weswegen?«

»Ich habe mich beim Autodiebstahl erwischen lassen.«

»Keine Universität?« fragte er, ohne mit der Wimper zu zucken.

»Leider nein.«

»Aber Sie sind Schriftsteller?«

»Sozusagen.«

»Woher stammt Ihre Familie?«

»Aus dem *schtetl.*«

»Aha«, erwiderte er, »aus der Wiege der Zivilisation.«

Joshua hatte ihn unterschätzt.

»Leben Ihre Eltern noch?«

»Hm-hm.«

»Und was halten die von dieser Ehe?«

»Meiner Mutter war es schon immer egal, was ich tat, und was meinen Vater betrifft, so findet er alles gut, was mich glücklich macht.«

»Was ist Ihr Vater?«

»Wenn es Ihnen nichts ausmacht, Senator, würde ich gern noch einen trinken.«

»Einen doppelten?«

»Bitte, ja.«

Er winkte dem Kellner.

»Mein Vater war Berufsboxer. Einmal hat er acht Runden gegen Sammy Angott durchgestanden.«

»Und dieser Mr. Angott war ein Faustkämpfer von einigem Ruf?«

»Das war er.«

»Und was hat Ihr Vater nach Beendigung seiner Karriere gemacht?«

»Oh, eine ganze Menge, Senator. Eine ganze Menge. Ein bisschen was in der Restaurant- und Nachtclubbranche. Ein bisschen Schuldeneintreiben. Außerdem müsste ich Ihnen noch sagen, dass er vorbestraft ist.«

Der Kellner brachte Joshuas Drink.

»Ach, Desmond, ich glaube, ich werde mich meinem Gast anschließen. Für mich bitte dasselbe.«

»Aber das ist ein doppelter, Senator.«

»Dessen bin ich mir bewusst, Desmond.«

»Jawohl, Sir.«

»Weshalb war er im Gefängnis?«

»Sie stellen mir eine Menge Fragen.«

»Ja. Das ist wohl wahr. Und ich verlange ehrliche Antworten.«

»Warum er im Gefängnis war?«

»Ja«, sagte der Senator. »Warum also?«

»Welche Haftstrafe meinen Sie, Senator?«

»Großer Gott, wollen Sie mich zum Besten halten?«

»Leider nein.«

»Bitte, nehmen Sie's mir nicht übel. Aber die Juden sind doch sonst so gesetzestreue Bürger.«

»Mein Vater ist etwas Besonderes.«

»Nun ja, wenigstens etwas, wofür man dankbar sein muss, nicht wahr?«

»Prost«, sagte Joshua.

»Prost.« Mit ernster Miene hob der Senator das Glas.

»Sonst noch Fragen?«

»Junger Mann, ich wage es kaum.«

»Ich möchte Ihnen versichern, dass ich Ihre Tochter liebe und sie sehr, sehr glücklich zu machen beabsichtige.«

»Ich fürchte, Pauline ist nicht zum Glücklichsein prädestiniert. Wie ihre Mutter.«

Verdutzt leerte Joshua sein Glas.

»Hätten Sie gern Wein zum Lunch?«

»Wenn's Ihnen nichts ausmacht, möchte ich lieber noch einen von diesen.«

»Mr. Shapiro«, erkundigte sich der Senator, der wieder dem Kellner winkte, »rein aus Interesse: Trinken Sie immer so viel vor dem Lunch?«

»Nur wenn ich von jemandem, den ich zum ersten Mal sehe, so viele persönliche Fragen über mich ergehen lassen muss.«

»Werden Sie Pauline unsere kleine Zusammenkunft mit diesen Worten schildern?«

»Senator, wie Sie bereits hinreichend klargemacht haben, sind Sie mit dieser Heirat nicht einverstanden. Obwohl Sie mich überhaupt nicht kennen. Nun, das ist Ihr gutes Recht. Aber ich finde Sie einfach unfair.«

»Das ist wiederum Ihr gutes Recht.«

»Ich bin nicht hergekommen, um etwas von Ihnen zu erbitten. Weder Ihren Segen noch Geld für die Ausbildung unserer Kinder. Ich bin aus reiner Höflichkeit gekommen.«

»Aber nicht unbedingt, um mir gegenüber höflich zu sein.«

»Die Shapiros gehen nicht seit Generationen aufs Bishop's College, aber wir haben auch unsere Familientradition.«

»Zum Beispiel?«

»Wir lassen uns von niemandem fertigmachen.«

»Ich kann Paulines Einkommen nicht streichen. Es ist eine Erbschaft ihrer Großmutter.«

»Wie kommen Sie darauf, dass ich etwas von ihrem Einkommen brauche?«

»Nun, als Schriftsteller, sozusagen, verdienen Sie doch sicherlich einen etwas unregelmäßigen Lebensunterhalt.«

»Ich habe hier auf dem Weg nach New York Station gemacht. Ich soll einen Artikel für *Life* schreiben. Man zahlt mir dreitausend Dollar dafür. Plus Spesen.«

»Als Mackenzie King unser erster Arbeitsminister wurde, betrug sein Anfangsgehalt siebentausend Dollar pro Jahr; er pflegte mit der Straßenbahn ins Büro zu fahren.«

Joshua, der dunkelrot wurde, entgegnete: »Ich war nie ein Bewunderer von Mr. King.«

»Zum Glück hat er von Ihrem Missfallen nichts geahnt. Erwarten Sie, dass Pauline zu Ihrem Glauben übertritt?«

»Nein.«

»Wie werden Sie Ihre Kinder erziehen?«

»So, dass sie sich nicht beim Autodiebstahl erwischen lassen. Und dass sie fliegende Kinnhaken austeilen können. Peng, peng, und schon wieder weg.«

Für Kaffee und Cognac zogen sie sich in einen anderen Raum zurück, wo sein zukünftiger Schwiegervater zu seinem eindeutigen Unbehagen von Senator Pronovost angesprochen wurde, einem jovialen Mann mit einem Gesicht voll roter Äderchen. Joshua erinnerte sich an Pronovost. Er hatte zu Montreals liberalen Parlamentsmitgliedern gehört.

»Gilles«, sagte Senator Hornby, »ich möchte Ihnen meinen zukünftigen Schwiegersohn vorstellen. Mr. Joshua Shapiro.«

»Shapiro?« fragte Pronovost.

»Es ist mir ein aufrichtiges Vergnügen«, sagte Joshua. »Mein Vater hat früher einmal für Ihre Partei gearbeitet.«

»Shapiro?«

»Sie werden sich nicht an den Mann erinnern. Aber er wurde zusammen mit vielen anderen von Ihnen bezahlt. Bei der Wahl von achtundvierzig muss er wohl dreißig Mal für Sie gestimmt haben, vielleicht auch öfter.«

»Shapiro, Shapiro. Gab es da nicht einen Prozess?«

»Allerdings. Sehen Sie, Senator, wenn man bei Coluccis Bande Kassierer war und geschnappt wurde, bedeutete das drei Jahre Bau. Wenn man aber Kassierer bei der Liberal Party war, dann landete man, das habe ich jetzt gelernt, im Senat. Mein Vater hat anscheinend für die falschen Leute kassiert.«

Senator Hornby schlug sich laut lachend aufs Knie.

»Junger Mann«, protestierte Pronovost würdevoll, »Sie haben offensichtlich keinen Respekt vor meinem Amt.«

»Wenn Sie wüssten!« sagte Senator Hornby.

»Es gibt nichts, dessen ich mich schämen müsste.« Pronovost funkelte Joshua wütend an.

»Wenn das so ist«, erwiderte Joshua, »dann haben Sie tatsächlich ein Problem.«

Doch Pronovost hatte ihm schon den Rücken gekehrt und floh zu einem anderen Tisch.

»Hat Ihr Vater wirklich dreißig Mal für ihn gestimmt?«

»Zu zwei Dollar pro Stimmabgabe, falls mich mein Gedächtnis nicht täuscht.«

»Du lieber Gott!«

»Also, Senator –«, Joshua erhob sich, »– es war mir wirklich ein Vergnügen …«

Hornbys blassblaue Augen wurden feucht. Auf einmal wirkte er alt, verletzlich. »Sorgen Sie gut für meine Pauline. Ich liebe sie sehr.«

»Ich auch.«

Sie schüttelten sich die Hand.

»Davon bin ich überzeugt. Aber ob das genügt?«

Früh am nächsten Morgen, viel zu früh für seinen Geschmack, wurde Joshua von einem lauten Hämmern an der Tür seines Hotelzimmers im Château Laurier geweckt. »Aufmachen! Sofort aufmachen! Wir wissen genau, dass Sie eine Frau bei sich haben!«

Die Herren der William Lyon Mackenzie King Memorial Society waren, nachdem sie sich in zwei Wagen gezwängt und Montreal um 6.30 Uhr morgens verlassen hatten, zu ihrem Jahrestag eingetroffen. Der behäbige, mondgesichtige Seymour Kaplan war da, Max Birenbaum, Bobby Gross, Leo Friedman, Jack Katz, Eli Seligson und Morty Zipper – allesamt aus Montreal. Binnen Kurzem würden sich noch Lennie Fisher und Al Roth zu ihnen gesellen, die jetzt beide in Toronto lebten, Mickey Stein, der in Harvard Forschungen für Sozialstudien durchführte, Benny Zucker von der UCLA und Larry Cohen, der in Ottawa gerade ins Finanzministerium versetzt worden war. Sie alle hatten zur gleichen Zeit als pickelige Teenager die FFHS besucht und waren zum größten Teil noch auf dem Weg nach oben. Alle Möglichkeiten standen ihnen noch offen. Joshua hatte im Château bereits ein privates Speisezimmer gebucht, das groß genug war für die Gesellschaft, und verließ sich darauf, dass es von Seymour, dem Hüter der Artefakte, in angemessener Weise dekoriert wurde.

Wie gewöhnlich, würde auf dem Ehrenplatz die in Eiche gerahmte Fotografie Mackenzie Kings in kariertem Tweedanzug, mit passender Mütze und seinem Irish Terrier Pat II thronen, den er mit der Linken streichelte; diesem Bild würde immer wieder zugeprostet werden. Ein weiteres Foto ihres listenreichen Goldhamsters zeigte ihn in seinem Arbeitszimmer, das Bildnis seiner geliebten Mum betrachtend. Die Wände würden mit dem *Time*-Titelbild der Eisläuferin Barbara Ann Scott geschmückt werden, Kanadas Liebling von vorgestern, mit einem Standfoto des Montrealer Schauspielers Mark Stevens aus »I Wonder Who's Kissing Her Now?«, einer Action-Aufnahme von Maurice »The Rocket« Richard und einer weiteren von Johnny Greco im Ring mit Dave Castilloux. Es würde eine Shirley-Temple-Puppe geben, ein Pin-up-Foto von Betty Grable und – ein echtes Liebhaberstück – ein Lili-St.-Cyr-Poster aus dem alten Gayety Theatre. Zur Schau gestellt würde außerdem eine Klatschkolumne von Al Palmer aus dem eingegangenen Montrealer *Herald,* in der zwischen vorwitzigen Bemerkungen gefragt wurde: BUTTER KOSTET FAST FÜNFZIG CENT PRO PFUND, WARUM ALSO NICHT MARGARINE NEHMEN? Ein Tonband mit einer alten Übertragung von Foster Hewits »Hockey Night in Canada« würde bereitliegen, dazu Schallplatten von Kay Kayser, Harry James, Tommy Dorsey, Bing Crosby, den Ink Spots, Artie Shaw, Nat King Cole, Glenn Miller, Spike Jones, Mart Kenney and His Western Gentlemen und natürlich Deanna Durbin. Für den alljährlichen Wettbewerb nach dem Essen würden für alle Jo-Jos zur Verfügung stehen. Auf dem Sideboard würden Exemplare der *Police Gazette* und des *Justice Weekly* ausliegen, sowie für jeden eine Flasche Kik-Cola und eine entsprechende Anzahl Mae-West-Schokoladenriegel. Auch Standfotos von Bogart, Lana Turner und John Garfield würden nicht fehlen. Ebenso wenig das von ihnen hochgeschätzte Foto von Igor Guzenko, dem russischen Botschaftsangestellten, der zum gottesfürchtigen Denunzianten wurde, mit einem Kissenbezug über dem Kopf bei einer Pressekonferenz. Des Weiteren ein Zeitungsfoto ihres Lieblings unter den gegenwärtigen Eishockeyspielern, des alternden Flopper, der noch immer die Netze für die einfach irren Boston Bruins hütete.

All diese Artefakte, und noch mehr, zum ewigen Gedenken William Lyon Mackenzie Kings.

Nur scheinbar still und langweilig, war William Lyon Mackenzie King, Premierminister ihrer Jugendzeit, einundzwanzig Jahre lang Kanadas Führer, in Wirklichkeit ein übler Mensch gewesen. Niederträchtig, verschlagen, ein bisschen verrückt und in höchstem Maße heuchlerisch. Wee Willie – der kleine Willie – war am 17. Dezember 1874 in Berlin, Ontario, geboren worden. Seine Mutter, Isabel Grace Mackenzie, war das dreizehnte Kind William Lyon Mackenzies, des ersten Bürgermeisters von Toronto und Anführer der Rebellen von Upper Canada im Jahre 1837. Mit siebzehn ging Willie zum University College der University of Chicago. Er hatte begonnen, Tagebuch zu schreiben. Und war schon damals ein überzeugter Gladstonier. Das heißt, ein geiler, kleiner Bursche, der sich bei Tag für die Rettung der Prostituierten starkmachte, um sich bei Nacht bei ihnen starkzumachen: pro Nummer bis zu 1,25 Dollar, Trinkgelder nicht mitgerechnet. Im Jahre 1900, als er fünfundzwanzig war, wurde er nach Ottawa berufen, um das neu gegründete Arbeitsministerium zu organisieren. Er wurde der erste Vizeminister dieses Ressorts. Im selben Jahr – am Thanksgiving Day – entdeckte er seinen gepriesenen Kingsmere, den kleinen See in den Bergen, auf der Quebec-Seite von Ottawa, ungefähr acht Meilen vom Parliament Hill. Ins Parlament gewählt wurde King erstmals als Liberaler im Jahre 1908; ein Jahr später hielt er als Arbeitsminister Einzug in Sir Wilfrid

Lauriers Kabinett. Seine geliebte Mutter starb 1917, aber nicht lange und Wee Willie bekam mithilfe einer Kristallkugel allnächtlich Verbindung mit ihrem Geist. Im Jahre 1919 wählte man ihn zum Parteivorsitzenden der Liberalen. Zwei Jahre später wurde er zum ersten Mal Premierminister.

Bereits 1920 besaß Mackenzie King am Kingsmere Lake ein Blockhaus. Zwei Jahre später vergrößerte er sein Grundstück, baute sich einen richtigen Landsitz am Kingsmere und gab der Villa den Namen »Moorside«. Weitere fünf Jahre vergingen, und er wurde »Eigentümer von Haus, Nebengebäuden, Waldungen und weiteren hundert Morgen Land«. Im selben Jahr erwarb der kluge King ein benachbartes Grundstück hinzu, um »einen Verkauf an Juden zu verhindern, die sich am Kingsmere niederlassen möchten und die die gesamte Umgebung verschandeln würden« – womöglich, indem sie einen koscheren Delikatessenladen eröffneten.

Ach ja, Kingsmere, wo Wee Willie eine künstliche, im Handumdrehen »altehrwürdige« Ruine errichten sollte, die »Kloster-Ruine«, die, wie er fand, »der Akropolis von Athen ähnelt«. Im Laufe der Dreißigerjahre fügte King seiner Ruine emsig Ergänzungen hinzu, den größten Fang aber machte er erst 1941. An jenem düsteren Tag nach der Bombardierung von Westminster Hall schickte King ans Canada House in London ein Telegramm. Das Telegramm war GEHEIM UND ÄUSSERST DRINGEND! Es traf um 22.00 Uhr ein und wurde prompt dechiffriert. Der Premierminister wollte wissen, ob Lester B. Pearson, damals beim Büro des kanadischen Hochkommissars in London, die Briten umgehend dazu überreden könne, für seine Ruine am Kingsmere ein paar Steine der bombardierten Westminster Hall zu beschaffen. Peinlich berührt, leitete Pearson die Bitte weiter, die zu seiner größten Überraschung jedoch keineswegs empört abgelehnt wurde. Im Gegenteil. Die historischen Steine wurden, um Wee Willies Ruine zusätzlichen Glanz zu verleihen, gut gesichert per U-Boot verschickt.

Im Jahre 1938 lernte King, inzwischen überzeugter Spiritist,

Adolf Hitler kennen und ahnte in ihm sehr schnell eine verwandte Seele, einen Führer, der das Gedenken seiner Mutter, genau wie er, ebenso hoch schätzte wie den Wert eines judenfreien Besitzes. Ich glaube, schrieb er in seinem Tagebuch, die Welt wird in Hitler einst einen großen Mann, einen Mystiker sehen. Er wird »eines Tages mit der Jungfrau von Orléans zusammen zu den Befreiern seines Volkes zählen, und wenn er vorsichtig ist, sogar zum Befreier Europas werden«.

Im Jahre 1924 bekam King von Freunden einen Hund geschenkt, einen Irish Terrier namens Pat, den er schon bald zum lebendigen Symbol seiner Mutter erkor. Als er 1931 im Gebet vor dem Porträt seiner Mutter kniete, »kam der kleine Pat aus dem Schlafzimmer und leckte mir die Füße – der liebe kleine Kerl, er ist fast menschlich. Zuweilen denke ich, er ist ein Tröster, den mir die liebe Mutter geschickt hat, er besitzt ihre Engelsgeduld, ihre Zärtlichkeit und Liebe.« Pat starb 1941 in seinen Armen, während Wee Willie laut »Safe in the Arms of Jesus« sang. »Ich küsste den kleinen Kerl, als er da lag, lobte ihn für seine Anhänglichkeit und Treue, sagte ihm, er habe meine Seele gerettet, sei für mich Gott gewesen.« Zum Glück trat schon bald ein neuer Irish Terrier in sein Leben – Pat II –, und King pflegte oft vor dem Zubettgehen mit seinem kleinen Engelshund über das Christkind und die Tiere an seiner Krippe zu plaudern. Über Pat IIs Tod am 11. August 1947 schrieb der Premierminister von Kanada: »Ich hatte das Gefühl, er sei für *mich* gestorben, und mir seien die Sünden vergeben.« Der Tod seines Hundes erinnerte ihn an Christi Kreuzigung. Pat II wurde am Kingsmere nahe dem Stein begraben, den King als den »Kirchenstein« bezeichnete.

Kings Zwangsvorstellung hinsichtlich der Uhrzeigerstellung scheint 1918 begonnen zu haben; er hielt es für günstig, wenn die Zeiger übereinander standen, wie bei zwölf Uhr, oder in gerader Linie, wie bei sechs Uhr. 1932 nahm er bereits an Séancen teil und konsultierte Medien in Kanada, den Vereinigten Staaten und England. Auch vom Tischerücken hielt er viel, wobei ihm 1933 geweissagt wurde, er sei für das Amt des Premierministers vorbestimmt, das Schicksal Kanadas werde in seinen Händen liegen. Leonardo da Vinci erschien an Kings kleinem Tisch ebenso wie Lorenzo de' Medici und Louis Pasteur, der so freundlich war, ihm etwas für die Herzschwäche des kleinen Engelshundes Pat zu verschreiben. Ein weiterer Besucher an Kings Tisch, der Geist Sir Wilfrid Lauriers, versicherte ihm, dass Präsident Roosevelt ihn liebe. »Er wird dich wie einen Fürsten ehren.« Als Roosevelt und Churchill jedoch im Zweiten Weltkrieg zur Quebec-Konferenz nach Kanada kamen, ließen sie Wee Willie nicht mal in die Nähe des großen Tischs und duldeten es nur widerwillig, dass er mit ihnen fotografiert wurde. Jedoch um fair zu sein: Roosevelt erwies sich nach seinem Tod als wesentlich freundlicher. Er erschien King, bat ihn, nicht abzutreten, und sei es auch nur, sagte der verstorbene Präsident, weil er nicht allein die Klugheit besitze, die Churchill fehle, sondern darüber hinaus »die Vorsicht und die wahre Aufrichtigkeit, die ein Land zusammenhält«. Von Zeit zu Zeit erschien Willies Mum »meinem allerliebsten Jungen, meinem Stolz und meiner Freude, dem besten Sohn«. Einmal stellte sie ihm Präsident Roosevelt vor. »Frank, wie ich ihn nenne.« Diesmal bat Frank King, sich einmal richtig auszuruhen, »mindestens ein Jahr Pause zu machen«. Und, sagte er, es sei lebenswichtig, dass King seine Memoiren schreibe, darunter »jenes wichtige Kapitel über deinen festen Glauben an ein zukünftiges Leben, für das du Beweise hast«.

William Lyon Mackenzie King, der am längsten amtierende Premierminister in der Geschichte des Commonwealth, überlebte seine beiden großen Lieben, Pat I und Pat II, und ging am 22. Juli 1950 in den Großen Zwinger im Himmel ein. Als er starb, begann es ohne Vorwarnung zu donnern, zu blitzen und in Strömen zu regnen. Es regnete ausschließlich am Kingsmere Lake, in Ottawa nicht.

King, der sich immer als Mann mit eher bescheidenen Mitteln hingestellt hatte, verdiente 1908, als er Premierminister wurde, siebentausend Dollar im Jahr. Als er sich 1948 zur Ruhe setzte, betrugen sein Gehalt und seine übrigen Bezüge insgesamt 19 000 Dollar jährlich. Und doch, und doch hinterließ er – ein Wunder vielleicht – nach seinem Tod ein Vermögen von über 750 000 Dollar – ohne den Kingsmere-Besitz, den er dem Staat vermachte.

Der Jahrestag zu Ehren des durchtriebenen alten Heuchlers begann, sehr sinnig, am Kingsmere, wo die Juden nun endlich doch die gesamte Umgebung verschandelten, indem sie auf dem Gelände der »Kloster-Ruine« ein Champagnerfrühstück veranstalteten. Von dort aus zogen sie zum »Kirchenstein«, um Pat II die Ehre zu geben, und sangen »Safe in the Arms of Jesus«, aber auf Jiddisch – ein genialer Einfall von Mickey Stein.

Anschließend vertagten sie sich zum Laurier House.

Das Laurier House war Wee Willie im Jahre 1922 von Sir Wilfrid Lauriers Witwe vermacht worden. Freunde von King taten sich zusammen, um das Haus für ihn zu renovieren und neu einzurichten; ein Jahr später zog er ein. Wie gewöhnlich, begannen die Gentlemen der Mackenzie King Memorial Society den Rundgang durch die Residenz, von der aus Kanada einst regiert worden war, mit einem Besuch des Esszimmers, dessen Tisch genauso gedeckt war, wie King es immer gerngehabt hatte. »An diesem Tisch«, erläuterte der Fremdenführer feierlich, »haben alle ehemaligen Präsidenten der Vereinigten Staaten gesessen. Und Shirley Temple.«

Im Wohnzimmer bewunderten sie die Kristallkugel, die immer noch auf dem Flügel lag, sowie das Porträt von Kings Mum, vor dem er allabendlich gekniet und gebetet hatte.

Anschließend versammelten sie sich in ihrem privaten Speiseraum im Château Laurier, um weiter Champagner zu trinken. Seymour erkundigte sich plötzlich verärgert: »Seit wann weißt du, dass Auden schwul war?«

»Keine Ahnung«, antwortete Joshua erstaunt. »Seit Jahren, glaube ich. Warum?«

»Zuerst stellt sich heraus, das Dostojewski und dieser kleine Eliot, deren Verse ich früher auswendig gelernt habe, Antisemiten sind, und jetzt muss ich feststellen, dass Auden, mein Auden, die ganze Zeit ein Turmspitzenvergolder war. ›Lay your sleeping head, my love‹ – jawohl, aber du weißt schon, wohin. Wem kann man heutzutage noch trauen?«

Lennie Fisher empfahl ihnen dringend ITT.

Seymour, der erst im vergangenen Sommer geheiratet hatte, zeigte allen Auswärtigen, auch Joshua, Fotos von seiner Frau und entschuldigte sich dabei jedes Mal: »Ich weiß, es ist spießig, aber …«

Damals hatte Seymour noch die Buchhandlung in der University Street und lebte in der Wohnung darüber. Wenn eine arglose Matrone in seinen Laden kam und nach Taylor Caldwells *Dear and Glorious Physician* fragte, fuhr er sie an: »Dies ist eine Buchhandlung, Madame, und kein Scheißhaus. Wenn Sie Scheiße wollen, gehen Sie zu Burton.« Bestimmten Studenten drängte er Kafka direkt auf, verschenkte seine Bücher praktisch mit der Behauptung, sie brauchten sie. Er hatte Freude an der Buchhandlung, verdienen konnte er damit allerdings nicht viel. Er war jetzt verheiratet und wurde in drei Jahren dreißig. Stell dir vor, sagte er, dreißig Jahre! »Einmal die Woche kommt mein Vater zu mir in den Laden und sagt: ›Also, genug jetzt mit diesen Dummheiten. Für wen hab ich die Firma aufgebaut, wenn nicht für dich?‹«

»Und was wirst du tun?«

»Molly ist eine großartige Frau, weißt du. Ich nehme diese Ehe wirklich ernst. Ich kann tun, was ich will, hat sie gesagt.«

»Und du?«

»Ich bin ein schwacher Mensch, Josh. Ich finde es furchtbar, kein Geld zu haben. Aber Strickwaren? Mit meinem Magister in englischer Literatur?«

Lennie Fisher schlenderte von einer Gruppe zur anderen und beschwor sie jetzt allesamt, Xerox zu kaufen.

Max Birenbaum, dessen Frau in einer Woche wieder ein

Baby erwartete, zuckte jedes Mal zusammen, wenn das Telefon klingelte. »Wenn das für mich ist – ich bin hier!«

Bobby Gross, erfolgreicher Anwalt, überlegte, ob er ein Haus in Westmount kaufen sollte.

»Das kannst du von mir aus tun«, entgegnete Max, »aber mich kriegen da keine zehn Pferde rein. Darauf kannst du dich verlassen.«

»Wenn das ein Versprechen ist«, sagte Bobby, »dann kauf ich bestimmt.«

Anschließend sangen Max und Bobby Arm in Arm »Heil, Genosse Stalin«, gefolgt von »Eine Firmengewerkschaft ist keine gute Gewerkschaft«.

Der blinzelnde, schmallippige Eli Seligson drängte Joshua in eine Ecke, um ihm zu erklären, er habe im *Esquire* seinen Artikel über den Aldermaston-Marsch gelesen und halte ihn für sentimentalen, linken Bockmist. »Die anderen magst du damit ja beeindruckt haben, mich aber nicht. Weißt du, wo dein Problem liegt? Du findest dich zu gut für uns.«

»Eli, Baby, ich *bin* zu gut für euch.«

»Mann, bist du ein *putz!* Stimmt es, dass du wieder ganz hierher zurückkommen willst?«

»Ja, im nächsten Jahr höchstwahrscheinlich.«

»Und du schreibst an einem Buch über den Spanischen Bürgerkrieg – ausgerechnet?«

»Ja.«

»Na und?«

Al Roth, Immobilienmakler, riet ihnen allen, ganz gleich, wo sie wohnten, ihr gutes Geld nicht für Mieten rauszuwerfen. Er schärfte ihnen ein, sofort die Wohnungen aufzugeben und stattdessen Häuser zu kaufen. »Wenn ihr kein Bargeld habt, nehmt einen Kredit auf. Das kann gar nicht schiefgehen. Vor allem nicht in Montreal.«

Die Gespräche über Geld führten natürlich zu Spekulationen über ihren alten Klassenkameraden Izzy Singer. Izzy, schon vor der Pubertät ein gewiefter Händler, war – zum Leidwesen aller, besonders aber zu Seymours – endlich Millionär geworden. Er hatte, wie Joshua erfuhr, zunächst vor sechs Jahren mit dem Verkauf von Elektrogeräten Erfolg gehabt. Izzy hatte es sich angewöhnt, dem Eiswagen durch die Clark-, die St. Urbain- und die Waverly-Street zu folgen. Sobald der Eiswagen irgendwo anhielt, lief Izzy sofort hinterdrein und hämmerte an die entsprechende Tür. »Warum bezahlen Sie einen Dollar fünfundachtzig pro Woche für Eis, Missus, wo ich Ihnen einen Kühlschrank auf Raten besorgen kann – für zwei Dollar die Woche? Wird noch heute Nachmittag geliefert.«

Seymour, der sich in seinen Lieblingshass hineingesteigert hatte, steuerte ebenfalls eine Singer-Anekdote bei: »Ob ihr es glaubt oder nicht, aber als er an der McGill University war, dieser *grauber*, hat er doch tatsächlich Kurse in Architektur belegt. Nicht etwa, weil er Architekt werden wollte, dieser *paskudnyak;* aber er wollte so viel davon verstehen, dass niemand ihn bescheißen konnte, wenn er einmal Bauunternehmer wurde. Jedenfalls, so wahr ich hier stehe, hat er eine Arbeit über den Bau von Notre-Dame geschrieben, aus vorhandenen Quellen die Kosten der Kathedrale pro Kubikfuß und ihren gegenwärtigen Wert als Pariser Touristenattraktion errechnet und festgestellt, es sei im Endeffekt eine lohnende Geldanlage gewesen.«

Keiner glaubte Seymours Geschichte, außer Zweifel dagegen stand, dass Izzy vom Handel mit Kriegssparmarken in der FFHS über Elektrogeräte und Immobilien zum Spekulanten in Öl, Erdgas und Uran emporgestiegen war.

Morty Zipper, der drei Nächte pro Woche in einer kostenlosen Klinik in Point St. Charles arbeitete, schüttelte bekümmert den Kopf. »Und ich behandle da Kinder, die an Rachitis leiden – in der heutigen Zeit!«

Während sie weiter Champagner tranken, wandten sie sich den seriösen Aufgaben ihrer Gesellschaft zu. Joshua erhob sich, um den Brief vorzulesen, den er an Clarence Campbell, den Präsidenten der Nationalen Eishockeyliga, geschrieben hatte:

»Sehr geehrter Herr Präsident, der Unterzeichnete ist Repräsentant einer Gruppe ehrbarer Geschäftsleute, Beamter, Akademiker und Künstler, die einmal im Jahr zusammenkommen, um das Andenken unseres großen politischen Führers und Staatsmannes, William Lyon Mackenzie King, gebührend zu ehren ...«

»Meine Herren«, brüllte Seymour und hob das Glas, »auf Mackenzie King!«

Alle am Tisch standen auf und hoben das Glas.

»Wir sind keine politische Gruppe, sondern kommen aus allen Parteien ...«

»Bis auf die kommunistische natürlich, Genossen.«

»Hört! Hört!«

»... und haben nur ein einziges Motiv: Patriotismus.«

»Gut gesprochen!«

»Um dafür zu sorgen, dass die Erinnerung an den großen Verstorbenen auf ewig erhalten bleibt, versuchen wir in jedem Jahr eine passende Trophäe oder einen sinnigen Preis zu stiften. In einem Jahr war es ein Hundeausstellungspreis (siehe beigefügte Anzeige aus *Dogs in Canada*) für den Hund, der am perfektesten Pat IIs Göttlichkeit verkörperte und die auffallendste Ähnlichkeit mit Mr. Kings geliebter Mum, Isabel Grace Mackenzie, aufwies. In einem anderen Jahr ehrten wir ein weiteres tiefes und intensives Interesse des großen Verstorbenen mit dem Mackenzie King Memorial Hooker Award, den wir zwei Prostituierten – einer englischsprachigen und einer französischsprachigen, beide je 500 Dollar – dafür zuerkannten, dass sie ihren Beruf mit dem innigsten religiösen Eifer ausführten. In diesem Jahr«, fuhr Joshua fort, »wollen wir tiefer in die gemeinsame Tasche greifen. Wir freuen uns, der Nationalen Eishockeyliga eine mit einem zusätzlichen Bonus von eintausend Dollar sozusagen versüßte Trophäe offerieren zu können: Die William Lyon Mackenzie King Memorial Trophy.«

Alle hämmerten auf den Tisch, und abermals wurde ein Toast auf den großen Verstorbenen ausgebracht.

»Diese Trophäe, am Ende jeder Spielsaison zu vergeben, soll

der Spieler bekommen, der in seiner Aktivität auf dem Eis den unsterblichen Geist Mackenzie Kings am besten vertritt.

Eindeutig dürfte der Spieler, den wir uns vorstellen, kein Punktemacher, kein geborener Star sein, sondern eher ein Arbeitstier, das seinen auffallenden Mangel an Talent, Intelligenz oder Grazie mit ungeheurer Anstrengung und listenreich kaschiert. Der Natur der Dinge nach müsste es ein Spieler sein, der seit mindestens zehn Jahren in der Liga ist, unbemerkt, ungefeiert, doch unermüdlich. Der Mann, den wir uns vorstellen, foult, sobald der Schiedsrichter ihm den Rücken kehrt, stellt einem gegnerischen Spieler ein Bein, wann immer es ihm ungestraft möglich ist, drückt sich aber unweigerlich vor jedem fairen Zweikampf. Es müsste ein Mann sein, der seine Mutter noch höher achtet als den Trainer, und der einen festen Glauben an die zukünftige Welt sein Eigen nennt. Auf dem Eis behauptet er bei jedem Tor für seine Seite, maßgeblich daran beteiligt gewesen zu sein. Erzielt jedoch der Gegner ein Tor, streitet er jede Verantwortung ab. Vor allem ist er ein rachsüchtiger Sieger und schlechter Verlierer. Zu keinem seiner Mannschaftskameraden hat er ein gutes Verhältnis. Loyalität ist ihm unbekannt. Auf dem Eis – in der Hitze des Gefechts zu einer schnellen Entscheidung gezwungen – wählt er weder die vielleicht geniale, jedoch riskante Möglichkeit, noch steht er mannhaft und fest an der Drittellinie. Er geht überhaupt jeder Entscheidung aus dem Weg, sein Ziel ist immer nur die Sicherheit der Bank. Dennoch wird der Gewinner unserer Mackenzie King Memorial Trophy später, wenn so manch begabterer Spieler in den Ruhestand getreten ist – mit zerschlagenen Beinen oder durch Verletzungen in den besten Jahren außer Gefecht gesetzt –, immer noch auf dem Eis seinen Mann stehen. Vor allen Schwierigkeiten davonflitzen. Unermüdlich.

Wir hoffen, dass Sie, Mr. Campbell, dessen Kanadatreue unbestritten, dessen Patriotismus in zwei Weltkriegen bewiesen ist, diesen Preis in ernsthafte Erwägung ziehen. Sollten weitere Informationen erwünscht sein oder ein Zusammentreffen geraten erscheinen, so stehen wir Ihnen, Sir, jederzeit gern zur Verfügung. Hochachtungsvoll, Joshua Shapiro, Sekretär, The Mackenzie King Memorial Society.«

Der Brief wurde mit donnerndem Beifall belohnt und erhielt allgemeine Zustimmung; Seymour Kaplan schlug vor, ihn sogleich an Mr. Campbell abzuschicken.

Anschließend wurde der Kandidat für einen Mackenzie King Memorial Award vorgeschlagen, eine der zahlreichen Statuetten des großen Verstorbenen mit Pat II, die Henry Birks für sie geschaffen hatte: Lester B. Pearson, der Außenminister.

Max Birenbaum hielt die Laudatio für Mr. Pearson. »In einem Interview«, sagte er, »wurde Mr. Pearson kürzlich gefragt, ob es nach all diesen Jahren als Diplomat und Minister des Äußeren irgendetwas gäbe, dessen er sich schämen müsse. Seine Antwort zeugt von Freimut und ist zugleich typisch kanadisch. ›Jawohl‹, sagte er, ›ich habe wirklich einige Dinge getan, die ich später bereut habe. *Ich habe einmal, in der sechsten oder siebten Klasse, glaube ich, in Erdkunde gemogelt, und das habe ich niemals vergessen können.*‹«

Der Preis wurde ihm einstimmig zuerkannt.

Es folgten Dinner, Chaos. Vor der Geräuschkulisse der Platten von Artie Shaw, Tommy Dorsey, Glenn Miller und den Übrigen schwelgten sie in Erinnerung an die alten Zeiten in der FFHS. Prügelstrafen wurden rekapituliert, Basketballspiele nachvollzogen, Knutschereien mit Bessie Orbach von Neuem durchkostet. Mickey Stein gewann wieder einmal den Jo-Jo-Wettbewerb, weil er jeden Trick fehlerlos hinlegte, und sackte wohlverdiente zweihundert Dollar ein. Dann teilten sie sich in zwei Mannschaften, erklärten eine leere Sektflasche zum Puck und wiederholten das Endspiel des Stanley Cup von 1947, was zu einer Missfallensäußerung seitens der Hotelleitung führte. Der Hausdetektiv stattete ihnen einen Besuch ab. »Also wissen Sie«, sagte er mahnend, »Sie sind doch alle erwachsene Männer.«

»Bitte, das ist ein zu hartes Urteil«, erwiderte Joshua.

Vernünftigere Stimmen besänftigten den Hausdetektiv. Sie versprachen, brav zu sein und sich in spätestens einer Stunde zu vertagen. Und dann erinnerte sich zum Glück jemand an die Geburtstagstorte mit den dreißig Kerzen für Al Roth, den Dritten von ihnen, der dieses schwächegeplagte Alter erreichte.

Al pustete die Kerzen aus. Und verkündete mit Tränen in den Augen: »Ihr seid die verdammt beste Freundesclique, mit der man zur Schule gegangen sein kann, und wenn irgendeiner von euch nach Toronto kommt, dann wohnt er bei mir. Keine Hotels. Davon will ich nichts hören.«

Eli Seligson drängte Joshua abermals in eine Ecke. »Ich muss dir was sagen«, behauptete er schwankend.

»Nur zu.«

»Ich habe dich noch nie leiden können.«

Schließlich bat Joshua, wie immer, lautstark um Ruhe, trat an den Plattenspieler und legte sein geliebtes Album mit den Songs der Internationalen Brigaden auf, das mit »Los Quatro Generales« endete. Einmal noch hoben sie die Gläser, um einen feierlichen Toast auf die Männer auszubringen, die in Spanien gefallen waren. Auf jene, die wie Kletten an den langen Expresszügen klebten, die durch die ungerechten Länder, durch die Nacht, durch die Alpentunnel ratterten. Sie, die über die Pässe gewandert, sie, die gekommen waren, ihr Leben zu geben.

4 Nach Wochen auf Ibiza, in denen er nur gesoffen, mit Juanito und seinen Kumpanen Hahnenkämpfen zugeschaut und Rositas Etablissement im Morgengrauen schwankend verlassen hatte, konnte Joshua auf keinen Fall mehr behaupten, sein Kanu sicher durch die Stürme der Versuchung zu paddeln. Es gab einfach kein »und Schlag, und Schlag, und Schlag« mehr. Die Wahrheit war, das musste er zugeben, dass er nicht so sehr am Schreiben interessiert war als an der Tatsache, Schriftsteller zu sein. Bekannt zu sein. Doch sein einundzwanzigster Geburtstag war gekommen und vorübergegangen, und

er war immer noch nicht berühmt. Er hatte nicht nur unreine Frauen umarmt, sondern sich mit verbotenen Speisen vollgestopft: mit *gambas, calamares,* Krebsen. Nur acht Jahre nach seiner Bar-Mizwa – Freudenhausorgien.

Dschehennem, die Hölle winkte.

Aber um fair auch sich selbst gegenüber zu sein – seine Bar-Mizwa war, wie er sich erinnerte, kein besonders vielversprechender Start für ihn gewesen, falls er zu einem praktizierenden Juden heranreifen sollte.

»Keine Angst, Junge«, hatte die Mutter gesagt. »Du wirst deine Party kriegen. Und was für eine Party!«

Am Morgen hatte sie sich tatsächlich dazu aufgerafft, ihm das Frühstück zu machen, und dabei voller Elan verlangt: »Schreib mir eine Liste.«

»Wovon?«

»Von den Jungs, die du zur Party einladen willst.«

»Ach, lass nur«, erwiderte er.

»Von jetzt an werde ich dir eine gute Mutter sein, Josh. Ich werde auch nicht mehr mit Ryan ficken.« Und während sie ihn forschend musterte, fügte sie hinzu: »Irgendwie habe ich das Gefühl, dass dich das stört.«

»Ich will keine Party.«

»Und warum nicht?«

»Was sollen wir machen?«

»Na ja, ›Pin the tail on the donkey‹ oder ›Pachisi‹ werden wir bestimmt nicht spielen. Es soll eine Überraschung werden.«

Als er aus der Schule kam, lag die Mutter auf den Knien und schrubbte den Boden. Die Betten waren gemacht, das Geschirr gespült. Der Mülleimer stand zum Abtransport bereit. »Um sechs bist du bei Mandelcorn angemeldet. Der wird dir den ganzen Hokuspokus beibringen, den du für die Synagoge brauchst. Und wenn er dich fragt, ob wir hier koscher essen, sagst du Ja.« Sie verlangte noch einmal die Liste der Jungs.

Eine Woche vor seiner Bar-Mizwa dekorierte sie den Flur mit Krepppapier und Lampions. Im Wohnzimmer zogen sich

Girlanden von Wand zu Wand. An jeder Lampe hingen Ballons.

Geschenke trafen ein. Onkel Harvey schickte einen Gebetsriemen, einen silbernen Weinpokal und fünfundzwanzig Dollar in Sparbriefen. Euclid brachte Ed Ryans Friedensangebot – eine Windbluse mit dem Aufdruck THE CHAMP auf dem Rücken und den Taschen voller Silberdollars. Colucci schickte Bücher: eine Marconibiografie, eine illustrierte Geschichte des jüdischen Volkes und eine Sammlung von Winston Churchills Reden. Auch eine ganze Kiste Whisky traf ein.

Am Samstagvormittag in der Synagoge stolperte Joshua durch die Gebete, die er sprechen musste, während die älteren Gemeindeglieder den Kopf schüttelten und sich verwundert fragten, wie ein Mensch, und sei es der Sohn eines Gangsters, nur so unglaublich dumm sein konnte. Und die Mutter? Eine Leventhal. Mit falschen Wimpern und Rouge auf den Wangen. Stank nach Parfüm.

Kaum waren sie wieder zu Hause, da stieg die Mutter aus ihrem Kleid, knöpfte sich einen Kittel über und begann unter ständigem Nachschlagen in ihrem neu erworbenen Kochbuch in der Küche zu werkeln. Zu Louis Armstrongs »When The Saints Go Marching In« rührte sie Marmorkuchen und schob ihn in den Backofen. In den Obstsalat schüttete sie fast eine halbe Flasche Kirsch. Als sie, von Dewar's beflügelt, mit der gehackten Leber begann, flogen die Zwiebeln in alle Himmelsrichtungen. Die Fleischbällchen, von recht unterschiedlicher Größe, wurden in die Pfanne gehauen und anschließend wie Kanonenkugeln auf eine Platte gehäuft. Der Biskuitkuchen wollte nicht aufgehen, der Käsekuchen weigerte sich standhaft, sich zu setzen. Die gekochten Hühnerteile, in Fett gebadet, sprangen ihr immer wieder unter der prüfenden Gabel davon. An den Schokoladenplätzchen mussten die verbrannten Ränder abgekratzt werden.

Über zwanzig Jungs hatte Joshua zu seiner Party am folgenden Nachmittag geladen, doch nur zwölf kamen – wahrscheinlich, wie er annahm, weil die anderen nicht kommen durften. Seymour Kaplan war natürlich da, Morty Zipper, Mikkey Stein, Bernie Zucker, Bobby Gross, Max Birenbaum, Yossel Kugelman, sein Vetter Sheldon und, zu seinem Erstaunen, Eli Seligson und Izzy Singer. Alle sahen sie geschniegelt und gebügelt aus in ihren Festtagsanzügen, doch Joshua merkte sofort, dass sie furchtbar verlegen waren. Die meisten wussten nicht, was sie zu erwarten hatten. Joshua auch nicht, aber er war ziemlich argwöhnisch, denn seine Mutter hatte sich gleich nach dem Frühstück schon wieder über den Dewar's hergemacht und war verdächtig guter Laune.

Die Jungs waren – zunehmend unruhig – etwa eine halbe Stunde im Wohnzimmer versammelt, als ihnen klar wurde, dass sie weder einen Film noch sonst etwas zu sehen bekommen würden. Im Gegenteil, es hatte den Anschein, als gäbe es hier überhaupt nichts Besonderes.

»Möchtet ihr vielleicht ›Information, Please‹ spielen?« rief ihnen die Mutter fröhlich zu.

Stöhnen und Ächzen.

»Wie wär's mit ›Sardinen‹?«

»He, wir sind doch keine Kleinkinder mehr!« beschwerte sich Mickey.

»Gut. Das habe ich mir gedacht. Also, Josh, mach das Zimmer dunkel.«

O Mann, doch noch ein Film!

Aber Joshua wusste es besser, denn schon schraubte sie die rote Birne ein, die immer an und aus ging.

»Ma, das kannst du nicht!«

»Das haben sie zu den Gebrüdern Wright auch gesagt.«

»Die Jungs würden das nicht verstehen.«

»Halt den Mund und leg die Platte auf.«

»Ma – bitte!«

»Tu, was ich dir sage. Mach schon, Josh.«

»Ma – bitte!«

Also legte er »Snake Hips« auf.

»Keiner rührt sich vom Fleck«, befahl die Mutter und lief hinaus.

Die verblüfften Jungs setzten sich, wie befohlen, auf den Fußboden. Als sie schon wieder unruhig wurden, klopfte es an der Tür, und Joshua spielte »Snake Hips« noch einmal von vorn. Jetzt öffnete sich die Tür so weit, dass sich ein langes, schwarzbestrumpftes Bein mit einem Stöckelschuh hindurchschieben konnte. Es wurde sofort, wie von der Tarantel gestochen, wieder zurückgezogen, sodass sich die verdutzten Jungs fragten, ob sie es tatsächlich gesehen hatten. Dann kam es ganz langsam wieder zum Vorschein. Diesmal wurde das Bein, scheinbar körperlos, von einem grellrosa Federfächer gestreichelt. Höher, immer höher hinauf. Der Stöckelschuh glitt vom Fuß und ließ grün lackierte Zehennägel sehen. Begehrlich rieb sich das Bein am Türknauf. Es strich an der Türkante hinab, stieg wieder höher. Aufreizend langsam öffnete sich zum Rhythmus der Trommeln und des pulsierenden roten Lichts die Tür, und Joshuas Mutter kam, kokett über die Federfächer hinwegspähend, ins Zimmer geglitten. Sie hatte sich Silbersterne an die Beine geklebt und trug zu einem bis an die Hüften geschlitzten schwarzen Rock eine durchsichtige, knallrote Bluse.

»Ich muss nach Hause!« rief Izzy Singer bestürzt, griff sich hastig seinen Mantel und floh hinaus.

Abermals begann »Snake Hips« von vorn, und Mrs. Shapiro kehrte den Jungs mit einem verruchten Blinzeln der sich bereits lösenden falschen Wimpern den Rücken. Hände auf die Knie gestützt, schwenkte sie ihren hochgereckten Hintern. Sie richtete sich auf, löste den Rock und schlängelte sich langsam hinaus. Dann legte sie die Bluse ab und ließ sie zu Boden gleiten. Anschließend wirbelte sie herum und tat, als erschrecke sie beim Anblick der Jungs. Die rubinroten Lippen öffneten sich zu einem großen, empörten O, die Arme kreuzten sich kokett über den Brüsten, die Beine pressten sich fest aneinander. In dieser Stellung, nur noch mit Höschen, Strumpfhaltergürtel und Strümpfen bekleidet, zischte sie Joshua plötzlich zu: »Jetzt!«

»Was?«

»Jetzt, habe ich gesagt.«

Nun fiel es Joshua wieder ein. Er steckte zwei Finger in den Mund, pfiff und trampelte, und die Jungs machten es ihm nach.

Nun begannen diese lüsternen Fächer, scheinbar mit eigenem Willen begabt, ihren ganzen Körper zu streicheln und gestatteten dabei immer wieder einmal einen flüchtigen Blick auf die kecksten Brüste aller Mütter in ihrer Straße.

Eli Seligson liefen die Tränen über die Wangen. Sheldon war schweißgebadet. Aber die anderen saßen einfach benommen da, manche sogar mit offenem Mund, während sie sich zum Rhythmus der Trommeln dem Finale entgegenwand.

Urplötzlich war die Schallplatte zu Ende. Mrs. Shapiro schlüpfte in ihren Morgenrock, machte Licht, steckte sich eine Pall Mall an, holte sich ihren Dewar's mit Schuss vom Tisch und setzte sich auf einen Hocker, um mit dem Publikum zu plaudern. »Na, hat's euch gefallen?« erkundigte sie sich.

Seymour sprang mit hochrotem Kopf auf und applaudierte.

»Ich werde nämlich bald Profi, wisst ihr. Ich soll hier im Roxy auftreten.«

Heilige Scheiße, dachte Joshua.

»Und jetzt möchte ich, dass jeder, der eben beim Zusehen einen Steifen gekriegt hat, schön artig die Hand hebt.«

Seymours Hand schoss in die Höhe.

»Also kommt, Jungs – so schlecht kann ich doch nicht gewesen sein.«

Drei weitere Hände wurden gehoben, dann noch einmal zwei.

»Joshua zählt nicht, weil ich seine Mutter bin. Das würde gegen die Regeln verstoßen.«

5 Zu Bett zu gehen, ohne dass sich Pauline in ihn hineinkuschelte, machte ihn traurig; er konnte sich nicht daran gewöhnen. Aber er weigerte sich, Valium oder etwas anderes zum Einschlafen zu nehmen. Stattdessen stellte er fest, dass es mindestens einmal die Woche nichts Besseres dafür gab als einen steifen J & B, getrunken zu seiner CBC-TV-Lieblingssendung, einem Forum für die Diskussion öffentlicher Angelegenheiten. Ach, was für ein ehrwürdiger, tollkühner Haufen waren doch seine Rivalen da draußen in Toronto! Unsere Tugendwächter, immer auf dem Quivive – man konnte sich darauf verlassen, dass sie uns eine säuberlich in vier Viertelstundenabschnitte eingeteilte, allwöchentliche Stunde der Empörung servierten. Gnadenlos prangerten sie Automechaniker an, die einen *absolut einwandfreien Auspufftopf* am Auto austauschten. Oder Gauner, die Glatzköpfen zu überhöhten Preisen Plastikhaare einpflanzten, *die nicht hielten.* Oder Sprachschulen, die den Einwanderern *falsche Versprechungen* machten. Wurde eine Taubstumme nicht als Krankenschwester eingestellt oder einem Blinden, vorzugsweise einem Indianer, der Posten als Fluglotse verweigert, stöberten ihre furchtlosen Ermittler die Schuldigen an derart himmelschreienden Ungerechtigkeiten auf, um ihnen, mochten sie noch so mächtig sein, gehörig einzuheizen. An manchen – besonders genüsslichen – Abenden brachten sie es sogar fertig, echte Mafia-Killer oder Rauschgiftschmuggler zu interviewen, die mit dem Rücken zur Kamera behaupteten, es gebe doch tatsächlich Cops, die *Schmiergelder nähmen.*

Heute Abend jedoch ging es um Politik. Um die Tatsache, dass unsere Tundra von der amerikanischen Kultur beherrscht wurde. Schwenkende Kameras fanden Eck-Drugstores, die den neuesten Harold Robbins, aber *keinen kanadischen Dichter* im Buchständer hatten; richteten sich auf Schulkinder, *unsere Kinder,* die zwar genau wussten, wer der Fonz war, aber noch nie von Mackenzie King gehört hatten. Und dann plötzlich – halli, hallo – war er wahrhaftig da, Paulines erster Mann, füllte er den Bildschirm, der unglückselige Colin Fraser. Colin, leidenschaftlicher Nationalist, war vor Jahren aus London heimgekehrt, Kurator der Canadiana-Sammlung an der Rocky Mountain University geworden und hatte Joshua als einer, der nicht nachtragend war, für das Manuskript von *The Volunteers* zehntausend Dollar gezahlt, mehr also, als Joshua im ersten Jahr nach dem Erscheinen des Buchs an Tantiemen verdient hatte. Und nun berichtete Colin empört vor der Kamera, *unschuldige kanadische Kinder müssten Geografie aus einem Buch lernen, in dem statt einem einheimischen ein amerikanischer Dinosaurier abgebildet sei.* Und das sei mehr als bloßes Gerede, es könne durch harte Tatsachen bewiesen werden. Colin hielt das Foto so, dass alle es sehen konnten. Verschlagener imperialistischer Blick, bösartiger Yankeemund.

Joshua, der sich vor Lachen bog, war richtig verärgert, als es an der Haustür klingelte, denn dadurch wurde er daran gehindert, Colins Auftritt voll auszukosten.

»Ich kam zufällig hier vorbei«, sagte McMaster. »Da sah ich Licht ...«

»Ich habe Ihr Manuskript noch nicht gelesen, Stu. Tut mir leid.«

Aber der Polizist war schon im Haus, und kurz darauf war Joshua damit beschäftigt, im Wohnzimmer Drinks einzuschenken, und fragte sich, warum McMaster wohl seinen Morgenrock so anstarrte. »Ach so!« stöhnte er, als es ihm einfiel. »Keine Sorge, Schätzchen. Heute trage ich Herrenunterhosen. Schließlich haben wir heute Mittwoch, nicht wahr?«

McMaster hustete trocken. »He, dieses Sofa ist aber mal *echt* antik! Das muss Tausende gekostet haben. Wo haben Sie das gefunden?«

»Da müssen Sie Pauline fragen.«

McMaster bewunderte inzwischen einen Beistelltisch. »Hat sie den hier auch aufgetrieben?«

»Auf einer Auktion.«

»Gut, gut. Großartige Geldanlage. He, Seymour Kaplan, äh,

Sie haben doch mal gesagt, dass der ein Freund von Ihnen ist. Stimmt's«

Stimmt. Stimmt.

»Sagen Sie ihm, wenn er in seinem Alter immer noch mit Teenager-Schicksen rumknutschen muss, soll er sich nicht ausgerechnet den Lookout aussuchen. Da wechseln unter den Kindern der Auserwählten große Mengen von Chemikalien den Besitzer, deswegen werden sie von uns überwacht.«

»Sind Sie schon mal auf den Gedanken gekommen, Stu, dass Sie ein Antisemit sein könnten?«

»Heiliger Jesus, nein! Verdammt, Sie haben in mir den freundlichen Schutzmann von der Ecke vor sich, der beauftragt ist, das Einbrecherphantom von Westmount zu schnappen, also bin ich so eine Art Schutzpatron Ihrer Leute, nicht wahr?«

»Ach wirklich? Wieso?«

»Weil er bisher nur in koschere Häuser eingebrochen hat.«

Joshua versetzte ihm einen Rippenstoß. »Anscheinend weiß er genau, in welchen Häusern am wahrscheinlichsten Goldbarren unter den Fußbodendielen versteckt sind.«

»Das haben Sie gesagt, nicht ich. Aber dieser Verrückte marschiert zu einer anderen Musik. Der stiehlt nichts.«

»Vielleicht ist er eine Art Psychopath.«

»Vielleicht.« McMaster wechselte geschickt das Thema und fing wieder von Quebec an. »Finden Sie es nicht auch seltsam«, meinte er, »dass alle möglichen Lösungen angeboten werden, aber noch nie jemand auf die naheliegendste gekommen ist?«

»Und welche wäre das?«

»Bürgerkrieg.«

Die St. Denis Street war die Trennungslinie der Stadt.

Östlich der St. Denis Street, wo die meisten Frankokanadier wohnten, regierte seit der Machtübernahme durch die Parti Québécois am 15. November 1976 die Euphorie. Nach Ansicht der jungen Aktivisten dieser Partei hatte die Wiedereroberung begonnen, und nun waren die Englischsprachigen an der Reihe, Ziegel aus Stroh zu machen. Im Westend dagegen, wo die Englischsprachigen seit Jahren ungestraft regiert hatten, klangen die Nachrichten jedes neuen Tages noch entmutigender als die des vorhergehenden. Joshua rettete sich ein bisschen Genugtuung aus der Vorstellung, dass die erschrockenen Bewohner Upper Westmounts nun jeden Morgen nach dem Erwachen in der *Gazette* lesen mussten, dass wieder einmal das Hauptbüro einer Firma bei Nacht und Nebel das Hasenpanier ergriffen hatte, und dass der Firmensprecher tapfer erklärte: »Die Verlegung unseres Hauptbüros nach Toronto war schon seit Jahren geplant und hat nichts mit der gegenwärtigen politischen Lage in Quebec zu tun.«

Von Bosheit geschwellt, suchte Joshua Pinsky am Summit Circle auf. »Falls du's noch nicht wissen solltest, Irving – der Wert deines Hauses ist um zwanzig Prozent gesunken. Bis jetzt.«

Pinskys russischer Wolfshund hob das Bein – aus Respekt vor seinem Herrn allerdings sehr dezent –, um an den Feuerhydranten zu pinkeln.

»Und was ist mit deinem?« fragte Pinsky schwerfällig.

»Da unten? Am Fuß des Berges? Was ist so ein Haus in den besten Zeiten schon wert? Gar nichts. Außerdem ist es bis unters Dach mit Hypotheken belastet, und wenn du mich fragst, René Lévesque ist gar nicht so übel.«

»Ha! An dieses Wort werde ich dich in einem Monat erinnern, wenn du dabei bist, dir die Scheiße aus dem Gesicht zu kratzen. Glaube mir, die Frankokanadier sind alle gleich. Faul, dumm, korrupt, von Selbstmitleid erfüllt, o ja, und bigott, jeder Einzelne von ihnen ein Antisemit.« Und er zählte eine Liste alter Schulkameraden auf, die gerade die Koffer packten oder bereits abgereist waren.

Joshua war an jenem Abend, an dem die PQ an die Regierung gelangte, in Kalifornien gewesen. Bei seiner Heimkehr erklärte ihm Max Birenbaum: »Nachdem die Wahlresultate bekannt gegeben worden waren, sah man Lévesque-Anhänger auf dem Bildschirm und in der Paul Sauvé Arena vor Freude tanzen, und ich schwöre dir, es gab alte Juden, die so verängstigt waren, dass sie die Möbel vor die Tür rückten. Am nächsten Morgen musste man Schlange stehen, um an sein Bankschließfach ranzukommen. Alle holten ihre Wertsachen ab und fuhren mit ihnen nach Cornwall oder Plattsburgh.«

Max konnte jetzt, da er wieder verheiratet war, die meisten seiner Wertsachen nicht mehr abholen. Seine neu erworbenen Wertsachen. Die unbeschreibliche Tanya, seine peinlich junge Frau, hatte ihm ein neues Haus gekauft und es in ein Museum verwandelt, das Shaar Hashomayim sogar in ihre alljährliche Tour durch »offene Häuser« aufgenommen hatte. Pauline hatte Interesse geheuchelt und Tanya eine Kopie der Beschreibung abgeschwatzt, die sie später Joshua zeigte: »Biegt man von der Upper Belmont in die Sunnyside Street ein, hat man sofort die imposante Villa mit der atemberaubenden Fassade im Tudorstil vor sich, Erinnerung an ein vergangenes Zeitalter, und beim Betreten des Hauses durch das hohe Portal stellt man sich vor, an dem riesigen Esszimmertisch vor dem großen Kamin mit den einzigartigen Antiquitäten säßen die Ritter der Tafelrunde.«

Bei einer Jahrestags-Dinnerparty in Max Birenbaums Villa, ein Jahr nach dem überraschenden Wahlsieg der PQ, hatte sich die Aufregung immer noch nicht gelegt. Von den Ratten, die schon seit langer Zeit Fluchtpläne bereithielten, hatte man durchaus erwartet, dass sie das sinkende Schiff verließen; im Jahre 1977 begannen ihnen jedoch sogar die Mäuse zu folgen, flohen sie nach Ontari-ari-ario oder nach Florida. Daher gab es bei Tisch unfreundliche Witze über den bevorstehenden Volksentscheid und die absolute Idiotie eines unabhängigen Quebec. Das ruhige Kanada zerstückelt! Ja, ja, sagte Barbara mit glühenden, runden Wangen, mag sein, gewiss, man hat uns verunsichert, aber wie aufregend stelle ich mir das vor, jetzt jung und Frankokanadier zu sein!

Dreißig Jahre zuvor war es Joshua bei ihrer dritten Verabredung gelungen, auf einer Bank im Outremont Park Barbaras Büstenhalter zu öffnen. Er sei der Erste, hatte sie ihm versichert. Jetzt, nach ihrer Brustamputation, arbeitete sie freiwillig im Krankenhaus und beriet andere, die in der gleichen Lage waren wie sie.

Barbara, ach Barbara!

Seymour erwachte aus seinen speziellen, cognac-inspirierten Träumen und erschreckte die ganze Tischrunde, als er aus tiefstem Herzen sagte: »Ich wünschte, ich wäre alt genug gewesen, um im Spanischen Bürgerkrieg mitzukämpfen.«

Der behäbige, mondgesichtige Seymour war in der Strickwarenbranche, im Geschäft seines Vaters. Die vielen verständnislosen Blicke am Tisch konternd, erklärte er langsam: »Genau wie mein Freund, der sogenannte Schriftsteller hier, wollte auch ich gern am Ebro kämpfen.«

Und als die anderen sich wieder in hitzige Debatten über Quebec stürzten, wurden sie abermals von Seymour, dem volltrunkenen Seymour, der schon wieder einen Schwenker mit Cognac vor sich stehen hatte, unterbrochen. »Ich wollte am Ebro kämpfen. Vielleicht mit einer Verwundung heimkehren. Nichts Schlimmes. Ich meine, nicht wie Jake Barnes. Aber doch so, dass die Leute sich auch jetzt noch nach mir umdrehen würden. Gewiss, er macht in Strickwaren, aber dieses Hinken, weißt du, das hat er aus Spanien mitgebracht. Versteht ihr?«

Joshua verstand nicht nur, er begriff auch, warum Seymour heute so viel trank.

Der arme Seymour, der nie in Spanien gekämpft hatte, saß dick in der Tinte. Und diesmal nicht wegen einer KLM-Stewardess, sondern wegen seiner Indiskretion mit Engels Frau, während Engel im Krankenhaus lag und einen Nierenstein loszuwerden versuchte.

»Engels Frau!« hatte Joshua protestiert, als er davon hörte. »Ich meine, wie kann man sich überhaupt angezogen fühlen von dieser …«

»Ach, das verstehst du nicht. Du bist nicht so vom Sex abhängig wie ich. Ich habe sie nur bestiegen, weil sie eben da war. Wie der Mount Everest.«

Seymour, ein zwanghafter Schürzenjäger, war alles andere als wählerisch. Mit vollem Mund, aus dessen Ecken Pickles-Saft rann, fuhr er den dicken Kellnerinnen in den Delikatessenläden unter den Rock, bis sie vor Vergnügen quietschten und unheimlich geschmeichelt waren. Entstieg er morgens dem Zug nach Ottawa, um sich am Wettlauf zum Taxistand zu beteiligen, hatte er unterwegs schon die leichte Beute ausgemacht, die er auffordern würde, den Wagen zum Château Laurier mit ihm zu teilen. Seymour war Mitglied eines Anrufclubs in Chicago. Für fünfzig Dollar pro Jahr durfte er eine kostenlose Station anrufen, wo er die Nummern von Damen erhielt, die was für obszöne Anrufe übrighatten. Auf dem Flug der Eastern Airlines nach New York hatte er kaum den Sicherheitsgurt gelöst, da war er auch schon im hinteren Teil der Maschine, um der Stewardess Schlüpfrigkeiten ins Ohr zu flüstern, dass sie vor Entzücken errötete. Er schäkerte mit den Mädchen der Fernsprechzentralen und hatte bei einem Postamt der Stadt eine postlagernde Adresse. An heißen Abenden parkte er auf dem Westmount Lookout und knutschte mit den Sekretärinnen der Einkäufer von Eaton's, Bay und sogar dem Miracle Mart. Motelportiers in den Laurentians, den Adirondacks und in Cape Cod, daran gewöhnt, dass Seymour mit allen möglichen »Mrs. Kaplans« aufkreuzte, schüttelten bewundernd den Kopf, wenn er sich dem Rezeptionstisch schon wieder mit einer neuen, liebesfeuchten Frau im Schlepp näherte. Die verwitweten Freundinnen seiner Mutter bekamen Herzklopfen, schmolzen in seinen Armen dahin, wenn er sich herabließ, sie zu besuchen. Brachte seine fünfzehnjährige Tochter nach der Schule Klassenkameradinnen mit nach Hause, um sich im Keller Acid-Rock-Platten mit ihnen anzuhören, warf Seymour sein *Hustler*-Exemplar in die Ecke, lief hinunter und brachte ihnen den Boogie bei. Er besaß Mitgliedsausweise für alle Discos, die »in« waren.

Seymour hatte von Anfang an unglaublich geschickt dafür gesorgt, dass er nicht ertappt wurde. Ein Machiavelli unter den Ehebrechern, wie Joshua bereitwillig zugab, als Seymour ihm vom ersten Krach mit seiner Frau erzählte. Als er erst zwei Jahre mit Molly verheiratet war, kam er eines Abends mit aschfahlem Gesicht und grimmiger Miene aus dem Büro nach Hause und sprach während des Essens kein Wort mit ihr.

»Was ist los?« fragte sie ihn.

»Ich möchte nicht darüber sprechen.«

»Hab ich was falsch gemacht?«

»Da!« brüllte er aufgebracht, und warf den Brief auf den Tisch. Anonym. In Blockschrift. IHRE FRAU HAT EINEN LIEBHABER!

»O Gott!« Molly hielt sich erschrocken die Wange.

»Wie konntest du mir so was antun?«

»Was denn? Du bist ja verrückt. Wer hat dir den geschickt?«

»Woher soll ich das wissen?«

»Aber ihm glaubst du mehr als mir?«

»Seit wann geht das schon so?«

»Mein Gott, von dir könnte Senator McCarthy noch was lernen.«

»Wenn ich dir nicht genug bin, brauchst du's mir bloß zu sagen«, tobte er und simulierte Tränen.

»Ach Seymour, mein armer Liebling! Kein einziges Wort davon ist wahr.«

»Angerufen haben sie auch. Im Büro. ›An jedem Dienstagnachmittag lässt Ihre Frau sich kräftig durchbumsen‹, sagen sie und legen auf. Oder auch: ›Molly bläst gern die Flöte‹, und legen auf.«

»Aber so was würde ich niemals tun. Feh!«

»Zu Hause nicht, meinst du wohl. Für deinen Mann nicht!«

»Bitte, Seymour, wir wollen nicht wieder davon anfangen. Und dienstagnachmittags gehe ich zufällig immer zu meinem Kurs in Sozialpsychiatrie.«

»Und hinterher«, gab er zurück, »bläst du dem Lehrer eins

in irgendeinem billigen Hotel. Für mich willst du aber nicht mal die Sexwäsche anziehen, die ich dir gekauft habe.«

»Aber die ist Dreck, die ist was für Nutten. Seymour, ich schwöre dir, dass du der einzige Mann bist, der mich jemals berührt hat.«

»Wer ist es? Jemand, der auf Partys hinter meinem Rücken über mich lacht?«

»Bist du verrückt?«

»Bobby Gross!«

Sie fing an zu weinen. »Ich schwöre dir bei Larrys Leben, dass ich dir niemals untreu war.«

Trotz ihrer Tränen schlief er in dieser Nacht und in der nächsten auf dem Sofa im Wohnzimmer, wo sie ihn in ihrem Flanellnachthemd besuchen kam. »Ich hab versucht, das Höschen anzuziehen, aber es ist viel zu eng, die Naht ist geplatzt. Sieh mal, Baby!«

Sie trug die Strumpfbänder, die ihr in das fette, wabbelige Fleisch über dem Knie schnitten, so hoch, wie es ging.

»Na, bravo!«

Erst jetzt merkte er, dass sie eine Schüssel mit heißem Wasser, ein Stück Seife und ein Handtuch mitgebracht hatte. »Was hast du vor?« erkundigte er sich beunruhigt.

»Ich tu's, wenn's für dich wirklich so wichtig ist, aber ich werde ihn vorher gründlich abseifen, und du musst mir fest versprechen, dass du ihn rausziehst, bevor du spritzt.«

Seymour begann zu kichern.

»Hör mal, Mister, schlucken werde ich nichts von dem Zeug! Ich müsste mich sofort übergeben.«

Brüllend vor Lachen barg Seymour den Kopf in den Kissen.

»Was ist so komisch?«

»Hast du wirklich ein Verhältnis?«

»Nein. Ich schwöre es dir«, versicherte sie. Und fügte blass, aber energisch hinzu: »Du musst mir sagen, wenn du erigiert bist. Dann fange ich an.«

»Hör mal«, sagte er und fühlte sich da unten schrumpfen,

als er sich aufrichtete, »ich habe Hunger. Wollen wir nicht lieber ein Omelette essen? Mit Lachs und Zwiebeln?«

Und als am nächsten Morgen der eingeschriebene, an sie adressierte Brief von Miss O'Hara kam, genau wie dieses Miststück es versprochen hatte, versteckte sich Seymour hinter der *Gazette*, während sie mit brennenden Wangen den Inhalt las.

»Schlechte Nachrichten?« fragte er schließlich.

»Vielleicht bin ich nicht die Einzige, die fremdgeht«, antwortete sie triumphierend.

»Was redest du da?« fuhr er sie erbost an.

»Du solltest das hier mal lesen, mein lieber Mr. *Playboy*-Abonnent. So ein Schmutz ist mir noch nie vorgekommen.«

Er griff nach dem Brief. »Heilige Scheiße! Kennst du die?« fragte er und versuchte die Unterschrift zu entziffern. »Sally O'Hare?«

»O'Hara. Und hier ist nur wichtig, ob *du* sie kennst.«

»Ich habe noch nie von ihr gehört. Das musst du mir glauben, Molly.«

»Ich glaube dir.«

Er starrte sie verständnislos an.

»Und ich bin dir nicht an den Hals gegangen, wie?«

»Nein, Liebes.«

»Ich habe dich nicht mit Vorwürfen beleidigt, die auf nichts anderem beruhen als auf dem Wort eines völlig Fremden?«

»Nein, Liebes.«

»Gib her«, sagte sie, knüllte den Brief zusammen und warf ihn in den Müll. Wohin er ja auch gehöre, wie sie sagte.

»Es ist einfach unglaublich!« meinte Seymour. »Offenbar hat es irgendein Sexspinner auf uns beide abgesehen.«

Sie schwieg nachdenklich.

»Irgendein psychisch Kranker«, fuhr er fort. »Wer weiß? Vielleicht ist einer von diesen zwinkernden Typen aus deinem Psychiatriekurs scharf auf dich und versucht, Zwietracht zwischen uns zu säen.«

»Hattest du nicht eine Sally O'Hara in der Telefonzentrale?«

»O nein, da täuschst du dich aber gewaltig«, antwortete er. »Und hör mal, Liebling, ich habe dir noch nicht alles gesagt. Ich habe noch mehr schmutzige Anrufe über dich bekommen. Hier im Haus. Wo jederzeit die Kinder ans Telefon gehen konnten. Deswegen habe ich veranlasst, dass unsere Nummer geändert wird. Vorläufig werden wir eine Geheimnummer bekommen.«

»Ist das nicht ein bisschen zu dramatisch?«

»*Die Kinder,* Molly!«

Doch diesmal war Seymour mit herabgelassenen Hosen erwischt worden. Buchstäblich. Von Engels Schwiegervater, der einen Schlüssel für die Haustür hatte und gekommen war, um seine Tochter mit einem Sack voll Orangen zu überraschen, den er den ganzen Weg von Miami herauf sorgsam gehütet hatte … um sie dann nackt und stöhnend auf dem weichen Teppichboden des Wohnzimmers zu finden, während Seymour drauflospumpte und sie die Beine gen Himmel reckte. Der grauhaarige Alte hatte einen Schrei ausgestoßen und Seymours bloßen Hintern so wütend mit Orangen beschossen, dass der ganze Sack platzte und die Früchte wild in der Gegend herumflogen. Die Geschichte hatte sich herumgesprochen. Von Côte St. Lux über Ville St. Laurent bis nach Westmount. Und Molly gab sich unversöhnlich.

Während des ganzen Dinners bei Max Birenbaum funkelte sie ihn mit roten, verquollenen Augen an und unterbrach seine Storys immer wieder mit verächtlichen Bemerkungen. »Spanien, ha! Ausgerechnet!«

Seymour, weniger zerknirscht als wutschäumend, verabredete sich mit Joshua für den folgenden Nachmittag zum Lunch bei Moishe.

»Scheiße!« sagte er, als er zu spät eintraf. »Weißt du, was mir heute Morgen passiert ist?«

Joshua bestellte sich noch eine Bloody Mary.

»Larry ist zu mir ins Büro gekommen; wollte mich sprechen.«

Larry, Seymours achtzehnjähriger Sohn, lebte in einer Kaltwasserwohnung in der Jeanne-Mance Street. Er gehörte zu einer Acid-Rock-Gruppe.

»›Dad‹, hat er zu mir gesagt, ›ich hab ein Verhältnis mit einer älteren Frau.‹ ›Wie alt?‹ habe ich ihn gefragt. ›Fünfundzwanzig‹, hat er gesagt. Heilige Scheiße, weißt du, was mit der heutigen Jugend los ist? Sie verkünden es von allen Dächern. Sie reiben es dir unter die Nase, wann immer sich eine Gelegenheit bietet. Wir haben unsere Eltern nicht ständig mit unseren jungen Adoniskörpern konfrontiert.«

»Wir waren Musterkinder.«

»Meine Großmutter«, entgegnete Seymour, »pflegte zu sagen: ›Die Jahre fliegen dahin, aber die Tage sind lang.‹«

Seymour wurde ernst, grämlich, von Selbstmitleid überwältigt.

»Macht Molly dir das Leben schwer?« erkundigte sich Joshua mitfühlend.

»Ach, das kommt schon wieder in Ordnung.« Und in seinem aufrichtigsten Ton fügte er hinzu: »Ich hab ihr versprochen, nie wieder in der Gegend rumzuficken.«

»Und wie willst du das schaffen?«

»Fang *du* bitte nicht auch noch an, alter Freund.«

»Seymour, du missverstehst mich. Ich bin dein Fan.«

»Also, damit ist es jetzt vorbei. *Finito.* Du siehst einen Mann vor dir, der ein narrensicheres System für die eheliche Treue gefunden hat.«

»Ach, wirklich?«

»Du wirst es nicht glauben. Komm mal mit.« Er führte ihn geradewegs auf die Herrentoilette. »Schließ die Tür zu.«

»Wozu?«

»Schließ die verdammte Tür endlich zu.«

Kaum hatte Joshua abgeschlossen, da ließ der breit grinsende Seymour die Hose runter. Darunter trug er ein schwarzes Seidenhöschen mit zartem Spitzenbesatz.

»Mann!« Joshua stieß einen Pfiff aus.

»Ansehen gestattet, anfassen nicht.« Seymour schwenkte seinen Hintern. »Na, was denkst du?«

»Denken? Wer kann denken? Ich versuch' mich zurückzuhalten.«

»Nein, mal im Ernst. Du würdest doch denken, ich bin schwul. Nicht wahr?« fragte er flehend.

Joshua wollte sich nicht festlegen.

»Aber natürlich würdest du das«, drängte Seymour. »Jeder würde das. Kannst du das nicht einsehen, du Spießer?«

»Was soll ich einsehen?«

»Ganz gleich, wie geil ich werde, oder wen ich mir irgendwo angle, ich würde niemals die Hose ausziehen, solange ich das hier drunter trage. Weil das einfach zu lächerlich ist. Alle würden mich auslachen. Es ist sozusagen mein Keuschheitsgürtel. Absolut narrensicher.«

Ein doppelter Cognac folgte dem anderen, es war halb vier, und sie saßen immer noch, Erinnerungen austauschend, im Restaurant.

»He«, fragte Seymour plötzlich grinsend«, was ist eigentlich aus Monique geworden?«

In einem törichten, trunkenen Augenblick war Joshua einmal so indiskret gewesen, Seymour etwas von Monique zu erzählen, und wieso ein Ölgemälde von ihr, hüllenlos, irgendwann in London aufgetaucht war. Pauline und Joshua waren zu einer Vernissage eingeladen worden, und da hing es an der Wand. Monique, nackt, circa 1953. Auf seinem Sofa in Tourrettes-sur-Loup. In Gedanken rekonstruierte Joshua das Zimmer über die Maße des Bildes hinaus, erinnerte sich an seine Bibliothek, seine ramponierte, kleine Royal und daran, dass dieses Bild nur Monate nach seiner Flucht aus Spanien entstanden war.

»An deiner Stelle«, sagte Seymour, »hätte ich das Bild sofort gekauft und im Wohnzimmer über den Kamin gehängt.«

»Du bist ja auch ein Ferkel, Seymour.«

»Ja. Stimmt. Hast du gelesen, dass La Pasionaria vielleicht wieder nach Spanien zurückdarf?«

»Ja. Stell dir vor. Nach so vielen Jahren.«

»Vale más morir de pies que vivir de rodillas.«

»Si, chaver.«

Ibiza, dachte Joshua, als er die Main Street entlangschlenderte.

In jenen Tagen quälten ihn immer wieder zwei Albträume. In einem verließ Pauline ihn wegen einem Golden Boy. Captain Saubermann. »Jetzt habe ich endlich rausgefunden, was du wirklich bist«, erklärte sie. »Ein intellektueller Bankrotteur. Ein politischer Betrüger. Verkaufst dich ans Fernsehen. Bist nicht mal mehr in der Lage, eine Kolumne zu schreiben, ohne den Thesaurus zu benutzen. Erzählst bei Dinnerpartys immer wieder dieselben, langweiligen alten Geschichten. Jüdisch bis über beide Ohren, gibst du überall viel zu hohe Trinkgelder. Im Bett nicht gerade ein Held. Ein unzulänglicher Vater. Ich verlasse dich.«

»Halt! Warte! Warum hast du mich denn überhaupt geheiratet? Hast du mich denn nicht mal damals geliebt?«

»Spießer. Damals wusste ich nicht, dass du dich auf Ibiza wie ein Feigling benommen hast. In Wahrheit habe ich dich nur geheiratet, um meinem Vater einen Schock zu versetzen.«

Stimmt, stimmt.

In dem anderen war er wieder einundzwanzig. Stand vor Dr. Dr. Mueller.

»Wenn Sie glauben, Sie könnten mich meiner Männlichkeit berauben, dann sind Sie verrückt. Ich laufe nicht davon, Mueller. Und ich werde auch nicht dulden, dass Sie die Freibergs reinlegen. Weil ich mich nämlich in vielen Jahren in Pauline verlieben werde. Wir werden drei Kinder bekommen. Und ich will mich nicht schämen müssen. Ich bin ein Mann, und keine Maus. Haben Sie das verstanden?«

Ibiza, Ibiza.

6 Als Joshua beschloss, aus dem Hafenhotel von Ibiza in das verschlafene Dörfchen San Antonio Abad an der gegenüberliegenden Küste umzuziehen, suchte ihm Juanito dort eine Villa.

Der faszinierendste Mann von San Antonio war Victorio, ein Zimmermann, der abends nur mit einem Netz bewaffnet, in dessen Ecken Bleigewichte geknotet waren, zum Fischen ging. Sobald Victorio, sehnig und klein, um sieben Uhr abends am Hafen auftauchte, ergriffen die Berufsfischer auf der Terrasse des Café Joaquin ihre Drinks und schlenderten ans Wasser hinab, um ihm zuzusehen. Gleichgültig seinen Bewunderern gegenüber, krempelte er sich die Hosen hoch und stieg behutsam, fast ohne das Wasser in Bewegung zu bringen, ins Meer. Tief geduckt hielt er, während er immer tiefer ins Wasser ging, nach Luftblasen Ausschau. Dann plötzlich ließ er sein Netz wie ein Lasso geräuschlos über dem Kopf wirbeln und warf es aus. Wenn er es wieder einholte, begann das Wasser um ihn herum zu schäumen, und im Netz zappelte ein Fisch von beträchtlicher Größe. Victorio warf ihn ans Ufer, dann setzte er seine Wasserjagd fort. Erst wenn er genügend Fische für seine große Familie gefangen hatte, grüßte er seine Bewunderer mit einem schüchternen Kopfnicken, sammelte seinen Fang ins Netz und machte sich auf den Rückweg zu seinem Häuschen irgendwo in den umliegenden Bergen.

Es gab, wie Joshua feststellte, in San Antonio zwei Deutsche: Frau Weiß, eine magere, pensionierte Beamtin, deren glitzernde Äuglein vor Bosheit funkelten, und Dr. Dr. Mueller, der Mann, der in Ibiza so viel Aufhebens gemacht hatte, als er das Schiff verließ. Dr. Dr. Mueller, hochgewachsen, düster, mit traurigen blauen Augen, stark vorspringender, gebrochener Nase, die nicht richtig verheilt war, und einem großen, schmalen Mund, dessen Winkel sich tief herabzogen, bevorzugte einen weißen Leinenanzug, dessen Jackett er sich nach europäischer Art über die Schultern drapierte. Jeden Nachmittag spazierte er, Hände auf dem Rücken, zwischen den schmalen

Lippen eine Zigarettenspitze aus Elfenbein, auf der er ärgerlich herumkaute, durchs Dorf und löste, wo er auch hinkam, eine Unterwürfigkeit aus, die Joshua empörte. Wenn Joshua sich zum Beispiel einen Weg an den Tresen des überfüllten, fliegenverseuchten Schlachterladens bahnte, wusste er genau, dass er mit den lärmenden Kundinnen um die Bedienung kämpfen musste; Dr. Dr. Mueller jedoch brauchte nur durch den Perlenvorhang zu treten, und schon wichen alle vom Tresen zurück und hielten es anscheinend für selbstverständlich, dass seine Wünsche bevorzugt erfüllt wurden. Die Offiziere grüßten ihn auf der Straße, das Landvolk machte ihm höflich Platz, damit er unbehelligt vorbeigehen konnte. Anfangs nickten sich Joshua und Dr. Dr. Mueller im Café Formentor oder auf dem Postamt zu, doch dann lud Dr. Dr. Mueller ihn eines Abends in Don Pedro's Bodega an seinen Tisch ein. Er bewirtete Joshua mit einem *porrón*-Weißwein und einem Schälchen Mandeln und fragte ihn, wann er zuletzt in Paris gewesen sei. Joshua sagte es ihm. »Und Sie?« erkundigte er sich.

»Ach Gott«, erwiderte der andere belustigt«, seit wesentlich längerer Zeit nicht mehr als Sie, junger Mann. Wie ich hörte, sind Sie Kanadier.«

»Ja.«

»Sam Steele«, sinnierte er. »Gabriel Dumont. Dumont war ein sehr guter Schütze.«

Verblüfft fragte Joshua, was er auf Ibiza mache.

»Ich schreibe meine Erinnerungen«, antwortete er.

»Über den Krieg?« wollte Joshua ihn herausfordern.

»Der Krieg interessiert mich nicht mehr.«

»Wo haben Sie gedient?«

»An der Front. Und Sie?«

»Ich war zu jung.«

»Und ihr Vater?«

»War zu alt.«

»Ach ja, natürlich«, sagte er und fügte dann, während sein Lächeln erlosch, ein wenig zögernd hinzu: »Ich möchte Ihnen etwas erklären. Für mich ist das alles vorbei, ein abgeschlossenes Kapitel. Shawnee, Sioux, Creek, Jude, Nigger – für mich ist das alles ein und dasselbe. Ich achte einen Menschen für das, was er ist.«

»Warum nennen Sie sich Dr. Dr. Mueller?«

»Offenbar doch wohl, weil ich zwei Doktortitel besitze. Beide in Wien erworben. Dort ist es üblich, beide Titel zu verwenden. Und wo, wenn ich fragen darf, haben Sie Ihre Ausbildung erhalten?«

»Ich? Ach, McGill, Sorbonne, King's College, Cambridge.«

Dr. Dr. Mueller wohnte, während die Villa, die er sich gekauft hatte, renoviert wurde, in einem kleinen Hotel. Als geübten Reiter sah man ihn manchmal durch die Berge galoppieren, und es wurde gemunkelt, dass er dort zuweilen bis zu drei Tagen kampierte, unter freiem Himmel schlief. Betrunken, hieß es. Am Abend saß er gewöhnlich bei Don Pedro und trank mit den Artillerieoffizieren. Wenn Joshua eintrat, nickten sie ihm zwar freundlich zu, kehrten ihm dann aber sofort wieder den Rücken, schlossen den Kreis an der Bar von Neuem. Faschisten, Nazis. Dann, eines Abends, lud Dr. Dr. Mueller – scheinbar auf der Suche nach ein bisschen Abwechslung – Joshua zu sich an den Tisch ein oder eher, befahl ihn zu sich zum Rapport. »Wie ich höre«, begann er, »sind Sie eigentlich nur hier, um sich vor dem Militärdienst in Korea zu drücken.«

»Ja«, antwortete Joshua.

Dr. Dr. Mueller strich sich stirnrunzelnd das dünne, nikotinfarbene Haar zurück. »Und Ihr Vater?« fragte er. »Der zu alt für den Kriegsdienst war? Was macht der jetzt?«

»Der ist Geldverleiher«, gab Joshua mit einem wütenden Blick auf die Offiziere zurück. »Und was macht Ihr Vater, wenn ich fragen darf?«

»Meine Familie stammt aus Dresden.«

»Das verstehe ich nicht.«

»Der junge Mann versteht nicht.«

»In Wirklichkeit war mein Vater Boxer.«

»Amerika«, erklärte Dr. Dr. Mueller, »hat keinen einzigen guten Boxer hervorgebracht.«

»Und was ist mit Joe Louis?« konterte Joshua verärgert.

»Ja, aber Joe Louis war Afrikaner. Nicht Amerikaner.«

»Jedenfalls war er so gut, dass er Max Schmeling geschlagen hat. Am zweiundzwanzigsten Juni neunzehnhundertachtunddreißig. Erste Runde, Yankee Stadion. Ringrichter Art Donovan.«

Dr. Dr. Mueller griff nach dem Würfelbecher auf der Bartheke und reichte ihn Joshua. »Sind Sie ein Mann oder eine Maus?« fragte er.

Und so würfelten sie darum, wer den nächsten *porrón*-Wein bezahlen musste. Joshua verlor.

»Skol«, prostete Dr. Dr. Mueller und machte Anstalten, den Wein aus dem *porrón* zu trinken.

»L'chaim«, erwiderte Joshua.

Wenige Wochen später wurde in der Bucht bei San Antonio ein neu erbautes Hotel von bescheidener Größe eröffnet, das offenbar den nur noch zwei Jahre entfernten Touristenboom vorausahnte. Die Casa del Sol, an einem goldenen palmengesäumten Strand gelegen, gehörte einem winzigen jüdischen Ehepaar mit wachen Augen, den alternden Freibergs, die so vorausschauend gewesen waren, nach der Kristallnacht aus Hamburg zu fliehen, alles liegen und stehen zu lassen, sich Geld zu borgen, um in Paris eine Brasserie zu eröffnen, abermals vor der einmarschierenden Wehrmacht zu flüchten, dieses Mal nach Vichy, von dort nach Arles, dann über die winterlichen Pyrenäen auf blutenden Füßen nach Irún, weiter nach Burgos, anschließend nach Barcelona und auf den Schwarzmarkt, um wieder Geld zu sparen und nun alles auf die Zukunft eines kleinen Hotels auf den ruhigen Balearen zu setzen.

Zu den zur Eröffnungsfiesta in die Casa del Sol Geladenen gehörten der Bürgermeister mit seinen schwarz gekleideten Begleiterinnen, Bankbeamte und die Artillerieoffiziere. Joshua, der gerade mit seinem ersten Drink beginnen wollte, sah jedoch erstaunt, dass auch Dr. Dr. Mueller, Frau Weiß und Mariano von der Geheimpolizei auf die Terrasse kamen und sich am Nachbartisch niederließen. Freiberg rief sofort seine Frau, aufgeregt redete er auf sie ein. Er wird sich weigern, ihn zu bedienen, dachte Joshua hocherfreut. Er wird das Schwein rausschmeißen. Stattdessen holte Freiberg in serviler Haltung eine gekühlte Flasche Riesling für Dr. Dr. Muellers Tisch und rief ungeduldig nach dem Tablett mit den *tapas.* Erzürnt erhob sich Joshua und wollte gehen.

»Einen Augenblick!« rief Dr. Dr. Mueller hinter ihm her.

»Ja?«

»Meine Villa ist fertig. Morgen habe ich ein paar Leute zum Cocktail bei mir. Alles Typen, die Sie auch kennen. Hätten Sie Lust, rüberzukommen?«

»Sehr gern, Dr. Dr., aber morgen ist Schabbes. Der jüdische Ruhetag.«

»Dann stimmt es also«, sagte Mariano.

»Was soll stimmen?«

»Dass Sie Jude sind.«

»Ja. Wieso?«

»Ich habe in Córdoba oft mit einem zusammen getrunken.«

Joshua, der einen Scheck des Torontoer *Star Weekly* eingelöst hatte, um einen Ausflug auf die Halbinsel zu machen, war im Monat zuvor in Córdoba gewesen.

Córdoba, Geburtsort des unvergleichlichen Maimonides. Des Rambam. Rabbi Moses ben Maimon, auf dessen Grab in Tiberias, am Ufer des Sees Genezareth, geschrieben stand: »Von Moses bis Moses gab es keinen wie Moses.«

Maimonides, Arzt und Philosoph, der überragende jüdische Intellekt des Mittelalters, hatte ein Buch geschrieben, das Joshua sehr schätzte, den »Führer der Unschlüssigen«:

> Der Mensch glaubt häufig, das Böse auf der Welt sei weiter verbreitet als das Gute; auf dieser Idee basieren viele Sprichwörter und Lieder der Völker. Sie besagen, man fände Gutes nur als Ausnahme, während das Böse weit verbreitet und beständig sei. Nicht nur gewöhnliche Menschen machen diesen Fehler, sondern auch viele, die sich für weise halten.

Maimonides, der als junger Mann vor den Mauren aus Córdoba fliehen musste, reiste über Fez, Acre und Jerusalem nach Kairo, wo er sich als Leibarzt des großen Saladin niederließ. Kurz darauf erhielt er ein schmeichelhaftes Angebot aus Palästina: »Der König der Franken in Ascalon«, das heißt, Richard Löwenherz von England, der schon gehört hatte, dass es nichts Besseres gäbe als einen jüdischen Arzt, wollte ihn zu *seinem* Leibarzt machen; Maimonides jedoch lehnte ab.

Al-Razi, schrieb Maimonides im »Führer der Unschlüssigen«, habe einst ein bekanntes Buch verfasst, »Über die Metaphysik«:

> Unter anderen verrückten und törichten Dingen enthielt es die von ihm entdeckte Idee, dass es mehr Böses als Gutes gibt. Denn wenn das Glück eines Menschen und seine Freude an den Zeiten des Wohlstands mit den Unbilden verglichen werde, die ihm zustießen – zum Beispiel Kummer, akuter Schmerz, Defekte, Lähmung der Glieder, Ängste, Furcht und Sorgen –, müsse es scheinen, als sei die Existenz des Menschen eine Strafe und etwas sehr Schlimmes für ihn.

In Wut versetzt durch die bösartigen Predigten des Erzdiakons Ferrán Martinez stürmte kurz nach dem Aschermittwoch 1391 ein Mob die *juderia*, das jüdische Getto von Córdoba, und legte das Viertel, in dem Maimonides geboren war, in Schutt und Asche. Bei einem großen Autodafé im Jahre 1665 wurden in Córdoba etwa 400 000 Maravedi für die Unterhaltung der Inquisitoren und ihrer Gäste ausgegeben. Siebenundfünfzig »Judaisierer« wurden »gelöst«, die drei, die bis zuletzt aushielten, bei lebendigem Leibe verbrannt.

Vergiss es, sagte sich Joshua, der durch das alte Viertel schlenderte. Sei nicht nachtragend.

Die *juderia* war jetzt ein wahrhaft stilles Labyrinth unglaublich schmaler Gassen mit schneeweißen, vornübergeneigten Häusern und überquellenden Blumentöpfen an jeder Wand. Wo einst die Bewohner Anwärter für den Scheiterhaufen gewesen waren, öffneten sich nun Fenster oder zierliche, schmiedeeiserne Gittertore auf Innenhöfe, einer schöner als der andere. Doch dieses Vermächtnis der Schönheit erfreut nur die anderen, dachte Joshua zornig, mich nicht.

Als geborener Kanadier hatte er manchmal das Gefühl, als sei er dazu verurteilt, mit schiefen Schultern durch diese Welt zu gehen, die ihn verwirrte. Die eine Schulter herunterhängend, unter dem Gewicht seines jüdischen Erbes ächzend, (Verbrennungen auf dem Marktplatz, rasende Kosaken, Gaskammern und … Moses, Rabbi Akiba und Maimonides); die andere gen Himmel weisend, voll Sehnsucht nach einem Erbe, irgendeinem Erbe, das schwerer wog als der Bau einer transkontinentalen Eisenbahn, der Ruf, ehrlichen Handel zu treiben, erstklassige Skimöglichkeiten.

Am nächsten Vormittag saß er in Madrid auf der architektonisch perfekt angelegten Plaza Mayor, trank Weißwein und knabberte Oliven, während die Sonne den Zenit überschritt, und fühlte sich wohl, ganz einfach wohl, als sich ihm plötzlich wieder einmal sein Judentum aufdrängte, sich unaufgefordert, schwer auf ihn herabsenkte. Wie eine Presse.

Vor ungefähr vierhundert Jahren haben sie während der Inquisition hier, an dieser Stelle, Juden verbrannt. Aus Sport.

Autodafé.

Die weite Plaza Mayor, mit den wunderbar abgenutzten Kopfsteinen und den Herrera-Türmen, so lieblich anzuschauen mit ihren perfekten Säulengängen, war tatsächlich die Szene zahlreicher *autos públicos generales* gewesen, Ereignissen, die einst mit den Stierkämpfen um die Gunst des Publikums wetteiferten. Viele Opfer waren *conversos*, Juden, die man zum Glaubenswechsel gezwungen hatte, die jedoch verdächtigt wurden, heimlich ihren alten Glauben weiter zu praktizieren. Die Zeremonie wurde gewöhnlich an Festtagen abgehalten, damit eine möglichst große Menge Menschen anwesend sein konnte, denen für ihre Teilnahme himmlischer Lohn zugesichert wurde. Früher einmal gab es Stiche, auf denen zu sehen war, dass auf der Plaza zwei kunstvolle Gerüste errichtet wurden, eins für die Verurteilten, das andere für die Inquisitoren und ihre Helfer. Zwischen ihnen wurden schwarz verhangene Kanzeln und ein Altar aufgestellt, und die Fensterplätze an der Plaza wurden für viel Geld vermietet. Das Zeremoniell begann bei Morgengrauen mit einer Prozession durch die schmalen Straßen der Altstadt, an der, hinter der Fahne der Inquisition einherschreitend, der gesamte Klerus teilnahm. Dann folgten die Verurteilten – jene, die durch ein Glaubensbekenntnis von den Flammen verschont bleiben sollten, und jene, die fürs Feuer waren, Letztere in einem Gewand, auf dem Teufel abgebildet waren, die Ketzer ins Höllenfeuer stoßen. Das Spektakel dauerte, mit Predigten und Urteilsverlesung, häufig bis tief in die Nacht hinein, und die Fackel in Brand setzen zu dürfen, mit der der Scheiterhaufen angezündet wurde, galt als große Ehre. Zuvor jedoch wurden die Zuschauer aufgefordert, die Qualen der Verurteilten zu steigern, indem sie ihnen die Bärte verbrannten, ein Vorgang, den man als »Rasieren der Neuen Christen« bezeichnete.

Auf diesem Platz, diesem überdimensionalen Platz, wo Joshua sich hatte entspannen, die Sonne genießen wollen, auf diesem Platz fand am 30. Juni 1680 in Gegenwart von Carlos II. und seiner soeben aus Frankreich eingetroffenen Braut Louise Marie d'Orléans ein Autodafé statt, das um sechs Uhr morgens begann und vierzehn Stunden dauerte. Siebenundsechzig Büßer wurden in Gnaden wieder aufgenommen. »Es heißt, ein auffallend schönes Mädchen von ungefähr sechzehn Jahren habe, als es an der königlichen Tribüne vorüberkam, ausgerufen: ›Edle Königin, kann Eure königliche Gegenwart mich nicht vor diesem Schicksal bewahren? Ich habe meinen Glauben mit der Muttermilch eingesogen; muss ich nun deswegen sterben?‹ Dennoch setzte der König höchstpersönlich die Fackel in Brand, mit der der *quemadero* angezündet wurde, auf dem sie starb.«

Die Juden wurden ursprünglich 1492, kurz nach der Vertreibung der Mauren aus Granada, von Ferdinand und Isabella aus Spanien ausgewiesen. Der König gab ihnen drei Monate Zeit, entweder zu konvertieren oder das Land zu verlassen. Im Jahre 1495 schrieb ein italienischer Jude, der Spanien bereiste, auf Hebräisch:

> Einhundertzwanzigtausend von ihnen gingen aufgrund eines Vertrages, den ein prominenter Mann, Don Vidal bar Beneviste del Cavallería, mit dem König von Portugal geschlossen hatte, nach Portugal, und sie bezahlten einen Dukaten für jede Seele, und den vierten Teil aller Waren, die sie mitgebracht hatten; und er erlaubte ihnen, sechs Monate in seinem Land zu bleiben. Dieser König handelte weit schlimmer an ihnen als der König von Spanien, denn nachdem sechs Monate vergangen waren, machte er alle, die in seinem Land blieben, zu Sklaven und verbannte siebenhundert Kinder auf eine ferne Insel, die sie besiedeln sollten, und alle starben.

Im Jahre 1497 zwang der König alle Juden von Portugal, »Neue Christen« zu werden, doch viele von ihnen fuhren fort, heimlich den alten Glauben zu praktizieren. Im Jahre 1506 wurden in Lissabon zweitausend von diesen heimlichen Juden buchstäblich abgeschlachtet und verbrannt. Ein Bericht über das Massaker, verfasst von dem katholischen Prälaten Geronymo Osorio, ist auf Latein erhalten geblieben:

Dieses grausame Massaker wurde von fünfhundert begonnen, zu denen sich schließlich andere gesellten. Vom Wahnsinn getrieben und vor Wut rasend, fielen sie über die unglückseligen Juden her, die sie in großer Zahl töteten, und warfen viele, noch halb lebendig, in die Flammen. Inzwischen waren nahe der Stelle, wo die ersten Sünder verbrannt worden waren, mehrere Brände gelegt worden, denn die Kanaillen auf der Straße hatte eifrig und bereitwillig von überall her Brennmaterial gebracht, damit nichts fehlte, um diesen grässlichen Plan auszuführen … Die Schreie und Rufe der Frauen und die flehenden Bitten der Männer hätten, so sollte man meinen, genügen müssen, das härteste Herz durch Mitleid zu erweichen; aber die Teilnehmer an dieser grausigen Szene waren so bar jeglicher Menschlichkeit, dass sie weder Geschlecht noch Alter verschonten, sondern ihre Wut an allen ohne Ausnahme austobten; sodass an jenem Tag über fünfhundert Juden entweder getötet oder verbrannt wurden.

Als die Nachricht von diesem Massaker das Umland erreichte, kamen am folgenden Tag rund tausend Menschen aus den Dörfern in die Stadt geströmt, um sich den Mördern anzuschließen, und das Schlachten begann von Neuem …

Als Juanito entdeckte, dass Joshua Jude war, klatschte er sich erstaunt die Hand an die Wange. Die Enthüllung kam eines Tages ganz von selbst, als sie zusammen auf der sonnenheißen Terrasse eines Cafés plauderten. »He, bleib mal da sitzen!« sagte Juanito. »Warte. Wir haben hier auf Ibiza auch einen.«

Taub gegen Joshuas Proteste, lief er mit zwei anderen Fischern über die Straße und stürmte in die Bank, wo sie einen Kassierer buchstäblich von seiner Kasse rissen und ihn an Joshuas Cafétischchen schleppten. Carlos stammte aus einer Familie, die seit Jahrhunderten nach außen hin Katholizismus praktizierte, aber das war unerheblich. Denn er war einer von »denen«. Ein öliger, kleiner Mann, dürr, mit walnussbrauner

Haut und jetzt ängstlichem Blick, und Joshuas spontane Reaktion war: Du bist nicht mein Bruder, ich bin nicht dein Hüter. Carlos lehnte einen angebotenen Drink ab, während Juanito und seine Kumpane, kindlich erfreut über ihren Fang, gespannt neben ihnen stehen blieben. »Sagt was auf Jüdisch zueinander«, forderte Juanito sie auf.

»Geh zum Teufel«, gab Joshua zurück.

»Ach, komm!«

Joshua zögerte immer noch.

»Du bist gar keiner!« brüllte Juanito.

»Schma Jisrael«, begann Carlos. »Adonai Elohainu, Adonai echad.«

Joshua, ungewollte Tränen in den Augen, erkannte den Satz. Mandelcorn hatte ihn ihm für seine Bar-Mizwa eingepaukt. Mein Gott, mein Gott, dachte er, ich werde ja von den Juden einfach überrannt. Zuerst die Freibergs, und jetzt Carlos. Bei Geschäftsschluss jedoch wartete er vor der Bank und ging mit Carlos auf einen Kaffee in ein nahe gelegenes Café.

Er sei ein *marrano*, erklärte er – das heißt, ein Schwein, ein heimlicher Jude –, dessen Familie seit der Inquisition heimlich den Glauben praktiziere. Seine Familie lebte in einer entfernten Ortschaft hoch oben auf einem felsigen Hügel Mallorcas, wo es noch ungefähr fünfzig andere von ihnen gab. Offiziell Mitglieder der Heiligen Familie, aßen sie heimlich ungesäuertes Brot, aber erst am dritten Pessachtag, damit kein christlicher Denunziant sie am traditionellen Tag der Zubereitung backen sah. Die Quäkstimme zum Flüstern gesenkt, erzählte er Joshua: »In jedem Frühjahr schleichen die Gläubigen heimlich an einem Morgen, bevor die übrigen Dorfbewohner erwachen, zum Fluss hinunter und schlagen zum Gedenken an den Zug durchs Rote Meer mit Olivenzweigen aufs Wasser. Aber Ihnen, der Sie aus Kanada sind, kommt das wahrscheinlich albern vor. Sie haben da drüben Religionsfreiheit, nicht wahr?«

»Ja«, bestätigte Joshua voll Unbehagen. »Aber meine Familie ist nicht sehr religiös.«

Seine Familie, berichtete ihm der erstaunliche Carlos, stamme ursprünglich aus Toledo. Sein Vater besitze noch immer den Schlüssel zur Tür ihres Hauses dort, ein Symbol des Eigentumsanspruchs, das durch die Generationen vererbt worden sei. Joshua am Ärmel zupfend, ergänzte er: »Unsere Leute waren es übrigens, die Toledo den Namen gegeben haben – wussten Sie das? ›Toledo‹, das heißt auf Hebräisch ›Stadt der Generationen‹.« Die Städte, sagte er, seien ursprünglich von Angehörigen der Zwölf Stämme besiedelt worden. Nach der Zerstörung Jerusalems durch Nebukadnezar. Sogar die Namen einiger benachbarter Dörfer stammten aus Israel. »Nehmen Sie zum Beispiel ›Aceca‹, das heißt auf Hebräisch ›Starkes Haus‹. Oder ›Escalona‹ von ›Ascalon‹. Ich bin Zionist. Wenn ich mir noch einen Kaffee bestelle«, erkundigte er sich und drückte Joshuas Arm, »werden Sie dann für mich bezahlen?«

»Ja. Natürlich.«

»Ich spare nämlich jeden Centavo. Ich möchte eines Tages nach Israel auswandern. Macht es Ihnen was aus, wenn ich mir auch ein Stück Kuchen bestelle?«

»Nein, nein, nur zu«, sagte Joshua ärgerlich. »Bestellen Sie ruhig.«

»Nehmen Sie's mir nicht übel, wenn ich das sage – schließlich bin ich der Ältere –, aber Sie sollten nicht in dieses Bordell gehen. Die Mädchen haben ansteckende Krankheiten.«

Juden, Juden, dachte Joshua, wo ich auch hinkomme, treffe ich Juden, die mir Ratschläge erteilen. Sich an mich klammern. Mit Beschlag belegen. Wahrscheinlich wäre ich nicht mal im Senegal sicher vor ihnen. Auch da würde irgendein großer Schwarzer, das Gesicht voll Stammesnarben, von seinem Bananenbaum springen, meine Hand ergreifen und mit weinerlicher Stimme sagen: »Shalom Aleichem.«

Inzwischen galt es, Dr. Dr. Mueller entgegenzutreten.

Mueller und Joshua frühstückten, wie die paar Fremden und die in San Antonio stationierten Artillerieoffiziere, gewöhnlich im Café Formentor, mit Blick auf die Bucht. Jeder hatte seinen bevorzugten Tisch auf der Terrasse, einen Platz, der ihm in stillschweigender Übereinkunft zugestanden wurde. Am nächsten Morgen traf Joshua früher ein als sonst und setzte sich mit seiner Post zu seiner eigenen Verwunderung an Dr. Dr. Muellers Tisch. Frau Weiß an einem Tisch und zwei Offiziere an einem anderen hatten ihr Frühstück bereits beendet, als sie jedoch Mueller nahen sahen, vorläufig noch eine winzige Gestalt im Dunst auf der anderen Seite der Bucht, blieben sie sitzen, um abzuwarten. Joshua bestellte sich hastig einen Teller Spiegeleier, damit er wenigstens ein Messer zur Hand hatte. Anfänglich aß er voller Trotz besonders langsam, dann schneller, und schließlich schlang er alles hastig herunter, weil er, als Dr. Dr. Mueller am Wasser entlang um die Bucht herum kam, so große Angst hatte, dass er beschloss, ihm den Tisch freiwillig zu überlassen und so zu tun, als hätte er sich versehentlich dort hingesetzt. Endlich stand Mueller mit gönnerhaftem Lächeln vor ihm. »Guten Morgen«, grüßte er.

»Guten Morgen.«

Dr. Dr. Mueller zog sich einen Korbsessel heran und nahm ebenfalls an seinem Tisch Platz. Was die Offiziere dachten, war nicht festzustellen: Sie trugen Sonnenbrillen. Aber vermutlich fanden sie sein Benehmen taktlos. Frau Weiß strahlte.

Noch immer lächelnd fragte ihn Dr. Dr. Mueller: »Wo sind meine Hände?«

»Wie bitte?«

»Meine Hände.«

»Unterm Tisch«, antwortete Joshua verdutzt.

»Wenn ich jetzt eine Waffe hätte, könnte ich Ihnen die Eier abschießen, doch wie Sie sehen –«, lachend legte er die Hände auf den Tisch, »– leer.«

7 »Na ja, hm. Also. Kannst du mir sagen, was ein Hiobströster ist?«

Zögernd rätselte er: »Eine Wolldecke, oder so?«

»Du hast es also nicht gelesen!« stellte er verärgert fest.

»Was?«

»Das Buch.« Er hielt es empor, mit den vielen Lesezeichen, die überall drinsteckten.

»Aber ich bin jetzt ein arbeitender Mensch.«

»Dieses Verhökern von Tür zu Tür – das nennst du Arbeit? Scheiße! Ein Hiobströster ist zum Beispiel, wenn Onkel Oscar an einem Freitagabend unerwartet vorbeikommt und mir erzählt, dass ich noch immer ohne Paddel in der Scheiße rumschwimme, kommt nur daher, dass ich von Anfang an nichts getaugt habe. Wie alt bist du jetzt, Josh?«

»Sechzehn. Und ich hab noch immer kein Mädchen gehabt«, beschwerte er sich.

»Ficken steht heute nicht auf dem Programm.« Reuben öffnete eine Flasche Labatt's. »Und außerdem habe ich dir schon alles gesagt, was du darüber wissen musst.«

»Den Teufel hast du!«

»Hast du wirklich noch kein Mädchen gehabt?« erkundigte er sich verwundert.

Joshua nickte.

»Dann machst du irgendwas verkehrt.«

»Ja, aber was?«

»Verdammt noch mal, Josh, dies sind die Tage der Besinnung, und diesmal werden wir in die beschissene Synagoge gehen, und jetzt sofort werden wir uns auf die jüdische Tradition konzentrieren. Also, um ganz ehrlich zu sein«, erklärte er forsch, »ich bin eigentlich gar nicht so sehr jüdisch.«

»Was soll das heißen, ›gar nicht so sehr‹? Entweder du bist es, oder du bist es nicht.«

»Mann, bist du dämlich! Nimm zum Beispiel mal die Nigger. Die gibt es in allen Schattierungen, von kohlschwarz über kackbraun, wie Sugar Ray, bis zu 'nem kleinen Schimmer Sonnenbräune. Also, genauso ist es mit den Hebes. Zum Beispiel, wenn du sehr jüdisch bist, trägst du einen von diesen verrückten Pelzhüten, und Schläfenlocken, und einen Bart. Du kennst die Typen. Aber ich, ich bin nur eben als Hebe geboren, wie die Leute, die mit ’nem Klumpfuß oder als Stotterer zur Welt kommen.«

»He, du tust ja, als wär das ’n ziemlicher Nachteil.«

»Na ja, hm. Stimmt. Wir sind nicht besonders beliebt.«

»Und warum nicht?«

»Jetzt hör endlich auf, so schwierig zu sein, und zeig lieber ’n bisschen Dankbarkeit.«

»Wofür?«

»Ich hab nie ’ne religiöse Bildung gekriegt, wie ich sie dir gebe«, antwortete er verdrießlich.

»Warum sind wir nicht beliebt?«

»Lass mich in Ruhe.«

»Das ist keine Antwort.«

»Na ja, etwas, das ihnen gar nicht passt, das ist zum Beispiel, dass wir seit biblischen Zeiten in dem Ruf stehen, gut handeln zu können. Nimm zum Beispiel den alten Abraham. Weißt du noch, wie ich dir von dem und seinem Sohn erzählt habe? Also, einmal hat Gott zu Abraham gesagt, er will die Städte in der Ebene, Sodom und Gomorrha, zerstören, weil das nämlich ganz wilde Städte waren, wie Montreal, bevor dieser kleine Scheißer Pax Plante kam, mit Nightclubs und Striplokalen und Spielkasinos und Häusern, wo man ganz offiziell bumsen konnte. Und Abraham sagt zu ihm: ›Na ja, hm, also Gott, aber was ist, wenn es da fünfzig Gerechte gibt, würdest du diese Städte dann auch auslöschen?‹ ›Nein, wenn es fünfzig gibt, nicht.‹ ›Und wenn es nur fünfundvierzig gibt?‹ ›Abgemacht‹, antwortete Gott. Aber Abraham lässt nicht locker und sagt: ›Und wenn es nur vierzig Moralapostel gäbe, was dann?‹ ›Okay.‹ Jedenfalls, schließlich handelt er Gott auf zehn Mann runter.«

»Wir sind nicht die Einzigen, die handeln.«

»Stimmt. Und jetzt wegen Hiob.« Er schlug die Bibel bei einem der Lesezeichen auf. »Du siehst, wenn du das alles hier gründlich liest, könntest du eine Menge lernen. Gott hat, trotz all seiner Fehler, ›Du sollst nicht dies‹ und ›Du sollst nicht das‹, immer sehr gern gewettet. Ein geborener Glücksspieler. Und da hatte er diesen überzeugten Gläubigen, diesen Hiob, stinkreich, aber nett, und eines Tages wettet er mit dem Teufel, dass er dem Hiob alles wegnehmen kann, absolut alles, und der ist so'n Gimpel, dass er trotzdem nicht seinen Glauben verliert. ›O ja‹, sagt da der Teufel, ›die Wette gilt.‹ Und die beiden geben sich die Hand drauf. Und dann eines Tages, peng, richtet Gott alles so ein, dass Hiob sein Vieh, und seine Diener, und seine Häuser, und sogar all seine Kinder bis auf eines verliert. Hoher Einsatz, was? Aber Hiob, der ist 'n zäher Brocken, der glaubt immer feste weiter an Gott, obwohl er sozusagen mit ihm hadert. Zitat: Warum bleiben die Gottlosen leben, werden alt, ja nehmen zu an Kraft? Zitat Ende. Da hat er's Gott richtig gegeben, und der wird natürlich sauer. ›He‹, sagt Gott, ›he, du kleiner Mistkerl, wo warst du, als ich die Erde gegründet habe? Kannst du es donnern lassen? Oder regnen? Oder das andere alles? Ich bin Gott, der *capo* aller *capos*, mit einer ganz schönen Erfolgsbilanz‹, und so weiter und so fort. Und zum Schluss, damit dir die Geschichte nicht quergeht, wird Hiob belohnt, er kriegt alles wieder, was er gehabt hat, *sogar doppelt*, seinen Anteil dafür eben, dass er Gott geholfen hat, die Wette mit dem Satan zu gewinnen. Aber das Buch Hiob ist mehr als eine Glücksspielstory mit Happy End. Es hat eine Moral. Dies sind die Tage der Besinnung, wie du ja weißt, und du sollst wissen, wenn du nur immer weiter an Gott glaubst, auch wenn du in der Scheiße sitzt, dann kannst du hinterher doppelt kassieren. Wenn ich's dir mal richtig erklären sollte, würde ich sagen, mit dem Glauben ist das so wie mit dem Spekulieren an der Börse oder dem Sitzenbleiben am Pokertisch. Deine Aktien können in den Keller rutschen, wie bei der Großen Depression, oder du kannst dir vielleicht nicht mal zwei Karten kaufen, und wenn du'n Hasenfuß bist, verkaufst du oder gibst deinen Stuhl ab. Aber wenn du am Glauben festhältst und an, sagen wir, General Motors und anderen sicheren Aktien, also verdammt, sieh dir doch an, was die heute wert sind. Kapiert?«

»Sicher«, antwortete Joshua verblüfft.

»Also, siehst du, hier heißt es zum Beispiel, Zitat: Der Mensch, vom Weibe geboren, ist kurzen Lebens und voller Unruhe, Zitat Ende. Und jetzt sag mir mal bitte«, verlangte er, »welcher Kerl in der Bibel nicht durch normales Ficken geboren wurde.«

Verblüfft langte Joshua nach dem Bier.

»Das war Jesus H. Christus. Der wurde durch unbefleckte Empfängnis gemacht. Und weißt du auch, was das heißt?«

»Ich höre.«

»Das heißt, von Gott persönlich angebufft werden, und das ist so selten, dass das in dem ganzen Buch nur einmal vorkommt, und sieh mal, wie viele Seiten das hat.«

»Du glaubst doch nicht etwa an diesen Mist, oder?«

»Nach dem Bund sind die Hebes nur bis Seite 1180 dabei. He, wohin willst du?«

»Dann sind wir doch fertig, oder?«

»Setz dich hin. Wir kommen jetzt zum Neuen Testament. Jesus.«

»Wozu?«

»Für den letzten Schliff.«

»Was soll das heißen?«

»Wenn du in die Welt hinausgehst und Christen kennenlernst, dann wirst du merken, dass die, na ja, 'ne ganze Menge aufs Neue Testament geben. Zum Beispiel, wenn dich einer verscheißern will, kommt er gewöhnlich mit 'nem Zitat daraus an. Sagen wir mal, er will dich nicht in seinem Hotel haben, er hat Angst, dass du seine Möbel kaputt schlägst oder ihn selbst zusammenhaust. Dann sagt er: ›Selig sind die Sanftmütigen, denn sie werden das Land besitzen.‹ Bockmist. Oder sagen wir, du findest einen im Bett, wie er gerade seine Tochter vögelt, was draußen auf der Prärie gang und gäbe ist, weil da die Winter so lang sind. Weißt du, was die dann sagen? ›Richtet nicht, auf dass ihr nicht gerichtet werdet‹, sagen sie. Oder du hast 'n Wettbüro, und der Kassierer vom Bürgermeister verlangt, dass du ihm deine Dankbarkeit dafür beweist, dass er dein Büro nicht schließen lässt. Dann sagt er: ›Gebet dem Kaiser, was des Kaisers ist.‹ Je schmutziger die Sünde, desto hübscher das Sprichwort. Im Neuen Testament gibt es für jede Gelegenheit was Passendes. Ich kann es dir wärmstens empfehlen. Und jetzt, Josh, wünsche ich, dass du diesen Scheißjob aufgibst und wieder zur Schule gehst.«

»Ich werde nicht wieder zur Schule gehen«, entgegnete er, »und diesen Job habe ich nur genommen, damit ich in die Zeitungsbranche komme.«

»Du meinst, du willst Reporter werden, indem du Klinken putzt?«

»Worauf du dich verlassen kannst.«

»Er war übrigens ein Rabbi, wusstest du das?« Der Vater grinste, als er ihm das Bier reichte.

»Wer?«

»J. C.«

Joshua musste lachen.

»Aber es passte ihm nicht, wie die den Tempel organisiert hatten, und nachdem er von Pontius Pilatus ausgezählt worden war, nagelten sie ihn an dieses Kreuz, das war damals so üblich, bei Dieben und Gaunern, keine Kaution, kein Mauscheln mit dem Staatsanwalt, kein Straferlass wegen guter Führung, gar nichts, und er starb. Dann aber hat sich diese Bande nicht etwa aufgelöst, wie hier, nachdem sie Galento erschossen hatten. Jeder Einzelne ramsch, ramsch, ramsch. Männer, die Angst hatten, am Fenster zu stehen oder ihren Wagen anzulassen. Nein, die hielten zusammen und gründeten eine Kirche, und es dauerte Hunderte von Jahren, bis sie sich in zwei rivalisierende Banden teilten. Protestanten und Katholiken. Die katholische Kirche wird besser geführt, so 'ne Kollekte wie die kriegen die anderen nicht zusammen, und Grundbesitz haben die in der ganzen Stadt. Überall. Also, die katholische Kirche wurde auf einen Felsen gebaut, wie Petrus sagt, die protestantische dagegen, wenn du mich fragst, auf Liebe zum Sex, obwohl, wenn du heute diese miesepetrigen Kerle sieht, dann fragt man sich wirklich. Angefangen hat's eigentlich mit Heinrich dem Achten, das war ein englischer König, und der hatte nichts anderes im Kopf als Sex und war dauernd auf Jagd nach 'ner neuen Frau. Aber der Papst, na ja, der hatte was gegen Scheidungen. ›Da läuft nix‹, hat er gesagt. Also hat Heinrich sich einfach von ihm getrennt und ist zu den Protestanten übergelaufen, die ja heute überall sind. Ich persönlich mag die Katholiken lieber. Ich meine, weißt du, da wird man Priester und schwört dem Ficken auf ewig ab, und das heißt, du musst sehr, sehr fromm sein. Das rechne ich denen hoch an.«

Joshua ergriff die Gelegenheit, um seinen Vater daran zu erinnern, dass er noch immer kein Mädchen gehabt hatte.

»Morgen gehen wir in die Synagoge«, ermahnte dieser ihn in scharfem Ton.

»Okay, okay.«

»Ich will dir was sagen. Du gehst in das Haus an der Union Avenue. Kitty. Aber hör mal, sieh zu, dass du nicht mehr berappst als fünf und zwei.«

»Das kapier' ich nicht.«

Der Vater schüttelte missbilligend den Kopf. »Fünf für das Mädchen, zwei für das Zimmer, und sag ja nicht, dass ich dich geschickt habe, Herrgott, ich bin dein Vater, das wäre mir einfach zu peinlich.«

Joshua stand auf und wollte gehen.

»Doch nicht jetzt! Himmel. Dies sind die Tage der Besinnung.«

»Wann denn?«

»Ist mir egal, aber nicht jetzt.«

Mürrisch sank Joshua auf das Sofa im Garten zurück, und es entstand ein langes, lastendes Schweigen. Schließlich sagte der Vater zu ihm: »Geh zeitig.«

»Was?«

»Du sollst zeitig gehen, da sind sie noch sauberer und nicht so nass von all den anderen, und hör zu, du bist ein Gentleman, also wirst du eine Nutte nie schlagen. Sondern bist besonders höflich zu ihr.«

»Ich weiß. Wenn ich ins Zimmer komme, nehme ich den Hut ab.«

»He, das stimmt, Josh!« sagte der Vater erfreut.

»Bloß, ich trage doch nie einen.«

»O doch! Morgen. Zur Synagoge.«

Am nächsten Morgen machten sie sich abermals auf den Weg zur B'nai-Jacob-Synagoge in der Fairmount Street. Der Vater flott in Strohhut und hellem Sommeranzug; Joshua mit perfekt gebügelter Hose und glänzend geputzten schwarzen Schuhen. Und wieder einmal wurde der Vater langsamer, je näher sie der Synagoge kamen. »Weißt du, es gibt Leute, die gehen jeden Abend dahin, genau wie auf die Rennbahn. Erstaunlich!«

»Ja, aber die müssen dann schon sehr jüdisch sein, nicht wie wir.«

Auf der Vortreppe drängten sich Männer in Gebetsmänteln, sammelten sich in Gruppen auf dem Gehsteig. Rauchten, tratschten.

»Was machen die alle hier draußen auf der Straße?« fragte der Vater verwundert.

»Vielleicht ist es drinnen zu voll.«

»Siehst du irgendwo diesen Scheißkerl von Zahnarzt, diesen Orbach, den Betrüger?«

»Nein. Aber er könnte drinnen sein.«

»Vergiss nicht: ein Rippenstoß, du stehst auf, zwei Rippenstöße, du setzt dich hin.«

»Gut. Gehen wir.«

»Wir könnten uns eine andere Synagoge suchen. In Outremont. In der Nähe der Bernard Street. Da ist es vielleicht nicht so voll.«

Doch als sie hinkamen, standen auch dort Männer vor der Tür.

»Was meinst du?« wollte der Vater wissen.

»Es liegt an dir, Daddy.«

»Gehen hier nicht Onkel Harvey und Tante Fanny immer hin?«

»Ich glaube schon.«

»Komm, gehen wir einen Kaffee trinken. Dabei können wir uns darüber unterhalten.«

8 Im Herbst, dieser perfektesten nördlichen Jahreszeit, tauchte Kevins Gesicht, strahlend vor Selbstsicherheit, mindestens einmal pro Woche in den Klatschspalten auf, und das bedrückte Pauline sehr.

Westmounts verlorener Sohn, endlich heimgekehrt von seinem Bummelleben auf den Bermudas, war hier, dort, überall. Blühte auf. Fuhr, eingekleidet von Brisson & Brisson, einen silbernen Porsche. In dieser Saison schien es, als wage kein Konsulat seinen Nationalfeiertag zu begehen, keine neue Disco ihre Pforten zu öffnen, ohne dass Kevin ihnen durch seine Anwesenheit den Segen gab. Gewöhnlich mit dem hängebackigen, beunruhigend fröhlichen Jack Trimble und der strahlenden Jane im Schlepp. Was immer sie im Schilde führten, es tat ihnen allen dreien sichtlich gut. Obwohl auf dem Aktienmarkt immer noch Flaute herrschte – das Geld in der dahinsiechenden Stadt war knapper denn je –, der von Trimble mit Kevin am Steuer zu Wasser gelassene Investmentfonds konnte sich eines glänzenden Stapellaufs erfreuen.

Pauline jedoch blieb weiterhin skeptisch. Kevin seinerseits ging ihr aus dem Weg, und selbst ihre kurzen Telefongespräche verliefen bissig.

»Wieso«, wollte sie wissen, »kannst du dir einen Porsche leisten?«

»Wieso«, konterte er, »nimmst du von mir immer nur das Schlechteste an?«

Pauline besuchte den Senator zum Lunch in Ottawa.

»Kevin ist wieder da«, sagte sie.

»Ich lese auch den Wirtschaftsteil.«

»Könntest du dich nicht mit ihm treffen?«

»Ich nehme an«, erwiderte der Senator, »er weiß, wo ich zu finden bin.« Damit wechselte er abrupt das Thema.

Als Joshua Trimble eines Spätnachmittags in der Crescent Street über den Weg lief und mit ihm auf einen Drink ins Troika ging, war es sofort sonnenklar, dass seine schwarze Stimmung ebenso schnell verflogen war wie der Sommer. »Joshua, alter Junge, wir haben Kevin beide verkannt. Er ist ein außergewöhnlicher Bursche. Gewiss, ein Spätentwickler, aber er brauchte jemanden, der ihm Vertrauen schenkt.«

»Hör auf«, sagte Joshua. »Du bist doch derjenige, der diesen Fonds führt. Er ist nichts weiter als eine Attrappe.«

»Den Teufel ist er. Kevin trifft jede Entscheidung allein. Ich segne den Tag, an dem er hierher zurückgekehrt ist.«

»Tatsächlich?«

»Ja, und das Geschäftliche ist nur die eine Seite. Stell dir vor, er geht zweimal die Woche nachmittags mit mir auf den Golfplatz, und Jane sieht zehn Jahre jünger aus. Ich hoffe nur, die anderen merken, wie viel Mühe er sich gibt, um sich zu beweisen. Das ist furchtbar wichtig für ihn.«

Joshua zuckte die Achseln.

»Diese Westmount-Spießer, wenn die wie ich öfter mal in London oder New York zu tun hätten, würden sie sehr schnell feststellen, dass sie doch höchst drittklassig sind. Die haben's eben einfach nicht. Zu ihrem Glück leben sie in der festen Überzeugung, dass dieses Provinznest die große Gesellschaft sei. Wir sind herumgekommen in der Welt, wir wissen Bescheid, nicht wahr, alter Junge?«

»Jawohl«, antwortete Joshua, »aber das ist keine Erklärung dafür, dass du noch immer den Clown für sie spielst.«

»Ich kann dir nicht folgen«, sagte er steif.

Joshua steckte sich eine Zigarette an. »Du bist doch nicht englischer als ich, mein lieber Jack.«

Trimble erbleichte nicht. Er lachte. Schlug sich klatschend aufs Knie. »Wovon in Gottes Namen redest du?«

»Du bist hier geboren, alter Junge.«

»Ich bin in Putney geboren. Und erst neunundvierzig hierhergekommen. Das weiß jeder.«

»Keine Angst. Ich plaudere nicht aus der Schule.«

»Aus der Schule plaudern. Es gibt nichts aus der Schule zu plaudern. Du armer Irrer. Du kleiner Schreiberling. Du willst wohl sagen, du wagst es nicht, Verleumdungen über Leute zu verbreiten, die dir weit überlegen sind, weil du genau weißt, dass du sonst von meinen Rechtsbeiständen hören würdest.«

»Anwälten.«

»Ja«, sagte er. »Ach so, und noch etwas«, fügte er mit süffisantem Lächeln hinzu. »Dein Schwager gibt mir Tennisstunden.« Damit stapfte er zur Tür des Troika hinaus.

Joshua, der sich mies vorkam, hing noch an der Bar herum und bestellte sich einen weiteren Drink. Er hatte Trimble nicht drohen wollen, nicht einmal andeutungsweise. Er fand sich selbst widerlich. Aber er musste an Pauline denken, und den Senator, und falls es Ärger geben sollte, war es am besten, Trimble wusste im Voraus, dass er etwas gegen ihn in der Hand hatte. Druck auf ihn ausüben konnte. Und doch, und doch … Je mehr er, bei dem inzwischen dritten Drink, darüber nachdachte, desto sicherer schien es ihm, dass es, falls irgendjemand einen schmutzigen Trick anwenden sollte, wohl eher Kevin sein würde. Dieser unfähige Versager von Schwager, mit dem er geschlagen war. Und so war er, als er die Bar verließ, auf Pauline wütend, weil sie ihn zwang, Trimble einzuschüchtern.

In der Nacht nach der Dinnerparty am See, als Trimble so stolz seine überraschende Partnerschaft mit Kevin verkündet hatte, waren Joshua und Pauline noch bis zum Morgengrauen aufgeblieben, hatten auf der windschiefen Veranda gesessen, geredet und getrunken.

»Was du da siehst«, erklärte sie, »ist ein bemitleidenswerter, abgehalfterter Sportler, ein einundvierzigjähriges Kind, alles andere als intelligent, gemessen an dir jedenfalls. Oder an Murdoch. Oder sogar an Seymour. Aber früher, Josh – er war ein so schöner Junge! So voll natürlicher Grazie. Alle drehten sich nach ihm um, wenn er vorbeiging. Ein Liebling der Götter, so schien es damals jedenfalls. Wenn ich dir nicht früher von ihm erzählt habe, so eigentlich nur Vaters und deinetwegen. Es ist erstaunlich, aber ihr versteht euch jetzt so gut, wirklich. Und das möchte ich nicht zerstören. In gewisser Weise bist du der Sohn geworden, den er sich gewünscht hat, und ich könnte es nicht ertragen, wenn du jetzt schlecht von ihm denken würdest.«

»Warum sollte ich?« fragte Joshua interessiert.

»Weil Kevin der Sohn ist, der von seinem Vater vernichtet wurde.«

Als er protestieren wollte, hob sie die Hand. »Ich weiß. Fang bitte nicht wieder davon an. Das habe ich schon oft genug gehört. Wir können nicht alles unseren Eltern in die Schuhe schieben. Wir sind selbst verantwortlich für das, was aus uns wird. Und Gott helfe uns allen, wenn Alex sich nicht absolut perfekt entwickelt, denn du bist ein harter Mann, Joshua Shapiro, o ja, das bist du.«

»Wir sprachen von Kevin«, warf er gelassen ein.

»Das hat dir also nicht gefallen?«

»Nein.«

Na gut. Okay. Kevin war früher, wie sie erklärte, praktisch mit Liebe und Bewunderung überschüttet worden. Pauline hatte ihn vergöttert. Stephen Andrew Hornby, der sich immer einen Sohn gewünscht hatte, weinte vor Freude, als er geboren wurde. Aber vor allem war es die Mutter gewesen, die in ihn vernarrt war, die ihn schon überallhin mitschleppte, als er noch ein Kleinkind war. Zu Mackenzie King, der ihn auf den Schoß nahm, zum Generalgouverneur, dem er vorgestellt wurde. Wenn sie spätnachts von einer Party heimkam, war ihr erster Weg ins Kinderzimmer. Eine Gouvernante nach der anderen wurde für untauglich erklärt. Die Schweizerin schimpfte zu viel mit ihm, und eine andere, aus England, hatte nicht den richtigen Akzent. Kevin war kaum in die Schule gekommen, da las ihm der Vater schon jeden Abend vor, um ihn auf die großen Dinge der Zukunft vorzubereiten.

»Und du?« fragte Joshua verwundert.

»Ich war ja nur ein Mädchen.«

»Richtig«, bestätigte Joshua liebevoll und begann ihren Innenschenkel zu streicheln.

Aber sie rückte, ganz in ihre Story vertieft, von ihm ab.

Jeden Abend vor dem Essen bekam Kevin eine Liste von Themen, die bei Tisch diskutiert werden sollten, und eine Stunde Zeit, sich in der Bibliothek darauf vorzubereiten. Sozialrecht. Das britische Nordamerikagesetz. Die Magna Charta. Seine Antworten wurden jedes Mal sehr gelobt, bevor der Vater behutsam seine logischen Fehler korrigierte, ihm, wie er wohl hoffte, beibrachte, sich seine Argumente für die Parlamentsdebatten, in denen er später einmal glänzen sollte, zurechtzulegen. Die Mutter schenkte ihm ein Pony. Er hatte einen eigenen französischen Erzieher. Und dann, ohne Vorwarnung, begann das Familienleben in die Brüche zu gehen. Stephen Andrew Hornby wurde, statt das Portefeuille zu bekommen, mit dem er rechnete, den Posten, den Mackenzie King ihm zugesagt hatte, unvermittelt in den Senat abgeschoben. Das Beinhaus. Nicht etwa, weil es ihm an Fähigkeiten mangelte, sondern weil politische Taktik es zu jenem Zeitpunkt als opportun erscheinen ließ, einen Frankokanadier herauszustellen. Und so war er nun keine prominente Persönlichkeit mehr, kein Fürst. Es gab kein Aufsehen mehr, wenn Stephen Andrew Hornby einen Raum betrat, oder die Bar des Rideau Club. Er wurde bitter. Schwierig. Jüngere Männer lächelten nicht mehr über seine Geistreicheleien. Und zu dem Zeitpunkt begann seine Frau, Paulines Mutter, schon immer kokett, mit ihren Affären – diskret zuerst, dann jedoch mit einem gewissen Trotz. Und wenn der Senator nun in den Rideau Club kam, hatte er den Eindruck, die anderen Herren flüsterten, und fragte sich, welcher wohl – wenn nicht sogar alle – mit seiner Frau geschlafen hatte. Zu Recht oder zu Unrecht argwöhnte er, der liebe Kevin sei der Komplize seiner Frau. Kevin behauptete, den ganzen Nachmittag mit seiner Mutter zusammen gewesen zu sein, während er in Wirklichkeit in einem Kino abgesetzt worden war und die Mutter sich anderswo amüsierte. Und dann war da die Europareise. Eine Bildungsreise. Angeblich, um Kevins und Paulines Erziehung abzurunden. Sie hörten sich in Westminster Debatten an. Besuchten den Louvre. Besichtigten den Vatikan. Im Grunde jedoch war es nichts anderes als eine Gelegenheit für die Mutter, sich auszutoben. Sie hatte inzwischen ziemlich stark zu trinken angefangen, und je mehr sie trank, desto weniger wählerisch wurde sie mit ihren Liebhabern. Pauline erzählte von Gondolieri und Croupiers und von jenen jungen, sonnengebräunten Heimsuchungen, die an der Bar des Ruel oder auf der Terrasse des Carlton in Cannes saßen und der Dinge harrten, die da kommen sollten. Sie war verängstigt. Oft hatten sie, in den Hotels von Villefranche, St.-Paul-de-Vence oder Antibes, ihr Zimmer neben dem der Mutter. Dann lag Pauline im Bett, und zog sich ein Kissen über den Kopf, um das Juchzen und Gestöhne nebenan nicht zu hören. Kevin dagegen war fasziniert. Er hielt ein umgedrehtes Glas an die Wand und lauschte eifrig. »O Mann«, sagte er, »werden wir morgen wieder verwöhnt werden! Morgen kriegen wir alles, was wir haben wollen.« Und als sie aus Europa zurückkehrten, warf Pauline sich sofort in die Arme des Vaters, der sie in Quebec City an Bord abholte. Er jedoch warf nur einen kurzen Blick auf Kevin und erstarrte. Er wusste Bescheid. Ein Blick, und er hatte erkannt, dass er nicht mehr die überragende Persönlichkeit im Leben seines Sohnes war. Sondern nur ein bedauernswerter alter Narr. Ein Hahnrei.

Wie früher wurden Themen für Tischgespräche bestimmt. Der Familienvertrag. Erbrecht, Eigentumsrecht. Doch jetzt wurde Pauline mit einbezogen, jetzt hörte man ihr wohlwollend zu. Und wenn Kevin seine Ansicht dargelegt hatte – allerdings ein bisschen allzu selbstsicher –, lehnte sich der Senator mit ironischem Lächeln zurück und zerriss sie in der Luft. Kevin hätte gern bei der Mutter Hilfe gesucht, doch die war nicht da, fühlte sich unwohl. Nahm kaum noch an den Mahlzeiten teil. Sie wohnten jetzt wieder im Westmounter Haus, in der Upper Landsdowne, und der Senator fuhr jede Woche ein paar Tage nach Ottawa. Und wenn er Kevin in Gegenwart seiner Frau vernichtend kritisierte, weinte sie zwar, erhob jedoch keinen Protest. Und eines Tages packte sie kurzerhand die Koffer und verschwand, ließ Kevin im Stich. Aus New Orleans, San Francisco und einmal sogar aus Kairo bekam er liebevolle Postkarten. Und wenn sie zwischen zwei Flügen und Liebhabern einmal daheim war, ging sie mit den Kindern zum Lunch ins Ritz, verschüttete ihre Drinks, während ihr Tränen über die gepuderten Wangen liefen, umarmte Kevin und jagte Pauline Angst ein. Pauline war inzwischen Kevins einzige Stütze. Er fing an zu lügen, fing an zu betrügen. In der Schule war er nicht sonderlich gut, daher pfuschte er auf dem Heimweg vom Selwyn House an seinem Zeugnis herum. Er war der geborene Sportler. Star des Eishockeyteams. Unerreicht in Leichtathletik. Aber dem Vater war das auf einmal völlig egal.

Kevin musste dann die Schule, wo Lehrer und Mitschüler ihn vergötterten, und den See im Sommer, wo Jane nicht das einzige Mädchen war, das bei seinem Anblick ins Schwärmen geriet, mit dem jetzt finsteren, unnachgiebigen Haus an der Upper Landsdowne Street in Einklang bringen, wo praktisch alles an ihm missbilligt wurde. »Ach, und er war ein so schöner Junge, Josh, er hatte es nicht verdient, das Pfand im Streit meiner Eltern zu sein. Ihn traf keine Schuld an der Untreue meiner Mutter. Er verdiente eine bessere Behandlung von meinem Vater, eine viel bessere. Und gerade als mein Vater wenigstens ein bisschen einzulenken schien, bekam meine Mutter den Schlaganfall und starb in einem Zimmer im Royal Vic, während mein Vater ihre Hand hielt. Ich habe keine Ahnung, was sich zwischen den beiden in diesem Zimmer abgespielt hat, was er gesagt hat, oder was sie gesagt hat, aber er wurde plötzlich wieder steinhart zu Kevin.«

Kevin und Pauline waren dann beide an der McGill University. Er spielte die Hauptrolle in fast allen Stücken, die Theatergruppen aufführten, und er spielte Eishockey so gut, dass sich sogar Profis für ihn interessierten. Er gewann die Amateurgolfmeisterschaft von Quebec, und gemeinsam errangen sie einen Tennis-Titel im gemischten Doppel. Kevin wurde außerdem vorübergehend Premierminister des Scheinparlaments von McGill. Pauline war nicht die Einzige, die überzeugt war, er werde alle anderen besiegen. Sämtliche Preise erringen. Sie hatte keine Ahnung, dass er seine Englischaufsätze aus Büchern vergessener Schriftsteller abschrieb. Oder dass er selten ohne Spickzettel in ein Examen ging. Pauline fand ihn wunderbar, absolut wunderbar, und stritt sich seinetwegen sogar mit dem Vater. Der Senator lächelte, schwieg aber dazu. Pauline hasste ihn.

»Jane, Kevin und ich, wir drei wurden unzertrennlich. Die drei Musketiere. Ich hielt es für selbstverständlich, dass die beiden heirateten – mein Bruder, meine beste Freundin.« Nein, es würde eine Krönung sein. Ältere Ehepaare schickten ihnen im Ritz Drinks an den Tisch. Sie hoben die Gläser. Auf uns, auf uns alle, die richtige Klasse. Die Besten, die unser Land zu bieten hat. Natürlich hatten sie einen Flitzer, einen MG, angeschafft von dem Geld, das die Mutter ihnen hinterlassen hatte, und damit waren sie ständig unterwegs. Ihre Anwesenheit genügte, um die schäbigste Kneipe salonfähig zu machen. Tanzten sie in einer Bar in Ste. Adèle, so kam diese umgehend in Mode. O gewiss, es gab da ein paar Dinge, kleine Unstimmigkeiten, doch darauf achtete Pauline nicht weiter. Kevin schien aller Welt Geld zu schulden. Einmal beschuldigte ihn jemand – natürlich keiner aus ihrer Clique –, beim Bridgeturnier gemogelt zu haben. Quatsch. Nein. Lachend tat Pauline den Vorwurf ab.

Bald darauf besuchte Kevin die juristische Fakultät, wo sein Vater noch immer Legende war, und dort entdeckte er, wie alle anderen, die Juden. »Was wussten wir denn schon von den Juden? Du hast ja keine Ahnung, wie abgeschirmt wir gelebt hatten. Was für eine behütete Kindheit wir gehabt hatten. Wir waren die Besten. Die Intelligentesten. *Die Auserwählten.*«

»He, Moment mal!«

»Jawohl«, betonte sie, und schob ihm den Fuß zwischen die Beine, »die Auserwählten. Wir sollten das Land erben.«

Doch plötzlich waren da all diese verbissenen, strebsamen Juden, die das Spiel nicht nach ihren Regeln spielten, sondern nur immer »ich, ich, ich« schrien. Mein Gott, Raum forderten sie, viel Raum, dabei wussten sie nicht einmal, woher ihre Großeltern kamen. Sie unterbrachen mitten im Satz. Sie eroberten die vordersten Plätze in den Hörsälen. Sie trugen Rhombussocken. Sie interessierten sich einen Dreck für Football. Sicher, selbst mit den allerbesten Noten würden sie niemals in den richtigen Anwaltsfirmen akzeptiert werden, aber sie konnten die meisten Juraprofessoren in Grund und Boden diskutieren, und sie ließen sich einfach nicht abweisen. Den *McGill Daily* hatten sie bereits übernommen, griffen einander in den Kolumnen heftig an, debattierten über Leute, von denen Kevin und Pauline niemals etwas gehört hatten. Trotzki. Brecht. Die Rosenbergs. Mit ihrem beißenden Witz vertrieben sie Kevin aus dem Scheinparlament. »Einer von ihnen, um gute acht Zentimeter kleiner als ich, ein junger Mann, der nach seinem Universitätsabschluss wissenschaftliche Arbeiten in englischer Literatur verfasste, schrieb mir Liebesbriefe, in denen er Intimitäten vorschlug, von denen ich nicht mal geträumt hätte …

O Gott, all diese kleinen, dunklen Männer mit den glühenden schwarzen Augen! Diese Geier! Jane und ich, wir sagten scherzend, wir müssten vorsichtshalber ein Höschen mehr anziehen, möglichst eines mit Stacheldraht. Wir kicherten, wenn sie uns als ›Schickse‹ bezeichneten. Für uns war das ein Spaß, für die Jungs nicht. Kevin und die anderen, hilflos wie englische Grenadiere, die im Busch plötzlich auf Indianer stoßen, ahnten zum ersten Mal, dass sie möglicherweise nicht gut genug waren, um da mithalten zu können. O Himmel, es heißt, unsere Verbindung nähme keine Juden auf. Sie war der einzige Ort, an dem wir uns *nicht* bedroht fühlten. Also, wenn du's wissen willst, Joshua ben Reuben. Wir hatten Angst.«

»Gut. Das freut mich.«

»Versuch doch mal zu verstehen, Liebling. Soweit es dich und Seymour und Max betrifft, hatten wir alle Vorteile, und ihr keine. Unsere langweilige Welt, ein Märchen-Ballsaal, verblasste schon, und nun begann die eure zu blühen. Ich wurde auf dem Campus als Westmount-Snob bezeichnet. Als Antisemitin. Als Rassistin. Vor Schreck lud ich zu meiner nächsten Party zwei Juden ein. Das heißt, *zwei* lud ich ein. Vier kamen. Sie wollten wissen, ob ich ficke und wenn nicht, wer dann. Einer von ihnen ging zu meinem Vater und fragte ihn rundheraus, was unser Haus gekostet habe.«

Abbott, schon damals der beste der Jungs, krempelte einfach die Ärmel hoch und begann ernsthaft zu studieren. Kevin aber versuchte es, wie zu erwarten war, mit seinem Charme. Er bemühte sich um die intelligentesten jüdischen Studenten, schmeichelte ihnen, beschwatzte sie, bis er einen von ihnen, Isenberg, glaubte Pauline, war sein Name, überredet hatte, ihm seine Notizen zu leihen und dann sogar die Arbeiten für ihn zu schreiben. Auf einmal lieferte Kevin Aufsätze ab, in denen es von Zitaten aus Laskis und Brandeis' Schriften wimmelte. Er wurde ins Büro des Dekans bestellt. Dieser hätte sich vermutlich damit begnügt, ihm einen gehörigen Schreck einzujagen, ihn möglicherweise um ein Jahr zurückzustufen, doch dann beging Kevin den Fehler, dem Dekan ein paar Frechheiten aufzutischen, ihn zu fragen, ob er nicht wisse, wessen Sohn er sei, und alle Schuld auf den armen Isenberg abzuwälzen. Den Stipendiaten. Eindeutig nicht einer von uns. Der Dekan, ein integrer Mann, war außer sich. Er bestellte den Senator zu sich ins Büro, und der bat ihn, Kevin genauso zu behandeln wie jeden anderen.

»Wissen Sie, was das bedeutet, Senator?«

»Ja, das weiß ich.«

Bevor er geschasst wurde, hatte Kevin mit dem Senator den Streit, der schon seit Jahren in der Luft lag – erbärmlich. Kevin bettelte, weinte, er flehte den Vater an, nur dieses eine Mal seine Haut zu retten. Der Senator erklärte ihm, er sei eine Schande. Ein Schwächling. Vollkommen skrupellos. Er habe einen armen Judenjungen ausgenutzt und betrogen, wahrscheinlich sein Leben zerstört. Der Senator werde auf gar keinen Fall eingreifen. Der tobende Kevin gab ihm die Schuld am Tod der Mutter. Sie wäre nie so leichtfertig geworden, behauptete er, wäre der Vater nicht impotent geworden. Der Senator hob nicht einmal die Stimme. Ruhig forderte er Kevin auf, das Haus zu verlassen.

»Ich will dich nicht mit Einzelheiten langweilen, oder damit, wie sehr die Leute in den besten Clubs den Skandal genossen – der Sohn des Senators ein gemeiner Betrüger –, doch der gebrochene Kevin wurde nun auch noch zum Paria. Der ehemalige Zauber war dahin. Alte Freunde und Helfer zogen sich von ihm zurück – nur Jane und ich nicht. Die liebe Jane.« Sie lachte bitter. »Wir drei gingen aus, zusammen was trinken, um die Tatsache zu betrauern, dass er in Ungnade gefallen war, als Kevin Jane nicht etwa einen Heiratsantrag machte, sondern nur sagte: ›Jetzt können wir heiraten.‹ ›Aber nein‹, antwortete Jane leise, ›wir haben doch beide kein Geld.‹ Ich bot ihnen meines an, eine Erbschaft meiner Großmutter. ›Großartig, wir könnten nach Europa gehen‹, sagte er zu Jane. ›Ja, ja‹, fiel ich begeistert ein, ›aber nur, bis ihr euch zurechtgefunden habt, dann müsst ihr wiederkommen, du gehst an eine andere Universität und zeigst allen, dass du doch aus dem richtigen Holz geschnitzt bist.‹ Jane schwieg. Sie war nachdenklich. Darum erfand ich eine Ausrede, hielt es für besser, die beiden allein zu lassen, damit sie ihre Pläne besprechen konnten. Später hörte ich zu meiner größten Verwunderung, dass Jane ihm einen Korb gegeben hatte: Westmount würde ihm niemals verzeihen. Er sei nun auf ewig gezeichnet. ›Es war schön‹, sagte sie zu ihm,

›aber nun kann ich mich mit dir ja nicht mehr sehen lassen. Bye, bye, Kevin. Alles Gute‹.«

»Und was ist aus diesem Isenberg-glaubst-du-war-sein-Name geworden?«

»O nicht! Bitte nicht. Es ist abscheulich. Er wurde ebenfalls geschasst. Aber damals war das unwichtig für mich. Ich war einzig daran interessiert, meinen Bruder zu retten. Ich habe Szenen gemacht. Ich habe Drohungen ausgestoßen. Ich habe meinen Vater beschuldigt, ein schlechter Mensch zu sein. Ich warf ihm vor, er sei gar nicht traurig über Kevins Situation, sondern insgeheim schadenfroh, als sei die unverzeihlich schlechte Behandlung, die er Kevin in all diesen Jahren hatte angedeihen lassen, durch diese Geschehnisse gerechtfertigt worden. Er erwiderte, ich müsse noch sehr viel mehr über die menschliche Natur lernen, als ich in meiner Psychologie-Vorlesung aufgeschnappt habe. Ich nannte ihn einen Heuchler. Er habe Kevin schlecht behandelt, weil er einem armen Judenjungen Schaden zugefügt habe, aber er selbst sei Mitglied im Rideau und anderen Clubs, die keine Juden aufnähmen, und er sei sich nicht zu gut dafür, Witze über deren ›Mauschelgeschäfte‹ zu reißen.«

Kevin floh aus Montreal und Pauline kurz darauf ebenfalls. Doch erst, nachdem sie sich all ihre alten Freunde vorgenommen und ihnen gesagt hatte, was sie von ihnen und ihrer Vorstellung von Loyalität hielt. Kevin ging in den Süden, Pauline reiste nach Europa, um, wie sie glaubte, niemals mehr zurückzukehren. Zum Teufel mit ihnen. Mit allen. Sie heiratete einen Kommunisten, weil sie meinte, nichts könne ihren Vater tiefer kränken. Sie war grausam zu dem armen Colin, unnötig grausam, wurde eine Zeit lang wie ihre Mutter, trieb es mit zahllosen Männern, jedoch eher verängstigt als sonst etwas. Und fragte sich, bis Joshua kam, ob sie wohl auch als Alkoholikerin in einem Zimmer im Royal Vic enden werde.

Kevin versuchte es zunächst mit dem Golfspielen, dann schrieb er Pauline einen mitleiderregenden Brief, und sie schickte ihm Geld, er ging nach Hollywood für Probeaufnahmen, um schließlich gewisse Damen älteren Semesters mit Tennisstunden und anderen Dienstleistungen unter die Arme zu greifen. »So alt, wie ich jetzt selber bin. Stimmt's? Stimmt.« Er versuchte es mit Stockcar-Rennen. Er wurde Dressman. Er trainierte ein Highschool-Eishockeyteam. Und nach jedem Fehlschlag zog es ihn nach Montreal zurück, wo er es mit dem alten Charme versuchte, Zusammenkünfte organisierte und durchsichtige Lügen darüber verbreitete, dass er kurz vor dem Durchbruch stehe. Notsignale in Richtung Ottawa, in der Hoffnung, der Senator werde ihn anrufen. Aber der dachte gar nicht daran. Und während Kevin anfangs geduldet wurde, machte man sich schon bald über ihn lustig. Er war nicht mehr der Einzige, der eine Enttäuschung erlebt hatte. Alle mussten sich jetzt mit ihren eigenen kleinen Misserfolgen abfinden. Ehe. Kinder. Beruf. Sie begannen ihn zu hassen. Warum auch nicht? Er hatte einst all ihre Hoffnungen verkörpert, der Junge, der alle Preise gewonnen hatte, und was war er jetzt? Ein aufgedonnerter, leichtlebiger Abenteurer. »Deshalb klammert er sich – nach all diesen Jahren – an mich. Ich bin die Einzige, bei der er nichts vortäuschen, die er nicht belügen muss. Und es tut mir leid, Liebling, aber ich liebe und hege noch immer die Erinnerung an den Golden Boy, nach dem sich einst alle umgedreht haben. Deswegen, jawohl, habe ich ihm beim Kauf des Bootes geholfen. Tausende hat er mich im Laufe der Jahre gekostet. Ich finanziere seine Träume. Und wenn du's wirklich wissen willst, ich werde schließlich auch sein Galadinner im Country Club bezahlen, denn ich will nicht, dass die anderen sich die Zungen zerreißen, weil er verschwunden ist, ohne die Rechnung zu begleichen.«

»Aber jetzt verschwindet er nicht, oder?«

Sie antwortete nicht.

»Warum kannst du dich nicht darüber freuen, dass Trimble ihm, aus welchen Gründen auch immer, eine Chance bietet?«

»Als Leiter des Investmentfonds? Kevin? Lächerlich!«

»Vielleicht«, sagte er vorsichtig, »hat Jane ihm den Job vermittelt.«

»Aber klar doch! Auf einmal. Nach all den Jahren. Sie ist reuevoll erwacht und hat, weil ja der Tag der Wohltätigkeit ist, beschlossen, ihm etwas Gutes zu tun.«

»Vielleicht –«, er beobachtete sie genau, »– hat sie ihn auf den Bermudas besucht.«

»Nein. Das hätte sie mir erzählt. Ich verstehe nur nicht, was Jack mit ihm vorhat.«

»Kann uns doch egal sein«, erwiderte er ungeduldig. »Es ist ein Job. Eine Chance für ihn.«

»Du hältst mich für eine dämliche Fotze, nicht wahr?« fragte sie ihn.

Er hatte noch nie gehört, dass sie dieses Wort benutzte. »Nein«, sagte er, »das tue ich nicht. Aber es war eine Irrsinns-Dinnerparty. Mein Gott! Kein Wunder, dass du aufgebracht bist. Mir ist Trimble nicht so unsympathisch wie dir. Vielleicht will er Kevin wirklich helfen.« Doch seinem Ton fehlte die Überzeugung.

9

Seymour, so schien es Joshua zuweilen, verwandte auf die Belagerung von Frauen jene zielbewusste Energie, die andere Männer auf das Graben von Ozeane verbindenden Kanälen verwenden, oder auf Raketenflüge zum Mond. Sobald eine bis dato noch nicht gekostete Möse als süßester Lohn dieser Welt winkte, wie er es ausdrückte, war ihm keine List zu viel, keine Mühe zu groß. Napoleon hätte nicht größere Sorgfalt auf die Eroberung von Austerlitz verwenden können als Seymour auf die Verführung einer Empfangsdame von Pitney, McCabe, Thornason, Lapointe & Cohen. Er brachte die Lieblingsfarbe der jeweils Auserwählten in Erfahrung, das Parfüm, das sie bevorzugte, und ob ihr Rosen besser gefielen als Orchideen. Las sie – und einige taten das durchaus –, trat er mit einem persönlich signierten Buch des von ihr am tiefsten verehrten Autors an. Falls nötig, ergatterte er Logenplätze für das Eishockeyspiel, wenn Boston gegen Montreal kämpfte. Um einer Dozentin für Politologie an der Concordia University zu imponieren, hatte er einen Schnellkurs über Kate Millett belegt, und um die Gunst einer Stenotypistin des kanadischen Jewish Congress zu erwerben, hatte er sich in gestreifte Knastuniform geworfen und war vor dem sowjetischen Konsulat auf und ab marschiert, um gegen die Behandlung seiner Brüder in Russland zu protestieren.

»Aber Seymour!« hatte Joshua entsetzt gefragt. »Was soll denn dieser alberne Aufzug?«

»Du siehst vor dir einen Mann«, erwiderte Seymour, »der mit einem Mädchen vom Jewish Congress demnächst einen Spezialkongress abhalten wird.«

Mit Geschenken für seine Mädchen war er immer äußerst großzügig. Ringe von Lucas, Ketten von Ogilvy, Uhren von Birks. Die Verkäuferin der Wäscheabteilung von Holt Renfrew durchlitt jede neu gestellte Falle mit ihm, half ihm bei der Qual der Wahl, wenn er versuchte, das wirksamste Schmiermittel zu finden. Das, was den Honig üppig zum Fließen brachte. W. H. Auden hätte mit Sicherheit nicht gründlicher über das treffendste Adverb nachdenken können als Seymour über die Wahl des richtigen Spitzenhöschens.

Und nun wollten Joshua und die Boys ihn reinlegen.

Als Joshua die Privatanzeigen in der *New York Review of Books* durchblätterte, stutzte er plötzlich, und dann begann er laut zu lachen. Er las:

ATTRAKTIVER MONTREALER, KOSMOPOLIT, MÄNNLICH.
Anfang vierzig, erfolgreich, gebildet, abenteuerlustig, sucht schlanke, zärtliche Freundin Mitte dreißig für sinnesfrohe Stunden.
»Das Grab ist ein schöner, stiller Ort, doch niemand pflegt der Liebe dort.«

Bin häufig in New York City und Umgebung und
in Boston.
NYR Box 142116.

Seymour, hatte er gedacht, o Seymour, du schamloses Ferkel! Unter der einfallsreichen Mitwirkung von Bobby und Max, beflügelt von einer Flasche Chivas Regal, setzte Joshua sich hin, um eine Antwort auf die Anzeige zu entwerfen, zurückhaltend, jedoch auch aufreizend, ungeahnte, niemals näher bezeichnete Freuden andeutend, doch höflich um einen Brief, um konkretere Informationen bittend, bevor einem Treffen zugestimmt werden könne. Letzteres nur für den Fall, dass die Anzeige nicht von Seymour stammte. Darüber hätten sie sich allerdings keine Sorgen zu machen brauchen. Seymours geile Antwort kam postwendend, und abermals hielten sie Kriegsrat. Diesmal im King's Arms, wo sie eine bezaubernde Fernsehschauspielerin aus Joshuas Bekanntenkreis ins Vertrauen zogen und eine entsprechend wollüstige, doch taktvolle Antwort formulierten, ein erstes probeweises Treffen ohne Verpflichtungen für beide Partner bei einem Dämmerschoppen in der Maritime Bar des Ritz vorschlugen.

Seymour erschien, geschniegelt, gebügelt und parfümiert, zur festgesetzten Stunde. Als er Joshua an der Bar hocken sah, stand schon ein silberner Sektkühler mit einer Flasche Mumm neben ihm. Mit wehem Lächeln winkte er ihm zu.

»Hallo, Seymour! Darf ich mich zu dir setzen?«

»Ehrlich gesagt, nein.«

»Ach was, mach keine Witze.« Und schon saß Joshua bei ihm am Tisch.

»Weg mit dir, hopp, hopp!« sagte Seymour ungehalten. »Ich erwarte jemanden.«

»Wen denn?«

»Wen?« Seymour warf ihm einen verwirrten Blick zu. »Wen, weiß ich nicht.« Dabei begann er in einem plötzlichen Ausbruch gutmütigen Humors über sich selbst zu lachen und erklärte Joshua, er habe sich mit einer Unbekannten verabredet. »Jawohl, und das in meinem Alter. Na und?«

»Ich habe nichts gesagt. Aber wenn das so ist …«

»Warte!« sagte Seymour rasch, als Joshua sich erheben wollte. »Sei nicht so empfindlich. Bleib sitzen.«

»Entscheide dich.«

»Wahrscheinlich ist sie grauenvoll. Eine von den ganz Verrückten. Bleib doch bitte bei mir sitzen, bis ich … Sie weiß ja auch nicht, wer ich bin. Das Ganze ist zu kompliziert, um es zu erklären. Okay, ich sag's dir. Sie gehört zu den Typen, die in der Zeitung annoncieren, in welcher, ist ja unwichtig. Und da hab ich's eben mal riskiert. Ich habe geantwortet. Okay, okay, ich bin ein schrecklicher Mensch.«

»Was hast du denn da?« erkundigte sich Joshua, auf eine Tasche deutend, die neben Seymour auf dem Fußboden stand.

»Was ich da habe? Eine Tasche, du Idiot!«

»Und was ist da drin?«

»Verpiss dich, hörst du? Ich zahle deinen Drink.«

Joshua wollte abermals aufstehen.

»Verdammt noch mal, setz dich!«

»Was ist in der Tasche?«

»Meine Ausrüstung. Bist du jetzt zufrieden?«

»Deine – *was*?«

»Es ist eine komplizierte Welt, in der wir leben. Die Dinge sind nicht mehr so, wie sie mal waren. Deswegen muss ich auf alles vorbereitet sein. Woher soll ich wissen, was die Dame bevorzugt – eine Frau, die annonciert? Ein bisschen S und M. Vielleicht nicht Champagner, sondern einen Joint. Oder eine Prise Koks. Oder einen speziellen Massagestab. Was weiß man denn? Verdammt noch mal, und nun lass mich endlich allein!«

»Ich gehe ja schon.«

»Du kannst ruhig sitzen bleiben.« Seymour zuckte jedes Mal zusammen, wenn die Tür aufging. »Aber wenn ich dich plötzlich bitte zu gehen, bist du ein Gentleman, ja? Hast ein bisschen Verständnis für mich. O Mann, Scheiße! Nein, das ist doch einfach lächerlich.«

Zur Tür hereingestürmt kam Bobby Gross' Frau Barbara, die nicht so richtig in ihre Intrige eingeweiht war, mit der voluminösen, drallen Molly Kaplan im Kielwasser.

»O Molly, sieh doch mal, wer da ist!«

»Ooooh!« quietschte Molly.

Beide waren mit Paketen von Holt und Ogilvy beladen. Molly hatte eine Laufmasche im Strumpf. An ihrem Oberlippenbärtchen klebte ein bisschen Sahne von einem Schokoladen-Eclair. An ihrem Ledermantel fehlte ein Knopf. Mit dröhnender Stimme erklärte sie ihnen, sie seien einkaufen gewesen, und Barbara habe vorgeschlagen, vor der Heimfahrt noch auf einen Drink ins Ritz zu gehen. Warum eigentlich nicht, habe sie sich gedacht, ausnahmsweise.

»Oh, sieh mal!« rief Molly, die pummelige Hand an der gepuderten Wange. »Champagner!« Ihr Lächeln erlosch, und ihre unerbittlichen Augen wurden hart. »*Warum Champagner, Seymour?*«

»Frag ihn. Er hat ihn bestellt.«

Molly wandte sich an Joshua.

»Ich habe heute einen dicken Scheck bekommen«, erklärte Joshua. »Ganz unerwartet. Wir werden den Kellner einfach bitten, uns noch zwei Gläser zu bringen. Am besten öffnen wir sie jetzt gleich.«

»Wie liebenswürdig von ihm!« Seymour winkte dem Kellner.

»Champagner«, kicherte Molly.

Während sie noch verlegen plauderten und Molly sich nach Pauline erkundigte, sah Seymour mit ausdrucksloser Miene die Schauspielerin die eichengetäfelte Bar betreten. Joshua glaubte nicht an Levitation, doch er hätte schwören können, dass es Seymour ganz kurz aus dem Sessel hob, bevor er schäumend, plötzlich um Jahre gealtert, in sich zusammensank.

»Wisst ihr was?« sagte Molly gerade. »Ich werde euch mal was über Champagner erzählen. Im Ernst. Gestern hat mir eine von den Schwestern gesagt, dass er so gut für den Darm sein soll.«

Seymours gemurmelte Antwort blieb unverständlich.

»Er hat immer ziemlich große Schwierigkeiten, mein Seymour. Ich kann predigen, so viel ich will, er isst einfach nicht genug Ballaststoffe. Also muss er was nehmen, was die Verdauung fördert.«

»Schäm dich, Seymour!«

»Ich weiß nicht, ob es dich interessiert, Josh, aber unsere Haltung beim Darmentleeren ist unnatürlich. Hinhocken sollten wir uns, das ist natürlich.«

»Lüpf doch schnell mal deinen Rock und mach's uns vor«, warf Seymour ein.

»Quakquakquak«, machte sie. »Josh findet dieses Thema nicht langweilig.«

Die Schauspielerin war Anfang dreißig; sie hatte langes, glänzend-schwarzes Haar und auffallend schöne Beine. Sie trug einen grünen Wildledermantel, offen, eine rehfarbene Bluse und einen passenden Wildlederrock. Auf ihrem schwarzen Haar thronte eine riesige Schildpattbrille. Jetzt senkte sie die Brille vor ihre schönen, grünen Augen, ließ den Blick durch die Bar wandern, zuckte die Achseln und schritt dann, eine Duftwolke hinter sich herziehend, an ihrem Tisch vorbei an die Bar. Auf dem Hocker schlug sie unter dem Rascheln zarter Dessous die Beine übereinander. In Seymour drohte, wie Joshua spürte, ein Vulkan auszubrechen, der sie alle verschlingen würde. Seymours Herz klopfte. Seine Lippen waren trocken. Mit dem Stiel seines Champagnerglases spielend, überhörte er Mollys atemloses Geplapper und sah Joshua mit seinen melancholischen Augen flehend an. Der Scherz, erdacht in Weinlaune, von Bobby und Max unterstützt, begann seinen Reiz zu verlieren. Es könnte schlimm ausgehen, dachte Joshua.

Molly plapperte zwanghaft von ihrer Arbeit im Krankenhaus, doch niemand wollte ihr so recht zuhören.

Die Mädchen, die Joshua aus der Highschool kannte und

die in den Sommerferien zumeist als Camphelferinnen in den Laurentians gearbeitet hatten, waren schließlich wie ihre Mütter geworden, jedoch mit einem entscheidenden Unterschied. Sie waren nicht mehr ausschließlich Hausfrauen, die ihr soziales Gewissen durch den Verkauf von Tombolalosen beruhigten und sich höchstens mal aus der Zurückgezogenheit hervorwagten, um einen Basar für die Synagoge zu organisieren. Diese Töchter hatten etwas gelernt und übten alle einen Beruf aus. Eine hatte sich in einer umgebauten Garage eine Kerzenboutique eingerichtet, die sie »Galleria Shalom« nannte, eine andere führte eine Buchhandlung, in der es nur Canadiana gab. Izzy Singers Frau bildhauerte. Pearl war Sprecherin für geistig behinderte Kinder. Max' Frau arbeitete für eine gemeinnützige Eskimo-Cooperative. Hetty gab im »Y« Unterricht in Transzendentaler Meditation. Und Molly gehörte zur karitativen Pflegegruppe. Sterbetherapie.

Die gewaltige Molly, Geißel des Jewish General Hospital, marschierte durch die Korridore, stöberte die Todkranken in ihren geheimsten Verstecken auf und schreckte sie mit ihrem liebevollen Lächeln. Sie war dort, um ihnen die gefasste Hinnahme des unmittelbar bevorstehenden Hinübergehens ihres sterblichen Körpers zu erleichtern. Selbstlos all jene zu trösten, deren irdische Freuden sehr bald enden sollten, sie auf den großen Schlaf vorzubereiten, der ihr kleines Leben beschließen würde. »Es ist rührend, wisst ihr, aber wovor sie sich am meisten fürchten, das ist der Verlust ihrer Identität.« Die Sterbehilfe sei, wie sie erklärte, eine undankbare Aufgabe, jedoch eine unglaublich bewegende Erfahrung. Bereichernd. Und hatte, wie Seymour unter Lachtränen gern hinzufügte, wenn er die Story immer wieder erzählte, für Molly allerdings sehr schlimm begonnen.

Mit Lazar Bercovitch, als Molly noch ein Sterbehilfe-Greenhorn gewesen war.

Mit strahlendem Lächeln betrat Molly Lazar Bercovitchs Einzelzimmer, nannte ihn liebevoll-neckisch *séide.* Setzte sich auf sein Bett, das unter ihrem Gewicht nachgab, hielt seine leberfleckige Hand, erzählte ihm zweideutige Witze. Sie flirtete. Sie kitzelte ihn. Und erst als das Herz des alten Kürschners geschmolzen war und es ihm, sabbernd vor Lachen, endlich gelang, mit schwacher Hand diese kuscheligen Brüste zu kneten, die nachgaben wie ungebackener Kuchenteig; erst als er sich fragte, welchem gütigen Schicksal er den Besuch dieser fröhlichen, dicken Dame verdankte, streichelte sie ihm den weißen Kopf und sagte: »Lazar, Sie sind doch ein Mann, der sich nichts vormacht.«

Jetzt packte er, voll Staunen über die unerwartete Gabe dieses willfährigen Fleisches, ihre Schenkel und sagte: »Gewiss.«

»Lazar, es ist nicht das, was Sie denken«, turtelte sie, indem sie seinen Kopf an ihren wogenden Busen zog. »Lazar, es ist Leberkrebs.«

Voll Angst, ersticken zu müssen, strampelte der Alte mit den knochigen Beinen und protestierte: »Ich bin wegen der Prostata hier. Was sagst du da, du dreckige Hure?«

Die Augen voll Tränen des Mitleids, seinen schlohweißen Kopf fest in den fülligen Armen, erklärte Molly ihm voller Zuneigung, kein Mensch werde von so viel Liebe umgeben heimgehen wie er, Lazar. Der Körper gehe zwar unwiderruflich dahin, der Geist jedoch bleibe bestehen. Lazar werde in den Herzen seiner Angehörigen fortleben. Die Kinder würden am Pessachtisch liebevolle Geschichten von ihm erzählen. Und auch die Enkel. Die Kinder seiner Kinder.

»Du verrückte Ziege! Steine soll dein Bauch gebären! Ich komme Freitag nach Hause.«

Molly flehte ihn an, gemeinsam mit seiner Familie der Wahrheit ins Auge zu sehen. Lazar riss sich, um sich schlagend, von ihr los und traf sie mit einer wohlgezielten Ladung Speichel mitten auf die Stirn. »Hilfe!« rief er. »Hilfe! Hilfe!«

Krankenschwestern, einen Tadel auf den Lippen, kamen im Laufschritt herbeigeeilt. Auf dem Fuß gefolgt von einem erzürnten Arzt. Sie stürmten ins Zimmer, wo der Alte tobend vor

Wut die schluchzende Molly mit Orangen und Pfirsichen aus der Obstschale auf seinem Nachttisch bombardierte.

»Mrs. Kaplan, was haben Sie hier zu suchen?«

»Hure! Fotze! Schafft sie raus!«

Der Arzt zog Molly beiseite. »Bernstein«, stöhnte er und hielt sich den Kopf. »Bernstein, nicht Bercovitch.«

»Lügner! Ihr habt mir gesagt, es ist die Prostata.«

»Ich schwöre Ihnen, es ist wirklich nichts Schlimmeres, Mr. Bercovitch. Sie werden Freitag nach Hause entlassen.«

»Den Teufel werd' ich! Ich will eine zweite Diagnose. Ich will, dass mein Sohn kommt. Ich will, dass mein Anwalt kommt.«

Molly unterlief nie wieder ein solcher Fehler, doch wenn sie, Tröstung offerierend, die Korridore des Jewish General Hospital heimsuchte, flitzten alte Frauen, die sonst kaum noch schlurfen konnten, bei ihrem Anblick – von einem plötzlichen Energieausbruch getrieben – blitzschnell durch die nächstbeste Tür. Ausgemergelte, hohläugige Männer warfen Salz über ihre Schultern. Wenn Molly, Liste in der Hand, das große Herz vor Liebe pochend, die Gänge entlangmarschierte, begannen die Patienten unter der Bettdecke zu zittern und atmeten erst wieder auf, wenn sie, ein unerwünschter Todesengel, an ihrer Tür vorbeigestampft war.

Aschgrau im Gesicht, erhob sich Seymour vom Tisch.

»Ist dir nicht gut, Liebling?«

»Reg dich nicht auf. Ich muss nur aufs Klo.«

Das Gespräch ging ein wenig schleppend weiter – die Kinder, Urlaubspläne, Margaret Trudeaus Eskapaden –, als das Telefon an der Wand, unmittelbar rechts von der Bar, klingelte. Der Barkeeper nahm ab, nickte und flüsterte dann der Fernsehschauspielerin etwas zu, die Joshua mit einem kleinen, bedeutungsvollen Lächeln bedachte, bevor sie ihre Gauloise im Aschenbecher ablegte und sich erhob, um den Anruf entgegenzunehmen.

»Wir langweilen dich«, wandte sich Barbara hilfesuchend an Joshua.

»O nein, überhaupt nicht!« Damit stürzte er sich mit gespieltem Eifer von Neuem in die träge Konversation, während er heimlich beobachtete, wie das junge Mädchen am Telefon lächelte, nickte, unvermittelt anfing zu kichern, die Stirn krauste, protestierte, abermals nickte und schließlich auflegte. Mit bekümmerter, nachdenklicher Miene bezahlte sie ihren Kir, den sie nur halb getrunken auf der Bartheke stehen ließ, und ging hinaus, ohne Joshua im Vorbeigehen zu begrüßen. Erleichtert wandte er seine Aufmerksamkeit wieder den Damen zu, und kurz darauf kehrte auch Seymour an ihren Tisch zurück.

Barbara warf einen Blick auf die Uhr; sie müsse Lenore vom Ballett abholen, verkündete sie.

»Hast du den Wagen dabei?« erkundigte sich Seymour ganz nebenbei.

»Ja«, antwortete Molly und griff sofort nach ihrer Handtasche. Der Verschluss war kaputt. Der prall gefüllte Samtbeutel wurde von einem Gummiband zusammengehalten. Eine Roberta. Hatte ihn 450 Dollar gekostet. Allmächtiger!

»Ich muss mit meinem Freund hier noch ein paar Dinge besprechen. Du könntest doch Barbara inzwischen nach Hause fahren, nicht wahr? Es dauert bestimmt nicht lange.«

Mit finsterem Blick wartete Seymour, bis die Damen ihre Pakete eingesammelt hatten und hinausgingen; dann sagte er: »Das hätte ich nicht von dir gedacht, dass du so kindisch sein könntest.«

»Entschuldige, Seymour.«

»Da hat bestimmt auch Max seine Finger drin gehabt, dieser impotente Hornochse, und natürlich Bobby. Aber Bobby hasst mich.«

»Was sagst du da? Er ist seit vielen Jahren dein Freund.«

»Bobby verabscheut mich.«

»Wieso?«

»Weil ich gewisse Dinge von ihm weiß.«

»Zum Beispiel?«

Doch das wollte Seymour nicht sagen.

»Na komm!«

»Er geht zum Hemdenausverkauf bei Eaton. Er liest Buchzusammenfassungen. Jedenfalls, von den beiden überrascht mich das nicht. Aber von dir hätte ich das nicht erwartet.«

»Also komm! Es war ein Scherz.«

»Schöner Scherz«, entgegnete Seymour trocken. »Ha, ha, ha. Du hast meine unschuldige Frau in diesen Dummejungenstreich reingezogen, und das ist unverzeihlich.«

»Sie war völlig ahnungslos.«

»Ich gebe zu, dass ich gewisse Schwächen habe, menschliche Schwächen, doch meine Frau und meine Kinder halte ich stets säuberlich aus meinen Seitensprüngen heraus. Meinen absolut freudlosen Seitensprüngen. Für mich kommen Frau und Kinder an erster Stelle.« Er beugte sich zu Joshua hinüber und fügte hinzu: »Weißt du, wie oft ich alte Freunde vor den Kopf stoßen musste, um dich und den Mist, den du verzapfst, zu verteidigen?«

»Ich interessiere mich nicht für die Ansichten deiner beschränkten Freunde.«

»Du bist ein kindischer, rücksichtsloser, überheblicher, versnobter Scheißkerl. Ich wünsche dir, dass du den Schreibkrampf kriegst.«

Damit schob Seymour seinen Stuhl zurück und stapfte zur Bar hinaus. Verdutzt bestellte sich Joshua einen doppelten Scotch, und erst nachdem er den Kellner gerufen hatte, um zu bezahlen, merkte er, dass ihm auch noch die Flasche Mumm auf die Rechnung gesetzt worden war.

Das Ritz-Carlton hatte zwei Bars. Die Maritime im Souterrain, die Joshua wegen ihrer relativen Intimität bevorzugte, und das weitaus belebtere Café de Paris im Erdgeschoss. Verlegen, reumütig stieg Joshua die Treppe zum Erdgeschoss empor und machte am Zeitungsstand halt, um sich ein paar Zeitschriften zu besorgen. Als er am Eingang zum Café de Paris vorbeikam, fiel sein Blick flüchtig auf Seymour, der an einem Ecktischchen dicht neben der Fernsehschauspielerin saß und einschmeichelnd, eindringlich auf sie einredete.

Seymour, Seymour.

Wahrscheinlich erzählte er ihr, er habe sie einmal auf der Bühne des Centaur Theatre gesehen, jedoch nicht im Traum zu hoffen gewagt, er werde eines Tages das Glück haben, sie kennenzulernen. Außerdem habe er sie im CBC-TV als Mascha erlebt, und obwohl er die »Drei Schwestern« im West End und am Broadway gesehen habe, kenne er keine Schauspielerin, die dieser Rolle eine solche seelische Reinheit verliehen habe. Ein solch verinnerlichtes Glühen. Während er unter dem Tisch wie zufällig ihr Bein streifte, würde er einfließen lassen, er habe Freunde, die Abschreibungsgelder in Filme steckten, die müsse sie unbedingt kennenlernen, und dann würden sie zum Dinner ins Troika gehen, und anschließend in ihre Wohnung im Cartier, wo er sie nicht nur als begabt und intelligent bezeichnen würde, sondern darüber hinaus als wunderschön, wirklich einfach wunderschön. Hier einen Reißverschluss, dort einen Haken öffnend, leckend, saugend, würde er ihr erklären, wäre sie nicht in Kanada geboren, sondern in New York, wäre sie jetzt zweifellos ein international bekannter Star. Dann würde er seine Tasche öffnen und sie auffordern, sein erstes Geschenk anzulegen. Die Einleitung. Ein kalorienarmes Zuckerhöschen mit Pfefferminzgeschmack. Nachdem er es ihr vom Körper genascht hatte, würde er sich plötzlich entschuldigen, aufs Klo stürzen und seine Erektion mit Long John besprühen. Wegen der größeren Haltbarkeit. Dann würde er strahlend wiederkommen und sie, die Hand auf der Ledertasche, fragen, was sie denn bevorzuge. Nur keine Scheu.

10 Verdammt noch mal. Von seiner Basis Ibiza aus war er nach Spanien gekommen, um Schlachtfelder zu besich-

tigen, Überlebende zu interviewen und so viel wie möglich über den Spanischen Bürgerkrieg in Erfahrung zu bringen. Stattdessen entdeckte er, dass er ein Jude war. Eine Tatsache, auf die ihn jeder hätte hinweisen können. Als er, über diese Lage der Dinge nachdenkend, eines Nachmittags in den ockerfarbenen Hügeln hinter San Antonio umherwanderte, stieß Joshua plötzlich auf eine Lichtung, auf der ein Lagerfeuer gloste. Neugierig trat er näher.

»Keine Bewegung! Hände so, dass ich sie sehen kann.«

Joshua erstarrte.

»Und jetzt umdrehen. Ganz langsam.«

Als Joshua herumfuhr, stand er vor Dr. Dr. Mueller, der, betrunken und mit roten Augen, eine Winchester auf seine Brust richtete. Mueller war grau und unrasiert; er trug eine Lederjacke mit langen Fransen, Jeans, Chaps, ziselierte Lederstiefel und Sporen.

»Es ist sehr unvorsichtig von Ihnen, sich in dieser Gegend an das Lagerfeuer eines Fremden heranzuschleichen.«

»Ich habe mich nicht herangeschlichen.«

»Ich hätte ein Feind sein können«. Er ließ das Gewehr sinken. »Ein Cheyenne Dog Soldier.«

An einem Dreifuß hing ein angekohlter Topf über dem Feuer.

»Möchten Sie Gulaschsuppe?« fragte er.

»Ja, gern. Sehr freundlich von Ihnen.«

Dr. Dr. Mueller griff nach einem Krug, legte ihn sich gekonnt auf den angewinkelten Arm, trank und reichte ihn dann Joshua. »Zum Runterspülen.«

Joshua nutzte Muellers Trunkenheit und fragte ihn: »Was haben Sie während des Krieges gemacht?«

»Ich habe gekämpft.«

»Wo?«

»In den Bergen und auf den Ebenen. Wo immer wir sie fanden. Und Sie?«

»Ich war zu jung, erinnern Sie sich nicht?«

Hin und her schwankend, entgegnete Dr. Dr. Mueller: »Ich fühle mit Ihrem Volk.«

»O ja, natürlich. Und Sie haben vielen von uns zur Flucht verholfen.«

Bekümmert wies Dr. Dr. Mueller ihn auf Tohopeka, Sharp Knife's Soldaten hin, die den Toten lange Hautstreifen abzogen, um sie zu trocknen und zu Gürteln zu verarbeiten. »Ich erinnere mich an die Zeit, als ihr noch viele wart«, sagte er, »und euch das Land von Sonnenaufgang bis Sonnenuntergang gehörte.«

»Den Teufel tun Sie.«

»Ich kannte dieses Land, als eure Lagerfeuer des Nachts wie die Sterne des herabgestürzten Himmels leuchteten.«

»Wie bitte?«

Unvermittelt jedoch schlug Dr. Dr. Muellers Stimmung um. Mit Augen, die vor Tücke funkelten, beugte er sich über ein flaches Felsstück und stützte den Arm zum Drücken auf den Ellbogen. »Kommen Sie. Versuchen Sie, ob Sie mich besiegen können.«

»Kein Interesse.«

»Natürlich nicht.«

Am nächsten Abend stand Dr. Dr. Mueller sauber rasiert, in seinem weißen Leinenanzug, die Zigarettenspitze aus Elfenbein zwischen den Zähnen, an Don Pedros Bar. »Sind Sie ein Mann oder eine Maus?« rief er Joshua zu, als dieser eintrat, und wieder begannen sie zu würfeln.

Und wieder einmal fragte ihn Joshua: »Was genau haben Sie im Krieg gemacht?«

»Ich habe gekämpft.«

»Wo?«

»Überall, wohin man mich schickte.«

»Aber für Juden haben Sie nichts übrig?«

»Ich habe für keinen etwas übrig, der auch nur eine Andeutung von einem Feigling hat«, antwortete er und begann sich lauthals über die spanische Küche zu beschweren, behauptete, sie sei nicht mit der französischen zu vergleichen. Er sprach fließend Französisch.

»Das verstehe ich eigentlich nicht«, sagte Joshua. »Warum haben Sie sich hier eine Villa gekauft, statt an der Côte d'Azur?«

»Weil ich in Frankreich gesucht werde.«

»Weswegen?« Joshuas Herz begann wild zu klopfen.

»Wissen Sie, Hitler war nicht sehr beeindruckt von den Geheimdienstberichten über die kanadischen Angriffstruppen, die bei Dieppe gefangen genommen worden waren. Einer Ihrer Soldaten hatte noch nie etwas von Roosevelt gehört, ein anderer antwortete, als man ihn fragte, ob er Deutsche kenne: ›Na klar, General Rommel und Lili Marleen.‹«

Um Joshuas Argumenten über Naziverbrechen auszuweichen, hielt er ihm gern die Belagerung von Alcazar vor. Den grausamen Mord der Republikaner an Coronel Moscardós Sohn. Woraufhin Joshua zu entgegnen pflegte: »Aber der hatte wenigstens einen Namen – statt einer Nummer.«

Der kürzeste Weg zu Dr. Dr. Muellers Villa in einer beneidenswert lieblichen, abgeschlossenen Bucht zwei Meilen hinter San Antonio zweigte nach einer Meile von der Landstraße ab, verlief quer durch einen wespenverseuchten Olivenhain und führte dann eine zerklüftete Bergflanke empor, die sich schließlich zu einer sonnengebleichten, guanobedeckten Felsplatte abflachte, von der aus man sein Anwesen überblicken konnte. Immer wieder legte Joshua diesen Weg zurück, um eine Anhöhe mit freiem Blick auf die Kaserne und das Ausbildungsgelände herum. Gleich darauf konnte er, hinter einen Felsblock geduckt, ein bunt bemaltes, im Sand verankertes Tipi und, neben dem Zelt aufgepflockt, einen schönen, braunen Hengst erkennen. Er beobachtete Dr. Dr. Mueller beim Lunch, beim Baden und bei der Arbeit an seinem Manuskript im Schatten eines Zitronenbaums – erfüllt von Abscheu für diesen Mann, jedoch ganz und gar unfähig, zu handeln.

Dann sah Joshua ihn eines Tages in Chaps und Sporen,

sechsschüssige Revolver in beiden Händen, aus der Villa herauskommen. Gemessen schritt Dr. Dr. Mueller ans Wasser hinab – erstarrte – wirbelte herum – zog – und feuerte auf eine Reihe leerer Johnny-Walker-Flaschen, die auf einem Tisch aufgebaut waren. Kichernd schob er die Revolver in ihre Halfter zurück, zerrte einen Beutel aus seiner Brusttasche und rollte sich eine Zigarette. Er rief etwas auf Deutsch, einen Protest, dann zog er sich, abermals beide Revolver ziehend, ins Haus zurück. Joshua wartete. Ungefähr eine halbe Stunde später kam Dr. Dr. Mueller zum zweiten Mal zum Vorschein: diesmal tänzelnd und sich wiegend, eine Imitation von Marlene Dietrich in »Destry Rides Again«, durch die Fenstertüren auf die Terrasse. Er trug eine blonde Perücke, Rouge, Lippenstift, einen falschen Busen unter einem eng geschnürten, schwarzen Korsett, glatte schwarze Strümpfe, leuchtend rote Strumpfbänder und hochhackige Schuhe. Unsichtbare, vorwitzige Hände von seinem Busen schlagend, bewegte er sich schmollend zu seiner Schreibmaschine hinüber und begann eifrig draufloszuhämmern, hielt nur hin und wieder inne, um sich mit einem schwarzen Spitzentüchlein die Augen zu tupfen.

Am nächsten Abend schwadronierte er wieder bei Don Pedro und drängte Joshua die Würfel auf. »Mann oder Maus?«

Juanito war es zu verdanken, dass Joshua sich die Geschichte des Bürgerkriegs auf Ibiza in groben Umrissen zusammenreimen konnte.

Die Insel fiel 1936 nach einem erfolgreichen Aufstand der Guardia Civil an die Nationalisten. Im August 1937 jedoch traf auf Ibiza ein Expeditionskorps aus Valencia unter dem Luftwaffenhauptmann Alberto Bayo ein – in vier Truppentransportern, zwei Zerstörern, einem U-Boot und sechs Flugzeugen. Der kommunistische Dichter Rafael Alberti wurde aus dem Gefängnis befreit. Die Fischer erhoben sich gegen die fünfzig Mann der Garnison, und die Insel befand sich wieder in den Händen der Republikaner – jedoch nicht lange. Bayo, der mit zweitausendfünfhundert Mann nach Mallorca weiterzog, traf auf den Widerstand italienischer Schwarzhemden, und im September gelang es einer nationalistischen Gegenoffensive, unterstützt von italienischen Luftstreitkräften, Bayos Expeditionskorps auszuheben. Bei einem Luftangriff töteten die Nationalisten fünfundfünfzig Ibizencos. Als Vergeltungsmaßnahme erschossen die Anarchisten vor ihrem Rückzug auf die Halbinsel zweihundertdreiundneunzig Gefangene. Deshalb erschossen die Rebellen, als sie schließlich zurückkehrten, als Vergeltung für die Vergeltung noch einmal vierhundert Ibizencos, darunter Juanitos Onkel.

Im Jahre 1938 gab es dann weiteres Blutvergießen.

An einem Maiabend, als das Schlachtschiff *Deutschland* vor Ibiza vor Anker lag, kamen zwei republikanische Flugzeuge aus der Sonne und warfen zwei Bomben auf das Schiff. Die eine traf die Seite des Decks, der angerichtete Schaden war kaum erwähnenswert. Die andere jedoch schlug durch bis in die Mannschaftsmesse, tötete dreiundzwanzig und verwundete fünfundsiebzig Mann. Deutschland war zu jener Zeit natürlich »neutral«; die *Deutschland* befand sich auf einer Patrouillenfahrt. Das republikanische Verteidigungsministerium erklärte eilig, das Schlachtschiff habe als Erstes auf die Flugzeuge geschossen, aber das war gelogen. Um die Lage noch zu verschlimmern, waren die republikanischen Maschinen von Russen geflogen worden. Berichten zufolge war Hitler so wütend, dass Außenminister von Neurath ganze sechs Stunden brauchte, um ihn zu beruhigen. Innerhalb einer Woche nahm das Reich Rache. Fünf Schiffe, darunter der Westentaschenkreuzer *Admiral Scheer*, feuerten bei Morgengrauen fünfhundert Schüsse auf Almería ab, zerstörten fünfunddreißig Gebäude und töteten neunzehn Personen.

Vor Jahresende formulierte eine Gruppe spanischer Exilpriester in Liège ein Gebet an La Virgen del Pilar, die Mutter Gottes auf der Säule, in Saragossa:

> Zu Dir, o Maria, Friedenskönigin, flehen wir, die
> getreuen Söhne Deines geliebten Spanien, nunmehr
> erniedrigt, geschändet, beschmutzt von verbrecherischem
> Bolschewismus, verderbt durch jüdischen Marxismus
> und verhöhnt von rasendem Kommunismus. Wir bitten
> Dich mit Tränen in den Augen, gib uns Deine
> Hilfe, gewähre den ruhmreichen Armeen des Befreiers
> und Wiedereroberers Spaniens, des neuen Lelayo,
> des Caudillo den Endsieg! *Viva el Rey Jesucristo*!

Bei Spaziergängen am Hafen zeigte ihm Juanito Löcher in den Häuserfassaden, die von dem Abend stammten, an dem die *Deutschland* bombardiert worden war. Von der Höhe der Altstadt aus zeigte er ihm auf dem Meer die Stelle, wo im Zweiten Weltkrieg Tanker unter spanischer Flagge deutsche U-Boote betankt hatten.

Eines Tages nahm Joshua ein Messer mit und vergrub es dicht neben dem Felsen oberhalb von Muellers Villa. Dann jedoch beschloss er, bestürzt über sein Verhalten – wohin würde das noch führen? –, Ibiza zu verlassen. Eines Morgens, beim Frühstück auf der Terrasse der Casa del Sol, nahm er sich vor, am folgenden Mittwoch mit der *Jaime II* nach Valencia überzusetzen.

Dank Muellers Protektion hatte das neue Hotel recht schnell Furore gemacht und das Café Formentor als allgemeinen Treffpunkt abgelöst. Zu den ersten Gästen, die in der Casa del Sol abstiegen, gehörte ein Reisebus mit Amerikanern. Joshua beobachtete, wie sie zum Frühstück auf die Terrasse herauskamen. Dr. Dr. Mueller, der seinen üblichen Platz einnahm, winkte ihm zu. Joshua erwiderte den Gruß nicht, was bei Frau Weiß ein Lächeln auslöste.

Draußen in der Bucht entdeckte Joshua drei Zerstörer, stabile Schatten im Frühnebel, vom Wasser auf und nieder gewiegt. Die amerikanische Sechste Flotte. Gegen Formentera zu schwoite, ebenfalls vor Anker, ein vom Nebel halb verborgener Flugzeugträger. Ein amerikanischer Tourist kam heraus, setzte sich an einen freien Tisch zwischen Joshua, Mueller und Frau Weiß und bat die Kellnerin auf Englisch um zwei Spiegeleier, Toast, Marmelade und Kaffee. »Und ausnahmsweise«, ergänzte er, »einmal ohne Olivenöl, ja, Schätzchen?« Dann lehnte er sich bequem zurück. Ein Besitzender. Er deutete auf die Schiffe draußen und zwinkerte Mueller zu. »Unsere«, erklärte er.

Freibergs Schwager Max, eine Art Schmuggler und Geldwechsler, der erst am Tag zuvor eingetroffen war, kam durch den Perlenvorhang der Hoteltür und watschelte, mit Kameras und Ferngläsern behangen, zum Tischchen des Touristen hinüber. »Guten Morgen«, grüßte er.

»Ich kaufe nichts.«

»Auf diese Kameras«, begann Max sein Verkaufsgespräch, »brauchen Sie keine Steuern zu zahlen. So wie in Amerika.«

Beide Männer trugen Shorts und Sandalen. Der Tourist war groß und sonnengebräunt, stämmig, mit einem freundlichen Lächeln auf dem zerklüfteten Gesicht. Max war klein, bleich und hatte einen ziemlich dicken Bauch.

»He«, forderte der Tourist ihn auf. »Sehen Sie mich mal genau an. Sehe ich aus, als ob ich Steuern bezahle?«

»Bestimmt nicht.«

»Dann tun Sie mir einen großen Gefallen und schwirren Sie ab.«

Max wandte sich nunmehr an Dr. Dr. Mueller, in dem er auch ein Mitglied der Reisegesellschaft vermutete. »Sehen Sie sich doch mal diese Kamera an, Joe. Das sind deutsche.«

»Wenn das deutsche sind«, erwiderte Dr. Dr. Mueller, der Joshua zugrinste, weil er einen amerikanischen Akzent simulierte, »dann ist es das Beste vom Besten. Wie viel?«

»Einhundertfünfzig Dollar.«

Dr. Dr. Mueller lachte. Er schob seine große braune Hand zwischen die Kameras und Ferngläser, die Max von der Schulter baumelten, als greife er einer Frau in die Bluse, und schüttelte sie grob. »Wo haben Sie die gestohlen?« fragte er Max.

»Ja«, mischte sich der Tourist, der sich mit dem Handrücken Eigelb vom Mund wischte, grinsend ein.

Max lachte; er schlug sich auf die Schenkel, dass sein dicker Bauch wackelte: Dann wurde er unvermittelt wieder ernst. Er knallte seine verstümmelte Hand auf die Tischplatte, wie ein Schlachter einen Fisch auf den Hackklotz wirft. Er legte das linke Bein auf einen Stuhl und strich sich mit der kranken Hand über eine große Narbe. »Gestapo«, sagte er.

Frau Weiß spielte Erstaunen, stieß einen verwunderten Pfiff aus.

»Ich gebe Ihnen fünfzig Dollar in bar«, schlug Dr. Dr. Mueller spaßeshalber vor. »Echte, amerikanische Dollar.«

Max schnalzte vorwurfsvoll mit der Zunge. Er putzte die Linsen einer Kamera und stellte sie behutsam vor Dr. Dr. Mueller auf den Tisch. Dann trat er zurück, um sie von allen Seiten zu bewundern. »In New York müssen Sie dafür zweihundert Dollar bezahlen. Denken Sie an die Verkaufssteuer.«

»He!« Dr. Dr. Mueller lächelte. »Sie sind ein gescheiter Bursche. Sie sind kein Spanier.«

Kochend vor Wut sah Joshua, wie Frau Weiß die Hand ausstreckte und Dr. Dr. Mueller anstieß.

»Ich lasse sie Ihnen für einhundert Dollar ohne Futteral. Okay?«

»Was kostet das Fernglas?«

Flink säuberte Max für ihn ein Fernglas. »Auch deutsch«, erläuterte er. »Das Beste vom Besten.«

Frau Weiß hob schnell die Hand an den Mund. Sie kicherte.

»Siebzig Dollar«, sagte Max.

Dr. Dr. Mueller griff nach dem Fernglas und betrachtete stirnrunzelnd die Zerstörer in der Bucht.

»Für Sie«, gab Max nach, »sechzig Dollar.«

»Sie sind kein Spanier«, sagte Mueller.

»Ich bin Spanier.«

»Sie sind Jude«, stellte Mueller fest. »Stimmt's?«

»Mein Gott!« brüllte Joshua unvermittelt und griff in die Tasche. »Ich nehme das verdammte Fernglas. Geben Sie her. Los!«

Max, Frau Weiß, der Tourist, Dr. Dr. Mueller – sie alle drehten sich verblüfft nach ihm um, als Joshua hastig einen Reisescheck über fünfzig Dollar unterschrieb, ein paar Pesetas hinzufügte und Max das Geld gab.

»Die Kamera auch?« fragte Max strahlend.

Frau Weiß klatschte lachend in die Hände. Die Sonne ließ einen Goldzahn aufblitzen.

»Verdammt!« Joshua packte Max am Arm und zog ihn zu Frau Weiß hinüber. Er zeigte auf die Narbe an seinem Bein. »Und jetzt lachen Sie mal über das da, Sie deutsche Fotze, Sie! Los doch!«

Dr. Dr. Mueller erhob sich träge, um zwischen Joshua und Frau Weiß zu treten. »Sie da«, wandte er sich an Max.

»Ja, Sir?«

»Sagen Sie diesem ungehobelten Burschen, wann Sie Deutschland verlassen haben. Die Wahrheit!«

Max zuckte die Achseln.

»Reden Sie!«

»Neunzehn-dreiunddreißig.«

»Gestapo. Da sehen Sie, wie sie lügen, Shapiro. Wie sie übertreiben. Alles nur Propaganda.«

»Im Gegensatz zu Dresden«, warf Frau Weiß ein. »Die sollten sich alle mal Dresden ansehen müssen.«

Joshua packte das Fernglas und warf es in hohem Bogen von der Terrasse. Es zerschellte nicht, wie er es beabsichtigt hatte, an den Felsen, sondern fiel in den weichen Sand. Er ergriff Max bei den schmalen Schultern und schüttelte ihn erregt. »Sie brauchen keine Angst mehr vor ihm zu haben. Er ist nichts als ein Stück Scheiße. *Woher haben Sie diese Narbe?*«

»Lassen Sie mich los! Sie sind ja verrückt.«

Joshua stieß Max von sich. Der stolperte rücklings gegen

Muellers Tisch. Kopfschüttelnd half Dr. Dr. Mueller ihm in einen Sessel. Dann sah er Joshua an und rief die Kellnerin herbei: »Unser Baby hier hat einen Tobsuchtsanfall. Bringen Sie ihm schnell eine Flasche.«

Von Dr. Dr. Muellers Gelächter verfolgt, floh Joshua von der Terrasse. Aber er verließ Ibiza nicht, wie geplant, am folgenden Mittwoch mit der *Jaime II.* Denn am Montag trafen Monique und ihre Mutter ein.

DRITTER TEIL

1

Auf diesem dürren Quadrat, diesem Fragment, vom
heißen Afrika abgetrennt und kunstlos an das erfindungsreiche Europa geschweißt.
Auf diesem Tafelland, von Flüssen durchzogen,
sind die bedrohlichen Formen unseres Fiebers präzise und lebendig.

Für viele aus Joshuas Generation war Spanien vor allem ein Land des Herzens. Ein Land der Fantasie. Zu jung, um dort gekämpft zu haben, zwangsläufig jedoch überzeugt, sie wären hingegangen, hätten sich selbst und dem so wichtigen Mr. Hemingway bewiesen, dass es ihnen nicht an *cojones*, an Mut, fehlte, war es für sie der erste politische Kuss. Nicht so sehr eine politische Idee als ein moralisches Erbe.

Als John Osbornes Jimmy Porter in *Blick zurück im Zorn* beklagte, es gäbe keine guten, sauberen Sachen mehr, für die sich zu kämpfen lohne, brannte Joshua auf seinem Platz im Royal Court vor Begeisterung, nickte ja, ja, aber damals, da gab es Spanien. Den Ebro. Guadalajara. Die Männer der Internationalen Brigaden, die Madrid verteidigten, ausgerüstet mit keiner besseren Generalstabskarte als einer aus dem Baedeker gerissenen Stadtplanseite. André Malraux' Geschwader. Dr. Norman Bethunes Blutgruppe. Arthur Koestler, auf seine Hinrichtung durch ein Exekutionskommando wartend. Christopher Caudwell, der sein Leben einsetzte. George Orwell, der sich in den Schützengräben weigerte, auf einen Faschisten zu schießen, weil er mit bis zu den Knöcheln herabgelassener Hose dahockte, um seinen Darm zu entleeren, und es ihm unrecht vorkam, einen Mann in dieser Stellung umzubringen.

Manchmal übertrifft das Leben die Kunst. Oder, aus einem anderen Blickwinkel gesehen: Als Joshua Osborne das letzte Mal sah, lag dieser, ein Mann, in dem er einst einen Wortführer gesehen hatte, auf einem Foto für die Frauenseite der Londoner *Sunday Times* entspannt ruhend da, verkörperte genau jene Rolle, die Jimmy Porter seiner am Bügelbrett stehenden Frau wutentbrannt vorzulesen pflegte.

VORBILDLICH
Seine Kleidung, ihre Kleidung
Jill Bennett und John Osborne

Der Autor, mit Kinnbart, lehnte bequem in einem eleganten, ultramodernen Sessel. Selbstzufriedenheit ausstrahlend.

> JOHN OSBORNE in einem Kaschmirpullover aus
> der Kollektion, die bei Doug Hayward £ 12,
> und einer schottisch karierten Hose, die
> bei Doug Hayward £ 26 kostet.

Der Begleittext darunter legte John und Jill eine kleine Plauderei in den Mund.

> *Jill (Mrs. Osborne)*: Ich wechsle täglich mein Parfüm. Heute trage ich Calandre von Paco Rabanne. Aber Guerlain No. 90, Calèche und Joy liebe ich ebenfalls wahnsinnig. Und John trägt immer genau dasselbe wie ich. Aftershave rührt er nicht an.
> *John*: Aftershave ist nur für Spießer.

Ach, aber einst, da gab es Spanien. Einst hatten sich die Schriftsteller dem revolutionären Umsturz verschrieben, nicht ihrer abgeschmackten Selbstdarstellung. Statt *Catch 22* gab es *La Condition Humaine*; statt Portnoy – Robert Jordan.

Im London von 1953, kurz nachdem Joshua sich gezwungen sah, aus Ibiza zu fliehen, wurde der Vorsatz, sich an einem Buch über die Männer zu versuchen, die in den Internationalen Brigaden gekämpft hatten, zur fixen Idee. Er begann die Bücherregale der Charing Cross Road nach allem zu durchstöbern, was es über den Spanischen Bürgerkrieg gab. Memoiren, alte Ausgaben des Gollancz Left Book Club, Aufsätze. Er legte eine Liste mit den Namen Freiwilliger aus den Büchern an, die er verschlang, oder aus alten Ausgaben des *New Statesman* und des *Daily Worker.* Literarische Verbindungen hatte er nicht; er arbeitete in einem Vakuum, kratzte mühsam seinen Lebensunterhalt zusammen, indem er drei Nächte pro Woche bei der *Canadian Press* arbeitete und hier und da eine Sendung für die BBC machte. Dann, allmählich, begannen die Dinge Form anzunehmen. Der *Encounter* kaufte einen Artikel, den er über Reisen nach Spanien, dem Besuch der alten Schlachtfelder geschrieben hatte. Einiges verdiente er auch mit einer Buchrezensionskolumne für den *Spectator* hinzu.

In jenen Tagen erwartete man die Rezensionen von jeweils vier Büchern auf einmal, in Anbetracht des Hungerlohns jedoch, der dafür bezahlt wurde, durfte man sich zwölf Bücher mitnehmen – jedes für die Hälfte des Einzelhandelspreises in den Buchhandlungen der Fleet Street. Als Joshua eines Tages das enge, kleine Büro des Literaturredakteurs in der Gower Street betrat, entdeckte er dort eine drahtige Gestalt, die damit beschäftigt war, sämtliche Regale zu plündern, anscheinend ein Literaturveteran, denn er zog flink ein Buch nach dem anderen heraus, nicht etwa auf so banale Dinge achtend wie den Namen des Autors oder des Verlags, sondern einzig auf das wirklich stichhaltige Kriterium des Wiederverkaufspreises. »Ah!« sagte er, einen 21-Shilling-Roman in der Hand. »Großartig.« Als Nächstes wählte er einen dicken Band, ein Prachtstück im Wert von 25 Shilling. »Das hier sieht faszinierend aus.«

»Murdoch, du Mistkerl! Lass mir bitte auch noch was übrig.«

Gemeinsam sprangen sie auf den Bus zur Fleet Street, verhökerten die Bücher, die zu lesen, geschweige denn zu rezensieren sie nicht die geringste Absicht hegten, und nahmen dann Kurs auf das nächste Pub. »Die Kunstbücher, mein Lieber«, zitierte Murdoch einen ehemaligen Rezensenten, Evelyn Waugh, »die sind es, die wir uns unter die schmutzigen Nägel reißen müssen. Von denen bringen manche pro Stück drei Guineas.«

Dann fragte ihn Murdoch nach Ibiza. Zögernd, da seine Wunden noch immer schmerzten, erzählte ihm Joshua einiges von seinen Abenteuern mit Juanito. Monique jedoch erwähnte er nicht. Dafür schämte er sich noch zu sehr. Und dann, von allzu vielen großen Gins getragen, ertappte er sich plötzlich dabei, dass er behauptete, Dr. Dr. Mueller überlistet und schließlich sogar gedemütigt zu haben. Murdoch bat um mehr Details. Joshua improvisierte, servierte ihm noch faustdickere Lügen.

Dabei verschwieg er ihm – konnte es einfach nicht über die Lippen bringen –, dass er den Freibergs geschrieben hatte, einen langen, gewundenen Entschuldigungsbrief, in dem er sich rechtfertigte, so gut es ging, und sich erkundigte, wie es ihnen gehe. Bitte, lass es euch gut gehen. Sein Schreiben blieb unbeantwortet, was ihn, in Anbetracht der Umstände, nicht überraschte.

Mit Murdoch zusammen wurde er Stammgast im Mandrake Club. Hier warteten sie an winterkalten Freitagnachmittagen ungeduldig auf Murdochs Frau, eine Verlagssekretärin, die mit ihrer Lohntüte kommen musste, damit sie die Rechnung der vergangenen Woche bezahlen konnten. Sobald Murdoch volltrunken war, borstig wurde und sie ihn gemeinsam in die Wohnung zurückgebracht hatten, um ihn ins Bett zu stecken, setzten sich Margaret und Joshua in die Küche und tranken weiter. Eines Abends griff er nach ihrem Busen. »Hurra!« rief sie.

Zu jener Zeit wohnten Murdoch und Margaret in Kentish Town, während Joshua ein kleines Apartment in Chelsea hatte.

In den ärmlichen frühen Fünfzigern, lange bevor London als »swinging« bezeichnet wurde, galt Eliot, Anwohner des Cheyne Walk, als Chelseas gefeierter Schürzenjäger, und die einzigen erwähnenswerten Boutiquen an der King's Road waren dunkle übel riechende kleine Löcher voll antiquarischer Bücher. Joshuas bescheidenes Apartment am damals schäbigen Ende der King's Road gestattete ihm die Benutzung von Örtlichkeiten, deren Namen perfekt zu seiner derzeitigen Stimmung passten. Seine Bushaltestelle war die Lot's Road; sein Pub »The World's End«. Verließ er in seinem ausgebeulten, praktischen Tweedanzug das Haus, konnte er, wenn er wollte, Kurs auf das verwahrloste Fulham nehmen, vor den smogverkrusteten Schaufenstern endloser Reihen von baufälligen Trödel- und Altmöbelläden verweilen, in fettige *News of the World* eingewickelten Fisch mit Chips essen. Oder, schlug er die andere Richtung zum Sloane Square ein, an einer Unzahl stinkender angloindischer und chinesischer Restaurants entlangpilgern, an antiquarischen Buchhandlungen, Tabakläden, Friseursalons mit großen, leuchtenden Durex-Reklamen im Fenster und Apotheken, deren verstaubte, verblasste Auslagen für Bruchbänder und Salben warben, die Heilung von juckenden Hämorriden versprachen.

Murdoch, dessen erster Roman sich einer begeisterten Aufnahme erfreut hatte, war schon sowohl berühmt als auch gefürchtet, doch leider noch nicht mit Geld gesegnet. Er musste sein Einkommen noch immer durch Honorare für eine Kritik hier, eine Fernsehkolumne dort und eine Lesung für einen Verleger anderswo ergänzen. Bekümmert über diese Lage, die sogar noch schlimmer war als seine eigene, riet Joshua ihm, sämtliche Lebensmittel, ja sogar alle benötigten Kleidungsstücke ausschließlich bei Harrod's zu bestellen. »Du eröffnest dort ein Kundenkreditkonto. Falls nötig, bittest du deinen Verleger, für dich zu bürgen. Von da an bist du, was einfältige Verkäufer betrifft, kein *yabbo* mehr, sondern ein echter Gentleman. Harrod's verschickt seine Rechnungen vierteljährlich. Erhältst du eine, ignorierst du sie. Bevor du eine höfliche Mahnung bekommst, vergeht ein Monat. Dann kontrollierst du die spezifizierte Rechnung und beanstandest einen Topf Senf hier, eine Dose Sardinen dort. Das stiftet unvorstellbare Verwirrung. Unglückselige kleine Angestellte, mit dem Fahrrad aus dem finstersten Clapham zur Arbeit gekommen, hasten im Untergeschoss von Schreibtisch zu Schreibtisch. Akten werden gewälzt. Bons kontrolliert. Rechnungsbücher doppelt und dreifach überprüft. Monate vergehen, bis jemand tatsächlich auf den abgezeichneten Verkaufszettel stößt, auf dem natürlich auch der Senf und die Sardinen verzeichnet sind. Der nächste Schritt erfordert ein bisschen Frechheit. Du verfasst einen empörten Brief, in dem du die Echtheit der Unterschrift auf dem Verkaufszettel infrage stellst. Weitere Verwirrung. Bestürzung in den Tiefen des Emporiums. Weitere Verzögerungen. Sechs Monate vergehen, bis du schließlich die Rechnung bezahlen musst, aber bis dahin hast du hoffentlich das nötige Kleingeld. Falls nicht, setzt du die Korrespondenz fort.«

Ein Verleger, den Joshua auf einer Party des *New Statesman* kennen lernte, lud ihn zum Lunch ein, verlangte einige Seiten seines Manuskripts über Spanien zu sehen und schickte ihm zehn Tage darauf einen Vertrag mit der Zusicherung eines dringend benötigten Vorschusses von hundertfünfzig Pfund. An jenem Abend erschien Joshua, in der richtigen Stimmung zu feiern, uneingeladen auf der Party einer australischen Schauspielerin, die in einem weitläufigen alten Haus am Earl's Court wohnte. Celia war eine leidenschaftliche Linke. Und in jenen Tagen, bevor die Chruschtschow-Rede Stalins Ächtung sogar den Hartnäckigsten einhämmerte, noch vor Beginn des Ungarn-Aufstands, waren viele von ihren Freunden noch aktiv in der Partei tätig. Zu diesen Freunden gehörte, wie Joshua später feststellen sollte, nachdem er Stammgast bei Celia geworden war, ein gewisser Colin Fraser mit seiner umwerfenden, angeblich der Promiskuität huldigenden Frau Pauline.

Inzwischen jedoch gab es Probleme.

Murdochs zweiter Roman wurde (verdientermaßen, wie Joshua fand) sogar noch höher gelobt als der erste, brachte aber nicht einmal genug ein, um sein überzogenes Konto auszugleichen. Margaret hatte bereits ein Kind und brachte achtzehn Monate später ein zweites zur Welt, wodurch sie gezwungen war, ihren Job aufzugeben. Irgendetwas, dachte Joshua, muss hier geschehen.

Ja, ja. Aber was?

Auf einem Briefbogen, den er im Büro des *Encounter* stibitzt hatte, schrieb Joshua dem Kurator der Sammlung seltener Manuskripte an der University of Texas, er habe den Auftrag, einen Essay über die Romane von Sidney Murdoch zu verfassen. Er werde im Frühjahr nach Texas kommen, fügte er hinzu, und wäre dankbar, wenn man ihm Zugang zu den Murdoch-Schriften gewähre. In Texas, so antwortete ihm ein Bibliothekar, gebe es keine Murdoch-Schriften. Joshua schrieb postwendend zurück, darüber sei er höchst erstaunt, und legte zur Ergänzung noch einen Stoß der schmeichelhaftesten Kritiken über Murdoch bei. Der Bibliothekar antwortete wiederum, der Kurator befinde sich auf Reisen in Italien, Professor Shapiros Schreiben werde ihm jedoch bei seiner Rückkehr zur Kenntnis gebracht werden. Joshua ging mit dem Brief der University of Texas zu einem Drucker in der Old Kent Road und bat ihn, zwanzig Kopien des Briefkopfs anzufertigen. Dann schrieb er alle Händler an, die er verzeichnet fand, und fragte, ob sie über Murdoch-Schriften verfügten. Schließlich biss ein eher unappetitlicher amerikanischer Geschäftsmann an. Er trat mit der Bitte an Murdoch heran, ihm seine Papiere zu verkaufen. Prompt lud Murdoch alles bei ihm ab, was er besaß, verdiente damit ungefähr fünfhundert Pfund, und als der Händler mehr verlangte, mochte er ihm nicht eingestehen, dass seine Schränke leer geräumt waren. Sondern übertrumpfte Joshua noch: Er improvisierte.

Als Joshua Murdoch eines Abends in seiner Wohnung in Kentish Town besuchte, saß dessen zweijähriges Töchterchen

Jessica laut plärrend auf dem Boden und zerrte an einer nassen Windel herum, woraufhin Murdoch dem Kind, um es zur Ruhe zu bringen, die Lippen mit Cognac befeuchtete. Ralph, der mit laufender Nase in einer anderen Ecke des eiskalten Wohnzimmers hockte, war ganz in eine Schachtel Ritz-Crackers vertieft. Joshuas vordringlichstes Problem bestand jetzt darin, dass er nicht wusste, wohin er treten sollte. Der ganze Fußboden war mit maschinenbeschriebenen Papierbogen bedeckt.

»Wo ist Margaret?« erkundigte er sich sofort.

»Clever. O ja, überaus clever.«

»Was soll das heißen?«

»Du kleiner Schmierfink.«

Bestürzt trat Joshua versehentlich auf eine Manuskriptseite. Hastig zog er den Fuß zurück.

»O nein! Das ist genau das Richtige. Tritt bitte noch auf ein paar andere.«

»Tut mir leid. Es war ein Versehen.«

»Aber ich meine es ernst! Tritt endlich auf dieses verdammte Papier, bevor deine Schuhe ganz getrocknet sind.«

Joshua gehorchte.

»Margaret hat das von mir und Lucinda erfahren und ist gestern Abend spät auf und davon. Wenn sie mich diesmal endgültig verlassen will, sollte sie die hier lieber auch holen.« Mit bösem Lächeln schenkte Murdoch ihm einen Cognac ein. »Magst du sie denn wirklich so sehr, Joshua?«

»Sei nicht albern.«

Murdoch ließ sich nicht überzeugen.

»Ich ahnte schon, dass du's mit ihr treibst, als sie zu behaupten anfing, du wärst der bemitleidenswert hässlichste von all meinen Freunden, du Ärmster.«

»Wohl kaum.«

»Schade. Ach was, irgendjemand wird sie schon heiraten, meinst du nicht? Jetzt, wo ich ihre Zähne hab überkronen lassen. Hinterlistige, kleine Ratte! Benahm sich untadelig, bis ich die Zahnarztrechnung bezahlt hatte. National Health Service kam für sie nicht infrage. Nein, es musste die Wimpole Street sein. Im Ernst, glaubst du nicht, dass jemand sie heiraten wird?«

»Mit zwei Kindern?«

»Aha«, sagte Murdoch.

»Ich habe nichts mit Margaret.«

»Warum musste sie dann plötzlich jedes Mal baden, bevor sie nachmittags zum Einkaufen ging?«

»Vielleicht hatte sie was mit einem anderen.«

»Warum lag dann aber an diesen selben Nachmittagen bei dir immer der Hörer neben dem Telefon? Du brauchst es gar nicht erst abzustreiten, ich habe mit dem Amt gesprochen.«

»Vielleicht habe ich auch was mit einer anderen.«

»Ach ja?« fragte Murdoch interessiert. »Mit wem?«

Joshua antwortete ihm nicht.

»Da ist doch was faul.«

»Was ist mit Lucinda?«

»Ich fürchte, dass sie schwanger ist.«

»Erwartet sie, dass du sie heiratest?«

»Auf diese Frage hätte Margaret wohl zu gern die Antwort gewusst, nicht wahr?«

»Woher soll ich das wissen?«

»Judas!«

»Liebst du Lucinda?«

»Nun werd nicht langweilig, Joshua.«

Er half Murdoch, die benommenen Kinder in ein Bett zu stecken, das nach Urin stank, und trank dann weiter Cognac mit ihm, während der Freund mit seiner Arbeit fortfuhr. Biernasse Bogen wurden vor dem verglimmenden Kaminfeuer zum Trocknen aufgehängt. Auf andere kritzelte er Korrekturen, während Joshua Seiten für ihn zerknüllte und wieder glatt strich. Manche Blätter wurden da und dort mit einer Zigarette angekohlt, andere mit Teeflecken versehen. Das Manuskript, erklärte er, sei ihm unaufgefordert von einem jungen Schriftsteller zugesandt worden, der seinen Rat erbeten habe. Wenn sie es ausreichend »gealtert« hatten, wollte Murdoch es dem Händler als Frühwerk andrehen, das er – damals, trotz einiger Überlegung – nicht hatte veröffentlichen wollen. Abermals füllte er die Gläser, sahen sie einander forschend an und tranken darauf. »Die Ironie an der Sache ist«, erläuterte er, »dass mir das Ficken selbst gar nicht so großen Spaß macht. Ich finde Frauen einschüchternd. Und im Bett sind sie im Grunde alle gleich, nicht wahr?«

»Warum wechselst du dann so oft die Partnerinnen?«

Murdoch überlegte. »Na ja«, meinte er schließlich, »weil es für mich leider viel leichter ist, ein neues Verhältnis anzufangen als einen neuen Roman. Außerdem genieße ich die Täuschungsmanöver. Die Tricks. Die Gefahr. Die vielen hübschen, kleinen Lügen. Aber einem guten Freund würde ich niemals Hörner aufsetzen. So ein Scheißkerl bin ich nun doch nicht. Ich weiß, ich weiß: ›Ich habe nichts mit Margaret.‹ Den Teufel hast du.«

Murdoch begann sich aufzuspielen.

»Ich sollte dir das nicht sagen, aber sosehr sie dir auch jetzt um den Bart geht, in Wirklichkeit könnte sie deinen langweiligen, kleinen Artikel im *Encounter* niemals zu Ende lesen.«

»Sidney, du bist erbarmungswürdig unsicher.«

»Natürlich bin ich das. Du nicht?«

»Was wirst du wegen Lucinda unternehmen?«

»Das, was sich gehört, natürlich. Aber das arme Kind«, fügte Murdoch hämisch grinsend hinzu, »ist noch nicht volljährig und kann unmöglich ohne die Zustimmung der Eltern heiraten.«

»Die sie dir, angesichts der kompromittierenden Umstände, bestimmt nicht verweigern werden.«

»Scheiße, Scheiße, Scheiße! Du bist ekelhaft. Kannst du mir hundert Pfund leihen?«

»Moment mal. Halt! Ich glaube, ich habe eine bessere Idee.« Joshua strahlte vor trunkenem Wohlwollen. »Du und ich, Sidney, wir könnten den schönen Staat Texas um einen hübschen Batzen erleichtern.« Dann begann er seinen Plan zu erläutern.

»Gewiss, gewiss.«

»Wir könnten alles auf Cambridge zurückdatieren.«

Murdoch kippte schon wieder Cognac in die Gläser. »Ach, dieser Murdoch«, sang er laut, »schlimm, bösartig und gefährlich. Jawohl. Gut. Ausgezeichnet. Das könnte uns ein kleines Vermögen einbringen. Dabei ist dir natürlich klar, dass ich berühmt bin, während du höchstens bekannt bist, und das auch nur in Junggesellenkreisen. Deswegen musst du dich schon mit einem Anteil von vierzig Prozent zufriedengeben. Also, was ist?«

Joshua war sofort einverstanden. In den nun folgenden Wochen gingen sie jeder richtigen Arbeit aus dem Weg und suchten sich stattdessen bei ihrem gemeinsamen Projekt gegenseitig auszustechen. Leider jedoch alles umsonst. Denn bevor sie das Zeug auf den Markt bringen konnten, bekam Murdoch mit den Texanern Krach. Sein instant-gealtertes, der Universität verkauftes Manuskript erschien gedruckt, und der richtige, so rücksichtslose Autor errang beträchtliche Aufmerksamkeit. Die Texaner nahmen Anstoß, der richtige Autor ebenfalls, und beide drohten Murdoch mit einem Prozess, bis er seinen Schwindel als Versehen zu erklären versuchte. Briefe, die er irrtümlich in falsche Umschläge gesteckt hatte. Kommt doch immer wieder mal vor, nicht wahr?

Andererseits brauchten sie ihre Arbeit nicht als Totalverlust abzubuchen. Jedenfalls nicht Murdoch, der Treuhänder. Eine übelwollende fremde Person (Margaret, wie Murdoch vage andeutete) fand das Zeug, fotokopierte einige der empörendsten Stellen und schickte sie an Lucindas Eltern in South Ken. Die die Heirat sofort strengstens verboten. Lucinda wurde in die Schweiz abgeschoben, und Margaret – die stille, angeblich so unselbstständige Margaret –, die, verständlich, nach einer Zeit der Verzweiflung wiederauftauchte, entdeckte erstaunt, wie tüchtig sie in Wirklichkeit war. »Die Leute dachten immer, ich wäre stumm, ein Dummchen«, sagte sie zu Joshua, »denn wenn wir auf Dinnerpartys waren, kriegte ich nie ein Wort dazwischen, so versessen waren sie alle auf Sidneys Bonmots. Und du weißt ja, wie gern er sich produziert. An allen Tischen Vorträge hält. Seine Anekdoten ausschmückt. Wenn ich jetzt eingeladen werde, hören sich die Leute tatsächlich an, was ich zu sagen habe. Es gibt sogar Männer, die mich attraktiv *und* geistreich finden.«

Joshua war inzwischen Stammgast bei Celias interessanten Bottle-Partys geworden, bei denen es von linken Journalisten, Mitarbeitern des *New Statesman* und der *Tribune* und amerikanischen Flüchtlingen vor dem McCarthyismus wimmelte. Hollywood-Leuten. Außerdem gab es dort finanzschwache Afrikaner, eine interessante, hart trinkende Bande, nur scheinbar träge, die verschwand, um ein Jahrzehnt später wiederaufzutauchen, wie Joshua bei einem London-Besuch feststellte, von Chauffeuren in Limousinen gefahren, statt in ribbelnden Rollkragenpullovern in dreiteiligen grauen Anzügen, der eine Außenminister von Malawi, der andere kürzlich ernannter Botschafter Sambias am Hof von St. James. Jeder eine willige, freudig-erregte Belgravia-Rose am Arm, die Heimsuchung des schwarzen Mannes. Und dann, wieder ein Jahrzehnt darauf, las er, wenn er sich mit der *New York Times* im King's Arms niederließ und mit dem Flopper blödelte, dass einer dieser freundlichen Männer, die er in ihrer Blütezeit gekannt hatte, vom letzten Oberbefreier Kinshasas hingerichtet worden war, dass man den Kopf des anderen den Obervoltafluss hatte hinabtreiben sehen.

Es geschah als Folge einer Zufallsbekanntschaft bei einer von Celias Partys, dass Joshua direkten Kontakt zu der allseits gefürchteten Partei und damit zu Pauline bekam.

Zu der blendend schönen, verblüffenden Pauline, die, wie er zuweilen flüchtig bemerkte, von den Schwarzen keineswegs verstohlen betätschelt, jedoch sofort in einen anderen Teil des Raumes floh, wenn Joshua auch nur Anstalten machte, sich ihr zu nähern. Und verfolgte er sie hartnäckig, zog sie sich unter leisem Rascheln ihrer langen Beine noch weiter zurück.

Dann sagte eines Abends bei Celia jemand zu Joshua: »Ich wette, Sie trauen sich nicht, vor der Schriftstellergruppe der Kommunistischen Partei zu sprechen.«

Pauline befand sich ausnahmsweise in so großer Nähe, dass sie alles mithören konnte, und er erkannte an ihrem Gesicht, dass sie eine feige Ausrede erwartete.

»Aber gewiss nicht«, behauptete er.

»Wunderbar! Wir erwarten Sie Mittwoch in einer Woche. Sie könnten über moderne amerikanische Autoren sprechen.«

Am frühen Mittwochabend im *Bale of Hay* versuchte Joshua den betrunkenen Murdoch zum Mitkommen zu bewegen.

»Oh, aber das ist doch sinnlos, mein Lieber. Wenn ich mitkomme, wird sich der ganze Saal auf mich konzentrieren. Dich wird man vollkommen übersehen.«

»Das Risiko nehme ich auf mich.«

»Die Frauen, die zu diesen Vorträgen gehen, sind einfach fürchterlich. Sie riechen. Sie haben Schnurrbärte. Sie tragen Gummistrümpfe. Und wollen ewig, dass man irgendeine verdammte Petition unterschreibt. Sollen die sich doch Amis holen. Der unterschreibt alles, und sei es auch nur, weil sein Name sogar noch vor Auden kommt. Aber bis zum »M« liest niemand.«

»Wenn du nicht mitkommst, Sidney, unterschreibe ich jede Petition mit deinem Namen, und du wirst niemals Gastprofessor in Iowa oder Stanford werden.«

»Sie servieren Punsch oder irgendeinen widerlichen georgischen Wein, und dann erwarten sie, dass wir mit ihnen Lieder singen.«

»Sie haben mir eine Flasche Scotch versprochen«, log Joshua.

Das Haus lag in Highgate. Alles war für mindestens dreißig Genossen vorbereitet, aber nur sechzehn waren gekommen.

»Die bulgarische Volkstanzgruppe hat heute Abend im

West End Premiere«, erklärte der Gastgeber, ein Redakteur des *Daily Worker*, tröstend.

Sie warteten noch eine halbe Stunde in dem unordentlichen Wohnzimmer und tranken miesen Wein, bis drei weitere Personen eintrudelten. Alle Anwesenden sollten angeblich Schriftsteller sein, die meisten Zuhörer jedoch waren rundliche, gutmütige Matronen, die sich ihr Strickzeug mitgebracht hatten. Joshua wurde überschwänglich vorgestellt und stürzte sich sogleich in eine – wie er hoffte, kenntnisreiche – längere Auslassung über die jüngeren amerikanischen Autoren. Mailer, Styron, Salinger, Capote. Niemand interessierte sich dafür. Das heißt, niemand außer dem eifrigen Colin Fraser, der sich während des ganzen Vortrags Notizen machte. Im Gegensatz zu Pauline, die so tat, als lese sie den *New Statesman*, und so geräuschvoll wie möglich mit der Zeitung raschelte. Wütend beschloss Joshua, sie zu provozieren. Obwohl er die politische Haltung progressiver Schriftsteller wie Howard Fast bewundere, erklärte er, ziehe er es doch bei Weitem vor, Reaktionäre wie Faulkner oder Evelyn Waugh zu lesen.

»Warum«, wollte eine Frau sofort wissen, »entlässt man Howard Fast nicht aus dem Gefängnis?«

»Weil er der englischen Sprache Gewalt angetan hat.«

Alle drehten sich um und funkelten ihn zornig an.

»Ich bin Sidney Murdoch«, erklärte er grinsend.

»Ach, der sind Sie!« sagte Pauline. »Ich dachte schon, Sie wären Mary McCarthy.«

Schäumend verkroch sich Murdoch in seinen Klappstuhl.

»Stimmt es«, erkundigte sich eine andere Frau, »dass ein progressiver Autor heute in den Vereinigten Staaten keinen Verleger findet?«

»Würden Sie sagen, dass alle amerikanischen Schriftsteller vom Erfolg korrumpiert sind?«

Es gelang Joshua, früh Schluss zu machen, doch an der Tür wurde er von Colin Fraser mit dem Notizbuch in der Hand aufgehalten, während Pauline missbilligend danebenstand.

»Ich habe Sie bei Celia gesehen«, sprudelte Colin hervor. »Wir sind auch Kanadier.« Er machte sie mit Pauline bekannt und schlug vor, sich in die nächstgelegene Kaffeebar zu vertagen.

»Nach Kaffee kann ich nicht schlafen«, protestierte Murdoch.

»Dann fahren wir eben zu uns. Da können wir auch ein paar Tassen heben.«

Als sie aus der U-Bahn-Station Haverstock Hill kamen und zu ihrer Wohnung hinübergingen, wechselte Joshua rasch ein paar Worte allein mit Murdoch. »Du wartest bitte, bis ich aufs Klo gehe, und dann erzählst du ihr, wie fabelhaft ich bin.«

»Aber ich möchte sie selbst gern ficken«, widersprach Murdoch bedauernd.

»Verdammt noch mal, Sidney! Es ist wichtig für mich.«

»Hältst du ihn für einen Trottel?«

»Ich hoffe, er ist einer.«

Colin Fraser, hager, bleich, knochig, schüttelte beständig den länglichen Schädel, um sich das strähnige braune Haar aus den bekümmert dreinblickenden blauen Augen zu werfen. Er stammte aus Ottawa und war der Sohn eines Botschafters. Als Literaturwissenschaftler betrieb er im British Museum Forschungen über die Romane von Jack Lindsay und anderen und arbeitete an einem eigenen progressiven Roman über den Generalstreik in Winnipeg. Er bewohnte mit Pauline ein feuchtes, kleines Souterrain-Apartment in der England's Lane, wo es zum Glück noch eine halbe Flasche Gin und etwas Bier gab. Trinken musste man jedoch aus alten Senf- und Marmeladengläsern. Sie lebten in – selbst auferlegter – Armut. Colin hatte ein Stipendium, und Pauline arbeitete als Aushilfslehrerin, zumeist in Angst einflößenden Oberklassen der Grundschulen in Brixton oder Kensington. Keiner von beiden griff auf das Geld der Familie zurück – grundsätzlich nicht. Colin hatte sogar auf ein beträchtliches Erbe verzichtet. »Ich habe mir einmal das Treuhand-Portefeuille angesehen«, sagte er voll Empörung.

»Es enthält Aktien von Südafrika und den Herstellern von Waffen, die im koreanischen Angriffskrieg benutzt worden sind.«

»Unglaublich!« warf Murdoch ein.

Colin las *Peace News* und hatte die *Tribune* abonniert. Er wallfahrtete, wie Joshua feststellen sollte, zu jedem Gemeindesaal oder Schulkeller, so kompliziert auch der Weg dorthin war, wenn nur ein Redner auftrat, der es ihm zum Vorwurf machte, als Weißer geboren zu sein, als Ausbeuter der afrikanischen Seele oder auch – in Ermangelung dessen –, wenn eine dauergewellte Matrone in derben, aber praktischen Schuhen, soeben aus dem befreiten China zurückgekehrt, einen schlecht fotografierten, unscharfen Dokumentarfilm über die Freuden des Lebens in einer kantonesischen Fahrradfabrik zeigte. Nachdem er erfahren hatte, dass Joshua aus Montreal stammte, redete er endlos über die Frankokanadier und wie brutal sie ausgebeutet wurden. Joshua hätte gern etwas Spöttisches gesagt, nickte aber stattdessen lieber und stimmte ihm, den Blick sehnsüchtig auf Pauline geheftet, bestätigend zu. Auf die zum Verrücktwerden schöne, seltsamerweise so abweisende Pauline. Sie trank viel, schien peinlich berührt von Colins progressiven Binsenweisheiten, gab sich jedoch fanatisch beschützend, steckte um keinen Zentimeter zurück. Sie war eindeutig intelligenter als er; Joshua konnte sich nicht vorstellen, was die beiden zusammengeführt hatte.

Murdoch, der während Joshuas beabsichtigter Abwesenheit seinen Auftrag erfüllt und Pauline über seine unvergleichlichen Vorzüge aufgeklärt hatte, begann zu dösen. Er langweilte sich. Joshua ebenfalls. Aber er war fest entschlossen, nicht zu gehen, bis er einen Moment mit Pauline allein gesprochen hatte. Schließlich erhob sich der unerträgliche Colin, um zur Toilette zu gehen. Sofort setzte sich Joshua zu Pauline aufs Sofa. »Würden Sie morgen mit mir zu Mittag essen?« fragte er sie.

»Aber nur«, antwortete sie ihm mit süßem Lächeln, »wenn Sie mir versprechen, dass wir anschließend in Ihre Wohnung gehen und ganz irre ficken.«

Joshua erbleichte. Murdoch wurde vor Staunen wach.

»Nein. Wir können nicht zusammen zu Mittag essen. Ich bin eine verheiratete Frau.«

»Ja. Gewiss. Das berücksichtige ich ja. Aber ich dachte, vielleicht …«

»Außerdem mag ich Sie nicht.«

»Ich auch nicht«, fiel der wieder lebendig gewordene Murdoch ein. »Er bumst an jedem Mittwochnachmittag meine Frau. Sie kommt dann erst sehr spät nach Hause. Und ich muss mich mit einer kalten Platte begnügen, oder im Höchstfall mit dem aufgewärmten Rest von gestern.«

»Hören Sie nicht auf ihn«, verlangte Joshua und bat sie noch einmal: »Kommen Sie mit mir zum Lunch.«

Sie zögerte, möglicherweise kurz vor einer Zusage, doch da kam Colin mit strahlender Miene wieder herein. »Ich find's wunderbar«, erklärte er. »Wirklich wunderbar. Ich genieße die Gesellschaft wirklich kreativer Genossen.«

Pauline, ertappt, nahm ihren Mantel und stürmte zum Apartment hinaus.

»Ich hole sie zurück«, erbot sich Joshua.

»Nein. Das macht sie öfter«, erwiderte Colin, nicht im Geringsten bekümmert. Und plötzlich schien er sich zu entspannen, als wolle er sagen: Jetzt können wir endlich ungestört reden. Er erklärte, wie hoch er Joshuas Meinung schätze, und fragte ihn, ob er wohl sein Manuskript lesen würde. O ja, mit Vergnügen, antwortete Joshua eisigen Tones. Und dann könne er, sagte Colin anschließend, am nächsten Mittwoch zum Dinner kommen, und sie könnten darüber diskutieren.

»Mittwochs hat er keine Zeit«, warf Murdoch ein.

Als Joshua am folgenden Morgen erwachte, fand er einen Brief von Peabody, der für *Esquire* arbeitete, zusammen mit einem Exemplar der Zeitschrift, die Artikel von Joshua über London brachte. Janet hatte vor einem Monat ihr erstes Kind zur Welt gebracht. »Ich schreibe Dir an der See, an dem Strand, an dem ich als Kind Sandburgen gebaut habe. Wir sind für den

Sommer in East Hampton, im Haus meines Vaters, und an Jeremys Geburtstag habe ich mit meinem Vater zusammen zur Feier des Tages einen Baum gepflanzt. Der Baum, den mein Vater am Tag meiner Geburt gepflanzt hat, trägt jetzt, wie Janet, süße Früchte, aber ich fürchte, die Reifezeit dieses Baumes wird mein Vater nicht mehr erleben. Er ist einundsiebzig und hat im vergangenen Winter seinen zweiten Schlaganfall erlitten. Abends lese ich ihm Dickens vor, wie er einst mir, und meiner Mutter versichere ich jede Stunde von Neuem, dass ich kein Gas in der Küche rieche und in der Sonne einen Hut tragen werde. Jeden Morgen wache ich bei Tagesanbruch auf, ein Voyeur, tief verborgen im Gras einer Düne, gekommen, um zuzusehen, wie Janet Jeremy im Sand am Wasser stillt. Es ist ein bezaubernder Anblick, unbeschreiblich, und meine einzige – beschämend primitive – Angst ist, meine Ehrfurcht vor der mit ihrem Sohn in inniger Umarmung vereinten Mutter könnte so groß werden, dass ich nie wieder Verlangen nach ihr empfinde. Ich habe beschlossen, für Jeremy lieber eine Bibliothek anzulegen als einen Weinkeller, mit allen unseren Lieblingsbüchern, und wäre Dir für Vorschläge dankbar. Ja, ja, ich weiß schon. Isaac Babel.

Janet, die bei *Time* angestellt war, bis ihre Fruchtbarkeit sie unförmig machte, ist ein wunderbarer Mensch. Nachdem sie Jeremy gestillt hat, legt sie ihn ganz behutsam in einen Weidenkorb im Schatten, zieht die Nadeln aus ihrem schwarzen Haar, schüttelt es aus und läuft ins Meer. Mein Gott, Joshua, der alte Feodor soll verdammt sein, und der alte Nörgler Eliot auch – es spricht doch sehr viel für dieses Leben. Am Abend weichen wir unsere frisch geschnittenen Maiskolben in einem Eimer Meerwasser ein und rösten sie anschließend über Holzkohlenfeuer. Am Morgen gibt es gefangenen Blaufisch und Früchte des Landes, wie wir zu sagen pflegten. Komm nach Hause, unruhiger Geist! Janet sehnt sich danach, Dich kennenzulernen, und sogar mir fehlt Deine griesgrämige Gegenwart. Ich werde in diesem Herbst unbezahlten Urlaub nehmen, um für unseren Adlai arbeiten zu können, denn ich nehme an, er wird wieder kandidieren. Doch ich bezweifle, dass er genug Feuer hat, Ike zu schlagen. Dennoch bin ich froh, wieder hier zu sein. Komm nach Hause, Joshua!«

Nachdem er Colins unaussprechlich schlechten und sentimentalen Romanversuch durchlitten hatte, während Murdoch bei jeder Passage, die Joshua ihm vorlas, vor Lachen brüllte, machte er sich am Mittwochabend, mit einem Dutzend roter Rosen bewaffnet, auf den Weg zu Frasers Souterrain-Apartment. Doch Pauline hatte ihn ausgetrickst. Sie war nicht zu Hause, sondern im Odeon, erfuhr er.

»Sie fand, allein könnten wir ungenierter reden«, erklärte Colin. »Also, ich sitze auf glühenden Kohlen. Was meinen Sie?«

»Ich finde Ihren Roman einfach großartig«, antwortete Joshua. »Sie sollten ihn unbedingt sofort einem Verleger schicken. Und ändern Sie kein einziges Wort.«

Sie setzten sich zu Buletten mit Kartoffelbrei, die Colin fürsorglich vorbereitet hatte. Die Buletten, die heißes Fett wie Eiter verspritzten, waren innen noch rosa, und der Kartoffelbrei strotzte von steinharten Klumpen. »Darf ich die Hausfrau spielen und einschenken?« erkundigte er sich.

»Nur zu.«

Joshua deutete auf einen Satz Golfschläger, die an der Wand lehnten. »Sagen Sie bloß nicht …« begann er.

»O nein, ich nicht. Die gehören Paulines heiß geliebtem Bruder, der gerade in London zu Besuch ist.« Und dann verkündete Colin feierlich, sie müssten alle zusammen bald nach Kanada heimkehren und dafür sorgen, dass die amerikanischen Ausbeuter vertrieben würden. »Wenn Sie nur wüssten«, sagte er, »wie ich Sie um Ihre Arbeiterklassenerfahrung beneide!«

»Und ich, mein lieber Colin, Sie kleiner Scheißer«, erwiderte Joshua, der mit Fraser zu spielen begann, »hätte nichts gegen Ihre Erbschaft einzuwenden. Die würde ich bestimmt nicht von der Hand weisen.«

»O doch, das würden Sie«, widersprach Colin augenzwinkernd.

Mitternacht kam und ging, und keine Pauline erschien. »Also«, sagte Joshua und erhob sich, »ich hoffe, wir sehen uns am Samstag bei Celia.«

»Sie haben ein Auge auf Pauline geworfen«, stellte Colin fest.

»Aber nein, keineswegs!«

»Sehen Sie sich vor. Sie ist möglicherweise doch nicht ganz der Stoff, aus dem Ihre Träume sind.«

In einem auf der anderen Straßenseite geparkten Hillman saß ein Pärchen, das sich heftig stritt; als Joshua jedoch auf die Straße hinaustrat, löschte der Mann, der neben Pauline saß, hastig die Innenbeleuchtung. Joshua eilte, dem strömenden Regen entgegengeneigt, davon. Von wegen Odeon, dachte er.

Sie kamen am Samstagabend zwar zu Celia, Pauline jedoch entzog sich seinen Annäherungsversuchen auf höchst ärgerliche Weise, ging ihm sofort aus dem Weg, wenn er auch nur in ihre Richtung startete. Sie trank wieder sehr viel und lachte zu oft. Miststück. Er hasste sie. Aber sie war wunderschön, trug ein enges, vorn durchgeknöpftes schwarzes Seidenkleid. Beide Hände in den Taschen, schlenderte Joshua auf der Suche nach Streit in einen anderen Teil des Wohnzimmers hinüber. Aber er konnte sich doch nicht recht von ihr trennen, genauso wenig – wenn ihm das damals doch nur klar gewesen wäre – wie sie von ihm, um den sie ununterbrochen herumflatterte. Als er Pauline dann wieder zu Gesicht bekam, hing sie am Arm eines großen, gut aussehenden Schwarzen, eines begabten westindischen Schriftstellers, der Joshua bekannt war. Miststück, Miststück. Er begann ebenfalls zu viel zu trinken, stürzte sich auf völlig Fremde, um sie zu beleidigen, und als er die nächste zwanghafte Runde durch alle Zimmer machte, entdeckte er weder Colin noch Pauline. Die Toilette ansteuernd, entschied er, dass sie nach Hause gegangen waren. Umso besser. Es war ein Irrtum. Als er die Toilettentür öffnete, fand er drinnen Pauline und den westindischen Schriftsteller in leidenschaftlicher Umarmung. Pauline nach hinten gebogen, während er ihre seidenen Pobacken mit seinen klodeckelgroßen Händen, den rosa Handflächen, an sich zog. Joshua drängte sich an ihnen vorbei und klappte den Toilettensitz hoch.

»He Mann, komm!« stöhnte der Westinder. »Bitte!«

Joshua bemühte sich, in einem schönen, hohen Bogen zu pinkeln, und sang dazu mit seiner schönsten Knödelstimme: »*Tote dat barge, lift dat bale, git a little drunk und you land in jay-il, but ole man rivah, dat ole man rivah …*«

Der Westinder begann vor Lachen nach Luft zu schnappen.

»Ich dachte, Sie wären verheiratet«, rief Joshua ihr über die Schulter zu.

»Ich wünsche nicht, dass Sie noch einmal zu uns kommen und ihn begönnern. Er ist ein viel besserer Mann als Sie.«

»Oder Frau«, fauchte Joshua und knallte dann die Tür hinter sich zu.

Einen frischen Drink in der zittrigen Hand, ungefähr ein halbes Glas puren Scotch, nahm er sich einen arglosen, auf der schwarzen Liste stehenden Filmautor vor und begann heftig auf ihn und seine Artgenossen zu schimpfen.

In jenen Tagen, als die schwarze Liste unnachsichtig zur Anwendung gebracht wurde, mussten viele von ihnen für die Produzentin Hannah Weinstein unter Pseudonym Episoden der Robin-Hood-Serie schreiben oder inszenieren. Mit einem Schlag wurden Meister ihres Fachs mit 10 000 Dollar pro Woche zu Episodenschreibern mit 500 Pfund pro Folge herabgewürdigt. O Gott, dachte Joshua, Filmemacher der Linken tatsächlich gezwungen, vom Kapital zu leben! Eingedenk ihres Erbes jedoch (die Pariser Kommune, der Sturm auf das Winterpalais, Lillian Hellman, wie sie zum Rauschen ihres eigenen Beifalls Nein sagte), mogelten sie progressives Gedankengut in die Robin-Hood-Serie hinein. Und so entdeckte man im Sherwood Forest wohl einen gefühlvollen jüdischen Schneider, der Akkordarbeit für den bösen Sheriff des *schtetls* Nottingham leistete, der keine Gewerkschaften dulden wollte. Der Schneider, der sich, nachdenklich unter einer Eiche sitzend, das schneeweiße Haupt kratzte, erklärte Bruder Tuck dann wohl, Eigentum sei Diebstahl. In Nottingham selbst tauchte wohl wunderbarerweise ein Schwarzer auf, eventuell sogar ein entsprungener Sklave, und Robin und seine *chevra* kämpften für dessen Menschenrechte. Kurz gesagt, wenn auch die Arbeit demütigend war, wurde keine Gelegenheit ausgelassen, das Volk zu bilden. *De haut en bas.*

Und nun stand Joshua mit glühenden Wangen tatsächlich vor einem von ihnen und schrie auf ihn ein. »Und was ist mit Isaac Babel?« wollte er wissen. »Mit Mandelstam und den Übrigen? Geht es euch, trotz all eurem Gejammer, denn nicht um eine Winzigkeit – jawohl, um eine Winzigkeit – besser als denen, und wann habt ihr jemals das Wort für sie ergriffen?«

»He, ich dachte, Sie sind der junge Mann, der auf den Spanischen Bürgerkrieg spezialisiert ist.«

»Der bin ich«, antwortete er verlegen.

»Auf welcher Seite stehen Sie denn?«

»Also, da habe ich ein echtes Problem«. Joshuas Zorn löste sich in Gelächter. »Ich toleriere an der Linken alles, nur ihre Fürsprecher nicht. Und nun«, setzte er hinzu, »sollte ich mich wohl besser auf den Heimweg machen.«

Es gelang Joshua, sich den neuesten Roman des westindischen Schriftstellers zu besorgen, und dann schrieb er für den *Spectator* eine bissige Rezension des Werkes, in der er behauptete, dies sei genau jene Art von mitleidheischendem Aufschrei, der nur bei unausgefüllten, aber reichen, weißen liberalen Frauen ankomme, denen aufkeimender schwarzer Zorn bei ihrer Suche nach sexueller Bestrafung Erregung verschaffe; und schickte Pauline ein Exemplar mit der Post.

»Mein Gott, was sind Sie für ein Scheißkerl!« sagte sie prompt am Telefon.

»Gehen Sie mit mir zum Lunch.«

»Auf gar keinen Fall.«

»Warum nicht?«

»Sie sind durch und durch skrupellos.« Damit legte sie auf.

Jawohl. Stimmt. Und außerdem werde ich wahnsinnig, dachte er. Absolut wahnsinnig.

Abend um Abend saß er in seiner Wohnung, soff maßlos und knöpfte ihr in Gedanken das schwarze Seidenkleid auf, öffnete den Verschluss des Spitzen-BHs, auf dass ihre herrlichen Brüste befreit würden, nahm sich ausgiebig Zeit, sie ehrfurchtsvoll zu küssen, bevor er sich bückte, um ihr die schwarzen Pumps auszuziehen, ihre Strümpfe herunterzurollen und sie, ja, o ja, von ihrem seidenen Höschen zu befreien (in keuschem Weiß, wie er befand), und hastete dann, sich unaussprechliche und dennoch zärtliche Liebesakte vorstellend, auf die Toilette, um zutiefst gedemütigt, wieder zum pickeligen Teenager geworden, zu onanieren. Er hasste sie. Er wollte ihr wehtun. Er schwor, sie niemals zum Lunch einzuladen, und wenn sie auf den Knien gekrochen käme. *Auf den Knien,* dachte er, *während sie mit den Zähnen meinen Reißverschluss zu öffnen versucht.* Aufhören! Natürlich würde er sie zum Lunch einladen. Ins Lyon's Corner House. Oder ins ABC an der Bayswater Road. He, he, he. Und am folgenden Nachmittag war er in Hampstead, wo er, in der Hoffnung, sie zu treffen, ein Pub nach dem anderen abgraste, während er sie in Gedanken badete, puderte, parfümiete. Und alle nahe gelegenen Odeons und Granadas abklapperte. Und was, wenn er sie beim Knutschen mit einem großen, rosazüngigen, schwarzen Affen entdeckte? Mord. Und schließlich deckte er eines irrwitzigen Morgens den Frühstückstisch für zwei und plauderte bei einer Tasse Tee mit einer imaginären Pauline.

»Tut mir leid«, sagte sie schüchtern. »Jetzt hältst du mich sicherlich für eine leichtfertige Person.«

Nach der vergangenen Nacht, meinte sie.

»Im Gegenteil«, versicherte er, »*ich* hoffe, dass du mich nicht für ein wildes Tier hältst.«

»Ein wildes Tier?« Sie strahlte vor Dankbarkeit. »Aber nein!

Jetzt weiß ich wenigstens, wie es ist, wenn man mit einem richtigen Mann schläft.«

»Komm zu mir, mein Herz.«

»O ja, bitte! Aber woher nimmst du nur die Kraft?«

Als Margaret am Mittwochnachmittag kam, musste sie feststellen, dass sein überstrapaziertes Glied sich nicht aufrichten wollte; er war plötzlich mit Impotenz geschlagen.

»Der arme Mr. McThing kann nicht mehr strammstehen«, jammerte sie.

»Verdammt noch mal!« Er sprang vom Bett. »Das ist mein Schwanz. Er heißt weder Mr. McThing noch Captain Hook. Kommt denn von euch Verrückten auf dieser lächerlichen, kleinen Insel keiner jemals aus dem Kindergarten heraus?«

Leise weinend begann Margaret sich anzuziehen und steckte den Verschluss ihres etwas verwaschenen BHs mit einer Sicherheitsnadel zusammen.

»Und außerdem«, fuhr Joshua fort, »weiß Sidney seit Ewigkeiten über unsere Mittwochnachmittage Bescheid.«

»Das spielt doch wohl nun keine Rolle mehr, oder?«

»Er ist mein Freund.«

»War er das etwa nicht, als du mich zum ersten Mal hierher gelockt hast?«

»Ach was, Scheiße, Maggie. Tut mir leid. Ich verliere den Verstand. Ich bin ein Wrack. Ich habe mich in eine Niggerhure verliebt.«

Er begann tatsächlich für Pauline einzukaufen. Bei Woolland's. Bei Harrod's. Einen nahtlosen, vorn geschlossenen, konturentreuen »Selbstverwirklichungs«-BH Bali. Von Yves St. Laurent ein verführerisches, zweiteiliges Party-Ensemble für die Yves-Stunde, ein zartes Geflüster von Seidenrüschen. Einen Hänger von Givenchy, der an Paris erinnerte, mit aufregenden Seitenschlitzen zum Beinvorzeigen und winzigen Biesen. Er kaufte ihr ein ausgeschnittenes Kleid von Renata mit einem alles verhüllenden Wirbel von Schmiegsamkeit in raschelndem Seidendruck. Zarte, hauchdünne Wäsche im Dior-Stil und vieles, vieles mehr von den Dingen, die er ihr ausschließlich im gemeinsamen Schlafzimmer zu tragen gestatten würde.

Er schickte ihr die Ausgabe von *Esquire* mit seinem Aufsatz über London. Und rief sie immer wieder an. War Colin am Apparat, legte er auf. War sie am Apparat, legte sie auf.

Briefe kamen ungeöffnet zurück.

Sie ließ sich auch nicht mehr bei Celia blicken, vermutlich, weil zu viele weiße Männer anwesend waren.

Miststück. Hure. Fotze.

Er strafte sie, indem er seine Einkäufe von Woolland's und Harrod's nicht mehr mit ins Bett nahm, sondern in eine Kommodenschublade stopfte. Wenn er sie – jetzt allerdings voll Rachsucht – vor seinem inneren Auge auszog, stellte er mit Genugtuung fest, dass sie einen Hängebusen und einen Morast an Schamhaaren hatte, in denen Filzläuse nisteten. Und riechen tut es da unten! Jawohl. Besser, er ließ sich gar nicht erst mit ihr ein.

Er begann so oft wie nur möglich, für den *New Statesman* zu schreiben, weil er wusste, dass sie ihn las, vielleicht sogar im Bett, wenn Colin unterwegs war, um sein dünnes Blut für koreanische Waisenkinder zu spenden oder gegen die Bombe zu demonstrieren. O ja, im Bett, wo seine listige Prosa ihren warmen, hohen Busen streichelte, wenn sie sich hinüberlehnte, um eine Zigarette auszudrücken. Oder in ihrem köstlich duftenden Badezimmer, wo seine Worte sich in ihren Schoß schmiegten, wenn sie sich, die nackten Beine lang ausgestreckt, Crème auf die Beinhaare strich. Oder sie saß vielleicht in der Küche direkt auf seinen Sätzen, um eine einsame Tasse Tee zu trinken, während die Hitze seiner Adjektive in ihre empfindsamen Pobacken eindrang. O mein Gott, dachte er, wenn er allein auf seinem durchgesessenen Sofa lag, steil erigiert und tropfend.

O ja, o ja, während er sich angeblich über den zeitgenössischen amerikanischen Roman, die Teddy Boys oder die kanadische Politik ausließ, schrieb er in Wirklichkeit für eine einzige Leserin, ob Liebesbriefe in die nüchternen Seiten des *Statesman*, Liebesbriefe mit versteckten, wollüstigen Botschaften, einzig und allein für sie bestimmt. Für sie, um im Bett darüber nachzudenken, sich draufzusetzen oder sie mit ihren langen, kühlen Fingern zu berühren. Er nahm jetzt an allen, auch an den tristesten linken Veranstaltungen teil, die auf den hinteren Seiten des *Statesman* annonciert wurden, weil er hoffte, ihr dort zu begegnen. So döste er sich durch China-Freundschaftswochen-Vorträge, Lesungen bulgarischer Dichter und Lobeshymnen auf die neue russische Technologie. Und fand sie tatsächlich, mehr als einmal sogar, nur um grausam von ihr zurückgestoßen zu werden und schließlich dem feierlich-ernsten Colin gut zuzureden, er möge es mit seinem grauenhaften Roman noch einmal bei einem anderen Verleger versuchen, diesmal vielleicht bei einem weniger reaktionären Scheißer.

Allmählich begann Pauline mit seiner aufdringlichen Gegenwart zu rechnen und war, wie sie zugeben musste, sogar enttäuscht, als er zu einer Premiere in Joan Littlewoods Theater in East Stratford nicht erschien. Wusste er denn nicht, dass sie dort sein würde?

Nach der Heimkehr in ihr Einzimmer-Apartment war Colin der Erste, der feststellte, dass etwas nicht stimmte. Bei der Suche auf einem Regal nach einem Rest Gin, an den er sich erinnerte, fand er zu seiner Überraschung stattdessen eine volle Flasche und gleich daneben einen kleinen Fremden. »Wie oft«, fragte er, »habe ich dir eigentlich schon gesagt, du sollst keinen südafrikanischen Sherry kaufen?«

»Aber das habe ich doch gar nicht.«

»Wer denn dann?« entgegnete er und fuhr wie von der Tarantel gestochen zurück, als er aus dem Speiseschrank ein Marmeladenglas holen wollte. Denn dort stand ein ganzes Dutzend nagelneuer Bourgois-Gläser. »Hast du die Gläser gekauft?« fragte er sie.

»Selbstverständlich«, antwortete sie so nonchalant wie nur möglich, denn sie hatte bereits in den Kleiderschrank gelangt, um ihren Morgenrock zu holen, und sich über sein ungewohntes Gewicht gewundert. In der einen Tasche steckte ein

Stück Givenchy-Seife, in der anderen ein Fläschchen Eau de Toilette von Lanvin.

»Ist was?« erkundigte er sich.

»Nein.«

Doch als sie die Bettdecke zurückschlug und sah, was darunter lag, gelang es ihr nur mühsam, einen Keuchlaut zu unterdrücken.

Weiche, hauchzarte Wäsche im Dior-Stil.

Am nächsten Vormittag saß Joshua gespannt wartend neben dem Telefon; er wagte die Wohnung nicht zu verlassen. Aber sie rief nicht an.

Okay, das war's. Er hatte genug. Er war fertig mir ihr. Restlos. Und so schleppte Joshua die Schachteln von Woolland's, Harrod's und Dior am folgenden Samstagnachmittag spontan auf eine Gartenparty in Hampstead, die zugunsten der in Kenia oder Nigeria obsiegenden Afrikanerbande gegeben wurde. Sie *musste* dort sein, zusammen mit allen anderen Niggerfreunden. Tatsächlich erwischte er sie allein und drückte ihr den ganzen Stoß in die Arme.

»Was ist denn das?«

»Mir passen sie nicht, du Miststück«, erklärte er hitzig, »also nimm du sie.« Damit floh er, bevor sie die Annahme verweigern konnte, während die Versammlung nach der Melodie von »Clementine« ein Atomgegner-Marschlied sang:

In the heart of ancient London
Lived a man and daughter fair
With the pep that marks the hep-cat,
But her daddy was a square.

Dann kam der 4. November 1956, und Joshua stand mit Tausenden anderen auf dem Trafalgar Square, um Nye Bevan sprechen zu hören und vielleicht, ganz vielleicht auch einen flüchtigen Blick auf Pauline erhaschen zu können.

Wie man es auch betrachtete, es war ein schwarzer Sonntag.

Beim Frühstück las Joshua im *Observer*, ein hoher amerikanischer Regierungsbeamter habe gesagt: »Es gibt Leute im Nationalen Sicherheitsrat, die haben jetzt schon darauf gedrängt, dass wir taktische Atomwaffen einsetzen … um den Ungarn zu helfen … Wenn die Ungarn am Mittwoch noch kämpfen, sind wir einem Krieg näher als jemals zuvor seit August 1939.«

Am Nachmittag um drei Uhr dreißig, als Joshua auf dem Trafalgar Square vor dem Canada House stand, hatten die russischen Panzer bereits Budapest eingeschlossen, war eine anglofranzösische Invasionsflotte von Zypern ausgelaufen, brannten die Pipelines im Irak und in Syrien und hatten israelische Truppen die ägyptische Armee auf der Sinai-Halbinsel in die Flucht geschlagen.

Tausende waren zu der von der Labour Party und dem Trades Union Congress veranstalteten Kundgebung herbeigeströmt. Pauline musste einfach unter ihnen sein. Aber wo, und wie sie finden?

Die Menschen füllten den Platz, sie füllten die Straßen, die in den Platz einmündeten, und drängten sich auf den Treppen der National Gallery und der Kirche St. Martin-in-the-Fields. Es war die größte Demonstration seit dem Krieg, und viele, die zum Protestieren gekommen waren, waren erstaunlich jung. Gewiss, sie hatten ein besonderes Interesse daran. Viele von ihnen waren bereits einberufen worden. Andere erwarteten ihre Einberufung binnen Kurzem.

Der mutige Nye Bevan zeigte sich in sarkastischer Bestform. Während die Tauben des Trafalgar Square, vorübergehend obdachlos, laut klagend über ihm kreisten, sagte er: »Wenn Eden ernst meint, was er sagt – und das ist möglich –, dann ist er zu dumm, um Premierminister zu sein. Also ist er entweder ein Dummkopf oder ein Betrüger. Doch was er auch sei, wir wollen ihn nicht.«

»Eden raus!« brüllte die Menge. »Eden raus!«

Ein verdutzter Tory rechts neben Joshua konterte mit: »Ja, aber wer soll seinen Posten übernehmen?«

Als Bevan geendet hatte, wogte die erregte Menge ein Weilchen ziellos hin und her, flammten hier und da private Auseinandersetzungen auf, und dann bildete sich spontan eine Marschkolonne. Ein zähnebleckendes junges Mädchen in grünem Kaschmir-Twinset wandte sich an ihren Begleiter. »Na, so was!« staunte sie. »Die wollen zur Downing Street.«

Sie marschierten zur Downing Street, Tausende und Abertausende, brachten den Verkehr zum Erliegen, schwenkten Spruchbänder und schrien: »Eden raus! Eden raus!«

Und da war sie. Unverkennbar. Pauline, Pauline. Und oh, mein Gott, sie trug ihr verführerisches, zweiteiliges Party-Ensemble für die Yves-Stunde mit seinem Geflüster von Seidenrüschen.

Zum Teufel mit den Ungarn! Scheiß auf Suez! Ach du mein Liebling, mein Geliebtes. Doch neben ihr hüpfte, tomatenrot im Gesicht, der unerträgliche Colin und schrie: »Eden raus!«

Du auch, kleiner Scheißer!

Bobbys, zum großen Teil apfelwangige junge Männer, standen im Abstand von je drei Metern bis nach Whitehall, als Joshua, von wildem Eifer beseelt, sich einen Weg durch die Menge bahnte, immer wieder in die Luft sprang, um das honigblonde Haar nicht aus den Augen zu verlieren, und in dem Krach auf das Geflüster von Seidenrüschen lauschte.

Pauline, Pauline.

Anfangs griffen die Bobbys nicht ein, doch kaum hatten die Demonstranten die Downing Street erreicht, kam die berittene Polizei. »Schämt euch!« intonierte die Menge. »Schämt euch!«

Ein langer, bleicher Mann mit schwarzem Bowler stieß immer wieder seinen aufgerollten Schirm aufs Pflaster. »Bravo, Polizei!« rief er. »Bravo, Polizei!«

Joshua schob sich hinter sie, und sie drehte sich um, ganz kurz nur, und lächelte, bevor sie sich wieder abwandte, um sich schamlos mit dem Rücken an ihn zu schmiegen.

Seligkeit!

Und er wusste, er hätte schwören können, dass sie auch ihren nahtlosen, vorn geschlossenen, konturentreuen »Selbstverwirklichungs«-BH Bali trug, und Zeit und Geduld würden erweisen, was außerdem.

»Eden raus!« brüllte der hektische, nichts ahnende Colin.

Er schlang die Arme um ihre Taille, ihr honigblondes Haar wehte ihm ins Gesicht, und dann begann er sie langsam nach rückwärts davonzuziehen.

Die Menge drängte vorwärts, strebte zur Downing Street, die berittene Polizei trieb sie zurück, aber die Menge wogte wieder nach vorn; und Joshua schwindelte von Paulines Parfüm.

»Hör auf zu ziehen. Geduld, Geduld«, mahnte sie ihn. »Wir müssen auf Colin warten.«

»Der ist gerade verhaftet worden«, antwortete Joshua.

»Wo?«

»Ich hab's gesehen.«

»Hast du nicht.«

»Der sitzt heute die ganze Nacht im Knast. Was meinst du, wie den das aufgeilen wird.«

»Du lügst«, sagte sie vergnügt, ohne die Hand von der seinen zu nehmen, und ließ sich lachend gegen ihn fallen.

Zum allerersten Mal küsste Joshua Pauline auf den Mund. »Heirate mich«, bat er sie.

»Du bist verrückt.«

»Heirate mich, heirate mich.«

»Aber ich habe schon einen Mann.«

»So eine Art.«

»Joshua!«

»Um den werde ich mich schon kümmern. Ich komme aus einer Gangsterfamilie.«

»Kann ich mir vorstellen.«

Als sie schließlich gegen sechs Uhr Whitehall verließen, hatte sich der Verkehr wieder in Bewegung gesetzt und die Tauben hatten den Trafalgar Square wieder in Besitz genommen. Am nächsten Morgen im Bett lasen sie in der *Daily Mail*, dass

Sir Anthony Eden, während sie gedrängt und geschrien hatten, mit führenden Kabinettsministern in Downing Street 10 zu einer Besprechung zusammengekommen war. Die *Mail* berichtete, zu den Demonstranten hätte »eine große Zahl männlicher Farbiger gehört, viele begleitet von weißen Frauen. Außerdem Griechen, Zyprioten, Inder, Pakistani – die zum großen Teil kommunistische Spruchbänder schwenkten …«

Wieder einmal war ein Kanadier übersehen worden.

Der definitive Spruch über Suez wurde jedoch erst 1967 gefällt, als Paul Johnson, damals Chefredakteur des *New Statesman*, schrieb:

> Für viele Menschen meiner Generation war Suez die aufregendste Zeit ihres Lebens – das Äquivalent zum Spanischen Bürgerkrieg unserer Väter. Der Fall schien absolut klar zu liegen: Recht auf der einen Seite, Unrecht auf der anderen. Wir belagerten Parlamentsmitglieder, klebten Plakate, störten Cocktailpartys mit unseren zornigen Diskussionen. Es war mein erster Versuch zu einer öffentlichen Ansprache – auf einem gebrechlichen Stuhl redete ich vor Fabriktoren auf ein Meer missmutiger Gesichter ein. Am Suez-Sonntag strömten wir alle zu einer Monster-Kundgebung auf dem Trafalgar Square, wo Nye Bevan eine der brillantesten Reden seines Lebens hielt. Dann der Schrei: »Zur Downing Street!« Und der riesige, unkontrollierbare Marsch nach Whitehall. Von meinem geschützten Platz inmitten der Menge fand ich mich plötzlich in die vorderste Reihe getragen, während die berittene Polizei entschlossen gegen uns vorrückte. Ich weiß noch, dass ich dachte: »Wie gut, dass es keine französischen Flics sind.« Dann gab es minutenlang ein absolutes Chaos, in dem ich den Schirm und einen Mantelknopf verlor. Einige von uns trafen sich später zum Tee im Ritz, wo ein freundlicher Kellner meinen Mantel mitnahm, um den Knopf wieder annähen zu lassen.

Das, ja das waren die schreckenerregenden Barrikaden im London der Fünfzigerjahre.

2 »Da hast du dir ja ein Klasse-Herzchen geangelt, mein Sohn. Ich möchte wetten, bei ihrer Herkunft, wenn die aufs Klo geht, die guckt nicht mal in die Schüssel.«

»Oh, vielen Dank, Ma. Vielen Dank.«

»Und ich möchte dir dafür danken«, entgegnete die Mutter, »dass du uns zu deiner Hochzeit eingeladen hast. Ich habe nie gewusst, dass du dich unser so schämst.«

»Von ihrer Familie war auch niemand da«, verteidigte er sich und erklärte ihr zum x-ten Mal, dass sie sofort geheiratet hatten, als Paulines Scheidung rechtsgültig geworden war. »Sie war im achten Monat mit Alex schwanger. Wir konnten einfach nicht länger warten, Ma.«

»Wie der Vater, so der Sohn«, stellte sie fest.

»Aber ich bin erst zwei Jahre nach eurer Hochzeit geboren«, protestierte er.

»Hast du den Trauschein gesehen?«

Nein.

»Schenk mir noch einmal ein, *jingele mein.*«

Das tat er, aber er war wütend; außerdem war er zutiefst enttäuscht, weil er sich auf die Heimkehr nach Montreal nach einem so langen Auslandsaufenthalt gefreut hatte. Es war 1963, und von ein paar kurzen Besuchen zu Hause abgesehen, war er zwölf Jahre fort gewesen. Jetzt kehrte er mit einer schwangeren Ehefrau, einem Kind, einem wachsenden Ruf als Journalist und einem unvollendeten Buch zurück. Seit dem Beginn der Arbeit an *The Volunteers* hatte er Überlebende der Internationalen Brigaden in England und Frankreich interviewt und meinte, mit Montreal als Basis könne er nun auch jene vielen amerikanischen und kanadischen Veteranen aufsuchen, mit denen er korrespondiert hatte. Zum Glück war Geld kein unmittelbares Problem. Er hatte bereits einen Vertrag für eine monatliche Sportkolumne in einer Torontoer Zeitschrift unterzeichnet. Seine Verbindungen nach New York waren gut. Eine Dokumentationsserie über die Geschichte des Boxens, die er für BBC-TV verfasst hatte, war nach Kanada, Australien und Neuseeland verkauft worden; eine gekürzte Version sollte bei CBS erscheinen. All das hatte ihm einen Geldbetrag eingebracht, der für die Anzahlung auf ein bescheidenes Haus in einer terrassenförmig angelegten Straße in Lower Westmount ausreichte. Er hatte sich auf die Heimkehr gefreut, weil ihm dieser Schritt von der schier unglaublichen Nachricht über seine Eltern versüßt worden war. Man stelle sich vor – Reuben und Esther nach so vielen Jahren versöhnt! Sie lebten tatsächlich wieder zusammen. Die Mutter hatte, wie sie Joshua später klarmachte, diese Versöhnung ermöglicht, indem sie ihre Karriere als exotische Tänzerin an den Nagel hing. Für seinen Vater.

»Für mich? Unsinn. Sie ist fünfundfünfzig Jahre alt und hat ungefähr dreihundertfünfzigtausend Meilen hinter sich.«

»Na und? Sally Rand strippt immer noch, und die ist wesentlich älter als ich. Und Margie Hart ist auch noch im Beruf. ›If I Shake, It's for Mother's Sake.‹ Hast du das von Lois DeFee gehört?«

Die eins achtundneunzig große Lois DeFee, »Eiffel Eyeful« genannt, hatte einen Liliputaner geheiratet.

Frage: Wie konnte der Liliputaner Lois lieben?

Antwort: Jemand hat ihn draufgebracht.

Die Mutter, die noch nicht begriffen hatte, dass ihre Zukunft in Pornofilmen lag, hatte bereits die erste ihrer zahlreichen emotionalen Kehrtwendungen hinter sich. Das heißt, sie hatte Gott entdeckt – durch einen Sendboten in der mausigen Gestalt eines kleinen Rebbe von der Chabad Lubavitch. Gemeinsam hatten sie ihren Küchenherd gereinigt, das ganze Geschirr hinausgeworfen und durch koscheres ersetzt. An die Haustür wurde eine *mezuzah* genagelt. »Von rechts wegen«, erläuterte Esther ihrem verdutzten Mann, »sollte ich mir den Kopf kahl rasieren lassen und eine Perücke tragen.«

»Wieso?«

»Damit ich auf andere Männer nicht sexy wirke.«

»Glaubst du vielleicht, wenn du hier wie 'n gepelltes, hart gekochtes Ei rumläufst, wirkst du auf *mich* sexy?«

Der Vater schuftete noch immer für Colucci; er organisierte sozusagen die Bauarbeiter. Eine Woche bevor sich Joshua mit seiner Familie auf den Heimflug machte, rief Reuben ihn an, um ihn vor Esther zu warnen. »Sie ist, na ja, im Augenblick sehr jüdisch.«

Die erste Besucherin in der Wood Avenue war Jane Trimble, und ehe noch sein Vater kam, rief Onkel Oscar an.

»He, Denny Dämlich – wieder da?«

»Ja.«

»Na und?«

»Wie geht's dir, Onkel Oscar?«

»Jiffy-Sonnenbrillengläser. Was hältst du davon?«

»Ich verstehe nicht.«

»Idiot, was gibt's da groß zu verstehen? Wenn draußen die Sonne scheint, so richtig grell, also, dann holst du deine Tube Jiffy aus der Tasche und sprühst es auf die normalen Gläser. Instant-Sonnenbrille.«

»He, das klingt fabelhaft!«

»Aber es gibt da ein Problem.«

»Was denn?«

»Die Formel, mein Lieber. Woraus soll ich das Spray machen?«

Am nächsten Tag erschien Reuben frühmorgens mit einem Kasten eisgekühltem Labatt's, einem Dutzend roter Rosen, einem batteriegetriebenen Feuerwehrauto und einer Puppe, die quäkte, wenn man sie versohlte. Alex' Herz eroberte er im Sturm, Pauline gegenüber verhielt er sich schüchtern. Warf ihr verstohlen bewundernde Blicke zu, sobald sie ihm den Rücken kehrte, hielt Joshua die Faust mit dem Daumen nach oben unter die Nase, war ihr selbst gegenüber jedoch schüchtern, bis sie sagte: »Es tut mir leid, Mr. Shapiro …«

»Reuben.«

»... aber wir haben bisher noch nicht mal einen Stuhl für dich.«

»Ach was, Kind. Mach dir deswegen nur keine Sorgen. Die Möbel kommen in einer Stunde.«

»Was für Möbel?«

»Also, hm. Na ja. Die Möbel. Hast du's ihr denn nicht gesagt, Josh?«

»Sag du's ihr, Daddy.«

»Du liebst Antiquitäten, hat Joshua gesagt. Also, hm, und die sind hierher unterwegs.«

»Stimmt das, Josh?«

Joshua nickte und kehrte ihr unvermittelt den Rücken, um die nächste Packkiste aufzustemmen. Reuben begann Geschirr zu stapeln.

»He, Moment mal, alle zusammen! Aufhören! Ich will ja nicht undankbar sein, aber habt ihr vielleicht mal daran gedacht, dass ich die Möbel für mein Haus eventuell gern selbst ausgesucht hätte?«

»Aber sicher! Deswegen hab ich sie ja auch zur Ansicht bestellt. Stimmt's, Josh?«

»Ja, das stimmt.«

»Alles, was dir nicht gefällt, geht sofort zurück und scheiß drauf. Entschuldige.«

»Und woher kommen diese Möbel?«

»Tja, woher?« Reuben kratzte sich den Kopf. »Also, aus dem Antiquitätenladen natürlich.«

»Aus welchem?«

»Frag doch Josh.«

»Huchette.«

»Genau. In der St. Jerome. Bei der Esso-Tankstelle links.«

»Von dem Geschäft hab ich noch nie was gehört.« Pauline machte sich auf eine Ladung geschmackloser Möbel gefasst, die sie nicht ablehnen konnte, ohne ihren Schwiegervater zu kränken. Verdammt noch mal, Josh!

»Also, dieser Huchette leitet für meinen alten Freund Colucci so eine Art Lagerhaus, und da konnte ich mir alles aussuchen.«

Vor dem Haus hielt ein riesiger Möbelwagen, und die Männer begannen abzuladen. Einen langen Refektoriumstisch aus Eiche. Acht hochlehnige Stühle. Eine wunderschöne Standuhr. Ohrensessel aus Leder. Ein gepolstertes Sofa. Eine Messingbettstelle. Kommoden. Einen antiken Spiegel. Pauline stand sprachlos, überwältigt da, und dann rief sie auf einmal: »Halt!«

Die Männer setzten keuchend das schwere Eichenbuffet ab.

»Ich dachte, dir gefällt so was«, sagte Reuben, der Joshua einen finsteren Blick zuwarf.

»Natürlich gefällt es mir. Es ist wunderschön. Aber hast du eine Ahnung, was solche Sachen heutzutage kosten?«

Reuben wippte strahlend auf seinen Hacken. »Das ist, na ja, mein Hochzeitsgeschenk.«

»Aber das können wir nicht von dir annehmen, Reuben. Es ist viel zu viel.«

Reuben öffnete eine Flasche Labatt's.

»Lassen wir doch die Männer erst mal alles reinbringen«, schlug Joshua vor. »Hinterher können wir dann diskutieren.«

Pauline schwankte.

»Okay, Jungs«, sagte Reuben. »Bringt den Rest rein.«

Einen Rollsekretär. Einen Marmortisch mit schmiedeeisernem Fuß. Einen Farbfernseher. Lampen. Noch ein Sofa. Und immer mehr holten die Männer aus dem Möbelwagen. Bekümmert rief Pauline Joshua zu sich in die Küche. »Er ist doch nicht reich. Wir können das nicht alles von ihm annehmen. Das wäre nicht anständig.«

»Ja, aber er ist äußerst empfindlich. Wir wollen ihn schließlich auch nicht kränken.«

Schließlich gingen die Möbelpacker doch, und Joshua sah mit seinem Vater voller Besorgnis zu, wie die tief beeindruckte und offensichtlich total verblüffte Pauline zwischen ihren neuen Besitztümern umherwanderte, hier in eine Schublade lugte, dort mit der Hand über eine Fläche strich oder zurücktrat, um einen Lehnsessel besser betrachten zu können. Dann trat sie hinter den Farbfernseher, hielt sich dort einen Augenblick auf und fuhr mit todernster Miene wieder hoch. »Bitte setzt euch«, verlangte sie.

Reuben nahm Platz.

»Beide.«

Joshua nahm den anderen Lehnsessel.

»Sind diese Sachen etwa gestohlen?« fragte sie mit bebender Stimme.

Joshua blickte seufzend zur Decke.

»Wie kommst du denn auf die Idee?« erkundigte sich Reuben.

»Weil ihr«, antwortete sie, »wenn ihr euch die Rückseite des Fernsehers näher betrachtet, unmöglich übersehen könnt, dass sich jemand große Mühe gegeben hat, die Seriennummer herauszufeilen.«

»Heilige Scheiße!« fluchte Reuben. »Diesen Händlern kann man doch nicht über den Weg trauen. Einer verlogener als der andere.« Er inspizierte den Fernseher ebenfalls. »Zum Glück kommt der hier nicht von Huchette. Den hab ich in der Craig Street gefunden, und dahin geht er sofort zurück.«

»Warum rufen wir nicht einfach die Polizei?« meinte Joshua.

»Also ja. Stimmt. Guter Gedanke. Wir könnten es melden. Was meinst du, Pauline?«

Sie zögerte. Annähernd – aber durchaus nicht ganz – überzeugt, machte sie einen kleinen Rückzieher. »Tut, was ihr für richtig haltet. Ich muss das Mittagessen für Alex machen.«

Am folgenden Abend luden Reuben und Esther sie in ein koscheres Restaurant ein. Für Reuben hatte Pauline sich bereits erwärmt und war in seiner Gegenwart ganz ungezwungen, Esther jedoch schüchterte sie ein. Eine wiedergeborene, finstere, nachdenkliche Esther.

»In welchem Glauben«, wollte Esther von ihr wissen, »werden meine Enkelkinder erzogen werden?«

»Lass den Quatsch!« befahl ihr Reuben.

Nervös und mehr als nur ein bisschen beschwipst, erklärte Pauline ihrem Schwiegervater, was für ein Gentleman sein Sohn geworden war. Er betrete, berichtete sie, ihr Boudoir niemals, ohne seine Hose sauber zu falten und sich gründlich zu waschen, nur seine Brieftasche legte er nicht mehr unters Kopfkissen. Außerdem ließ sie durchblicken, dass er sie bisher noch niemals geschlagen habe.

»Das hätte er dir nicht erzählen dürfen.« Reuben war ernst, aber erfreut.

Esther dagegen kochte innerlich, wie Joshua sah; sie fühlte sich offenbar ausgeschlossen.

Und nun, zwei Tage später, als er mit ihr in der N. D. G.-Wohnung seiner Eltern saß, während Reuben im Blue Bonnets war, sagte sie: »Schenk mir noch einmal ein, *jingele mein*«, und er mixte ihr einen Dewar's mit Schuss.

»Armer Ruby«, meinte sie.

»Das habe ich nicht gesagt.«

»Aber jetzt, im Moment, tut er dir leid, hast du das Gefühl, er hätte mich nie zu heiraten brauchen, wenn du nicht gewesen wärst.«

Einmal hatte Joshua sich ein Herz gefasst und den Vater gefragt, warum er Esther überhaupt geheiratet habe.

»Glaubst du, das war meine Idee? Die war 'n Boxfan. Immer wieder kam sie zu meinen Kämpfen, schrie wie verrückt, warf dem Ringrichter Schimpfwörter an den Kopf und weinte, wenn ich getroffen wurde. Trieb sich vor dem Umkleideraum rum. Eine Leventhal. Ich weiß nicht, wie oft sie mir einen Heiratsantrag gemacht hat, bis ich endlich Ja gesagt habe – unter der Bedingung, dass sie nie wieder zu meinen Kämpfen kam. Ich stand ganz schön dämlich da.«

»Hast du sie denn nie geliebt?« fragte Joshua ärgerlich.

»Weiß ich nicht mehr.«

»Verdammt mies von dir.«

»Diese Leventhals haben mir 'ne Menge Schwierigkeiten gemacht. Behandelt haben die mich wie 'n Haufen Dreck.«

Joshua holte sich auch ein Glas und schenkte sich ein.

»Ich weiß, du hasst mich«, stellte Esther fest.

»Was sagst du da?«

»Ed Ryan. Erinnerst du dich?«

»Ja, ich erinnere mich.«

»Du kamst an dem Tag aus dem Belmont Park, und als du mich da stehen sahst, wusstest du alles, und dann warfst du mir diesen Blick zu, *seinen* Blick, und dann kam er aus Michigan heim, das zweite Mal meine ich, und es war ganz egal, wie viel Huren er gehabt hatte, als er sich da draußen versteckt hielt, oder was ich durchgemacht hatte, mit meinen Sorgen um ihn, er kriegte es raus, vielleicht hat es ihm auch Colucci gesteckt, dieser Gangster, und Ed Ryan wurde für immer zum Krüppel, und ich fing an zu trinken, mein Sohn.«

»Von seinen Huren wusste ich nichts, damals noch nicht, aber ich erinnere mich, dass du mich immer ausgesperrt hast, damit du mit Ryan ungestört bleiben konntest.«

»Ich will dir mal was über deinen kostbaren Vater verraten, mein Sohn. Er ist unfähig zu einer dauerhaften Verbindung mit einer Frau, die mehr als fünf und zwei von ihm verlangt, und sag mir nicht, du wüsstest nicht, was das heißt. Du bist schließlich auch zu Kitty gegangen. Wie der Vater, so der Sohn.«

»Wenn ich aus der Schule kam, hat dein Schlafzimmer nach Ed Ryans Zigarrenrauch gestunken.«

»Na und? Mr. Ryan pflegte mir Blumen mitzubringen. Dein Vater hat mir 'n Tripper verpasst.«

»Mein Gott, Mutter! Es gibt Dinge, die ich nicht unbedingt wissen muss.«

»Weißt du, wie lange Mr. Ryan hinter mir her war, und all die anderen, während dein Vater im Kittchen saß oder untergetaucht war?«

»Das interessiert mich einen Dreck.«

»Du interessierst dich einen Dreck für mich. Na schön. Ich hab's verdient. Ich habe dich nie gewollt.« Sie griff nach der

Flasche. »Weißt du noch? Ich musste jede Woche einen ganzen Film von dir vollknipsen. Von seinem kostbaren Sohn. Und weißt du, warum? Er fürchtete, ich könnte dir was antun. Als Baby, als du Diphtherie hattest, konnte ich überhaupt nicht schlafen, ich wurde beinahe verrückt, und einmal hab ich dich so geschlagen, dass er den Arzt holen musste. Ich hasste es, deine verschissenen Windeln zu wechseln. Wärst du nicht geboren, hätte ich mit ihm nach Michigan gehen können, und wir hätten ein neues Leben angefangen. Damals gab es noch Hoffnung für uns.«

»Aber ich dachte, du hättest ihn nur geheiratet, weil ich unterwegs war.«

»Ich war so schön, ich hätte zum Film gehen können. Die wollten Probeaufnahmen von mir machen.«

»Wer?«

»Wer? Wo? Warum? Wann? Ich brauche der Polizei keine Fragen mehr zu beantworten. Leute eben. Du bewunderst ihn, nicht wahr?«

»Ja.«

»Und wenn ich dir nun sagen würde, dass er, soweit ich weiß, mindestens einen Menschen umgebracht hat, was würdest du dazu sagen, Mr. Schriftsteller?«

»Im Ring?« warf Joshua voll Unbehagen ein.

»Er war schnell. O ja, in seiner guten Zeit gab es wohl keinen, der schneller war. Peng, peng, und schon wieder weg. Aber ausgeknockt hat er nicht allzu viele.« Sie hielt inne. »Nein. Nicht im Ring. Auf einer Nebenstraße auf unserer Seite der Grenze von Vermont hat er einen Mann umgelegt. Als er für die Gurskys geschmuggelten Alkohol fuhr. Bei einer Schießerei.«

»Aha.«

»Hör mal«, fragte sie lächelnd, »weiß die Senatorentochter eigentlich, in was für eine Familie sie hineingeheiratet hat?«

»Ich glaube nicht.«

Esther lachte. Joshua auch.

»Das wusste ich auch nicht. Er. Dieser verrückte Oscar.

Dein Onkel Harvey hat mich angefleht, für deinen Vater nicht einfach alles hinzuschmeißen. Er wollte, dass ich zur McGill gehe. Aber ich war sexbesessen, und Reuben war anders als alle, die ich bis dahin kannte, und er versicherte mir, er werde Weltmeister werden, und ich glaubte es ihm, und sieh ihn dir jetzt an. Ein ehemaliger Sträfling mit Kreissäge. Laufbursche für einen Verbrecher. Wusstest du, dass er für Colucci den Leuten die Finger gebrochen hat?«

»Ja.«

»Dann erzähl das mal der Senatorentochter.«

»Was hast du eigentlich gegen Pauline?«

»Ihr Alter. Und die Art, wie du ihr überall mit den Blicken folgst. Sobald ich Arbeit finde, werde ich deinen geliebten Vater verlassen. Es war ein Fehler, mich mit ihm zu versöhnen.«

»Aber ich dachte, das wäre deine Idee gewesen.«

»Denk mal gut nach. Wie dem auch sei, es klappt einfach nicht. Ich möchte mehr als fünf und zwei von seinem lausigen Leben.«

»Was hast du vor?«

»Ich habe so meine Pläne.«

»Kann ich dir irgendwie behilflich sein?«

»Ich brauche dein Geld nicht. Ich habe selbst eine Familie.«

Joshua zuckte zusammen.

»Das saß, wie? Gut. Du hast mir auch oft wehgetan. He«, lenkte sie plötzlich ein, »was war, als der Alabama Assassin gegen den Brockton Blockbuster antrat?«

»Rocky Marciano schickte ihn in der achten Runde zu Boden.«

Die Mutter begann zu weinen. »Und wen schlug Floyd Patterson im Kampf um die Krone?«

»Archie Moore. Fünfte Runde. Chicago. Dreizehnter November sechsundfünfzig.«

»Vielleicht suche ich mir einfach einen jüngeren Mann«, sagte sie, während sie sich noch einen Drink einschenkte. »Einen, der mich ficken kann wie damals Mr. Ryan.«

»Verdammt noch mal, Ma!«

»*Weinst du eigentlich nie?*«

»Nein.«

»So alt bin ich noch nicht, weißt du. Ich kann's immer noch. Und sie würd's verstehen, deine Klasse-Puppe. Weil sie nämlich rumgekommen ist, mein Sohn.«

»Pauline und mir wird es an nichts fehlen.«

»Sie hören die Sechs-Uhr-Nachrichten. Ihnen gewidmet von undankbaren Kindern, empfohlen von den meisten Ärzten. Guten Abend, Mr. und Mrs. America, und alle Schiffe auf hoher See. Die letzte Meldung. Joshua Shapiro hat über seinem Stand geheiratet.«

»Wie der Vater«, sagte er provozierend, »so der Sohn.«

»Ich war eine Leventhal.«

»Dafür kann ich mir auch was kaufen!« Aber sie reagierte nicht. Sie erinnerte sich nicht.

»Du hast nie was für sie übriggehabt, aber als du Ärger mit den Cops hattest, wer hat sich dann immer für dich eingesetzt? Dein geliebter Vater oder Onkel Harvey?«

»Daddy hat mir einmal erzählt, dass sie ihn wie ein Stück Dreck behandelt haben.«

»Okay. Na und? Wir waren doch eine viel kultiviertere Familie. Ich konnte Klavier spielen. An den hohen Feiertagen trugen wir, die Leventhal-Girls, weiße Handschuhe. Ich hab mir nicht beim Anblick des erstbesten Polizisten gleich in die Hose gemacht. Mein Vater ist mit mir zu Vorträgen gegangen. John Mason Brown. Pierre von Paassen. Wir haben Symphoniekonzerte besucht. Einmal, weißt du, habe ich deinen Vater gebeten, mit mir in *Macbeth*, zu gehen, Donald Wolfit war in Montreal, im His Majesty's, und weißt du, was er da gesagt hat? ›Shakespeare‹, hat er gesagt. ›Nimm die feinen Kostüme weg, und das Degengeschepper, und was bleibt übrig? Verse, verdammt noch mal!‹«

Joshua konnte sich das Lachen nicht verbeißen.

»Ich wusste, dass du das komisch findest.« Sie weinte und

lachte jetzt gleichzeitig. »*Sag ihm, er soll mich nie wieder verlassen. Sprich du mit ihm.*«

»Aber ich dachte, du hättest gesagt …«

»Du dachtest. Ich habe gesagt. Er hat gesagt. Ich habe nicht gesagt. Scheiße!« schrie sie und fegte sein Glas vom Tisch.

Joshua nahm seine zitternde Mutter in die Arme. Er streichelte ihr das dichte schwarze Haar. Mein Gott, ist sie klein! Das ist mir nie aufgefallen.

»Lass mich los«, verlangte sie und stemmte sich gegen ihn.

»Möchtest du, dass ich mit ihm spreche?«

»Auf gar keinen Fall!«

»Was willst du denn?«

»Weiß ich's?«

Er bückte sich, um das zerbrochene Glas aufzuheben.

»Verdienst du wenigstens genug, um deine Familie ernähren zu können, Mr. Schriftsteller, oder lebst du von ihren Aktien?«

»Ich habe noch nie einen Penny von ihr genommen.«

»Das kommt noch. Wart's nur ab. Dann wird sich ihre Herkunft bemerkbar machen. Westmount wird sprechen. Lass dir nur nicht den Schneid abkaufen, mein Junge.«

3 Geld, Geld.

Früher konnte er, ohne einen Gedanken an das Morgen zu verschwenden, Barclay eine Kontoüberziehung abschwindeln und, die Taschen mit knisternden, weißen, taschentuchgroßen Fünfern vollgestopft, in BHs mit Frontverschluss, Kleidern von Renata und weicher, schmiegsamer Wäsche im Dior-Stil schwelgen. Die *finca* in San Antonio mitsamt der Köchin hatte ihn über fünfzig Dollar pro Monat gekostet. Ein Verlagsvorschuss von 150 Pfund hatte genügt, ihn unbeschwert mit einem Buch beginnen zu lassen. Seinem ersten Buch. Heute jedoch erschien ihm der Vorschuss von 25 000 Dollar, den er seinen Torontoer und New Yorker Verlegern für *das* Buch über

Eishockey abgeknöpft hatte, wie ein Almosen, eine Beleidigung für die viele Arbeit, die es ihn, wie er wusste, noch kosten würde, die nötigen Recherchen anzustellen und das Buch zu schreiben. Heute hatte er eine Frau, die an Champagner und Kool-Aid im Kühlschrank gewöhnt war, und dazu drei Kinder, die von ihm die *richtigen* Skistiefel erwarteten. Heute verdiente er mehr Geld, als er es sich jemals erträumt hatte, und dennoch schien er niemals genug zu haben.

Wo es herkam und wohin es ging, das waren Fragen, die ihn noch immer vor ein Rätsel stellten.

Da war der dicke Scheck für die Sportkolumne, die er sich noch immer einmal im Monat abrang; ein dünnes Rinnsal von Tantiemen für Paperback-Neuauflagen von Büchern, an die er sich sonst nur ungern erinnerte; Zeitschriftenaufträge aus New York; und, vor allem, das Geld, das er mit seiner Fernseharbeit für CBC-Interviews verdiente. Und mit Dokumentarfilmen, die er selbst kommentierte.

Jedes Jahr trug er diese voraussichtlichen Einkünfte sorgfältig in ein Kontobuch mit beruhigend linierten Seiten ein, überschlug die zu erwartenden Ausgaben, fügte gewissenhaft zehn Prozent hinzu und kam schwankend aus dem Arbeitszimmer, um Pauline zu unterrichten, dieses Jahr sei *das* Jahr, das ganz große, in dem er mindestens fünftausend Plus machen würde. Na, was sagst du dazu? Umarmung, Umarmung. Küsschen, Küsschen. Doch wenn das Jahr vorüber war, stand er unfehlbar mit 75 000 Dollar in der Kreide und wartete wieder, ein Grub Street Mr. Micawber, wartete darauf, dass sich etwas ergab.

Einmal war es der Verkauf seines Manuskripts an diesen Esel Colin Fraser in Calgary gewesen. Fraser, der sozusagen aus der Versenkung aufgetaucht war und mit einem jungen Schauspieler zusammenlebte. Ein anderes Mal war es ein riesiger Tantiemenscheck aus Ostdeutschland gewesen, für eine Volksausgabe der *Volunteers.* Aber was jetzt, Joshua?

»Jawohl«, hatte Pauline gesagt, »ich habe ihm beim Kauf des

Bootes geholfen. Tausende hat er mich im Laufe der Jahre gekostet. Ich finanziere seine Träume.«

Kümmere dich nicht um seine Träume, Liebling, denn was ist mit meinen Albträumen?

Die Wahrheit war, Pauline konnte ihm nicht helfen. Bei dieser Inflation war die Summe, die noch aus ihrem Treuhandfonds hereintröpfelte, geringfügig. Also blieben Joshua zwei Möglichkeiten. Er konnte eine höhere Hypothek auf das Haus aushandeln und das Bargeld nehmen, oder er konnte endlich auf sein Erbe zurückgreifen, den langen, dünnen Schlüssel, der ihm immer noch an der Silberkette am Hals baumelte. Was jedoch den Schlüssel betraf, so war er abergläubisch; er wollte eigentlich gar nicht wissen, wie viele Aktien und andere Wertpapiere oder was sonst noch alles in Reubens Bankschließfach wuchsen und gediehen. Der Inhalt dürfe, meinte er, nur im allergrößten Notfall angegriffen werden. Wenn ihm zum Beispiel etwas zustieß und Pauline sich allein mit den Kindern durchschlagen musste. Außerdem wollte er nicht, dass Pauline von seinen Geldsorgen erfuhr. Sie war in letzter Zeit viel zu gereizt, ging bei jeder Gelegenheit in die Luft; der immer wieder verlängerte Aufenthalt des Spätentwicklers Kevin Hornby in der Stadt schien einen Schatten auf ihr Leben zu werfen.

Und der fröhliche Jack Trimble wurde auch lästig.

Nur eine Woche nachdem ihm Joshua im Troika die Stirn geboten hatte, rief er an und lud ihn abermals dorthin ein.

»Ich möchte mich entschuldigen, dass ich so empfindlich gewesen bin. Denn du«, sagte er vorsichtig forschend, »wolltest mich ja nur zum Besten halten, als du behauptetest, ich sei kein geborener Engländer.«

»Ja. Du hast recht«, antwortete Joshua unbehaglich.

»Und damit –«, Trimbles harte, kleine Äuglein glitzerten, »– war der Spaß ausgestanden.«

»Ja. Gewiss.«

»Ich habe dich hergebeten«, fuhr er fort, »weil ich einer ganz heißen Sache auf der Spur bin. Ich darf den Namen der Papiere nicht mal flüstern, so streng vertraulich ist das alles, aber wenn du mir zehntausend gibst, kann ich sie dir in drei Wochen verdoppeln.«

»Ich spekuliere nicht an der Börse, Jack.«

»Das ist keine Spekulation. Das ist eine todsichere Sache. Verstehst du?«

»Ich fürchte ja.« Joshua wurde steif. »Und es gefällt mir nicht. Davon abgesehen wüsste ich nicht, wo ich im Moment zehntausend Dollar hernehmen sollte.«

»Leih sie dir von deiner Bank.«

»Mehr Kredit, als ich schon habe, wird mir die Bank nicht gewähren.«

»Ich bürge für den Kredit. Ich könnte dir das Geld sogar selbst leihen.«

»Das ist nicht nötig, Jack! Du bist mir nichts schuldig.«

»Selbstverständlich bin ich dir nichts schuldig.« Seine Wangen wurden flammend rot. »So was Idiotisches! Ich versuche doch nur, wie ein Freund zu handeln. Ich dachte, das würdest du wenigstens anerkennen.«

Als der Herbst dem Winter wich, die Bäume kahl, die Pelzmäntel aus der Sommeraufbewahrung geholt wurden und überall Weihnachtsdekorationen auftauchten, begann der Investmentfonds, der Kevins Spezialgebiet in Trimbles Firma war, Aufmerksamkeit zu erregen. Und Kevin wurde, wie Joshua säuerlich bemerkte, in diesem Land, wo Propheten nichts galten, Profitgeier jedoch bewundert wurden, eine bekannte Persönlichkeit. Die *Financial Post* spendete ihm Beifall; der Wirtschaftsteil von *MacLean's* widmete ihm ein kurzes, aber schwungvolles Porträt: »Wunderknabe aus Westmount.« Bei allen Interviews zollte Kevin Jack Trimble vollen Tribut, dem anerkannten Finanzgenie, das ihm diese Chance geboten hatte, und sein aalglatter Wohltäter zahlte ihm unweigerlich mit gleicher Münze heim. »Kevin Hornby«, erklärte er einem Reporter nach dem anderen, »ist der Guy Lafleur meiner Firma. Ein Naturtalent. Wenn Coral *der* Erfolg des Jahres wird, nun, dann ist das allein ihm zu verdanken. Ich schätze mich glücklich, dass ich an seinen Gewinnen teilhaben kann.«

Diese Gewinne waren sichtlich fett, und nicht nur die Aktionäre, sondern auch Kevin bebte vor Entzücken, als Coral Tag für Tag Punkte gewann.

WUNDERKNABE AUS WESTMOUNT FLIEGT EIGENE MASCHINE lautete eine Schlagzeile in der *Gazette.* Kevin war nun nicht länger von den Launen kommerzieller Flugpläne abhängig, sondern flog mit seiner eigenen Beechcraft nach New York, Toronto, Calgary oder anderen Orten, wo er gerade wieder einmal zuschlagen musste. Er sei, berichtete der Reporter, der einzige Sohn Senator Stephen Andrew Hornbys, und ein Porträt dieses großen alten Mannes habe einen Ehrenplatz in seinem Büro. »Ich bin sehr glücklich, den alten Burschen da oben hängen zu haben«, wurde Kevin zitiert. »Er achtet darauf, dass ich ehrlich bleibe. Wacht über mich und meine Arbeit.«

Wie es unvermeidlich war, lief Joshua Kevin in der Sherbrooke Street über den Weg, nahe dem Viertel, in dem er sich eine Wohnung genommen hatte. Kevin bestand darauf, er müsse auf einen Drink mit hinaufkommen.

»Du hast ja keine Ahnung, wie unzulänglich ich mir in Gegenwart von Menschen mit echtem Talent vorkomme. Menschen wie du. Ich mache nur Geld«, sagte er und zeigte beim Lächeln sein Grübchen.

»Und wie es scheint, sogar eine Menge«, stellte Joshua nach einem Blick durch die Wohnung fest.

Auf dem Kaminsims waren Trophäen aufgereiht. Golf, Bridge, Angeln. Und überall standen Fotos von Kevin. Neben einem überdimensionalen Speerfisch an einer Hafenwaage. Mit goldblondem Haar, jünger, in der Pose eines Linienverteidigers, ein McGill-Redman. Mit zwei Starlets aus *Feuerball* schmusend. Außerdem gab es eine gerahmte Fotografie von Kevin und Pauline, wie sie sich auf dem Tennisplatz umarmten. Die Sieger im gemischten Doppel. Das war 1952 gewesen, aber der Mann, der nun vor ihm saß, frisierte sich mit Sorgfalt so, dass seine Haare eine wachsende kahle Stelle verdeckten. Er hatte Tränensäcke und rot geränderte Augen. Er bekam einen Bauch. Seine Hände waren alles andere als ruhig.

»Coral ist meine Rettung gewesen«, stellte er fest.

»Irgendwo habe ich gelesen, dass Jack dich für den Guy Lafleur der Börsenmakler hält.«

»Typisch für seine Generosität. Aber so weit würde ich wirklich nicht gehen. Ich finde eher, dass ich einfach Glück gehabt habe. Wie geht's Trout?«

»Pauline geht's gut, nur macht sie sich Sorgen um dich.«

»Sorgen? Aber mir geht's doch fabelhaft! Sie sollte sich freuen.«

»Oh, aber natürlich freut sie sich. Genau wie ich.«

»Nun werde bloß nicht überschwänglich!«

»Solange«, fuhr Joshua fort, »du nichts tust, womit du sie oder den Senator kränkst.«

»Sprichst du jetzt auch schon für ihren Vater?«

»Nein.« Joshua machte einen Rückzieher. »Eigentlich nicht.«

»Aber ich habe gehört, dass ihr zwei euch hervorragend versteht.«

»Überrascht dich das?«

»Wie geht's dem alten Knaben denn jetzt?«

»Glänzend, für sein Alter.«

»Interessant, findest du nicht? Dass ich einen Fremden nach meinem Vater fragen muss.«

»Dann fahr doch nach Ottawa und überrasche ihn mit deinem Besuch. Möglicherweise reagiert er darauf.«

»Oder er setzt mich wieder einmal vor die Tür.«

»Gib ihm eine Chance.«

»Kommt nicht infrage.«

Eine Woche darauf wurde Kevin in einem Artikel von *Chatelaine* zu einem von Montreals begehrenswertesten Junggesellen erklärt. Die Zeitschrift erschien am Tag von Trimbles alljährlicher Guy-Fawkes-Party, und Kevin, der erst ziemlich spät – mit einem Mannequin an jedem Arm – erschien, nahm die unvermeidlichen Witze augenzwinkernd hin. Es war, wie allgemein bestätigt wurde, die üppigste von allen Trimble-Partys, und Joshua sollte sich, mit später Einsicht geschlagen, nachdenklich fragen, ob er nicht damals schon gewusst hatte, dass es die letzte sein würde.

Die Atmosphäre war natürlich betont britisch. Überall Lampenschirme, Papierkörbe und Aschenbecher mit dem Union Jack. Von Harrod's war Räucherlachs herübergeflogen worden, von Fortnum's die Kipper für jene, die noch zum Frühstück blieben. Kellnerinnen überreichten jeder Dame, die das Wohnzimmer betrat, eine Queen-Elizabeth-Rose. Wie Straßenmusikanten kostümierte Kellner servierten an einer Theke Muscheln und Schnecken; sie reichten runde, mit brutzelnden braunen Buletten, schottischem Ale oder Champagner beladene Tabletts herum. Es gab den Pearly King und die Pearly Queen und Discomusik von einer Gruppe namens Lambeth Walk. Einen Schauspieler mit Cockney-Akzent hatte man zum Braten von Fisch und Chips engagiert. Dover-Seezunge. Die echte. »Und nur die echten Québécois hier«, verkündete der rotwangige Trimble prahlend und unter Jubelrufen, »dürfen Essig auf ihre Pommes frites träufeln.«

Vor dem Feuerwerk draußen im Garten begann nasser Schnee zu fallen, doch das schmälerte den Glanz kein bisschen. Alle oohten, alle aahten. Feuerräder. Explodierende Sterne. Zischende Raketen. Wasserfälle. Crackler. Chaser. Kometen. Und schließlich die *pièce de résistance:* Charlie stapfte in Gummistiefeln hinaus, setzte die lange Zündschnur einer komplizierten Konstruktion in Brand, lief zurück, und gleich darauf klatschten sie alle Beifall; ja, es gab sogar ein paar trotzige Hochrufe, als unverwechselbar die Porträts Ihrer Majestät Königin Elizabeth II. und Prinz Philips zuckten und spien, bevor sie den bedeckten Himmel des getreuen Westmount, einer belagerten Kolonie, illuminierten.

Nach Ansicht einiger Gäste war diese letzte Darbietung in

Anbetracht der Zeitläufte eine überflüssige Provokation. Izzy Singer angelte sich die Gesellschaftskolumnistin des *Star* und zog sie in eine Ecke.

»Ihren Namen habe ich bereits notiert«, erklärte sie ihm ungeduldig. *Und* Mrs. Singers Kleid. Eine eng anliegende himmelblaue Robe aus bedruckter Seide.«

Nein, nein, widersprach Izzy erregt; diesmal wünsche er auf gar keinen Fall, dass sein Name auf der Gästeliste erscheine.

Peinlich, peinlich, meinte ein anderer. Schließlich zähle zu Trimbles Nachbarn auch ein Kabinettsminister der Parti Québécois.

»Ach was, der kann mich mal«, entgegnete Trimble.

Und dann war Trimble, der scheinbar überall zugleich gewesen war, urplötzlich verschwunden. Die Lichter wurden gedämpft, und eingeweihte Gäste begannen zu kichern, erklärten den Neulingen, jetzt komme sein eigener Auftritt. In einem – unvergesslichen – Jahr sei es gewesen: »Maybe It's Because I'm a Londoner That I Love London So.«

Moment. Der ist wirklich 'ne Marke. Umwerfend. Zu komisch. Ein Witzbold. Jetzt paradierte er doch tatsächlich da draußen herum, während die Lambeth Walk einen Tusch spielten. Grell geschminkt, den Cupidomund mit Lippenstift gekleistert. Mit Perücke. Trimble im Fummel. Junge, Junge. Die Robe aus den fröhlichen Neunzigern von überdimensionalen Brüsten gehoben. In hohen Knöpfstiefeletten. Der hängebackige, hartäugige Trimble grinste seinen vor Vergnügen quietschenden Gästen zu und sang mit starkem Cockney-Akzent:

»My word, I've had a party,
My word, I've had a spree!
Believe me or believe me not,
It's all the same to me!
I'm wild with exaltation,
I'm dizzy with success,

For I've danced with a man who –
Well, you'll never guess!

I've danced with a man who's danced with a girl
Who's danced with the Prince of Wales!
I'm crazy with excitement,
Completely off the rails!
And when he said to me what she said to him
The Prince remark'd to her,
It was simply grand!
He said, ›Topping band!‹
And she said, ›Delightful, Sir!‹
Glory, glory hallelujah,
I'm the luckiest of females,
For I've danced with a man who's danced with a girl
Who's danced with the Prince of Wales!«

Als die Lichter gedämpft wurden, sah Joshua flüchtig, dass Jane in gespieltem oder vielleicht sogar ehrlichem Entsetzen den Kopf an Kevins Brust barg. Jetzt jedoch, als das Licht unter beifälligem Lachen und Händeklatschen wieder heller wurde, stand sie allein. Kevin war fort. Und auch Pauline war nirgends zu sehen. Jane gab Joshua einen Wink und ging ihm voraus in eine Zimmerecke, wo sie ihn erwartete. »Sie sind in der Bibliothek«, erklärte sie. »Eine Aussprache. Wurde auch Zeit. Du hast mir noch nicht gesagt, wie bezaubernd ich heute aussehe.«

»Das wollte ich mir für einen intimeren Moment aufheben.«

»Sie kann es nicht verwinden, dass sie nicht mehr seine Spielmeisterin ist. ›Jetzt einen großen Schritt, Kevin. Jetzt nicht, Kevin.‹ Wenn ich gemein wäre …«

»Wenn du *was* wärst?«

»… würde ich vielleicht sogar sagen, es bekümmert sie, dass er endlich auf eigenen Füßen steht.«

»Unterschätze nur meine Frau nicht.«

»Alle steigen bei Coral ein. Abbott, Hickey, McTeer, die

Friars ... Bisher haben sie sich zurückgehalten, waren skeptisch, aber jetzt können sie nicht schnell genug investieren.«

»Vielleicht«, meinte Joshua, »erzeugt nichts so schnell Verzeihung, lässt nichts Westmounts Herz so heftig klopfen wie das Parfüm schnell verdienten Geldes.«

»Ah, da kommt Pauline.« Mit strahlender Miene neigte sich Jane zu Joshua hinüber, um ihn zärtlich auf die Wange zu küssen, damit Pauline es auch wirklich sah.

Pauline hatte geweint und wollte sofort nach Hause.

Als sie im Wagen saßen, berichtete sie: »Er kauft sich eine Eigentumswohnung in der Stadt. Für hunderttausend Dollar. Er besichtigt Grundstücke am See. Ach ja, und er und Jack wollen ins Filmgeschäft einsteigen. Irgendwas mit Abschreibungsgeldern. Er wollte wissen, ob du Ideen für Drehbücher hast.«

»Mann!« sagte Joshua. »Um Gottes willen!«

»Und sieh mal hier.« Während sie vor ihrem Haus hielten, reichte sie ihm einen gefalteten Umschlag. »Teilrückzahlung.«

Das Kuvert enthielt einen Scheck über fünftausend Dollar und ein Zertifikat, das sie als Besitzerin von Coral-Aktien im Wert von weiteren fünftausend auswies.

»Er sagt, die Aktien sind schon jetzt mehr als achttausend wert, und ich soll sie unbedingt behalten. Das werde ich, glaube ich, auch tun, aber den Scheck kannst du haben, wenn du mich heute Nacht vergessen lässt, dass ich die Mutter von drei Kindern bin.«

4

Gute Nachrichten.

Am nächsten Morgen brachte die Post ein Schreiben seines amerikanischen Verlegers, in dem dieser meinte, die Zeit sei reif für eine weitere Auflage seiner *Volunteers*, falls Joshua bereit sei, noch einmal nach Spanien zu reisen, um Material für ein neues Vorwort zu sammeln.

The Volunteers war nach acht Jahren Arbeit 1966 endlich veröffentlicht worden. Von der kanadischen Ausgabe waren sechshundert Exemplare verkauft worden; von der amerikanischen fast fünftausend; und von der englischen über drei. Doch es hatte eine schöne Anzahl von Übersetzungen gegeben. Die Kritiken waren überraschend weit gestreut und zum größten Teil schmeichelhaft gewesen. Und – am schönsten – Pauline und die Kinder hatten ihm zwei Wochen vor dem Erscheinen des Buchs in England ein Flugticket nach London geschenkt, damit er bei der Präsentation anwesend sein konnte.

London, das wahnwitzige London, im Jahre 1966 bereits als »swinging« bezeichnet, die Party in vollem Gang.

Jean Shrimpton wich Twiggy; die Beatles den Rolling Stones. Germaine Greer machte in der Rezension eines Kochbuchs im *Spectator – Consuming Passions, A History of English Food and Appetiter* – der Verfasserin Philippa Pullar Vorwürfe, weil diese »kein Wort von dem bezaubernden Brauch erwähnt hat, Fisch zwischen den Schamlippen zu marinieren und ihn so zu einer Delikatesse für einen Liebhaber zu machen«. Ein Rezept, das bei Weitem nicht an den Schmalzhering heranreichte, den Morty Zippers Großmutter für sie zu machen pflegte.

Joshua, der noch am Vormittag seiner Ankunft zum World's End, seinem ehemaligen Stammpub, pilgerte, war perplex über die Verwandlung dieser einst abblätternden Straße in einen der flottesten Boulevards Londons. Aufgemöbelte Trödelläden offerierten jetzt »Antiquitäten« zu horrenden Preisen. Der säuerliche Apotheker seligen Angedenkens in der King's Road, der Gemüsehändler und der Besitzer des Süßwarenladens, die sich jahrelang abgerackert und doch nur einen kleinen Jahresgewinn herausgeschunden hatten, waren unverhofft auf eine Goldmine gestoßen und vermieteten ihre Pachtgrundstücke für teures Geld an Le Drugstore, Boutiquen namens Skin, Just Men oder Take 6 sowie an wahnsinnig beliebte »In«-Restaurants und Clubs wie Alvaro's und Dell'Aretusa.

Wie Joshua erfuhr, gehörte Alvaro Maccioni, der ehemalige Kellner und Besitzer beider Lokale, zu einem Ausschuss von fünfzehn gesellschaftlich Versierten, der über Aufnahmeanträge in den Dell'Aretusa entschied. Nur die Reichen, nur die Berühmten hatten eine Chance.

»Ich wähle«, erklärte Alvaro einem Reporter, »diese Leute nicht etwa, weil ich sie für besser halte als andere, sondern weil sie etwas zu sagen haben. Der Mann, der jeden Tag morgens aufsteht und in die Fabrik geht, um irgendein Werkzeug oder so was herzustellen – was kann mir der schon über das Leben erzählen? Ich habe nichts gegen den armen Teufel, aber mit dem kann ich mich höchstens über Fußball und Frauen unterhalten.«

Joshua war, auf Margarets Bitte, in die King's Road gekommen, um seinen Patensohn zum Lunch auszuführen. Murdochs Sohn Ralph. Ralph hatte Schwierigkeiten in St. Paul's. Er war beim Potrauchen erwischt worden. Und Murdoch hatte ihm auch nicht gerade geholfen, als er den Direktor beschimpfte, er sei ein verdammter Heuchler, und Pot würde außerdem bald legalisiert werden. Joshua, der im Eight Bells auf Ralph wartete, blätterte in einer der neuen Zeitschriften, *Climax*, die er an einem benachbarten Zeitungsstand gekauft hatte.

> JEDEM SEINE PERSÖNLICHE VICKY-MOSS-SCHWANZKERZE
> Dies ist sie, Leute, eure Chance, eine persönliche Vicky-Moss-Schwanzkerze zu erwerben, eine wunderschöne, bunte, realistische Kerze in Form eines steifen Schwanzes, die ihr nur bei uns erhalten könnt. Garantiert ein unerschöpfliches Gesprächsthema! Diese Kerzen sind so realistisch, dass man sie auch zum selben Zweck wie ihr Vorbild benutzen kann, doch offerieren wir sie ausschließlich als Novität. Zwei Größen: normal und Vicky-Moss-Cannonball-Special.

Für Ralphs Generation hatten Joshua, Murdoch und die anderen einst einen berühmten Sieg erstritten. Nach Ypern, nach der Schlacht um England hatten nie mehr so viele Heranwachsende so wenigen Streitern für die Freiheit des Einzelnen so viel verdankt. Als unser St. Crispin's Day kam, dachte Joshua, haben wir wahrhaftig jene dünne rote Linie gehalten. Der *Times* mutige Briefe geschrieben, empört den Zeugenstand betreten und dafür gesorgt, dass der Bann auf einem der langweiligsten Romane, die jemals geschrieben wurden, *Lady Chatterley's Lover*, endlich aufgehoben wurde. Und so bestand das Erbe des glücklichen Ralph aus *Climax, Forum* und Pornofilmen.

Ralph und seine Altersgenossen waren nicht mit lähmenden jüdischen, calvinistischen oder katholischen Lügen erzogen worden. Eigennützigen Lügen. Anders als ihre Väter, waren sie nicht durch die offenkundigen Heucheleien von Kirche oder Synagoge geknebelt. Ralph war nicht so beeinflusst worden, dass er beim Onanieren fürchten musste, zu erblinden, sondern Stolz auf seinen kräftigen Strich empfand. In seinem Erbe gab es keine verbotenen Speisen. Oder Erbsünden. Befreit von einem unglaubwürdigen Klassensystem, fühlte er sich von einer auf Kasten beruhenden Gesellschaft angezogen. Das heißt, er war ein freier, suchender Geist, beeindruckt vor allem von der Weisheit des Ostens, vom inneren Frieden, den er bei den hungernden Massen Indiens mit ihren geschwollenen Bäuchen vermutete. Außerdem war Ralph fasziniert von heidnischen Ritualen. Obwohl Joshua ihn seit Jahren nicht mehr gesehen hatte, erkannte er ihn, als er großspurig zur Tür hereinkam, sofort. Ralph war zu einem großen, schlaksigen jungen Mann herangewachsen, mit Margarets schiefen Zähnen, mit Murdochs schwachen, blinzelnden Augen und seinem strähnigen, widerspenstigen Haar. Er trug ein bis zum Nabel geöffnetes Samthemd, Hosen mit Schlag und dazu Sandalen. Er zuckte ständig, er kaute Nägel.

»Nimmst du mich mit in den Alvaro, Joshua?«

»Ich bin kein Mitglied«, antwortete er und erzählte Ralph von Alvaros Interview mit dem *Standard.* »Außerdem reden die meisten Schriftsteller, die ich kenne, ausschließlich von Frauen und Sport. Und wenn nicht davon, dann von Tantiemen. Wir würden auf gar keinen Fall dorthin passen.«

Stattdessen ging Joshua mit ihm in ein gutes, aber nicht als »in« bekanntes italienisches Kellerlokal, wo Ralph ihm anvertraute, er wolle Schriftsteller werden. »Aber mein Vater will, dass ich mich nicht Murdoch nenne. Die Kritiker, meint er, würden dann meine Arbeiten mit seinen vergleichen – zu meinem Nachteil.«

»Dein Vater hat viele liebenswerte Eigenschaften, aber zuweilen ist er ein Rindvieh. Nenn dich nur ruhig so, wie es dir passt.«

»Mir gefällt sein Kram sowieso nicht. Ihr schreibt beide immer davon, wie klasse es war, arm geboren zu sein. Aber das ist oberflächlich. Dieser ganze Küchenmief ist heute einfach nicht mehr in.«

»Das konnten wir doch nicht ahnen.«

»Und außerdem schreibt er jetzt ziemlich mies. Margaret kann ihm nicht mehr die Vorschüsse besorgen, die er früher gekriegt hat. Die Amerikaner sind nicht mehr an ihm interessiert.«

»Wie ich höre, hast du in der Schule Schwierigkeiten.«

»Ach, Scheiße, das war doch nur Pot. Und sie nehmen mich auch wieder auf. Rausschmeißen tun die einen nur, wenn man beim Dealen erwischt wird. Übrigens, Margaret raucht mit ihren Freunden auch. Oder vielmehr, mit meinen ›Onkeln‹, wie sie früher immer genannt wurden.« Er grinste. »Ich möchte nach Amerika.«

»Warum nicht? Aber zuerst machst du die Schule zu Ende.«

»Kannst du mir helfen, zum Film zu kommen?«

»Ich dachte, du wolltest Schriftsteller werden.«

»Ich möchte meine eigenen Drehbücher inszenieren.«

»Einer der wenigen Regisseure, die ich kenne«, entgegnete Joshua steif, »hat als Klappenschläger angefangen. Wärst du dazu bereit?«

Ralph lächelte mitleidig. »Mann«, sagte er, »du und mein Vater, ihr seid ein Pärchen! Heutzutage arbeitet man sich nicht mehr von unten rauf. Diese Zeiten sind vorüber.«

»Wie willst du aber dann erreichen, dass du deine eigenen Drehbücher inszenieren darfst?«

»Man muss sich einen gewissen Ruf verschaffen.«

»Und wie stellt man das an?« fragte Joshua, während er die Rechnung bezahlte.

»Nächste Woche werde ich im *Private Eye* erwähnt. Die haben das mit St. Paul's erfahren und wollen darüber schreiben.«

»Und das soll ein Anfang sein?«

»Allerdings«, behauptete er grinsend.

Bevor sie sich verabschiedeten, pumpte Ralph sich von ihm noch zehn Pfund. Margaret hatte ihn gewarnt, er versuche ständig von ihren Freunden zehn Pfund hier, einen Fünfer dort zu schnorren, er solle ihm bitte nichts geben. Doch Joshua mochte Ralph so wenig, dass er es ihm nicht abschlagen konnte.

»Danke, Onkel Joshua«, sagte Ralph mit wissendem Lächeln, und verschwand.

Bei einer Dinnerparty am selben Abend erfuhr Joshua, dass seine Tischdame soeben aus Ibiza zurückgekommen war. Ein so bezauberndes Fleckchen Erde!

Ob sie auch in San Antonio gewesen sei, erkundigte sich Joshua aufgeregt.

Ja.

Ob sie dort zufällig einen Deutschen kennengelernt habe. Groß, traurig. Einen gewissen Dr. Dr. Mueller.

Nein.

Und die Casa del Sol?

Großer Gott, es gebe dort jetzt so viele Hotels, da sei es schwierig, sich alle Namen zu merken.

Am nächsten Vormittag betrat Joshua ein Reisebüro am Sloane Square. »Können Sie mir ein Hotelzimmer auf Ibiza reservieren lassen?« fragte er.

Gewiss, Sir.

»In der Casa del Sol«, ergänzte er.

Aber sie konnten das Hotel nicht im Verzeichnis finden.

»In San Antonio«, erläuterte er.

»Tut mir leid, Sir. Ich kann's nicht finden.«

»Aber ich habe selbst dort gewohnt.«

»Wann denn?«

»Neunzehnzwoundfünzig.«

»Also, das war vor fünfzehn Jahren, nicht wahr? Inzwischen hat sich auf Ibiza einiges verändert.«

Kochend bog Joshua in die King's Road ein, wo ihm dann prompt der Hosenboden platzte. Er versuchte sich eine neue Hose zu kaufen, konnte in all den gepriesenen Boutiquen Chelseas jedoch nicht eine einzige ohne ausgestellte Beine finden. Unversehens überfiel ihn eine heftige Abneigung gegen das modemachende London, gegen diesen neuen, idiotischen Stil. Und seine Empörung wuchs noch, als er im *Evening Standard* eine neue geistlos-alberne Erklärung von Mary Quant las: *»Think pink«*, flötete Miss Quant mahnend und meinte, im nächsten Jahr könne die Kleidung noch viel mehr tun, um den inhärenten Zauber des Schamhaars zu unterstreichen. Überdies verriet Miss Quant, ihr Lebensgefährte erhole sich von einem schweren Tag im Büro, indem er ihr Schamhaar herzförmig zurechtstutze, aus ihrer Vagina sozusagen ein lebendes Valentinsherz mache.

Joshua rettete sich ins nächstbeste Pub, trank einen großen Gin, und noch einen, und noch einen, und telefonierte dann mit Pauline. »Ich komme nach Hause«, erklärte er.

Wo ihn eine angenehme Überraschung erwartete.

Die Taschenbuchrechte der *Volunteers* waren zu einem selbst nach den Maßstäben jener Jahre bescheidenen Vorschuss in die Vereinigten Staaten verkauft worden, und er lud den Vater zur Feier des Tages zum Mittagessen ein. »Zweitausendfünfhundert Mäuse«, sagte Reuben. »Also, das ist großartig. Wirklich großartig. He, Josh, werden diese Taschenbücher nicht auch von den Zeitschriftenverlagen rausgebracht?«

In New York, ein Jahr später, lud der Taschenbuchverleger Joshua zu einem kostspieligen Dinner ein und erzählte ihm, wie zufrieden sie alle mit dem überraschend guten Absatz seien.

»Das Buch verkauft sich erstaunlich gut, vor allem in Phoenix, Chicago, Detroit, New Orleans und Florida. Ach ja, und Louisville, Kentucky, wo die Leute, wie ich immer gedacht hatte, doch höchstens was über Pferderennen lesen. Offen gestanden, dieses Interesse hatten wir nicht im Geringsten erwartet, an einem – wenn auch höchst intelligenten« –, fügte er hastig hinzu, »– Buch über den Spanischen Bürgerkrieg.«

»Offenbar«, erwiderte Joshua und griff nach seinem Glas, »hat da jemand in den verschiedenen Gegenden ganz kräftig die Werbetrommel gerührt.«

5 Eine Woche nach Trimbles Guy-Fawkes-Party saß Joshua in seinem Arbeitszimmer; er war unfähig, etwas zu Papier zu bringen, befingerte den langen, dünnen Schlüssel zum Königreich Shapiro und fragte sich, ob nicht schließlich doch der Zeitpunkt gekommen sei, das Bankschließfach in Cornwall zu öffnen. Oder den Scheck einzulösen, den Kevin Pauline gegeben hatte. Und dann klingelte wunderbarerweise das Telefon, und es ergab sich etwas Neues. Peabody vom *Playboy.* Da sie sich Harold Robbins nicht leisten könnten, erklärte er, und Jacqueline Susann nicht zur Verfügung stehe – ob Joshua eventuell erwägen würde, für sie etwas über das neue Hollywood zu schreiben? Drei Tage später flog Joshua nach Los Angeles.

Joshua liebte Hollywood und seine selbstsicheren Geschäftemacher. Bei einem früheren Besuch hatte es ihm viel Spaß gemacht, mit einem Mercedes, der ihm nicht gehörte, durch die Canyons zu kurven, hie und da herunterzuschalten, um die exzentrischsten Villen zu bestaunen und die Gärten, die durch die Bank einfach perfekt waren. Er liebte es, durch die unglaublich luxuriösen Herrengeschäfte des Rodeo Drive zu schlendern und die affektierten Verkäufer durch hartnäckiges Feilschen zu schockieren. Er genoss die sonnengebräunten, schlanken, Diät haltenden Produzenten mittleren Alters, die in

Gucci-Aktenkoffern Manuskripte zu Markte trugen, während ihre East-Side-Großväter einst Nähmaschinen auf den Schultern geschleppt hatten. In Safari-Anzüge gezwängt, betraten sie hoch erhobenen Hauptes die Polo Lounge, das La Scala oder Dominic's und musterten hochmütig den ganzen Raum, als sei der Tod weiter nichts als wieder ein eifersüchtiges Gerücht aus dem Osten, schlechte Mundpropaganda, etwas, das in körnigen europäischen Filmen vorkam, von denen doch jeder wusste, dass sie das Gegenteil von Kassenfüllern waren.

Als Joshua am Vormittag nach seiner Ankunft den Wilshire Boulevard entlangschlenderte, traf er dort zu seinem Erstaunen Murdoch, einen so aufgedunsenen Sidney Murdoch, dass er ihn kaum wiedererkannte. Die beiden Freunde, die sich seit sechs Jahren nicht mehr gesehen hatten, fielen sich tränenreich in die Arme und begaben sich stehenden Fußes zum Lunch ins La Scala.

»Wer hätte sich träumen lassen«, meinte Murdoch in Erinnerung an ihre erste Begegnung, »dass wir uns ausgerechnet hier wiedersehen würden?«

»Wir kompromisslosen literarischen Grünschnäbel von damals.«

»Bist du enttäuscht, mein Lieber?«

»Aber keineswegs.«

»Ich find's aufregend. Und ich muss sagen, dass es mir hier einfach glänzend geht.«

Murdoch war mit dem Hollywood von Bette Davis, Joan Crawford, Gary Cooper, Cary Grant, Bogart und Rita Hayworth aufgewachsen. Dem skandalösen Leben der Filmstars. Der Sittenlosigkeit, die an Bord von Errol Flynns Jacht und in Charlie Chaplins Villa die Regel war. Er war auf einen Auftrag hin nach Hollywood geflogen, der ihm – voll Widerstreben und Besorgnis – von Margaret verschafft worden war, seit Langem schon seine sowie auch Joshuas Literaturagentin. Margaret machte sich verständlicherweise Gedanken über diese Reise und hielt ihm einen Vortrag über seine Trinkerei und Hurerei.

»Du hast ja keine Ahnung, auf was du dich einlässt. In Hollywood herrscht eine tiefere Grabesruhe als in Leatherhead am Samstagabend, und es ist bei Weitem langweiliger.«

»O ja, davon bin ich überzeugt«, erwiderte Murdoch beseligt.

Murdoch, der ahnungslose Murdoch, dessen ehemals magische Kräfte versagten, war von Bill Markham beauftragt worden, ein auf seinem großartigen zweiten, in den Midlands spielenden Roman basierendes Treatment zu schreiben. Fest entschlossen, bei seiner Ankunft nicht für einen von den üblichen britischen Trotteln gehalten zu werden, hatte er, höchst uncharakteristisch, viel Überlegung in seine transatlantische Gewandung investiert. Verschwunden die Hush Puppies, die Hemden von Marks & Spencer, der ausgebeulte Tweedanzug von Cecil Gee. Nein, Murdoch war der Maschine in einem breitrandigen Schlapphut entstiegen, in Sonnenbrille, Foulard von Sulka, Hemd von Mr. Fish mit mehr Streifen als eine altmodische Barbiersäule, ausgestellter Hose und Chelsea-Stiefeletten. Der Studio-Angestellte, der ihn ins Beverly Hills Hotel chauffierte, plauderte, wie er fand, kenntnisreich über die Freuden des Covent Garden und der Royal Shakespeare Company.

»Ach was, wer interessiert sich denn schon für diese Laffen!« entgegnete Murdoch.

Der Angestellte sagte, er werde dafür sorgen, dass Murdoch um sieben von einer Limousine zur Dinnerparty bei Markham abgeholt werde. Murdoch, der eine Poolparty erwartete, auf der es von *Playboy*-Schönheiten nur so wimmelte – ebenso rassig wie zügellos –, hastete unter die Dusche, um sich den haarigen Bauch einzuseifen. Er bestäubte seine Geschlechtsteile mit Talkumpuder. Doch als er Markhams Villa betrat, musste er feststellen, dass er der einzige Gast war; er speiste allein mit Bill und seiner kultivierten Frau Ellen. Der grazilen, knochigen Ellen, die das schwarze Haar streng zurückgekämmt und mit einer Jadespange zusammengehalten trug. Sie war mit einer Seidenbluse und schwarzen Slacks bekleidet. An ihrem langen Hals hing an einer Goldkette eine antike Herrentaschenuhr zwischen den kleinen, festen Brüsten.

»Ich danke Ihnen für Ihre Einladung«, behauptete der enttäuschte Murdoch.

Die Dinnerparty fand auch nicht am Swimmingpool statt, sondern in einem Zimmer, das sehr geschickt mit Gegenständen aus einem schäbigen Pub in Camden Town ausgestattet worden war – bis hinab zu den Glasbehältern mit Soleiern, die in einer schmutzigen Brühe schwammen, und einem fleckigen Reklamespiegel von Watney's.

»Ich kann mir vorstellen, was für grässliche Sachen Sie über Filmleute gehört haben«, erklärte Ellen, »aber ich muss Ihnen sagen, dass Bill Sie hierher geholt hat, weil er die größte Hochachtung vor Ihrer Integrität hegt.«

Wenn sie sich vorbeugte, um ihre Zigarette im Aschenbecher abzustreifen, pendelte die Taschenuhr im leeren Raum, und wenn sie sich wieder zurücklehnte, schwang sie mit, landete mit einem überaus aufregenden Geräusch zischen ihren Brüsten. »Sie haben einen schöpferischen Roman geschrieben«, gurrte sie.

»Ein kleines Meisterwerk«, bestätigte Markham, der mühsam ein Gähnen unterdrückte.

»Aber ich bin bereit, alle Änderungen vorzunehmen, die Sie verlangen«, erbot sich Murdoch großzügig.

»Ach, du liebe Zeit! Nein. Nicht eine Sekunde dürfen Sie glauben, in Hollywood sei *jeder* nur am lieben Geld interessiert«, gab Ellen gekränkt zurück. »Damit täten Sie uns bitter unrecht.«

Ohne sie zu beachten, wandte Murdoch sich an Markham. »Was meinen Sie, könnten wir Ava Gardner dazu bewegen, die Mavis zu spielen?«

»Ava Gardner können wir zu allem bewegen«, gab Markham entgeistert zurück. »Die muss doch jetzt mindestens fünfzig sein.«

»Aber ja! Wie dumm von mir. Und was ist mit Raquel Welch?«

»*Sag's ihm*«, verlangte Ellen.

»Dies soll unser Tiffany-Projekt werden, Sidney.«

Murdoch begann vor Begeisterung und Vorfreude nur so zu sprühen.

»Wir wollen in diesem Film auf gar keinen Fall mit Sex hausieren gehen. Wir werden in Leeds drehen, mit *richtigen* Schauspielern.«

»Sehen Sie?« ergänzte Ellen. »Sind Sie jetzt nicht furchtbar erleichtert?« Und fragte ihn, ob er Doris Lessing kenne.

Drei Tage später, mit Joshua im La Scala, musste Murdoch zugeben, dass er Markham seit jenem ersten Zusammentreffen drei Mal angerufen hatte und immer noch auf seinen Rückruf wartete. »Aber ich bin nicht im Geringsten beunruhigt«, behauptete er. »Ich habe ein hervorragendes Treatment geschrieben. Wahnsinnig sexy. Ich hab den ganzen Dreck reingebracht, den ich im Buch nur andeuten konnte. Die haben hier mit Recht die Schnauze voll von Literaturtypen, die immer so hochtrabend sind, Joshua. Mich dagegen finden sie erfrischend, weil ich bereit bin, mich anzupassen. Ich bin bereit, für den Markt zu schreiben.«

Sie hatten dem Remy Martin schon kräftig zugesprochen, als Murdoch verkündete, wie stolz er auf Margaret sei. »Als ich sie nahm«, führte er aus, »war sie nicht mehr als eine graue Maus, unglaublich schüchtern, mit diesen absolut unmöglichen Zähnen, und sieh sie dir jetzt an. Aufgeblüht. Dirigiert mein Leben, das Weib. Wohlgemerkt, sie hat nicht wieder geheiratet, aber schließlich –«, er zuckte die Achseln, »– nach einem wie mir …«

Nachdenklich starrten sie in ihre Drinks, zwei Freunde mittleren Alters in einem fremden Land.

»Da ist etwas, das ich dich schon immer fragen wollte, Joshua. Über Cambridge.«

»Ja.«

»Ich weiß nicht, wie ich es ausdrücken soll …«

Joshua wartete erstaunt; er half ihm nicht weiter.

»Erinnerst du dich noch an, äh, Joanna?«

»Allerdings.«

»Ich glaube, wir kennen uns inzwischen so lange, dass wir uns jede Frage stellen können.«

»Komm bitte zur Sache.«

»War dir damals eigentlich klar, wie jung wir waren?«

»Nein.«

»Mir auch nicht. Aber das waren wir, weißt du.«

»Jetzt weiß ich es.«

»Verdammte Scheiße, nicht wahr?«

»Ja.«

»Warst du das damals, der ihr die Perlenkette geklaut hat?«

»Selbstredend.«

»Wirklich?« erkundigte er sich verblüfft.

»Ja.«

»Aber wie konntest du so was tun?«

»Ich hatte kein Geld, nichts zu essen, und sie sah ohne die Kette nicht weniger fantastisch aus.«

»So einfach?«

»So einfach.«

»Das glaube ich dir nicht, mein Lieber. Du lügst.«

»Natürlich.«

Murdoch grinste erleichtert.

»Aber schließlich«, ergänzte Joshua, »sind wir alle beide Lügner, nicht wahr? Sogar berufsmäßige.«

»Künstler«, berichtigte ihn Murdoch. »Nicht Lügner.«

»Lügner«, bekräftigte Joshua. »Alle beide.«

Am nächsten Morgen wurde Joshua durch einen frühen Telefonanruf in seinem Zimmer im Beverly Wilshire geweckt. Gute Nachrichten. Es gab einen Filmproduzenten, der dumm genug war, seine Dienste zu begehren – Benny Leopold von der Firma Mandrake Productions. »Ich brauche Sie«, sagte er eindringlich.

Benny Leopold war Bauunternehmer aus Toronto, mehrfacher Millionär, und hatte eine fixe Idee: den Film. Er wollte produzieren. Er war ein vierschrötiger, kleiner Mann, adrett gekleidet, höchstens eins fünfundfünfzig, mit traurigen, unsicheren Augen und Haaren überall: in den Nasenlöchern, in den Ohren, sogar auf den Fingerrücken. Um durch die Windschutzscheibe seines Rolls-Royce sehen zu können, musste er sich auf ein Kissen setzen. Er ging mit Joshua ins Ma Maison und legte dort die Karten auf den Tisch. »Auf ihrem Sterbebett«, erzählte er, sein Besteck anstarrend, »hat meine liebe Mutter, sie ruhe in Frieden, mir das Versprechen abgenommen, eines Tages einen Film über die jüdischen Einwanderer in Kanada im Jahre 1902 zu drehen, über die Mühen und Plagen, die unsere Leute ertragen haben, ohne jedoch ihre sexuellen Probleme auszusparen. Etwas, Sie wissen schon, für Erwachsene …«

»Sie meinen doch nicht etwa Nacktszenen, oder?« erkundigte sich Joshua schockiert.

»Nur wenn sie künstlerisch notwendig sind.« Er habe ein Skript, erklärte er, verfasst von einem Amerikaner mit mehr als einem erstklassigen Filmerfolg, aber das müsse noch etwas bearbeitet werden. »Er hat den Background nicht richtig gepackt. Jetzt habe ich kürzlich *The Volunteers* und einige andere Ihrer Arbeiten gelesen und bin überzeugt, dass Sie wenigstens die dokumentarischen Details richtig hinkriegen. Haben Sie schon mal ein Drehbuch geschrieben?«

»Aber natürlich.«

Leopold machte ein nachdenkliches Gesicht. »Ich kann mich nicht erinnern, Ihren Namen schon mal …«

»Natürlich nicht«, entgegnete Joshua. »Für meine Filmarbeit benutzte ich ein Pseudonym.«

»Also«, erklärte Leopold, »das ist eine großartige Chance, die ich Ihnen da biete. Ich spreche von einem startfertigen Projekt, Geld jede Menge vorhanden, und bin bereit, Sie im Titel zu erwähnen.« Natürlich, fügte er hinzu, dürfe Joshua, da er wohl kaum ein bekannter Schriftsteller sei und Leopolds künstlerischer Führung bedürfe, keine Riesengage erwarten; und er nannte, während er eingebildete Fältchen aus dem Tischtuch strich, flüsternd eine Summe.

»Dann hat Ihre Mutter also, sie ruhe in Frieden, von Ihnen nicht nur ausdrücklich verlangt, dass Sie einen Film mit vielen Tittenfotos machen«, fasste Joshua zusammen und bestellte sich noch einen Cognac, »sondern darüber hinaus, dass Sie einen möglichst billigen Autor nehmen.«

Leopold war so außer sich, dass er fast von seinem Stuhl hochgeschossen wäre. »Das ist nicht fair! Sie wissen überhaupt nichts von mir, kennen meinen *Modus operandi* nicht!«

»Stimmt.«

»Also«, fuhr er bittenden Blickes fort, »wollen Sie mir denn gar keine Fragen über mich stellen?«

»Ich wüsste nicht, wo ich anfangen sollte.«

»Bitte, fragen Sie mich, wie ich bin.«

»Also, wie sind Sie?«

»Offen.«

»Das ist erfrischend.«

»Wollen Sie mich sonst nichts fragen?«

»Geben Sie mir einen Tipp.«

»Also hören Sie, Mann! Leiden Sie an Verstopfung? Nur keine Bange. Zwischen uns darf es keine Geheimnisse geben. Stellen Sie mir weitere Fragen.«

»Okay. Was können Sie mir sonst noch über sich selbst erzählen?«

»Ich war früher mal Kommunist. Mein Idol ist gestürzt.« Er sagte es so, dass es sich anhörte, als sei ein Familienmitglied gestorben.

»Das tut mir leid.«

»So was kommt vor. Und Sie sehen jetzt hoffentlich, dass ich tatsächlich aufrichtig bin.«

»Gut.«

»Gut? Ja, haben Sie denn überhaupt keinen Schimmer von dieser Stadt? Diesem Räubernest? *Ungewöhnlich*, meinen Sie.

Und was ist mit meinen Leistungen? Wollen Sie über die gar nichts hören?«

»Also, was ist mit Ihren Leistungen?«

Leopold schien an Größe, an Umfang zuzunehmen. »Ich habe bereits zwei Filme gemacht«, brüstete er sich und nannte Joshua die Titel.

»Ich habe leider keinen von beiden gesehen.«

»Sie haben keinen von beiden gesehen. Mist. Und was ist mit mir?«

»Ich verstehe Sie nicht.«

»Der erste Film, den ich gemacht habe –«, Leopold nickte bedeutungsschwer, die Hände zwischen den Knien gefaltet, »– ist niemals in die Kinos gekommen.«

»War er so schlecht?«

»Ich weiß es nicht. Ich kann ihn nicht vorführen. Nicht einmal meinen Freunden.« Woher habe er auch wissen sollen, erklärte er, dass die Filmcrew, die er in Toronto engagiert hatte, so nette Burschen, nicht in der Gewerkschaft war? Die Kopie wurde für ungesetzlich erklärt, und kein Labor hatte sie entwickeln wollen.

»Und was ist mit dem anderen Film passiert?«

»Das war eine Koproduktion mit Osteuropa. Ich darf wohl sagen, es war *der erste Eugene O'Neill, der auf Ungarisch gedreht wurde.*«

»Und was ist passiert?«

»Was passiert ist? Der Verleih lag in den Händen der Reaktionäre. Sie wollten nichts davon wissen. Aber was zum Teufel – man ist neu in diesem Spiel, man gewinnt etwas, man verliert etwas. Aber jetzt bin ich bereit, in den Himmel zu fliegen, Baby, und Sie und ich, wir fliegen zusammen.«

Murdoch geriet – unvermeidlich – in Schwierigkeiten. Bei einer Party in Bel Air erbrach er sich über eine Jadesammlung, und er wurde wieder einmal aus einer Villa hinausgeworfen, weil er die Gastgeberin befummelt hatte, ein Privileg, das sie ausschließlich bekannten Namen und bedeutenden Titeln zubilligte. Dann musste ihn Markham aus dem Beverly Hills Hotel herausnehmen, weil er am Swimmingpool einmal zu viel andere Leute belästigt hatte. Murdoch rief an, um bei ihm zu protestieren. Man sagte ihm, Markham sei in einer Konferenz, habe ihm aber im Century Plaza ein Zimmer reservieren lassen. Keine Suite, sondern ein Zimmer.

Murdoch hatte an jenem Abend nichts vor, doch Joshua war in die Villa eines linksgerichteten Produzenten draußen in Malibu eingeladen und so töricht, der Gesellschaft den sternhagelvollen Murdoch zuzumuten. Ein alter Freund, der zufällig in Hollywood sei, erklärte er. Ein berühmter britischer Romancier. Freier Mitarbeiter des *New Statesman.* Aber sicher, bringen Sie ihn nur mit.

Es gab über zwanzig Zimmer in der Villa des Produzenten, einem im spanischen Stil gehaltenen Haus unmittelbar am Meer, dessen erstklassiges, zehn Morgen großes Grundstück mit einem hohen, elektrischen Zaun umgeben war. Als sie sich dem Besitz näherten, bremste Joshua und sprang aus dem gemieteten Cougar, um auf einen Summer am Tor zu drücken. Eine körperlose Stimme erkundigte sich, wer sie seien, bevor die Torflügel auseinanderglitten, dann fuhren sie in den gewundenen Torweg ein und bestaunten offenen Mundes Kaskaden von Springbrunnen und turmhohe Eisenskulpturen, die Joshua an Onkel Oscars Schrottplatz erinnerten. Ein eifriger junger Mann in roter Jacke kam im Laufschritt mit einem riesigen Schirm herbei, um sie beim Aussteigen vor dem Nieselregen zu schützen. Mit gewinnendem Lächeln nahm er die Autoschlüssel entgegen und überreichte jedem von ihnen eine Postkarte. Auf der einen Seite prangte eine Hochglanzaufnahme, die ihn beim Gewichtstemmen zeigte, sowie seine Daten und der Name seines Agenten. Auf der anderen waren seine Fernsehrollen aufgezählt.

Die Wände des lang gestreckten Korridors, der in den überdimensionalen Wohnraum führte, waren mit Gemälden geschmückt. Ein Warhol, ein Lichtenstein, ein Miró, ein Léger. In einer Nische stand auf einem Piedestal eine ehrfurchtsvoll beleuchtete Büste von Bobby Kennedy. In der gegenüberliegenden Nische thronte eine entsprechende Büste von Ché.

Die anderen Gäste waren bereits da. Zwei echte Stars, einer männlich, einer weiblich. Ein ehemals zu Recht berühmter Regisseur, der jetzt Werbespots für Gallo-Wein inszenierte; seine Frau oder auch Tochter, schwer zu sagen. Der Gastgeber und dessen Frau. Der Gastgeber erklärte Joshua strahlend, wie sehr er sein Buch über die Männer der Internationalen Brigaden bewundere, und machte ihm das größte Kompliment, das es geben konnte: »Da steckt ein guter Film drin.«

Sobald Joshua und Murdoch vorgestellt worden waren, schob ein Kellner feierlich ein Tablett auf sie zu. Die Platte des Tabletts war mit dem Sternenbanner verziert. Es war beladen mit Koks, den verschiedensten Aufputsch- und Beruhigungsmitteln und einem eingelegten Kistchen, das von Colombia Gold samt Zigarettenpapier und Zigarettenmaschine überquoll. »Hm ...« Nachdenklich musterte Joshua das Tablett. »Sie hätten wohl nicht zufällig gehackte Leber, wie?«

»Oder einen Beutel Studentenfutter?« erkundigte sich Murdoch.

Nein.

»Dann nehmen wir beide lieber Scotch.«

Zu Murdochs Kummer war es Joshua, der neben dem weiblichen Filmstar sitzen durfte. Einer Dame, die keine kalifornischen Weintrauben essen wollte. Die für die Abtreibung auf Verlangen und die IRA war, aber gegen zionistische Doppelzüngigkeit und farbiges Toilettenpapier. Sie bot einen wunderbaren Anblick, und Murdoch konnte nicht aufhören, sie glasigen Blickes anzustarren. Mit bezaubernder Besorgnis, strahlendem Glanz in den berühmten Augen, fragte sie ihn nach der Nationalen Front und Paki-Bashing aus, während Murdoch versuchte, in ihren Ausschnitt zu schielen.

»Sie gefallen mir, meine Liebe«, gestand Murdoch.

Ohne darauf einzugehen, mischte sich der Star in ein anderes Gespräch ein, diesmal über krebserzeugende Nahrungsmittelbeigaben. »Wissen Sie«, dozierte sie mit vor moralischer Entrüstung bebender Stimme, »dass die Kartoffelchips, die wir im Supermarkt kaufen, nur zu zwanzig Prozent aus Kartoffeln und zu achtzig Prozent aus Chemikalien bestehen?«

Murdoch schüttelte sich vor Lachen. »Sie, meine Liebe, sind zwar eindeutig und bedauerlicherweise beschränkt, aber Sie haben tatsächlich das berühmteste Paar Titten, das ich jemals gesehen habe. Ich hoffe, Sie missverstehen mich nicht«, fuhr er fort und griff nach ihr, »wenn ich mal eben …«

Was ihm eine wohlverdiente Ohrfeige eintrug.

»Scheiße!« Murdoch stieß seinen Stuhl zurück und erbrach seinen Lunch über den mit Importfliesen belegten Boden.

»Okay, Freunde. Nur keine Aufregung«, sagte Joshua, bereits im Aufstehen begriffen. »Ich werde ihn heimbringen.«

Draußen jedoch verkündete Murdoch, er denke nicht daran, nach Hause zu gehen. »Lass uns noch in dieser Bar was trinken, in der man Schriftsteller trifft, die elektrische Schreibmaschinen benutzen.«

»In der Polo Lounge?«

»Ja.«

»Nein.«

»Du schämst dich meiner«, behauptete Murdoch, »weil ich kein Jude bin. Nach all diesen Jahren hast du endlich einen gesellschaftlichen Vorteil vor mir.«

Sie fuhren zur Polo Lounge und fanden tatsächlich einen Tisch, an dem ein Joshua bekannter Filmautor mit einem Mädchen am Arm saß, das nur ein Starlet sein konnte. Der Filmautor, braun gebrannt, in Jeans und mit einem Kupferarmband gegen Krebs, erkannte Murdochs Namen. »He, Sie waren doch früher einer von den zornigen jungen Männern, nicht wahr?«

Murdoch erbleichte. Seine Stirn war schweißbedeckt. »Bring mich aufs Klo, Joshua. Schnell!«

Joshua hielt Murdoch den Kopf, während der immer wieder

würgte, aber nur Galle herausbrachte. Dann lehnte er ihn an die Toilettenwand, wusch ihm das Gesicht mit Papiertüchern, die er mit kaltem Wasser befeuchtete, setzte eine Zigarette in Brand und schob sie ihm zwischen die Lippen, die violett geworden waren. »Wir trinken nun schon seit Jahren mehr zusammen, als mir lieb ist, Murdoch. Warum auf einmal dieses Erbrechen?«

»Das kommt von den Chemikalien.«

»Welchen Chemikalien?«

»Bringst du mich in mein Hotel?«

Er schleppte Murdoch auf sein Zimmer, half ihm aus den stinkenden Kleidern und ins Bett, und dann musste er ihm noch einmal auf die Toilette helfen, wo er auf wackligen Knien lag, den kalkweißen Kopf über die Schüssel hängen ließ und furchtbar würgte. Schließlich gelang es Joshua, ihn wieder ins Bett zu schaffen. »Soll ich einen Arzt rufen?« fragte er.

»Bitte nicht. Es geht mir schon wieder besser. Weißt du, ich finde es hier wunderbar. Alle sind so herrlich dumm. Sie haben noch nicht einmal begriffen, dass sie alle sterben müssen.«

»Groucho, wenn du dich erinnerst, hat einmal gesagt, er möchte nicht Mitglied in einem Club sein, der ihn aufnähme. Weißt du, was mich ruiniert hat, Joshua? Das war das Veröffentlichtwerden. Früher hatte ich so großen Respekt vor der Literatur. Der großen Tradition. Doch wenn sogar ich welche machen konnte und dafür gelobt wurde, dann konnte so viel wohl doch nicht dran sein. Jetzt glaube ich, dass sie allesamt genauso eitel, berechnend und unehrlich waren wie ich. Will. Dr. Johnson. Miss Austen. Samt und sonders. Eitle Narren. Würde es dir sehr viel ausmachen, bei mir zu bleiben?«

Joshua zögerte.

»Ich habe Angst vor dem Alleinsein.«

Joshua nahm sich ein Kissen vom Bett und rollte sich auf dem Fußboden zusammen.

»Ich verzeihe dir, dass du Margaret gefickt hast.«

Vor zwanzig Jahren. Mehr.

»Mir gefällt nichts, was ich geschrieben habe. Kein Wort. Ich werde jetzt so ein Kerl wie dieser Filmautor und verdiene Unmengen von Geld.«

In ihrer trunkenen Duselei hatten sie ganz vergessen, die Tür abzuschließen oder das Schild »Bitte nicht stören« an die äußere Klinke zu hängen. Kurz nach sieben fuhr Joshua hoch, weil ein schwarzes Zimmermädchen auf ihn herabstarrte. »Verzeihung!« sagte sie und verschwand sofort wieder.

Murdoch schlief tief und fest, doch Joshuas erster Gedanke, außer seinem wild hämmernden Kopf, war die Sorge, dass Pauline vermutlich versucht hatte, ihn im Beverly Wilshire zu erreichen, entdecken musste, dass er die Nacht nicht dort verbracht hatte, und nun annahm, er habe sich an einer Orgie beteiligt. Joshua hinterließ einen hastig gekritzelten Zettel für Murdoch, hielt kurz inne, um eine Herrentaschenuhr vom Nachttisch zu nehmen, und ließ sich von einem Taxi ins Hotel fahren. Pauline hatte vier Mal angerufen, Leopold zwei Mal und Markham drei Mal. Joshua rief zuerst Pauline an, eine erregte Pauline, dann wählte er Leopolds Nummer.

»Wir können morgen anfangen«, sagte Leopold.

»Aber Benny, ich habe hier mehrere Angebote vorliegen. Ich habe mich noch nicht entschieden.«

»Sie *müssen* einfach Ja sagen«, behauptete Leopold todernst. »Ich brauche Sie. Sie sind der einzige Schriftsteller, der dieses Projekt retten kann.«

Mit dem verblüfften, nervösen Markham traf Joshua sich zum Lunch, ebenfalls im Ma Maison; Markham sah ihn nicht an, als sie Platz nahmen, sondern ließ den Blick durch den Speiseraum schweifen. »Es ist doch immer wieder schön, dich zu sehen, Josh. Großartig siehst du aus. Da ist Sue Mengers. Möchtest du sie kennenlernen? Könnte nützlich für dich sein.«

»Nein, danke.«

»Was machst du hier?«

Joshua sagte ihm nichts vom *Playboy*, erzählte aber von Leopold, weil er Informationen über ihn suchte.

»Da ist Natalie Wood. Der würde ich keine Rolle mehr geben … Normalerweise würde ich nie einen Anruf von einem Mann wie Leopold entgegennehmen. Doch als er anrief und ich hörte, dass du in Hollywood bist, dachte ich mir, dass er was über dich wissen wollte. Ich hab ihm erklärt, du wärst ein großes Talent. Nimm den Auftrag an, Joshua.«

»Du verschweigst mir etwas.«

»Du hast ja gar keine Ahnung«, fuhr Markham fort, »wie sehr ich die Zeit damals in St.-Germain-des-Prés vermisse. Sieh mal, da ist Betty Bacall. Mit dem beschissenen David Susskind. Die ist jetzt bestimmt nicht mehr abgeneigt, Fernsehen zu machen.«

»Wie geht's Ellen?«

»Darauf komme ich noch. Zuerst musst du mir sagen, wer denn wohl je gedacht hätte, dass James Edward Peabody, einer von Camelots Vielversprechendsten, letztlich beim *Playboy* landen würde.«

»Die bringen Sachen von ein paar verdammt guten Autoren.«

»Zwischen den Schamhaaren. Er ist ein Säufer. Seine Hände zittern. Er hat mich einmal angerufen, als ich durch Chicago kam, hochnäsig wie immer, und ich hab mir für einen Lunch mit ihm Zeit rausgeschunden, um der alten Zeiten willen. Natürlich hatte er eine junge Freundin, die Schauspielerin war. Außerdem hatte er eine Filmidee für mich. Wer hat die nicht? Na ja, er war in einem so erbärmlichen Zustand, dass ich versucht hab, ihm etwas zuzuschustern, ein Honorar als Talentscout. Aber er verlangte mehr Geld, als ich verantworten konnte. He, da ist Mary Tyler Moore mit einem kleinen Scheißer aus dem William-Morris-Büro. Josh, ist es wahr, dass Sidney Murdoch ein alter Freund von dir ist?«

»Ja.«

»Gut. Ich hoffe, du hilfst mir, diesen übergeschnappten Engländer loszuwerden.«

»Du hast ihn hierher geholt«, stellte Joshua eiskalt fest.

»Das war nur wegen Ellen.«

Ellen schoss, wie Joshua sich erinnerte, leicht unscharfe Stimmungsfotos für *Vogue.*

»Sie muss so ungefähr alles gelesen haben, was er jemals für den *New Statesman* geschrieben hat«, sagte Markham. »All seine Romane, alles, sie ist eine Leseratte, und er schreibt ein Treatment von seinem Roman, einem kleinen Klassiker, das tatsächlich an harten Porno grenzt. Ein Wahnsinnsschock für die arme Ellen. Sie leidet, Joshua.«

Ellen war, wie Markham erklärte, seit ihrer Bryn-Mawr-Zeit eine Bewunderin von Murdoch gewesen und hatte ihn jahrelang mit dem Wunsch geplagt, er solle das Studio überreden, aus Murdochs zweitem Roman einen Film zu machen. Deswegen hatte ihn Markham zu ihrem zehnten Hochzeitstag gekauft, ein Geschenk, eine Überraschung, und jetzt wollte sie, dass er ihn zurückschickte wie eine fehlerhafte Lieferung von Nieman-Marcus. Aber Markham war entschlossen, die Angelegenheit taktvoll beizulegen. Ellen, sagte er, sei überaus sensibel. »Er muss verschwinden, Josh. Heute kommt er um sechs zum Cocktail, und ich möchte, dass du dabei bist, wenn ich's ihm beibringe. Er macht mich verrückt mit seinem ewigen ›mein Lieber‹ und all diesem britischen Gefasel.«

»Okay, ich komme. Unter der Bedingung, dass du ihm die vertraglich vereinbarte Summe voll auszahlst, ohne Tricks, und ihn erster Klasse nach Hause fliegen lässt.«

»Das hatte ich sowieso vor. Wofür hältst du mich?«

Und so kam Murdoch, noch zittrig, aber schon wieder betrunken, schließlich doch noch zu seiner Poolparty in Beverly Hills. Keine *Playboy*-Mädchen, nur der verkniffene Markham, Ellen und Joshua. Champagner trinkend, den Räucherlachs jedoch meidend, nahm er die schlechte Nachricht scheinbar unbewegt auf, während Ellen, mal im Gras kniend, mal auf einem Segeltuchsessel hockend, Fotos von dem abgelehnten, doch berühmten englischen Romancier knipste, der sich – ein BOAC-Ticket erster Klasse nach London unter der Serviette – in ihrem

Garten offensichtlich wohlfühlte. Diesmal, dachte Joshua, werde ich wohl derjenige sein, der kotzt.

Als dann Murdochs Entlassung ohne Zwischenfall vor sich zu gehen schien, verlangte der plötzlich nach der Remy-Martin-Flasche, goss sich eine Unmenge Cognac in sein Champagnerglas, rührte die Mischung mit dem Finger um und wandte sich an Joshua. »Ich habe einmal an einer obskuren, kleinen Universität in New England eine Vorlesung gehalten«, sagte er, ohne zu Ellen hinüberzusehen, die, im Gras liegend, drauflosknipste, »an einem dieser Mädchenpensionate für intellektuell unzulängliche Töchter von Neureichen, als eine von ihnen plötzlich aufspringt und fragt: ›Wieso glauben Sie, dass Ihr Werk unsterblich ist, Mr. Murdoch?‹ Worauf ich antwortete: ›Nichts wäre mir lieber, als dass die Romane allesamt begraben würden und ich auf ihrem Grab tanzen könnte.‹ Ich war entschlossen, alle zu überleben, Josh, selbst meine habgierigen Kinder. Vor allem Ralph, der wirklich zu einem äußerst widerlichen Stück Mensch heranwächst.« Murdoch hielt inne, um dröhnend zu furzen. »O Verzeihung«, sagte er. »Aber nur keine Angst, meine Lieben. Ich glaube, der Wind geht zum Haus hinüber. Wo war ich stehen geblieben, Josh?«

»Alle überleben.« Joshua griff nun seinerseits nach der Cognacflasche.

»Aber es soll nicht sein. Ich sterbe, weißt du. Leukämie. Die Krankheit der Könige.«

Joshua erstickte fast, Tränen traten ihm in die Augen. Murdoch, sich immer seines Publikums bewusst, beugte sich ihm trunken zu, bot ihm die dicken, nassen Lippen und sagte: »Küss mich, Hardy.«

Joshua küsste ihn voll auf den Mund, während die unmögliche Ellen fasziniert weiterknipste.

»Und nun –«, Murdoch erhob sich unsicher, hielt sich mit einem Gesicht von der Farbe verrottenden Schnees an Joshuas Hand fest, »– muss ich mich hinlegen.«

Ellen führte sie in ein Gästezimmer und breitete hastig ein

paar Badetücher über die Steppdecke, bevor Joshua ihn behutsam in die Kissen bettete. »Brauchst du noch was?« erkundigte er sich.

»Ich möchte nur die Augen zumachen. Fünf Minuten, mehr nicht.«

Joshua wartete, bis er zu schnarchen begann, und gesellte sich dann wieder zu den Markhams auf der Terrasse.

Ellen hatte geweint. »Ihn jetzt so zu sehen«, klagte sie, »und daran zu denken, was für ein großes Talent er einmal war.«

»Du hast mir versprochen, ihn voll zu bezahlen«, wandte Joshua sich an Markham. »Aber du hast kein Wort davon erwähnt.«

»Mir gehört das Studio nicht, Joshua. Ich muss mich vor den Leuten dort verantworten.«

»Gott soll euch strafen. Euch alle beide. Ihr seid es nicht wert, ihm die Schuhe zu putzen.«

»Weißt du, dass er gestern einen Jungen in seinem Hotelzimmer hatte?« fuhr Markham auf. »Er ist die ganze Nacht bei ihm gewesen.«

»Ich wusste es ja«, erklärte Ellen. »Ich wusste genau, dass er trotz seiner Angeberei mit Frauen einfach nichts anfangen kann.«

»Das war kein Junge, Bill, das war ich.«

»Einen Scheißdreck warst du das«, erwiderte Markham mit einer winzigen Andeutung von Unsicherheit im Ton.

»Keine Angst, du bist nicht mein Typ. Warst du noch nie.« Mit ausholender Geste fegte Joshua das ganze Champagnertablett vom Tisch, dass die Gläser auf den Steinplatten zerschellten.

»Das waren meine Baccarat-Gläser!« kreischte Ellen und floh ins Haus.

»Warum hast du mir nicht gesagt, dass du für *Playboy* nach Hollywood gekommen bist? Hast du dich geschämt?« fragte Markham.

»Du bist niederträchtig, Bill. Wie immer.«

»Ach ja, ich wollte dir ja noch erzählen, warum Leopold, dieser Scheißer, dich unbedingt haben will, Joshua. Es hat nicht das Geringste mit deinem sagenhaften Können zu tun. Er wird von kanadischen Abschreibungsgeldern finanziert. Und dafür muss er einen bestimmten Prozentsatz von Einheimischen in seinen miesen Filmen beschäftigen. Er braucht nur deinen kanadischen Namen auf dem Drehbuch, mehr nicht. Wobei ihm jeder kanadische Name recht ist. Nach ihrem komischen System ist der, glaube ich, anderthalb Punkte wert. In deinem speziellen Fall jedoch –«, er erhob sich aus dem Sessel, »– habe ich das Gefühl, dass das noch um einen Punkt zu viel ist.«

Joshua überraschte ihn mit einer nicht übermäßig zufriedenstellenden Rechten am Kinn, die Markham jedoch so weit aus dem Gleichgewicht brachte, dass Joshua ihn mit der Schulter rammen und rücklings in den Pool schicken konnte. Als Markham auftauchte, entdeckte er, dass der rasende Joshua einen schmiedeisernen Stuhl über dem Kopf schwang. Hastig tauchte er wieder unter, um diesem Geschoss zu entgehen. Ein zweiter Stuhl flog ins Schwimmbecken, dann wurde, bevor sich Markham auf der anderen Seite an Land retten konnte, der Gartentisch über den Rand gerollt. Keuchend sah er zu, wie Joshua eine Topfpalme zum Pool trudelte, sie mit dem Fuß ins tiefe Ende stieß und dann zum Haus hinüberrannte. Hier trat Joshua die Fenstertüren auf, griff sich den Glasbehälter mit den Soleiern von der polierten Messingtheke und schmetterte ihn an die Wand. Gerade griff er nach dem Watney-Spiegel, als er Ellen mit in die Hüften gestützten Armen an der Tür stehen sah. »Na, macht's Spaß?« erkundigte sie sich.

»Worauf du dich verlassen kannst.«

Plötzlich hörte er in der Ferne eine Polizeisirene.

»Wo ist Bill?« fragte er.

»Keine Angst, der kommt schon noch.«

»Ellen, meine Süße«, begann Joshua, der hinter die Bar schlüpfte, um sich einen Cognac einzuschenken, »wenn du mich verhaften lässt, erzähle ich Bill, dass du bei Sidney im Hotelzimmer warst.«

»Du bist ja verrückt!« erwiderte sie.

Joshua griff in die Tasche, holte eine antike Herrentaschenuhr an langer Goldkette heraus und ließ sie vor ihren Augen hin und her pendeln. »Er kann doch was mit Frauen anfangen«, erklärte er, »aber zufällig ist er sehr wählerisch.«

»Gib das her!«

»Ich möchte nicht verhaftet werden«, entgegnete Joshua. »Und außerdem wünsche ich, dass Sidney nach Vertrag bezahlt wird. Und zwar bis auf den letzten beschissenen Cent.«

Draußen hielt mit quietschenden Bremsen der Streifenwagen.

»Bill!« schrie sie und lief zur Haustür. »Bill!«

Leopold hatte es sich in der Halle des Beverly Wilshire bequem gemacht. Als Joshua zur Tür hereinkam, sprang er auf. »Wann beginnen wir mit der Arbeit?« blubberte er.

»Wissen Sie, Benny, eines beunruhigt mich noch. Sie sagten, ich sei der einzige Schriftsteller, der dieses Projekt retten könnte ...«

»Bin ich offen? Ich bin offen«, entgegnete er.

»... das wäre wohl nicht zufällig nur, weil Sie einen Kanadier brauchen, damit Sie die Abschreibungsgelder nicht verlieren?«

»Aber nein!«

»Gut. Dann können wir morgen anfangen. Bestellen Sie uns zum Lunch einen Tisch im Ma Maison. Wir treffen uns da Punkt ein Uhr.«

»Abgemacht.«

»Am selben Vormittag um zehn saß Joshua in der Maschine nach Montreal.

6 »Großer Gott, Daddy! So was von beschissener Erbschaft. Wie konntest du mir das nur antun?«

»Also, na ja. Stimmt. Was meinst du, Pauline?«

»Ich meine, ihr seid beide verrückt.«

»Das Geld ist immer noch in Ordnung«, behauptete Reuben. »Ein bisschen alt eben, weiter nichts.«

Joshua warf einen Packen Fünfziger in die Luft. »Ich brauche noch einen Drink, Liebling.«

»Soll er sich selber einen holen. Er hat keinen Respekt.«

»Du hast gehört, was dein Vater sagt.«

»Okay, okay. Aber zähl's noch mal nach, ja?«

Als Joshua von Los Angeles nach Hause flog, kehrte er genauso pleite heim, wie er abgereist war. Fünfunddreißigtausend Fuß über Utah begann er an dem langen, dünnen Schlüssel zu fingern, sagte sich, verdammt noch mal, es gehört mir, die Zeit der Erlösung ist gekommen. Und so fuhr er am Tag nach seiner Rückkehr frühmorgens zur Royal Bank of Canada an der Hauptstraße von Cornwall gleich hinter der Grenze nach Ontario, wo es diese Kästen gab. Viel zu betont lächelnd, mit trockenem Mund präsentierte er dem Bankdirektor einen Brief, zeigte ihm seinen Pass und schaufelte den Inhalt des Kastens mit zitternden Händen in den Koffer, den er mitgebracht hatte. So einfach war das. Die Menge der Banknoten, manche in Bündeln von Hundertdollarscheinen, überwältigte ihn. *Mein Gott, ich bin reich. Stinkreich.* Auf der ganzen Heimfahrt sang er laut vor sich hin, hütete sich jedoch, das Tempolimit zu überschreiten, und begriff erst, als er Pauline ins Schlafzimmer geführt und den Koffer auf den Teppich geleert hatte, die eigentliche Natur seines Problems. Es war tatsächlich eine Unmenge Geld, mehr, als er jemals zuvor gesehen hatte, aber es war uraltes Geld. Die Scheine trugen Daten von 1925, 1935 und 1937, und sogar ein Bündel nagelneuer Zweidollarscheine von 1923 mit einem Bild von H. R. H. Edward, Prince of Wales, in der Uniform der Welsh Guards, gab es. Der Rest bestand aus einigen Fünfhundertern von 1925 mit dem Porträt von

King George V.; einem Packen Silver-Jubilee-Fünfundzwanzigern mit den Majestäten King George V. und Queen Mary im Krönungsornat; einem Stapel Hunderter aus demselben Jahr mit dem Porträt von Prince Henry, Duke of Gloucester; und einer ganzen Anzahl von King-George-VI.-Scheinen von 1937 in Fünfern, Zehnern, Zwanzigern und Fünfzigern.

Reuben wurde herbeizitiert, konnte aber erst spät am folgenden Abend kommen. »Na«, sagte er, »jetzt bist du ja endlich doch noch nach Cornwall gefahren.«

»Stimmt.«

»Ich dachte, du hättest das Schließfach schon vor Jahren geplündert.«

»Wie konnte ich denn? Du hättest es ja benötigen können.«

Pauline zählte das Geld noch einmal durch. »Es sind zweiunddreißigtausendachthundertzweiundzwanzig Dollar, wenn man die Fetzen hier mitrechnet.«

Die Fetzen, Banknoten des Dominion of Canada im Wert von fünfundzwanzig Cent, waren zuerst 1870 erschienen, wurden aber auch noch 1929 ausgegeben.

»Das sind echte Sammlerstücke«, behauptete Reuben.

»Das sind alles Sammlerstücke. Was soll ich bloß damit anfangen?«

»Also, hm. Na ja, stimmt. Du ziehst dich gut an, weißt du. Ein dreiteiliger Anzug, keine auffallende Krawatte oder spitze Schuhe, gehst in eine Bank und verlangst den Direktor zu sprechen (dass du ein Jude bist, brauchst du ja nicht zu erwähnen, und direkt fragen tut heute keiner mehr, das ist taktlos), ich hab da an einem Samstagnachmittag in meinem Garten gegraben, draußen am Lake Memphremagog, und plötzlich, dingeling, stoße ich auf diese alte Kiste. Und sehn Sie mal, was ich da drin gefunden habe.«

»Daran hatte ich auch schon gedacht.«

»Gut.«

»Schlecht. Ein Bankdirektor muss die Münzanstalt benachrichtigen, wenn derartiges Zeug auftaucht, vor allem in großen

Mengen, das Geld wird dahin zurückgeschickt, und dann entdeckt irgendein Schlaumeier, dass mein Vater vorbestraft ist, und schon wanderst du wieder hinter Gitter.«

»Du wirst dieses Geld nirgendwo eintauschen!« forderte Pauline beunruhigt.

»Schon gut, schon gut.«

»Was seid ihr doch beide für Schwachköpfe! Du gehst damit nicht zu *einer* Bank, du gehst reihum.«

»Natürlich. Ich steige ins Auto und kutschiere quer durch ganz Kanada, wechsle in jeder Bank, an der ich vorbeikomme, einen Hunderter ein, und fünf Jahre später bin ich wieder zu Hause, und die schicken immer noch Scheine an die Münzanstalt.«

»Ich verstehe nur nicht«, sagte Pauline, »warum du das Geld nicht investiert hast, und wenn's in Staatsanleihen gewesen wäre. Dann könnte es jetzt vier Mal so viel sein.«

»Na ja.« Reuben kratzte sich den Kopf. »Stimmt schon. Aber wie Josh hier mir mal gesagt hat, ich hab eben ein unkontrolliertes Leben geführt.«

»Erzähl ihr, woher das Geld stammt, Daddy.«

»Ach, von überall.«

»Hör mal.« Joshua schwenkte ein Bündel King-George-VI.-Fünfziger. »Die sind alle in Serie. Die sind niemals im Umlauf gewesen.«

»Ach die!« Bei der Erinnerung begann Reuben glücklich zu grinsen. »Die sind von der Bank of Nova Scotia in Ste. Agathe.«

»Hast du etwa auch Banken ausgeraubt?« fragte Pauline.

»Wie kommst du bloß auf die Idee!«

»Aber es stammt aus einem Bankraub.«

»Na ja, möglicherweise.«

»Und man kann es zu dir zurückverfolgen?«

»Hör mal, die rauben hier drei Banken am Tag aus, vielleicht, wenn's nicht zu kalt ist, sogar vier, und wir reden hier von den Dreißigerjahren. Wie lange, meinst du, tragen die einem das nach?«

»Das ist einfach unmöglich!«

»Das meiste von dem Geld ist sauber, Josh.«

»Wie hast du es verdient?« erkundigte sich Pauline.

»Er war in der Versicherungsbranche, sozusagen.«

»Hm, na ja. Stimmt.«

»Warum musstest du es dann in einem Schließfach verstecken?«

»Na ja«, antwortete Reuben unsicher, »wegen der Einkommensteuer. Die hab ich nie bezahlt. Dafür hatte ich nie was übrig.«

»Bezahlst du denn überhaupt keine Steuern?« fragte sie ihn.

»Bis jetzt noch nicht.«

»Und sieh dir das an.« Joshua hielt ihm einen Stapel Silver-Jubilee-Fünfundzwanziger unter die Nase. »Auch in Serie.«

»Scheiße, glaubst du, das Geld in deiner Tasche hat keine Vergangenheit? Ich meine, erkundigst du dich nach dem Familienstammbaum von jedem Geldschein, den du kriegst? Lass Pauline einen Teil davon deponieren. Oder den Senator.«

»Nicht ihretwegen mache ich mir Sorgen, sondern deinetwegen.«

Reuben nahm einen Prince-Henry-Hunderter vom Stoß. »Wir könnten das Geld zu einem New Yorker Münzenhändler schaffen. Die hier müssen doch jetzt ziemlich selten sein.«

Joshua machte ein interessiertes Gesicht.

»Und viele von diesen Scheinen, weißt du, müssten jetzt viel mehr wert sein als ihr Nominalbetrag. Und diese Händler stellen keine Fragen.«

Die beiden Männer begannen die verschiedenen Banknoten zu studieren.

»Wir brauchen einen Katalog«, entschied Joshua. »Mit Preisliste.«

»Hm. Stimmt.«

»Nein«, sagte Pauline. »Auf gar keinen Fall.«

Sie sahen sie an, verblüfft darüber, dass sie noch da war.

»Und wieso brauchen wir das Geld überhaupt?« fragte sie.

Joshua schenkte sich noch einen Drink ein.

»Bist du knapp, Josh?« erkundigte sich Reuben.

»'n bisschen.«

»Also, wie viel Geld brauchen wir?« fragte Pauline.

Joshua runzelte die Stirn; es war ihm peinlich. Ihretwegen. Reuben machte ein angewidertes Gesicht.

»Was ist?«

»Shaphiros nehmen kein Geld von einer Frau«, erklärte Reuben voller Entrüstung.

»Ich bin nicht eine Frau, ich bin *seine* Frau. Wie viel brauchen wir also?«

»Du hast gehört, was mein Vater sagt.«

»Du meinst also, es ist okay, Banken auszurauben und Versicherungsgelder zu kassieren, wie ihr beide es formuliert, und Hände zu brechen, und keine Steuern zu bezahlen –«, ihre Stimme hob sich, »– aber es ist unmoralisch, von der eigenen Frau Geld anzunehmen, wie?«

»Ich habe ihn gut erzogen.«

»Okay«, entschied Pauline. »Bringt das Geld ruhig nach New York. Von mir aus könnt ihr beide ins Kittchen wandern.« Damit verließ sie das Schlafzimmer und knallte die Tür hinter sich ins Schloss.

»Ich will ja nicht kritisieren«, sagte Reuben, »aber man sollte meinen, bei all den Privilegien, die sie gehabt hat, den feinen Schulen, Westmount und all dem Scheiß, man hätte ihr wenigstens beigebracht, Recht und Unrecht zu unterscheiden.«

7 Monique und ihre Mutter trafen an einem lauen Montagabend mit dem Schiff aus Barcelona in Ibiza ein.

Moniques Mutter war grimmig, korpulent, das runde Gesicht erhitzt, das Haar rot gefärbt. Eine glänzend-schwarze Tasche an sich gedrückt, schwankte sie auf hohen Pfennigabsätzen einher. Die schlanke, olivhäutige Monique dagegen, mit klirrenden Armbändern und schwarzen Haaren, die ihr ins Gesicht wehten, kam – die obersten Knöpfe ihrer schwarzen Bluse geöffnet, sodass sie einen schwellenden Busen ahnen ließen, eine erregende Andeutung von weißem Filigran – buchstäblich die Gangway herabgeschwebt. Dazu trug sie eine enge, schwarze Hose und Ledersandalen. Den Schmollmund hatte sie sich ebenso rot bemalt wie ihre Zehennägel. Die Augen verbargen sich hinter einer dunklen Sonnenbrille. Nur acht Jahre nachdem sie *Terry and the Pirates* aus den Händen gelegt hatte, ging diese kleine Schwester der Dragon Lady an Land.

Juanito, der mit Joshua auf der Terrasse des Hafencafés saß, biss auf seine Zigarre, spie aus und rief einen Hafenarbeiter in blauem Kittel herbei. Anschließend informierte er Joshua, Mutter und Tochter seien aus Paris. Der Vater, verstorben, sei Spanier gewesen. Arzt und Sozialist. Sobald sich während der Überfahrt an Deck ein Mann Monique genähert habe, sei die Mutter, fauchend wie ein Wildkatze, sofort zur Stelle gewesen.

Gleichgültigkeit vortäuschend zuckte Joshua die Achseln und beobachtete den zielstrebigen Carlos, der, nach seinem Arbeitstag in der Bank, zwischen den Passagieren am Kai herumlief und Flaschen mit *gaseosa* verkaufte. Außerdem handelte Carlos jetzt mit geschmuggelten amerikanischen Zigaretten, die er den Matrosen abkaufte und in den Cafés feilbot. Mit dem Erlös hatte er sich bereits ein hebräisches Wörterbuch zugelegt. Eine Grammatik. Hatte eine israelische Zeitung abonniert, die *Maariv.* »Wenn der Zeitpunkt zum Auswandern kommt«, versicherte er, »bin ich gut vorbereitet. Mich hält keiner mehr zum Narren.«

Passagiere warteten voll Ungeduld, ihr Gepäck bereits neben sich, klatschten erzürnt in die Hände oder riefen laut nach Trägern – alles vergebens; Monique und ihre Mutter jedoch wurden von vier Männern in blauen Kitteln erwartungsvoll witternd umkreist. Die beiden warteten offensichtlich auf ein fehlendes Gepäckstück. Es wurde gebracht, ein schöner Weidenkorb, den ein Matrose behutsam auf die vier Koffer stellte.

Moniques Mutter kramte in ihrer Handtasche und holte ein paar Münzen heraus, der Matrose jedoch schüttelte nur den Kopf, lächelte Monique schüchtern zu und ging davon. Jetzt rückten die Gepäckträger näher, stießen fast mit ihren Karren zusammen, die sie eifrig vor sich herschoben. Moniques Mutter entschied sich für den hässlichsten der vier und winkte den ältesten, grauhaarigsten von Ibizas drei Taxifahrern heran: Rafael. Gleich darauf fuhren Mutter und Tochter davon.

Als sie zur *barraca* hinabschlenderten, blieb Joshua ein wenig zurück, während Juanito, den Notizblock in der Hand, tropfende, überquellende Kisten voll Tintenfisch, Hummer und Seebarsch inspizierte, die abends auf das Schiff verfrachtet werden sollten. Sein lebhafter zehnjähriger Sohn, ebenfalls Juanito genannt, hüpfte fröhlich hinter ihnen drein und trank dabei eine *gaseosa*, die er Carlos abgekauft hatte.

»Was machen wir heute Abend?« erkundigte sich Juanito.

»Keine Ahnung«, antwortete Joshua niedergeschlagen, »aber zu Rosita gehe ich nicht.«

Besorgt erklärte Juanito: »Wir könnten nach Santa Eulalia fahren.«

Aber Joshua hörte nicht zu. Würde er sich überhaupt noch mit einem anständigen Mädchen unterhalten können? Nach all der verrückten Rumhurerei?

»Ein Freund von mir schlachtet ein Schwein. Er will es braten. Das gibt eine Party. Na, was meinst du?«

Noch mehr zerfurchte, unwissende Gesichter. Vor zwei Wochen war er einundzwanzig geworden. »Komm nach Hause«, schrieb sein Vater. »Du fehlst mir sehr.«

»Vielleicht nehme ich einfach den Bus nach San Antonio zurück. Ich möchte mich heute Abend nicht betrinken.«

Juanito knuffte ihn gutmütig in die Seite. »Ich bin dein Freund. Heute Abend solltest du mit Freunden zusammen sein.«

Rafael kam mit seinem quietschenden, alten Ford vorgefahren, und Juanito schlenderte hinüber, um mit ihm zu plaudern.

Er lehnte am Wagenfenster und nickte immer wieder. Schließlich rief er Joshua herbei. »Das Mädchen heißt Monique, und sie wohnen in der Casa del Sol. Die Mutter ist mit ihr hergekommen, weil sie sie von einem Freund trennen wollte. Es hat da wohl Schwierigkeiten gegeben.«

»Woher weiß Rafael das alles?« erkundigte sich Joshua.

»Die hat ununterbrochen geredet, die Mutter. Rafael ist zwar unendlich dumm –«, Juanito zog den Taxifahrer am Ohr, »– und hässlich, aber er war drei Jahre lang in Marseille und versteht Französisch. Den ganzen Weg bis nach San Antonio haben sie sich gestritten. Bevor sie sie aus dem Taxi ließ, hat die Mutter ihr die oberen Blusenknöpfe geschlossen. Aii-aii. Kann die fluchen, die Junge! Sodass Rafaels Ohren brannten.«

Sie gingen schließlich doch nicht auf die Party in Santa Eulalia. Joshua hatte keine Lust, und Juanito wollte nicht ohne ihn gehen. Stattdessen führte Juanito ihn in ein kleines Restaurant, das einem Freund von ihm gehörte, einem ehemaligen Schiffskoch. Juanito erzählte, wie sehr ihm die Geschichten von Jack London gefallen hätten, und dass er vor seinem Tod noch gern einmal Schnee gesehen hätte. Vielleicht könne Joshua ihn eines Tages nach Kanada einladen, meinte er, dann könnten sie mit den Eskimos Eisfischen gehen. Außerdem behauptete er, an jenem Abend, als er gesagt habe, Blasco Ibañez sei ein richtiger Schriftsteller, Joshua dagegen noch ein Kind, habe er nur einen Scherz machen wollen. Er gehe jede Wette ein, dass Joshua ein sehr begabter junger Mann sei.

Monique, die Joshua auf den ersten Blick so blendend schön fand, war nicht die erste junge Ausländerin, die nach Ibiza kam, seit er sich hier niedergelassen hatte. Eines Abends entstieg der »Jaime II« auf einer Rundreise durchs Mittelmeer eine junge Engländerin mit ihrer Tante. Die Tante, eine schwammige und anscheinend sehr strenge Matrone, trug einen geblümten Sonnenschirm. Das junge Mädchen, liebenswert sommersprossig, kam mit einer Staffelei und einem Malkasten die Gangway herunter. Sie war groß, drall, breithüftig und Lehrerin in Kingston-on-Thames. Am ersten Abend tauchte sie spät und mutterseelenallein, ein wenig zögernd, in der lärmerfüllten Hafenbar auf und löste eine plötzliche Stille aus. Juanito war überzeugt, das Mädchen müsse, da es sich allein in eine so schmutzige Bar wagte, trotz seiner züchtigen Kleidung eine Hure sein. Geil. Ganz verrückt danach. Joshua warnte ihn, er halte sie für eine überaus wohlerzogene junge Dame, das andere sei ganz bestimmt nicht der Fall. Juanito jedoch reinigte sich hastig mit einem Streichholz die Fingernägel, schalt Joshua einen Narren und verlangte, er müsse ihn mit ihr bekannt machen. Also lud Joshua das junge Mädchen an ihren Tisch ein. Sie hieß Peggy. Anmutig gestand sie, ihr Spanisch sei eigentlich furchtbar schlecht, und sie sei dankbar für ein paar Leute, mit denen sie Englisch sprechen könne. Peggy, die ein bisschen mit Farben herumkleckste, erkundigte sich nach den schönsten Aussichtspunkten der Insel.

Juanito verlangte unvermittelt: »Sag ihr auf Englisch, dass ich sie schön finde.«

»Juanito empfiehlt die Gegend um Santa Eulalia.«

»Und wie komme ich dorthin?«

Joshua beschrieb ihr, wo der Bus hielt.

»Mag sie mich?« wollte Juanito wissen.

»Sie meint, du könntest mal baden und dich rasieren.«

Juanito spie auf den Boden.

»Ich nehme an, Ihr Freund gehört zu den hiesigen Landbewohnern. Die sprechen kein korrektes Spanisch, wissen Sie. Die sprechen Dialekt.«

»Juanito ist ein prächtiger Kerl.«

»Frag sie, aber höflich, ob sie schon mal auf einem Fischerboot gewesen ist.«

»Mann, auf deinen Booten stinkt's doch unter Deck! Willst du vielleicht, dass ihr schlecht wird?«

Juanito beehrte sie mit seinem reizendsten Lächeln; er wirkte, als wollte er sofort aus den Hosen fahren und sie an Ort und Stelle bespringen.

»Ist er beschickert?« erkundigte sich Peggy.

»Frag sie, du Mistkerl, ob ich ihr den Geheimgang durch die Altstadtmauer zeigen soll.«

»Juanito meint, es gäbe ein paar schöne Aussichtspunkte in der Altstadt.«

»Ich würde ihn furchtbar gern malen.«

»Sie malt. Sie möchte, dass du ihr Modell sitzt.«

»Ich bin doch nicht schwul! Sag ihr, ich liebe sie.«

»Geh zum Teufel, Juanito.«

Peggy lächelte bezaubernd und sagte auf Spanisch: »Me alegro de estar aquí.«

»Oh!« machte Juanito, ungeheuer ermutigt, bestellte prompt noch eine Runde und rückte mit seinem Stuhl näher zu Peggy.

»Du liebe Zeit!« Sie sah Joshua flehend an.

»Du gehst jetzt«, bestimmte Juanito. »Gute Nacht.«

»Du machst ihr Angst.«

»Und du hast keine Ahnung. Geh!«

»Wird er aufdringlich?« fragte Peggy.

Joshua schob seinen Stuhl ein Stückchen vom Tisch weg.

»Sie wollen mich doch nicht etwa mit ihm allein lassen, wie?«

»Nein«, sagte er, änderte seine Absicht und bat Juanito noch einmal, sich zu beherrschen.

»Du bist nicht mein Freund. Du bist der Sohn einer Hure.«

»Was hat er gesagt?«

»Er findet, dass Sie hübsch aussehen.«

»Frechheit!«

»Sag ihr, ich kenne einen Strand, wo wir jetzt baden können.«

»Sie hat Angst vor dir.«

»Sag ihr, ich bringe ihr frischen Tintenfisch zum Frühstück.«

»Sag's ihr doch selbst«, entgegnete Joshua hitzig.

Jetzt war es die leicht verärgerte Peggy, die ihren Stuhl zurückschob und sich erhob. »Wäre es sehr viel verlangt, wenn ich Sie bäte, mich ins Hotel zu begleiten?«

»Natürlich nicht.«

Als Joshua aufstand, fluchte Juanito. »Komm ja nicht mehr in meine Bar! Du hast keine Freunde auf Ibiza.«

Peggys runden, sommersprossigen Arm ergreifend, begleitete Joshua sie ins Hotel. Er hatte es eilig, zu Juanito zurückzukehren, ihm alles zu erklären, aber sie schlug noch einen Gutenachtdrink vor. Die Bar war geschlossen. Da sie jedoch sehr betrübt darüber zu sein schien, willigte er ein, auf der dunklen, scheinbar menschenleeren Terrasse eine Zigarette mit ihr zu rauchen. »Es scheint hier genauso schlimm zu werden wie in Italien«, sagte sie. »Überall einfach widerliche, kleine Männer, die versuchen, mich in den Po zu kneifen.«

In der finstersten Ecke der Bar regte sich etwas. Jemand ließ einen Wind abgehen. Mit Mühe erkannte Joshua Peggys Tante, die mit offenem Mund, vor sich eine fast leere Flasche Fundador, an einem Tisch saß. Peggy ergriff ungeduldig seine Hand. »Kommen Sie, wir gehen ein Stück spazieren.«

Verdammt, Juanito würde kochen, überzeugt sein, dass sie sich im Bett miteinander verlustierten. Er führte Peggy zu einem abgelegenen Platz auf dem Hotelgrundstück, wo sie sich auf einen Felsen setzten und aufs Meer hinausblickten. Peggy stützte das Kinn, das sich ganz leicht zu doppeln begann, auf ihre hübschen Knie und zog den weißen Kaschmirpullover enger um sich.

»Kalt?« fragte Joshua.

»Hmm.«

»Vielleicht sollten Sie schlafen gehen.«

»Ich und mein süßer Teddybär«, sagte sie augenzwinkernd. »Wie lustig!«

Joshua lächelte.

»Sie können sich nicht vorstellen, wie schwierig es für zwei anständige Frauen ist, allein eine Reise auf den Kontinent zu machen. Alle wollen einem die dreckigen Pfoten ins Höschen schieben. Am Strand von San Remo zeigen sich die Italiener in superkurzen Badehosen. Wenn die sich setzen –«, sie drückte seinen Arm, »– kann man tatsächlich ihre *Extraordinären* sehen.«

»Ist das wahr?«

»Sie haben schmutzige Ohren mit viel Schmalz drin«, erklärte sie angewidert. »Nicht so wie meine«, ergänzte sie und neigte ihm ihren Kopf entgegen, »schön weich und zum Knabbern.«

Eine lange Pause entstand; dann sprang Peggy auf. »Also dann«, sagte sie.

»Ist mit Ihrer Tante auch alles in Ordnung?« erkundigte sich Joshua, als sie wieder an ihr vorbeikamen.

»Ach, die lassen Sie nur ruhig. Ich schlafe nicht mit ihr zusammen. Wir haben getrennte Zimmer.«

Sie standen jetzt im Dunkeln am Fuß der Hoteltreppe.

»Ich glaube«, meinte Peggy, »ich lehne lieber einen Stuhl gegen die Tür, bevor ich zu Bett gehe. Sonst platzt plötzlich noch einer zu mir rein, und ich stehe da. Splitternackt.« Sie kicherte.

»Das wird kaum nötig sein«, versicherte ihr Joshua in seinem zuversichtlichsten Ton.

»Hmm. Mag sein.« Sie reichte ihm die Hand, auf einmal wieder ganz Dame. »Ich möchte mich bei Ihnen bedanken, dass Sie so fabelhaft ritterlich waren und mich vor Gott weiß was gerettet haben«, sagte sie.

»Ich erwarte Sie und Ihre Tante morgen zum Tee.«

»Na, also *das* ist mal was, worauf ich mich wirklich freuen kann«, antwortete sie und stieg endlich die Treppe hinauf, sodass er in die Bar zurücklaufen und Juanito alles erklären konnte.

Juanito, betrunken und aggressiv, war überrascht, ihn zu sehen. »Du meinst, du hast sie nach all dem nicht mal gefickt?«

Joshua erklärte ihm abermals, Peggy sei eine wohlerzogene junge Dame, absolut anständig, und überdies, führte er aus, sei es in zivilisierten Ländern durchaus möglich, eine verängstigte junge Dame nach Hause zu begleiten, ohne das als Freibrief für einen Sprung in die Buntkarierten zu nehmen. Es gebe andere Regeln gesellschaftlichen Verhaltens, schloss er, als jene, die auf die Casa Rosita zuträfen.

»Du hast keine Ahnung«, entgegnete Juanito. »Du bist noch ein Kind.«

Peggy und ihre Tante erschienen am nächsten Nachmittag nicht zum Tee, was Joshua verwunderte. Peggy begrüßte ihn jedoch sehr herzlich, als er sie zwei Tage später in der Bucht von San Antonio beim Malen entdeckte. Auf einem Segeltuchhocker sitzend, die Staffelei vor sich, das ovale Gesicht von einem breitrandigen Strohhut beschattet, die geröteten, sommersprossigen Schultern jedoch unbedeckt, war sie scheinbar gleichgültig gegen die kleine Zuschauerschar, die sich um sie versammelt hatte: ein paar einheimische Kinder, der Dorftischler und zwei Offiziere. Einer der Offiziere, der hochgewachsene, sonnengebräunte José Gonzalez, war Joshua bekannt. Ein versierter Reiter, aus Cadiz stammend. Gelegentlich tranken sie etwas zusammen, und Gonzalez übte sich dabei in der englischen Sprache.

»Tut mir leid, wegen neulich nachmittags«, sagte Peggy fröhlich, »aber meine Tante fühlte sich nicht wohl, wie Sie sich vorstellen können, und ich hatte keine Möglichkeit, Sie zu erreichen.«

»Möchten Sie mit mir etwas trinken, wenn Sie hier fertig sind?«

»Furchtbar gern, aber es geht leider nicht. Ich habe schon Captain Gonzalez' Einladung angenommen.« Peggy krauste die sich schälende Nase. »Glauben Sie, das gibt wieder Ärger?«

»Aber José ist ein Gentleman der alten Schule.«

Gonzalez und Peggy wurden unzertrennlich. Man sah sie im Dunkeln Hand in Hand am Strand spazieren gehen, eng aneinandergeschmiegt in Don Pedros Bodega sitzen, wo Peggy an seinem Ohr knabberte, in leidenschaftlicher Umarmung am

Hafen. Man sah sie überall, nur nicht in der Bar von Peggys Hotel, einem Sanktuarium, das ihre gallige Tante niemals verließ, bis sie des Abends von angeekelten Pagen ins Bett gewuchtet wurde. Mehr als einmal suchte Gonzalez, verständlicherweise nicht vertraut mit dem englischen Slang, insgeheim Joshuas Rat. »Ist ›kommen‹ denn nicht ein regelmäßiges Verb, wie etwa, wenn Sie mich einladen, und ich komme?«

»Doch, das ist richtig.«

»Was heißt dann aber bitte: ›Komm, Baby. Komm jetzt!‹ Wenn man doch schon längst da ist?«

Ein anderes Mal lautete die Frage: »Ist ›Extraordinäre‹ eine Bezeichnung für Außergewöhnliches, oder ist das ein Gossenausdruck für die männlichen Geschlechtsorgane?«

Wütend auf sich selbst, zutiefst verlegen wegen seiner Naivität, ging Joshua Juanito ein paar Wochen lang lieber aus dem Weg, als sich der Lächerlichkeit preiszugeben. Als sie dann wieder zusammentrafen, zog Juanito ihn jedoch nicht auf. Er verspottete ihn nicht wegen Peggy und Gonzalez; sondern erzählte ihm unaufgefordert die Geschichte einer Torheit, die er begangen hatte, als er einundzwanzig war.

Juanito, mein Freund.

Wenn ich jemals einen Sohn habe, schwor Joshua sich, werde ich mich bemühen, ebenso viel Verständnis zu zeigen. Dann musste er laut auflachen, denn das erschien ihm nun doch zu absurd. Man stelle sich vor, dachte er. Ich – und ein Sohn!

8 Falscher Frühling. Nach einem wohltuenden Abend mit schmelzendem Schnee fielen die Temperaturen plötzlich in den Keller, die Straßen überfroren wieder, doch Joshua war nicht der Einzige dort draußen. Pinsky mit seinem russischen Wolfshund trat ihm in den Weg. »Hast du heute die Nachrichten gehört?« fragte er. »Dein Freund Lévesque hat uns mal wieder mit Schmutz beworfen. Die Juden seien giftig, hat er gesagt. Sie seien Strolche, jeder Einzelne. Ein Haufen unge-

bildeter Scheißer. In deren Augen ist man als Jude doch ein Klischee.«

»Warum gehst du nicht weg, Pinsky?«

»Wohin denn? Nach Tahiti?«

»Genau das Richtige.«

»*Mit Gilda?* Was wollte die wohl ohne Telefon anfangen?«

»Warum nicht nach Toronto?«

Wie sich herausstellte, das Schlimmste, was Joshua hätte sagen können.

»Zitier mich bitte nicht, du Mistkerl, aber vergangenen Dienstag war ich mit ein paar von den Boys in Toronto.« Mit »Boys« meinte Pinsky Stützen der Gemeinde. Hohe Tiere der USA, Synagogenpräsidenten, Apparatschiks vom Jewish Congress. »Wir sind zu einem Geheimtreffen mit unseren Kollegen dort hingeflogen. Den *chevra* von Toronto. Um es mal ganz deutlich zu sagen. Der Tag sei nahe, da wir alle Quebec verlassen müssten. In unserer Unschuld erwarteten wir von unseren Brüdern, uns – im Gedenken an den Holocaust – mit offenen Armen aufzunehmen. Mit ein bisschen Liebe. Pustekuchen. ›Nur nichts überstürzen‹, sagten sie. ›Wir würden euch wirklich gern hier haben, ihr gehört ja zur Familie, aber es sähe nicht sehr gut aus, wenn die Juden jetzt davonliefen, und ehrlich gesagt, hier ist es auch nicht gerade rosig.‹ Scheißkerle! Forest-Hill-Dreck. Die wollen doch nur den Kuchen nicht teilen. Bis auf die in der Immobilienbranche. Die haben sich vor Habgier fast in die Hose gemacht, bei dem Gedanken an das Geschäft. Wie geht's deiner Frau?«

»Besser.«

»Du hättest Jonathan Cole ihren Fall nicht wegnehmen sollen.«

»Ach ja? Ist das deine wohlüberlegte Meinung?«

»Nicht meine. Seine.«

»*Er hat mit dir über Pauline gesprochen?*«

»Wir joggen zusammen.«

Am nächsten Morgen, einem Montag, fiel feiner Pulverschnee auf die mit einer Eisdecke überzogenen Straßen. Am Donnerstag schneite es noch immer, an jenem Morgen, an dem sich Alex, der gerade den Führerschein gemacht hatte, den Wagen auslieh, um einem Freund ein paar Schallplatten ins N. D. G. zurückzubringen. Eine Stunde später klingelte das Telefon. Es war Alex; er hatte einen Unfall gebaut. »Bist du verletzt?« erkundigte sich Joshua.

»Nein.«

»Ist sonst jemand verletzt?«

»Nein.«

»Okay. Nur keine Aufregung. Erzähl genau, was passiert ist.«

Als er die Clarke Street hinunterfuhr, schon unter normalen Bedingungen eine gefährlich abfallende Steigung, im Winter jedoch außergewöhnlich tückisch, hatte er für die rote Ampel an der Sherbrooke Street heruntergeschaltet und dann offensichtlich zu stark gebremst, sodass er hilflos an der Ampel vorbei- und mitten in den Querverkehr hineingeschlittert war. Er hatte nicht einen, nicht zwei, nein drei Wagen gerammt. Jetzt parkte er um die Ecke und wurde von den Polizisten vernommen, von denen einer Joshua sprechen wollte.

»Mach dir keine Sorgen«, beruhigte er seinen Sohn. »Ich nehme mir sofort ein Taxi und komme rüber, aber jetzt gib mir erst mal den Polizisten.«

»Klicketi-klick, klicketi-klick. Ich hab dem Jungen gesagt, er soll den Meister nicht bei der Arbeit stören, aber er wollte Sie unbedingt anrufen.«

»Und das war auch richtig. Wie er mir sagte, ist niemand verletzt.«

»Stimmt. Aber einer von den Wagen, denen er kaum einen Kratzer verpasst hat, gehört einem richtigen Widerling. Einem von Ihren leicht erregbaren Religionsgenossen. Einem Mr. Henigman. Ich glaube, er wird auf psychologische Schädigungen abstellen. Und außerdem wird er vermutlich behaupten, der Zusammenstoß habe ihn impotent gemacht, aber wenn Sie Schwein haben, wird er Sie nur auf fünf Millionen verklagen.

Es ist ein schlechtes Jahr für Herrenanzüge, und die meisten von diesen Burschen haben Ärger mit dem Finanzamt. Oder lesen Sie die *Gazette* nicht mehr?«

»Er ist in der Herrenoberbekleidung?«

»Er hat mir schon seine Karte gegeben. Oy weh! Wenn ich zu ihm in die Fabrik komme, sagt er, wird er mich wie einen Fürsten einkleiden. Wenn dieser Widerling also tatsächlich klagt, kriegen wir ihn wegen Bestechungsversuch an einem Polizeibeamten am Kanthaken.«

»Ich komme sofort rüber, Stu. Bitte, bleiben Sie solange dort.«

Alex wartete mit vom Wind brennenden Wangen im Schnee. McMaster ebenfalls.

»Was für ein Tag!« sagte Joshua.

»Kalt wie 'ne Hexentitte«, bestätigte McMaster.

Joshua nahm Alex beim Arm und zog ihn beiseite. »Bist du okay?«

»Ja. Die Bremsen haben blockiert. Da stimmt was nicht, mit deinen Bremsen.«

»Mit meinen Bremsen ist alles in Ordnung; der Wagen kommt gerade erst aus der Werkstatt.«

»Du solltest ihn lieber noch mal nachsehen lassen, Daddy.«

Joshua schüttelte ungeduldig den Kopf.

»Okay. Was verstehe ich denn schon davon.«

»Das habe ich nicht gesagt. Haben sie dich schlecht behandelt?«

»Aber nein! Nur jedes Mal, wenn ich was sagen wollte, hieß es: ›Du hältst den Mund, Junge.‹ Und dann ging es wie üblich weiter«, schloss er hitzig.

»Was soll das heißen?«

»Sie haben meinen Namen gelesen, haben festgestellt, dass ich dein Sohn bin, und plötzlich duftete ich nach Rosen.«

An dem Morgen, als Alex geboren wurde, hatte Joshua auf der Herrentoilette des Krankenhauses geweint. Ein Sohn, ein Sohn!

»McMaster ist verrückt. He«, sagte Joshua grinsend, »mach kein so langes Gesicht! Es ist nicht so schlimm. Eines Tages werde ich dir mal von *meinem* ersten Unfall erzählen.«

»Du hast natürlich mindestens vier Wagen gerammt, und das hier war überhaupt nichts dagegen.«

Joshua umarmte ihn, nahm ihm die Wagenschlüssel ab, sagte, er werde die Dinge jetzt in die Hand nehmen, und schickte ihn in die Schule. Er hatte sich verspätet, gewiss, aber es lag keinerlei Eile in seinem Gang. Vermutlich hatte er ein ganz anderes Ziel.

»Sie sollten Ihren Jungen nicht auf der Straße küssen«, ermahnte ihn McMaster. »Das ist ihm peinlich.«

»Er hat noch nie protestiert«, antwortete Joshua verdutzt.

»Wie sollte er auch?«

Joshua ließ sich von McMaster über die Straße in den Drugstore führen, wo sie an der Theke einen Kaffee tranken.

»Haben Sie mein Manuskript schon gelesen?«

»Ja, habe ich. Wissen Sie, was Sie wirklich tun sollten, Stu? Sie sollten Ihre Autobiografie schreiben. Die Memoiren eines ehrlichen Cop.«

»Mann! Ja. Ich habe tonnenweise Material. Wenn Sie mir nur beim Schreiben helfen könnten.«

»Leider nein.«

»Kann ich denn gar nichts tun, um Sie umzustimmen?« erkundigte er sich.

»Tut mir leid.«

»Dachte ich mir«, sagte er mit wütendem Blick und fragte Joshua, ob er von dem Zwischenfall in Dr. Jonathan Coles Haus gelesen habe.

Ja. Die Meldung in der *Gazette* war ihm beim Frühstück ins Auge gefallen. Dem Zeitungsbericht zufolge hatte der Autor von *Your Kind, My Kind, Mankind* erst am Morgen nach seiner Rückkehr aus Banff entdeckt, dass etwas nicht stimmte. Dr. Cole war mit seiner Frau, einer bekannten einheimischen Komponistin, in Banff gewesen, um bei einer internationalen medizinischen Tagung eine Abhandlung zu präsentieren. Seine Villa aus Graustein, das kostbare Parkett mit Teppichboden ausgelegt, lag hoch oben an der Edgehill Road. Der Flügel, auf dem Bessie *The Golan Heights Sonata* komponiert hatte, war ein Steinway. Bessies ergreifende Sonate war zu Ehren von Mosche Dajan uraufgeführt worden, als er zu einem Emergency Bond Drive Dinner in Montreal war. Sie sei, wie Bessie dem Reporter erklärte, auf Schallplatten sowie als Noten bei der Masada Music Inc. erhältlich, einer gemeinnützigen Abteilung der Catmore Holdings Company, deren Namen aus den Namen der beiden Cole-Kinder, Catherine und Mortimer, zusammengesetzt war.

McMaster wartete mit jenen interessanten Einzelheiten auf, die in der *Gazette*-Story fehlten. Die Coles, berichtete er, hätten erst am Morgen nach ihrer Heimkehr aus dem Westen entdeckt, dass in ihrem Haus etwas ungewohnt war. Jonathan und Bessie waren erst spät nach Hause gekommen und sofort nach oben ins Bett gegangen. Bessie, ohne sich erst noch mit Kräutertee durchzuspülen, und Jonathan unter ausnahmsweisem Verzicht auf seine Water-Pic-Zahnbürste. Als Bessie am nächsten Morgen auf ihre medizinisch austarierte Badezimmerwaage stieg, musste sie voller Entsetzen sehen, dass sie in Banff anscheinend fünf Pfund zugenommen hatte, obwohl sie sich nicht entsinnen konnte, dort zu viel gegessen zu haben. Der sehr schön wiederaufgelebte Jonathan kam aus der Dusche, um geistesabwesend in den Anzug zu steigen, den er gewöhnlich zur Praxis trug. Die Hose passte ihm nicht. Sie war viel zu eng; er konnte sie nicht einmal zuknöpfen. Verblüfft musterte er den Anzug noch einmal. Doch, es war eindeutig sein Praxisanzug. Er probierte es mit dem Jackett. Es ließ sich nur mühsam schließen. Jonathan zog sich wieder aus und trat ebenfalls auf die Badezimmerwaage. Erstaunlicherweise schien er fünf Pfund zugenommen zu haben. Dabei war er in Banff jeden Morgen zum Joggen gegangen, und sein Bauch war kernig und fest wie immer. Bekümmert, nervös zog er den Morgenrock über und ging zum Frühstück ins untere Stockwerk. Bessie war nicht in der Küche. Er fand sie weinend auf dem Wohnzimmersofa.

»Was hast du?«

»Hast du keine Augen im Kopf, Idiot?«

Offenbar nicht.

»*Die Möbel!*«

»Heilige Scheiße!«

Irgendjemand hatte die Wohnzimmermöbel umgestellt. Nichts war am gewohnten Platz. Und doch … und doch … Als sie aufgeregt umherflatterten, erkannten sie, dass nichts fehlte. Dass das Sterlingsilber, so wertvoll es sein mochte, nicht gestohlen worden war, erschien ihnen verständlich: Jedes Besteckteil trug groß und deutlich die Initialen JC, sodass seine Herkunft leicht feststellbar war. Aber der Eindringling hatte sich weder mit Bessies Pelzen aus dem Staub gemacht, noch hatte er den Wandsafe zu knacken versucht. Hi-Fi, Farbfernseher, Nikons, die Bell-Howell-Filmkamera, die Cuisinart – alles, was zu versetzen gewesen wäre, war vorhanden. Kein einziges Stück aus der Sammlung der Eskimo-Walfischbeinskulpturen war angerührt worden. Bei näherem Hinsehen jedoch entpuppte sich dann der eigentliche Vandalismus, der sinnlose Vandalismus, den der Einbrecher verübt hatte. Die Landschaft von A. Y. Jackson, der ganze Stolz von Dr. Coles Kollektion, ein Bild, das er gern als besinnlich, beglückender als seine sämtlichen anderen Besitztümer beschrieb, war beschädigt worden. Jemand hatte die Signatur des Künstlers sorgfältig entfernt, vermutlich mit Terpentin, und es mit eigener Hand signiert: »Kopie von Hershl Sugarman«. Jonathan stieß einen Entsetzensschrei aus. »Sieh dir das an!« rief er seiner Frau zu. »Sieh dir verdammt noch mal das an!« Und warf ihr vor, er sei von Anfang an dagegen gewesen, dass Brenda ihre Familie auf Barbados besuchte, während sie verreist waren.

»Zum Glück«, suchte Bessie ihn zu trösten, »hat der Einbrecher wenigstens das Bild selbst nicht beschädigt.«

Der Versicherungsbeamte, den sie sofort benachrichtigten, fuhr McMaster fort, zeigte zwar Mitgefühl, befand sich jedoch in einem Dilemma. Gewiss, habe er zugeben müssen, es habe möglicherweise, wirklich nur möglicherweise eine Wertminderung stattgefunden, der Fall sei allerdings so befremdlich, dass er ihn sich erst durch den Kopf gehen lassen müsse. Schließlich sei der Jackson als echt anerkannt und das Bild selbst nicht beschädigt worden.

»Ich nehme an«, meinte Joshua, »dies fällt unter Ihre anderen außergewöhnlichen Einbrüche.«

»Hm-hm.«

»Glauben Sie, dass es dieselbe Bande war, die in Pinskys Weinkeller eingebrochen hat?«

»Ich nehme an, es war eine Bande Jugendlicher, stinkbesoffen, und wenn wir sie schnappen, stellt sich heraus, dass sie alle aus guten Familien stammen, mit fabelhaften Beziehungen, und sie kommen mit Bewährung davon. Also, was gibt es sonst Neues?«

Joshua steckte sich achselzuckend eine Zigarette an.

»Einmal, ich weiß nicht mehr vor wie vielen Jahren, zwanzig vielleicht, haben ein paar Ganoven bei Judge Gilbert an der Argyle Street eingebrochen. Erinnern Sie sich an Gilbert – Mr. Stütze der Gesellschaft? Reform Club, Mount Royal usw. usf. Aber er hatte eine Schwäche. Einen süßen Zahn. Er ließ sich gern einen blasen – von minderjährigen Strichern, in seinen Amtsräumen, und er die ganze Zeit in Robe und Perücke.

Seine Frau dagegen liebte nun wieder nur CC, eine heimliche Säuferin – konnte 'ne ganze Flasche pro Tag schlucken, vielleicht auch mehr. Ich hab sie immer nur besoffen gesehen. Jedenfalls, diese Ganoven brachen ein, stahlen das Familiensilber und, ha ha, einen Haufen unverbuchtes Bargeld aus dem Wandsafe. Wir erwischten sie in der Gasse hinter der Wood Avenue. Ein paar Pepsis, richtige Mussjöhs von St. Henri, die sich vor Angst in die Hosen machten. Einer von ihnen hat 'n Schießeisen und trifft mich in den Oberschenkel – nur so viel höher und weiter rechts, und Sie hätten den ersten Sopran im Chor von Saint James' United vor sich. Jedenfalls gab es über zwanzigtausend Dollar nicht angegebenes Geld, in diesen langen, braunen Umschlägen, das heißt, jedes Mal, wenn wir unseren Kopf riskieren, um ein paar Galgenvögel vor Gericht zu bringen, macht der Richter ein kleines Geschäft mit Bruder Colucci oder sonst wem, und die sind wieder auf der Straße, bevor wir selbst aus dem Krankenhaus sind. Also kommt er mich im Krankenhaus besuchen, Ihr Judge Gilbert, behauptet, er hat mich für die St. George's Medal vorgeschlagen, und steckt mir zweihundert Dollar zu. Mann! Verdammt. Zwei Monate später hatte ich meinen kleinen NZ. Meinen Nervenzusammenbruch. Haben Sie Ihren schon gehabt?«

»Noch nicht.«

»Ich wache auf, ich schwitze, ich schlafe ein, ich schwitze. Zehn Tage lang kann ich nicht scheißen. Ich fühle mich überall verfolgt. Eines Tages, als ich in meinen Streifenwagen einsteigen will, greife ich nach dem Türgriff, und dann erstarre ich zur Salzsäule. Mein Kollege und noch einer mussten meine Hand mit aller Gewalt vom Türgriff lösen. Und ich kann einfach nicht aufhören zu zittern. Ach, Cops. Ungebildet. Bestechlich. Wen kümmert's schon, was die durchmachen? Haben Sie Watergate verfolgt? Natürlich haben Sie. Also, jetzt kommt doch jeder von diesen Arschlöchern mit einem eigenen Buch heraus. Bestsellern. Filmrechte. Und alles. Aber was passiert mit dem ehrlichen Cop, dem es zu verdanken war, dass sie überhaupt geschnappt wurden? Von dem haben Sie nie was zu hören gekriegt. Nichts weiter als ein kleiner Nigger, der von Glück sagen kann, wenn er zweiundfünfzig pro Woche nach Hause trägt, und er entdeckt das Band an der Tür und schlägt Alarm. Nun kennen Sie und ich die Nigger und wissen, wie lahmarschig die bei der Arbeit sind. Sehen Sie sich doch Willie Davis an, als wir ihn hier im Außenfeld hatten. Wenn man dem den Ball direkt zugeschlagen hat, okay, aber ihm nachlaufen in der heißen Sonne? Kam nicht infrage. Als ob das Weiberfleisch oder Schweinebauch wäre. O nein, Suh. Aber der kleine Nigger, der schlägt Alarm, und vielleicht steckt ihm John Dean jetzt, da er ein Vermögen gemacht hat, auch zweihundert Dollar zu.« McMaster zuckte die Achseln. »He, haben Sie schon den neuen Film im Pussycat gesehen?«

Das Pussycat war ein Pornokino.

»Nein. Warum?«

»Nur so«, antwortete McMaster grinsend.

Und so erfuhr er, dass im Pussycat *Office Party* gezeigt wurde. Unter den angekündigten Schauspielern: Esty Blossom.

Scheiße Scheiße Scheiße. In einem Alter, in dem andere jüdische Mütter Schnurrbärte bekamen, ehemalige Vizepräsidentinnen von ORT waren, Essen auf Rädern ausfuhren oder Modenschauen für das Hospital of Hope arrangierten, war seine Mutter da oben auf der großen Leinwand zu sehen, wie sie Männer bediente, die halb so alt waren wie sie.

Office Party musste vor mindestens einem Jahr gedreht worden sein, denn Esther hatte inzwischen die Pornos hinter sich gelassen und sich der Women's Lib zugewandt. Der Bewegung. Zunächst hatten die alten Vetteln vom extremen Flügel der Bewegung, wie Joshua hörte, die Bekehrung seiner Mutter voller Genugtuung begrüßt. Esther, die Ausgebeutete. Das reformierte Sexualobjekt. Von brutalen Produzenten gezwungen, für deren Profit nackt auf der Leinwand herumzutoben, bis man sie, von ihrem Körper im Stich gelassen, zum alten Eisen warf. Die Girls waren hocherfreut. Salz der Erde, seine Mommy. Misshandelt jahrelang von einem groggy-geschlagenen Ehemann, einem Strolch, der fast immer im Untergrund lebte. Vernachlässigt von ihrem im bewegungseigenen Magazin als berühmt und wohlhabend bezeichneten Sohn, diesem weit überschätzten sexistischen Journalisten und TV-Kommentator Joshua Shapiro. O ja, sie beglückwünschten sich zu diesem Fang, dieser lebenden Metapher für männlich-chauvinistische Ausbeutung, bis sie sich eines Nachmittags nach Ottawa begaben, um für Abtreibung auf Verlangen zu demonstrieren. Dort draußen auf dem Parliament Hill, all diese aufmüpfigen Ladys ohne Make-up oder BH, mit trotzig behaarten Achselhöhlen, hocherhobenen Spruchbändern und verächtlichem Blick – allen voran Esther. Die kampflustige Esther, erfüllt von Liebe zu ihrer Sache und ihren neu gefundenen Schwestern. Ach, diese ahnungslosen Schwestern! Woher sollten sie auch wissen, wie geschickt Esther darin war, anderen die Schau zu stehlen? Ein echter Profi? Erst als die Fernsehkameras auf sie herumschwenkten, zog sie ihr eigenes Plakat unter dem Fransenponcho hervor. Der Kameramann erstarrte. Furchtsame, doch gesellschaftsbewusste Parlamentsmitglieder, die sich zögernd aus dem Haus gewagt hatten, um mit den Damen zu diskutieren, waren schockiert. Ein aufmerksamer Constable der RCMP, der berittenen Polizei, setzte sich sofort in Trab und kam auf sie zu. Esther, die sich in dem Aufsehen sonnte, das sie erregte, hüpfte, ihr Plakat schwenkend, vergnügt auf und ab:

UND STINKT SIE AUCH DIR
MEINE FOTZE GEHÖRT MIR!

9 Nun, da sie auf Celsius umgestellt hatten, konnte Joshua, wenn er an einem Wintermorgen, von den schnarrenden Morgennachrichten in seinem Digital-Radiowecker aus dem Schlaf gerissen, in Montreal erwachte, nicht mehr abschätzen, wie kalt es wieder draußen war. Der muntere Ansager verkündete fröhlich, es sei zwei Grad über oder auch neun Grad unter. Doch obwohl ihm Teddy, der Familienmathematiker, die Umrechnungsformel immer wieder ausführlich erklärt hatte, war es ihm ganz einfach zu lästig. Er stellte sich lieber ans offene Fenster und erriet, wie unerträglich kalt es war. Die Kinder fanden ihn zunehmend verdrießlich. Was sie nicht begriffen, war, dass er außerdem paranoid wurde. Sich einbildete, bei seinen abendlichen Spaziergängen verfolgt zu werden. Gestern Abend hatte er sogar geglaubt, McMaster zu sehen.

Früher, als er noch bereitwillig bestätigt hatte, dass er dreißig sei, war es sein ganzer Ehrgeiz gewesen, etwas Unsterbliches zu schreiben. Eine Seite. Einen Abschnitt. Ja, sogar einen einzigen Satz. Jetzt, im Alter von siebenundvierzig Jahren, da er etwas darstellte, stand er beim Morgenpiss hoch aufgerichtet und musste zu seinem Kummer feststellen, dass er beim Hinabblicken den eigenen Penis nicht mehr so recht sehen konnte. Weil der von seinem vorstehenden Bauch verdeckt wurde. Er entschloss sich zu einer Diät. Sein neuer Ehrgeiz, nicht weniger ernsthaft als der damalige, bestand darin, bis zum achtundvierzigsten Geburtstag einen so flachen Bauch zu haben, dass er morgens an sich herabblicken und ihn sehen konnte. Guten Morgen, Big Boy.

Es war kurz nach sieben Uhr morgens. Joshua hörte Türen schlagen, Füße die Treppe hinauf- und hinabpoltern, weil Teddy nach seinen Turnschuhen suchte, und Susy an der Badezimmertür rütteln und Alex anflehen, endlich aus der Dusche zu kommen. Alex hatte bereits die *Gazette* hereingeholt und den ersten Anruf des Tages getätigt. Er würde sich seinen Lunch genauso zurechtmachen, wie er ihn gernhatte, und ihn auf dem Küchentisch liegen lassen. Als Joshua aus dem Bett kletterte, dachte er sich, dass er, alles in allem, doch recht glücklich drüber war, Familienvater zu sein. Alles wäre perfekt, dachte er, wenn nur Pauline bei uns wäre.

»… zu jenen, denen heute der Order of Canada verliehen wurde«, verkündete der Rundfunksprecher mit dröhnender Stimme, »gehörte auch der Montrealer Tycoon Isaac Singer …«

Izzy Singer, O.C. Man stelle sich vor. Izzy hatte tatsächlich doch noch einen Trostpreis aus seinen hektischen Bemühungen herausgequetscht. Bei der Erinnerung musste Joshua laut auflachen.

1967. Das Grey-Cup-Spiel. Ein Spiel, über das Joshua für die *Sports Illustrated* berichtet und den Auftrag geschickt mit einem Jahrestag der Mackenzie King Memorial Society verbunden hatte, ein Treffen, das er beinahe für alle dadurch ruiniert hatte, dass er spontan Izzy Singer dazu einlud.

In jenen Tagen fuhr Izzy natürlich nicht mehr mit seinem verbeulten Ford V-8 hinter dem Eiswagen her durch die St. Urbain Street, um seine Kühlschränke zu verhökern. Zu jener Zeit war Izzy, seit 1960 Millionär, ein veritabler königlicher Kaufmann geworden. Er herrschte über eigene Einkaufszentren in Montreal, Calgary und Vancouver. Eigentumswohnungen in Florida. Eine Schnellimbisskette, die Küste zu Küste reichte. Bürotürme in Toronto, Atlanta und Los Angeles. Ölkonzessionen in den Northwest Territories. Wälder in den Maritimes. Bergbaurechte im nördlichen British Columbia. Ganze Meere von Getreide in den Prärieprovinzen. Und mehr, weit mehr noch – ein grenzenloses Imperium, durch das er nicht wie ein stolzer Koloss stapfte, sondern wie eine besorgte Ameise huschte.

Izzy, Izzy.

Joshua hatte nichts mit ihm gemeinsam als Klasse 42, FFHS und eine Erinnerung, die es ihm nicht gestattete, Izzy ebenso sehr zu verachten wie Seymour und die anderen. An Izzys zwölftem Geburtstag hatte dessen Mutter darauf bestanden, dass er den Boys etwas auf der Geige vorspielte, den Boys, die feixend dasaßen und sehen wollten, was dieser Tollpatsch, der es nicht mal bis ins Softballteam der Klasse geschafft hatte, nun wohl produzieren würde. Izzy stand da – blass, mager, zitternd – und kratzte eine Zigeunerweise. Seine Mutter strahlte, seine Tanten blubberten, bis ihr Stolz von einem Strom heißer Pisse gedämpft wurde, der Izzys Hose dunkelte und sich in einer verräterischen Pfütze um seine blitzblanken Schuhe sammelte.

Und dann, 1967, lud Izzy ihn aus heiterem Himmel zum Lunch bei Ruby Foo ein, einem Rasthaus, wo es widerlich süßes, nicht koscheres jüdisch-chinesisches Essen gab – Izzys Vorstellung vom Himmelreich. »Obwohl alle meine Steuerberater sich ständig neue Tricks ausdenken, diese *schmocks*«, berichtete er, »zahle ich immer noch pro Woche fünftausend Dollar Steuern. Das sind zweihundertsechzigtausend Dollar pro Jahr. Ich war mit deinem Schwiegervater im Rideau Club und habe was mit ihm getrunken. Netter Mensch.«

Izzy, ein kompakter, widerborstiger, kleiner Mann, eine richtige Schnee-Eule mit großer Hornbrille und ausdruckslosen braunen Augen, war Kenner genug, um einen Anzug aus der Savile Row zu tragen, in der Jermyn Street für ihn maßgeschneiderte Hemden und Schuhe, die speziell für seine winzigen Füße angefertigt wurden. Anscheinend das perfekte Wohlstandspaket. Doch seine Onyx-Manschettenknöpfe waren um eine Nuance zu groß, die Initialen auf der Brusttasche seiner Hemden eine Idee zu auffallend. Izzy, in der St. Urbain Street geboren, machte sich beim Vorspielen immer noch in die Hosen. Außerdem litt er jetzt unter einem höchst enervierenden Muskelzucken im Gesicht, durch das seine rechte Wange praktisch ununterbrochen tanzte. »Ich habe hier keine Freunde mehr«, erzählte er. »Das kann ich mir einfach nicht mehr leisten. Werde ich zu einer Party eingeladen, kommt unweigerlich, kaum dass ich zur Tür herein bin, irgendjemand auf mich zu und bietet mir ein Geschäft an. Auch zu Hause rufen sie mich an, noch bevor ich mir die Zähne geputzt habe. Brauchst du einen guten Zahnarzt? Hershorn. Der Beste. Sag ihm, du kommst von mir, dann brauchst du nicht drei Wochen lang auf einen Termin warten. Wirklich, Joshua, du solltest sie dir überkronen lassen, die vielen Lücken dazwischen sehen nicht gut aus. Vor allem im Fernsehen. He, wir haben wirklich was aus uns gemacht, ich und du. Du und ich. Wie ist es richtig?«

»Du und ich«, sagte Joshua.

»Hübsche Jacke, die du da anhast. Britisch. Kaschmir. Das Beste vom Besten. Ich habe vier.«

»Wenn du so widerlich reich bist, Izzy, warum setzt du dich nicht zur Ruhe?«

»Weil es mit dem Geld ist wie mit 'nem Soufflé. Wenn man's hat, muss man dauernd dahinter her sein, den Backofen im Auge behalten. Es geht entweder auf, oder es fällt zusammen.

Inflation. Wie ich höre, bumst du nicht rum, sondern bist deiner Frau treu. Das ist ein Plus. Ich auch, ich bin auch treu. Ich meine, wenn du die ganze Zeit andere Weiber bumst wie dieser verrückte Seymour, kommst du noch mit 'ner Syph nach Hause. Wie oft in der Woche fickt ihr denn? Durchschnittlich?«

»Fünfzehn Mal.«

»Ha, ha! Wir machen's im Durchschnitt drei Mal. Im Urlaub öfter. Becky hat *The Joy of Sex* gekauft, wir machen immer noch sinnliche Neuentdeckungen. Bitte, Joshua, komm mit in mein Büro; ich muss was mit dir besprechen.«

Izzys Büro nahm in einem der neuen Bürotürme der City ein ganzes Stockwerk ein.

»Ich glaube, ich komme am besten gleich zur Sache«, begann er. »Ohne Schmonzes. Ich möchte einen Sitz im Senat. Vielleicht könntest du das deinem Schwiegervater stecken; ich wäre dir sehr dankbar dafür. Ich spende immer viel für die Liberalen. Das wird ihm bekannt sein. Also?«

»Frag ihn doch selbst«, antwortete Joshua verärgert und erklärte, um das Thema zu wechseln, er müsse am nächsten Morgen für das Grey-Cup-Wochenende nach Ottawa, wo anschließend der Jahrestag der Mackenzie King Memorial Society stattfinde.

»Ach, ich sehe nie einen von unserer alten Clique«, sagte Izzy sehnsüchtig.

»Möchtest du mitkommen?« erkundigte sich Joshua, in der Falle.

»Okay. Abgemacht. Wie viele Karten braucht ihr für das Spiel. Ich zahle.«

»Wir haben unsere Karten schon, Izzy.«

»Ja, aber wo? Bei meinem Einfluss könnt ihr in der Eigentümerloge sitzen.«

In Ottawa konnte es Joshua, wie er fand, kaum vermeiden, zum Lunch seinen Schwiegervater zu Hause in Rockcliff aufzusuchen. Damals war ihr Verhältnis zueinander noch ziemlich kühl, deswegen war er verblüfft, als der Senator nach einem recht kurzen Austausch von Höflichkeiten sagte: »Es wird Zeit, dass ich dir sage, wie froh ich bin, dass du Pauline geheiratet hast. Ich möchte mich für mein ungehobeltes Benehmen bei deinem ersten Besuch hier entschuldigen. Es war unverzeihlich.«

»Ich hätte selbst auch höflicher sein können.«

Beide lachten und erinnerten einander an die Dinge, die sie sich damals gesagt hatten, und Joshua fühlte herzliche Zuneigung zu seinem Schwiegervater in sich aufsteigen. Etwas, das echte Verwandtschaft verhieß, zwei Männer, verbunden durch ihre gemeinsame Liebe zu Pauline.

»Ich möchte dir etwas mitteilen. Ich werde dir und Pauline das familieneigene Haus am Lake Memphremagog überschreiben. Warum sollt ihr Erbschaftssteuer zahlen, wenn's so weit ist?«

»Es wäre mir lieber«, erwiderte Joshua, der Punkte kassieren wollte, »du würdest es Pauline allein überschreiben.«

»Wie du willst«, sagte der Senator sichtlich erleichtert.

Vor seinem inneren Auge sah Joshua die Liege im Mädchenzimmer. Mit dem Gummituch.

»Ich wäre euch dankbar«, fuhr der Senator fort, »wenn ihr im nächsten Sommer alle zu mir zu Besuch kommen könntet. Ich möchte meine Enkelkinder gern dort haben.«

Sie unterhielten sich über Jane Austen, Dr. Johnson und Mrs. Thrale, und dann verriet der Senator Joshua eine Vorliebe, die diesen ziemlich erstaunte: für die Romane von Hammett, Chandler und MacDonald. Sie entdeckten ihre gemeinsame Begeisterung für Bath. Der Senator erzählte ihm, er habe einmal auf einer Party in Haut-de-Cagnes Isadora kennengelernt, doch die habe ihn abblitzen lassen. »Vermutlich«, meinte er, »hat sie erkannt, was für ein langweiliger, alter Stockfisch ich war.«

Ermutigt fragte Joshua ihn nach dem Zusammentreffen mit Izzy Singer.

»Doch, ich erinnere mich an ihn«, berichtete der Senator

amüsiert. »Er rief mich aus heiterem Himmel an und behauptete, ein alter Freund von dir zu sein.«

Joshua erbleichte.

»Keine Angst, ich habe reichlich Erfahrung mit diesem Typ. Und habe sehr schnell begriffen, um was es ihm ging. Aber ich war neugierig und lud ihn auf ein paar Drinks in den Rideau Club ein, weil ich wusste, dass er sich darüber freuen würde. Ein erstaunlicher Bursche. Angenehm offen. Er will unbedingt in den Senat.«

»Hat er dir dafür Geld geboten?« fragte Joshua, der sich schämte.

»Ein paar Aufsichtsratsposten.« Der Senator wandte den Blick ab. »Weißt du, ich kann mir einfach nicht vorstellen, warum ein Mann mit seiner Begabung und seinen Kenntnissen unbedingt in den Senat will.«

»Dann hat er also eine Chance?«

»Nicht die geringste. Dafür wünscht er es sich viel zu sehr. Und damit kommt er nicht an, in Ottawa.«

»Hast du ihm das gesagt?«

»Ich finde, man muss ihn den Versuch machen lassen. Das darf man ihm nicht verwehren.«

»Noblesse oblige.«

»Ach, komm! Das ist ein bisschen dick. Ich werde heutzutage nur noch geduldet. Als alternde Dekoration. Du würdest staunen, wie gering mein Einfluss jetzt noch ist.«

Beunruhigt durch sein Gespräch mit dem Senator und mit dem dringenden Verlangen nach einem Drink stieg Joshua vor dem National Press Club aus dem Taxi. Ottawas Straßen waren vereist, bitterkalt, und dennoch gab es einen Festzug. Übertrieben schneidig auftretende Westerner, die sehen wollten, wie ihre amerikanischen Importe, bis auf den letzten Mann Ausschuss der National Football League, sich mit dem Import des Ostens um Kanadas nationalen Footballpokal, den Grey Cup, rangelten. Die Saskatchewan Rough Riders gegen die Hamilton Ti-Cats. Dickwanstige Männer zu Pferde, die Gesichter vom Wind rotgepeitscht, jodelten vorbeigehenden, tief in ihre Pelzkragen verkrochenen Sekretärinnen zu. Juhu!

Im Château Laurier zeigten sich die grauhaarigen Pagen mittleren Alters in verwegenen Grey-Cup-Kreissägen. Noch mehr Westerner in hochhackigen Stiefeln und Stetsons wimmelten herum, viele von ihnen schwankend. Alle nicht befestigten Möbel der Halle waren entfernt worden. Joshua wies dem Mann vor dem Lift seinen Zimmerschlüssel vor, der ihn zur Aufzugbenutzung berechtigte, und erhielt nicht lange darauf Gesellschaft von seinen Kollegen der Mackenzie King Memorial Society. Seymour, Max Birenbaum, Bobby Gross, Leo Friedman, Jack Katz, Eli Seligson und Morty Zipper vom Montrealer Kontingent. Ein wenig trotzig erzählte ihnen Joshua, dass Izzy Singer ebenfalls kommen werde, allerdings nicht vor Samstag früh.

»Mist!« sagte Seymour. »Jetzt hast du's tatsächlich geschafft. Während George Reed seinen Angriff vorträgt, wird der die Zuschauer zählen und sich ausrechnen, wie viele Hotdogs verkauft werden.«

»Reg dich ab«, bat Joshua.

»Du hast ja keine Ahnung! Ich hab ihn mal in Florida getroffen. Izzy Singer im Urlaub. Am Pool. Und weißt du, was er da gemacht hat? Er saß da, mit einem Notizbuch in der Hand, und gab seinen Kindern Zensuren von eins bis zehn fürs Springen, mit einem Preis für den Sieger.«

Die Auswärtigen begannen einzutreffen. Mickey Stein, inzwischen Professor für Soziologie in Harvard; Benny Zucker, Dekan an der UCLA; und Larry Cohen, stellvertretender Minister für Verbraucherfragen. Lennie Fisher und Al Roth waren per Flugzeug aus Toronto gekommen.

Izzy erschien am folgenden Morgen rechtzeitig zum Frühstück und fand die Boys an ihrem Tisch im Speisesaal des Château. Mit tanzender Wange klatschte er einen Packen Eintrittskarten auf den Tisch. »Wisst ihr, wie viel die Halsabschneider für diese Plätze verlangen?«

Keiner wusste, wohin er blicken sollte. Sie butterten sich ihren Toast oder stierten finster in ihre Zeitungen. Bis auf Lennie Fisher, der eifrig aufsprang, um Izzy einen Stuhl zu holen.

»Mein Gott, setz dich und halt den Mund!« sagte Joshua zu Izzy. »Es ist gestern Abend spät geworden.«

»Ich habe für morgen Abend Champagner auf euer Zimmer bestellt. Eine Kiste. Dom Perignon. Außerdem habe ich einen Räucherlachs mitgebracht.«

»Setz dich!« befahl Joshua.

»Ich dachte, wir würden hier 'n richtiges Fass aufmachen. Was ist bloß los mit euch allen?«

Izzys Jägerhut passte zu seinem braunen Kaschmirmantel. Sein Fernglas stammte aus Deutschland, das Beste vom Besten. Über der Schulter hing ihm am Riemen eine Nikon in weichem Lederfutteral. Außerdem hatte er eine Hudson's-Bay-Decke mit Kissen in einer Zelluloidtüte mitgebracht.

»Ich sorge dafür, dass du beschlafen wirst«, warnte ihn Seymour mit bösem Lächeln. »Morgen Abend nach dem Dinner.«

»Ich dachte –«, Izzys Ton war unsicher, »– es gäbe keine Mädchen bei eurem Dinner.«

»Es gibt auch keine«, versicherte ihm Joshua.

»Wenn die mit dir fertig ist«, sagte Seymour, »hängt dir die Zunge aus dem Hals, das schwöre ich dir. Dein Schwanz ist so wund, dass er grün und blau wird. Wir werden dich den ganzen Weg nach Montreal zurücktragen müssen.«

Izzys Plätze waren bessere als ihre eigenen, aber die Boys akzeptierten sie nur widerwillig; allein Lennie Fisher zollte seiner Großzügigkeit Anerkennung. »Ich war auf Beckys letzter Ausstellung«, erzählte er. »Ich finde ihre Arbeiten wirklich großartig.«

Izzys Frau Becky bildhauerte. Sie machte Kunstwerke aus Fischbein. Bei einem von Izzy (einem Hauptwerbekunden) arrangierten Interview mit der *Gazette* hatte sie gesagt: »Meine Kinder, die kleinen Engel, haben vollstes Verständnis für mich.

Ist meine Ateliertür geschlossen, gehen sie auf Zehenspitzen. Und ich glaube, selbst Leonard Woolf könnte nicht geduldiger sein als mein Mann.«

Ein bitterkalter Wind fegte über das vereiste Spielfeld; die Ti-Cats hüpften an den Seitenlinien auf und ab. Eins-zwei-drei-vier. Zwischen den Übungen bliesen sie sich auf die geröteten Finger und stampften frierend mit den Füßen.

Dann kamen die Rough Riders auf den Platz getrottet, und ihre Fans im Stadion begannen freudig zu brüllen. Izzy zupfte Joshua am Ärmel. »Ich muss pinkeln.«

»Oben an der Treppe rechts.«

»Aber ich kann nicht, wenn andere dabei sind.«

»Dann warte.«

»Ich kann nicht.«

»Mir fällt nichts mehr ein, Izzy.«

»Komm mit«, bot Lennie Fisher ihm an. »Ich fahre schnell mit dir ins Hotel. Wir lassen das Taxi warten und sind vor dem Anstoß schon wieder da.«

Auf dem Platz sahen sie jetzt eine quirlige Gruppe magerer Mädchen in grün-weißen Trikots mit klappernden Zähnen und laufenden Nasen. Die Riderettes. Pickelige Sexküken aus der Prärie. Zum Glück hatte der umsichtige Bandleader sie mit bemitleidenswert locker sitzenden Wollhöschen versorgt, die sie über den Strümpfen trugen. Die Mädchen hüpften und liefen auf der Stelle, um sich ein wenig aufzuwärmen. Plötzlich erwachte eine Fernsehkamera zum Leben, Trommeln dröhnten, und die tapferen Mädchen zwangen, nach einem letzten Nasewischen mit aufgesprungenen Händen, ein strahlendes Lächeln auf ihr Gesicht, um über den vereisten Platz zu marschieren.

»Schlagt sie, schlagt sie!« intonierten die Riderettes. Aber die Riders waren bei Halbzeit 17:0 unterlegen.

»Ich friere«, sagte Joshua zu Seymour. »Lasst uns den Rest des Spiels auf meinem Zimmer im Fernsehen anschauen.«

Als sie an Izzy vorbeikamen, dessen eulenhafte Hornbrille

über den Rand seiner Hudson's-Bay-Decke hervorlugte, fragte er sie: »Müsst ihr auch pinkeln?«

»Nein«, gab Seymour unwirsch zurück. »Wir besorgen dir jetzt das Mädchen. Eine richtige Wilde. Mann!«

Statt sich an diesem Abend noch einmal auf die Karnevalsstraßen von Ottawa zu wagen, beschlossen die Boys, sich das Essen aus Nate's Delicatessen kommen zu lassen, auf Seymours Zimmer Poker zu spielen und im Hinblick auf die morgigen Memorial-Day-Festivitäten zeitig zu Bett zu gehen. Izzy zog Joshua beiseite, um ihm zu erklären, er könne nicht mitspielen. Obwohl erleichtert, fühlte sich Joshua verpflichtet, Izzy nach dem Grund zu fragen.

»Wenn ich gewinne, sind mir alle böse, und wenn ich verliere, sagen sie bloß, na und? Er kann sich's leisten.«

»Glaub ihm kein Wort!« empfahl Seymour, der mitgehört hatte. »Der will nur in seine Suite zurück, weil er weiß, dass ich ihm gleich das Mädchen rüberschicke. Die wird ihn dann schon ordentlich durchvögeln.«

Sie konnten den Jahrestag nicht mit dem üblichen Sektfrühstück auf dem Gelände der »Klosterruine« beginnen: Das verschneite Kingsmere-Grundstück war für den Winter geschlossen. Also tranken sie den Champagner vor dem Tor, und Mikkey Stein dirigierte den Chor bei seiner jiddischen Fassung von *Safe in the Arms of Jesus.*

»Wenn nun jemand kommt?« fragte Izzy peinlich berührt.

Der rundliche, gutmütige Mickey Stein, zu dem sie in ihrer FFHS-Zeit immer zuerst mit ihren Witzen gelaufen waren, um sich daran zu freuen, wie er sich vor Lachen bog, war der Sohn eines Milchmannes. Die McGill University hatte er sich nur leisten können, weil er ein Stipendium bekam. Jetzt, als Ordinarius in Harvard, dozierte er vor den Söhnen der amerikanischen Reichen über die Kernfamilie, Leibeigenschaft und kulturelle Schemata bei den Assyro-Babyloniern in Persien unter der Dynastie der Sassaniden. »Joshua«, sagte er, »du hast keine Ahnung, was Veröffentlichung eigentlich heißt. Ich schreibe nicht für die Massen. Ich verfasse eine dreitausend Wörter umfassende Abhandlung für ein Journal mit einer Auflage von, sagen wir, eintausendfünfhundert. Der Redaktionsausschuss brütet sechs Monate lang über der Frage, ob sie meine Abhandlung annehmen sollen, dann schreiben wir weitere sechs Monate lang hin und her und streiten uns über Kommata. Ein Jahr darauf werden meine Gedanken über die Eschatologie der häretischen Dharmas veröffentlicht, ich mache zweitausend Fotokopien für andere Professoren, die Ford Foundation gibt mir einen Zuschuss, und ich kann Sylvia zu Konferenzen nach Tokio, Stockholm und Grenoble mitnehmen. Wo wir andere Langweiler treffen. Und weißt du was? Ich beginne zu argwöhnen, dass die Belieferung von Haushalten mit Milch eine für die Gesellschaft nützlichere Beschäftigung ist. Auf uns, *chaverim.*«

Der zweite Akademiker, der nette Benny Zucker, Dekan an der UCLA, wollte nicht zurückstehen. »Kratzt man an Stein hier, was findet man? Einen verhinderten Sozialisten. Einen Verlierer. Wen hat er bei den letzten Wahlen gewählt? Gene McCarthy. Der wird es nie lernen, ein richtiger Ganeff zu sein. Der steckt fest in der falschen Disziplin. Ich dagegen, ich habe einen Haufen Ehrentitel. Man rauft sich um meine legendären Dienste als Industrieberater. Ich habe einen Agenten. Und der schickt mich einmal im Jahr mit meinen Gesetzestafeln vom Berg herunter. Zu Tagungen von Übererfolgreichen in Hawaii. Oder zu Orientierungskursen für Spitzenmanager auf einer Arizona-Ranch. Sogar die Ölmagnaten von Dallas kennen mich. Und überall stehe ich auf dem Podium, nehme meine Lesebrille ab, um einen Punkt besonders hervorzuheben, und erzähle den Machern und Weltbewegern, dass unsere Forschungen an der UCLA, computerprogrammiert, feldgetestet, darauf hindeuten, dass es bei Managern mehr Stress gibt als bei Barkeepern, und dass es überdies eine definitive Korrelation zwischen Energieverlust und Alter gibt. Und sie schütteln verblüfft die Köpfe, bewundern mich und denken sich, Mann, sind diese Juden ein cleveres Volk! Das muss man ihnen wirklich lassen.«

»Wie viel«, wollte Izzy von ihm wissen, »kriegst du denn für so einen Vortrag?«

»Na ja«, antwortete Zucker übermütig, »ungelogen mindestens zwei Riesen.«

»Als Elie Wiesel letzten Sommer bei unserem Bond Drive Dinner gesprochen hat, haben wir ihm fünftausend gezahlt.«

»Ach, weißt du –«, Zucker machte einen Rückzieher, »– das sollte ja nur eine Story sein, um die Boys hier zu amüsieren. Ich habe niemals behaupten wollen, dass andere weniger kriegen als ich.«

Seymour sah aus, als werde er gleich in die Luft gehen. »Izzy«, sagte er, »ich habe beschlossen, dich doch nicht beschlafen zu lassen. Stattdessen werde ich dich umbringen.«

»Ich mag dich auch nicht«, protestierte Izzy mit tanzender Wange, »aber ich kann mich wenigstens benehmen.«

Im Laurier House bewunderten sie wieder einmal die Kristallkugel auf dem Flügel und das Porträt von Wee Willies Mum. »Er ist nicht umsonst Premierminister geworden«, erklärte Izzy und wies darauf hin, dass Joshuas Schwiegervater im Krieg Mitglied von Kings Kabinett gewesen sei. »Ich habe mit dem Senator was getrunken. Im Rideau«, berichtete er. »Ein echter Gentleman.«

Schließlich versammelten sie sich im Château Laurier in ihrem privaten Speisezimmer, wo die Artefakte der Society bereits an Ort und Stelle waren.

»Mann!« staunte Izzy. »Werdet ihr denn nie erwachsen?«

Lennie Fisher beschwor sie alle, aus Aktien aus- und auf Termingeschäfte oder Gold umzusteigen. »Ich wette, sogar Izzy wird mir darin beipflichten.«

»Ich spreche in der Öffentlichkeit nicht mehr über Portefeuilles, über die ich verfüge«, entgegnete Izzy. »Weil man mich hinterher jedes Mal im Wirtschaftsteil zitiert. Geht irgendwas rauf oder runter, gibt man mir die Schuld.«

Alle gratulierten Larry Cohen zu seiner Ernennung zum stellvertretenden Minister.

»Was bezahlen sie dir?« erkundigte sich Izzy.

Zögernd sagte es Larry ihm.

»In der Privatwirtschaft könntest du viel mehr verdienen. Weißt du, wie viel Steuern ich zahle? Fünftausend pro Woche.«

Eli Seligson, dem Joshua aus dem Weg gegangen war, erwischte ihn schließlich doch und zog einen bissigen Artikel über seine Arbeit aus der *Detroit Jewish Press* hervor. »So denken die Experten für diese Dinge über den Scheißdreck, den du schreibst.«

Joshua drückte sich an ihm vorbei und brachte den ersten Trinkspruch aus. »Gentlemen –«, er hob das Glas, »– auf William Lyon Mackenzie King.«

Dann kletterte Seymour auf seinen Stuhl, um den nächsten Toast auszubringen. *»To the kisses we snatched and vice versa.«*

»Pfui!« sagte Izzy.

Mickey Stein gewann wieder einmal den Jo-Jo-Wettbewerb, doch das Hockeyspiel artete anschließend zu sehr aus. »In diesem Jahr«, schlug Seymour mit unschuldigem Lächeln vor, »werden wir Bodychecking erlauben.« Und schon lag Izzy Singer lang auf dem Boden und tastete wimmernd nach seiner Brille.

»Verdammt noch mal, Seymour, das war nicht nötig.«

Lennie Fisher begann Seymour hüpfend und tänzelnd zu umkreisen.

»Ach, hör doch auf, du kleines Arschloch«, sagte Joshua.

»Den krieg ich auch noch«, erklärte Seymour und kämpfte mit seinem Jackett.

»Ich habe was mit den Bandscheiben.« Eli Seligson zog sich vorsichtshalber zurück.

Mickey Stein begann sich vor Lachen zu schütteln.

»Steh auf, du kleine, feige Ratte!« schrie Seymour.

»Das Maul kannst du aufreißen«, sagte Izzy, »aber was bist du? Ein Pulloverfabrikant.«

»Ich mache ihn fertig!« drohte Seymour.

Joshua zog Seymour ins Badezimmer und schloss die Tür.

»Geh doch zu deinem Freund zurück«, sagte Seymour.

»Nun reg dich ab, Scheißer.«

Sie mussten beide lachen. Seymour hob den Toilettensitz, trat, während er in hohem Bogen pisste, immer weiter zurück und sang: *»I'll be with you in apple blossom time, I'll be with you, to change your name to mine«* ... »Ich habe Angst vor dem Tod«, sagte er. »Du auch?«

»Ja.«

»Wer braucht den schon?«

»Genau.«

»Hast du dir Al Roth mal angesehen?«

»Was ist mit ihm?«

»Seine Frau hat einen Liebhaber.«

»Woher weißt du das?«

Augenzwinkernd schloss Seymour seine Hose. »Wie geht's den Kindern?«

»Gut.«

»Ich weiß noch nicht mal, ob ich meine überhaupt mag. Richtig mag, meine ich.« Seymour seufzte. »Pauline macht sich nichts aus mir.«

»Das ist nicht wahr.«

»Du hast Glück, Josh. Fabelhafte Frau. Großartige Kinder. Talent. Ich hasse dich. Ich hoffe, du stirbst zuerst.«

»Nur über meine Leiche.«

»Am meisten Spaß hat mir die Buchhandlung gemacht. All diese rotzfrechen Studenten, die Bücher klauten und dachten, ich merke nichts. Izzy Singer ist eine Ratte. Er hat Benny Zucker beleidigt. Das wurmt mich wirklich. Warum hast du ihn eingeladen?«

Joshua erzählte ihm, wie Izzy Singer von seiner Mutter zum Geigespielen gezwungen worden, und von dem Strahl heißer Pisse, die ihm am Bein heruntergelaufen war.

»Ach ja, jetzt erinnere ich mich. Ich war dabei. Aber ich

weiß nicht, Josh. Ich weiß nicht. Wir werden bald vierzig. Wir sollten allmählich vorsichtiger werden, in der Wahl unserer Freunde.«

Als sie in die Suite zurückkehrten, hatte Izzy bereits den Mantel an. »Ich fühle mich nicht wohl«, erklärte er. Und fügte mit einem flehenden Blick auf Joshua hinzu: »In einer Dreiviertelstunde geht eine Maschine. Die will ich kriegen.«

»Okay«, antwortete Joshua. »Ich komme mit.«

»Aber wir haben dein Bürgerkriegsalbum noch nicht gespielt«, protestierte Seymour.

»Ich habe ihn eingeladen, ich bringe ihn auch nach Hause.«

Es war ein ungewohnt kleinlauter, irgendwie reduzierter Izzy, der neben Joshua in der Maschine saß und seinen Gesichtsmuskel zucken ließ, während sie über bauschige, mondbeschienene Wolken dahinglitten. »Was findest du eigentlich an diesem Tier?« fragte er.

»Seymour?«

»Seymour.«

»Lebensfreude.«

Obwohl es spät war, drängte Izzy Joshua, noch einen Gutenachtdrink bei ihm zu nehmen. Becky war zum Glück im Bett. Der Butler ebenfalls. Izzy musste den Cognac selber holen. »Vierzig Jahre alt«, prahlte er. Hier oben in Westmount, von seinen Besitztümern umgeben, schien er sein Selbstbewusstsein wiedergefunden zu haben. Alles üppig, alles kontrovers. Ein Riopelle. Ein Chagall. Ein ultramoderner Marmorkamin mit Innenauskleidung aus Bronze, umgeben von englischen Möbeln aus dem achtzehnten Jahrhundert. Runde Tische mit weiten Röcken. Seidengestickte Sofas. Samtkissen. Auf Glasregalen eine Jadesammlung. Ein Aubusson-Teppich. Panoramafenster mit Blick auf den Pool. Es wirkte auf den ersten Blick nicht so sehr wie ein Heim als wie Izzys Vorstellung von einer luxuriösen Hotelsuite. Man sah sich unwillkürlich nach einer Rezeption um. Izzy bedauerte, dass Joshua das Bad neben dem Elternschlafzimmer, mit der großen, runden Wanne und der

Sauna, nicht sehen konnte, in dem Kaiserin Becky sich zu pudern und zu salben pflegte, bevor sie sich ins Atelier zurückzog. Aber er führte Joshua in die Küche. Rustikale Balken. Von der Decke hängend Kupfertöpfe in allen Größen. Ein Hauklotz. Geräumige Theke. Gourmet-Gasherd. »Als wir einzogen, habe ich alles rausreißen lassen«, erzählte er. »Sechzigtausend, nur für die Küche.«

»Kann Becky denn kochen?«

»Hat sie nicht nötig.«

Müde erklärte sich Joshua zu einem weiteren Cognac bereit, ehe er ging. Izzy trank Kamillentee.

»Möchtest du meine Bibliothek sehen? Zweitausendundachthundert Bände. Erstausgaben. Das komplette Oxford Dictionary. Jede Menge Judaica. Ich bin Mitglied im Book-of-the-Month-Club. In der Literary Guild. Im Fortune Book Club. Im History Book Club. Was du willst.«

Erst Jahre später, nachdem er McMaster kennengelernt hatte, sollte Joshua erfahren, wie schlimm dieser Abend für Izzy ausgegangen war.

Bevor er zu Bett ging, hatte Izzy seine Deutschen Schäferhunde aus dem Keller geholt und anschließend den Selenzellendetektor, den Vibrationsdetektor und das Ultraschall-Alarmsystem eingeschaltet. Aber er konnte nicht einschlafen. Er kam fast um vor Hunger. In dem riesigen Kühlschrank gab es Räucherfleisch. Bagels. Kartoffelsalat. Lachs. Gehackte Leber. Das wusste er, und allein der Gedanke daran machte sein Hungergefühl unerträglich. Aber Izzy stand vor einem Problem. Seine Alarmanlagen waren alle auf Zeit geschaltet, man konnte sie nicht manuell abstellen, und die Schaltphase endete erst um sechs Uhr dreißig, wenn morgens das Personal aufstand. Um an die Köstlichkeiten heranzukommen, die ihn in der Küche erwarteten, musste Izzy unter der Lichtschranke der Selenzellen hindurchkriechen, ohne den verborgenen Strahl zu unterbrechen, weil das den Alarm ausgelöst hätte. Er musste behutsam auftreten, damit er den empfindlichen Vibrationsdetektor nicht störte. Und außerdem musste er das Schallwellenmuster der Ultraschallanlage umgehen. Das verlangte kluges Taktieren. Der listenreiche Izzy passierte die erste Lichtschranke, indem er wie ein Infanterie-Veteran den Boden des oberen Flurs entlangrobbte. Dann glitt er erfolgreich die Treppe hinab. Hier unten waren die Lichtschranken und Detektoren zum Glück alle in Hüfthöhe angebracht, damit sich die Hunde frei bewegen konnten. So gelang es ihm, auf allen vieren zur Küche zu gelangen, während der eine Schäferhund an seinem Arschloch schnupperte und es mit der nassen Nase anstieß, und der andere an seinem Ohr herumschleckte. Mit Gott weiß wie vielen Krankheiten auf den Schlabberzungen. Scheiße! Verfickt!

In der Küche, immer noch auf Händen und Knien, schaffte es Izzy sehr geschickt, den Kühlschrank zu öffnen, ganz langsam hochzugreifen und die Platte mit dem Räucherfleisch herunterzuholen. Die gehackte Leber. Das Roggenbrot. Den Kartoffelsalat. Da er keine Teller (das Geschirr war zu hoch, verdammt) und auch kein Messer hatte (ebenfalls außer Reichweite), breitete er seine Schätze auf dem Terrakottaboden aus und begann sich triumphierend ein Sandwich zu machen. In diesem Augenblick drängten sich die beiden Hunde, angenehm überrascht, herzu, rissen ihm die besten Fleischstücke von der Platte und schlabberten hastig dicke Batzen gehackte Leber. Verdammte Scheiße! Einen Hund mit dem Arm abwehrend, bemerkte Izzy gerade noch rechtzeitig, dass sich der andere über sein Sandwich hermachen wollte. Wütend schimpfte er: »Pfui! Pfui!« Und wollte die Hunde mit heftigen Armbewegungen verscheuchen. Diese interpretierten das als Spiel; einer richtete sich auf die Hinterpfoten auf und durchbrach dabei eine Lichtschranke. Was den Selenzellendetektor auslöste.

»Du *putz*!« schrie Izzy und sprang auf, um sich zu wehren.

Was den Vibrationsdetektor und die Ultraschallanlage in Gang setzte.

Alarmglocken schrillten. Warnsignale schnarrten. Im Garten flammten Scheinwerfer auf. Auf einem Monitor des Polizeireviers von Westmounts begannen Lämpchen zu blitzen. Das Personal kam im Laufschritt angetrabt. Becky schloss sich kreischend im Schlafzimmer ein.

Izzy, der auf dem Küchenfußboden mit seinen Hunden rang, begann zu schluchzen.

Sirenen heulten.

Und innerhalb weniger Minuten kamen zwei Polizisten mit gezogener Pistole ins Haus gestürmt.

»Ach bitte, bitte! Ich bin's doch nur, Izzy Singer! Es ist alles ein furchtbarer Irrtum. Blinder Alarm!«

10 Obwohl Joshua Monique und ihre Mutter am Morgen nach ihrer Ankunft nur zwei Tische von ihm entfernt auf der Terrasse der Casa del Sol beim Frühstück erspähte, machte er keinen Versuch, mit ihnen bekannt zu werden. Angeblich lesend, begnügte er sich mit verstohlenen Blicken auf Moniques Mund, ihren Busen, ihre Beine. Außerdem richtete er es so ein, dass er an ihr vorüberschlenderte, als sie in ihrem aufregenden schwarzen Bikini träge im Sand lag, tat dabei allerdings so, als wäre er tief in Gedanken versunken. Niemals hätte er sich ihr direkt genähert und dabei eine Abfuhr riskiert, wäre nicht Dr. Dr. Mueller gewesen.

Eines Abends, als er gerade den Perlenvorhang von Don Pedros Bodega teilen wollte, hörte er drinnen Monique lachen. Ein dunkler, kehliger Lockruf. *Sie würde an der Bar stehen, und wenn einer der Offiziere ihr zu nahe trat, ihre Tugend in Zweifel zog, würde er ihn mit einem geschickt gezielten Uppercut zu Boden schicken. Und Monique würde dahinschmelzen, ihm seufzend in die Arme sinken, und er würde sie stolz davon- und in sein kleines Haus zurücktragen.*

Aber hast du gespürt, dass sich die Erde bewegt?
Ja, als ich starb. Leg bitte deinen Arm um mich.

Monique saß an einem Ecktisch, die obersten drei Knöpfe der Bluse geöffnet, und trank mit Dr. Dr. Mueller Wein. Sie sprachen Englisch. Mueller gab sich besonders galant. Die übliche Anzahl Offiziere stand herum, plauderte in kleinen Gruppen, akzeptierte Muellers Verführungsversuche und respektierte sein Bedürfnis nach Intimität. Gentlemen, allesamt.

Von Dr. Dr. Muellers Gegenwart provoziert, holte Joshua die Würfel von der Bartheke, trat zu ihnen an den Tisch und fragte ihn: »Mann oder Maus?«

Die Offiziere schienen über seine ungehobelte Aufdringlichkeit verärgert, jedoch kaum überrascht zu sein, Dr. Dr. Mueller dagegen tat amüsiert. Mit einem Lächeln, das Nachsicht für kleine Jungs ausdrückte, winkte er Joshua herbei. So kam es, dass er Monique schließlich doch vorgestellt wurde. Sie schüttelten sich die Hand, wie die Franzosen. Dann begannen Joshua und Dr. Dr. Mueller zu würfeln – angeblich um Wein. Dr. Dr. Mueller gewann, und Joshua bezahlte, den Regeln entsprechend, den *porrón,* aber sie mussten ihn an Dr. Dr. Muellers Tisch trinken.

»Ich habe Sie schon so oft gesehen«, sagte Monique, »aber ich dachte, Sie würden niemals Hallo sagen.«

»Hallo.«

»Er schimpft sich Schriftsteller«, erklärte Dr. Dr. Mueller.

»Das habe ich mir gedacht, dass Sie Künstler sind.«

»Ich bin Reporter.«

»Ich nehme an«, sagte Dr. Dr. Mueller augenzwinkernd, »unser junger Freund schreibt eine Reportage über Nutten. Warum wäre er sonst wohl so oft in der Casa Rosita?«

Monique jedoch, weit davon entfernt, empört zu sein, war fasziniert. »Sie frequentieren ein hiesiges Bordell?«

Hin und her gerissen zwischen dem Bedürfnis, schnell zu trinken, und dem Bewusstsein, dass er den Tisch würde verlassen müssen, sobald der *porrón* leer war, saß Joshua, ein dämliches Grinsen auf dem Gesicht, wie gelähmt da.

»Die reizende junge Dame wartet auf eine Antwort«, mahnte ihn Dr. Dr. Mueller.

»Ich war gelegentlich mit den Fischern dort.«

»Ach, würden Sie mich mal mitnehmen? Ich bin noch nie in einem Bordell gewesen.«

»Ich glaube kaum, dass Ihre Mutter darüber beglückt wäre«, gab Dr. Dr. Mueller zu bedenken. »Ich halte es für besser, wenn Sie morgen mit mir reiten gehen. Mein Freund Captain Gonzalez wird es arrangieren.«

»Ich liebe Pferde.«

»Warum sprechen Sie nicht Französisch, Dr. Dr. Mueller – aus Höflichkeit einem Gast aus Paris gegenüber?«

»Sprechen Sie Französisch?« erkundigte sie sich.

»Er hat es während des Krieges gelernt, bei der Besatzungsmacht.«

»Ach so«, sagte sie in erfreulich eisigem Ton.

»Jeder, der damals nicht gerade eine Maus oder, verzeihen Sie, ein Kind war, hat am Krieg teilgenommen. Ich habe für mein Vaterland gekämpft. Die Franzosen für das ihre. Doch jetzt ist das alles für mich vorbei, ein abgeschlossenes Kapitel. Ich achte einen Mann für das, was er ist.« Damit reichte er Joshua die Würfel.

»Wollen Sie wirklich noch eine Runde spielen?« erkundigte sich Joshua verwundert.

»Ich glaube, einer der Offiziere hätte Sie gern herausgefordert. Wir entschuldigen Sie so lange.«

»Moment mal!« warf Monique ein. »Schreiben Sie im Stil der Avantgarde?«

Joshua wagte eine Vermutung. »Ja«, antwortete er.

»Haben Sie *König Ubu* gelesen?«

»Aber ja! Und es hat mir großartig gefallen.«

Zu Dr. Dr. Muellers Zorn sprang Monique mit einem beachtlichen Hopser ihres herrlichen Busens auf und nahm ihn bei der Hand. »Es war sehr nett, Gunther. Ich danke Ihnen für die Einladung zum Wein.«

»Sie wollen gehen?«

»Meine Mutter erwartet mich.«

Dr. Dr. Mueller ergriff Joshua beim Arm, um ihn auf dem Stuhl festzuhalten. »Dann können wir doch noch einmal würfeln.«

Aber Monique war noch nicht fertig. Lächelnd sagte sie zu Joshua: »Ich hatte gehofft, Sie würden mich ins Hotel zurückbringen.«

Und so steuerte Joshua Arm in Arm mit Monique hinaus und ließ Dr. Dr. Mueller allein zurück. Er war nicht nur verblüfft und erregt, sondern auch ein wenig ängstlich. Denn ihm war klar, dass er das Unsägliche getan hatte. Er hatte Dr. Dr. Mueller vor den Offizieren gedemütigt.

Monique zog ihre Sandalen aus, und dann machten sie sich, ohne ein Wort darüber zu verlieren, nicht auf der Straße, sondern am Strand der Bucht entlang auf den Rückweg zur Casa del Sol.

»Warum haben Sie mich auf der Terrasse nie begrüßt?«

Joshua gestand, dass er schüchtern war.

»Eines Morgens habe ich Gunther nach Ihnen gefragt, und er hat gesagt, einmal wäre eine junge Engländerin hier gewesen, und die hätte Captain Gonzalez erklärt, Sie seien homosexuell. Ich dachte, dass Sie deshalb vielleicht …«

»Nein. Wirklich nicht.«

Sie setzten sich in die Nähe des Wassers. Joshua zündete sich eine Zigarette an. Monique machte die Augen zu und atmete betont genussvoll. »Ich liebe den Duft der salzigen Meeresluft«, sagte sie.

»Ja, ja, ich auch«, stimmte er zu und schluckte schwer.

»Ach, könnte man eins sein mit der Natur! Der ungebändigten Natur.«

Ach, warum hältst du nicht den Mund, dachte er unwillkürlich.

Immer noch tief einatmend, zitierte Monique einige Zeilen von Rimbaud über das Meer – mit tiefem Gefühl und wogendem Busen. O Mann! Joshua suchte verzweifelt nach einem Stück entsprechender Salzwasserlyrik, unter den gegebenen

Umständen wollte ihm jedoch nichts anderes einfallen als: *»Break, break, break / At the foot of thy crags, O, sea / I would that my tongue could utter / the thoughts that arise in me.«* Verse, die er früher einmal fünfzig Mal abschreiben musste, weil man ihn dabei erwischt hatte, wie er Seymour Kaplan mit einem Tafelschwamm bombardierte.

»Wenn Sie tief einatmen«, erklärte Monique, »riechen Sie die Ewigkeit. Dies ist die Luft, die die Phönizier atmeten, als sie vor langer Zeit hier landeten.«

»Hm. Stimmt das, dass Ihre Mutter auf sie wartet?«

»Die soll nur warten. Sie wird zwar wütend sein, aber sie weiß genau, dass ich nicht ohne das Ficken leben kann.«

Hatte er richtig gehört? Joshua streichelte sie, gierig, aber ungeschickt. Sie begann zu stöhnen. Wie von der Tarantel gestochen zuckte er zurück. »Ist was?« erkundigte er sich besorgt.

»Ach, Joshua, du hast so eine Art …«, erwiderte sie heiser.

He, he, sie hatte vor Lust gestöhnt!

»… mich da zu berühren …«

Trotz Kitty und der Casa Rosita war Joshua noch ein sexuelles Unschuldslamm. Erst zwei Jahre zuvor, als sie ein Sommercamp in den Laurentians besuchten, wo Bobby Gross als Leiter für Kunst und Werken tätig war, hatte sich seine Ignoranz in Gegenwart seiner Altersgenossen erwiesen. Bobby hatte damit geprahlt, dass Aviva, aus der Theatergruppe, ihn am Abend aufgefordert hatte, sie zu masturbieren. Direkt da draußen auf dem Baseballplatz. Dem Außenfeld.

»Mann, du willst uns wohl 'n Bären aufbinden!« hatte Joshua entgegnet, denn er ließ sich nicht zum Narren halten. »Wie kann ein Mädchen masturbieren?«

Seine Bemerkung hatte grölendes Gelächter ausgelöst, und er war tagelang vor Verlegenheit krank gewesen. Und nun sah er, wenn er hinabblickte, Monique mit den Augen rollen. Bald war nur noch das Weiße zu sehen. Heiliger Jesus, was nun?

In der Dunkelheit hinter den Bäumen knackte ein Zweig. Ein Tier, dachte er.

»Ich kann den Gedanken nicht ertragen, dass ich alt werde«, sagte Monique. »Bevor ich dreißig bin, bringe ich mich um.«

»An so was dürfen Sie nicht mal im Traum denken!« beschwor er sie.

Monique öffnete bereits die restlichen Knöpfe ihrer schwarzen Bluse, schleuderte sie in den Sand und hakte ihren BH auf. Joshua, der sich verstohlen umsah, wusste noch immer nicht so recht, ob er mehr beunruhigt oder erregt war, kurz darauf jedoch hielten sie sich wieder umschlungen, und Moniques geschickte Zunge schnellte in seinem Mund vor und zurück. Auf dem Weg zu seinem Haus blieben sie immer wieder stehen, um sich zu umarmen, und er knetete dabei eifrig ihre Brüste. Monique neigte beunruhigenderweise zum Stöhnen, und er, bereits verausgabt, litt unter einem schmerzhaften hartnäckigen Tröpfeln. Und zu Hause verpatzte er dann alles. Er war zu nichts mehr zu gebrauchen, und so war es eine bekümmerte, verzeihende Monique, die er in den frühen Morgenstunden zur Casa del Sol zurückbegleitete. Ihre Mutter, sagte sie, warte bestimmt auf der Terrasse. Daher trennten sie sich schon am Strand, nachdem sie vereinbart hatten, sich nach dem Frühstück zum Baden zu treffen. Als er sich auf den Heimweg machte, verfolgte ihn der Lärm ihrer erhobenen Stimmen, das Echo eiliger, hochhackiger Schritte auf den Marmorfliesen, das Zuschlagen einer Tür. Joshua verfluchte sich für sein Versagen und fragte sich, ob Monique jetzt wohl endgültig überzeugt war, dass er ein Homosexueller sei, und infolgedessen wieder quälend unerreichbar für ihn sein würde. Mit Dr. Dr. Mueller über ihn Witze riss. Er ist kein Mann, Gunther, er ist eine Maus. *Mueller.* Bevor er schlafen ging, verschloss Joshua seine Tür und stellte, unter den Knauf geklemmt, einen Stuhl davor. Er sicherte die Fenster und nahm einen Hammer mit ins Bett. *Du bist nicht nur ein Plagiator, du bist auch noch impotent. Ein Feigling. Ich hasse dich.*

Nach dem Frühstück badeten sie, unter den zornigen Blicken ihrer Mutter auf der Hotelterrasse, in der Bucht. Monique presste sich unter Wasser an ihn und streifte mit ihren Brüsten über seine Brust. Monique langte in seine Badehose, dass er hochfuhr, und fand ihn erstaunt, doch hocherfreut erigiert. Sie schwammen zu einer von Palmen geschützten, sandigen Landzunge und widmeten sich einem noch erfreulicheren ABCD. Dann kehrten sie Hand in Hand ins Hotel zurück, damit Monique sich umziehen konnte. Eine Kellnerin, die auf der Terrasse die Tische abwischte, berichtete ihm, er werde in der Küche verlangt, wo er den hochroten Freiberg fand, der mitsamt seiner Frau und Schwager Max auf ihn wartete.

Mrs. Freiberg zischte mit funkelnden schwarzen Augen: »Ich verbiete Ihnen, mit diesem Mädchen an unserem Strand zu bumsen. Es wäre mir außerdem lieber, wenn Sie von nun an Ihr Frühstück anderswo einnähmen.«

»Bedienen Sie denn hier keine Juden?« fragte Joshua.

Freiberg spie aus.

»Was ist das Schlimmste, das Ihnen je widerfahren ist?« erkundigte sich Max. »Moment mal, ich rate. Ihr Hund ist von einem Auto überfahren worden. Nein, Sie waren ungezogen und Ihre Mummy hat Sie ohne Abendessen ins Bett geschickt. Haben Sie schon mal Ratten gegessen?«

»Woher haben Sie die Narbe?« verlangte Joshua mit glühenden Wangen zu wissen.

»Die haben mich halb totgeprügelt. Was hatten Sie denn gedacht?«

»Und warum haben Sie ihm das nicht gesagt?«

»Sprechen Sie Jiddisch?« fragte Max.

»Nur ein bisschen. Warum?«

»Weil Sie ein *putz* sind!«

»Mag sein.« Joshua wandte sich zum Gehen. »Aber ich würde diesem Schwein in meinem Hotel keinen Riesling kredenzen.«

Auf der Terrasse saß Mariano und trank Kaffee. »Komm her«, forderte er Joshua auf.

»Was ist denn?« Grinsend steckte er Joshua einen so winzigen Sarg zu, dass er auf seine Handfläche passte. »Mach auf.«

Als Joshua den Deckel öffnete, schoss zwischen den Beinen der geschnitzten Leiche, die darin lag, ein riesiger, erigierter Penis in die Höhe.

Als Monique aus dem Hotel kam, ging er mit ihr wieder in sein Haus, und dieses Mal versagte er nicht. Sie liebten sich den ganzen Nachmittag, die ganze Nacht und, mit beträchtlich vermindertem Eifer seinerseits, die ganzen frühen Morgenstunden hindurch. Endlich brachte er sie ins Hotel zurück, schlich sich nach Hause und fiel in einen tiefen Schlaf. Am nächsten Tag war es dasselbe, am übernächsten und am folgenden ebenfalls. Zwischen Moniques Besuchen wanderte Joshua benommen von einem Zimmer ins andere, litt Schmerzen am ganzen Körper und fragte sich, wann er von Dr. Dr. Mueller hören würde.

Dr. Dr. Mueller war von seiner Demütigung vor den Offizieren offenbar wie gelähmt. Zweimal traf Joshua ihn auf der Terrasse der Casa del Sol. Einmal, als er von Freibergs Schwager Max tatsächlich eine Kamera mit kompliziertem Objektiv kaufte; und einmal, als er mit Moniques Mutter Eiscreme aß. Um mit Monique nach jenem ersten Abend noch einmal Don Pedros Bodega zu besuchen, war Joshua zu taktvoll, er selbst frequentierte die Bar jedoch immer noch. War Dr. Dr. Mueller anwesend, begrüßte er ihn mit höflichem Lächeln, aber sie wechselten kein Wort miteinander, und würfelten auch nicht mehr. Mit den Offizieren war eine erfreuliche Veränderung vorgegangen. Während sie einst – mit Ausnahme von Gonzalez – ihm gegenüber höchstens korrekt gewesen waren, tranken und alberten sie jetzt ständig mit ihm. Jiménez, der lustigste der Capitanos, zog ihn auf. »Mann, die scheint Sie ja schwer in Trab zu halten. Wir sehen Sie nie mehr auf dem Hügel oberhalb der Kaserne.«

»Er ist zu erschöpft, um auf Hügel zu klettern«, warf ein anderer Offizier ein.

»Na ja«, meinte Joshua, der seine Rolle genoss, »da könnte tatsächlich was dran sein.«

»Sagen Sie mal«, erkundigte sich Jiménez, »was haben Sie da oben eigentlich gemacht? Schmetterlinge gejagt?«

Er wagte nicht einzugestehen, dass er sich auf dem Weg zu Dr. Dr. Muellers Villa befunden hatte. »Ach, ich bin nur so spazieren gegangen. Hab mich ein bisschen umgesehen.«

»Juan behauptet, Sie hätten uns nachspioniert.«

»Damit hat er durchaus recht«, bestätigte Joshua erleichtert.

Obwohl er noch mit den Fischern trank und ihre Verachtung für das Militär teilte, fühlte er sich in Wahrheit durch seine schwer errungene Anerkennung durch die Offiziere geschmeichelt. Er genoss ihr verständnisinniges Lächeln, wenn er ihnen mit Monique, der Sexnudel, die er Dr. Dr. Muellers Fängen entrissen hatte, auf der Straße begegnete.

Sein Triumph hatte, so schien es ihm, eine weiterreichende Bedeutung als lediglich die Erfüllung sexueller Begierde. Er hatte bewiesen, dass eine junge Dame von Geschmack, vor die Wahl gestellt, die Aufmerksamkeit eines knochigen Juden aus der Arbeiterklasse jener eines zweifelhaften, alternden deutschen Aristokraten vorzog. Er hatte sich einen Nazi *mano a mano* vorgeknöpft und Mr. Hemingway sowie sich selbst bewiesen, dass es ihm nicht an *cojones* fehlte. Nach Monaten der Verzweiflung über seine Unzulänglichkeiten hatte er sich zu seiner Freude jetzt als ein Teufelskerl entpuppt, männlich bis weit über seine kühnsten Träume hinaus.

Eines Abends, als er sich in solchen Selbstgefälligkeiten sonnte, fragte er Monique, was sie dazu veranlasst habe, ihn Dr. Dr. Mueller vorzuziehen. Dann lehnte er sich entspannt zurück und erwartete, von ihr mit Komplimenten überschüttet zu werden wie mit einem warmen Regen.

»Ach, das war nicht schwer. Hast du ihn dir mal genau angesehen?«

Dieses Ungetüm von Judenhasser. Nazi-Abschaum. »Natürlich habe ich das.«

»Er hat winzige Ohren. Sehr kleine Finger. Und seinen großen Zeh gibt es kaum.«

»Was hat denn das damit zu tun?« wollte er wissen.

Monique löste sich ein wenig von ihm und erklärte, sie habe Joshua am ersten Tag in der Casa del Sol bemerkt und sofort beschlossen, ihn zu ihrem Liebhaber zu machen.

»Warum?« erkundigte er sich schamlos neugierig.

»Weil du so große Ohren hattest. Und deine Nase! Mein Gott! Und deine großen Zehen, sieh sie dir doch bloß an!«

»Ich verstehe nicht ganz.«

»Nach meiner Erfahrung haben Männer mit so großen Extremitäten gewöhnlich auch einen sehr Großen.«

»Du meinst, das war alles?«

»Aber ja. Wieso?«

»Nur so«, antwortete er vernichtet. »Ich habe mich nur gefragt.«

Mit gewohnter Dringlichkeit verkündete Monique nunmehr: »Ich habe versprochen, heute Nacht um spätestens zwei im Hotel zu sein.«

Und das bedeutete, dass keine Zeit mehr blieb für müßiges Geplauder. Wieder einmal wurde er aufgefordert, durch Energie das zu kompensieren, was ihm an Dimension fehlte. Eine Ausnahme von ihrer Regel. Munter machte er sich ans Werk. Und so groß war seine einundzwanzigjährige Hingabe, dass er noch immer keine Ahnung hatte, dass Dr. Dr. Mueller ihn zum Abschuss vorbereitete.

11 »Also, ja. Hm. Was ist morgen?«

»Die Habs gegen die Leafs. Wenn The Rocket ihn ins Netz kriegt, macht das zehn Spiele hintereinander.«

»Versuch's noch mal.«

»Purim.«

»He«, sagte der Vater erstaunt, »woher weißt du das?«

»Hat mir Morty Zipper gesagt.«

»Okay. Nicht schlecht. Und jetzt erzähl mir mal, was das heißt –«, dabei zog er seine Bibel heraus und suchte nach der richtigen Stelle, »– einen Mordecai vor dem Tor haben.«

Der einzige Mann dieses Namens, den er kannte, war Mordecai »Three-Fingers«, aber der war schon vor langer Zeit Pitcher gewesen. »Du wirst es mir ja doch sagen. Warum müssen wir diese Lektionen immer in eine Art Quiz verwandeln?«

Der Vater öffnete eine Flasche Labatt's.

»Ich will nicht mehr, dass du zu Kitty gehst. Jedes Mal, wenn sie die Tür aufmacht, um die Milch reinzuholen, stehst du mit hängender Zunge davor, sagt sie.«

»Du hast mir doch geraten, früh hinzugehen.«

»Ja, aber nicht jeden Tag. Scheiße.«

»Meine Pickel trocknen aus. Sieh mal!«

»Ja, und deine Backe sieht jetzt aus wie'n Sieb.«

Joshua kochte.

»Tut mir leid, war nicht so gemeint. Aber nun zum Purim-Fest. Ich bin kein Rabbi, weißt du, aber ich versuch' dir die Sachen beizubringen, so gut ich kann, damit du unsere Traditionen kapierst. Ich hoffe nur, ich mache das richtig.«

»Was stimmt denn nicht, Daddy?«

»Na ja, ich hab dieses Buch Esther jetzt drei Mal gelesen, und dieser Mordecai ist ein Mann, den wir an Purim feiern sollen. Aber wie ich das sehe, so zwischen den Zeilen gelesen, da war der 'n richtiger Gauner, ein Arschloch, ein blutdürstiger Mensch …«

»Ach ja?«

»Und außerdem – aber sag das ja nicht Onkel Harvey –, und außerdem mit Sicherheit der erste jüdische Zuhälter.«

»Darf ich was sagen?«

»Ich will nichts hören von dem, was du bei Kitty treibst. Ich bin dein Vater, verdammt noch mal!«

»Über die Bibel, meine ich.«

»Ach so. Ja, sicher. Deswegen sind wir ja hier.«

»Du scheinst überhaupt keinen in dem Buch zu mögen,

außer diesem behaarten Kerl, der ewig Eintopf für seinen Vater kochte.«

»Esau.«

»Ja.«

»Ja.«

»Warum lassen wir's nicht einfach sein?«

»Weil du von der Schule abgegangen bist, und es nun ausgerechnet mir zufällt, dir 'ne gewisse Bildung zu verpassen. Also, Mordecai oder Mardochai war der Sohn von Kis, einem Benjaminiten. Das heißt, er war von einem der beiden Stämme, die übrig geblieben waren, als die Juden aus Palästina verjagt wurden und sich zum größten Teil im alten Persien durchschlugen. Anfangs waren es ja zwölf Stämme gewesen, die mit Jehova unterschrieben hatten, diesen Bund, aber zehn sind später verloren gegangen«, erklärte er mit schleppender Stimme.

»Wieso verloren?« stieß Joshua nach.

»Scheiße, Josh. Verloren, eben. Verschwunden. Wie die Montreal Maroons oder die Ottawa Senators oder die Brooklyn Americans; ich meine, es gibt sie eben nicht mehr.«

»Sie haben sich *zerstreut,* sie sind nicht verloren gegangen. Wie können zehn ganze Stämme so einfach verschwinden?«

»Genauso wie man die Welt in sechs Tagen erschaffen kann, ganz genauso. Das hier ist die Bibel, die wir studieren, sie ist in jede Sprache übersetzt worden, von der du jemals gehört hast, und ist der größte Bestseller von der Welt. Also, pass auf. Wir sprechen jetzt von Persien in den Tagen von König Ahasver, verstehst du? Die Königin, ein richtiger Besen, hieß Vashi, und eines Tages, bei so einem Bankett mit all seinen Anhängern, kann ja sein, er fühlt sich scheiß-elend, also, da lässt er sie rufen, aber sie kommt nicht, und das hat ihm dann so richtig gestunken. Er verstößt sie und kommt auf die Idee, einen Schönheitswettbewerb zu veranstalten, aber nur für Mädchen, die ihre Unschuld noch nicht verloren haben, und sie durften sich aus allen hundertsiebenundzwanzig Provinzen melden. Womit wir beim alten Mardochai angelangt wären. Das war der Pflegevater von Esther, der Tochter seines toten Onkels, die auch Hadassa genannt wurde, genau wie der Frauenverein, zu dem Tante Fanny gehört, weißt du, die einem ewig Tombolalose aufdrängen wollen. Nur war die keine *yenta* wie sie, diese Esther, sondern ganz schön proportioniert, 'ne richtige Zuckerpuppe, und Mardochai hat sie für den Wettbewerb gemeldet. Nun gibt es ja viele Schönheitswettbewerbe, weißt du, zum Beispiel den, den sie veranstaltet haben, um eine Scarlett O'Hara für *Vom Winde verweht* zu finden. Oder wie Miss America. Aber wenn du den gewonnen hattest, durftest du nicht mit Bob Hope auf Show-Tournee gehen, du wurdest Königin von Persien und all seinen Provinzen.«

»Woher stammt unsere Familie?«

»Ach, aus irgend so einem Nest in Polen. Die Hühner sind bei uns im Haus rumgerannt. Erinnerst du dich an Großvater?«

»Nicht besonders gut. Hast du ihn gemocht?«

»Na ja, er hat mich ganz schön rumgeprügelt, weißt du, und ich hatte Angst vor ihm.« Der Vater lachte liebevoll. »Weißt du, was der immer gemacht hat? Greenhorns, weißt du, neue Leute aus der alten Heimat, wenn die zitternd vor Angst mit ihren Bündeln aus dem Zug stiegen, dann ging mein Vater mit seinem Notizblock in der Hand auf sie zu und blaffte: ›Wie heißt du, Jude?‹ ›Bishinsky‹, antworteten sie mit klappernden Zähnen, oder ›Pfefferschnitt‹. Und er brüllte dann: ›Seid ihr verrückt, Juden? Dies ist das verdammte britische Empire, da könnt ihr hier doch nicht mit solchen Scheißnamen ankommen! Du da, du heißt von jetzt an Bishop.‹ Und er gab ihnen einen Zettel von seinem Block, auf den er den Namen geschrieben hatte. ›Und du, dein Name ist von jetzt an Pepper, und das kostet euch je fünf Dollar.‹ Das Dumme war, der Alte hatte keine Ahnung von Rechtschreibung, und darum gibt es in Montreal heute noch Familien, die sich zwar Bishop nennen, ihren Namen aber B-e-a-s-c-h-i-p schreiben. Erinnerst du dich wirklich so wenig an ihn?«

»Erinnerst du dich an *deinen* Großvater?«

»Aber ja, sicher. Der war Knochenbrecher, drüben in Russland, wo er ursprünglich herstammte. Wenn du nicht für den Zaren Soldat spielen wolltest, legte er eins von deinen Eiern auf einen Amboss und zerschmetterte es. Oder er schoss dir einen Zeh ab. Oder durchstieß dir auch bloß ein Trommelfell. Ein ganz guter Job, aber saisonbedingt.«

»Wir sind schon eine schöne Mischpoke, wir Shapiros.«

»Hier, trink noch ein Bier, Junge.«

»Aber sicher.«

»Also, Mardochai meldete Esther für diesen Wettbewerb an, und damals, in jener Zeit, müssen die wirklich ziemlich mies da unten gerochen haben, denn sie brauchten ganze zwölf Monate, um sie für den König zu reinigen. Zitat: ›Sechs Monate mit Myrrhenöl und sechs Monate mit Balsam und anderen Schönheitsmitteln der Frauen‹, Zitat Ende. Jedenfalls, sie gewann. Esther bekam die Krone. Aber Mardochai hatte den König reingelegt, der hatte nämlich keine Ahnung, dass Esther Jüdin war. Und jetzt, wo er sie ins Bett des Königs bugsiert hatte, begann er am Königstor rumzusitzen. Und da hörte er einmal, wie sich zwei Männer verabredeten, den Ahasver umzubringen, und er zeigte sie an, und sie wurden beide gehängt. Jetzt sah aber Haman, der Minister, diesen alten, verrückten Hebe ständig am Königstor sitzen, und Mardochai weigerte sich, sich vor ihm zu neigen, und das passte ihm natürlich nicht. Und obwohl er so viel hatte, sah Haman ihn da sitzen und sagte sich: ›Und doch genügt mir das alles nicht, solange ich noch den Juden Mardochai im Königstor sitzen sehe.‹ Zitat Ende. Das wurmte ihn wirklich. Also ging er hin und holte sich vom König die Erlaubnis, nicht nur Mardochai zu hängen, sondern jeden Hebe in Persien und all seinen Provinzen umbringen zu lassen. Okay. Was er aber nicht wusste, das war, dass Mardochai dieses Klasse-Mädchen, die Tochter seines Onkels, da drinnen hatte, die den König jede Nacht durchvögelte, und er überredete Esther, den König zu bearbeiten, und eins, zwei, drei, waren die Rollen vertauscht. Nicht nur wurde Haman an den Galgen gehängt, den er für Mardochai hatte errichten lassen, sondern der König macht eine Kehrtwendung und gewährt den Juden das Recht, Zitat: ›Alle bewaffneten Haufen eines Volkes oder einer Provinz, die sie bedrängen würden, samt Kindern und Frauen zu vernichten, zu töten und auszurotten und ihr Besitztum als Beute zu rauben.‹ Zitat Ende. Und hör dir das an: Die Menschen in Persien hatten jetzt so große Angst, dass viele von ihnen Juden wurden. Trotzdem brachten Mardochai und seine Anhänger fünfundsiebzigtausend Feinde um, Männer, Frauen und Kinder, und deshalb feiern wir Purim, Zitat: ›Ein Tag der Freude und der Gelage‹, Zitat Ende. Und der alte Mardochai, der jetzt erst richtig seine Beziehungen spielen lässt, wird an Hamans Stelle Premierminister.

Jetzt habe ich dir erzählt, dass ich diese Story drei Mal gelesen habe, und so, wie ich es sehe, enthält sie im Grunde zweierlei Moral. Erstens: Mardochais Aufstieg aus dem Nichts beweist etwas, das ich dir immer wieder in den Schädel zu hämmern versucht habe. Nicht *was* man weiß und kennt, ist wichtig, sondern *wen* man kennt. Zweitens: Nach dem Gesetz und nach allem, was die Rabbis auch heute noch sagen, ist es eine Sünde, außerhalb der eigenen Religion zu heiraten – wir sollen keine Verbindung mit einem *goy* oder einer *schickse* eingehen. Aber nirgends im Buch Esther steht, dass Gott geschimpft hat, weil sie einen *goy* geheiratet hat, und ich habe auch nie gehört, dass sich ein Rabbi darüber beschwert hat. Wenn ich das Gesetz also richtig auslege, darf man nicht außerhalb seiner Religion heiraten, es sei denn, man heiratet in eine Königsfamilie hinein. Interessant, was?«

12

Woher sollte Joshua wissen, dass sie zum Mond fliegen würden? Einen zweiten Kennedy erschießen? Nixon feuern? Bobby Orr verkaufen? Oder dass der ehrliche Ganove und der weltgewandte Senator so dicke Freunde werden würden?

Sein Vater und sein Schwiegervater.

Widmeten sie sich im Rideau Club dem gemeinsamen Trunk, winkte der Senator Kabinettsmitglieder an ihren Tisch, um sie Reuben vorzustellen. »Ich möchte Sie mit dem Vater meines Schwiegersohnes bekannt machen. Reuben Shapiro. Er ist der scharfsinnigste Bibelforscher, den ich kenne, und außerdem ehemaliger Leichtgewichtschampion von Kanada. Er hat acht Runden gegen Mr. Samuel Angott durchgestanden, und ich bin stolz darauf, sagen zu können, dass ich die außerordentliche Ehre hatte, einmal sein Chauffeur zu sein. Stimmt's, Reuben?«

»Stimmt.«

Dann lehnte sich der Senator zurück und fügte vielleicht noch hinzu: »Wir wüssten gern, ob hier heute Abend irgendwas los ist. 'ne Pokerrunde, vielleicht.«

Seit seiner ersten Begegnung mit dem Senator hatte Joshua ihn in Gedanken zu einem lang entbehrten Vorbild der Rechtschaffenheit emporstilisiert, das plötzlich in sein Leben getreten war. Den Faden jenes ersten Gesprächs immer wieder abspulend, schämte er sich immer tiefer über sein impertinentes Betragen. Tatsächlich hätte er, wie er mehr als einmal überlegte, anstelle von Paulines Vater auch nicht gewollt, dass sie einen Mann wie Joshua Shapiro heiratete. Rückblickend hatte Joshua den Senator respektieren, ja sogar schätzen und seine eigenen moralischen Unzulänglichkeiten an dem, was er für die kompromisslosen Maßstäbe des Senators hielt, messen gelernt. Den alten Tugenden der Männer, die eine Kolonie zum Staat geschmiedet, die eine Grenzergesellschaft kultiviert hatten. Und so hatte es ihn um ein beträchtliches mehr bedrückt als erfreut, zu entdecken, dass der Senator in Betracht zog, ein paar Aufsichtsratsposten in den von Izzy Singer kontrollierten Firmen zu akzeptieren. Er war empört darüber, dass sich Izzy, der für alles den richtigen Preis kannte, als ein besserer Menschenkenner erwiesen hatte als er selbst. Er hatte einfach nicht begriffen, was Pauline seit jeher wusste und akzeptierte: dass nämlich ihr Vater ein Produkt uralter Verbindungen war, mit politischen Beziehungen, auf die er zurückgreifen konnte, wann immer es ihm gefiel. Seine senatoriale Vorsorgepolitik. Eindeutig war sein Schwiegervater ein Mann mit Einfühlungsvermögen und Takt. Seine Fingernägel waren sauber. Seine Bibliothek erstklassig. Ohne eine einzige Vorstrafe. In seiner Seele aber wohnte ein bisschen etwas von einem Colucci.

Was zweifellos die Erklärung dafür war, dass sein Vater sich so sehr über ihn amüsierte, wenn nicht sogar dafür, dass der Senator seinen Vater so überraschend hoch schätzte.

Es war Joshua gewesen, der voller Trotz das Zusammentreffen des Senators mit dem Vater arrangiert hatte.

Wie von seinem Schwiegervater erbeten, fuhr er im Frühjahr 1968 mit Pauline, Alex, Susy und dem Säugling Teddy, den Pauline damals noch stillte, zum Lake Memphremagog, um Paulines Erbe zu besichtigen. Sie wohnten erst seit ein paar Tagen in dem windschiefen alten Haus mit der rundum laufenden Veranda, als Joshua auch schon den Vater zum Wochenende einlud. Mit flottem Schritt entstieg Reuben in Magog dem Bus, piekfein in Kreissäge, hellem Sommeranzug und einer seiner uralten, handgemalten Krawatten: Herbst, eine wahre Farbenexplosion, im Laurentian Shield. Er kam an einem Freitagabend, mit Spielzeug für die Kinder beladen, und der Senator war, wie Joshua hätte wissen müssen, ein viel zu erfahrener Mann, um bei dem Auftritt seines Vaters auch nur mit der Wimper zu zucken. Ein bisschen schien er sich allerdings darüber zu ärgern, dass die Kinder, die sich ihm gegenüber immer zurückhaltend gaben, Reuben sofort in die Arme flogen und sich um seine Küsse rangelten. Und Joshua befürchtete, dass es nicht Großzügigkeit war, sondern ein gewisses großväterliches Konkurrenzdenken, was ihn veranlasste, seinen Vater zu der für den nächsten Morgen geplanten Angelpartie mit Alex aufzufordern. Es war Juni, der See noch kalt, und im seichten Wasser schwammen hungrige Seebarsche, Flussbarsche und sogar Süßwasserlachse. Joshua brachte nie in Erfahrung, was sich bei diesem Ausflug alles abgespielt hatte, doch der Senator, ein versierter Angler, der glaubte, dass Reuben sich auf dem See als komisch-ungeschickt erweisen würde, erlebte eine Überraschung. Denn Reuben, mehr als einmal in Michigan untergetaucht, hatte gelernt, mit Rute und Rolle umzugehen.

»Ach, nehmen Sie sich einfach den Köder, der Ihnen gefällt«, hatte der Senator gesagt und seinen Angelkasten geöffnet. »Die sind ja doch alle irgendwie gleich.«

»Hm. Ja«, antwortete Reuben und kam der Hand des Senators zuvor, indem er genau den richtigen Köder vom Tablett nahm, bevor der Senator zugreifen konnte.

»Ich werde jetzt die Schnur so gut auswerfen, wie ich nur kann, Alex. Und dann werden wir beide, du und ich, sie gemeinsam wieder einziehen, aber schön langsam.«

Reuben, der ebenso gut angeln wie boxen konnte, hielt sofort auf die dunklen, schattigen Stellen kurz vor der Stelle zu, wo die Wasserlilien ihre Schösslinge emporschickten. Als sie schließlich am Spätnachmittag heimkamen, schwenkte Alex an einer Leine acht Fische und schrie aufgeregt, sechs davon hätten Reuben und er gemeinsam gefangen. Joshua war besorgt – unnötigerweise, wie sich herausstellte. Denn was auf dem See zwischen dem Vater und dem Senator auch vorgegangen sein mochte – verblüffend war, dass sich der Schwiegervater wegen der Fische kein bisschen verärgert zeigte, sondern rot im Gesicht war, und hellauf begeistert. »Ich muss schon sagen«, erklärte er, »wir haben da draußen viel Spaß gehabt.«

Und augenscheinlich ein gehöriges Quantum Rye. Vor dem Kamin leerten Reuben und der Senator den letzten Rest V.O., und der Senator fragte ihn, wieso er die Bibel so gut kenne.

»Na ja«, antwortete Reuben, »damals, als ich eigentlich noch nichts weiter war als ein Vereinsboxer, musste ich unterwegs immer in so miesen Hotels übernachten, und da gab es kein Fernsehen auf dem Zimmer. Wir hatten noch nicht mal 'ne Massagematratze im Bett. In der Nacht vor einem Kampf konnte ich nie richtig einschlafen, und da hab ich eben in der

Heiligen Schrift gelesen, in der ich meinen nichtsnutzigen Sohn hier unterrichten musste.«

Pauline, die nur sehr wenig Schlaf bekam, weil sie Teddy jedes Mal stillte, wenn er zu quäken anfing, stieß plötzlich einen schrillen Schrei aus. Sie hatte für Sonntagnachmittag zwölf Personen eingeladen und soeben festgestellt, dass es im Haus kaum noch etwas zu trinken gab. Und das Spirituosengeschäft in Magog hatte natürlich am Wochenende geschlossen.

»Ob uns die Hickeys ein paar Flaschen leihen?«

»Die sind nicht eingeladen.«

»Und die McTeers?«

»Die würden mir das die nächsten zwanzig Jahre lang unter die Nase reiben. Mist!«

»Ich weiß, du bist müde«, sagte Joshua, »aber würdest du bitte aufhören, so hysterisch zu reagieren, wenn es um die trivialsten ...«

Teddy meldete sich aus seinem Bettchen. Ahnungsvoll griff Joshua nach Paulines Arm. »Bleib sitzen, verdammt noch mal! Der kann ja wohl eine Minute warten!«

»Was verstehst du schon von solchen Dingen!« fuhr sie ihn an und hastete die Treppe hinauf.

Der Senator stocherte stirnrunzelnd im Feuer.

»Hm, na ja. Also«, begann Reuben. »Sind wir hier irgendwo in der Nähe von einem Dorf namens Vale Perkins?«

»Das sind wir.«

»Dann können wir nicht weit vom Owl's Head entfernt sein, wie?«

»Ich hatte keine Ahnung, dass du dich in dieser Gegend auskennst«, sagte der Senator.

»Na ja, also, ich war früher mal in der Spirituosenbranche. Als Ausfahrer, sozusagen. Und damals hab ich ein paar Schleichwege kennengelernt, von hier über die grüne Grenze nach Vermont.«

»Heiliges Kanonenrohr!« staunte der Senator. »Du warst Schnapsschmuggler?«

»Also, was ich jetzt brauchen könnte«, erklärte Reuben, »das wäre 'ne Taschenlampe, vielleicht ein paar Spaten, zwei leere Kisten, und habt ihr ein Stemmeisen?«

»Ja, im Keller.«

»Josh, ich brauche dich.«

»Kann ich mitkommen?« fragte Alex.

»Mann, ob du mitkommen kannst? Ich rechne auf jeden Fall mit dir, Junge. Du musst für mich Schmiere stehen.«

»Und was ist mit mir?« erkundigte sich der Senator bekümmert.

»Also, na ja, du bist schließlich ein ehrbarer Mensch. Ich weiß nicht so recht.«

»Es ist mein Auto«, erwiderte er schmollend.

»Hm ja. Stimmt.«

»Ich kann euch doch fahren.«

»Also ...«

»Ich bring auch mein Eisen mit.«

»Dein was?«

»Meine Kanone.«

Als der Senator wiederkam, trug er einen Eimer Wasser und eine Flinte Kaliber zwölf bei sich, die zuletzt benutzt worden war, um Waschbären aus dem Maisfeld zu verjagen.

»Heilige Scheiße!« sagte Reuben. »Was sollen wir denn mit dem Ding da?«

»Falls wir der Schmiere in die Hände laufen.«

»Ach so, ja. Stimmt. Gut überlegt. Aber sei vorsichtig, wohin du damit zielst.«

Als Pauline, den glücklich nuckelnden Teddy an der Brust, die Treppe herunterkam, standen sie mit Taschenlampen, Spaten, Stemmeisen und Flinte aufbruchbereit an der Tür. »Was ist denn hier los?« fragte sie.

»Wir fahren Schnaps holen«, erklärte Reuben. »Wenigstens war das die eigentliche Idee.«

»Reuben, du wirst hier nirgends einbrechen, hörst du?«

»Aber nein! Verdammt noch mal. Das doch nicht!«

»Und du willst mitfahren, Daddy?«

»Allerdings«, antwortete der Senator trotzig.

»In deinem Alter?«

»Verdammt, Pauline, ich bin der Chauffeur!« sagte er und eilte voraus, um weiteren Vorwürfen aus dem Weg zu gehen.

»Was geht hier vor, Joshua?«

»Ich weiß es nicht.«

»Also kommt, Männer.«

Sie fanden den Senator hinter dem Kombiwagen, wo er auf den Fersen hockte und das Nummernschild mit Dreck beschmierte.

»He!« Reuben stieß Joshua an. »Wie ich sehe, hast du Erfahrung.«

Der Senator grinste vor Genugtuung.

»Und jetzt lass mich mal einen Blick auf die Flinte werfen«, bat Reuben. Er nahm die Waffe und verdrückte sich damit auf die andere Seite des Kombiwagens.

Sie fuhren nach Vale Perkins und von da aus zum Owl's Head. Ein Stück weiter deutete Reuben auf eine unbefestigte Straße, die nach Vermont hinüberführte. »Wir müssen ganz bis zur Grenze fahren«, erläuterte er. »Dann machen wir kehrt und fahren genau eine Meile zurück.«

Der Senator ließ sich Zeit.

»Okay. Halt an.«

Mit der Taschenlampe in der Hand stieg Reuben aus, um die Bäume am Weg zu inspizieren, und ging dann probeweise ein paar Schritte weit in den Wald hinein. Nach fünf Minuten war er wieder da. »Es könnte sein, dass wir umsonst suchen«, berichtete er.

»Was soll das heißen?« fragte der Senator.

»Na ja, es ist lange her, dass ich hier durchgefahren bin. Du und ich, Senator, wir haben angefangen zu schrumpfen, diese verdammten Bäume hier aber wachsen immer mehr in den Himmel.«

Etwa hundert Meter weiter hielten sie abermals, und Reuben stieg aus, um eine alte Zeder zu untersuchen. Tastend fuhr er mit den Händen über die Rinde. »Okay, Männer, hier können wir den Wagen stehen lassen.«

»Sollten wir ihn nicht lieber verstecken?«

»Nein, nein. Steigt einfach aus.«

Sie folgten Reuben, der über einen Zaun kletterte, an den ein Schild BETRETEN VERBOTEN genagelt war. Der Senator trug seine Kanone. Reuben begann abermals die Bäume zu untersuchen und mit der Hand über ihre Rinde zu fahren. Schließlich schien er gefunden zu haben, was er suchte, stapfte nun zielbewusst durchs Gras, blieb plötzlich stehen und rief nach Alex und Joshua. »Okay, Josh, du fängst hier an zu graben, und du da, Alex.« Damit setzte er sich zu dem Senator auf einen Stein. »Vielleicht«, meinte er, »solltest du lieber auf der Straße bleiben. Schmiere stehen.«

Doch der Senator rührte sich nicht vom Fleck. »Falls jemand kommt«, erwiderte er, »sind wir eben Angler, die nach Würmern graben.«

Alex rief, er sei auf Holz gestoßen.

»Na ja, dann lass dir von deinem Vater beim Ausgraben helfen, ja?«

Nach zwanzig Minuten begannen sich die unverwechselbaren Umrisse eines Sarges abzuzeichnen.

»Leg sofort die Schaufel hin!« befahl Joshua seinem Sohn; dann lief er zu seinem Vater hinüber und zog ihn beiseite. »Bist du wahnsinnig, Daddy, Alex bei so was mitzunehmen? Ist das vielleicht deine Auffassung von Humor? Da drin ist ein Sarg!«

»Ach ja?« Reuben holte sich das Stemmeisen.

»Komm schnell, wir müssen hier weg!«

»Ich bleibe«, erklärte Alex stur.

Der Senator kam zu ihnen. »Ist da wirklich ein Toter drin?« erkundigte er sich mit schwankender Stimme.

»Was seid ihr bloß für Idioten!« stöhnte Reuben verzweifelt. »Alex, wir hätten allein kommen sollen.«

»Genau.«

»Also, ihr grabt jetzt diesen Sarg aus, verstanden? Ich weiß schon, was ich tue.«

Als sie den billigen, verrotteten Fichtensarg schließlich von Erde befreit hatten, ging Reuben rings um ihn herum und stemmte hier und dort am Deckel herum. Joshua hatte Herzklopfen. Der Senator wirkte trotz seiner mutigen Worte alt und müde. Nur Alex war begeistert. »Okay«, sagte Reuben. »Glaubt vielleicht einer von euch an Geister?«

Niemand antwortete.

»Wenn's ein Vampir ist, soll man ihm, glaube ich, einen Pfahl durchs Herz treiben.«

Niemand lachte.

»Okay. Zurücktreten. Achtung! Fertig! Los!« Mit einer Drehung des Stemmeisens sprengte er den splitternden Deckel auf und legte eine Ladung Schnapsflaschen frei. Top Hat Whisky, Scotland's Pride, Edinburgh Castle, Hi-Life.

»Heiliges Kanonenrohr!« rief der Senator.

Als Alex Anstalten machte, eine Flasche Top Hat herauszuholen, warnte ihn Reuben: »Moment mal, Junge! Ich möchte nicht, dass du das Scheißzeug trinkst.«

»Wieso?«

»Viel zu viel Schwefelsäure. Die Gurskys verstanden damals noch nichts vom Schnapsbrennen. Da war so viel Rost drin, in dem Zeug, dass sie's durch 'nen Brotlaib filtern mussten, obwohl das auch nicht viel genützt hat. Ein Schluck, und deine Finger werden taub. Aber hier –«, er deutete auf zwei verschnürte Kisten, »– ist das, was wir wirklich suchen.«

Sie holten die Kisten heraus, lösten die Verschnürung und fanden ein Dutzend Flaschen Johnny Walker Black und ein Dutzend Gordon's Gin. Reuben öffnete eine Flasche Johnny Walker, trank einen Schluck und reichte sie dem Senator, der ebenfalls trank und sie an Joshua weitergab.«

»Ich bin so aufgeregt«, erklärte der Senator, »dass ich sofort, hier und jetzt, pinkeln muss. Jemand vielleicht was dagegen?«

»Natürlich nicht.«

Und dann ergänzte der Senator mit glühenden Wangen: »Hat jemand Lust, mir Gesellschaft zu leisten?«

Alex und Joshua packten den guten Schnaps in ihre eigenen Kartons um, verschlossen auf Reubens Anweisung den Sarg und bedeckten ihn mit Erde.

»Wie ist der überhaupt hierher gekommen, Reuben?«

»Davon habe ich wirklich keine Ahnung, Senator, aber wenn ich mal raten soll, würde ich sagen, höchstwahrscheinlich in einem Leichenwagen.«

Der Senator allen voran, machten sie sich auf den Rückweg zur Straße. »Verdammt«, rief er ihnen plötzlich zu und kam im Trab zu ihnen zurück. »Polypen.«

Alle wandten sich an Reuben, doch der enthielt sich jeglicher Verhaltensmaßregeln.

»Ich habe ja gleich gesagt, wir hätten den Wagen verstecken sollen«, sagte der Senator.

Unmittelbar neben ihrem Kombiwagen stand mit hell aufgeblendeten Scheinwerfern das Dorftaxi. Und an der Tür lehnte der verrunzelte, leberfleckige alte Orville Moon. Mit Eidechsenaugen und gelben Zähnen. »Ja, Senator Hornby!« sagte er verwundert. »Was machen Sie denn hier?«

»Wir suchen Würmer.«

»Sie sind bis hierher gefahren, nur wegen der Würmer?«

»Genau.«

Moon deutete auf die Flinte des Senators. »Und den gefährlicheren Tierchen wollten Sie wohl zwischen die Augen schießen, wie?«

Alex stellte seinen Karton ab. Joshua ebenfalls.

»Für Würmer«, meinte Moon, »klirren die aber ganz schön.«

»Hören Sie, Orville, ohne mich würden Sie noch immer nach Ihrer Pension schreien. Und Ihrem Cousin habe ich die Bierschanklizenz besorgt.«

»Das stimmt.«

»Also, dann machen Sie endlich Platz.«

»Hier in der Gegend wird manchmal gewildert.«

»Hauen Sie ab, Orville!«

Pauline erwartete sie im Wohnzimmer.

»Ich habe draußen gepinkelt!« berichtete der Senator freudestrahlend. »Mitten auf freiem Feld.«

Alex und Joshua schleppten den Schnaps herein.

»Mann, war das ein Spaß!« sagte der Senator.

»Hör auf, mit der Kanone rumzufuchteln«, warnte Reuben. »Gib mal her.«

Reuben winkte Joshua auf die Veranda hinaus, wo er ihm die leere Kammer zeigte. Die Patronen hielt er in der Hand. »Ich wollte kein Risiko eingehen. Deswegen hab ich sie heimlich rausgenommen, bevor wir losfuhren.«

Am folgenden Nachmittag erwies sich der Senator als ein kleines Problem.

»Ihr werdet nie raten, woher dieser Schnaps stammt«, erklärte er und schenkte Dickie Abbott einen ein.

»He!« mischte sich Reuben ein. »Ich hätte dich nicht für einen Kanari gehalten.«

»Verdammt richtig. Schweigen heißt die Parole. Aber er ist im Grab gealtert, nicht wahr, Kumpel?«

»Wenn du meinst, Senator.«

Später fand Joshua Pauline in der Badewanne. Pauline, Pauline. Joshua stieß ein Jauchzen aus, warf seine Kleider von sich und stieg zu ihr in die Wanne.

»Und wenn Alex reinkommt?« fragte sie.

»Tja, also –«, er begann ihr die Brüste einzuseifen, »– meinst du nicht, dass es langsam an der Zeit ist, ihn über alternativen Lebensstil aufzuklären?«

»Ich protestiere ja nicht, ich finde nur, wir sollten vielleicht die Tür abschließen.«

»Mag sein, dass es ein Fehler von mir war, diese Gegend hier zu meiden. Vielleicht sollten wir's mal mit einem Sommer am See versuchen.«

»Du hast keine Ahnung, was für Leute im Sommer hier herauskommen, Josh. Du würdest dich bestimmt nicht wohlfühlen.«

»Und was ist mit dir?«

»Ich bin mit ihnen aufgewachsen.«

»Ich könnte einen Zaun ums Grundstück ziehen. Elektrisch. Hier wohnen die Shapiros. Gott schütze sie. Gesperrt für Jane Trimble und Krebs.«

»Wenn's doch nur so einfach wäre!«

»He, du wirst mir plötzlich viel zu ernst.«

»Liebling, wenn du so weitermachst …«

»Soll ich aufhören?«

»Nein, nein. Aber bitte, schließ die Tür ab.«

»Ich liebe dich. Trotzdem kann ich nicht verstehen, warum du mich geheiratet hast. Ich hätte das nie getan.«

Du hast es mir nicht leicht gemacht, Nein zu sagen.«

»Hast du mich damals geliebt?«

»Ich war mir nicht sicher.«

»Und jetzt?«

»Würdest du bitte endlich die Tür abschließen?«

»Du hast meine Frage nicht beantwortet.«

»Ich liebe dich. Aber ich habe Angst.«

»Wovor?«

»Vor den anderen.«

VIERTER TEIL

1 »… Und dann sagte ich:«, leierte McMaster zum Surren des Sony weiter, »›Hör zu, Colucci, du dämlicher Dago, du Arschloch vom North End, ich weiß zwar nicht, was du mit den anderen vom Vierten Revier laufen hast, aber den Umschlag hier, den kannst du dir dahin stecken, wohin der Affe seine Finger steckt.‹ Aus. Stopp. Berichtigung. Und dann sagte ich: ›Hören Sie zu, Colucci, Sie irren sich, Sie sind keine Reklame für Ihr Volk wie Dante oder Bürgermeister La Guardia, ich weiß nicht, welche Vereinbarungen Sie mit anderen Beamten unseres Reviers getroffen haben, aber ich akzeptiere keine Nebeneinkünfte, deswegen stecken Sie diesen Umschlag hier schnell wieder ein.‹ Ist das besser?«

»Fabelhaft«, antwortete Joshua.

»Und Sie verbessern auch die anderen schmutzigen Stellen im Verlauf unserer gemeinsamen Arbeit?«

»Natürlich.«

Reuben erschien an der offenen Tür. »Der Flopper ist am Telefon. Was meinst du?«

»Ich möchte ihn sprechen.«

Reuben, der McMaster im Vorbeigehen einen säuerlichen Blick zuwarf, brachte Joshua den Apparat.

»Hör mal«, überbrüllte der Flopper den Lärm im King's Arms, »ich sag dir, warum ich anrufe. In Bay gibt's 'n Ausverkauf von Wonderbras, und da dachten wir, wir holen uns welche, aber wir wissen nicht, wie groß dein Körbchen ist.«

»Wahnsinnig komisch! Ha, ha.«

»Du klingst mies. Pass nur gut auf dich auf, du alter Arsch«, bat ihn der Flopper mit bebender Stimme. »Hier kommt Rog.«

Rogers Stimme war belegt. Es sei noch mehr von der Korrespondenz durchgesickert und würde in *Maclean's* unter dem Foto veröffentlicht, auf dem sie sich küssten. »Gib doch eine Erklärung heraus«, schlug er Joshua vor. »Ich sorge dafür, dass sie sofort an alle Presseagenturen geht.«

»Meinst du, das würde was ändern?«

»Sein Sohn war gestern Abend in den Nachrichten. Sie haben ihn in London interviewt. Was für ein verschlagenes, kleines Aas!«

»Nun, er ist eben sauer.«

»Gib eine Erklärung heraus. Einen Moment! Robbie möchte dir noch was sagen.«

Robbie war ebenfalls betrunken. »Wie es dir geht, interessiert mich einen Dreck, Schätzchen. Ich will nur eins wissen: Wie geht's Pauline?«

Joshuas Kehle schnürte sich zusammen.

»Joshua?«

»Ich weiß nicht, wo sie ist.« Er winkte dem Vater, ihm den Apparat abzunehmen.

»Jetzt ist Schluss«, erklärte Reuben. »Er ist müde.« Damit legte er den Hörer auf und wandte sich an McMaster. »Ich glaube, er hat für heute genug von Ihren Memoiren.«

»Er ist nicht müde. Außerdem haben wir hier einen Bestseller in der Mache.«

»Josh?«

»Schon gut.«

»Kann ich Ihnen denn noch was bringen, wo ich gerade hier bin?« erkundigte sich Reuben bei McMaster.

McMaster, in seinem Korbsessel schaukelnd, kaute auf einer durchweichten White Owl herum; sein grellbuntes Hemd stand weit offen, der behaarte Bauch quoll über den Rand der karierten Hose aus Doppelstrick, die zierlichen Füße steckten in weißen Golfschuhen. »Ja, noch 'n Laurentide. Aber bringen Sie mir die ganze Dose. Ich möchte sie lieber selbst aufmachen, wenn's recht ist.«

»Trauen Sie mir etwa nicht?«

»Bringen Sie mir ein Glas, und Ihr Junge hier wird den ersten Schluck trinken.«

»Warum können wir nicht Freunde sein, Stu? Hier –«, er bot ihm die Hand, »– schlagen Sie ein!«

»Daddy!« rief Joshua entsetzt. »Nicht doch!«

»Keine Sorge«, entgegnete McMaster. »Ich denke gar nicht daran, diese Hand zu ergreifen.«

»Na ja, hm.« Reuben wandte sich zum Gehen. »Ich gebe Ihnen noch eine Stunde, dann ist aber endgültig Schluss.«

Nachdem McMaster endlich fort war, schleppte sich Joshua ins Arbeitszimmer hinauf, und als er auf die Bucht hinausschaute, sah er auf der anderen Seite Jack Trimble an seinem Anlegesteg. Der taucht bestimmt eines Tages hier auf, dachte Joshua. Wenn nicht heute, dann morgen.

Joshua wünschte sich, wieder unter Morphium zu stehen.

Im Krankenhaus, ans Bett gefesselt, der ganze Körper schmerzgepeinigt, hatte er unter dem Einfluss der Morphiumspritzen immer wieder geträumt, Pauline sei da, an seinem Bett, doch wenn er dann ihren Namen rief, beugte sich nur wieder eine der Krankenschwestern über ihn.«

»Was ist, Mr. Shapiro?«

Unruhig, nicht in der Lage zu konzentriertem Arbeiten, begann Joshua in Pappkartons zu kramen, die seit ihrer Abreise aus London nicht mehr geöffnet worden waren, uralte Papiere zu sortieren. Irgendwie hatte ein Foto von Monique und ihm in San Antonio die Jahre überdauert. Sie steckte in ihrem schwarzen Bikini, und er grinste unter einem breitrandigen Strohhut hervor. Sieh ihn dir an, diesen Scheißer. Außerdem fand er einen Reklamezettel, auf dem es hieß, für die Fallas würden Litri, Aparacio und Luis Miguel Dominguin in Valencia sein, und ein vergilbtes Flugblatt aus dem Florida, *Boîte de Nuit*, Calvo Sotelo 17, Valencia, das *»El más extraordinario programa de Grandes Atracciones, Presentación de Sugestivas Estrellas, con Lolita Madrid y Bella Nelly«* ankündigte. Und noch etwas hatte er, ohne es zu wissen, über den Atlantik mitgeschleppt: drei zusammengeheftete Zettel aus dem Office Espagnol de Tourisme mit der Mitteilung: *»Voyage aux îles Baleares, séjour très agréable en toutes saisons.«*

Junge, Junge.

2 Moniques korpulente, füllige Mutter fuhr fort, auf der Terrasse der Casa del Sol zu keifen; sie weigerte sich hartnäckig, Joshua zu grüßen, wenn er an ihrem Tisch vorbeikam, schien sich aber damit abgefunden zu haben, dass ihre Tochter den größten Teil der Nacht bei Joshua verbrachte. Auf jeden Fall störte sie die beiden nie. Dann wurde Joshua eines Morgens von einem überraschenden Besucher geweckt. Dem drahtigen Mariano mit den Knopfaugen. Es sei, behauptete Mariano, seine Pflicht, ihm einige Fragen zu stellen. »Du darfst eines nicht vergessen«, begann er. »Wir hier in Spanien erwarten von den Fremden, dass sie ein gewisses Dekorum wahren.«

Joshua unterdrückte ein Lächeln.

»Du hast an öffentlichen Stränden anstößige Dinge getrieben.«

»Wovon redest du eigentlich?«

»Dein Verhalten ist dem Bischof zu Ohren gekommen, und er ist außer sich.«

»Wollt ihr vielleicht ein kleines Autodafé veranstalten, nur weil Monique und ich uns am Strand geküsst haben?«

»Ihr seid beide nackt auf Las Salinas und zweimal am Strand der Casa del Sol gesehen worden.«

»Von wem?«

»Willst du es leugnen?«

»Selbstverständlich.«

Voller Unbehagen seufzte Mariano und erklärte: »Es gibt Fotos von euch beiden.«

»Im Ernst?«

»Die Sorte Fotos, wie man sie auf der Pigalle kaufen kann.«

»Und was wird nun?«

»Nichts Gutes. Ich versuche dir zu helfen, aber du hast hier eben nicht nur Freunde.«

»Bist du etwa gekommen, um mich zu verhaften?«

»Aber nein!« erwiderte Mariano gekränkt. »Ich muss dich nur dringend bitten, etwas vorsichtiger zu sein.«

»Könnte ich die Fotos sehen?«

»Ich habe sie nicht bei mir, aber sie existieren.«

Am Nachmittag machte sich Joshua, der betrunken aus Don Pedros Bodega kam und die Augen vor der Sonne zukneifen musste, auf den Weg, die heiße, staubige Landstraße entlang, die aus San Antonio hinausführte, bog nach etwa einer Meile ab, wankte quer durch den Olivenhain und sank unter einem knorrigen Baum ins Gras. Eine Stunde später erwachte er, völlig ernüchtert. Er kletterte den Berg hinauf, und als er den guanobedeckten Felsen oberhalb von Dr. Dr. Muellers Villa erreichte, hatte er, wie es ihm vorkam, den ganzen Alkohol wieder ausgeschwitzt. Er buddelte sein Messer aus und stieg die Felswand zu Dr. Dr. Muellers Garten hinab, wobei er sich an einer vorspringenden Kante das Knie aufschrammte.

»Mueller!« rief er.

Keine Antwort.

»Ich bin's, Mr. Mr. Shapiro.«

Keiner zu Hause. Ein Glück, dachte er, und wenn du jetzt weißt, was gut für dich ist, haust du schnell ab. Stattdessen brach er mit dem Messer die Terrassentür auf. Drinnen war es beruhigend kühl. Er hatte keine Ahnung, wo die Fotos versteckt sein konnten. Und ebenso wenig wusste er, was er jetzt eigentlich anfangen sollte. Selbstverständlich gab es keine Lampenschirme aus Menschenhaut oder ungekennzeichnete Seifenstücke. Es gab ein Erinnerungsfoto von etwas, das aussah wie ein Indianerdorf in der Abenddämmerung, nur trank einer der tapferen Krieger Steffens Pils aus einer Flasche, und unter dem Bild stand: »Gemeinschaft Norddeutscher Indianerfreunde«. An der einen Wand hing ein Büffelfell, über dem Kamin gekreuzte Tomahawks. Außerdem gab es die gerahmte Fotografie eines ernst dreinblickenden, schnauzbärtigen Mannes in der Uniform des kaiserlichen Heeres. Sein Vater? Und noch ein Foto, und zwar von einer eleganten Dame mit Korkenzieherlocken auf einem Sofa mit zwei rundlichen Jungs. Die Dame trug ein hochgeschlossenes, schwarzes Kleid mit Spitzenkragen, die Jungs beide Schuluniform, und alle drei starrten sie in die Kamera. Darunter hatte jemand mit Tinte geschrieben: »Dresden, 1943«. Joshua studierte Muellers fremdsprachige Bücherregale und wurde sauer, weil nahezu alle Bücher guten Geschmack bewiesen oder im schlimmsten Fall harmlos waren. Hemingway, Maugham, Michael Arlen, Charles Morgan und anscheinend das Gesamtwerk von Zane Grey. Auf einem anderen Regal standen deutsche Naturbücher. Alles, von Pferdezucht bis zur Entwicklungsgeschichte der Leoparden. Und in einer Vitrine prangten drei Reihen deutschsprachiger Taschenbuchwestern von einem gewissen Gus McCabe.

Als Joshua sich den Schallplatten auf dem Tisch zuwandte, war er enttäuscht, weil er nichts von Wagner fand. Ein bisschen Gene Autry, ein »Carmen«-Album, »The best of Maurice Chevalier«, Beethovens Zweite Symphonie. Frustriert nahm er eine Lampe mit Porzellanfuß in Gestalt eines walzertanzenden Paars aus dem achtzehnten Jahrhundert, schleuderte sie an die Zimmerdecke und sah zu, wie sie am Boden zerschellte, ihre Scherben in alle Richtungen flogen. Dann fand er die Kamera mit dem komplizierten Objektiv und zerschmetterte sie.

Die Kommodenschubladen im Schlafzimmer bargen zwar keine Fotos von Monique und ihm, doch überall an den Wänden klebten Standfotos aus Spielfilmen. William S. Hart, Hopalong Cassidy, Randolph Scott, Joel McCrea als Buffalo Bill, Gary Cooper, Wallace Beery, Andy Devine. Eine weitere Fotografie steckte am Spiegel: Mueller mit Chaps, Sporen und gezogenen Revolvern. Auf der Kommode lagen ein Haarnetz und ein Schnelldiätprogramm aus *Look.* Schneiderpuppen säumten die Wand. Die eine trug die Ausrüstung eines Revolvermannes, die andere das Kostüm einer Saloon-Dame, eine dritte war wie ein Plains-Indianer gekleidet. Und am Bettpfosten hingen zwei sechsschüssige Revolver im Holster.

Der Apothekenschrank im Badezimmer enthielt Vitamintabletten, ein Pulver zum Reinigen von Zahnprothesen, eine Salbe gegen rektales Jucken und eine Tube Handlotion.

Im Wohnzimmer nahm Joshua einen Stapel Schallplatten, schmetterte ihn gegen die Tischkante – und bereute es sofort wieder. Kindisch, dachte er, und bückte sich, um die Scherben des zerbrochenen Lampenfußes aufzuheben. Plötzlich hörte er an der Frontseite der Villa ein Geräusch. Stimmen? Ein Hund? Benommen sprang er auf die Füße, schoss wie der Blitz zum Haus hinaus, rannte geduckt quer durch den Garten und kletterte hastig die Felsen hinauf. Er lief – stolperte – raffte sich auf – lief weiter. Er lief und lief. Den Berg hinab, durch den Olivenhain. Und machte erst halt, als er die Landstraße erreichte. Der Bus nach Ibiza kam. Er winkte, der Bus hielt, und er stieg ein. Erst jetzt merkte er, dass er sich beide Arme zerkratzt hatte und in Schweiß gebadet war.

Irgendwann nach Mitternacht stöberte Juanito ihn im Hafencafé von Ibiza auf. »Komm mit«, sagte er.

»Wohin?«

»Zu Rosita.«

»Ich will aber nicht zu Rosita. Ich habe die Schnauze voll.«

»Komm doch mit!«

»Ich habe Nein gesagt. Lass mich in Ruhe.«

Er richtete es so ein, dass er zur Frühstückszeit wieder in San Antonio in der Casa del Sol eintraf, und zum Teufel mit den Freibergs. Sonst würde Mueller womöglich noch Verdacht schöpfen. Aber als Mueller schließlich in seinem weißen Leinenanzug auf die Terrasse geschlendert kam, gönnte er ihm nicht einmal einen Gruß. Von Mariano hörte er nichts mehr. Eine Woche verging, bis Mueller sich in Don Pedros Bodega dann zu ihm an den Tisch setzte. »Bei mir ist neulich eingebrochen worden«, berichtete er schwerfällig.

»Ach?«

»Vandalen.«

»Haben sie viel Schaden angerichtet?«

»Es reicht. Und bestohlen haben sie mich auch. Meine Brillantkrawattennadel ist fort. Und meine Kamera. Und meine Reiseschecks haben sie auch gefunden.« Die Zigarettenspitze aus Elfenbein zwischen die Zähne geklemmt, fügte er noch hinzu: »Eintausendachthundert Dollar fehlen.«

»Aber mein lieber Dr. Dr.!« sagte Joshua. »Wie habe ich Sie doch unterschätzt!«

»Das müssen betrunkene Fischer gewesen sein. Zum Glück bin ich versichert. Ich habe schon den American Express in Madrid angerufen und sie gewarnt, dass jemand vermutlich gefälschte Schecks einzulösen versuchen werde.«

»Und was haben sie gesagt?«

»Oh, sie waren überaus freundlich. Sie werden mir neue Schecks zuschicken. Mariano wird ihnen eine Kopie meiner Anzeige zukommen lassen.«

»So, so.«

»Haben Sie irgendwelche Schwierigkeiten gehabt?«

»Ja, allerdings. Mit Feinden.«

»Wie bitte?«

»Mit Cheyenne Dog Soldiers. Aber ich konnte sie von meinem Grundstück verjagen. Mit meinen Revolvern.«

»Ich gebe Ihnen einen guten Rat.« Dr. Dr. Mueller erhob sich. »Lassen Sie kein Geld herumliegen.«

Joshua fand Freibergs Schwager Max am Strand, wo er sich sonnte. Er stieß ihn mit dem Fuß an und fragte ihn: »Haben Sie diesem Nazi in den letzten Tagen Geld gewechselt?«

»Welchem Nazi?«

»Dr. Dr. Mueller.«

»Der ist doch kein Nazi!« Max brüllte vor Lachen.

»Er wird in Frankreich gesucht«, gab Joshua hitzig zurück. »Oder?«

»Wissen Sie, wo dieser Säufer im Krieg gewesen ist?«

Joshua wusste es nicht.

»Bei der Regierung in Berlin. Auf seinem Arsch hat er gesessen und Propagandaschriften verfasst. Der ist nie an die Front gekommen, aber die Front ist schließlich zu ihm gekommen.«

»Er war bei der Besatzungsarmee in Frankreich.«

»Und schrieb Artikel.«

»Weshalb wird er in Frankreich gesucht?«

»Bestimmt nicht wegen dem Krieg«, antwortete Max verächtlich. »Sondern wegen einer Sache, die neunzehnfünfzig vorgefallen ist. Er hat in Nizza ein junges Mädchen überfallen. Eine Nutte. Er soll versucht haben, sie zu skalpieren. Sie wissen doch, wie er ist, wenn er getrunken hat. Wahrscheinlich hat er sich für Häuptling Crazy Horse gehalten.«

»Warum haben Sie Angst vor ihm?«

»Angst? Wir haben keine Angst vor ihm. Aber er hat hier einen gewissen Einfluss.«

»Haben Sie ihm in den letzten Tagen Geld gewechselt?«

Max wollte es nicht sagen.

»Vielleicht sind Sie hier der *putz*, und nicht ich. Er hat die Schecks als gestohlen gemeldet. In seine Villa sei eingebrochen worden, behauptet er.«

Max lachte, dass sein Bauch wackelte.

»Was ist so komisch?«

»Wer hätte gedacht, dass Mueller einen *jiddischen kopp* hat?«

»Ich bringe Sie um!« Joshua packte ihn. »Ehrenwort, eines Tages bringe ich Sie noch um!«

Max machte sich los. »Ich bin okay. Hätte ich für Mueller zum inoffiziellen Kurs Geld gewechselt, wäre der Scheck inzwischen in Genf. Aber was ist mit Ihnen? Sind Sie auch okay?«

In seinem Haus wartete Mariano auf ihn.

»Woher bekommst du dein Geld?« fragte er ihn abrupt.

»Ich verdiene es.«

»Vielleicht, indem du deiner Regierung Berichte schickst?« Unglaublich, aber Mariano wollte tatsächlich andeuten, er sei möglicherweise ein Spion. »Wir haben hier eine große Garnison. Du hast die Soldaten öfter vom Hügel aus beobachtet.«

»Mit ihren komischen Holzpanzern und Platzpatronen.«

»Du hast in Gegenwart von drei Offizieren erklärt, dass du ihnen nachspioniert hast.«

»Wir hatten getrunken. Es war ein Scherz.«

»Da sagen die aber ganz was anderes.«

»Sie lügen.«

»Es sind Offiziere.«

»Scheiß auf dich, Mariano.«

»Du bist derjenige, der lügt; genauso wie du wegen der Unzucht am Strand gelogen hast, bis ich gesagt habe, ich hätte Beweise.«

»Das war was anderes.«

»Man hat Mueller eintausendachthundert Dollar in Reiseschecks gestohlen.«

»Er lügt.«

»Alle lügen, bloß du nicht.«

»Ach, was soll's? Komm endlich zur Sache, Mariano.«

»Du bist ein Niemand, aber Dr. Dr. Mueller ist in seiner Heimat ein gefeierter Schriftsteller. Gus McCabe, der Westernautor. Du bist ein Anarchist mit einer eigenen Konkubine hier, sagt er, und du hast seine Villa ausgeraubt. Auch die Offiziere haben eine Aussage unterzeichnet. Aber weil du so jung bist, möchte ich dir gern helfen. Wenn du Spanien innerhalb von achtundvierzig Stunden freiwillig verlässt, gebe ich die Anzeige nicht weiter, und du kannst später dieses Land wieder ungehindert betreten.«

»Moment mal, Mariano! Einen Moment. Ich will wissen, ob es dieser verdammte Freiberg war, der dir erzählt hat, dass ich und Monique uns nackt am Strand aufgehalten haben.«

»Gegen die Freibergs ist auch eine Anzeige eingegangen. Es scheint, dass ihre elektrische Anlage nicht den strengen staatlichen Vorschriften entspricht. Möglicherweise muss ich die Casa del Sol schließen.«

»Verdammt noch mal, was will er denn von den Freibergs? Die haben doch mit mir nichts zu tun! Das kann ich bezeugen.«

»Ich habe nicht gesagt, dass er die Anzeige erstattet hat. Aber wenn die elektrische Anlage Mängel hat, kannst du nichts dagegen tun.«

»Du bist eine Schlange, Mariano. Ehrlich.«

»Und du scheinst nicht zu begreifen, dass du dich wegen gewisser Dinge vor Gericht wirst verantworten müssen, wenn du nicht innerhalb von achtundvierzig Stunden verschwindest. Höchstwahrscheinlich kommst du ins Gefängnis.«

Lauf, Joshua lauf!

Aber er hatte kein Geld. Auf keinen Fall genug, um bis nach Paris zu kommen. Mit Juanitos Hilfe verkaufte er seine Reiseschreibmaschine. Alle Kleidungsstücke, die er nicht am Leib trug. Er traf sich noch einmal mit Monique, und sie verabredeten, in vierzehn Tagen in Nizza zusammenzukommen. Anschließend begab er sich im Laufschritt zur Casa del Sol. »Ich muss sofort die Freibergs sprechen«, erklärte er dem Angestellten an der Rezeption.

Aber die beiden waren nicht da. Sie waren in Palma, beim Rechtsanwalt.

»Wie lange werden sie bleiben?«

»Drei Tage, vielleicht auch vier.«

»Und wo ist Max?«

»Der ist mitgefahren.«

Joshua kritzelte hastig eine Nachricht, die er für die Freibergs hinterlegte, und buchte eine Passage auf der »Jaime II« am selben Abend nach Valencia. Juanito brachte zwei Kisten frischen Fisch für den Captain an Bord und besorgte Joshua für die Überfahrt eine Kabine.

Als er, an Deck stehend, das Auslaufen des Schiffes beobachtete, sah er Dr. Dr. Mueller mit einer Gruppe kichernder Amerikanerinnen im Hafencafé sitzen. Es war Mittwoch. Zweifellos hatte Mueller die Damen zum Hahnenkampf mitgenommen. Bestimmt waren sie empört gewesen, erregt, und hatten zahlreiche Fotos geschossen. Bestimmt hatte Dr. Dr. Mueller seine stereotype Bemerkung gemacht. »Die Spanier«, hatte er vermutlich gesagt, »sind nicht so zivilisiert wie wir. Sie neigen zur Grausamkeit.«

Jetzt deutete Dr. Dr. Mueller auf ihn und flüsterte der einen Dame etwas ins Ohr. Sie lachte. Joshua wandte sich von der Reling ab und begab sich langsam, lässig, wie er hoffte, nach Steuerbord.

Lauf, Joshua, lauf! Du bist kein Mann, du bist eine Maus.

3 Die Gerüchte und Warnungen aus gut unterrichteten Quellen kursierten seit Wochen. Coral hatte aufgehört, fette Punkte zuzulegen. Eines Tages kam es zum Stillstand, am nächsten schwankte es, und bei Geschäftsbeginn der Montrealer Börse an einem trockenen, kalten Mittwochmorgen begann es zu fallen, während hysterische Investoren eiligst ausstiegen. Wegen eines Druckerstreiks gab es am folgenden Montag keine *Gazette*, und die Fernsehnachrichten sahen sie sich nur selten an; daher erreichte die Meldung von dem Skandal sie erst am Dienstag. Am Morgen prangte Kevins Bild nicht nur auf der Titelseite (wo die geknickte, aber durchaus nicht überraschte Pauline jede Einzelheit genau studierte), sondern auch im Wirtschaftsteil und, ironischerweise, wieder einmal auf der Gesellschaftsseite. Dort lautete die Schlagzeile:

BEL ET JAZZ STEIGERT SICH ZUR
»PARTY DES JAHRES«

»›Unter den Gästen, die sich am Samstagabend von Perry Coleman und seinem Orchester musikalisch unterhalten ließen‹«, las Joshua vor und kostete jede schwachsinnige Formulierung gründlich aus, »›befanden sich Richard Abbott, Q.C., und Mrs. Abbott in einer Abendrobe aus pink Georgette mit einer Stola aus farblich passenden Straußenfedern; Mr. Gavin

McTeer und Mrs. McTeer in einer Korsage aus schwarzem, strassbesticktem Crêpe; Isaac Singer, O.C., und Mrs. Singer mit einer Kette duftender Freesien um den Hals und einem schmalen Abendkleid aus Off-White-Jersey; Mr. Eli Seligson und Mrs. Seligson in Ecru-Seide; Mr. Jeremy Gursky und Mrs. Gursky in einem Pyjama-Ensemble aus fuchsienrot und grün gemustertem Chiffon; Mr. Jack Trimble und Mrs. Trimble, deren Abendrobe aus …‹«

»Bitte, hör auf, Liebling!«

»Warte. Der interessanteste Teil kommt noch. ›Höhepunkt des Abends war ein flotter, kurzer Auftritt ausgewählter Mitglieder des Corps de Ballet und einer Gruppe gutmütiger Herren der Gesellschaft, die bereit waren, mit ihrer Tanzkunst Gelächter zu ernten. *Le ballet aquatique égyptien* zeigte die ›Boys‹, unter anderem Kevin Hornby, als handtuchbekleidete Wasserträger bei dem Versuch, Figuren eines ägyptischen Frieses zu kopieren.‹«

Die Meldung im Wirtschaftsteil war lakonisch. Der Handel mit den Aktien der Coral Trust, des diesjährigen Überfliegers an der Montrealer Börse, war bis zu einer Untersuchung durch die Börsenkommission von Quebec gestoppt worden. Die Story auf der Titelseite brachte kaum mehr Details, war aber nichtsdestoweniger in bedrohlichen Tönen gehalten. Die RCMP hatte das Börsenbüro des Wunderknaben von Westmount, Kevin Hornby, gestürmt, Dokumente und Korrespondenz beschlagnahmt. Hornby hatte empört behauptet, diese Maßnahme komme für ihn völlig überraschend, und die Investoren gebeten, Ruhe zu bewahren. Es habe bei Coral keinerlei Unregelmäßigkeiten gegeben, erklärte er, und er begrüße die Untersuchung, die ihn ja doch nur reinwaschen könne. Jack Trimble, ebenfalls im Aufsichtsrat der Coral Trust, versicherte, hundertprozentiges Vertrauen zu seinem Geschäftspartner, dem mit diesem Ressort betrauten Mann zu haben, bedauerte aber, auf Anraten seiner Anwälte zurzeit nichts zu diesem Punkt äußern zu können.

Joshua, der abends nach London und von dort aus nach Spanien fliegen wollte, hatte seine Sachen bereits gepackt. Am Abend zuvor waren sie, wie es ihre Gewohnheit war, wenn er verreisen musste, mit den Kindern zum Essen gegangen, und fuhren jetzt in ein kleines französisches Restaurant, das sie gern zum Lunch aufsuchten. Sie bestellten Champagner.

»Ich wünschte, du würdest mitkommen«, sagte er.

»Und ich wünschte, du würdest gar nicht erst fliegen.«

»Ich muss.«

»Ich weiß.«

»Der Umschlag liegt in der rechten oberen Schublade von meinem Schreibtisch.«

Ein relativ neues Ritual. *Im Falle eines Flugzeugunglücks vermache ich meinen gesamten Besitz meiner Frau Pauline.* (Unterschrift) *Joshua Shapiro.* Ihre Augen füllten sich mit Zornestränen. »Ich hasse deinen beschissenen Umschlag!« entgegnete sie. »Ich will nichts davon wissen.«

»Aber du musst.«

»Was wirst du nach so vielen Jahren zu diesem grässlichen Mueller sagen?«

»Ich wollte, ich wüsste es.«

»Ich frage mich, was passiert wäre, wenn wir uns viel früher kennengelernt hätten. Hier in Montreal. Als ich an der McGill University war.«

Der Champion im gemischten Doppel. »Wir hätten uns auf den ersten Blick verabscheut. Es wäre überhaupt nichts gelaufen.«

»Hast du jemals das Gefühl, dass du die Nase voll hast und lieber wieder Junggeselle wärst?«

»Nein.«

»Lügner!«

»Und du?«

»Ich frage mich manchmal, wie die Kinder das alles so gut überstanden haben. Vorstehende Tischecken. Steckdosen. Keuchhusten. Masern. Aber Alex entfremdet sich mir bereits.

Die Nächste wird bald Susy sein. Und in zehn Jahren telefonieren sie dann miteinander und sagen einer zum anderen: ›Heute ist Sonntag, heute könnt *ihr* mal Mutter besuchen.‹ Bist du mir jemals untreu gewesen?«

»Nein.«

»Aber begehrst du denn nie andere Frauen? Jane, zum Beispiel?«

»Jane schon gar nicht.«

»Wen denn?«

»Eine Fremde, zuweilen. Eine Frau, der ich auf der Straße begegne.«

»Und was machst du dann?«

»Gar nichts.«

»Es wäre alles andere als schmeichelhaft für mich, wenn du mir nur deswegen treu wärst, weil dir eine Affäre zu mühsam ist. Ich habe Jane einmal erzählt, du wärst im Bett fabelhaft.«

»Meinst du nicht, dass das irgendwie pervers von dir war?«

»Es gibt Zeiten, da habe ich das Gefühl, wenn du mich nur einmal betrügen würdest, könnte ich mich ein bisschen zurückziehen. Und mich dadurch sicherer fühlen.«

»Aha!« sagte er scharf.

»Du begreifst eben nicht, wie viel für mich auf dem Spiel steht. Ich kann mir ein Leben ohne dich nicht mehr vorstellen.«

»Aber wenn dir etwas zustieße, wäre ich ebenso verloren.«

»Es würde eine Weile dauern, aber du würdest es schaffen.«

»Ich mag die Richtung nicht, die unser Gespräch nimmt.«

»Aber wir sprechen jetzt nur noch so selten über etwas Wichtiges. Wir treffen uns in der Diele, und teilen unsere Pflichten auf. Du gehst zu Steinberg, ich bringe die Hemden zu Troy. Vielleicht fehlt unserem Zusammenleben inzwischen eine gewisse Intensität. Ach, jetzt wirst du richtig böse.«

»Ich werde nicht böse.«

»Du bist doch schon in Spanien.«

»Verdammt noch mal!«

»Weißt du, es gibt andere Ehepaare, die sogar jetzt noch über uns staunen. Sie begreifen nicht, was wir beide gemeinsam haben.«

»Und du?« fragte er.

»Die Wahrheit?«

»Bitte.«

»Wenn du wegfliegst, so wie jetzt, wünsche ich mir, weniger abhängig zu sein. Ich wünsche mir, es gäbe mehr von mir selbst.« Tränen liefen ihr über die Wangen.

Paulines Wangen.

Es war vier Uhr; es schneite wieder; sie saßen im Wohnzimmer, tranken Kaffee und Cognac und schwelgten in Erinnerungen an die schönen Zeiten in London, als plötzlich Kevin auftauchte. Er war trotz der Kälte aschgrau im Gesicht und kam direkt aus Dickie Abbotts Anwaltskanzlei.

»Ich muss unbedingt mit dir sprechen, Trout. Würdest du uns entschuldigen, Joshua?«

Hätte Joshua nicht schon so viel getrunken gehabt, hätte er sie möglicherweise allein gelassen. So jedoch rührte er sich nicht vom Fleck.

»Ich würd's ihm später ja doch erzählen«, sagte Pauline.

Joshua holte einen dritten Schwenker und schenkte Kevin Cognac ein. Der fingerte nervös an seinem Glas und starrte unentschlossen zu Boden. »Ich habe zwei Karten für das Boston-Spiel am Samstagabend. Falls ihr sie wollt …«

»Danke, aber ich bin nicht hier.«

»Er muss heute Abend nach London.«

»Wie schön!« Kevins Miene hellte sich auf.

»Ja«, erwiderte Joshua bedrückt.

»Zu einer Beerdigung.«

»Ach so, das tut mir leid. Ich selbst hatte gehofft, in diesem Sommer in Wimbledon sein zu können. Seid ihr je da gewesen, als ihr noch drüben gelebt habt?«

»Trout ja, ich nicht.«

Pauline warf ihm einen vorwurfsvollen Blick zu.

»Also, ich nehme an, ihr habt die *Gazette* gelesen.«

»Ja«, antwortete Pauline mit kaum hörbarer Stimme und stellte sich vor, wie ihr Vater in Ottawa die Zeitung aufschlug. Schon wieder Kevin!

»Was immer geschieht, Trout, ich möchte dir sagen, dass ich nichts gestohlen habe. Alles Lügen. Alles. Vom ersten bis zum letzten Tag ist mir nie richtig klar geworden, was da mit Coral eigentlich passierte.«

»In *Maclean's*«, sagte Joshua, »wirst du mit der Aussage zitiert, kein einziger Cent von Corals Geld sei ohne deine Zustimmung investiert worden.«

»Das haben die sich aus den Fingern gesogen. Sie lügen.«

»Alle lügen, bloß du nicht«, entgegnete Joshua und wurde blass. Echos, Echos.

»Ja«, sagte Kevin, »ich hätte gleich weiterfliegen sollen, nach Georgian Bay. Ich hätte nie hier Station machen sollen. In Wirklichkeit hat Jack mich vom ersten Tag an gehasst.«

»Warum hat er dir dann den Job angeboten?« fragte Pauline.

»Das war Janes Idee. Sie hat ihm erklärt, die Leute von der alten Clique würden ihn alle für einen tollen Kerl halten, wenn es ihm gelänge, den armen, alten Kevin zu rehabilitieren. Und dann hat er mich auch genommen, weil er mit seinen Investitionen damals schon tief im Dreck steckte und ich gut in seine Pläne passte. Er hat mich reingelegt. Ich bin sein Sündenbock.«

»Hör zu«, sagte Joshua, »du kannst nicht alles auf Jack schieben, nur weil er nicht mit dir zusammen das L.C.C. oder das Selwyn House besucht hat.«

»Ich schiebe nichts auf Jack. Ich sage die Wahrheit.«

»Und wie kommt es dann, dass ihr den ganzen Winter hindurch so dick miteinander wart, dass ihr euch überall zusammen gezeigt habt, wie die drei Musketiere?«

»Er ist ein ungeheuer gerissener Mensch.«

»Genau wie du.«

»Wäre es zu viel verlangt, wenn ich dich bitte, mich mit meiner Schwester allein zu lassen?«

»Wie lange hast du schon ein Verhältnis mit Jane?«

»Verdammt noch mal, das geht dich nichts an!«

»Josh, er hat recht.«

»Es war nicht meine Schuld, Trout. Ich wollte es nicht. Erinnerst du dich an den Abend, als ihr zum Dinner am See gekommen seid? Also, an dem Morgen hatten die beiden in ihrem Schlafzimmer einen furchtbaren Krach. Meinetwegen, glaube ich. Er wollte, dass ich verschwinde. Er fuhr nach Montreal, ohne mir auch nur Auf Wiedersehen zu sagen; es war noch schrecklich früh, und er sollte erst um sechs Uhr zurückkommen. Ich dachte, es würde schon nichts passieren zwischen Jane und mir, weil Charlie ja da war, und die kleine Alice, aber sie schickte die Kinder in den Segelclub und folgte mir auf Schritt und Tritt. Überschüttete mich mit Hohn und Spott, um sich mir im nächsten Augenblick aufzudrängen. Und hörte dabei nicht auf zu trinken. Behauptete, ich sei ein krasser Versager, ein Betrüger, eine Enttäuschung für jedermann, ein Gigolo, und machte dann wieder sexuelle Anspielungen. Ob ich ihn noch hochkriegen könnte, oder wär's bei mir vielleicht dreißig Sekunden Action und eine Stunde Entschuldigungen, wie bei den anderen Beschälern am See? Ich behauptete, ich müsste meine Taucherausrüstung einpacken, und floh ins Bootshaus, doch ehe ich's mich versah, war sie auch da, zog ihr Bikini-Oberteil aus, warf sich auf die Knie und nahm mich einfach.«

»Soll das etwa heißen«, erkundigte sich Joshua in gespieltem Entsetzen, »dass sie dich vergewaltigt hat?«

»Ich erzähle nur, wie es passiert ist.«

»Jane ist noch lange nicht so verzweifelt oder ungeschickt, dass sie sich einem wie dir an den Hals werfen muss.«

»Die Frauen finden mich eben attraktiv.«

»Du steckst bis obenhin voll Scheiße!« sagte Joshua.

»Würdest du ihn bitte ausreden lassen?« mahnte Pauline.

»Sie war wie eine Furie, Trout, ich konnte sie nicht stoppen.

Als wir schließlich aus dem Bootshaus kamen, es mag ungefähr halb fünf gewesen sein, stand auf dem Hügel Jacks Jaguar. Wir hatten ihn nicht kommen hören. Wir schlüpften schnell ins Bootshaus zurück und beschlossen, getrennt ins Haus zurückzukehren. Sie stieg den Hang hinauf, und ich ging schwimmen. Als ich ins Haus kam, fest entschlossen, ihnen zu sagen, dass ich am nächsten Morgen abreisen werde, war Jack zu meinem Erstaunen wie verwandelt. Eitel Liebe und Freundschaft. Jane streichelte ihm den Nacken, und er konnte gar nicht mehr aufhören zu grinsen. ›Setz dich, alter Junge‹, forderte er mich auf. ›Ich möchte dir ein Angebot unterbreiten.‹«

»Und zum Dank dafür hast du seitdem seine Frau beschlafen.«

»Das brauche ich mir von dir nicht gefallen zu lassen, Shapiro!«

Immerhin, Pauline schwieg nachdenklich.

»Sie hat dich heimlich auf den Bermudas besucht, und da hast du sie dann bearbeitet, dass sie Jack überredet, dir diesen Job zu geben.«

»Du bist ja verrückt!«

Joshua zündete sich eine Zigarette an der anderen an.

»Warum«, erkundigte sich Pauline ruhig, »verabscheust du Kevin eigentlich so sehr?«

Sein Magen verkrampfte sich.

»Warum, Liebling?«

»Lass mich ihm lieber eine Frage stellen. Welchen Grund sollte Jack gehabt haben, Coral in Grund und Boden zu wirtschaften?«

»Er hatte sich im letzten Sommer gefährlich übernommen und ernsthafte Schwierigkeiten zu gewärtigen. Spekulationen in Schürfrechten. Eine falsche Einschätzung des Ausmaßes, in dem der Dollar noch fallen würde. Zu viele Millionen in Montrealer Liegenschaften. Eine Kombination der verschiedensten Faktoren, die bewirkten, dass er nicht mehr liquide war. In Zürich hatte er keine Deckung. In New York überfällige Wechsel.

Ich habe guten Grund zu der Annahme, dass er der Börsenkommission nur um einen Schritt voraus war, als ich daherkam und er Coral vom Stapel lassen konnte – mit mir als Köder. Anfangs machten wir ja auch Geld, gutes Geld, doch dann begann er wertlose Holdings von anderen Fonds zu Buchwertpreisen auf Coral abzuladen. Schürfrechte, Liegenschaften. Den ganzen Mist.«

»Warum hast du nicht protestiert?« fragte Pauline.

»Ich kapierte nicht, was da los war. Ich war euphorisch. Ich dachte, es liefe alles glänzend. So dumm war ich, dass ich sogar dachte, Daddy würde von mir lesen und stolz auf mich sein. Ich kassierte Prämien. Einmal fünfzig-, ein anderes Mal fünfundzwanzigtausend. Ich hatte keine Ahnung, dass da was faul war, bis Gerüchte auftauchten, und dann fotokopierte ich einige Papiere und brachte sie zu Dickie Abbott. Der war entsetzt, als er sah, was ich unterschrieben hatte.«

»Hast du wirklich nicht begriffen, was los war?« erkundigte sich Pauline flehend.

»Wenn ich eine Frage stellte, sagte er immer nur: ›Mach dir darüber keine Gedanken, alter Junge; pass auf, wir nehmen uns heute Nachmittag frei und gehen Golf spielen.‹ Oder: ›Das ist nichts, bloß wieder Regierungskram, unterschreib das Zeug schnell, dann fahren wir zur Bootsausstellung an der Place Bonaventure.‹ Er war verzweifelt. Gerissen wie ein ...« Er brach ab.

»*Wie ein was*?«

»Wie der Teufel. Er hat alles so arrangiert, dass er mit sauberer Weste dasteht. Mit sauberer Weste? Als mein betrogener, unschuldiger Wohltäter. Und ich bin der Schwindler. Trout, sie haben mein Bankkonto gesperrt! In diesem Augenblick wird es von Regierungsinspektoren überprüft, und sie werden Dinge finden, für die ich keine Erklärung habe. Er hat Schecks über mein Konto laufen lassen, große Schecks. Keine Sorge, sagte er, das ist nur wegen der Steuer. Ist dir eigentlich klar, wer alles in Coral dringesteckt hat, und zwar bis zum Hals? Die

McTeers, Abbott, die Friars, die Harpers, alle, mit denen wir an der McGill waren. Der gesamte Country Club. Für einige wird das den Ruin bedeuten, und ich war es, der sie dazu überredet hat. Sie werden glauben, ich wäre von Anfang an in das Komplott eingeweiht gewesen. Ich hätte mindestens eine Million in der sicheren Schweiz, werden sie behaupten«, jammerte er mit schwankender Stimme.

Joshua schenkte ihm noch einen Cognac ein, den Kevin mit zitternder Stimme entgegennahm. »Trout, ich brauche deine Hilfe«

»Wieso denn meine? Was kann ich denn schon für dich tun?«

Kevin zögerte.

»Also?«

»Du könntest«, erklärte er, während ihm Tränen in die Augen stiegen, »du könntest aussagen, dass du gesehen hast, wie ich Coral-Papiere unterzeichnet habe, ohne sie vorher zu lesen.«

»Stimmt das, Pauline?« wollte Joshua wissen.

»An dem Tag, als sie sich meine Wohnung angeschaut hat«, fuhr er fort, ohne den Blick von ihr zu wenden, »schickte mir Jack zufällig jemanden von der Firma mit ein paar Papieren. Ich bat mir Zeit aus, um sie zu lesen. Der Mann sagte, er habe Anweisung, sie unverzüglich von mir unterschreiben zu lassen – Jack brauche sie dringend. Also unterzeichnete ich. Du musst dich doch daran erinnern, Trout!«

»Erinnerst du dich?« fragte Joshua.

Aber Pauline antwortete nicht sofort, sondern beobachtete Kevin, der jetzt in sein Taschentuch weinte.

»Wenn du dich zu dieser Aussage entschließen könntest«, erklärte er, nachdem er sich die Nase geschnäuzt hatte, »wäre das eine große Hilfe für mich. Jack hält ungeheuer viel von dir. Es würde ihn nervös machen, wenn er denken müsste, du wirst vor Gericht gegen ihn aussagen.«

»Können meine Kinder vielleicht auch helfen?« fragte Joshua.

»Wieso?«

»Nun ja, wir wollen doch alles tun, um deine kostbare Haut zu retten.«

»Hört zu, ihr scheint nicht zu verstehen, was für mich auf dem Spiel steht. Ich könnte ins Gefängnis kommen. Zu zehn Jahren könnten die mich verknacken.«

»Leute von deiner Sorte«, entgegnete Joshua, »sitzen ihre Strafe nicht ab. Du würdest gegen Kaution freigelassen, der Prozess würde sich endlos hinziehen, mit Berufung und so weiter würdest du fünfzig, bevor was passiert, und du säßest inzwischen längst in Panama und ließest es dir gut gehen.«

»Ich habe meine Freunde nicht bestohlen, und ich laufe nicht noch einmal davon. Ich möchte, dass Trout aussagt.«

»Woher soll ich wissen, dass der ganze Zirkus mit den Papieren, die du unterzeichnen musstest, nicht eine Farce war, die ihr für sie inszeniert habt?«

»Anscheinend hältst du nicht sehr viel von mir.«

»Wenn Pauline aussagen will, wird sie es tun. Das ist ihre Entscheidung. Und nun, wenn du nichts dagegen hast, möchte ich mit meiner Frau allein sein. In einer Stunde geht meine Maschine.«

»Gute Reise.« Kevin fuhr hastig in seinen Mantel und verschwand.

»Du warst aber wirklich nicht sehr nett«, warf Pauline ihm bekümmert vor.

Joshua schenkte sich noch einen Cognac ein.

»Ich habe ihn noch nie so verzweifelt erlebt.«

»Er hat seine Zeugnisse gefälscht. Er hat bei Bridgeturnieren betrogen. Er hat sich seine Jura-Arbeiten von einem anderen schreiben lassen. Immer wieder ist er hierhergekommen und hat aller Welt faustdicke Lügen aufgetischt. Er ist ein Schwächling. Durch und durch verdorben.«

»Ja, er ist schwach. Und ja, er mag verdorben sein. Aber zufällig ist er mein einziger Bruder. Was soll ich denn tun, Josh? Ihn mit einem Kuss auf die Wange ins Gefängnis gehen lassen?«

»Jack hat ihm einen Gefallen getan. Zum Dank hat er seine

Frau beschlafen und sich an Coral bereichert, und jetzt, wo man ihn auf frischer Tat ertappt hat, will er alles auf Jack abwälzen, genau wie er es damals mit diesem Wie-hieß-er-noch-Isenberg gemacht hat.«

»Trotzdem glaube ich einfach nicht, dass er Abbott und die anderen bestohlen hat. Dazu besitzt er weder den Grips noch den Mut.«

»Also, du musst's ja wissen. Er ist dein Bruder.«

»Jawohl, das ist er. Und was, mein Liebling, wenn er außerdem unschuldig ist?«

»Oder die Erde schließlich doch eine Scheibe?«

»Kannst du ihn wirklich so sehr hassen?«

»Wir sollten lieber die Kinder rufen.« Er nahm sie liebevoll in den Arm. »In einer halben Stunde muss ich zum Flugplatz.«

»Ja«, antwortete sie und legte den Kopf an seine Schulter.

»Möchtest du, dass ich deinen Vater anrufe?«

»Danke nein, das mache ich schon. Rufst du mich vom Flugplatz aus an?«

»Selbstverständlich.«

Sie wartete seinen Anruf ab und fuhr anschließend mit dem Taxi ins Ritz. Kevin saß an einem Ecktisch in der Maritime Bar.

»Ich wusste, dass du kommen würdest.« Er griff nach ihrer Hand.

Die sie hastig zurückzog.

»Ich werde nicht ins Gefängnis gehen, Trout.«

»Würdest du mir bitte etwas zu trinken bestellen?«

Er bestellte ihr ein Glas Weißwein.

»Das war unverzeihlich von dir, Kevin, mir so die Pistole auf die Brust zu setzen. Du weißt verdammt genau, dass ich niemals gesehen habe, wie du Papiere unterzeichnet hast, ohne sie vorher zu lesen.«

»Aber es hätte sein können, ehrlich! Wenn du fünfzehn Minuten länger geblieben wärst.«

»Lügst du jetzt etwa wieder, Kevin?«

»Nein.«

»Du hast mich schon so oft belogen«, sagte sie müde.

»Aber jetzt belüge ich dich nicht. Du *musst* mir helfen, Trout. Bitte!«

»Und wenn ich nicht kann?«

»Aber du hast mich noch nie im Stich gelassen.«

»Ich werde *ihn* nicht im Stich lassen. Begreifst du das denn nicht?«

»Nein«, antwortete er verblüfft. »Das begreife ich nicht.«

»Also, dann werde ich's dir erklären. Wir sind jetzt seit achtzehn Jahren verheiratet. Er hat seine schlechten Tage, ich auch. Wir fangen nicht jeden Morgen gleich an zu singen, wenn wir aufgewacht sind. Aber wir sind komisch. Was auch geschieht, er belügt mich nicht, und ich belüge ihn nicht. Und jetzt hast du mich schon in deine Lügen hineingezogen, und sei es auch nur durch eine Auslassung.«

»Ach, komm! Meinetwegen die Wahrheit ein bisschen zu strapazieren, kann ihm doch wirklich nicht schaden!«

»Anscheinend kann ich mich dir nicht verständlich machen.«

»Wenn die mich einlochen, könnte das Daddys Tod sein.«

»Mein Gott, Kevin – das ist billig! Wirklich unmöglich. Du interessierst dich doch sonst einen Dreck für ihn.«

»Im Gegensatz zu deinem Mann. Die beiden sollen sich ja ganz prächtig verstehn, wie ich gehört habe.«

»Warum konntest du nicht an Daddy denken, bevor du anfingst, andere zu betrügen?«

»Ich habe niemanden betrogen.«

»Wenn du nur wüsstest, wie sehr ich mir wünsche, dass du die Wahrheit sagst!«

»Ich weiß, Joshua hat nie unsere Privilegien genossen«, sagte er, »aber das gibt ihm nicht das Recht, mir gegenüber so voreingenommen zu sein.«

»Ach, was weißt du denn schon von Joshua? Als du deinen

Tennisaufschlag geübt hast, hat er am Dorchester Boulevard in einem finsteren Loch gesessen und sich per Fernkurs zum Journalisten ausgebildet.«

»Wie ich hörte, soll sein Vater Botenjunge der Mafia sein.«

»Reuben?« fragte sie ihn erschrocken.

»Ja.«

»Ach, leck mich!«

»Also, den Wortschatz hast du bereits von ihnen übernommen, wie?«

»Kevin, du bist so ungeheuer töricht!«

»Jetzt scheint ihr euch ja ganz gut zu verstehen, aber du weißt, und ich weiß es, dass du Joshua nur geheiratet hast, um uns alle kräftig zu schockieren.«

»Hat Jane dir das vielleicht erzählt?«

»Ich kann selber denken.«

»Also, das wäre ja ganz was Neues. Und jetzt will ich dir mal was sagen. Joshua ist nicht nur mein Mann, sondern ich liebe ihn auch. Wir haben drei Kinder. Ein gemeinsames Leben. Und das setze ich nicht aufs Spiel, um deine Haut zu retten, wo ich noch nicht einmal genau weiß, ob du nicht doch wieder lügst.«

»Ich lüge nicht. Und ich rechne mit deiner Aussage.«

»Du rechnest damit, dass ich für dich lüge, wolltest du sagen.«

»Ich gehe nicht ins Gefängnis, Trout. Was auch passiert.«

»Hoffentlich nicht.«

»Du verstehst mich nicht.«

4 Sidney Alexander Murdoch, der im Mai neunundvierzig Jahre geworden wäre, wurde in Anwesenheit seiner beiden Ehefrauen, zahlreicher Geliebter und seiner sechs Kinder in Golders Green eingeäschert. Außerdem waren erstaunlich viele Literaturleute zum Krematorium gekommen. Ein paar davon waren wirklich gute, alte Freunde, die um ihn trauerten. Ein

wesentlich größerer Teil jedoch waren entweder Margarets Klienten oder eindeutig nur erschienen, weil sie wussten, dass gewisse bedeutende Verleger und Kritiker dabei sein würden, und möglicherweise sogar ein Fotograf vom *Daily Express*. Der Nachruf in der *Times* war schmeichelhaft; er beschrieb lobend, wie Murdoch, Sohn eines Zeitungshändlers aus Bradford, Absolvent einer Privatschule, im King's College von Cambridge in zwei Fächern mit Auszeichnung abgeschnitten hatte und später zu einem gewissen literarischen Ruf gelangt war.

Nach der Einäscherung versammelten sich einige Trauergäste bei Margaret in NW3, wo Joshua sich so schnell wie möglich betrank. Margaret war grauhaarig geworden, schwer, ihre Figur beträchtlich in die Breite gegangen. Einmal war, wie Joshua sich erinnerte, in Kentish Town der vierjährige Ralph in die Küche geplatzt, als sie sich gerade eifrig abknutschten. Großer Gott, hatte er in eiskaltem Schrecken gedacht, ich bin sein Ed Ryan. Er erzählte Margaret, dass er unterwegs nach Spanien sei, um für seinen amerikanischen Verleger ein Vorwort für die Neuauflage der *Volunteers* zu verfassen, und sie versicherte ihm, sie könne ohne Weiteres auch eine britische Neuauflage arrangieren. Er hatte Margaret in ihrer riesigen Küche mit rotem Aga-Kocher, Hauklotz und einem einschüchternden Sortiment Sabatier-Messer gefunden und erinnerte sich daran, wie er und Murdoch immer am Freitagnachmittag im Mandrake Club darauf gewartet hatten, dass sie mit ihrem Wochenlohn kam – nach Abzug der Steuern nicht einmal ganz acht Pfund. Das veranlasste sie, auch andere Stammgäste des Mandrake aufzuzählen, älter als sie und Murdoch ins Grab vorangegangen: Dylan, John Davenport und der schwierige, wenig anerkannte Julian Maclaren-Ross.

Ein weißhaariger Mann, der ihnen zuhörte, erkundigte sich: »Und was ist aus Tambimutto geworden?«

»Und Ruthven Todd«, warf ein anderer ein.

»Wer war denn das?« fragte ein Schriftsteller, jünger als sie.

Joshua zog sich in einen Winkel der Küche zurück und fragte sich, ob eine zukünftige Generation Cambridger Rotznasen, wenn sie in David's Bookstall kramten, wohl auf eine Frühausgabe eines Romans von Murdoch mit inzwischen verblassten, überschwänglichen Lobsprüchen der Rezensenten auf dem Schutzumschlag stoßen würde. »Ein Muss für jeden Bücherschrank.« »Ein kleines Meisterwerk.« »Einfach brillant.«

Scheißspiel.

Ja, dachte er, und dann erinnerte er sich, dümmlich grinsend, an den Abend, an dem er Murdoch dabei erwischt hatte, wie er versuchte, das Manuskript des jungen Schriftstellers so zu bearbeiten, dass es älter aussah, als es war, weil er hoffte, es als sein eigenes ausgeben und an die University of Texas verscherbeln zu können.

»Moment mal. Halt! Ich glaube, ich habe eine bessere Idee«, hatte Joshua gesagt und Murdoch mit trunkenem Wohlwollen angestrahlt. »Du und ich, Sidney, wir könnten den schönen Staat Texas um einen hübschen Batzen erleichtern, wenn du bereit bist, dich an einer zotigen, geilen, homosexuellen Korrespondenz mit mir zu beteiligen. Möglichst ekelhaft ausführlich.«

»Gewiss, gewiss.«

»Wir könnten alles auf Cambridge zurückdatieren.«

Murdoch hatte schon wieder Cognac in ihre Gläser gekippt. »Sidney Murdochs bisher unentdeckte Periode der Lasterhaftigkeit … Ach, dieser Murdoch«, sang er laut, »schlimm, bösartig und gefährlich. Jawohl. Gut. Ausgezeichnet. Das könnte uns ein kleines Vermögen einbringen. Dabei ist dir natürlich klar, dass ich berühmt bin, während du höchstens bekannt bist, und das auch nur in Junggesellenkreisen. Deswegen musst du dich schon mit einem Anteil von vierzig Prozent zufriedengeben. Also, was ist?«

Joshua war sofort einverstanden gewesen, und in den nun folgenden Wochen waren sie jeder richtigen Arbeit aus dem Weg gegangen und hatten Briefe getauscht, die einander an übler Nachrede und Obszönität übertrafen, sich mit einer Liebe, die man nicht zu benennen wagte, nicht nur selbst kompromittiert, sondern auch literarische Feinde, alte Freunde, die in ihren Augen Scheißer waren, und sogar die Haustiere der verschiedenen Familien. Bei der Erinnerung an die empörendsten Passagen einer Korrespondenz, die – wie Joshua annahm – seit Langem vernichtet war, musste er laut auflachen.

Junge, Junge.

Ralph, der in Cambridge dozierte, war zur Einäscherung gekommen; er trug das lange Haar zum Pferdeschwanz zusammengefasst und war mit einem Superman-T-Shirt bekleidet, dessen Aufschrift vorn auf der Brust lautete: »VERSUCH'S DOCH MAL MIT INZEST – dem Spiel, an dem sich die ganze Familie beteiligen kann.«

»Ich möchte mit dir über seine Papiere sprechen«, erklärte er.

»Was ist damit?«

»Habt ihr sie nicht für 'ne Menge Geld an so eine kanadische Provinzuniversität verkauft?«

»Rocky Mountain, ja. Aber ich fürchte, die sind so provinziell, dass sie sich hauptsächlich für kanadische Schriften interessieren.«

»Aber er war zu Lebzeiten wirklich berühmt.«

»Hör zu«, sagte Joshua ungeduldig, »der Mann, an den du dich wenden musst, ist ein gewisser Dr. Colin Fraser. Ach ja, und Ralph …«

»Ja?«

»Ich finde, du steckst bis obenhin voll Scheiße.«

Am nächsten Tag wanderte Joshua durch Soho und besuchte die Pubs, in denen er oft mit Pauline gewesen war, während sie darauf warteten, dass ihre Scheidung von Colin rechtsgültig wurde. »Eines kann ich nicht verstehen«, hatte sie damals gesagt. »Warum macht er so bereitwillig mit?«

»Weil er mich für einen Genossen hält«, hatte Joshua übermütig erwidert, »und von denen würde er keinem Steine in den Weg legen.«

»Also, ich weiß nicht.«

Um elf, sechs Uhr kanadischer Zeit, rief er Pauline an, damit er auch noch mit den Kindern sprechen konnte.

»Sie haben Kevin den Pass weggenommen«, berichtete sie. »Jack erzählt überall, er sei überzeugt, es gebe keine bewusste Straftat, nur einfach Pech mit gewissen Investitionen, die sich mit der Zeit von selbst erholt hätten, und er sei zuversichtlich, dass Kevin alles erklären könne. Er glaubte an ihn.«

»Man muss Jack nicht unbedingt mögen, um ihm zu glauben, dass er die Wahrheit sagt«, entgegnete er mahnend. Genau wie Nixon, diese Ratte, fügte er in Gedanken hinzu, aber nicht den feinen Gentleman Alger Hiss.

»Er lügt.«

»Hast du mit deinem Vater gesprochen?«

»Der ist ebenso wenig eine Hilfe wie du. Er hat schon immer gesagt, dass Kevin nichts taugt.«

Kaum hatte er aufgelegt, da begann Joshua melancholisch zu werden. Sich einsam zu fühlen. Und dann, als er die Telefonnummer eines alten Fleet-Street-Kollegen nachschlagen wollte, merkte er plötzlich, dass er die tanzenden Namen im Telefonbuch nur erkennen konnte, wenn er sie ein ganzes Stück von sich entfernt hielt. Jetzt brauche ich tatsächlich eine Lesebrille, dachte er.

Während er durch die Carlisle Street schlenderte, dachte er an die langen Nachmittage, die sie in der Partisan Coffee Bar verbracht, und an die unausgegorenen linken Ansichten, die sie damals gehabt hatten. Mein Gott, wenn er an sich selbst in irgendeinem Alter zurückdachte, Joshua einst statt jetzt, hatte er wahrhaftig den Eindruck, eigentlich immer ein Esel gewesen zu sein. Okay, in Anbetracht seiner gegenwärtigen unbestreitbaren Weisheit war er bereit, das einzugestehen. Aber bedeutete das nicht auch, dass er, sollte er jemals die sechzig erreichen, dann wieder den Eindruck haben würde, Ende vierzig ein ebenso großer Dummkopf gewesen zu sein? Ja? Nein? Er wusste keine Antwort darauf.

Am nächsten Morgen war er in Madrid – nach über einem

Vierteljahrhundert. Im Jahre 1952 hatte es in Madrid nur wenige Autos gegeben, dafür aber war die Höhenluft erfrischend klar. Jetzt löste sich der Industriesmog nicht vor zehn Uhr vormittags auf, und die Straßen stanken den ganzen Tag nach Dieselöl. Im Madrid von 1952 hatten Kinder in Teddys Alter sich darum gestritten, wer Joshua für fünf Cent die Schuhe putzen dürfe. Sie hatten, die Haut ihrer Gesichter mit eiternden Schwären bedeckt, um Pennys oder Zigaretten gebettelt. Als er nun, über fünfundzwanzig Jahre danach, auf der Gran Via saß und Cognac trank, wurde er zwar nicht mehr von Schuhputzjungen belästigt, konnte aber nicht umhin, die große Zahl der Amputierten zu registrieren, die alle Straßen abklapperten. Soldaten vom Ebro, Verteidiger der Universitätsstadt. Alt gewordene Männer jetzt, mit Lederhaut und Händen so hart wie Baumrinde, denen ein Arm oder ein Bein fehlte. Die an der Straßenecke Zigaretten verkauften oder Lotterielose feilboten. »*Para hoy! Para hoy!*«

Auf der Terrasse eines eleganten Cafés dachte Joshua an die Stapel von *Life*-Heften im Arbeitszimmer seines Vaters. Wie er sie eins nach dem anderen durchblätterte, um alles auszuschneiden, was mit dem Spanischen Bürgerkrieg zusammenhing. Einst war Madrid für ihn nichts Geringeres als *la tomba del fascismo* gewesen – *¡No Pasarán!* und der Ruf von La Pasionaria: »*Vale más morir de pies que vivir de rodillas*«, lieber aufrecht sterben als auf Knien leben. An diesem Abend jedoch sollte er in der teuren Casa Botin speisen, ein paar Schritte von der Plaza Mayor entfernt, in der Calle Cuchilleros. Im Jahre 1924 war das Restaurant vom jungen Ernest Hemingway frequentiert worden; heute saßen dort die Herren der multinationalen Konzerne. Am Nachbartisch machte sich ein schlanker Amerikaner in anthrazitgrauem Anzug sogar noch beim Trinken Notizen. Sein vergoldeter Kugelschreiber war ein Cross, sein ledergebundenes Notizbuch von Gucci. »Ich bin ein Teamspieler«, sagte er mit Nachdruck. »Ich weiß nicht, ob das zu Hause anerkannt wird.«

Sein Begleiter musterte stirnrunzelnd die Speisekarte. »Was heißt *ohne Knoblauch* auf Spanisch?«

Paco, Joshuas Begleiter, war Mitglied des Zentralkomitees der inzwischen nicht mehr illegalen Kommunistischen Partei Spaniens. Paco hatte einmal zweieinhalb Jahre, ein anderes Mal sechs Monate lang im Gefängnis gesessen. Er war auf mehreren Polizeirevieren zusammengeschlagen worden und konnte das durch Narben belegen. »Früher«, erzählte er, »wenn man da eine Aussage unterschrieb, war es das Wichtigste, zwischen dem letzten Satz und der Unterschrift möglichst keinen Platz zu lassen, damit die nichts mehr hinzumogeln konnten, jetzt aber …« Er zuckte die Achseln.

Jetzt, dachte Joshua, bedeutet kaum noch etwas dasselbe wie früher.

Im Jahre 1936 hatte es der Erzbischof von Toledo fertiggebracht, Franco als modernen Kreuzfahrer zu preisen und die nationalistischen Rebellen zu segnen, die »das moderne Ungeheuer, den Marxismus, oder den Kommunismus, diese siebenköpfige Hydra, Symbol aller Ketzerei«, zertreten würden. Aber um fair zu sein, damals waren die Roten, die sie in der St. Urbain Street gefeiert hatten, tatsächlich Aufrührer, potenzielle Kirchenbrandstifter gewesen, mit dem Ziel, die Diktatur des Proletariats mit allen verfügbaren Mitteln zu errichten. In diesem aufgeklärten Zeitalter jedoch traten katholische Priester für ihr Recht auf Ehe ein, und es gab Kommissare, die die ideologisch nicht ganz Standfesten am Sonntag nicht in die Mangel nahmen. Rabbis, die einem einst eine Ohrfeige verabfolgten, wenn man sich zum Essen setzte, ohne erst die vorgeschriebenen Gebete zu sprechen, verfassten jetzt Bücher, in denen sie ihren Lesern alles erklärten, was diese schon immer über Cunnilingus wissen wollten, und den Gläubigen versicherten, nachdem sie Rabbi Akiba konsultiert und Maimonides berücksichtigt hätten, hielten sie es nicht für eine Verletzung der Essensvorschriften, die eigene Frau zu verspeisen, auch wenn sie keine gespaltenen Hufe habe. Ich bin okay, du bist okay. Die

Abtreibung, früher eine Schande, schien heute das Geburtsrecht eines jeden Embryos zu sein. Darüber hinaus war, wie Germaine Greer verkündet hatte, jede Schwester, die nicht bereit war, ihr Menstruationsblut zu trinken – wenn auch nicht unbedingt zum Fisch-Gang –, noch nicht wahrhaft emanzipiert. Unser Bewusstsein, dachte Joshua, wird doch immer noch mehr erweitert.

Genosse Paco las *Playboy*. Er fuhr einen Seat, den in Spanien produzierten Fiat. Er war achtunddreißig, bereits glatzköpfig, mit Hornbrille, einem bewusst verbindlichen Lächeln und konservativ geschnittenem Anzug. Als vernünftiger Mensch sehnte sich Paco nicht so sehr nach der Diktatur des Proletariats als nach ein bisschen mehr Demokratie zu Hause. Einem *supçon.* »Wussten Sie«, erkundigte er sich, »dass zwei Mitglieder unseres Zentralkomitees Priester sind?« Im vergangenen Jahr, setzte er hinzu, sei er zu einem Treffen Überlebender der Abraham Lincoln Brigade in die Vereinigten Staaten geladen worden. »Als ich denen von unseren Priestern erzählte, waren sie höchst erstaunt. Wir schulden diesen Männern zwar viel, aber sie sind bedauerlich hinter der Zeit zurückgeblieben. Ich habe Teddy Kennedy kennengelernt. Kennen Sie ihn?«

»Ja, gewiss. Als ich ihm sagte, dass ich nach Spanien fliege, hat er mir sogar aufgetragen, Sie von ihm zu grüßen.«

»Machen Sie sich über mich lustig?« fragte Paco mit bebenden Nasenflügeln.

»Warum sollte ich das, Genosse?«

Noch immer mit seinen Recherchen beschäftigt, traf Joshua sich am folgenden Tag mit dem eleganten Antonio, einem ehemaligen Beamten des Außenministeriums in der Regierung jener vorsichtigen, alten Männer, die während Francos Krankheit und der Zeit unmittelbar nach Francos Tod regiert hatten. Sie aßen in dem luxuriösen Club 31 dicht beim Alcalá-Bogen und in unmittelbarer Nähe zahlreicher Haute-Couture-Salons. Die süßlich parfümierte, schmuckbehangene Dame am Nebentisch trug ein Kleid aus Silberlamé. Eine Piaget-Armbanduhr. Ihre Handtasche war aus Babykroko.

»Trifft es zu«, erkundigte sich Joshua, »dass es in Spanien heute zweihundertvierzig politische Parteien gibt?«

»Ja«, antwortete Antonio mit wehmütigem Lächeln, »aber das sind nur die Koalitionen.«

Er würde das neue Vorwort nicht schreiben können, es interessierte ihn nicht mehr. »Nicht nur Spanien hat sich in diesen fünfundzwanzig Jahren verändert, sondern auch ich.«

Auf der Nationale IV dahinrollend, mit allgemeiner Zielrichtung Ibiza, endlich Ibiza, malte Joshua sich aus, wie er mit Juanito auf eine Sauftour monumentalen Ausmaßes gehen würde. Es sei denn, dachte er mit sinkendem Herzen, Juanito erinnert sich nicht mehr an mich. Oder, noch schlimmer, er erinnert sich zwar, hält unsere Freundschaft aber nicht mehr in so liebevollem Gedenken wie ich. Nein, das war unmöglich! Sie würden ein unvergessliches Wiedersehen feiern. Ja, ja, Shapiro, sammle deine Offenbarungen, solange du kannst. Er würde die Freibergs wiederfinden, und sie würden ihn von allen Sünden freisprechen. Er würde Mueller stellen. Mueller, der inzwischen fünfundsechzig Jahre alt sein musste, vielleicht auch ein paar Jahre älter, und ich – o Gott! – älter, als er damals war.

Die erste Nacht verbrachte Joshua in einem *parador* in Arruzafa, auf einem Hügel oberhalb der Höhe von Córdoba, mit weitem Blick auf das Tal des Guadalquivir. Ein spanisches Paradoxon: Obwohl sein Balkon auf einen Orangenhain hinausging, dessen Bäume beladen waren mit dicken, reifen Früchten, bekam Joshua zum Frühstück Orangensaft aus der Dose, da kein frisch ausgepresster erhältlich war. Auf den zweiten Blick jedoch erschien ihm das eigentlich doch nicht so spanisch, ja, nicht einmal so paradox, sondern ganz einfach als die Eitelkeit der Armen, die zu spätem Wohlstand gelangt sind.

Wie Onkel Oscar.

Der arme Oscar, der ihn einst beim Betrachten von Francos Foto in *Life* gestört hatte, musste es tatsächlich erleben, dass all seine Träume vom Reichtum zerbrachen. Er war tief gesunken, bis zum Taxifahrer, und Joshua konnte in Montreal kein Taxi herbeiwinken, ohne fürchten zu müssen, der Fahrer könne zufällig sein Onkel sein. Und doch war Oscar, der clevere Oscar der erste Shapiro gewesen, der die St. Urbain Street verlassen und gegen die Annehmlichkeiten des baumbeschatteten Outremont eingetauscht hatte. Von der Kaltwasserwohnung zur Beletage – mit Dusche! Einer Dusche, die Joshua zwar bestaunen, aber niemals benutzen durfte. Außerdem war Onkel Oscars kurzer Nachkriegswohlstand so groß gewesen, dass er es sich leisten konnte, seinen Kindern im Sommer Konservenobst vorzusetzen. Aber das genügte nicht, um Esty Blossom zu beeindrucken. »Der gibt nur an«, stellte sie fest.

Von Onkel Oscar hatte Joshua zuletzt erst wenige Tage vor seiner Abreise nach London gehört. Typisch für ihn, hatte er Joshua um ein Uhr nachts angerufen.

»Motorisierte Koffer.«

»Wie bitte?«

»Hör zu, du Dussel, du hast doch schon mal diese Spielzeugautos gesehen, die von den Kindern ferngesteuert werden. Teddy hat bestimmt auch so eins. Warum also nicht auch Koffer? Das würde es den Leuten ersparen, sich auf Flughäfen und Bahnhöfen damit abzuschleppen.«

»Und wenn der Strom ausfällt?«

»Scheißer. Du hast natürlich eine eigene Batterie.«

»Und wenn du auf dem Terminal einen anderen Koffer oder vielleicht sogar einen Krüppel anfährst?«

»Du hättest eine Motorkofferversicherung.«

»Ich weiß nicht, Onkel Oscar. Ich weiß wirklich nicht.«

»Wenn ich dich vor einem Jahr angerufen und gesagt hätte, ›Haustierklunker‹, hättest du mich als verrückt bezeichnet. Weißt du, was dieser Kerl jetzt wert ist? MILLIONEN!«

Von Córdoba aus fuhr Joshua weiter nach Sevilla. Von dort aus nach Granada. Und je mehr er sich Ibiza näherte, desto größer wurde sein Unbehagen, wurde zur belastenden Präsenz.

Was zum Teufel ist mit dir los? fragte er sich. Früher hat dir das Reisen mehr Spaß gemacht als alles andere. Shapiro allein unterwegs, auf der Suche nach Abenteuern. Oder Shapiro und Peabody, wenn sie mit den alten Deux-chevaux in den Alpes-Maritimes herumkarriolten. Jetzt aber – und wie ihn das fuchste – erfüllte ihn die Straße mit Furcht und Besorgnis. Er könnte im Hotelzimmer einen Herzinfarkt bekommen. Oder einen Autounfall haben. Und was, wenn er – oh, du mein Gott, nein! – Pauline, oder die Kinder, oder seinen Vater niemals wiedersehen würde, wo noch so viele Dinge ungesagt waren? Zwei Uhr morgens in seinem Hotelzimmer, neun Uhr abends zu Hause. Er meldete ein Gespräch mit Montreal an, aber es hieß, es werde zwei Stunden dauern. Okay, beruhige dich. Am nächsten Morgen kontrollierte er erst Reifen und Bremsen, bevor er sich mit klammen Händen ans Steuer setzte.

Bei Motril kam er aus den Sierras heraus, bog auf die Hauptstraße nach Málaga ein und folgte zum zweiten Mal in seinem Leben der Rückzugsroute der republikanischen Armee. Die Straße nach Almería, die Joshua jetzt, etwa vierzig Jahre nach dem Rückzug der Republikaner, entlangfuhr, war Opfer einer anderen Art von Gewalttätigkeit geworden, durch die diesmal das Land terrorisiert wurde, statt wie damals die Menschen. Sie war gesäumt von unzähligen neuen Hotels und Eigentumswohnungen. In jede nur mögliche Felswand und Bucht gezwängt. Aufs Geratewohl dorthin gestellt, ohne einen Gedanken an die Zukunft. SPRECHEN DEUTSCH HIER. WE SERVE FISH AND CHIPS.

Er lieferte den Mietwagen in Almería ab und verbrachte dort auch die Nacht, um am nächsten Morgen nach Ibiza aufzubrechen. So unzulänglich waren jedoch die spanischen Flugpläne, dass er nicht direkt nach Valencia und von dort nach Ibiza fliegen konnte, sondern erst nach Madrid zurückkehren und von dort nach Valencia fliegen musste, um für den Zwanzig-Minuten-Sprung zur Insel hinüber abermals in eine andere Maschine umsteigen zu müssen.

War seine Stimmung bis dahin von steigendem Unbehagen gekennzeichnet gewesen, so war sie jetzt ganz einfach mies. Auf einem Flug der internationalen Air Iberia schien so etwas wie »Frauen und Kinder zuerst« oder auch nur gleichberechtigte Sitzwahl nicht zu existieren. Sondern die Passagiere warteten, auf ein Handgemenge bei Aufruf des Fluges gefasst, mit einsatzbereiten Ellbogen und Flugtaschen am Ausgang. Sie wurden in einen Bus geschaufelt, ohne Rücksicht so fest hineingepresst, dass sich die Türen fast nicht mehr schlossen, dann steckte sich der Fahrer eine Zigarette an, und der Bus blieb wartend vor dem Ausgang stehen, während die Insassen, die Nase ans Fenster gepresst, mitansehen konnten, wie der unvermeidliche zweite Bus vorfuhr, um die restlichen zwei, drei Passagiere mitsamt der Flugzeugbesatzung aufzunehmen. Anschließend umrundeten die Busse erst mal das Rollfeld, um dem Fahrer Gelegenheit zu geben, kräftig auf die Tube zu drücken, bevor sie – neben der Maschine – so auf die Bremsen stiegen, dass die Passagiere gegeneinander und gegen die Fenster geworfen wurden. Die Türen öffneten sich quälend langsam, die Passagiere drängten hinaus und hasteten auf den hinteren Einstieg des Flugzeugs zu – stoßend, schiebend, niemals auch nur einen Zentimeter nachgebend. Als Joshua schließlich, blaugestoßen und laut fluchend an Bord kam, musste er feststellen, dass die Flinken und Unerschrockenen bereits die meisten leeren Plätze mit Mänteln und Taschen als Zeichen des Besitzerrechts belegt hatten und finsteren Blickes Wache hielten.

Schließlich kam er in Valencia an, wo er entdeckte, dass hier einiges nicht in Ordnung zu sein schien. Es trieben sich zu viele kampflustige Männer der Guardia Civil mit dem Gewehr über der Schulter herum. Männliche und weibliche Fluggäste nach Ibiza wurden brutal auseinandergerissen. Pässe und Kennkarten wurden verlangt, Taschen unnachsichtig durchwühlt. Dann wurden sie in getrennte Warteräume geschickt, wo sie in Gegenwart von Kriminalbeamten gefilzt wurden. Joshuas verkniffene Bitte um eine Erklärung wurde mit einem Achselzucken abgetan. Dann schien die Krise plötzlich beendet zu sein, und die Passagiere wurden durch die stürmische Nacht zu ihrer Maschine gehetzt. Zum ersten Mal seit vielen Jahren wurde Joshua beim Flug speiübel, und er erbrach immer von Neuem den Inhalt seines gequälten Magens. Nach über fünfundzwanzig Jahren kehrte er nach Ibiza, seinem geliebten Ibiza zurück – aschgrau im Gesicht und schweißgebadet.

Aschgrau im Gesicht und schweißgebadet wie damals, als er 1952 die Insel verlassen musste.

5 Seymor bekam seinen Herzinfarkt nicht, wie er es immer gefürchtet hatte, in einem Motel fern von daheim, während des Liebesaktes mit einer Fremden, sondern in der vertrauten Umgebung des eigenen Hauses. Er hatte es sich nach einem anstrengenden Tag im Wohnzimmer bequem gemacht, naschte gehackte Leber mit Crackern, trank einen belebenden Scotch und sah sich Walter Cronkite an, als er plötzlich das Gefühl hatte, ein Band aus Eisen ziehe sich um seine Brust zusammen. Schweiß brach ihm aus allen Poren. Und das Eisenband wurde, obwohl das unmöglich schien, immer noch enger. »Molly«, brachte er mühsam heraus, »bring mich ins Krankenhaus. Ich habe einen Herzinfarkt.«

»Ach, hör doch auf mit deinen dummen Witzen! Der Tisch ist gedeckt und das Essen fertig.«

»Ruf Morty Zipper.«

»Ich warte auf einen wichtigen Anruf«, warnte Larry ärgerlich.

»Hilfe! Ich sterbe!«

»Mir bleibt aber auch nichts erspart«, stöhnte Molly.

»Molly!« jammerte er flehend.

»Na schön, ich komme ja schon.«

»Höre, o Israel, der Herr ist unser Gott, der Herr ist eins.«

Ein Blick auf ihn in seinem Sessel, und Mollys Herz begann zu klopfen. »Großer Gott!« sagte sie.

»Ich liebe dich und die Kinder. Ich habe euch immer geliebt«, versicherte er. »Aber jetzt ruf bitte Morty Zipper an. Oder einen Krankenwagen. Nein, beide.«

Molly eilte zum Telefon. Zitternd, mit tränenüberströmten Wangen, hielt sie seine Hand, während sie auf den Krankenwagen warteten.

»Vergiss nicht, ich habe zwölf Hemden bei Troy. Der Auspuff am Buick muss ausgewechselt werden. Izzy Singer soll nicht zu meiner Beerdigung kommen. Und keine Rabbis. Ich will, dass Josh ein paar Worte an meinem Grab spricht.«

»Bitte, hör auf! Du wirst wieder gesund.«

»Ich liege im Sterben.«

»Der Tod ist nicht das Ende. Der Körper geht unwiederbringlich dahin, aber der Geist lebt fort. Unsere Kinder werden am Pessachtisch liebevolle Geschichten von dir erzählen.«

»Larry?«

»Und die Kinder unserer Kinder.«

»Wie konnte ich je eine so dämliche Fotze heiraten!«

»Wag nicht noch einmal, so was zu sagen!« drohte Larry, den er mal scharf, mal unscharf sah.

»Pssst, Liebling.«

»Josh hat in meinem Schlafzimmerschrank eine schwarze Tasche deponiert, bevor er nach Spanien ging. Sehr persönliche Dinge. Ihr dürft sie auf keinen Fall öffnen. Gebt sie ihm so, wie sie ist, zurück.«

»Du sollst nicht sprechen!«

»Schreibt in der Anzeige im *Star* bloß nichts von ›Mein geliebter Gatte‹ oder ›Unser geliebter Vater‹ und so! Ich hasse diese Trauerkartenphrasen. Schreibt nur die Fakten.«

»Es könnte ja auch nur Sodbrennen sein. Oder Verdauungsstörungen.«

Aber die Männer mit der Tragbahre und den Sauerstoffflaschen waren schon da. Einer der Krankenpfleger erkannte Molly. »He, Herzchen, wie sind Sie denn so schnell hierhergekommen?« fragte er grinsend und tätschelte ihr im Vorbeigehen den Po.

Molly machte einen Luftsprung. »Sie irren sich«, entgegnete sie steif, mit hochroten Wangen. *»Das ist mein Mann.«*

»O Himmel! Tut mir wirklich leid.«

»Wagen Sie nicht, mich anzurühren!« stöhnte Seymour entsetzt.

»Keine Aufregung, mein Guter. Immer mit der Ruhe.«

6 Im Jahre 1952 hatte es auf Ibiza keinen Flughafen gegeben, keine gepflasterten Ausfallstraßen, nur wenige Autos und eine Handvoll kleiner Hotels. Damals war sogar die Busfahrt nach San Antonio, etwa zwölf Kilometer lang, ein Abenteuer gewesen. Der Bus war ein Zwitter. Das Chassis stammte aus dem Ersten Weltkrieg, ein ehemaliges Fahrzeug der U. S. Army, und die Karosserie, zahllose Male instand gesetzt, bestand aus primitiv mit Hammer und Nägeln zusammengehauenem Holz. Als Joshua jetzt wiederkam, entdeckte er, dass alle Straßen gepflastert waren. Privatwagen gab es in Hülle und Fülle, es wimmelte von modernen Taxis, und zwischen Ibiza und San Antonio verkehrte pünktlich alle halbe Stunde eine Flotte blitzblanker neuer Busse vom Typ Côte d'Azur.

Als Joshua um Mitternacht eintraf, fuhr er mit dem Taxi direkt zu einem der eleganten, neuen Hotels. Vom Balkon aus, mit Blick aufs Meer, fand er sich einfach nicht mehr zurecht. Die Altstadt, der Wachtturm, der vertraute Hafen – nichts mehr war von dort oben zu sehen. Überall nur Hotels, Hotels, und neue Eigentumswohnungen, deren Balkons dem Meer zugewandt waren wie die offen stehenden Schubladen überdimensionaler Kommoden; und dann erinnerte er sich feuchten Auges an Peabody, den teilnahmsvollen Peabody, wie er mit herzlichem Lächeln sagte: »Versuch's doch mal mit Ibiza.«

»Mit Ibiza?«

»Mit Ibiza.«

Peabody, der den Boulevard St. Germain entlangzuschlendern pflegte, als gehöre ihm die Welt, war jetzt am Ganges auf der Suche nach seinem erstgeborenen Sohn Jeremy. Janets süßer Frucht. Jeremy hatte sich zuletzt, acht Monate zuvor, aus Goa gemeldet, und wollte nach Varanasi. Peabody annoncierte in allen englischsprachigen Zeitungen Asiens, klebte Jeremys Foto an Caféwände und hinterließ Abzüge bei der Polizei und den infrage kommenden Hotels.

Als sie das letzte Mal telefonierten, hatte Peabody gesagt: »Verdammt noch mal, Joshua, waren wir nicht eine fabelhafte Bande, damals?«

»Verdammt noch mal, da hast du recht.«

»Bis auf Bill Markham.«

»Ja.«

Der Hafen war Joshuas Blicken verborgen, in Gedanken jedoch war er wieder einundzwanzig, saß mit Juanito vor dem Hafencafé und beobachtete einen hochgewachsenen, traurig wirkenden Mann, der, eine Zigarettenspitze aus Elfenbein zwischen den Zähnen, an der Reling lehnte. Mueller, wie er in den Laderaum des Schiffes schlenderte und mit dem schönen, braunen Hengst wieder hervorkam.

Mann oder Maus?

Ein Uhr nachts in Ibiza, acht Uhr in Montreal. Acht Uhr Heimatzeit. Familienzeit. Susy würde mit Pauline plaudern, Pauline ihr aufmerksam zuhören, während sie beide in der Küche das Geschirr spülten. Alex war natürlich ausgegangen, doch Teddy saß sicher am Esszimmertisch, kaute auf seinem Bleistift herum und tat, als konzentriere er sich auf die Schularbeiten. Joshua versuchte ein Gespräch anzumelden, es wurde ihm jedoch erklärt, dass es zwei Stunden dauern könne.

Verdammt.

»Ich möchte nicht allein bleiben«, hatte sie gesagt. »Ich höre jedes Knacken im Haus. Und träume dann, ich liege im Sarg.«

Nach dem Frühstück am folgenden Morgen mietete sich Joshua einen Wagen und fuhr in die Altstadt – durch Straßen, die zu seiner Zeit noch nicht existiert hatten, Straßen mit Boutiquen, Pizzerias, Pubs und Restaurants. Sogar der Hafen, stark erweitert, war nicht mehr so, wie er es in Erinnerung hatte. Es gab keine *barraca* mehr am Rand von Sa Penya. Gekränkt hielt Joshua einen Polizisten an und fragte ihn, ob er vielleicht wisse, wo er Juanito Pus finden könne.

Der Polizist kratzte sich ratlos den Kopf. »Wer ist denn das?«

»Ein Fischer natürlich. Er war immer da unten am Hafen. Jeder kennt ihn.«

»Dann sind Sie schon mal hier gewesen?«

»Ich habe hier gelebt. Vor etwa fünfundzwanzig Jahren.«

»Vor fünfundzwanzig Jahren?« Er stieß einen Pfiff aus. »Tja, also. Die Fischer benutzen jetzt einen anderen Hafen.« Er wies zu einer Bucht hinter dem neuen Jachthafen hinüber, in dem beeindruckend teuer aussehende Boote vor Anker lagen. Joshua fuhr sofort hin und sah erleichtert, dass am Kai ein paar Fischer Netze flickten. »Ich suche Juanito Pus«, sagte er.

»Den alten?«

»Ja«, bestätigte Joshua, »den alten.«

Juanito gehe seit Jahren schon nicht mehr auf Fischfang, erzählten sie ihm, doch die Familie habe einen Stand auf dem Fischmarkt, und dort werde Joshua ihn zweifellos finden. Also fuhr er in die Altstadt zurück, parkte und wanderte zwischen den Ständen des Fischmarktes umher, hielt Ausschau nach einem vertrauten Gesicht. Ein anderer jedoch entdeckte ihn zuerst. Ein Mann, der genauso aussah wie der Juanito, an den er sich erinnerte, mit dem gleichen liebenswürdigen Lächeln. Der Mann packte Joshua bei den Schultern und rief: »Der Kanadier!«

Mit klopfendem Herzen nickte Joshua, brachte aber nur ein Nicken zustande.

Es war Juanitos Sohn, ein Mann, den er als zwölfjährigen Knilch gekannt hatte, als Hafenlausbuben, jetzt siebenunddreißig. Juanito junior erklärte, sein Sohn habe einen Unfall gehabt, und sein Vater sei gerade bei dem Jungen im Krankenhaus. Sie plauderten ein wenig – Joshuas Spanisch war eingerostet und ärgerlich unzureichend –, dann beschrieb Juanito ihm den Weg. Im Krankenhaus jedoch teilte ihm die Empfangsschwester mit, Juanito sei schon wieder fort, und der Junge schlafe bereits. Enttäuscht kehrte Joshua ins Hotel zurück und versuchte noch einmal, Pauline anzurufen. Diesmal erhielt er die Auskunft, es werde mindestens vier Stunden dauern. Joshua schenkte sich einen steifen Scotch ein, setzte sich auf den Balkon und schaute aufs Meer.

»Ich wünschte, du würdest mitkommen«, hatte er gesagt.

»Und ich wünschte, du würdest gar nicht erst fliegen.«

»Ich muss.«

»Du bist ja schon in Spanien.«

Verdammt.

In Montreal war er hier; in Ibiza dachte er an zu Hause. Unzulänglich an beiden Orten. Was für ein Scheißer du doch bist, Joshua!

Nach dem Dinner fuhr er zum Mary Sol hinaus, parkte den gemieteten Wagen und machte sich zu Fuß nach Sa Penya auf. Die Hauptstraße, die früher nur Fischer, Nutten und Esel benutzt hatten, war in eine Promenade verwandelt worden, und es gab nirgends einen Eselsstall, der nicht zu einem Restaurant, einer Bar oder einer Boutique umgebaut worden war, wo Leder oder Schmuck verkauft wurde. Hochgewachsene, schwarzhaarige Argentinier hockten vor ihren ausgebreiteten Waren auf dem Pflaster, verkauften Ringe, Armbänder, Anhänger und ließen Joints von Hand zu Hand gehen. Ein molliges, kraushaariges Mädchen in einem T-Shirt mit der Aufschrift BAUT JOJOBA AN, DAMIT DIE WALE LEBEN KÖNNEN saß bei ihnen und zupfte die Gitarre. Homosexuelle Paare mittleren Alters stelzten vorüber. Joshua mied die vornehmen Souterrain-Bars, aus denen statt Flamenco Acid Rock dröhnte, und erkundigte sich lieber in den schäbigeren Kneipen, wo die Einheimischen offenbar Zuflucht gesucht hatten, nach Juanito. Schließlich bekam er seine Adresse und fand auch bald das schmale Haus, nur vier Türen von dem gewundenen Gässchen entfernt, das früher zur Casa Rosita geführt hatte. Hier jedoch verließ ihn der Mut. Seltsamerweise war er noch nie bei Juanito zu Hause gewesen. Er kannte nicht mal seine Frau. Und jetzt war es elf Uhr – vielleicht waren sie schon zu Bett gegangen. Er beschloss, lieber nicht zu stören. Sondern begab sich zu einem der neuen Cafés an der Hauptstraße und setzte sich mit einem Drink auf die Terrasse.

Die Tage sind lang, hatte Seymours Großmutter gesagt, aber die Jahre fliegen dahin.

Die Mackenzie King Memorial Society kam nur noch selten zu ihrem Jahrestag zusammen; das letzte Treffen war eine Katastrophe gewesen.

Der rundliche, gutmütige Mickey Stein hatte nicht daran teilnehmen können, weil er sich in Houston von einer Herzoperation erholte. Jack Katz und Al Roth prozessierten wegen eines Grundstücksgeschäfts in Toronto gegeneinander. Max Birenbaum war zwar gekommen, jedoch beleidigt wieder abgezogen, weil er die Hänseleien über seine Haarverpflanzung nicht hatte ertragen können. Larry Cohen, jetzt beim Finanzamt, hatte den Abend damit verbracht, dem schimpfenden Bobby Gross aus dem Weg zu gehen, der einen Prozess wegen Steuerhinterziehung am Hals hatte.

»Weißt du, was dein großer Held E. M. Forster einmal gesagt hat?« fuhr Bobby ihn an, als er Larry endlich gestellt hatte. »Wenn ich zu wählen hätte, ob ich meinen Freund oder meine Regierung verraten soll, dann wünsche ich mir den Mut, mich für meinen Freund zu entscheiden.«

»Das ist ein ungenaues Zitat, und außerdem sprach er nicht von Betrug. Davon abgesehen habe ich nichts mit dem Fall zu tun. Ich kann dir nicht helfen.«

Lennie Fisher, der in den Royal Yacht Club of Ontario aufgenommen worden war, lud alle ein, falls sie einmal in Toronto seien, auf einen Drink an Bord seiner Schaluppe zu kommen. »Und ich möchte betonen«, versicherte er immer wieder,

»dass ich nur deswegen im Außenbecken liege, weil jeder warten muss, bis er mit einem Liegeplatz im Innenbecken an der Reihe ist. Es hat nicht das Geringste damit zu tun, dass ich ein Jude bin.«

»Selbst in den guten alten Zeiten«, entgegnete Seymour Kaplan, »warst du schon immer der *tuches-lecker* in unserer Klasse.«

»Du meinst wohl, ich sehe in der FFHS nicht mehr die gute alte Zeit, die herrliche Zeit, weil es in meinem Leben nicht mit mir bergab gegangen ist.«

Das Treffen wurde bedrückend durch den liebenswerten Benny Zucker, ein ausgemergeltes Wrack mit Schädelknochen, über die sich fleischlose Gesichtshaut spannte, der jedem erklärte: »Mann, hab ich ein Glück gehabt! Das war wirklich um Haaresbreite. Fünfeinhalb Pfund hat das Trumm gewogen, war aber zum Glück nicht bösartig.«

»Großartig siehst du aus«, sagte Joshua zu ihm.

»Wenn es bösartig gewesen wäre, würden sie mich jetzt mit Chemotherapie behandeln, nicht wahr, Morty?«

»Genau«, bestätigte Morty Zipper und floh hinaus, um seine Tränen herunterzuschlucken.

»Wie lange hat er noch?« fragte Joshua, der ihm einen Cognac brachte.

»Ich wünschte, es wäre Eli. Ist das nicht furchtbar?«

Am nächsten Morgen fuhr Joshua direkt ins Krankenhaus. Drinnen war es drückend heiß. Der Junge, von einem Taxi angefahren, lag mit gebrochenen, im Streckverband hängenden Beinen im Bett. Er war mager, blass, und seine Augen blickten stumpf. Joshua schätzte ihn auf acht Jahre, allerdings ein bisschen klein für sein Alter. Er war zwölf. »Mein Vater hatte eigentlich vor, Sie gestern Abend noch im Hotel zu besuchen«, berichtete Juanito junior, »aber dann wollte er Sie doch nicht mehr stören.« Juanito, ergänzte er, sei eben fortgegangen; er werde ihn jetzt wohl zu Hause antreffen.

Also fuhr Joshua noch einmal nach Sa Penya und machte sich auf zu Juanitos Haus. Plötzlich sprach ihn jemand von hinten an, und als er sich umdrehte, sah er einen eingeschrumpften alten Mann mit runzeligem Gesicht, wässernden Augen und eingefallenem Mund. Zu seiner größten Verlegenheit begriff er nicht sofort, dass es Juanito war. Der einstige Vulkan. Na ja, *er* war schließlich auch kein knochiger, unreifer Bengel mehr, der in Jeans rumlief und sich einen Bart stehen ließ. Als er Juanitos Wange berührte, grinste der Alte und zeigte dabei lange, gelbliche Zähne mit mehreren Lücken. Arm in Arm schlenderten sie schweigend, nur verstohlene Blicke tauschend, zu dem Hafencafé hinunter, in dem sie damals ihr erstes gemeinsames Glas getrunken hatten. »Juanito, mein Freund«, sagte Joshua und räusperte sich, »dieses Ereignis verlangt nach einem Cognac.«

»Aber ich trinke nichts mehr«, protestierte der Alte. »Seit acht Jahren schon nicht. Die Ärzte, weißt du.« Mit zitternder Hand setzte er für Joshua die Brille auf und erklärte ihm schüchtern lächelnd, durch die Abstinenz habe sein Sehvermögen sich gebessert.

»Was ist aus der *barraca* geworden?«

Dahin, dahin, wie seine Fischwannen, die er während der schlechten Zeit verloren hatte. Ibizas berühmte Fischgründe existieren nicht mehr, erklärte er und fügte mit wehmütigem Lächeln hinzu: »Jetzt gibt es hier sehr viele Fremde.«

Einstmals hatte es so viele Fische gegeben, dass sie auf der Insel nahezu wertlos waren, der Großteil des nächtlichen Fangs zum Markt nach Valencia verfrachtet und der Rest vor der *barraca* an die einheimischen Hausfrauen verschleudert wurde. Nun gab es, obwohl einige von den Alten hartnäckig weiter an der einstmals so fruchtbaren Bank fischten, kaum noch genug, um die Einheimischen zu ernähren. Die neuen Hotels, die Eigentumswohnungen in Ibiza und San Antonio, die völlig neuen Dörfer am Meer, von deutschen Bauunternehmern in jede kleinste Bucht gezwängt, sie alle kippten ihren Müll ins Meer und hatten damit die Fische vertrieben. Juanito zuckte die Achseln. Er biss einer Zigarre die Spitze ab und spie sie aufs Pflaster. »Heute ist Ibiza reich.« Er erzählte Joshua von gewitzten alten Freunden, die ihre wertlosen *fincas* für ein Vermögen an verrückte Ausländer verkauft hatten. »Du hättest damals kaufen sollen, als du hier warst.« Dann begann er zu lachen. »Weißt du noch? Wir mussten deine Kleider und deine Schreibmaschine verhökern.«

Nachdem es nichts mehr war mit der Fischerei, war Juanito, wie vor ihm sein Vater und Großvater, zur See gefahren, hatte die französischen Häfen, Nordafrika und die Kanaren gesehen. Vierzehn Jahre zur See, erzählte er, als Schiffskoch, aber jetzt lebe er von einer kleinen Pension und der Hilfe, die ihm sein Sohn zuteilwerden lasse.

»Er ist ein prächtiger Kerl geworden«, lobte Joshua. »Und sieht genauso aus wie du.«

»Ein guter Mann, aber zu wild. Er trinkt zu viel.«

»He, Juanito! Komm doch, Mann!«

Etwas vom alten Feuer flammte in den wässrigen Augen auf. Er grinste breit. »Weißt du noch? Wir wollten eines Tages mit den Eskimos angeln gehen. Durchs Eis.«

Den nächsten Vormittag verbrachten sie dann gemeinsam, schwelgten in Erinnerungen und fuhren kreuz und quer über die Insel. Juanito schüttelte verwundert den Kopf, belustigt, weil Joshua sich tatsächlich einen Mietwagen leisten konnte.

»Dann bist du also nicht mehr arm?«

»Nein.«

»Bist du reich?«

»Nicht direkt.«

»Aber du hast einen Wagen?«

»Ja«, musste er zugeben.

»Und ein Haus auf dem Land?«

»Das gehört meiner Frau.«

War Ibiza verändert und unglaublich gewachsen, so war das San Antonio, das er gekannt hatte, einfach nicht mehr existent.

Es war verschwunden. Anstelle des lieblichen, verschlafenen Dörfchens stand eine aufdringliche Touristenstadt, ganz ähnlich wie Juan-les-Pins, mit einer gepflasterten Esplanade, eleganten Geschäften, einem riesigen Jachthafen und endlosen Reihen großer Hotels. Von diesem Hafen aus konnte jetzt niemand mehr einfach ins Meer waten und Fische fangen: von den neuen Betonpfählen aus ging es über einen Meter tief hinab. Don Pedros Bodega war von einer Diskothek verdrängt worden: Snoopy's Place. Die einzigen Offiziere hier waren pensionierte britische Majore, die auf der Terrasse von Cafés, in denen es Tee und Muffins gab, den *Daily Telegraph* lasen. Die Kaserne, berichtete Juanito, sei schon vor Jahren geschlossen worden. Es gebe kein Militär auf der Insel mehr. Gonzales, Jiménez, die anderen – alle fort. »Und was ist aus den Freibergs geworden?« erkundigte sich Joshua.

Juanito war ratlos.

»Du weißt doch, die Casa del Sol. Die ursprünglichen Besitzer.« Und er erzählte Juanito, wie er einmal versucht hatte, sie von London aus telefonisch zu erreichen.

»Ach so, das jüdische Ehepaar! Ja, ich erinnere mich. Aber wieso wolltest du die anrufen?« fragte er gekränkt. »Mir hast du nicht einmal geschrieben.«

»Was ist aus ihnen geworden?«

»Er war krank. Das Herz. Sie haben ihr Hotel gleich zu Beginn des Booms hier mit enormem Gewinn verkauft und sind, glaube ich, nach Malaga umgezogen.«

»Hat Mariano ihnen das Hotel geschlossen, nachdem ich fort war?«

»Nein. Warum?«

»Er sagte mir, es habe eine Anzeige gegeben. Ihr elektrisches Leitungssystem sei mangelhaft, er müsse das Haus wahrscheinlich schließen.«

Juanito lachte. »Davon hat er noch jahrelang gefaselt, der Scheißkerl. Nein, der hat kein Hotel geschlossen, aber drauf rumgeritten hat er immer wieder.« Juanito schüttelte grinsend den Kopf. »Ich bin Familienvater«, erklärte er plötzlich mit Nachdruck. »Wir sind beide Familienväter. Ein Leben, eine Frau.«

»Und was«, fragte Joshua ihn neckend, »ist mit der Casa Rosita?«

»Gibt es nicht mehr. Seit Jahren schon. Die Regierung hat sämtliche Häuser geschlossen.«

»Und wo finde ich Mariano?«

»Der ist seit Jahren pensioniert. Aber der hat es verstanden, sich zu sanieren, hat überall auf der Insel Grundbesitz. Wenn du diesen Kerl wirklich wiedersehen willst, findest du ihn wahrscheinlich im Los Molinos.«

Von weiteren Cognacs ermutigt, fragte Joshua: »Und Dr. Dr. Mueller?«

»Warum willst du denn den wiedersehen?« Juanito spie aus.

»Aus Rache«, erklärte Joshua und kam sich töricht vor.

»Was denn«, gab Juanito belustigt zurück, »bist du vielleicht zum Spanier geworden?«

»Ich bin kein Kind mehr. Ich habe selbst Kinder.«

»Willst du ihn umbringen?«

»Nein«, antwortete Joshua verdutzt.

»Was dann?«

»Sag mir nur, wo ich ihn finden kann, das Schwein.«

»Auf dem Friedhof«, antwortete Juanito. »Er ist tot.«

»Verdammt noch mal!« rief Joshua. »Verdammt!« Die ganze weite Reise umsonst.

»Ich dachte, du wärst gekommen, um deinen alten Freund Juanito wiederzusehen, und nicht so einen verrückten Deutschen.«

»Ja, natürlich. Du hast recht.«

»Also, ich bin kein junger Mann mehr«, sagte Juanito verdrießlich. »Ich bin müde. Bitte, bring mich nach Hause.«

»Wann ist er denn gestorben?«

»Vor fünf Jahren. Vielleicht auch sechs.«

»Woran?«

»An Krebs.«

Joshua brachte Juanito nach Hause und fuhr dann weiter zum Los Molinos, einem der neuen Hotels, wo er Mariano zeitungslesend an einem Tisch in der Bar entdeckte. Braun gebrannt und drahtig wie eh und je, die Knopfaugen jedoch vom grauen Star getrübt. Mariano hatte offensichtlich einen Schlaganfall erlitten. Der schmale Mund stand ein wenig schief, und der linke Arm hing schlaff herab. Zuerst erkannte er Joshua nicht. Als der ihm jedoch kriegerisch erklärte, wer er war, schien er sich über das Wiedersehen zu freuen, und das war irritierend.

»Du warst damals ein so knochiger Kerl. So hitzköpfig. Aber das waren herrliche Zeiten hier. Später fing dann der richtige Ärger an. Hippies. Haschisch. Lesbierinnen. Homosexuelle. Der Abschaum Europas und Amerikas. Du kannst dir nicht vorstellen, was für Schwierigkeiten wir hier hatten. Der Damm war gebrochen, und sieh dir an, was jetzt aus Spanien wird. Das arme Spanien! Einst gehörte ihm die Welt. Kein Mensch kann uns verzeihen, dass wir Amerika entdeckt haben. Aber jetzt sind wir ein armes Volk, und alle bewerfen uns mit Dreck. Mit England wird es bald genauso gehen. Sicher, Franco war ein Diktator, aber wir lebten gut unter ihm. Überall Recht und Ordnung. Jetzt wollen sie die Kommunistische Partei wieder legalisieren. La Pasionaria ist wieder da. Uns wird es genauso ergehen wie Italien. Schießereien auf der Straße. Wie in Lissabon. He, sieh dich mal an! Du bist jetzt anscheinend ein solider Mensch geworden. Komisch, weißt du, wie sich die Dinge manchmal entwickeln. Erinnerst du dich an Don Pedros Bodega? Also, nachdem du fort warst, hat sich für Mueller das Blättchen gewendet. Die Offiziere fanden, er habe ein schmutziges Spiel getrieben.«

»Die Offiziere haben eine beeidete Aussage gegen mich unterschrieben.«

»Ja, sicher. Das war Jiménez, Juan. Aber Gonzales und einige von den anderen, die Jüngeren, haben sich geschämt. Du warst doch noch ein Kind, weißt du, und sie hatten das Gefühl, Mueller habe dich reingelegt, weil du ein Jude warst. Unsinn. Hier in Spanien sind wir alle Juden. Na ja, nicht alle. Aber mindestens einer von zehn Spaniern hat jüdisches Blut, wenn man weit genug zurückgeht. Ich habe nichts gegen die Juden.«

»Du hast in Córdoba sogar einen gekannt.«

»Einen? Viele. Auf Mallorca wimmelt es von Juden. Richtig clever sind die, es ist besser, sich nicht mit ihnen anzulegen. Aber Mann, du bist wirklich aus einem schwierigen Volk!«

»Stolz.«

»Erinnerst du dich an Carlos? Du weißt schon, dieser mausige, kleine Bankangestellte. Der hat zehn Jahre lang gespart, ich glaube, er hat niemals in einem Restaurant gegessen oder ist auch nur ins Kino gegangen, hat nie geheiratet, immer nur gespart, um in sein gelobtes Land auswandern zu können, und dann wollten die ihn da nicht mal haben. Weil seine Familie nach ihrer Auffassung seit Jahrhunderten nicht mehr jüdisch war. Offiziell sei seine Mutter Katholikin, behaupteten eure Rabbis. Das, was sie dort als Heimkehrgesetz bezeichneten, treffe weder auf ihn noch auf die Hunderte von Juden Mallorcas zu, die auswandern wollten. Wie findest du das?«

»Dann ist er also noch immer hier?«

»Er ist vor Jahren ausgewandert, nach Südamerika oder so. Komm, ich bestelle uns noch einen Drink. Ich freue mich wirklich, dich wiederzusehen. He, erinnerst du dich noch an die Nachmittage bei Rosita?«

»Ich erinnere mich daran, dass du die Casa del Sol schließen lassen wolltest.«

»Ach, wirklich? Warum denn?«

»Wegen der Mängel am elektrischen Leitungssystem.«

Mariano lachte. Er schlug sich mit der gesunden Hand aufs Knie. »Das hatte ich ganz vergessen.« Dann hielt er inne, wurde nachdenklich. »Jetzt ist anscheinend *mein* Leitungssystem defekt. Ich erinnere mich nicht. Habe ich sie tatsächlich geschlossen?«

»Nein.«

»Gut.«

»Du bist zu mir ins Haus gekommen und hast gesagt, du hättest Fotos von mir und Monique. Von der Sorte, wie man sie auf der Pigalle kaufen kann. Ich erinnere mich noch genau an deine Worte. ›Wir hier in Spanien‹, hast du gesagt, ›erwarten von den Fremden, dass sie ein gewisses Dekorum wahren.‹«

»He, die muss ja ’ne tolle Nummer gewesen sein, das Mädchen, damals. Was ist eigentlich aus ihr geworden?«

»Keine Ahnung.«

»Vermutlich ist sie fett geworden. Wie ihre Mutter. Man muss sich immer die Mutter ansehen. Und diese Fotos – jetzt erinnere ich mich – mögen ja damals schockierend gewesen sein. Aber heute …« Er machte eine wegwerfende Handbewegung. »Liest du diese Zeitschrift hier, *Hustler?*«

»Nein.«

»Die Touristen lassen manchmal ein Heft liegen.« Mit brennendem Blick beugte er sich zu Joshua hinüber. »Mädchen beim Masturbieren. Wie sie sich gegenseitig abschlecken. Fantastische Fotos.«

»Mariano«, unterbrach Joshua ihn verzweifelt, »ich habe Muellers Reiseschecks nicht gestohlen.«

»Du hast. Du hast nicht. Uralte Geschichten. Wen interessiert das jetzt noch?«

Konnte man einen alten Mann mit verkrüppeltem linken Arm schlagen, auch wenn er noch so bösartig war? »Aber du hast mir achtundvierzig Stunden Zeit gegeben, das Land zu verlassen – wegen dieser Anschuldigungen.«

»Ich habe nur das Gesetz ausgeführt. Das war mein Job. Aber ich habe nie jemandem Gerechtigkeit versprochen. Geht es dir in Kanada gut?«

»Ja.«

»Dann vergiss es. Ich habe zwei Schlaganfälle gehabt. Aber fast alle, die ich kannte, sind inzwischen gestorben. Würdest du mir einen Gefallen tun?«

»Dir, Mariano, jederzeit.«

»Ich werde dir meine Adresse geben. Wenn du nach Hause kommst, schick mir doch bitte ein paar Hefte vom *Hustler.* Die sind hier so schwer zu kriegen. Und hör zu, wir müssen mal zusammen essen gehen. Wie lange bleibst du in Ibiza?«

»Ich reise morgen.«

Aber er musste noch einen Besuch machen.

Diesmal noch nicht mal mit einem Küchenmesser bewaffnet, fuhr Joshua nach San Antonio zurück, parkte ungefähr eine Meile vor dem Ort auf der heißen Asphaltstraße, die sich in die neuen Vororte hineinwand, und ging vom Parkplatz aus an einer Pizzeria und einem Hamburger-Lokal vorbei und quer über einen Minigolfplatz, der früher einmal ein Olivenhain gewesen war. Kletterte den Hügel hinauf – mehr als einmal atemlos anhaltend – und erreichte schließlich den Felsvorsprung, der einstmals Dr. Dr. Muellers Villa überragt hatte. Kein Tipi. Kein brauner Hengst. Und weit und breit keine Villa. Stattdessen ein sechsstöckiges Haus mit Eigentumswohnungen, dessen Beton bereits rissig, dessen Farbe überall abgeblättert war. Das Don Quijote Estate. Joshua setzte sich auf den Felsen und lachte, bis er fast weinte.

Auf dem Rückweg zu seinem Wagen – im Schritt, nicht im Trab – empfand er sowohl Erleichterung als auch Enttäuschung. *Du hast. Du hast nicht. Uralte Geschichten.* Aber *meine* uralten Geschichten, verdammt noch mal. Er blieb stehen, um seine Armbanduhr auf Montrealer Zeit einzustellen. Heimatzeit. Familienzeit.

Man hat Mueller eintausendachthundert Dollar in Reiseschecks gestohlen.

Er lügt.

Alle lügen, bloß du nicht, hatte Mariano damals gesagt.

Jack Trimble hat erklärt, du hättest alle Entscheidungen allein getroffen.

Das hat er allen gesagt. Er wusste, was kam. Er hat gelogen.

Alle lügen, bloß du nicht, hatte Joshua gesagt.

Und was, wenn Kevin nun die Wahrheit sprach? Absolut unmöglich. Dennoch, er war Paulines Bruder. Der einzige Sohn des Senators. *Ich werde Victorio sein,* dachte Joshua. *Ich werde der ehrliche Fischer sein. Ich werde mein Netz im Wasser auswerfen und so viele Fische herausholen, dass meine Familie satt wird. All meine Lieben.*

In seinem Hotelzimmer schenkte er sich freudig erregt einen steifen Scotch ein. Er beschloss, kein neues Vorwort für *The Volunteers* zu schreiben. Das war eine andere Zeit, ein anderer Ort gewesen. Sie ruhe in Frieden. Er meldete ein Gespräch mit Pauline an und bekam es schon nach einer Stunde.

»Pauline, mein Geliebtes, seit drei Tagen versuche ich dich zu erreichen. Wie geht es dir?«

Keine Antwort.

»Liebling?«

»Kevin ist tot«, antwortete sie mit schwankender Stimme. »Er ist mit dem Flugzeug abgestürzt.«

»Was?«

»Er hat sich umgebracht.«

»Ich komme so schnell wie möglich, Pauline. Ich nehme die nächste Maschine.«

»Ach, Joshua, warum konnten wir ihm nicht helfen?«

7 Reuben holte ihn vom Flughafen ab und brachte ihn sofort ins Royal Victoria Hospital, wo Pauline – unter schweren Sedativa – im Bett lag.

»Keine Angst«, beruhigte ihn Reuben. »In ein paar Tagen ist sie wieder zu Hause.«

Die Zeitungsmeldungen über den Absturz der Maschine berichteten nicht von einem Selbstmord, sondern von einem Unfall. Technisches Versagen. Kevin hatte keinen Flugplan eingereicht, sondern einfach seine Beechcraft genommen. Es war kalt, aber klar gewesen. Später gab es leichten Schneefall. Er war gegen den Owl's Head Mountain am Lake Memphremagog geflogen. Beim Aufprall sofort tot gewesen. Genickbruch. Wirbelsäulenfraktur. Zweiundvierzig Jahre war er alt. Die Zeitungen beschrieben ihn als einzigen Sohn Senator Stephen Andrew Hornbys und bemerkten, Kevin sei früher ein bekannter Sportler gewesen. Ehemaliger McGill Redman. Hervorragender Eishockeyspieler. Tennisspieler von einigem Ruf. Einstiger Amateurgolfchampion von Quebec. Zuletzt prominenter Börsenmakler und Gesellschaftslöwe, gegen den zum Zeitpunkt seines Todes das Börsenkomitee ermittelte. Fremdverschulden wurde ausgeschlossen.

»Hat er einen Brief hinterlassen?« erkundigte sich Joshua.

»Nein, aber Pauline ist überzeugt, dass er Selbstmord begangen hat.«

»Verdammt, das hat sie nicht verdient. Und der Senator auch nicht.«

»Und Kevin auch nicht«, ergänzte Reuben scharf.

»Okay, okay.«

»Was meinst du?«

»Er wollte nicht ins Gefängnis. Da zieht man sich nämlich nicht zum Dinner um.«

Reuben starrte ihn verwundert an. »Was hast du gegen ihn?«

Die Tage dehnten sich zu Wochen, und dann erwachte Joshua eines Morgens, wieder einmal verkatert, mit der erschreckenden Erkenntnis, dass Pauline jetzt fast einen Monat im Krankenhaus lag und dahinsiechte. Obwohl seine Schulden wuchsen und sein Eishockeybuch, kaum begonnen, längst überfällig war, konnte er nicht arbeiten. Er verbrachte viel Zeit im King's Arms. Und dort suchte ihn eines Nachmittags ganz überraschend sein Cousin Sheldon auf. Noch ehe er sich zu Sheldon an den Tisch setzen konnte, blickte der Flopper von seinem gewohnten Hocker an der Bartheke herüber und rief Joshua zu sich. »Wer ist denn der Affe da drüben?« wollte er wissen.

»Das ist kein Affe. Das ist mein Cousin.«

»Hör zu, du Klugscheißer, egal, wer er ist, ich wette, der hat noch nie ins Hotelwaschbecken gepisst.«

Der arme Sheldon war einst der vielversprechendste Vertreter seiner Generation von Leventhals gewesen. Ein unentdeckter Quizsieger. Heute Präsident des Junior Red Cross, morgen Star auf dem McGill-Campus. Und Schlag, und Schlag, und Schlag. Examen *cum laude*, der Stolz der Familie. Und jetzt, fünfundzwanzig Jahre später, mit fleischigem Gesicht, doch elegant gestutztem Bart und manikürten Fingernägeln, vom Lederduft eines Cologne umweht, war Sheldon eine große Nummer in Sturmfenstern, dem Branchensektor seines Schwiegervaters.

»Macht dir das Spaß?« erkundigte sich Joshua.

»Was – Sturmfenster?«

»Warum probierst du's nicht lieber mit der Klempnerei?« schlug Joshua vor und warf ihm einen finsteren Blick zu.

Aber Sheldon verstand die Anspielung nicht. »Es gefällt mir nicht, wohin unser Land jetzt steuert«, erklärte er. »Ich habe in den letzten zwei Jahren acht Leserbriefe an den *Star* geschickt. Hast du sie gelesen?«

»Leider nicht.«

»Sie werden weithin bewundert. Viele Leute haben mir Komplimente gemacht. Völlig Fremde. Darunter auch Nichtjuden.« Sheldon beugte sich vor und drückte mit flehendem Blick Joshuas Arm. »Ich möchte in die Journalistik. Ich möchte Journalist werden. Hilf mir, Josh.« Er ließ seinen Aktenkoffer aufschnappen und zeigte ihm zwei Aufsätze. Einen über Israel und einen über Quebec. Der erste begann: »›Was ist Wahrheit?‹, fragte Pontius Pilatus.« Joshua kicherte.

»Du hast einmal in deinem Leben einen ganz großen Fehler gemacht, Sheldon. Du hättest mich mit deiner elektrischen Eisenbahn spielen lassen sollen. Wir hätten uns abwechseln können.«

»Wovon redest du?«

»Geh«, sagte Joshua. »Bitte geh!« Damit verließ er abrupt den Tisch und sah zu, wie der arme Sheldon verlegen floh.

Shapiro, du bist tatsächlich ein Scheusal, dachte Joshua, als er sich zu den Stammgästen der Bar gesellte: Roger, Robbie, der Flopper. Der Flopper ließ sich über die Ungerechtigkeit aus, die darin lag, dass unerfahrenen Junioren Unsummen gezahlt wurden, und meinte, in der alten, aus sechs Teams bestehenden Liga wäre nicht einmal Guy Lafleur ein großer Star geworden. »Hör zu«, sagte er, »der hat seine Tore doch zur Hälfte gegen die Minnesota No-Stars oder die California Seal Pups geschossen.« Er gab jedoch bereitwillig zu, dass sogar er von der Erweiterung profitiert hatte. Ein paar Jahre zuvor, mit fünfzig Jahren, von denen er aber nur zweiundvierzig zugab, war er vorübergehend reaktiviert worden und verdiente zum ersten Mal in seiner Laufbahn bei den Miami Screaming Eagles Geld. »Das Dumme bei den Eagles war«, räumte er ein, »dass wir nur um einen Platz kämpften, wenn wir im Ramada Inn von Edmonton vor Zimmer vierhundertacht Schlange standen, um uns von Miss Rita Kowalchuk, einem begeisterten Eishockeyfan, einen blasen zu lassen.«

Joshua, der sich nun jeden Abend in den Schlaf trank, war wie besessen von der Idee, dass er an jedem Morgen mit weniger grauen Zellen aufwachte als am Tag zuvor. Dass unbezahlbare kleine Gehirnstromkreise, von Alkohol überflutet, kurzgeschlossen wurden oder einfach erloschen. Und dann klingelte eines Nachts, als er im Halbschlaf auf dem Sofa lag, das Telefon, ließ ihn mit seinem Schrillen hochfahren. Es war Jane Trimble, die ihn im King's Arms nicht angetroffen hatte und eine halbe Stunde später vor seiner Haustür stand. »Na also«, sagte sie. »Sir Galahad ist zu Hause.« Fegte an ihm vorbei ins Arbeitszimmer und erleichterte ihn im Vorübergehen um seinen Scotch. »Ich dachte, du wärst schon ausgezogen. Wie schade!«

»Verdammt noch mal, Jane – was willst du hier um diese Nachtzeit?«

»*Das* nicht«, antwortete sie und überraschte ihn mit einer kühlen Hand zwischen seinen Beinen. »Aber oho! Du bist ja doch nicht so desinteressiert, wie du tust.«

Joshua fuhr zurück und griff zum Telefon.

»Aber Liebling, wen willst du anrufen?«

»Jack. Damit er dich abholt.«

»Joshua und Jack. Jack und Joshua. Wie verschieden ihr doch seid! Er war einfach überglücklich, von der alten Clique akzeptiert zu werden, und du glaubst, du tust uns einen Gefallen, wenn du uns hin und wieder tolerierst. St.-Urbain-Boy *oblige.* Außerdem fühlst du dich weit mehr von mir angezogen, als du zugeben willst, aber du möchtest Pauline nicht wehtun. Wo würdest du mich auf einer Skala von eins bis zehn einstufen?«

»Als ganz mies«, antwortete er allzu hitzig und begann abermals ihre Nummer zu wählen.

»Jack kann mich gar nicht abholen kommen. Er ist in Toronto.«

»Dann rufe ich eben ein Taxi an.«

»Wenn du jetzt ein Taxi rufst, ziehe ich mich sofort aus«, drohte sie ihm und zeigte ihm die Zunge, während sie sich bereits die Bluse aufknöpfte und sie abwarf.

Joshua floh in die Küche, um sich einen Cognac einzuschenken. Sie folgte ihm, was ihn in Wut brachte, weil ihn der Anblick ihrer sahnigen Brüste, die fast den winzigen BH sprengten, erregte. »Zieh deine Bluse an! Womöglich kommt eins von den Kindern runter.«

»Und überrascht uns beim Knutschen? *Ça, alors.*«

»Wenn du willst, fahre ich dich nach Hause.«

»Ich will nicht. Und gedemütigt werden will ich auch nicht, du Scheißkerl!« schrie sie. »Du arrogantes Schwein! Wofür hältst du dich eigentlich?«

»Jetzt mäßige, verdammt noch mal, deinen Ton, oder ich nehme dich und werfe dich so, wie du bist, in den Schnee hinaus.«

»Also, ich glaube, das würdest du wirklich tun.« Sie ließ sich aufs Sofa sinken. Ihr Rock rutschte empor. Tränen rollten ihr über die Wangen und verschmierten ihren Lidschatten. »Wir sind immer von der ECS zusammen nach Hause gegangen und haben Sweet Caps geraucht, Pauline und ich. O Gott!«

»Wie geht's Jack?«

»Wie's Jack geht? Alle behandeln ihn wie ein Stück Dreck. Und er hat doch nur Geld für sie verdient, für diese Idioten, und jetzt geben sie ihm die Schuld an Kevins Selbstmord. Wir sind ruiniert, alle beide. Ich will noch einen.« Sie hielt ihm ihr Glas hin.

Er schenkte ihr noch einmal ein.

»Erinnerst du dich an den Abend, an unser Champagnerdinner draußen am See? Jack strahlend vor Wohlwollen? ›Kevin wird in meine Firma eintreten‹«, sagte sie und ahmte seinen britischen Akzent nach. »Warst du nicht erstaunt, alter Junge?«

»Sagen wir, es war nicht unbedingt meine Vorstellung von einem amüsanten Abend.«

»Jack ist an jenem Morgen in die Stadt gefahren und wollte nicht vor fünf zurück sein. *Malheureusement* kam er aber schon um vier und fand uns zusammen.«

»Dich und Kevin.«

»Mich und Kevin. Früher wollten wir mal heiraten, aber ich hab gekniffen, weil ich Angst hatte. Zweifellos erzähle ich dir damit nichts Neues.« Sie beugte sich vor, damit er ihr Feuer geben konnte. »Aber ich hab mir Sorgen gemacht, weil sein Verhältnis zu Pauline so eng war. Beunruhigt dich das?«

»Ungeheuer. Aber ich versuche tapfer zu sein.«

»Wirklich, ich hab mich gefreut, als sie dich heiratete, denn eine Zeit lang dachte ich, sie würde nie mehr einen Mann finden, der Kevin in ihrem Herzen ersetzen könnte.«

»Ach Gott, wie rührend! Ich finde, Pauline müsste dankbar sein, eine solche Freundin zu haben. Aber jetzt mal ganz unter uns: Wann bist du zum ersten Mal auf die Bermudas geflogen und hast Kevin besucht?«

»Nur einmal, und da war ich mit einem anderen zusammen. Mit Dickie Abbott, überrascht dich das? Kevin haben wir rein zufällig getroffen.«

»Und du hast sofort zu ihm gesagt: ›He, Kevin-Baby, komm doch mal an den See raufgeflogen und statte deiner Schwester einen Besuch ab. Sie scheint wirklich glücklich zu sein. Sehn wir doch mal, was wir dagegen tun können.‹«

»Ich habe keineswegs vorgeschlagen, dass er hierher kommen soll.«

»Und den armen Jack hast du auch nicht dazu überredet, ihn in seine Firma aufzunehmen.«

»Wirklich nicht. Das war Jacks eigene Idee.«

»Und er hat auch vorgeschlagen, dass ihr beide ein Verhältnis anfangt, und sei's nur wegen der alten Zeiten.«

»Ich dachte mir, dass es Pauline stören würde«, entgegnete sie mit herausforderndem Lächeln, »aber dass es dich eifersüchtig machen könnte, habe ich nicht zu hoffen gewagt.«

»Ich dachte an Jack.«

»Jack hat Kevin angebetet. Er ist alles, was Jack jemals sein wollte.«

»Ich möchte wissen, was an jenem Nachmittag wirklich geschehen ist.«

»Jack und ich hatten uns beim Frühstück gestritten. Wieder einmal wegen Charlie. Dann ist er in die Stadt gefahren und hat mich mit Kevin alleingelassen. Na ja, nicht ganz allein. Die Kinder waren da. Aber Kevin schickte sie in den Segelclub, und als ich noch immer nicht aus dem Schlafzimmer kam, hat er mir den Lunch raufgebracht. Wir haben von den alten Zeiten geredet, und wie schwierig es immer war, Pauline loszuwerden, damit wir endlich mal allein waren. Er hat mir versichert, ich sei noch schöner geworden, falls das überhaupt möglich sei. Und natürlich hat er versucht, zu mir ins Bett zu steigen, aber ich habe nichts davon wissen wollen. Verdammt, ich musste die Badezimmertür abschließen, um mich in Ruhe anziehen zu können. Er ist mir im ganzen Haus nachgelaufen wie ein junger Hund, hat mir geschmeichelt, wollte mich betätscheln und mir ständig Küsse stehlen. Klingt das nicht wunderbar viktorianisch? In all den Jahren, die wir getrennt gewesen seien, habe er nie eine Frau gefunden, die an mich heranreiche, hat er behauptet. Es war mir peinlich, furchtbar peinlich, deshalb gab ich vor, noch was im Bootshaus zu tun zu haben, und sagte, er könne mich anschließend zum Schwimmen begleiten. Irgendetwas, damit er sich wieder beruhigte. Und ehe ich mich's versah, schlich er sich im Bootshaus hinter mich, knotete meinen Bikini auf und fiel über mich her wie ein sexhungriger Teenager. Als ich ihn endlich abschütteln konnte, sah ich, dass oben am Hang Jacks Jaguar stand. Offenbar hatte er uns zusammen gesehen und alles falsch aufgefasst.«

»Bist du sicher, dass Jack euch zusammen gesehen hat?«

»Er muss uns gesehen haben.«

»Warum hat er Kevin dann nicht rausgeschmissen?«

»Ach, du liebe Zeit! Wie sehr habe ich dich doch überschätzt! Du verstehst Jack überhaupt nicht, wie? Er ist verrückt! Wusstest du das nicht?«

Wie ein Fuchs, möglicherweise, dachte Joshua.

»Sicher hast du dich oft gefragt, warum eine so intelligente und schöne Frau wie ich Jack überhaupt geheiratet hat.«

»Ja. Oft genug. Das ist eine Frage, über die ich wirklich intensiv nachdenke. Wenn er verrückt ist, warum verlässt du ihn dann nicht?«

»Und was sollte ich anfangen, eine bejahrte Frau wie ich? Einen Job als Serviererin bei Holt's annehmen? Mich als Callgirl im Cantlie House niederlassen? Er hat ein schwaches Herz. Er wird nicht ewig leben, alter Junge. *In vino veritas.*« Sie hielt ihm ihr Glas zum Nachschenken hin.

Diesmal schenkte er ihr einen steifen Drink ein. »Ich möchte dich etwas fragen, Jane«, sagte er ernst.

»Die Antwort liegt auf der Hand«, erwiderte sie und streichelte seinen Oberschenkel.

»Ich möchte wissen –«, er drückte ihre Hand, »– ob du jemals gesehen hast, dass Kevin für Jack Coral-Papiere unterschrieb, ohne sie vorher zu lesen.«

»Nein«, antwortete sie ungeduldig.

»Wusste er, was mit Coral wirklich los war?«

»Wenn du meinst, ob alles Jacks Schuld war – tut mir leid, Liebling, ich möchte dir ja gerne helfen, aber die Antwort ist Nein.«

»Ich kann einfach nicht glauben, dass Kevin seine alten Freunde wirklich absichtlich betrogen hat.«

»Wie kannst du nur so begriffsstutzig sein? Kevin, mein Schatz, hat in seinem ganzen Leben nie etwas absichtlich getan. Aber da war das viele Geld, und da hat er sich eben was genommen. Wie Bonbons aus einem großen Glas. Und dann wollte Jack ein paar Konten einsehen, und da hat er versucht, sie durch riskante Investitionen aufzufüllen. Es klappte nicht. Er geriet in Panik. Er machte noch riskantere Investitionen. Aber er hat sich nicht vorgenommen, wirklich jemandem zu schaden. Das hat er nie getan. Aber er brachte es auch nie fertig, für seine Handlungen einzustehen.« Abermals reichte sie ihm ihr Glas.

»Einen noch«, mahnte er, »dann fahre ich dich nach Hause.«

»Hach, bist du galant!«

»Geh doch zum Teufel!«

Sie warf ihm eine Kusshand zu. »Ich hab nur ein einziges Mal mit einem Juden gefickt, und der wollte mich immer am liebsten nur lecken. Oi weh, Eindruck wollte er schinden, sogar im Bett. Davon abgesehen waren es dreißig Sekunden Action und dann eine Stunde Entschuldigungen. Seid ihr vielleicht alle so?«

»Wir sind ganz schlimm.«

»Wenn du endlich mal aufhören könntest, so arrogant zu sein, könnte ich aufhören, obszön zu sein. *Gib mir bitte meine Bluse.*«

Verdutzt holte er sie ihr.

»Ich will hier nicht so rumsitzen. Nicht in deiner Gegenwart. Ich friere. Mein Gott, friere ich! Ich kriege allmählich Härchen auf der Oberlippe. Hast du das bemerkt?«

»Nein«, antwortete er, während sie aufstand, und half ihr in die Bluse.

»Aber findest du nicht, dass ich eine schöne Haut habe? Ich meine nicht am Hals, am Hals ist sie schon hinüber. Aber an den Armen. Und meine Schultern waren auch immer besser als bei Pauline. Fass mich doch an, Joshua.«

Er küsste sie flüchtig auf die Schulter.

»Hör auf! Tu das nie wieder, du wilder Jude, du Satyr, sonst komme ich noch in meine Höschen.«

Er musste lachen. Sie kicherte, und dann schlug ihre Stimmung unversehens wieder um. »Ihr steckt bis obenhin voll Scheiße«, behauptete sie und hob im Flur ihren Mantel vom Boden auf, »du und Pauline.«

»Ich fahre dich nach Hause«, erklärte er.

»Ich möchte dir keine Umstände machen. Ruf mir bitte ein Taxi.«

»Ich fahre dich.«

»Ich will ein Taxi. Verstanden?«

Diamond versicherte, sie würden in zehn Minuten da sein.

»Ich warte draußen«, sagte sie.

»Ach was! Draußen ist es eiskalt.«

»Hier auch.«

»Hier auch«, pflichtete er ihr bei.

»Ich hatte gedacht«, sagte sie, auf einmal lächelnd, »du würdest dich über einen kleinen Strip von mir freuen. So von der Art, wie deine Mutter ihn früher hingelegt hat.«

»Woher weißt du das?« fragte er außer sich.

»Ach, weißt du, ich könnte dir Sachen über deine kostbare Pauline erzählen, dass dir die Haare zu Berge stehen.«

»Raus!« zischte er und riss die Tür auf.

»Weißt du, warum der Senator den armen Kevin wirklich vor die Tür gesetzt hat?«

Da schmetterte er ihr seinen Handrücken ins Gesicht, dass sie rücklings in den Schnee hinausflog.

8 Fünf Wochen. Seit fünf Wochen lag Pauline nun schon im Krankenhaus. Und seit dem Tag seiner Heimkehr aus Ibiza hatte er es an keinem Nachmittag versäumt, sie zu besuchen. Die nicht ansprechbare, stumme Pauline anzuflehen. Einmal hatte er sie an ihr erstes gemeinsames Dinner erinnert: L'Etoile in der Charlotte Street. Als ein entschieden wollüstiger Joshua entschlossen war, die Sache nett, aber so schnell wie möglich hinter sich zu bringen. Und dann, ab ins Bett. Pauline in seinem, Joshuas Bett.

Man stelle sich vor.

»Ich glaube kaum«, sagte sie, nachdem er unsicher das bestellt hatte, was, wie er hoffte, ein guter Wein war, »dass wir zum Kalbfleisch einen Bordeaux trinken sollten.«

»Ich habe ihn bestellt«, fuhr er auf, »und wir werden ihn trinken.«

»Du bist eigensinnig. Es ist nicht korrekt.«

»Das bin ich auch nicht.«

»Es ist primitiv.«

»Das bin ich auch.«

»Ich werde dich nicht heiraten.«

»Wirst du doch.«

»Und wenn nicht?«

»Iss schneller.«

»Oh, Verzeihung!« sagte sie und stocherte in ihrer marinierten Forelle. Mit halb geöffneten Lippen.

Paulines Lippen.

»Kaffee und Cognac können wir bei mir trinken.«

»Wie kommst du auf die Idee«, fragte sie mit ihrem zum Wahnsinnigwerden geheimnisvollen Lächeln, »dass ich in deine Wohnung mitgehe?« Aber er sank so unübersehbar in sich zusammen, dass sie sofort wieder einlenkte. »Kannst du nicht warten?«

»Nein. Du etwa?«

»Warum gehen wir nicht jetzt gleich?«

»Im Ernst?« fragte er erstaunt, weil ihr nackter Fuß unter dem Tisch bereits zwischen seinen Beinen emporkroch.

»Ja, bitte«, antwortete sie.

Paulines erste Flucht ins Bett – ein Nervenzusammenbruch, wie Dr. Hamilton erklärte, obwohl Joshua sich an einer so klinischen Bezeichnung stieß – hatte sich sechs Monate nach Susys Geburt ereignet.

Alex hatte die Masern. Susy hatte Kolik und musste die ganze Nacht herumgetragen werden. Der neu installierte Ölheizungskessel streikte – der Installateur schob die Schuld auf den Heizungsmonteur, der Heizungsmonteur auf den Elektriker. Der Bauunternehmer, der in der Küche stand und Zigarettenasche in seinen Handteller klopfte – ein Vorwurf –, weigerte sich, die Verantwortung zu übernehmen. Pauline ging, die zappelnde, schreiende Susy im Arm, mit zornigen Blicken auf und ab.

»Tun Sie mehr Zucker in die Flasche, Ma'am.«

»Machen Sie mir keine Vorschriften, wie ich meine Kinder versorgen soll. Reparieren Sie meine Heizung.«

Über die Schulter hinweg wandte er sich an Joshua: Wir sind Männer. Wir verstehen uns.

»Ich bin mitten in der Arbeit«, entschuldigte sich Joshua, auf dem Rückzug. »Ich habe einen Termin einzuhalten.«

Listen sammelten sich an. Listen und Listen von Listen. Wuchsen ihr über den Kopf. Zerbrochenes Geschirr aus dem Essservice musste ersetzt werden. Aber John Barnes führte dieses Dessin nicht mehr. Importware. Wird nicht mehr eingeführt, Madam. Aber Sie haben mir doch versichert, ich könnte immer Ersatz nachbekommen. Möchten Sie den Geschäftsführer sprechen?

»Hör mal, Liebling«, sagte er, »so viel mache ich mir wirklich nicht aus unserem Geschirr. Ob nun die Teller passen oder nicht.«

»Aber ich.«

Er zuckte die Achseln.

»Du musst immer alles herabsetzen, was ich für dich tue.«

»Soll ich denn so tun, als lege ich Wert darauf?«

»Nein.«

»Was dann?«

»Ach, Joshua, hilf mir doch! Bitte!«

Reuben half.

Allmählich begann sie ihn zu vergöttern, obwohl sie zunächst ein wenig Angst vor ihm gehabt hatte. »Er missbilligt mich. Er hält mich für zu steif. Ich bin keine Ladendiebin.«

Er erinnerte sie daran, wie Alex sich damals, etwa ein Jahr nach ihrer Rückkehr aus London, bei Reuben über seinen Lehrer im Selwyn House beschwert hatte.

»Der hackt auf mir rum«, jammerte Alex.

»Hm, na ja. Gut. Wie heißt der Mann?«

Pauline, die gerade Gemüse putzte, erstarrte. »Wag es ja nicht und sag ihm, wie dein Lehrer heißt!« rief sie spontan.

Reuben johlte vor Lachen. Pauline wurde weich. Eine Wahlverwandtschaft festigte sich.

Und jetzt lag sie in ihrem Krankenzimmer, siechte dahin, und Joshua kam sie jeden Nachmittag besuchen.

Bestimmt kriechen jetzt Würmer in seinem Mund. Und sein Fleisch verfault.

Eines Nachmittags jedoch, als sie schon seit fünf Wochen dort lag, gelang es ihm, sie zu einem Gespräch zu provozieren, indem er immer wieder erklärte: »Morgen bringe ich die Kinder mit.«

»Ich will sie nicht sehen.«

»Und warum nicht?«

»Ich bin nicht mehr ihre Mutter. Und nicht mehr deine Frau. Ich will überhaupt niemanden sehen.«

»Das Haus ist nicht mehr dasselbe. Sie brauchen dich. Ich ebenfalls.«

»Nimm dir eine Haushälterin.«

Verblüfft starrte er sie an.

»Die Kinder können durchaus ohne mich leben. Genau wie du. Und ich brauche niemanden mehr.«

Hastig steckte sich Joshua eine Zigarette an.

»Überrascht?« fragte sie ihn.

»Allerdings.«

»Ist deine süße Pauline hässlich zu dir?« spöttelte sie.

»Das habe ich nicht gesagt.«

»Du sagst überhaupt nie sehr viel, aber du erwartest eine Menge.«

»Aha.«

»Ich finde an euch allen Fehler. Genau damit beschäftige ich mich nämlich hier. Ich liege im Bett und stelle Listen von euren Fehlern auf. Den Fehlern meiner Familie. Vor allem von deinen. Du bist nicht mehr der, der du früher warst.«

Wem sagst du das?

»Du hättest mich niemals heiraten oder eine Familie gründen sollen«, sagte sie mit lauter werdender Stimme. »Dann hättest du vielleicht mehr geschrieben, statt deine Zeit im King's Arms zu verplempern. Joshua Shapiro. Durchschnittsmensch.«

»Vielleicht brauchte ich dich mehr, als mir jemals wirklich am Schreiben lag.«

»Oder vielmehr, du hattest weniger Angst davor, uns zu haben, als deine eigenen Grenzen zu erproben. Du benutzt uns, Josh. Du verabscheust uns. Du sagst dir, ohne die könnte ich von einem Almosen leben und schreiben, was ich will. Du hältst dich für einen Prachtkerl. Aber du bist ein Feigling.«

»Das ist einfach nicht wahr.«

»Einmal dachte ich, du hättest genug Lebenshunger für uns beide. Du warst so ungeduldig. Platztest in einen Raum voller Menschen, fest entschlossen, Eindruck zu machen. ›Seht mich an. Seht nur, was ich aus mir gemacht habe.‹ Jetzt hast du gelernt, in Ruhe abzuwarten. Fremde bringen dir auf den Partys Drinks. Andere kümmern sich um deine Bedürfnisse. Alle müssen Joshua Shapiro huldigen, dem Hofnarren des Fernsehens.«

Seinen Zorn bekämpfend, protestierte er: »Aber ich liebe dich!«

»Na und?« kreischte sie.

»Pauline – bitte!«

»Kann deine Liebe die Toten zurückbringen?«

Weißt du, warum der Senator den armen Kevin wirklich vor die Tür gesetzt hat?

»Es gibt Menschen, die behaupten, du hättest mich geheiratet, weil du ein gesellschaftlicher Streber bist.«

Ich könnte dir Dinge über deine kostbare Pauline erzählen, dass dir die Haare zu Berge stehen.

»Warum konntest du dich nicht mit einer Jüdin begnügen?«

»Jetzt reicht's. Wirklich, Pauline. Du weißt nicht, was du sagst.«

»O doch, das weiß ich. Irgendetwas in dir verlangte nach einer Trophäe. Nach einer goldenen *schickse.* Und wenn sie mir nun die Brust abgeschnitten hätten? Wie Barbara? Schnipp, schnapp? Würdest du dir eine Jüngere suchen?«

»Ich werde jetzt mal genau feststellen, was sie dir hier für Medikamente verabreichen. Ich wünsche, dass sofort alles abgesetzt wird.«

»Du wolltest, dass Seymour und dein Cousin – wie hieß er noch? – dich beneiden. ›*Mach dich schön. Ich möchte, dass man dir deine Herkunft ansieht.*‹ Weißt du noch, wie du das zu mir gesagt hast?«

»Hat Kevin dir wirklich so viel bedeutet?« wollte er wissen.

»Ja. Ja. Kevin hat mir wirklich so viel bedeutet. Und ich habe ihn betrogen.«

»Wahrscheinlicher ist doch wohl, dass er dich betrogen hat.«

»Du verstehst mich nicht. Wie kann ich es dir nur begreiflich machen? Geld bedeutet mir nichts. Zum Teufel mit dem

Geld. Er war mein Bruder. Ich hätte ihm helfen müssen. Ich hätte für ihn lügen müssen. Aber ich konnte nicht, weil ich nicht wollte, dass Joshua schlecht von mir denkt. Also, zum Teufel mit dir. Was glaubst du, wer du bist? Sogar mein Vater fürchtet sich vor dir. Er hat diesem grässlichen Izzy Singer einen Korb gegeben, mit diesen Aufsichtsratsposten. Er wollte das Geld für seine Enkelkinder, aber er hat den Posten abgelehnt, weil er dich nicht kränken wollte. Er hat sich nie etwas aus seinem Sohn gemacht. Aus seinem eigenen Sohn. Aber er wollte nicht, dass *du* schlecht von ihm denkst.«

»Manchmal«, sagte er bedrückt, »glaube ich, du hast mich nur geheiratet, weil du deinen Vater schockieren wolltest.«

»Und letzten Endes hat uns beide der Schock getroffen, nicht wahr?«

»Wieso?«

»Weil du dich als moralisch standfester entpuppt hast als wir. Möglicherweise, weil du neu darin warst. Ich stamme aus einer alten Familie. Fest etabliert. Verkorkst bis ins Mark.«

»Was willst du eigentlich, Pauline?«

»Ich möchte ein eigenes Ganzes sein. Ich möchte allein leben. Ich will keinen Menschen brauchen müssen.«

»Aber wir sind so richtig füreinander.«

»Das waren wir mal. Jetzt aber nicht mehr. Jetzt gelten neue Maßstäbe für uns.«

Er wollte sie in die Arme nehmen, doch sie entzog sich ihm zitternd. »Was sollte ich tun, falls dir etwas zustieß? Oder Alex? Oder Susy? Oder Teddy? Begreifst du denn nicht? Sieh mich doch an. Sieh mich genau an. Wie könnte ich einen weiteren Verlust überleben?«

»Man kann nicht ohne Risiko leben.«

»Ich kann es. Und ich werde es. Unsere Art zu lieben ist Wahnsinn. Werde hart, Liebling. Ich bin es geworden. Ich werde allein leben. Ich werde so werden wie meine Mutter. Ich werde mit den Ehemännern anderer Frauen schlafen und nichts empfinden, wenn sie mich ficken. Und ich werde nicht diejenige sein, die man für eine jüngere Frau verlässt oder die von ihren Kindern verleugnet wird. Sieh nur«, schrie sie, nahm ihre Nagelschere vom Nachttisch und stieß sie sich tief in die Handfläche, »ich kann mir selbst viel mehr wehtun, als irgendein anderer Mensch es könnte.«

Er sprang auf, entriss ihr die Schere und nahm ihre wunde, blutende Hand in die seine. Zitternd brach Pauline in krampfhaftes Schluchzen aus. Die Schwester kam gelaufen. Pauline bekam fünf Nähte und ein Beruhigungsmittel. Joshua blieb die ganze Nacht bei ihr.

Und Pauline wimmerte.

Die Beine so hochgezogen, dass ihre Knie fast das Kinn berührten. Die Hände zwischen die Schenkel geklemmt.

9 Joshua verschlief fast den ganzen nächsten Tag und ging am Morgen darauf zu Morty Zipper. Er wollte mit ihm über Pauline sprechen, doch als er zu ihm in die Praxis kam, merkte er, dass er es einfach nicht mehr wagte, ihren Namen zu erwähnen. Also erkundigte er sich stattdessen nach Seymour. Seymour werde es bald besser gehen, erwiderte Morty.

»Wenn ihr Ärzte erklärt, es werde jemandem besser gehen, kriege ich immer eine Gänsehaut. Was genau meinst du damit, Morty?«

»Sein zweiter Infarkt war nur harmlos. Zu erwarten. Seine Chancen stehen gut. Was soll ich sonst sagen? Und jetzt roll deinen Ärmel hoch. Ich möchte dir den Blutdruck messen.«

»Also?« fragte Joshua hinterher.

»Seymours Blutdruck war vor zwei Monaten auch normal. Bist du schon in Nordafrika gewesen?«

»Nein. Warum?«

»Letztes Jahr waren wir in Jugoslawien. Dieses Jahr reisen wir nach Nordafrika. Ich schiebe nichts mehr auf die lange Bank. Und du solltest das auch nicht tun.«

Seymour, Seymour.

Seymour, der seinen ersten Infarkt erlitt, als Joshua in Spanien war, hatte sich gleich, nachdem er vierzehn Tage später aus dem Krankenhaus entlassen worden war, wieder ins volle Menschenleben gestürzt. Eines Abends war er, rot vor Erregung, ins King's Arms geplatzt gekommen, hatte sich nicht einmal Zeit genommen, das mollige, kichernde junge Mädchen an seinem Arm vorzustellen, sondern Joshua sofort von der Bartheke geholt und ihn mit auf die Toilette geschleppt.

»Du sollst dich schonen, Seymour! Verdammt, was ist eigentlich los mit dir?«

»Schnell!« hatte er nur gesagt, und schon fiel die Hose. »Wir müssen uns umziehen. Ich brauche deine Unterhose.«

»Du bist ja verrückt! In dieses verdammte Spitzenhöschen kriegen mich keine zehn Pferde rein.«

»Dann steckst du's eben in die Tasche. Aber ich brauche deine Unterhose.« Er zerrte an Joshuas Gürtel.

»Heute ist später Ladenschluss. Versuch's mal bei Simpsons's.«

»Nun komm schon!« Er öffnete Joshuas Reißverschluss.

»Und wenn uns jetzt jemand überrascht, Schätzchen?«

»Keine Witze, ich bitte dich.«

Also hatten sie die Unterhosen getauscht, und Joshua hatte sich bis zur Polizeistunde an der Bar aufgehalten und ganz vergessen, dass er seinen Wagen draußen geparkt hatte. Am nächsten Morgen war dann Stuart Donald McMaster zu ihm gekommen.

Jetzt lag Seymour wieder im Krankenhaus, im Jewish General, und Joshua fuhr direkt von Mortys Praxis aus dorthin. Ein harmloser Infarkt, hatte Morty gesagt, aber Seymour war sichtlich gealtert, hatte in zehn Tagen eine ganze Generation übersprungen. Sein Gesicht war eingefallen, die Augen glanzlos. Er hatte fast zwölf Pfund verloren und sollte noch weitere zehn abnehmen. Er hatte das Rauchen aufgegeben und war auf eine salzlose Diät gesetzt worden. Seymour, reduziert. Trotzdem hätte Joshua wissen müssen, dass man sein Zimmer nicht betreten durfte, ohne vorher angeklopft zu haben. Eine wohlproportionierte schwarze Krankenschwester fuhr von seinem Bett zurück.

»Hallo!« sagte Seymour. »Ich möchte dir Miss Brenda Hopkinson vorstellen. Ein kluges Köpfchen. Ehrlich, sie ist eine der intelligentesten Frauen, die ich kenne. Brenda ist Sabbatarierin. Faszinierend. Sie hat mir ein Buch geliehen. Ich kann es dir gerne borgen.«

»Entschuldigen Sie mich«, sagte Brenda und verließ das Zimmer.

»Schenk dir einen ein!« forderte Seymour ihn auf und deutete auf die Flaschen auf seinem Nachttisch. »Eiswürfel schwimmen im Waschbecken.«

»Du siehst besser aus.«

»Und du schlechter. Wenn du gekommen bist, um mich zu deprimieren, verschwinde. Dein Besuch kommt zum falschen Zeitpunkt, um es höflich auszudrücken.«

»Weißt du, wohin ich von hier aus gehen werde?« fragte Joshua, der sich einen Scotch einschenkte. »Ins Royal Vic. Ich werde Pauline von all dem verblödenden Zeug befreien, das sie dort in sie reinpumpen. Ich nehme sie mit nach Hause.«

»Geht es ihr besser?«

»Ich nehme sie mit nach Hause. Und zum Teufel mit den Ärzten. Hältst du mich für verrückt?«

»Im Gegenteil. Ich finde, es wird allmählich Zeit. Warte mal!« Er schlug die Decke zurück und schwang die Beine aus dem Bett. »Du brauchst vielleicht Hilfe. Ich komme mit.«

»Nein, Seymour. Ich gehe allein.«

»Komm her!« Mit Tränen in den Augen nahm Seymour ihn in die Arme. »He, weißt du, was wir sind?«

»Nein, was denn?«

»Die Boys von Klasse zweiundvierzig.«

Schwester McGregor war nicht überrascht, Joshua im Royal Vic zu sehen. Voller Entrüstung sagte sie: »Dr. Grant wünscht Sie sofort zu sprechen. Er übernimmt keine Verantwortung.«

»Ich will nicht zu Dr. Grant, aber ich werde die Verantwortung übernehmen. Ich hole meine Frau hier raus.«

»Aber Mr. Shapiro«, entgegnete sie, und die Farbe wich aus ihrem Gesicht, »Ihre Frau hat uns doch schon heute Morgen verlassen. Ist sie denn nicht zu Hause?«

»Was hat meine Frau?«

»O Gott! Schnell, kommen Sie mit!«

Draußen stürmte Joshua auf die Straße hinaus, hielt das erstbeste Taxi an, das vorbeikam, und schrie dem Fahrer seine Adresse zu, ohne ihn richtig anzusehen.

„Sieh an, sieh an, wenn das nicht Denny Dämlich ist! Es ist mir eine Ehre, Sir. Ich werde den Rücksitz monatelang nicht mehr reinigen.«

»Tut mir leid«, erwiderte Joshua mit versagender Stimme, »dass du in deinem Alter noch Taxi fahren musst.«

Onkel Oscar war neunundsechzig.

»Was soll das heißen, es tut dir leid? Ich bin mein eigener Herr, oder? Wenn meine Freunde mich fragen, was ich jetzt mache, antworte ich Ihnen, ich gehe nachts aus, kutschiere in der Gegend rum, nehme junge Mädchen mit und bringe sie nach Hause.«

Joshua wollte sich eine Zigarette anstecken, schaffte es aber nicht, weil seine Hände zu stark zitterten.

»Das findest du wohl gar nicht komisch?«

Er stieß ein kurzes Lachen hervor.

»Wenn ich Fahrgäste habe, weißt du, und die sehen meinen Namen auf der Zulassung hier, fragen sie immer, ob ich mit dir verwandt bin. Na klar sind wir verwandt, antworte ich. Und die haben natürlich dein Zeug gelesen. Oder dich im Fernsehen erlebt. Ein- oder zweimal haben sie mir dicke Trinkgelder gegeben. Weit öfter aber sind sie wütend. ›Wissen Sie‹, sagen sie, ›nach meiner Ansicht bringt dieser Kerl fast immer nur Scheiße.‹«

»Die Leute könnten recht haben. Würdest du bitte schneller fahren?«

»Schneller. Langsamer. Wir fahren doch alle in dieselbe Richtung. Zwei Meter unter der Erde. Aber du verdienst ganz schön, wie ich höre.«

»Tausende.«

»Weißt du, Junge, das hätte ich auch tun sollen. 'ne bekannte TV-Größe werden.«

»Was du hättest tun sollen, du alter Furz, du hättest deinen Schrott behalten sollen, statt diesen fürchterlichen Kitsch draus zu machen. Du hast die ganzen Jahre auf einem Vermögen gehockt. Ha, ha, ha.«

»Selbst ha, ha, ha. Scheißer. Ich wollte nicht so'n schwuler Antiquitätenhändler werden, das ist doch dein Ressort in unserer Familie, nicht wahr? Oder hast du heute noch nicht Radio gehört?«

Joshua wusste nicht, wovon Onkel Oscar redete, und es war ihm auch egal. Sie waren in der Wood Avenue angelangt. Zu Hause. Ungeschickt fingernd, dass die Münzen zu Boden fielen, gelang es dem verlegenen Joshua, den Fahrpreis zu bezahlen; dann hastete er ins Haus.

»Pauline!« rief er laut. »Pauline!«

Aber sie war natürlich nicht da. Die verstörte Susy berichtete ihm, das Telefon habe nicht aufgehört zu läuten, seit er am Morgen fortgegangen sei. Der *Star*, die *Gazette*, der New Yorker Korrespondent des *Daily Express*. CBC, BBC. Reporter aus Toronto. *News of the World.*

10

In einer Erklärung, die er vor britischen Reportern verlas und später vor CBC-TV-Kameras wiederholte, bekundete der junge, noch unerprobte Filmemacher Ralph Murdoch, er sei sich, als er die Korrespondenz seines Vaters mit Joshua Shapiro an die Rocky Mountain University verkaufte, in der Tat ihrer skurrilen Natur bewusst gewesen. Er habe gemeint, die Briefe nicht vernichten zu dürfen – wegen ihrer literarischen Bedeutung und ihrer Ausführungen über das Wesen einer Liebe, die man einstmals nicht zu benennen wagte. Er bedaure die vielen, möglicherweise ungerechtfertigten Anspielungen auf die sexuellen Neigungen noch lebender Persönlichkeiten der Literatur. Er habe Verständnis für ihren Protest. Aber – und er betonte diesen Punkt nachdrücklich – der Kurator der Sammlung seltener Manuskripte an der Rocky Montain University habe ihm zum Zeitpunkt des Ankaufs versichert, die Korrespondenz werde den Studenten in frühestens fünfundzwanzig Jahren zugänglich gemacht werden. In Beantwortung einer Frage, die ursprünglich von seiner Stiefschwester gestellt worden war, gab der junge Murdoch zu, dass er, den Bedingungen im Testament seines verstorbenen Vaters entsprechend, die Tantiemen aller zukünftigen Auflagen seiner Romane mit den übrigen Kindern teilen müsse. Er bestritt jedoch nachdrücklich, die Briefe selbst an die Öffentlichkeit lanciert zu haben, um möglichst bald davon zu profitieren. Außerdem weigerte er sich, seine Meinung darüber zu äußern, wie die unterdrückte Leidenschaft seines Vaters für Shapiro sein ferneres Leben und Werk beeinflusst habe. Und was den noch lebenden Shapiro betraf, oder »Onkel Josh«, wie er ihn nannte, so wünschte er ihm nichts Nachteiliges. Im Gegenteil, er erinnerte sich seiner voll Zuneigung.

Dr. Fraser, Kurator der Sammlung seltener Manuskripte an der Rocky Montain University, hatte keine Ahnung, wer sich in die Bibliothek geschlichen und heimliche Teile der Korrespondenz fotografiert haben könnte. Albertas empörtem Kultusminister gegenüber rechtfertigte er die hohe Summe, die er dafür angelegt hatte, mit der Bemerkung, sie bestehe schließlich zu fünfzig Prozent aus kanadischen Beiträgen, und er habe den Gedanken nicht ertragen können, dass sie, wie so viele andere nationale Kunstschätze, in habgierige amerikanische Hände übergehe. Obwohl Shapiro, fuhr er fort, nicht zur ersten Schriftstellergarnitur gezählt werden könne, habe er immerhin ein Buch von einiger Bedeutung über den Spanischen Bürgerkrieg geschrieben und werde vielerseits für einen beachtlichen

Sportjournalisten gehalten. Gefragt, ob es viele amerikanische Angebote für die Korrespondenz gegeben habe, wollte er dies weder bestätigen noch leugnen. »Wir sind nicht mehr die kulturelle Kolonie eines anderen Landes«, erklärte er.

Margaret Robinson, Murdochs erste Frau, Ralphs Mutter und eine bekannte Literaturagentin, die Shapiro noch immer vertrat, erklärte freimütig, sie sei durchaus in der Lage, zu versichern, dass keiner der beiden Männer homosexuell veranlagt sei. Die Briefe, behauptete sie, seien nichts weiter als ein dummer Scherz, erdacht von zwei jungen Männern aus Jux und des Geldes wegen, das sie einbrachten. »Wo immer Sidney jetzt auch sein mag, er wird sich vermutlich den Bauch halten vor Lachen. In Joshuas Fall muss man auf die Familie Rücksicht nehmen. Ich fürchte, mein Sohn hat sich wirklich sehr schlecht benommen.«

Dr. Fraser, von Miss Robinsons Behauptungen in Kenntnis gesetzt, bemerkte dazu: »Was soll sie denn sonst sagen? Bestritten hat sie die Echtheit der Korrespondenz jedenfalls nicht.«

Reuben rief Joshua vormittags an, nachdem die Story veröffentlicht worden war. »He, Oscar sagt, er hat dich, gestern war das, glaube ich, mit seinem Taxi gefahren, und du warst zu geizig, um ihm ein Trinkgeld zu geben.«

»Da hat er recht.«

»Und was ist dieser Quatsch, den ich in der *Gazette* lese? Ich kaufe die Zeitung wegen der Sportberichte und nicht, um zu lesen, dass mein Sohn ein Ferkel ist.«

Joshua erklärte es ihm. Dann rief er den Senator in Ottawa an und erklärte es ihm ebenfalls.

»Verklag sie, mein Junge«, riet ihm der Senator.

»Lieber nicht.«

»Ich fürchte, es wird dir nichts anderes übrig bleiben.«

Was sich als ein schlechter Rat erwies.

Joshua schob sich an TV-Teams und Reportern vorbei, die

sich draußen um seine Haustür scharten, und fuhr zu Dickie Abbot. Er ließ ihn ein Dementi und einen Brief an die Rocky Mountain University abfassen, in dem er mit Anzeige wegen Verleumdung und Verletzung der Intimsphäre drohte. Durch die wohldurchdachte Erklärung, die Joshua abtippte und den Reportern übergab, gewann er zwar einige Unterstützung. Aber dann brach alles über ihm zusammen.

Aus Kalifornien kam ein Funkbild (leicht unscharf, copyright Ellen Markham Studios), das Joshua und Murdoch zeigte, wie sie sich an einem Swimmingpool in Beverly Hills küssten. Es war begleitet von einer Story, die ein wendiger Reporter des *Daily Express* einem schwarzen Zimmermädchen im Central Plaza Hotel abgeluchst hatte. Mit einem guten Gedächtnis gesegnet, erinnerte sich Mrs. Cartwright, dass Murdoch und Shapiro dort einmal zusammen übernachtet hatten. »Hoffentlich bringe ich damit niemanden in Schwierigkeiten«, sagte sie, »denn ich weiß wahrhaftig, was Vorurteile sind.«

Esthers Foto erschien in den Zeitungen von Küste zu Küste. Sie stand vor ihrem Massagesalon in Winnipeg und trug ein Sandwich-Plakat mit der Aufschrift: MEIN SOHN IST SCHWUL, MICH LÄSST DAS COOL.

Das Telefon hörte nicht auf zu klingeln, doch Joshua wagte keine Geheimnummer zu beantragen, für den Fall, dass Pauline ihn zu erreichen suchte. Pauline, Pauline. Alex, der die Anrufe für ihn entgegennahm, ließ Seymour durch.

»He, bist du's, Schatzilein?«

»Das ist nicht komisch, Seymour.«

»Ich will mein Höschen wiederhaben. Sofort!«

Das Foto von Joshuas und Murdochs Kuss prangte im *Star* und in der *Gazette* auf Seite eins. Einen weiteren Bericht brachte der Sportteil. Spielervertreter aus drei Teams der National Hockey League hatten erklärt, in ihren Umkleideräumen sei Joshua Shapiro nicht mehr willkommen. »Verdammt«, wurde ein Spieler zitiert, »ich mag mich nicht mal vor meiner Frau ausziehen. Wie können wir dann *den* hier reinlassen?«

Ein Sprecher der Canadian League of Homophiles erklärte, dies sei ein klarer Fall von sexueller Diskriminierung, und schlug vor, sofort Beschwerde bei der kanadischen Bürgerrechtskommission einzulegen. Dann gelang es einem Fernsehproduzenten, einem Freund, Joshua am Telefon zu erreichen.

»Komm doch, Josh! Gib uns eine Chance. Wir werden weder kürzen noch redigieren. Deine Erklärung wird in voller Länge gebracht.«

»Tut mir leid. Ich würde ja gern in deiner Show auftreten, aber ich muss mir heute Abend die Haare waschen.«

»Soll ich das vielleicht vor der Kamera sagen?«

»Du kannst sagen, was dir passt, Herzchen.«

Ganz früh am nächsten Morgen gelang es ihm, ungesehen zur Hintertür hinauszuschlüpfen. Überall hatte der Schnee angefangen zu schmelzen. An den Bäumen schwollen die Knospen. Morgen Nachmittag wollten die Stammgäste des King's Arms alle zusammen zum Eröffnungsspiel ins Big O. gehen. Joshua fuhr in die Stadt, wo er mit einem Detektiv, dem er vertraute, über Pauline sprechen wollte. Unglücklicherweise stieß er vor dem Büro in der Guy Street auf Eli Seligson. Eli war in großer Eile, er wollte eine Maschine nach Zürich erreichen.

»Ich muss dir was sagen«, erklärte Eli. »Sie haben einen von deinen sogenannten Essays in ein Buch der Leseliste meines Sohnes von der Schule aufgenommen. Ich habe einen Protestbrief an den Direktor geschrieben.«

Joshua packte ihn und rammte ihn gegen einen Briefkasten. »Dein Vater war Schwarzmarkthändler, Eli, und du bist ein Stück Scheiße. Wie ich höre, sind deine Schreibtischschubladen zu Hause mit heißen Geldscheinen vollgestopft.«

»Was ich auch sein mag«, gab Eli zurück, »was du bist, bin ich Gott sei Dank nicht. Pfui!« Damit riss er sich los und lief zu einem Taxi.

In diesem Augenblick beschloss Joshua, ihn reinzulegen. Er würde ein paar von seinen eigenen Banknoten auf Elis Schreibtisch praktizieren. Dort würde die Polizei sie nach dem Einbruch finden und Eli ein paar recht peinliche Fragen stellen. Ha, ha, ha.

11 Stuart Donald McMaster saß Reuben in einer Nische des El Ponderosa am Decarie Strip gegenüber und erzählte. McMaster war mit seinem »Turf 'n' Surf« beschäftigt, Reuben trank bedächtig seinen V. O. »Ich erinnere mich noch genau an den Tag, es war ein Dienstag, und es hat gegossen wie aus Kübeln. Ich hatte Karten für das Eröffnungsspiel – mein Pech, wie üblich –, ein großzügiges Geschenk von diesem Scheißer Ginsberg aus Upper Belmont. Rogers als Pitcher. Wissen Sie, wie viele Spiele der gewinnen würde, wenn er in L. A. oder Boston wäre? 'ne Menge. Verdammt, der hat vielleicht einen Arm! Und ich weiß noch, wie Don Newcombe bei den Royals war. Konnte den Stress nicht verkraften, der Knabe. El Foldo war jedes Mal in der Ausscheidung. Rogers sollte also werfen, und ich hatte Ginsbergs Logenplätze. Und es goss. Richtig gepisst hat es da draußen.«

»Ihr Pech, wie üblich. Stimmt.«

»Das war ein paar Tage, nachdem Pauline spurlos aus dem Royal Vic verschwunden war. In dieser Minute noch da, in der nächsten schon weg. Alle wie die aufgescheuchten Hühner. Joshua auf der Palme. O Mann!«

Reuben nickte.

»Einfach auf und davon, die Frau, einfach ins Blaue. Ich will ja nicht neugierig sein, aber haben Sie schon eine Ahnung, wo sie sich aufhalten könnte?«

»Nein.«

»Mann, glauben Sie, dass sie weiß, in was für einer Scheiße der jetzt steckt?«

»Wenn sie die Zeitungen liest, höchstwahrscheinlich.«

»Möchten Sie, dass wir sie suchen?«

»Nein.«

»Hören Sie, Reuben, ich mag da gar nicht dran denken, und

sagen würde ich ihm das auch auf keinen Fall. Aber wir beide wissen ja doch Bescheid. Wir sind schließlich rumgekommen in der Welt. Wenn sie nun Selbstmord begangen hat?«

»Das wäre möglich.«

»He, Sie sind aber 'n Eisklotz!«

»Hm, na ja. Stimmt.« Reuben bestellte sich noch einen V. O. »Sie sagten also, das Spiel sei ausgefallen?«

»Ja. Ausgefallen. Ich meine, sie haben's wirklich erst in allerletzter Minute abgeblasen, die Boys. Oi weh, verschoben. Und sogar den Eintrittspreis zurückerstattet. Und ich konnte – als Ersatz – nicht mal mit meinen Enkeln ins Kino gehen, weil es in ganz Montreal nicht einen einzigen Film gab, in dem nicht gefickt wurde – wenn man Glück hatte, zwischen Männern und Frauen, öfter vermutlich jedoch zwischen Frauen und Frauen und Männern und Männern. Aber über Schwule brauche ich Ihnen ja nichts zu erzählen. Sie haben's ja selbst ganz schön dicke gekriegt, Sie und er. Wissen Sie, ich hab die Fotos in der Zeitung gesehen. Wer nicht? Aber ich glaube kein Wort davon«, behauptete er versuchsweise, weil er das schwarze Seidenhöschen mit dem Spitzenbesatz nicht vergessen konnte.

»Hm. Gut. Es war ein Dienstag.«

»Zwei Tage nachdem Pauline durchgebrannt war. Jedenfalls, ich habe die Kinder zu meiner Tochter zurückgebracht. N. D. G. Benny's Farm. Dann sah ich einen von unseren Wagen vor Ma Heller's stehen, und ich hatte Lust auf 'n Burger und 'n Bier, also halte ich an. Und was meinen Sie, wer da drinsitzt? Henri Lupien. Kriminalbeamter von meinem Revier. Einer der Besten.«

»Ist das der, den Sie des Nachts immer auf Joshua angesetzt haben?«

»Kein Mensch ist Joshua gefolgt. Das hat er sich nur eingebildet. Jedenfalls, ich setze mich zu Lupien, und ich weiß nicht, wie's eigentlich gekommen ist, aber plötzlich reden wir von diesen Einbrüchen in Westmount. Den verrückten. Wo irgendeiner sich die Mühe gemacht hat, die Etiketten von Pinskys

Weinflaschen zu waschen. Wo einer an der Badezimmerwaage von Dr. Cole rumgebastelt und die Signatur auf seinem A. Y. Jackson verändert hat. Usw., usf. Wir sind uns beide darin einig, dass wir's mit 'nem richtigen Witzbold zu tun haben. Vielleicht sogar mit 'nem Verrückten.«

»Oder mit meinem Sohn.«

»Und da beschließen wir, weil keiner von uns was Besseres vorhat, aufs Revier zurückzufahren und uns die Akten noch mal durchzusehen, weil's doch wirklich so rätselhaft ist und wir uns dafür interessieren. Wir sitzen da, brüten über den Akten, stellen Theorien auf und lachen dabei ziemlich viel, da kommt dieser Anruf. Klingeling. Wenn's nicht so gegossen hätte. Wenn ich mir das Spiel hätte ansehen können. Mist. Es wird ein Einbruch bei Seligson am Edgehill gemeldet. Eli Seligson, einer von euren jüdischen Großmoguln. Äußerst aktiv in Gemeindeangelegenheiten. Anti-Defamation League. Usw., usf. Wir verhaften einen Judenjungen, der auf der Alexis Nihon Plaza Pot verhökert, und ich wette, wir hören von Seligson. Der Bengel hat einen Onkel achten Grades beim Holocaust verloren. Er leidet an Allergien. Zerstören Sie dem Kleinen nicht das ganze Leben. Huu, huu. Erwischen wir eine *yenta* beim Ladenklau – das kommt jetzt häufig vor, Sie würden staunen –, und schon ist Seligson an der Strippe. Lasset mein Volk ziehen, bla, bla, bla. Er ist Wirtschaftsprüfer, ganz dicke drin, und in der Nacht, wo der Anruf kommt, ist er in Genf oder Liechtenstein, lässt koschere Firmen eintragen. Der Anruf kommt, und ich hab dieses Gefühl im Bauch. Meine Eier jucken. Mein Mund ist trocken. Ich bin jetzt seit dreißig Jahren Polizist, und wenn einen da die Eier jucken, ignoriert man das nicht.

Jedenfalls, wir fahren zum Edgehill, und ich hab natürlich noch keine Ahnung, dass er es ist, und wie ein Arsch mit Ohren sehe ich nicht mal seinen Wagen unten auf dem Boulevard, sonst hätte ich den ja sofort erkannt, und ehrlich, wir wären nie mit gezogener Kanone da reingegangen. Ich meine, ich hätte keine Angst gehabt. Aber wenn man's mit 'nem Einbrecher zu tun hat, weiß man nie, was einen erwartet. Vielleicht ist es ein Verrückter. Oder stockbesoffen. *Grinsen Sie mich nicht so an! Ich wusste wirklich nicht, dass er es war.*«

»Ich weiß, Stu. Sie sind ein ehrlicher Cop.«

»Es gießt wie aus Kannen. Richtiger Wolkenbruch. Henri nimmt die Hintertür, ich die vordere, und wir ahnen nicht, dass es im Esszimmer noch eine Tür gibt, die auf 'nen kleinen Balkon rausführt, und dass er von da runterspringen kann. Wir zählen bis zehn, ich vorn, er hinten, und dann nichts wie rein. Sturmangriff. Er hört uns. Und saust davon wie 'n geölter Blitz. Durchs Esszimmer – auf den Balkon – in den Garten. Die Steintreppe zum Boulevard runter und in seinen Wagen. Brumm, brumm. Wir wissen immer noch nicht, dass er es ist. Ich schwör's Ihnen. Wir rennen also auch zum Wagen und jagen hinterher, mit Sirene, und ich mit gezogener Kanone. Wir holen auf, da biegt er in die Lansdowne ein, rast mit mindestens hundert den steilen Berg runter, bei diesem Regen, der verdammte Idiot, und als wir zur Sherbrooke kommen, seh' ich's schon kommen, als wär's 'ne Wiederholung. Er überfährt das rote Licht, und die anderen Autos starten schon quer über die Sherbrooke. Rumms. Krach. Peng. Überall Leichen.«

»Er hat bremsen wollen, das wissen Sie ganz genau, aber seine Bremsen haben versagt.«

»Der ist mit 'nem Hufeisen im Arsch geboren. Ich komme immer noch nicht über die Tatsache hinweg, dass dabei niemand umgekommen ist, dass er gerade noch rechtzeitig den Wagen rumgerissen hat, von 'nem Hydranten abgeprallt und voll durch Steinbergs Schaufensterscheibe geschossen ist. Heilige Scheiße! Überall Scherben. Dosen. Zerbrochene Flaschen. Und der Wagen ein Schrotthaufen. Wir rufen die Feuerwehr. Den Krankenwagen. Und erst nachdem sie ihn aus dem Wrack geschweißt haben, sehe ich endlich sein Gesicht. Eine blutige Masse. Und ich könnt' mich in den Hintern treten, weil ich nicht vorher schon draufgekommen bin. Es *konnte* eigentlich nur Joshua sein.«

»Ja. Stimmt.«

»Und er blutete wie ein Schwein, und man sieht richtig die Knochen rausstoßen. Ich nehme an, der ist hinüber. Ich kann heute noch nicht begreifen, dass er tatsächlich durchkommt.«

»Was wollen Sie, Stu?«

»Ich will, dass Sie ihm ausrichten, ich brauche Hilfe bei meinen Memoiren. Sehen Sie sich diesen Wambaugh an. Wir könnten ein Vermögen machen.«

»Ja. Stimmt.«

»Ist doch wirklich nicht zu viel verlangt. Ich riskiere schließlich 'ne Menge für Ihren Sohn.«

»Was ist mit Lupien?«

»Der ist in Ordnung. Er schuldet mir was. Der wird kein Wort verlauten lassen, wer diese Einbrüche verübt hat. Und auch nichts über die Möbel.«

»Welche Möbel?«

»Die meisten Antiquitäten in Joshuas Haus waren gestohlen. Viele sind bei uns registriert.«

»Ohne Scheiß?«

»Halten Sie mich nicht für beschränkt, Ruby. Das wäre ein großer Fehler.«

»Das sehe ich ein.«

»Werden Sie ihm meine Bitte ausrichten?«

»Noch nicht.«

»Wann denn?«

»Wenn er aus dem Krankenhaus kommt, eher nicht. Aber er wird es bestimmt nicht tun, Stu.«

»Vielleicht tut er es Ihnen zuliebe«, meinte McMaster.

»Die Möbel?«

»Das haben *Sie* gesagt.«

»Hm, ja. Gut. Sagen Sie, Stu, hat da irgendwo Geld rumgelegen?«

»Wo?«

»Auf Seligsons Schreibtisch. Oder vielleicht auch in Joshs Wagen.«

»He, der wollte bestimmt nichts mitgehen lassen! Das war doch wirklich nie drin bei ihm.«

»Hm ja. Stimmt. Aber Seligsons Vater hat im Krieg auf dem schwarzen Markt Berge von Geld verdient …«

»Kann ich mir denken.«

»… und es heißt, Eli hat noch immer was davon zu Hause versteckt. Deswegen habe ich mich nur so gefragt.«

»Es gab weder im Auto noch im Haus irgendwo Geld.«

»Gut. Da bin ich aber sehr erleichtert, Stu. Es wäre nicht schön, wenn ich meinen Sohn für einen Dieb halten müsste.«

Nun, da Reuben sicher war, dass McMaster das Geld gestohlen hatte, das Joshua auf Seligsons Schreibtisch hinterlassen hatte, wusste er genau, was zu tun war.

FÜNFTER TEIL

1 »... und wir brechen die Tür auf«, fuhr McMaster fort, während sich der Sony drehte, »und dieser kleine Pepsi-Schisser ... Nein, streichen. ... dieser benachteiligte Mitbürger – der ist ’n wahrer Terror, mit seiner Kanone, aber jetzt hat er keine – hockt in der Ecke. Eine in die Enge getriebene Ratte. Zittert am ganzen Körper. Und Sweeny, das war mein Kollege damals, in jenen Tagen, der geht auf ihn zu und will ihm die Pistole übern Schädel ziehen. Da schreite ich ein, halte ihn zurück. Ich sage zu Sweeney, Zitat: Wir sind keine Verwandten von dem Knaben, wir sind Polizeibeamte. Mein Gewissen verbietet mir jede Gewaltanwendung. So etwas ist nicht meine Art. Wir sollten bestrebt sein, diesem weitverbreiteten Problem auf den Grund zu gehen. Der gesellschaftlichen Benachteiligung. Zitat Ende. Und der kleine Schisser hat so große Angst, dass er stolpert und kopfüber die Treppe runterfällt. Ist das Ironie? Später behauptet sein Anwalt dann, *wir* hätten ihn so zugerichtet. Also, ich sag’s Ihnen. Damals wurde mir die Wahrheit bewusst, die in den Werken des bekannten französischen Schriftstellers Albert Camus steckt. Das Leben ist absurd. O Boy, und wie das stimmt!«

Reuben kam und erklärte, jetzt sei es genug für heute; dann führte er McMaster in die Küche.

»Ich habe da ein Problem, Stu. Vielleicht können Sie mir dabei helfen.«

»Raus damit!«

»Seligson weiß immer noch nicht, dass Josh es war, damals, in der Nacht. Dafür sind wir Ihnen wirklich dankbar. Aber dieser Hund macht in gewissen Kreisen Andeutungen, aus seinem Schreibtisch sei eine Menge alter Banknoten verschwunden.«

»Wenn ihm Geld gestohlen worden ist, warum hat er es nicht der Versicherung gemeldet?«

»Weil ich annehme, dass diese alten Banknoten der Rest des Schwarzmarktgeldes von seinem Alten waren. Illegal also. Deswegen wagt er es nicht zu melden.«

»Was hat er denn bisher mit dem Geld gemacht?«

»Na ja, auf die Bank hat er es bestimmt nicht getragen, denn die müssten die Münzanstalt benachrichtigen, wenn solche alten Banknoten auftauchen. Vor allem, wenn es ein ganzer Haufen ist.«

»Ja. Stimmt.«

»Ich denke mir, dass Seligson das Geld die ganzen Jahre über bei einem Münzhändler in New York abgeladen hat. Cassidy, an der Lexington Avenue. Der nimmt's nicht so genau.«

»Mann, so was! Verdammt clever.«

»He, Stu.« Reuben stieß ihn an. »Wissen Sie, warum die Juden so große Nasen haben?«

»Nein. Warum?«

»Weil es die Luft umsonst gibt.«

Am nächsten Morgen erschien McMaster nicht, sondern rief an, er habe etwas Wichtiges in Montreal zu erledigen. Er werde am Montag mit dem Diktieren fortfahren. Bis dahin erwarte er, dass Joshua das Material bearbeite.

Der Senator war um Joshuas willen erleichtert, blieb aber misstrauisch. Als er an diesem Abend mit Reuben vor dem Kamin hockte, sagte er: »Ich kann mir nicht vorstellen, was für diesen Dummkopf wichtiger sein könnte als seine widerlichen Memoiren.«

»Er ist in New York.«

»Was will er denn da?«

»Er will zu Cassidy an der Lexington Avenue. Das ist ein Münzhändler. He, Senator, bist du nicht was an der Royal Bank?«

»Aufsichtsratsmitglied – zur Strafe für meine Sünden.«

»Also, die haben eine Zweigstelle in der Hauptstraße von

Ste. Agathe, in den Laurentian Mountains. Und die ist am Nachmittag des neunzehnten Oktober neunzehnhundertsechsunddreißig beraubt worden. Die Burschen sind mit 'ner Menge druckfrischer Scheine auf und davon, alle in Serie.«

»Großer Gott, Reuben – wenn du auch noch Banken überfallen hast, musst du das nicht ausgerechnet mir erzählen. Ich will's nicht hören!«

»Ich habe mich nie an so was beteiligt. Aber in der Stadt habe ich gehört, dass die Banknoten die ganzen Jahre bei jemand im Garten vergraben gewesen sind. Und jetzt hat dieser Jemand sie ausgegraben und bringt sie zu einem Münzhändler in New York. Cassidy, an der Lexington Avenue.«

»Du meinst doch nicht etwa McMaster?«

»Als Aufsichtsratsmitglied ist es zweifellos deine Pflicht, die Royal Bank zu informieren, damit die das überprüfen können. Fällt ja wohl unter Bundesgesetz.«

»Reuben, du bist einfach unglaublich! Aber sosehr ich diesen Mann verabscheue – bei einer solchen Intrige kann ich nicht mitmachen.«

»Joshua hat das Geld auf Seligmans Schreibtisch liegen gelassen. Seine Auffassung von einem Scherz. McMaster hat's geklaut. Also ist er ein Dieb. Er muss zur Verantwortung gezogen werden.«

Der Senator erhob sich, um im Kamin zu stochern.

»Cassidy wird mitmachen. Der will keinen Ärger.«

2 Er legte Schlingen wie ein Trapper. Köder für seine abwesende Gärtnerin. Torfballen. Die Rosensträucher, die sie sich gewünscht hatte. Kästen mit Lauch, Kopfsalat und grünem Paprika, die wegen der Frostgefahr jeden Abend hereingeholt werden mussten. Einen Sack Saatkartoffeln. Einen Sack Zwiebeln. Säcke mit Komposterde. Ihre Gartengeräte, frisch geschliffen. Alles griffbereit unten am Hang. Aber Pauline kam nicht. Stattdessen kam endlich Jack Trimble.

Der hängebackige Jack Trimble machte seine Grew 212 am Steg fest. Betrat breitbeinig das Wohnzimmer. In Seemannstroyer, dreckigen Chinos, alten Turnschuhen. Mit übertrieben männlichem Gehabe.

»Also, alter Junge«, begann er und nahm den angebotenen Drink an, »ich will nicht vorgeben, von deinen Schwierigkeiten nichts gelesen zu haben.«

Aha.

»Ist da was dran?«

»Woran?«

»An dem, was sie schreiben«, erwiderte er grinsend.

»Und was genau schreiben die?«

»Hör zu, ich habe keine Vorurteile.«

»Meinst du, ob ich Sidney Murdoch geliebt habe?«

»Also, okay.«

»Ja, das habe ich.«

Joshua strahlte einladend und klopfte auf den Sofaplatz neben sich, aber Trimble zog es vor, sich in einem Sessel in der gegenüberliegenden Zimmerecke niederzulassen und die Füße auf den Rauchtisch zu legen. Großer Mann. Großes Land.

»Aber du bist doch nicht immer noch … na ja … so?«

»Wie?«

»Ach, du weißt schon.«

»Jack, was bist du für ein Scheißer!«

Mit hart glitzernden, kleinen Augen erkundigte er sich: »Ist dir Pauline deswegen weggelaufen?«

»Ich bin sehr gut mit diesem Stock, Jack. Und schnell. Und jetzt sag mir endlich, was du hier willst.«

»Ich wollte dir zeigen, dass du noch immer Freunde hast – was auch geschieht.«

»Ich bin gerührt. Sag mal, hast *du* eigentlich noch Freunde?«

»Hier am See gibt es keinen, für den ich auch nur einen Penny gebe«, erwiderte er, »außer Pauline. Also, das ist eine richtige Lady.«

»Und was ist mit deiner eigenen Frau?«

»Du hast mich schon richtig verstanden.«

»Weiß sie eigentlich, dass du in Wirklichkeit hier geboren bist und dieses ermüdende britische Getue bei dir nichts als ein erbärmliches Theater ist?«

»Hör mal, jetzt will ich *dir* mal eine Frage stellen. Weiß Pauline, dass du Jane empfangen hast, als sie im Krankenhaus lag?«

»He, was für ein reizender Mensch bist du doch!«

Trimble griff nach der Scotchflasche. »Du hast mit meiner Frau geschlafen, du Schwein.«

»Ach ja, habe ich das?«

»Und ich bin nicht der Einzige, der davon weiß. Den Abbotts hat sie's auch erzählt.«

Jetzt griff sich Joshua den Scotch.

»Ich bin bereit, zu verschweigen, dass du meine Frau gebumst hast – schließlich ist es nicht der exklusivste Club der Stadt, nicht wahr? –, wenn du mit diesem Unsinn aufhörst, ich wäre kein Engländer.«

»Hast du draußen auf der Veranda den alten Mann mit dem Strohhut sitzen sehen?«

»Deinen Vater, ja. Den hab ich gesehen.«

»Also, der hat Verbindungen zu den erstaunlichsten Stellen. Du bist genau hier geboren, Jack. Auf dem Point. Mein Vater hat deine Geburtsurkunde ausgegraben. Möchtest du die Fotokopie sehen?«

»Dann betätigt ihr beide euch jetzt auch noch als Erpresser?«

»Weißt du, ich könnte den Alten jetzt hereinrufen, und er würde dir die Finger brechen. Ganz einfach so.«

»Wie viel verlangst du?«

»Du verstehst mich nicht. Ich will gar nichts. Ich werde nicht mal etwas sagen. Ich begreife nur nicht, warum dir das so wichtig ist. Warum du dir so viel Umstände machst. Du hast den Erfolg bei diesen Leuten doch nie nötig gehabt, Jack.«

»Sag mal«, erkundigte sich Trimble, der wieder nach der Flasche griff, »hast du als Kind im Getto jemals den Gesellschaftsteil gelesen?«

»Wir haben immer nur den Wirtschaftsteil gelesen.«

»Also, ich habe ihn gelesen. Ich hab mir ein Album angelegt, irgendwo muss es noch sein. ›Mrs. Angus Mitchell aus Westmount und Georgeville empfing gestern den Gerichtspräsidenten des unbedeutenden, kleinen Prince Edward Island.‹›Mrs. Angus' Tochter Jane gehörte zu den Fotzen, die gestern Abend auf dem St. Andrew's Ball in die Gesellschaft eingeführt wurden. Sie trug ein Ballkleid aus weißem Chiffon, aber bestimmt kein Höschen, möchte ich wetten.‹ Alles, zu was die sich damals herbeiließen, war Fingerficken.«

Eine Giftwolke schien sich im Wohnzimmer zu verbreiten. Pestilenz. Aber Trimble war nicht mehr zu stoppen.

»Du hättest Angus sehen sollen. Ihr kinnloses Wunder von einem Vater. Wie er am Silvesterabend in seinem Kilt rumgeschwankt ist. Hat das Familienvermögen so schnell durchgebracht, wie die Scheiße durch 'ne Gans flutscht. Und du siehst vor dir den dummen Tölpel, der eingesprungen ist und das, was von seinen Holdings noch übrig war, gerettet hat. Und darauf aufgebaut hat. Ohne mich hätte es geheißen: Ade imitierte Tudorvilla mit dem Wappenschild in der Halle. Lebt wohl, Golfplätze auf den Bermudas. Winke, winke, Murray Bay. Ich habe dem alten Säufer den Arsch gerettet. Und eines Tages betrete ich dann sein Büro – es ist noch nicht mal elf, aber er ist schon blau wie 'ne Strandhaubitze – und bitte ihn um die Hand seiner Tochter Jane. Und weißt du was? Er sieht mir in die Augen und fragt: ›Und wer, Mr. Trimble, ist bitte Ihr Vater?‹

Jawohl, ich bin auf dem Point geboren, und meine kleine Maus von Vater war Herrenfriseur. Rasieren und Haarschnitt fünfundzwanzig Cent. ›He, Jack, weißt du, wen ich heute rasiert habe? McAndrew von der Bank of Montreal.‹ ›He, mein Sohn, heute Morgen hab ich dem Präsidenten von der Dominion Steel die Haare gewaschen. Er hat mir geraten, ganz schnell Algonia Mines zu kaufen.‹ *Ja, aber womit? Diese billigen, kleinen Tipps.* Dann kam der Krieg. Der Erste Weltkrieg. Pack deine Sorgen ein und lächle, lächle, lächle. Mein Vater ist einer der Ersten, die sich freiwillig melden, und sie werfen nur einen Blick auf den mageren, kleinen Krauter und machen ihn natürlich zum Offiziersburschen. Jimmy Trimble rasiert seine Vorgesetzten jetzt nicht nur und schneidet ihnen die Haare, er putzt ihnen auch noch die Schuhe. Nur kommt er mit einer Lunge weniger nach Hause; die andere ist voll von zähem, grünem Schleim. Zurück in den Friseurladen in der St. James Street. ›Willkommen daheim, Jimmy. Ich habe dir ja gesagt, dass dein alter Job auf dich wartet.‹ ›Oh, vielen Dank, Mr. Selby.‹ Die großen Börsenmakler und Bankpräsidenten, die kommen, sagen meinem Vater alle, wie sehr sie sich freuen, dass er wieder da ist, aber sie freuen sich nicht allzu lange. Mr. Selby nimmt meinen Vater beiseite. ›Jimmy‹, sagt er, ›ich muss dich entlassen.‹ ›Warum?‹ ›Nun ja, du schleimst deine Lungen immer im Waschbecken aus, und das stört meine Kunden. Das sind hochwichtige Leute, die stehen unter ständigem Druck. Manche von ihnen waren nicht im Krieg wie du. Und die kriegen hier ein schlechtes Gewissen, deswegen lassen sie sich die Haare anderswo schneiden.‹ Mein Vater hat nicht nur Verständnis dafür, er entschuldigt sich sogar noch bei ihm. Aber er hat nichts anderes gelernt als Haareschneiden. Also fängt er an, Kranken die Haare zu Hause zu schneiden, und lernt seinen Schleim runterzuschlucken, statt ihn auszuhusten. Wenn er nach Hause kommt, rennt er immer zuerst auf die Toilette und würgt dort eine ganze Stunde herum. Dann geht der kleine Krauter eines Tages zu weit. Er schluckt bei der Arbeit zu viel herunter. Mein Vater, zu höflich, um einen reichen Kunden zu inkommodieren, erstickt schließlich an seinem eigenen Schleim. Das war das Ende. So ist er gestorben.

Nun war's also Zeit, dass Jack die Schule verließ. Stimmt's? Ich habe als Bürobote gearbeitet. Ich habe Fernunterricht genommen. Ich habe hier gearbeitet. Ich habe dort gearbeitet. Und 1942 bekam ich einen Job als Autokellner bei Miss Montreal. Erinnerst du dich daran? Das erste Drive-in-Restaurant am Strip. Zu uns kamen die Judenjungen in Daddys Schwarzmarkt-Buick. Fatzkes aus Outremont. Aber ganz groß mit Trinkgeldern. Dann noch die ganze McGill-Clique. Die Elite. McTeer. Tim Hickey. Dickie Abbott und Wendy. Die schöne Pauline Hornby. Jawohl, Sir. Vier Burgers mit Dressing und Kaffee? Kommt sofort, Sir. Ich bin nichts, ich bin niemand. Einmal überraschte ich Kevin und Jane beim ziemlich heftigen Knutschen im MG. Sie waren voll, alle beide, und er hatte die eine Hand auf ihrer bloßen Titte und die andere unter ihrem Kleid. Ich kam mit ihren Bestellungen, aber sie haben ihr Spielchen nicht unterbrochen. Für sie war ich nicht mehr als ein Nigger«, schluchzte er mit tränennassen Wangen. »Vor mir brauchten sie sich doch nicht zu schämen. Für sie war ich Luft. Habe ich einfach nicht existiert.«

Trimble wischte sich mit dem Ärmel die Nase und griff abermals nach der Flasche.

»Scheißdreck. Dann kam für Jack Trimble das Militär und der Krieg. Nur dachte ich nicht daran, mich zum Putzer machen zu lassen. Ich meldete mich zum Königlich Britischen Feldzeugcorps, und als ihnen nach der Normandie allmählich die Leute knapp wurden, ging's aufwärts durch sämtliche Ränge bis zur Offiziersschule. Ich stellte fest, dass ich im klassenbewussten England für Mädchen der Mittelklasse nicht nur akzeptabel war, sie fanden mich sogar attraktiv. Ich hatte Geld. Ich trug zwei Streifen auf der Schulterklappe. Dann drei. Captain Trimble. Nach der Demobilisierung ging ich nicht mehr nach Hause. Kein Point mehr für mich, nein. Vielen Dank. Ich nahm mein DVA-Stipendium in Anspruch und ging an die University of Leeds. Redbrick. Genau mein Stil. Von dort zu Lloyd und anschließend zu Warburg. Ich lernte Deutsch. Ich studierte Französisch. Ich war ein Erfolg. Ich hatte das gewisse Etwas. Geld blieb einfach an mir kleben. Aber dieser Gesellschaftsteil in der *Gazette* brannte mir immer noch Löcher ins Hirn. ›Mrs. Angus Mitchell aus Westmount und Georgeville …‹

Ich dachte mir, wenn ich schon alles haben wollte, dann wäre das für mich nur in dem beschissenen Provinznest Montreal von Bedeutung, wo ich wirklich nie was gehabt hatte. Es hat mich niemals beschwingt, mir in London bei Simpson's die Haare schneiden zu lassen. Ich gab einen Scheißdreck darauf, im Savoy Grill essen zu gehen. Ich wollte hier, in *unserem* Ritz-Carlton den Wein zurückgehen lassen können. Das war mein Traum. Das konnte ich schon im Voraus auskosten. Ich führte ein schönes Leben. Ich hatte viele Mädchen. South-Ken-Puppen. Belgravia-Puppen. Ich hatte sie alle. Aber verdammt noch mal«, schrie er, »du siehst den Mann vor dir, der seine dreckigen Fingernägel unter Jane Mitchells Rock stecken wollte. Sie *würde* mich bemerken. Ich existierte. Ich würde ihn ihr in den Hintern rammen, dass sie nicht genug davon bekommen könnte. Sie würde meinen Friseurssohn-Schwanz vom Point St. Charles in ihren wohlerzogenen Mund nehmen und daran ersticken.«

»Anscheinend«, warf Joshua ein, »warst du verliebt.«

»Okay, ich habe getan, als wäre ich Engländer. *Warum nicht?* Damals, wenn du da drüben Teeboy bei Barclay's warst, konntest du nach Kanada kommen und Präsident der Royal werden. Wenn etwas nur britisch war, waren wir schon beeindruckt; war etwas aber kanadisch, musste es Mist sein. Ich habe mich hier relativ mühelos etablieren können, und eines Tages wurde ich auf eine Cocktailparty in der Residenz des britischen Handelsbevollmächtigten eingeladen, und da war sie, Jane Mitchell, Familienvermögen verschleudert, die lange Romanze mit Kevin Hornby vorbei. Ich habe sie zum Wein eingeladen. Ich habe sie zum Essen eingeladen. Café Martin. Drury's. Das Ritz. Was du nur willst. Aber etwas möchte ich klarstellen. Falls sie was im Ofen gehabt hätte, als wir heirateten – und das stimmt wirklich –, hätte ich mich von keinem für dumm verkaufen lassen. Charlie ist mein Sohn«, sagte er und begann wieder zu weinen. »Ganz gleich, was sie jetzt alle behaupten. Sieh ihn dir doch an. Sieh mich an. Er ist *mein* Sohn.«

»Aber ich habe nie etwas anderes gehört«, entgegnete Joshua erstaunt.

»Ja«, sagte er zweifelnd und griff nach der Flasche. Mit etwas leiserer Stimme, erschöpft, fuhr er fort: »Ich bediene immer noch, aber ich existiere. Ich verwalte ihre Portefeuilles. Ich verdiene für diese Scheißer Tonnen von Geld, damit sie jetzt keinerlei Zweifel mehr daran haben können, wer ich bin. Wenn sie zu mir ins Büro kommen, kriechen *sie.* Sie lieben meine Partys. Ich biete ihnen einen besseren Barbecue als alle anderen am See. Ich werde nicht den Sündenbock für Kevins Kapriolen spielen. Mich trifft keine Schuld, wenn er sich als Feigling entpuppt hat. Ich habe sein Flugzeug nicht gegen den Owl's Head gesteuert.«

»Warum hast du ihn reingelegt?« fragte ihn Joshua.

»Das habe ich nicht getan!« protestierte Trimble.

Doch Joshua hatte bereits mit Dickie Abbott gesprochen.

»Soweit ich feststellen kann«, hatte Abbott müde geantwortet, »und ich sage dir dies ›ohne Vorurteil‹, wie ich es tun muss, haben sie sich gegenseitig reingelegt. Meiner Ansicht nach haben sie beide gelogen. Aber jetzt wird Jack blütenrein aus der Sache herauskommen, wenn auch nicht unbedingt nach Rosen duftend. Es wird Jahre dauern, bis alles aufgeklärt ist.«

Joshua, der Trimble genau beobachtete, sagte zu ihm: »Ich werde dir erzählen, was passiert ist. Du hast letzten Sommer an der Börse bis an den Hals in Schwierigkeiten gesteckt, und dann hast du erfahren, dass Jane auf den Bermudas wieder was mit Kevin angefangen hat. Deswegen hast du dir vorgenommen, den Kuchen zu essen und ihn gleichzeitig zu behalten. Du wolltest dich abdecken und Kevin zum Prügelknaben machen. Stimmt's?«

»Du hast den Verstand verloren, du verrückter Idiot!«

»Möglicherweise fiel dir das aber auch erst ein, als du an jenem Tag früher als geplant aus Montreal zurückkamst und zufällig sahst, wie sie es im Bootshaus trieben.«

»Ich weiß nicht, wovon du redest.«

»Alles in allem kann ich's dir nicht mal übel nehmen. Aber glauben tue ich dir auch nicht.«

»Jane spielt vielleicht ein bisschen herum. Okay, sie sind eben alle hinter ihr her, weil sie so fabelhaft aussieht, und sie flirtet eben gern. Aber sie kommt immer wieder zu mir zurück, weil ich der Einzige bin, der sie wirklich befriedigen kann. Dik-kie Abbott leidet unter Ejaculatio praecox, wusstest du das?«

»Großer Gott, Jack – warum verlässt du sie nicht? Sie ist doch ein richtiges Miststück.«

»Sieh dich bloß vor, Joshua! Hüte deine Zunge. Ich verlasse sie nicht, und sie verlässt mich nicht. Wir werden das Haus für den Sommer beziehen. Wir werden regelmäßig unsere Sonntags-Barbecues veranstalten. Alle werden sie kommen, du wirst schon sehen. Und wir werden wieder Dinnerpartys geben. Ich habe aus Jane die tonangebende Gastgeberin an diesem See gemacht. Wir waren in der *Gazette* erwähnt, im Gesellschaftsteil. Du musst den Bericht gelesen haben. Und ich bin viriler als alle anderen Männer hier, dich eingeschlossen. Sie hat mir erzählt, in jener Nacht bei dir zu Hause hätte sie festgestellt, dass es bei dir dreißig Sekunden Action und eine Stunde Entschuldigungen wäre. Wir brauchen uns nicht zu schämen. Kevin hat alles allein gemacht. Die ganze Chose.«

Auf seinen Stock gestützt, hinkte Joshua zum Fenster, kehrte dem schäumenden Trimble den Rücken.

»Ich habe ihm eine Chance gegeben, zu einer Zeit, als keiner von seinen sogenannten Freunden ihn mit der Feuerzange angefasst hätte. Und ich will dir was sagen, Joshua. Wenn er ein oder zwei Jahre ins Kittchen gewandert wäre – hier steht der Mann, der ihn sofort wieder eingestellt hätte, egal was.«

Aber Joshua hörte ihm nicht mehr zu. Sein Herz schwoll. Er zitterte am ganzen Körper. Mein Gott, da draußen stand sie, unten am Fuß des Hanges! Pauline in ihrem Gemüsegarten. Eine Harke in der Hand.

»Coral wird von den Konkursverwaltern abgewickelt werden, und ich werde, verdammt noch mal, mein Bestes tun, um die Verluste aller Beteiligten in Grenzen zu halten. Kevin hätte nicht gewollt, dass seine Freunde finanziell geschädigt werden.«

»Geh jetzt, Jack. Bitte, geh!«

Er sah, wie sich die Kinder ihr näherten. Ganz langsam.

»Was?«

»Würdest du bitte endlich verschwinden, Jack? Auf der Stelle!« Damit schlüpfte er zur Seitentür hinaus in den Garten.

Joshua, auf seinen Stock gestützt, traf seinen Vater auf halber Höhe des Hanges auf dem Weg zum Gemüsegarten. Joshua stieg vorsichtig bergab; der Vater, hinter sich den Senator, kam ihm bergauf entgegen.

»Ich bin einmal vor deinem Kuss zurückgezuckt«, sagte Joshua.

»Wirklich?« entgegnete Reuben verblüfft.

»Erinnerst du dich nicht mehr daran?«

»Ich glaube doch. Josh, es gibt da was, was ich dir erzählen muss.«

»Will sie nicht hier bleiben?« fragte er.

»Moment! Reg dich nicht auf. Es war nicht das Morphium, Josh. Du hast es nicht geträumt.«

»Wovon redest du?«

»Sie ist mehr als einmal im Krankenhaus gewesen, als du im Bett lagst. Ich habe sie mitgebracht.«

»Du meinst, du wusstest die ganze Zeit, wo sie war?«

»Na ja, also. Stimmt.«

»Du Schwein!«

Reuben nahm seine Kreissäge ab und wischte sich mit dem Taschentuch die Stirn. »Ich musste ihr fest versprechen, dir nichts zu sagen. Sie brauchte Zeit, alles zu verarbeiten. Na ja, nun weißt du's.«

»Wie konntest du mir das antun?«

»Na ja, du bist eben nicht mehr alles, was ich habe. Da sind die Kinder. Und da ist Pauline. Ich habe das getan, was ich für richtig hielt – für alle. Was wollte Trimble?«

»Der hatte einen Stein im Schuh und hat ihn selbst wieder rausgeholt.«

»Jetzt hör mal zu, sie ist immer noch labil, was die Sache mit Kevin angeht. Ich möchte, dass du behutsam bist. Falls nötig, möchte ich, dass du lügst.«

»Keine Angst.«

Der Senator lächelte scheu. »Alles wird gut werden«, versicherte er.

Reuben pfiff bereits den Kindern, rief sie unter der Zeder zusammen. »Also«, sagte er, »der Senator und ich fahren mit euch jetzt auf ein Eis nach Magog. Wer ist dafür?«

Die beiden alten Männer gingen den Weg hinauf, die Kinder hinter ihnen her, und sie alle kletterten in den Jeep. Reuben sah Joshua und Pauline im Gemüsegarten stehen. Und aus dem Rückfenster des anfahrenden Jeeps sah er kurz darauf, dass sie sich auf den Rückweg zum Haus machten. Joshua stützte sich nicht auf seinen Stock. Pauline stützte ihn. Na ja, also, dachte Reuben. Gut.